차
례

退 魔 錄   Exorcism Chronicles

퇴
마
록

퇴마록

국내편 1　이우혁

VANTA

새로 펴내는 『퇴마록』에 부쳐

저의 데뷔작이기도 한 『퇴마록』이 발간된 지도 햇수로 어언 32년이 흘렀습니다. 그간 독자 여러분께서 솜씨 없고 모자란 글을 변함없이 성원해 주셔서 감사드립니다. 이번에 보다 원대한 계획을 위해 출판사를 옮기게 되었지만, 내용상으로는 몇몇 부분을 살짝 다듬은 정도임을 강조하고 싶습니다.

이는 2차 저작권의 형태로, 더 많은 일을 효과적으로 추진하기 위한 것일 뿐, 기존에 성실하게 출간해 주신 출판사와 어떠한 문제가 있었던 것은 절대 아닙니다. 혹시라도 그런 억측이나 오해는 생기지 않았으면 합니다.

재출간을 하고자 내용들을 다시 읽어 보니, 당시 수정을 한 상태임에도 여전히 제 눈에는 또 모자라 보이는 부분이 넘칩니다. 하지만 이미 공식 출간에 개정 작업을 한 상태에서 또다시 손대는 것도 성원해 주신 독자들께 혼란을 초래할 수 있다고 사료됩니다.

과거의 제가 한 작업을 있는 그대로 받아들이고 앞으로 더 발전할 지표로 삼고자 대부분 그대로 두기로 결심했습니다. 개연성의 오류나 크고 작은 수정 정도만 반영하고 그 에너지를 현재 기획 중인 『뉴 퇴마록(『퇴마록』 후속편인 2기)』에 돌리는 편이 맞겠다고 스스로 판단했으니 이해 부탁드립니다.

더불어 『퇴마록』을 사랑해 주신 모든 독자 여러분께 고개 숙여 인사드리며, 이 작품을 새롭게 다시 뻗어 나갈 수 있는 발판으로 삼을 수 있게 조력해 주신 오팬하우스 서현동 대표님과 제 작업에 항상 도움을 주시고 함께 가 주시는 전형진 대표님께 이 지면을 빌려 깊은 감사의 뜻을 표합니다.

2025년 4월 이우혁

퇴마록 대서사의 시작, 전설의 퇴마사들

박 신부(박윤규)

천주교 신부였으나, 악령에 맞서 퇴마 사제를 자처했단 이유로 파문당했다. 세례명은 베드로.

신부가 되기 전에는 외과의로 살았으며, 악령에 씌어 고통받다가 결국 자살하고야 마는 '미라(옛 친구인 차 교수의 딸)'를 지키지 못했다는 괴로움에 성직자의 길을 걷게 되었다.

퇴마사 4인 중 가장 연장자로, 다부지고 거대한 체구에 진중한 성격을 가졌다. 퇴마사들의 리더이자 정신적 지주 역할을 맡았다.

이현암

여동생인 현아가 물귀신에 의해 익사하자, 복수하겠다는 일념으로 '태극기공'을 독학으로 연마하다가 두 번이나 죽을 위기에 처한다.

첫 번째 위기에서 한빈 거사가 나타나 구해 주며 파사신검, 사자후, 부동심결 등의 무예를 전수받게 되고, 두 번째는 도혜 스님이 구해 주며 칠십 년의 공력을 물려받게 된다.

원래 혈도가 뒤틀린 몸이라 오른팔 외에는 내공을 쓸 수 없었던 그는, 막힌 혈도를 치료하고자 해동밀교를 찾았다가 박 신부와 장준후를 만나면서 본격적인 퇴마사의 길을 걷게 된다.

현승희

사랑을 주관하는 애염명왕의 화신으로, 악령에 씌어 죽음을 자초한 아버지 현 화백의 최후를 보고서 큰 충격을 받고 퇴마사 무리에 합류한다. 강력한 신이 깃든 몸이나 처음에는 자신이 가진 능력을 잘 발휘하지 못해 혼란스러워하지만, 점차 퇴마사들 사이에서 훌륭한 서포터 역할을 해낸다.

가장 강력한 무기는 타인의 생각을 읽을 수 있다는 것과 퇴마사들의 힘과 능력을 증폭시켜 주는 것이다.

장준후

해동밀교의 마지막 생존자. 양아버지인 해동밀교의 서 교주가 자신의 친아버지인 장 호법과 4대 호법들을 모두 죽이고 자신마저 죽이려 했다는 사실에 큰 충격을 받는다. 이후 박 신부에게 구출되며, 퇴마사의 한 사람으로 생사를 함께하게 된다.

퇴마사 중 나이가 가장 어리지만, 타고나기를 천재에 가깝다. 부적, 주술에 강하고 퇴마사들이 의지하는 뛰어난 능력의 소유자다.

하늘이
불타던 날

밀교(密教)

이미 해는 땅속으로 기울어 밤이 깊은 시각이었다. 그러나 온통 안개에 휩싸인 해동밀교(海東密敎)[1]의 내부는 열을 지어 서 있는 승려들이 손에 든 횃불로 인해 대낮처럼 밝았다. 승려들이 도열한 앞에는 문이 활짝 열린 큰 회당이 있었다. 그 회당 내에는 기이하게 꾸며진 화려한 제단이 있었고, 그 앞에 발이 묶인 송아지 한 마리가 놓여 있었다. 뒤에는 각자 모습이 아주 특이해 절에는 어울리지 않을 것처럼 보이는 다섯 사람이 묵묵히 서 있었다.

---

[1] 해동밀교는 본문에서 설정된 가상의 종파로 기원 7세기경 중국의 영향을 받지 않은 인도의 중기 밀교적 성격을 지닌 종파다. 예를 들면 각 신격의 이름을 범어로 발음한다든가, 세상과 유리(遊離)된 채 지내 옛날부터 쓰고 있는 주술을 그대로 쓴다든가 하는 것들이 있다. 상상의 종파이나 신라 때 인도와의 교류가 있었던 증거가 존재한다. 가락국의 시조 김수로왕의 부인 허황옥은 인도 아유타국의 공주였다고 하며 이후 허황옥이 인도에서 가져왔다고 하는 파사 석탑이나 사왕도(蛇王圖) 등은 지금까지도 전해져 내려오고 있다.

늙어서 머리가 학처럼 센 도인도 있었고 소복을 입은 중년 여자와 외국인처럼 보이는 승려, 그리고 허리가 구부정한 중년의 대머리 남자와 누덕누덕 기운 옷을 입은 젊은 장한도 있었다. 그들의 눈은 어딘지 모르게 불안감과 슬픔 같은 것이 깃들어 있었다.

안개를 뚫고 낮게 울려 퍼지는 독경의 합창 소리와 함께 울긋불긋한 가사(袈裟)를 걸친 장년의 남자가 들어섰다. 마당에 도열해 있던 승려들과 제단 뒤에 시립해 있던 다섯 사람까지도 그에게 공손하게 허리를 굽혔다. 아마도 방금 들어선 남자가 이 교단의 교주인 듯했다.

그의 등장과 함께 곧바로 의식이 시작되었다. 여러 가지 독경과 기이한 의식의 절차가 진행되는 동안, 제단 뒤에 도열한 다섯 사람은 내내 안색이 편치 않은 듯 보였다. 이윽고 두 명의 승려가 몸을 후들후들 떨면서 제단 앞으로 나와 묶여 있는 송아지를 끌어 제단 위로 올렸다. 두 승려는 몹시 주저했다. 그러나 교주의 눈이 그들을 매섭게 쏘아보자 마지못해 칼을 집어 들었다. 교주의 얼굴은 온화해 보였으나, 그 눈에는 새파란 기운이 번득이고 있었다.

한 승려가 눈을 질끈 감고는 송아지의 목을 칼로 그었다. 송아지가 내지른 단말마의 비명이 경내에 메아리치자 도열해 있던 승려들은 끔찍한 듯 치를 떨었다. 아예 눈을 감고 외면하는 사람도 있었다. 두 승려는 얼굴이며 온몸에 피를 뒤집어쓴 채 아직도 꿈틀거리고 있는 송아지의 목을 제단으로 끌어 올리려 했으나, 손이 부들부들 떨린 탓인지 몹시 꾸물대고 있었다.

교주인 듯한 사람의 눈과 입이 일그러졌다. 그는 성큼 제단 앞으로 다가가 두 승려에게 큰 소리로 말했다.

"너희들! 그렇게 나약한 마음가짐으로 대자재천(大自在天)[2]에게 올리는 의식을 행할 수 있을 것 같으냐?"

그는 벌벌 떨고 있는 두 승려를 밀어 내고는 양손으로 송아지의 머리와 아직도 간헐적으로 피가 뿜어져 나오고 있는 목덜미를 움켜쥐었다. 그러고는 범어(梵語)[3]의 주문을 읊으면서 놀라운 힘으로 송아지의 머리를 뜯어냈다.

그러자 뒤쪽에 도열해 횃불을 들고 있던 한 승려가 털썩 무릎을 꿇더니 이내 토하기 시작했다. 제단의 바로 뒤에서 묵묵히 그 광경을 보고 있던 다섯 사람의 눈꼬리도 파르르 떨리고 있었다. 그러나 교주는 아무렇지도 않다는 듯, 한 손으로 송아지의 목덜미를 움켜쥔 채 다른 손으로 송아지의 온몸을 부욱 훑어 내려갔다. 그

---

2 대천세계(大千世界)를 주재하는 신이다. 곤륜산(崑崙山) 위 장엄한 궁전에 살며 육십 천신(天神)을 거느리고 백천(百天) 천녀(天女)의 호위를 받는다. 팔이 여덟, 눈이 셋으로 천관을 쓰고 흰 소를 타며 세 갈래 창을 잡고 있다. 인도 바라문교의 신으로 만물 창조의 최고신(最高神)이었으나, 후대에는 시바 신을 상징하는 의미로 바뀌었다. 불공견색(不空羂索)으로 더 널리 알려졌으며 이는 아모가파사(Amogha-pasa), 즉 '반드시 중생을 구원하는 그물을 가진 자'라는 뜻에서 유래됐다.

3 고대 인도의 표준 문장어로 산스크리트의 한 문자 체계라면 일반적으로 범어는 산스크리트어를 말한다. 불경이나 고대 인도 문학은 이것으로 기록되었다. 북방 불교 (대승) 경전의 원본은 대부분 범어로 되어 있고, 남방 불교(소승) 경전의 원본은 거의 파리어로 되어 있었는데, 석가모니는 당시 귀족 계급이 쓰던 산스크리트어 대신 파리어를 사용해 불경을 남겼다.

러자 우두둑우두둑 뼈가 으스러지는 소리가 들리면서 끊어진 목덜미에서 선지피가 울컥울컥 쏟아져 제단에 흘러넘쳤다. 교주는 이윽고 시뻘건 피로 물든 손을 들고 주문을 외우다가, 경내가 떠나갈 듯한 고함을 질렀다.

"이따위로는 어림도 없다! 시바 신께서는 더 큰 제물을 원하신다! 의식을 중단한다!"

승려들은 의식이 끝났다는 말을 듣고는 모두 고개를 숙이고 무릎을 꿇었다. 그는 그런 승려들을 향해 뭐가 못마땅했던지 다시 욕설을 퍼부어 댔다. 그때 더 이상 참지 못하겠다는 듯, 제단의 뒤에 서 있던 허리가 구부정한 대머리 남자가 외쳤다.

"서 교주님! 금단으로 정해진 피의 공양제(供養祭)까지 올렸는데, 또 무엇을 더 어떻게 한다는 말입니까? 이제 더 이상의 피와 살육이 넘치는 경배는……."

"닥쳐라! 장 호법!"

서 교주의 얼굴이 무섭게 일그러졌다. 그의 몸 주변에서 결코 느낌만이 아닌, 실제의 냉기가 몰아쳐 나왔다.

"희생이 없으면 힘을 얻지 못한다! 대자재천이신 시바 신이야말로 위대한 힘을 가지신 분이다! 그리고 그분은 생명을 희생함으로써만 가까이 모실 수 있다!"

장 호법도 지지 않고 외쳤다.

"도대체 무엇을, 누구를 위한 희생이란 말입니까! 면면히 이어진 신성한 경내에서……."

장 호법은 채 말을 잇지 못했다. 뒤에서 머리가 하얗게 센 도인 풍모의 노인이 그의 어깨를 잡았기 때문이다. 장 호법은 성난 얼굴로 한숨을 쉬고는 몸을 돌려 나가 버렸고, 서 교주는 씩씩거리다가 살기를 띤 푸른 눈으로 주위를 살폈다. 거기에는 아까 송아지의 멱을 딸 때 뿜어져 나온 피를 뒤집어쓴 채 아직도 충격에서 벗어나지 못해 벌벌 떨고 있는 두 승려가 있었다. 서 교주의 눈이 그들을 향하자 두 승려는 마치 무엇에 홀린 듯 멍한 얼굴이 되어 몸을 일으켰다.

"너희들, 나를 따라와라. 할 일이 있다. 그리고 나머지는 모두 이곳을 정리하고 해산하라!"

서 교주의 눈은 이글이글 타고 있는 듯했다. 제단 뒤에 서 있던 사람들은 굳게 입을 다문 채, 휘청거리고 있던 승려들을 재촉해 정리하기 시작했다. 경내는 비릿한 피 냄새로 가득 차 있었다.

얼마나 지났을까?

모두 잠이 든 듯, 교단의 경내는 쥐 한 마리 다니지 않고 고요했다. 그러나 안개로 둘러싸인 산에 수없이 뚫려 있는 빈 토굴 중 문이 굳게 닫혀 있는 한 곳에서는 고통스러운 비명이 가늘게 새어 나오고 있었다. 아주 희미한 소리였으나, 그 문에 바짝 귀를 붙이고 있던 장 호법은 그것이 무슨 소리인지 분명히 알 수 있었다. 장 호법은 얼굴이 새파랗게 질린 채 온몸을 부들부들 떨었다. 길고 처참하게 이어지던 비명은 귀에 익숙한 남자의 열띤 주문 소리에 묻혀 사라졌다. 아까의 미흡했던 의식이 제물을 바꾸어 다시 거행

되고 있던 것이다. 서 교주를 따라갔던 두 승려의 모습은 이제 영영 볼 수 없을 터였다.

하얗게 질린 얼굴을 찡그리며 장 호법은 분노로 몸을 부들부들 떨었다. 그는 울분을 참지 못하겠다는 듯, 토굴 안으로 뛰어 들어가려 했다. 그때 누군가 조용히 그의 어깨를 잡았다. 장 호법은 뒤를 돌아보았다.

"상, 상좌 호법님!"

장 호법을 제지한 것은 노(老)도인이었다. 노도인은 묵묵히 장 호법을 끌고 숲속으로 들어갔다. 아무도 없는 것을 확인한 노도인은 장 호법에게 말했다.

"경거망동해서는 안 되네. 혈기만으로 교주를 이길 수 있을 것 같은가?"

장 호법은 오열을 터뜨리며 노도인의 옷자락을 부여잡고 무릎을 꿇었다.

"상좌 호법님…… 이게 대체 어떻게 된 일이란 말입니까? 서 교주가, 서 교주가 어쩌다 저렇게 되었단 말입니까……. 그 정의감 강하고 총명하던 사람이……."

"너무 힘에만 집착한 탓이라네……. 진정하게. 자네와 동문수학했다지?"

"그가 어째서 저렇게……."

장 호법은 북받치는 감정에 말을 잇지 못했다. 노도인은 반짝이는 눈으로 밤하늘을 쳐다보면서 떨리는 목소리로 말했다.

"사람의 마음이란 알 수 없는 거라네. 수련이 깊을수록 욕심도 많아지고 유혹도 깊어질 수 있는 게야."

노도인은 말을 끊고 잠시 고개를 흔들다가 장 호법을 일켰다.

"이제 어찌할 방법이 없네. 우리의 임무를 생각하게나. 우리는 종파야 다르지만, 어쨌거나 이 해동밀교를 수호하는 호법의 위치에 있는 사람들이 아닌가."

"그러면 이제 어떻게……."

"자네가 해 주어야 할 일이 있네."

장 호법은 고개를 들었다. 그 눈은 이제 결심한 듯 이글거리고 있었다. 노도인이 계속 말을 이었다.

"교주가 알지 못하는 강한 힘을 가진 외부인의 도움이 필요하네."

"외부인이라면……."

"내 한 사람, 들은 바가 있지. 오래전부터 이적을 행하고 다닌다는 한 신부가 있네. 파문당한 신부……."

현암은 기분이 이상했다. 같이 고속버스에 타고 있는 누군가에게서 자꾸만 이상한 기운이 뿜어져 나오고 있었기 때문이다. 더구나 그 기운은 한 군데가 아니라 두 군데에서 나오고 있었다.

현암은 눈을 감고 정신을 집중해 보았으나 허사였다. 어렸을 때 그가 아픈 몸을 고치려고 기공(氣功)⁴을 배우며 얻었던 나약한 투

---

4   호흡을 단련해 신체의 자율 신경을 조절하고 새로운 잠재력을 개발하기 위한 수

시 능력마저도 이제 완전히 사라져 버린 탓이다. 다만 예감만이 남아 있을 뿐이었다. 현암은 고개를 젖히고 탄식을 발했다.

'내가 어쩌다 이렇게 되었을까.'

생각해 보면 현암의 지난날은 너무도 파란만장했다. 아무도 믿어 주지 않을 일들의 연속이었다.

'현아야……'

하나뿐인 여동생 현아는 이제 현암의 곁에 없었다. 벌써 육 년 전의 일이었다. 초자연적인 존재에게 비참한 제물이 되어 버린 현아…….

현암은 입을 굳게 다물었다. 눈물이 한 방울 현암의 뺨을 타고 흘러내렸다.

'이 오빠를 용서해 주렴, 현아야…….'

현아를 잃은 후 거의 실성하다시피 한 현암은 비참하게 죽은 동생의 복수를 결심했으나, 요즈음 세상에 귀신의 존재를 믿고 현암을 도와주려는 사람은 한 명도 만나지 못했다. 그들은 단지 안됐다는 반응을 보일 따름이었다.

련 방법이다. 기공 수련은 예로부터 의료적인 치료나 양생(養生)을 목적으로 하는 양생술의 한 방편이었다. 만성 질환을 치료하고 자신의 몸과 마음을 가다듬는 자아 수행 요법으로 행해져 왔다. 기공 수련은 수행자들의 경험이나 견해 차이로 여러 새로운 전승 방법들이 시도되었다. 또 세상에 그다지 공개되지 않은 채 일부 선후배 사이에서 전달되는 정도로 명맥을 유지해 왔다. 어떤 형태를 통하거나 그 형태를 관찰하면서 습득할 수 있는 것이 아니라 자신이 '스스로 터득'해야 하기에 기공 수련은 더욱 설명하기가 어렵고, 듣는 이도 깨닫기 어렵다.

그 후 현암은 비밀로 전해지던 태극기공(太極氣孔)[5]의 비급을 훔쳐 내면서부터 수련을 시작했다. 그러나 기공을 잘못 익히는 바람에 전신이 마비되고 말았다. 그때 운명적으로 다가온 산중이인(山中異人) 한빈 거사. 그는 거의 죽어 가던 현암을 살리고 파사신검(破邪神劍)[6], 사자후(獅子吼)[7], 부동심결(不動心訣)[8]이라는 태곳적의 무예를 전해 주었다. 그러나 스승이 떠난 직후 무리하게 수련을 하다가 온몸의 혈도가 다시 뒤틀려 버렸다. 이때 다시 생명의 은인이 나타났으니, 도혜 스님은 칠십 년간 쌓아 온 자신의 진원지기(眞元之氣)를 모조리 현암에게 불어 넣어 그를 살리고 막강한 힘을 갖추게 만들어 주었다. 그러고는 말없이 떠나 버렸다.

옛 기억 속을 헤매고 있던 현암이 문득 정신을 차렸다. 차가 어느덧 목적지에 도달했는지 사람들이 수런거리며 짐을 챙겼기 때문이다. 그 순간 현암은 다시 이상한 영력을 느꼈다. 현암은 천천히 고개를 돌려 자신의 뒷자리에 앉은 사람들을 세세히 훑어보았

---

5   소설상 가상의 술법으로 도가와 융합된 우리나라 고유의 술법이다.

6   소설상 가상의 술수로 모두 16초식으로 구성돼 내공을 응용, 검기를 방출해 적을 공격하는 무술이다.

7   사자의 울음소리라는 뜻으로, 본문에서는 마를 제압하는 기운을 가진 음공(音功)을 의미하는 소설상 가상의 술법이다. 원래 소림사에서 실제로 전해진다는 설도 있으며, 인도의 고대 서사시 「마하바라타」에서 등장해, 전쟁 때 적의 사기를 누르고 아군의 사기를 높이는 의도로 외치는 고함인 '심하나다'와 같은 개념이다.

8   소설상 가상의 수법으로 몸에서 강한 내력으로 빛을 뿜어 모든 허상과 악함을 쫓는 높은 경지의 수법을 말한다.

다. 대부분이 평범한 관광객들 같았으나, 맨 뒷자리에 앉은 두 사람이 눈에 들어왔다. 서로 다른 두 갈래의 영력은 그들에게서 흘러나오고 있었다. 한 사람은 키가 크고 체구가 장대하며 오십 세 정도 되어 보이는, 머리가 희끗희끗한 안경을 쓴 남자였다. 또 한 사람은 나이는 비슷해 보였지만 허리가 굽은 듯 구부정한 자세로 앉아 있는 눈빛이 매섭고 머리가 반쯤 벗겨진 남자였다. 두 사람의 행색은 유별난 점이 없었으나, 심상치 않은 영력을 발산했다.

현암은 다시 고개를 앞으로 돌렸다. 이인 한빈 거사와 도혜 스님으로부터 배움을 마치고 하산한 작년부터 지금에 이르기까지, 현암은 자신의 비틀린 혈도를 바로잡기 위해 찾아가지 않은 곳이 없었다. 그리고 지금은 예로부터 비밀로 전수되어 내려오고 있다는 해동밀교를 찾아가는 길이었다.

해동밀교는 중국이나 일본의 밀교와는 달리, 가야 시대에 바로 인도에서 유입된 후 비밀리에 전승되어 오늘에 이르게 된 비밀 종교 단체라고 들었다. 대승 불교가 삼국에서 정식으로 발을 붙이기 이전부터 전승되어 왔다는 해동밀교는 독특한 체계를 구축해 오늘날까지 그 맥이 이어져 오고 있는데, 그 내막은 철저히 비밀에 부쳐져 있었다. 현암이 해동밀교가 있다는 사실을 알게 된 것도 아주 우연한 기회에 도혜 스님으로부터 들었기 때문이었다. 도혜 스님 말씀에 따르면, 해동밀교는 인도나 티베트에서 지금까지 전해지고 있는 밀교 이상으로 이적(異蹟)이나 영능력 발휘에 뛰어나다고 했다. 고대로부터 비전되어 왔다는 해동밀교를 통해 비틀린 혈도를 바로잡고, 스승들이 물려준 엄청난 내력을 제대로 발휘할 수 있을지도 모른다는 희망을 도혜 스님은 은근히 내비쳤던 것이다.

버스가 터미널에 들어섰다. 현암은 한 번 더 뒤를 돌아보았다. 두 사람은 아무 말도 하지 않고 있었다. 그들은 현암이 자신들을 힐끔힐끔 쳐다본 것을 눈치채지 못한 듯했다. 그도 그럴 것이, 현암의 혈맥은 뒤틀려져 있어서 일반적인 대주천(大周千)이나 소주천(小周千)[9]도 보통과 다르게 곁길로 행해지고 있었고, 게다가 상단전(上丹田)[10]마저 일그러져 버렸기에 일반적인 영능력을 구사할 수 없는 특이한 처지였기 때문이다. 그래서 일반 영능력자들은 자세히 관찰하기 전에는 현암의 몸에 감추어진 내력을 잘 알아보지 못했다. 현암은 두 남자를 우연히 마주친 영능력자 정도로 생각하며 더 이상 신경 쓰지 않고 차에서 내렸다.

차에서 내린 두 사람은 묵묵히 같은 길을 걸어가고 있었다. 그들의 표정은 착잡하게 가라앉아 있었다. 체구가 장대한 남자가 먼저 입을 열었다.

---

9 기를 전신에 순행시켜 새로운 에너지 흐름을 일으키는 일주 과정이다. 대주천과 소주천은 혈의 운행 경로가 다르다.

10 일반적으로 단전은 배꼽 아래에 있는데 이것을 하단전이라고 하며, 그와 별개로 미간에 위치한 단전을 상단전이라고 한다. 하단전은 주로 무술이나 외형적 힘의 발로가 되는 장소이고, 상단전은 투시나 기타 영적 능력을 수행할 수 있게 하는 힘의 발로가 되는 곳으로 알려져 있다. 현암은 상단전으로 통하는 혈도가 막힌 관계로 영적인 능력은 전혀 발휘하지 못하는 것으로 되어 있다.

"무서운 일이군요. 밀교의 교주가 힘을 얻기 위해 인신 공양(人身供養)까지 서슴지 않을 정도로 난폭해졌다니……."

머리가 벗겨진, 허리가 구부정한 남자가 대답했다. 그의 눈빛이 이글거리고 있었다.

"이제 저희는 최후의 결단을 내리기로 했습니다. 교주를 제압해 힘을 빼앗고 그를 물러나게 하기로 말입니다."

"그건 교내의 일이 아닙니까? 저는 밀교에 몸을 담은 사람이 아닙니다."

"하지만 박 신부님은 종교나 교파 같은 것을 가리지 않고, 다만 사람들을 위해 능력을 발휘하시는 분이라고 들었습니다. 그래서 저희도 박 신부님에게 도움을 요청하는 것입니다."

"저 정도의 능력이야, 호법님들도 다 갖고 계실 텐데요. 장 호법님은 물론이고요."

장 호법이라는 남자가 대답했다.

"교주의 힘은 그야말로 막강합니다. 그는 사람들을 돕는다는 밀교의 본질을 망각하고 옛 바라문교 때의 악의 힘[11]들을 불러내어

---

11 불교 이전에 인도에는 바라문교가 있었는데 후에 석가모니가 설법을 하여 바라문교의 신들을 모두 복속시켰다고 한다. 브라흐마(梵天)처럼 깨달음을 얻고 귀의한 신도 있고, 시바처럼 일단 제압당한 후 귀의한 신도 있지만, 바라문 때의 고대 신들은 다시 각자의 자리를 얻어 만다라를 구성하는 일원이 되었다. 특히 밀교에서는 보살이나 여래들 못지않게 귀의한 신들을 귀중하게 섬긴다. 그러나 전반적으로 그러한 신들 자체보다는 이 신들이 보여 주는 과거의 사악함이나 강한 파괴력들을 추종해 옳지 않은 힘만을 얻으려 하는 것을 의미한다.

완전히 그 힘을 얻어 가고 있습니다. 그런 그를 저희들의 힘만으로는 감당할 수가 없습니다. 교주가 우리들의 힘을 너무도 잘 알고 있기 때문이지요. 그러므로 우리와 전혀 근본이 다른 분들의 힘이 필요한 겁니다."

"밀교의 본질이 사람을 돕는 것이라면, 교주도 사람에 불과합니다. 그를 예전의 상태로 개과천선시킬 수 있는 방법은 정말 없을까요?"

"그러면 얼마나 좋겠습니까? 그러나 그는 이미 악의 힘 자체에 도취해 버렸습니다. 힘 이외의 모든 것을 부정하고 금지된 시바신이나 아수라(阿修羅)[12] 신에게까지 의식을 올리며, 밀교의 근본인 자비의 교리조차도 거부하고 있습니다. 그뿐만 아니라 크게 난리를 일으켜 세력을 얻을 생각마저 하고 있습니다. 궁극적으로 그는 인간들의 세상이 아닌, 신력(神力)이 지배하는, 악령들의 세상을 만들려 하고 있습니다."

"그게 과연 가능할까요?"

"우리가 막지 않는다면, 꼭 지금은 아니더라도 언젠가는 가능해질 겁니다. 문제는 교주가 노리는 시점이 지금이라는 데 있어요. 생명을 경시하고 정신과 영혼의 가치를 무시하는 지금의 세상에 교주의 능력이 결부된다면 서 교주의 사상은 엄청나게 확대될 겁

---

12 고대 인도의 신으로, 이후 제석천과 싸우는 귀신으로서 육도(六道) 팔부중(八部衆)의 하나가 되었다.

니다."

"흠……."

박 신부라는 큰 체구의 남자는 잠시 생각하다가 입을 열었다.

"밀교의 교주는 수양이 깊은 사람이었을 텐데, 어째서 그렇게 되었는지 모르겠군요."

"저도 알 수 없는 일입니다. 저와는 과거 동문수학하기도 했지요. 뛰어난 능력을 지니고 자비심이 깊은 사람이었는데, 교주로 선출되고 난 후에 사람이 변했어요."

"혹시 교주가 어떤 사악한 힘에 의해 조종되는 것은 아닐까요?"

"교주 정도의 영능력을 가진 사람이 다른 악귀나 악신의 조종을 받는다는 건 상상하기 어렵죠. 문제는 그 자신에게 있는 것 같습니다. 집착이 강한 사람이었기에 지나치게 힘에 몰두하게 되었고, 그러다 보니 그렇게 된 것 같습니다."

장 호법은 슬픈 표정을 지으며 말을 멈추었다가 다시 입을 열었다.

"아무튼 도움을 주시기 바랍니다. 저희 해동밀교 오대 호법들의 의견은 이미 일치했습니다."

두 사람은 나직하게 대화를 나누면서 서서히 걸음을 옮겼다. 그 방향은 현암이 앞서간 곳과 같은 방향이었다.

현암은 한참 산길을 헤매고 있었다. 자기에게 해동밀교의 존재와 그 소재지를 대강 일러 준 도혜 스님은 그 장소가 주악산이라는 것밖에는 말해 주지 않았다. 현암은 무턱대고 주악산에 들어서 긴 했으나 도무지 길을 찾을 수가 없었다.

현암의 몸은 어렸을 적부터 기계 체조로 다져져 있었고, 아픈 몸을 치료하기 위해 어릴 때부터 기공을 연마했던 터라, 굳이 도혜 스님이 물려준 기공력을 사용하지 않더라도 웬만한 일에는 보통 사람 이상의 힘을 낼 수 있었다. 그래서 오랫동안 산길을 헤매고 다녀도 그다지 지치지 않았다. 하지만 현암의 기공력은 오른팔로만 발휘할 수 있는지라 기해혈(氣海穴) 주위에 힘을 주어 기공력으로 몸을 단단히 보호하는 정도가 고작이었다. 혈도가 온통 비틀려 버렸는데도 현암이 일반인처럼 몸을 멀쩡하게 움직일 수 있는 것은 그 자신이나 한빈 거사, 도혜 스님 같은 고인(高人)들조차 이유를 알아내지 못한 수수께끼였다.

어쨌든 지금 현암은 몹시 당혹스러웠다. 육 년 동안이나 산중에서 수련한 자신이 이렇게 크지도 않은 작은 산속에서 길을 찾지 못하고 헤맨다는 것은 있을 수 없는 일이었기 때문이다.

'무슨 곡절이 있을 것이다. 분명 해동밀교의 본산은 남의 눈에 띄지 않는 곳에 있는 게 분명해.'

현암은 다시 정상으로 향했다. 아무리 세력이 작더라도 종교의 본산이라고 하면, 그래도 그 규모가 상당할 것이 틀림없다. 동굴 같은 곳에 사찰이 숨어 있거나 할 리는 없을 테니 말이다.

현암은 빠른 걸음으로 산의 정상에 올랐다. 규모가 그리 크지 않은 산이었지만, 하루 종일 산속을 헤매다 보니 현암으로서도 지칠 수밖에 없었다. 오전부터 헤매고 다녔는데 벌써 해가 뉘엿뉘엿 넘어가고 있었다. 현암은 몇 개 되지 않는 주악산의 봉우리들을 헤아리며 산세를 더듬어 살폈다.

'뭐지, 저건?'

현암은 이상한 점을 느꼈다. 오전에 정상에 올랐을 때, 현암은 동쪽 봉우리 밑에 짙은 안개가 끼어 있는 것을 보았다. 그때는 해가 동쪽에서 뜨고 있었으니 햇볕이 산에 가려서 안개가 남아 있을 수 있었다. 그러나 지금은 해가 서쪽으로 넘어가고 있지 않은가? 분명 쨍쨍한 햇볕을 받고 있는데도 안개가 사라지지 않고 남아 있었다.

'저쪽으로 가 보자.'

현암은 필시 이 손바닥만 한 산중에 사찰이 있을 만한 곳은 저 안개 낀 장소밖에 없을 거라고 생각했다.

박 신부는 해동밀교의 본산에 도착했다. 해동밀교의 다섯 호법들이 한자리에 모여 있었다. 박 신부를 인도한 장 호법, 그 옆에 눈처럼 하얀 머리를 길게 늘어뜨리고 있는 도사 차림의 노인, 인도인처럼 보이는 매부리코의 중년 남자, 흰 소복을 입은 중년의 여인, 누덕누덕 기운 옷을 입고 있는 젊어 보이는 남자도 있었다.

장 호법이 도사 차림의 노인을 박 신부에게 소개했다.

"이쪽은 도호를 벽공(璧空)이라 하시는 분입니다. 제일 상좌의 호법을 맡고 계시며 중국 화산파(華山派)[13]와 우리나라 도맥의 일류를 계승하신 분입니다."

상좌 호법인 벽공 도인은 선골(仙骨)의 풍모를 물씬 풍기면서 말없이 가볍게 목례를 했다. 무척이나 나이가 많아 보여서 몇 살인지 박 신부는 짐작도 할 수 없었고, 다른 호법들도 가장 연장자인 그에게 매우 공손한 태도를 취했다.

"이쪽은 스스로를 마가(磨架)라고 부르는 분이십니다. 제삼좌의 호법을 맡고 계시며 인도에서 밀교 진전을 이으셨던 분입니다."

장 호법은 유일한 외국인인 제삼 호법 마가를 가리켰다. 마가 호법은 떠듬떠듬 박 신부와 인사를 나누었다.

"이분은 제사좌 호법이신 을련(乙蓮) 님이십니다. 무가(巫家)의 일맥을 잇고 계시지요."

소복을 입은 중년 여인이 꾸벅 인사를 했다. 젊었을 때는 꽤 미인이었을 것 같았다. 박 신부는 제사 호법인 무당 을련과 미소를 지으며 인사를 했다.

"그리고 이쪽은 제오좌 호법인 허허자(虛虛子)입니다. 모산파(茅山派)[14]의 부적술에 능통한 재주꾼이지요."

---

13 중국 도교의 5개 주요 문파 중 하나인 화산파는 공식적으로 남북방 문파 중 북방에 속하지만 교리 면에서는 별 차이가 없다. 화산파는 주로 스스로 내공을 연마하는 일과 양생, 조식기공(調息氣功), 명상, 문학, 무예, 예배 의식 등에 중점을 두고 수련을 한다.

14 3세기 말에서 4세기에 걸쳐 발생한 오대 문파 중 하나로 옥주궁파(玉柱宮派)라고도 한다. 주로 법술에 주력한 문파이다.

누덕누덕 기운 옷을 입은 제오 호법 허허자는 그들 중 나이가 가장 어렸다. 한 서른쯤 되었을까? 퍽 솔직한 성격의 인물인 듯, 허허자는 씩 웃으며 박 신부에게 인사를 했고 박 신부도 응답했다. 올림픽까지 치른 지금 우리나라에 아직까지 이런 기인(奇人)들이 은거하는 줄은 박 신부도 미처 알지 못했다. 다만 화산파나 모산파 같은 도맥(道脈)이 왜 여기에 있는지에 대해서는 짐작 가는 바가 있었다. 중국의 문화 혁명 이후 도교나 불교 전승자들은 혹독한 탄압을 받아 맥이 끊기게 되었고, 그렇게 되자 그들은 외국인에게라도 비전을 전승해 그 맥을 보존하고자 했다. 여기 두 사람의 호법도 그렇게 중국 도맥의 비전을 잇게 되었을 것이다.

박 신부는 신부라는 직책상 이교(異敎)의 인물들이 분명한 이 사람들과 교류를 하는 것이 그리 달가운 일은 아니었다. 그러나 그에게는 분명한 사명이 있었다. 종교나 믿는 바에 구속되지 않고 초자연적인 현상에 고통받는 사람들을 위해 꾸준히 활동해 온 퇴마행(退魔行) 십사 년……. 박 신부는 퇴마행을 계속해 사람들을 구하는 것만이 자신의 숙명이자 미라의 죽음에 얽힌 마음속의 짐을 더는 것이라 굳게 믿고 있었다.

다섯 호법은 심각한 얼굴이었다. 원래 해동밀교는 사람을 돕는다는 것을 기본 이념으로 하는 종파였기에 다른 종교에 대해서 관대했다. 오히려 해동밀교는 다른 종교를 가진 사람들을 모아 특유의 기술을 전수받고 그들을 호법으로 삼는 전통이 있었다. 때문에 현재에 이르기까지 각 분야의 기인이라고 할 만한 사람들이 오대 호법을 맡고 있다는 설명을 박 신부는 이미 장 호법으로부터 들은 터였다. 그렇다고 박 신부가 이들의 부탁을 받아 제육 호법이 되기 위해서 이곳에 온 것은 아니었다. 이들은 박 신부의 강한 기도력의 힘을 빌리고자 할 뿐이었다. 너무나 사악해져서 조만간 엄청난 해를 끼칠 교주를 막기 위해.

"박 신부님을 초빙한 이유는 사실 매우 복잡합니다만……."

장 호법이 입을 열었다.

"가장 큰 이유는, 교주가 저희들의 모든 수법이나 영력을 속속들이 알고 있기 때문입니다. 우리가 아무리 힘을 합한들 저희들의 힘을 뻔히 알고 있는 교주에 대적해서는 승산이 없습니다. 그리고 교주에게는 여러 명의 추종자들이 있습니다."

"제가 힘이 되어 드릴 수 있을까요?"

"실례되는 말일지 모르지만, 가톨릭에서 박 신부님만큼 강한 능력을 가진 분은 찾아보기 매우 힘듭니다. 게다가 교주도 그쪽으로는 대비하지 않았을 것입니다. 이것이 박 신부님을 굳이 끌어들이게 된 가장 큰 이유입니다."

"다른 이유는요?"

"두 번째로, 교주에게는 무서운 비밀 무기가 있습니다."

"무기요?"

"물론 흔히 생각하는 무기는 아닙니다. 사람이지요."

"사람이라고요?"

"아이입니다. 아홉 살밖에 안 되는 아이."

"아이라고요? 아니, 아이가 어떻게 무기가 될 수 있습니까?"

장 호법이 잠시 고민하다가 입을 열었다.

"……그 아이는, 바로 제 친아들입니다. 준후라고 하지요."

수심으로 가득 찬 장 호법의 고개가 아래로 숙여지는 것을, 박 신부는 놀란 눈으로 바라볼 뿐이었다.

현암은 어느덧 다섯 번이나 길을 잃었다. 어째서인지 눈앞의 자욱한 안개를 뚫고 지나갈 수 없었던 것이다. 분명 똑바로 가고 있다고 생각했지만, 어느덧 출발했던 곳으로 되돌아오곤 했다. 안개는 밤이 되어도 걷히질 않았다. 걷히기는커녕 더욱 짙어져서 몇 미터 앞도 보이지 않을 정도였다. 그러나 안개가 끼었다고 해서, 육 년이나 산 생활을 한 현암이 길을 잃는다는 것은 어불성설이었다. 현암의 방향 감각으로는 안개의 중심부로 가고 있다고 생각했지만, 막상 안개를 벗어나고 보면 안개의 중심 부분에서 비켜나 있었다. 현암은 길이 이상하게 난 것은 아닐까 하여 세 번째부터는 아예 길을 무시하고 걸어 들어갔다. 그래도 역시 나온 곳은 똑같았다. 현암은 네 번째에는 걸음 수를 세면서 나온 곳과 출발한 곳의 거리를 비교해 보았다. 발걸음 수는 현암이 예상한 거리보다 훨씬 많았다. 그것은 현암이 안개 속에서 뱅글뱅글 헤매고 다녔다는 이야기였다.

'도대체 어떻게 된 일이지? 내가 무엇에 홀렸나? 혹시……'

현암은 누군가 이 산에 기문둔갑법(奇門遁甲法)[15]의 일종인 진법(陣法)[16]을 펴 놓은 게 아닐까 하는 생각을 했다. 현암은 기공력, 그것도 주로 공격적인 수법만을 연마하느라 다른 것을 배울 기회는 없었지만, 그런 술수가 있다는 이야기는 들은 바가 있었다. 주위의 사물에 진법을 사용해 배치해 놓으면 알 수 없는 힘이 생겨서 진 내에 들어간 사람의 방향 감각을 흩뜨리거나, 심한 경우에는 직접 물리력까지 가할 수 있다고 했다. 『삼국지연의』에서 제갈공명이 유비를 추격하던 오나라의 육손을 가두어 추격을 멈추게 한 어복포(魚腹脯)의 진이 그 예였다.

'해동밀교…… 그 정도의 연륜과 이적을 행하는 단체라면, 진법을 펴서 자기들의 본산을 은폐할 가능성도 충분히 있겠군.'

현암은 잠시 생각에 잠겼다. 성질이 급했던 현암은 수련을 거듭한 결과, 성질을 가라앉히고 냉정하게 분석하는 면모를 갖추게 되었다. 하지만 아무리 곰곰이 생각해 보아도 진을 뚫고 들어갈 길을 찾을 수 없었다.

'진법이란 것은 주변 사물로 구성된다. 그렇다면 아예 진을 이루는 사물을 초입부터 모조리 망가뜨리면서 들어가면 진이 깨지

---

15 귀신을 부려 변신하거나 여러 가지 초자연적인 능력을 발휘하는 술법이다. 주문이나 부적 등을 이용해 사신역귀(使神役鬼, 귀신을 부림)하는 것을 말한다.

16 주역, 팔괘나 기타 성복서의 원리로 물건을 배치해 조화를 부리는 방법이다. 군사를 부리는 진법 같은 것(『삼국지연의』의 팔진도나 팔문금쇄진)으로 본문에서는 환술의 일종으로 어떤 힘을 증폭시키거나 더해 주는 방법으로 설정되었다.

지 않을까? 진을 깨면 본산 사람들이 먼저 나올지도 몰라. 도움을 받으려고 찾아가면서 그들의 진을 부수는 것은 실례겠지만, 허탕 치고 돌아가는 것보다야 낫겠지!'

현암은 자리에 앉아 기공력을 모으기 시작했다. 진을 구성하는 사물들을 모조리 망가뜨리거나 위치를 옮기기 위해서는 엄청난 노력이 필요했다.

"장 호법님, 자세히 말씀해 주실 수 있겠습니까?"

장 호법은 마음의 안정을 되찾은 듯, 얼굴이 많이 평온해져 있었다.

"그 아이는 제가 아버지라는 사실을 모르고 있습니다. 저로서는 어쩔 수 없었지요."

장 호법은 미동도 하지 않고 침착하게 앉아 있었다. 많은 수련을 거쳐 속세의 번뇌에 집착하지 않게 되었기 때문이리라. 하지만 떨리는 눈꺼풀을 보아 은연중 일어나는 감정까지는 막지 못하는 것 같았다.

"원래 저는 서 교주와 함께 밀교에 입문한 동기였습니다. 그러나 도중에 스승의 당부로 밀교를 떠나서 어떤 여인을 만나게 되었고, 부부의 예를 올렸습니다."

"그랬군요."

아멘이라는 말을 덧붙이려다가 박 신부는 얼른 입을 다물었다. 상좌 호법인 벽공 도인과 마가 호법이 미소를 짓는 듯했다.

"그러다가 준후가 태어나게 되었고, 속세의 아낙은 산고를 이기지 못하고 세상을 떠났습니다. 그런 와중에 밀교의 호법을 맡으라는 옛 스승의 유언이 도달되었습니다. 한때 밀교를 등지고 세상으로 뛰쳐나간 저였지만, 은혜를 입은 스승의 유언을 저버릴 수 없어서 다시 이곳으로 돌아오게 되었던 겁니다. 막 태어난 준후를 맡길 곳이 없어 품에 안고 돌아왔지요. 그때 이미 그는 밀교의 교주가 돼 있더군요."

장 호법의 입에서는 과거의 이야기가 흘러나왔다. 정통 수련을 저버리고 외도(外道)를 걸었던 장 호법은 밀교로 돌아온 후 외부인 취급을 받아 제이 호법의 직을 받았다. 그러나 장 호법이 안고 온 준후가 문제였다. 교단 내에 호법의 직위까지 맡은 사람이 자식을 데리고 돌아왔으니 밀교 전체에 좋게 소문날 리가 없었다. 그러자 서 교주는 그 아이를 장 호법과 무관하게 외부에서 데리고 온 것으로 하여 자신의 양아들로 삼았다. 원래 밀교에서는 의탁할 곳 없는 고아나 버림받은 아이들을 데려다 교인으로 삼는 일이 자주 있었으므로, 그로써 외관상 만사가 해결된 것처럼 보였다. 장 호법은 아쉽기는 했지만 다른 수가 없었다. 수련에 전념해야 할 그로서는 아이를 키울 수가 없었기 때문이다. 바로 옆에서 자신의 아이가 자라는 것을 보면서도 아버지로서 말 한마디 건넬 수 없는 것이 안타까웠으나 어쩔 수 없는 일이었다. 장 호법은 영력 수련에 온 집중을 하여 번뇌를 잊어 갔고, 혹 아이와 닮아 보일까 걱정한 나머지 머리를 밀고 허리까지 구부정하게 만들어서 남들의 의심을 피했다.

그런데 문제가 있었다. 서 교주는 아이를 끔찍이 예뻐했고, 그 아이 또한 보통 아이가 아니었던 것이다. 태어나면서부터 태몽이 범상치 않았을뿐더러, 그 아이는 출생 시에 천괴성(天魁星)[17]의 빛이 보였다고 했다. 이는 필시 범상한 일이 아니었다. 서 교주는 아이에게 밀교의 모든 힘을 심어 주려 했다. 보약이나 비전의 수련은 물론, 다섯 호법의 주술을 모두 심어 그 힘들을 한데 모으는 데 성공한 것이다.

박 신부가 멍하니 입을 열었다.

"그래도 아이인데……."

"물론 그 아이는 아홉 살짜리 어린애에 불과합니다. 아직은 공력도 그리 깊지 않고 펼칠 수 있는 수법도 몇 되지 않죠. 그러나 그 아이는 우리가 행하는 주술의 근본까지 깊이 알고 있습니다. 단지 아는 것만으로도 큰 위력이 될 수 있죠. 특히 부적이나 주문으로 신을 불러내고 신의 힘을 빌리는 데 그 아이만큼 능통한 사람은 우리 중에도 없을 정도입니다."

"저런……."

준후 이야기가 나오자 침묵을 지키던 노도인이 입을 열었다. 무척 준후를 아끼는 듯했다.

"날 때부터 총기를 타고 났을 뿐 아니라, 서로 다른 각 파의 비

---

17 하늘에서 가장 밝게 빛나는 별로 동양 천문에서 사용되는 말이다.

전심법(秘傳心法)을 모두 배워서 놀이 친구 대신 신이나 영과 놀며 자라난 아이입니다. 그 아이는 밀교의 모든 신들의 힘을 쓸 수 있습니다. 고작해야 신 한둘이나 명왕(明王)[18], 보살의 힘을 빌리는 보통 밀교도들과는 차원이 다릅니다."

박 신부는 고개를 끄덕였다.

"그런 아이가 서 교주만을 따르게 교육받았다면……."

장 호법이 다시 이야기를 계속했다.

"아무리 속세와의 연을 끊기로 했지만 어찌 친아들을 나 몰라라 하겠습니까? 혈연이란 게 무섭긴 한 것인지 그 아이도 이유도 모르고 저를 잘 따릅니다. 그러나 서 교주와 저를 선택해야 한다면, 그 아이는 서 교주를 택할 겁니다. 서 교주를 아버지로 믿고 있으니까요. 저는 제 자식과 대적하고 싶지 않습니다. 그래서 제 자식 놈을 신부님이 보호해 주셔서 싸움에 말려들지 않도록 도와주십사 하는 것이 신부님을 모시게 된 두 번째 이유입니다. 그 아이는 술수를 많이 알고 있지만, 실제 능력은 그리 크지 않습니다. 그러니 박 신부님이 가진 영력을 그 아이로서는 파악하지 못할 것입니다."

"그 아이에게 사실을 알려 준다면……."

"그럴 순 없습니다. 그 앤 고작 아홉 살일 뿐입니다. 어찌 그 어린것에게 사실을 납득시킬 수 있겠습니까? 저는 그 아이를 버린

---

18 악마를 굴복시키는 무서운 얼굴을 한 신장(神將)이다.

것이나 다름없습니다. 어찌 친아버지가 자신을 버렸다고 말할 수 있겠습니까? 그 아이에게 충격을 줄 수는 없습니다, 절대로요."

박 신부는 생각에 잠겼다. 미묘한 문제였으나 장 호법의 말이 모두 옳다고는 생각하지 않았다. 모든 일에는 순리가 있는 법이고, 아무리 은폐하려 해도 언젠가는 사실이 드러나기 마련이다. 달리 방도가 없다는 장 호법의 입장이 이해되지 않는 것도 아니었지만…… 박 신부는 일단 그 일은 접어 두기로 했다. 장 호법도 그런 박 신부의 생각을 알아차린 듯 화제를 돌렸다.

"신부님을 오시라고 한 중요한 이유가 또 있습니다. 그건 밀교 자체에서 내려오는 고대의 예언 때문입니다. 서 교주가 힘에 탐닉하게 된 이유 중 하나가 바로 그 예언일지도 모릅니다."

"예언이라고요?"

주변에 일렁이던 안개는 많이 옅어져 있었다. 현암은 이마에 흐르는 땀을 씻으면서 자신이 지나온 자취를 돌아보았다. 벌써 오십여 미터에 걸쳐서 현암은 나무며 돌이며 이상한 모양의 문자가 쓰인 나무 막대 등등을 닥치는 대로 부수며 나아가고 있었다. 자연을 해치는 것이 아니라 진법을 부수는 것일 뿐이니 망설일 이유가 없었다. 어지간한 나무는 기공력을 실은 일격으로 꺾어 버릴 수 있었다. 굵은 나무는 가지를 분지르든가 주술이 실린 글자가 속에 숨어 있을지 몰라 아예 껍질까지 벗겨 내기도 했다. 돌도 보이는 족족 사방에 팽개치고, 큰 바위는 기공력을 동원해 멀찌감치 밀어 버렸다. 가장 수상한 것은 간간이 땅에 깊이 박혀 있는 나무 막대들이었는데, 그 막대들의 겉면에는 붉은 주사(朱砂)[19]로 도저히 알아볼 수 없는 글자 자국이 남아 있었다. 퍽 오래된 것 같은데도 썩지 않고 단단했다.

이렇듯 주변을 거의 초토화시키면서 전진하다 보니 시간이 오래 흘렀다. 하지만 정말 진법이 파괴되고 있기라도 하듯이 엷어지는 안개를 보면서 현암은 '가장 단순 무식한 방법이 가장 빠른 길이 될 수도 있다'고 생각했다.

그러나 철골(鐵骨)임을 자처하는 현암이라도 내공의 소모가 극심한 것은 어쩔 수 없었다. 현암은 자리에 앉아 심호흡을 하기 시작했다. 소모된 내공을 보충하려는 생각에서였다.

얼마 쉬지도 않았는데 갑자기 현암의 얼굴에 스산한 바람이 스쳐 지나갔다. 그건 예사 찬바람이 아니었다. 훨씬 더 음습한 바람이었다. 현암은 즉각 눈을 떴다. 현암의 눈앞에 반투명의 흐물흐물한 두 개의 물체가 보였다. 생김새가 몹시 흉악한 두 놈은 각각 삼지창과 가시 돋친 방망이인 낭아곤(狼牙昆)을 들고 있었다.

"야차(夜叉)[20]?"

---

19 짙은 홍색의 광택이 있는 육방 정계 괴상의 광물 또는 수은과 유황의 화합물이다. 정제해 염료나 한방에서 약으로 쓰는데 성질이 차 전광, 경관 등의 진정제로 쓰인다. 모든 부족의 글씨는 주사로 써야 효력을 발휘한다.
20 추한 용모에 사람을 해하는 귀신으로 민간에서는 두억시니로 불린다. 불교의 신들 가운데는 야차를 수하로 거느리고 있는 신이 많다.

현암은 코웃음을 치며 앉은 자세 그대로 몸을 뒤로 날렸다. 야차의 창이 현암이 앉았던 자리에 푹 박혔다. 현암은 뒤로 재주를 넘어 야차의 공격을 피했다. 기공력을 익히고 동생을 앗아 간 물귀신과 싸워 이겼던 경험이 있는 현암이었지만, 이렇게 직접 물리력을 행사해 무기를 휘두르는 귀신이 있을 줄은 몰랐던지라 당황스러웠다. 허나 그에 못지않게 호승심도 일었다. 현암은 아무것도 겁내지 않았다. 슬픈 과거와 함께 마음속 깊숙한 곳에 있는 두려움까지 없애 버렸으니까…….

"흥! 인간계와 영계의 경계가 엄연한데, 감히 산 사람에게 행패를 부려?"

현암은 소리를 지르며 기공력을 오른손에 모았다. 두 야차는 현암의 말을 들은 척 만 척하며 마구 공격해 들어왔다. 현암은 공격을 재빠르게 피하면서 이것 또한 진법에서 나오는 허상이 아닐까 의심해 보았다. 그러나 현암의 허리께를 스친 창이 뒤편의 바위에 맞아 불똥이 확 튀기는 것을 보고는 정신이 번쩍 들었다. 야차들은 허상이 아니었다.

"저희 해동밀교에는 십구 대 교주 법명(法明) 선사께서 남기신 예언서가 비전되어 내려오고 있습니다. 『해동감결(海東鑑訣)』이라는 작은 책인데, 해동밀교가 어떻게 이어져 나갈 것이며, 어떤 일들이 생길 것인가를 예언하고 있습니다. 예를 들면 이 책은 임진왜란이 일어날 것과 그때 밀교의 교리를 배운 화상(和尙)이 큰 역할을 할 것이라고 적혀 있습니다. 사명 대사(四溟大師)[21]를 일컫는 것이죠. 그밖에도 많은 예언이 있었습니다만 다 들어맞았습니다. 특히 요즈음으로 추정되는 시기에 장차 혼돈에 빠질 세상의 질서를 바로잡는 네 명의 큰 손님에 대한 이야기도 나옵니다. 동방 명인(東方明人), 서방 진인(西方眞人), 남방 신인(南方神人), 북방 도인(北方道人)이 그들입니다. 그중 남방 신인은 저희 본산에는 오지 않는다 했지만, 넷은 후에 만나게 되어 많은 선행들을 행한다 했지요."

박 신부는 고개를 끄덕였다. 영능력과 초자연적인 힘들을 가까이해 온 박 신부의 입장에서는, 천 년 후를 예지[22]해서 투시한다는 것이 영 믿지 못할 것은 아니라고 생각했다.

"문제가 되는 것은 이 구절입니다. 지금의 서 교주는 백사십오 대입니다. 그런데 『해동감결』에는 네 명의 큰 손님 이야기 바로

---

21 사명 대사가 임진왜란 전후 일본에 가서 여러 도술을 부려 일본인들의 기를 눌렀다는 이야기는 유명하다. 불에 달구어진 쇠로 된 방에 고드름을 달리게 하고, 독사가 가득한 욕조에서 태연하게 목욕을 하며, 불에 달군 무쇠 말에 태우려 하자 비바람을 불러 쇠를 식게 만드는 등의 예가 그것이다. 사명 대사와 그의 스승인 서산 대사는 밀교 계통의 수련을 많이 했다고 한다.
22 도가나 주술계에서는 천 년 이상의 미래 일을 예언해 맞히는 일이 자주 있다고 한다. 제갈공명이 후대의 장군 조참의 촉 입성을 거의 천 년 전에 짐작하고 미리 비석을 세웠던 것이나, 가끔 산 중턱 등에 저수지 공사를 할 때 발견되는, 연못의 뜻이 담긴 글자가 새겨진 비석 등에서 그러한 예를 찾을 수 있다. 예언의 대명사로는 노스트라다무스가 있지만, 실제로 동양에서 찾을 수 있는 예언의 실례(實例)는 그보다 더 정확하고 직접적이다.

다음에 '삼백이 반으로 나뉘고 다섯이 모자랄 때 절의 주춧돌이 지붕 위로 올라가리라'는 구절이 있습니다. 물론 파자(破字)[23]로 된 것을 해석한 내용입니다만……."

"삼백이 반으로, 그리고 다섯이 모자라면 백사십오가 되는군요."

"그렇습니다. 그런데 절의 주춧돌이라는 것이 해동밀교를 상징 한다고 서 교주는 생각하고 있습니다. 법명 선사께서는 항상 본교 에 대해 깊은 자부심을 가지고 계셨던 분입니다. 주춧돌은 보이지 않는 곳에서 전체를 떠받치는 역할을 합니다. 모습을 드러내지 않 고 사람들을 구하는 역할을 하며 법풍(法風)을 이어 가는 본교와 의미가 통한다 할 수도 있지요. 그래서 서 교주는 본교가 세상에 나가서 흐트러진 교맥을 일통해야 한다고 생각하고 있습니다. 그 러나 규모도 작고 알려진 바도 별로 없는 해동밀교가 백사십오 대 교주인 서 교주의 임기 내에 예언을 달성하려면 몇몇 소수 신봉자 의 힘만으로는 되지 않습니다. 그래서 알려지지 않은 힘을 끌어내 어 세상을 복속시켜야 한다고 생각하는 겁니다."

박 신부의 얼굴이 흐려졌다.

"그런 이유로 서 교주는 고대에나 있었던 인신 공양을 비롯해 악한 행동까지 하게 된 것이로군요."

호법들은 한숨을 내쉬었다. 계속 눈을 감고 있던 상좌 호법 벽 공 도인이 장 호법을 대신해 입을 열었다.

---

23 내용을 쉽게 알아차릴 수 없도록 글자를 나누거나 합쳐서 기록한 글자를 말한다.

"예언이라는 것은 하늘의 비기(秘記)요. 지나고 나서야 정확한 뜻을 알 수 있는 법이지요. 『해동감결』의 예언은 다른 뜻으로도 해석될 수 있다오."

"다른 뜻으로요?"

"주춧돌이라는 것은 근본이고 토대를 뜻하오. 즉, 절의 주춧돌이라는 것은 절이라는 말의 의미를 우리 땅에 있는 불교계 전체로 본다면 앞서 장 호법이 말씀하신 해석대로 되겠지만, 절을 해동밀교로 한정 지어 생각해 본다면 주춧돌은 무엇을 나타내겠소?"

"그렇다면, 바로 여러분을?"

"그렇소이다. 해동밀교는 교주와 그 밑의 집법원(執法院)이 있고 거기에 장로들이 있으나, 실제의 일과는 무관하게 경전 해석과 고증을 주로 담당하고 있지요. 그 아래 저희 호법들이 소속된 내밀원(內密院)에서 대소사의 처결을 많이 하고 있습니다."

"그렇다면 과거 법명 선사께서 적으신 『감결』의 내용이 호법 여러분에 대한 것이라 여기고 계신다는 것입니까? 하면, 지붕에 올라간다는 것은 여러분이 교세를 장악한다는 뜻이 아닙니까?"

"허허헛!"

벽공 도인은 큰 소리로 웃어 젖혔다. 마치 박 신부의 생각이 모자람을 탓하는 듯 어수룩하게 보는 행동이었으나, 그 늙은 도인의 행동은 순진한 면이 있어서 크게 반감이 일어나지 않았다.

"허허허…… 그렇다고 합시다. 그러나 서 교주가 그 정도를 생각하지 못할 것 같소?"

"그게 무슨 말씀이시죠?"

"자, 여기 두 가지의 해석이 나왔소. 하나는 서 교주의 대에 교계가 일통된다는 것이고, 또 하나는 우리 호법들이 밀교의 체계를 뒤엎고 일종의 혁명을 일으킨다는 말이지요. 두 가지가 다 가능성이 있는 이야기요. 그렇다면 서 교주 같은 사람의 행동은 어떻겠소? 교세를 확장하기 위해 힘을 쌓고, 아울러 혹시나 있을지 모를 호법들의 반란에 대비하는 두 가지 일을 한꺼번에 처리할 생각을 하지 않겠소? 그래야 만약 두 번째의 해석이 맞다고 하더라도 발버둥 칠 기회가 있지 않겠소?"

"문제의 근원이 애매하군요. 서 교주는 호법님들을 경계하기 위해 수단 방법을 가리지 않고 힘을 키웠고, 호법님들은 그런 교주의 행동에 제동을 걸기 위해 생각지 않았던 결의를 한 것이라면, 도대체 시작이 어디입니까? 결국 그『감결』때문에 일이 생기게 된 것 아닙니까?『감결』은 믿을 수 있는 예언서입니까?"

"우리는 믿소. 왜냐하면,『감결』의 내용이 지금의 형세에 계기가 되었을지언정, 앞으로의 일에 실질적인 영향을 주지는 못하기 때문이오."

"……영향을 주지 못한다고요? 하지만『감결』때문에 서 교주가 야망을 갖기 시작한 게 아닙니까?"

장 호법이 말을 받았다.

"『감결』이 진정 사실로 인정되려면 두 가지 해석 중 어느 하나로든 이루어져야 합니다. 그러나 박 신부님, 저희는 그 두 가지 해석대로 일이 풀릴 것으로는 생각지 않습니다."

"뭐라고요?"

"천기를 기록한다는 것은 으레 그런 것입니다. 운명이라는 것은 결코 예측한 대로 흘러가지 않는 겁니다. 오히려 전혀 다른, 엉뚱한 방향에서 튀어나오고 맙니다. 저희도 천기를 예측할 수 있고, 앞날을 희미하게나마 읽을 수도 있지요. 그러나 우리는 그런 힘을 쓰지 않습니다. 그럴 필요가 없기 때문이지요."

"그건 또 무슨 말씀입니까? 앞날을 알 수 있다면, 그것을 통해 미래를 바꿀 수는 없습니까?"

"운명은 우리가 미래를 읽을 것까지 계산에 넣고 있습니다. 니르바나(열반)[24]의 경지에 들어가기 이전의, 몸을 지니고 태어난 인간이라면 그 누구도 숙명에서 벗어날 수 없습니다. 운명을 바꿀 수 있는 방법은 한 가지뿐입니다. 미래를 읽는 방법 따위가 아니고……."

"운명을 바꿀 수 있는 방법이 있다고요?"

"그건 마음입니다, 사람의 마음. 덕과 도를 쌓고, 자비심을 품어 남을 가련히 여기는 선한 마음을 갖고 용기를 가지는 것만이, 작지만 가장 큰 힘을 얻을 수 있습니다. 그 커다란 운명을 움직일 수 있을 만큼……."

---

24 도를 완전히 이루어 일체의 중고와 번뇌를 끊고 불생불멸의 법성(法性)을 증험(證驗)한 해탈의 경지로 보통은 죽음을 뜻한다.

박 신부는 말없이 고개를 숙였다. 장 호법의 말에서 느껴지는 바가 있기 때문이었다. 마음…… 그러나 마음은 인간에게서 나오는 것이다. 누구라도, 아무리 하찮은 사람일지라도 마음을 가지고 있지 않은 사람은 없을 것이다. 그렇게 생각한다면 한 사람 한 사람의 인간은 운명의 지배를 받으면서도 역으로 큰 줄기를 변화시킬 수 있을 것이다. 나약하고 보잘것없는 존재인 동시에, 소중하고 고귀하기도 한 존재가 바로 인간이 아니던가.

한동안 침묵이 흐른 다음, 박 신부의 마음속을 들여다본 듯 노도인이 입을 떼었다.

"오래전부터 많은 선인들이 인간에 대해 의문을 가졌지만, 완전히 만족시킬 수 있는 답을 찾은 이는 없소. 지금은 그것보다도 당장 시행될 일에 대해 이야기를 나누어야 합니다. 저희 호법들은 예언이야 어떻든 교주의 악행을 막기 위해 어쨌든 힘을 모을 것이오. 박 신부님에게 바라는 것은……."

"예, 말씀하십시오."

"다른 가르침을 받아 다른 길에 몸담고 계시면서도 사람들의 작은 불행조차 외면하지 않으시는 박 신부님이라면, 저희도 안심할 수 있을 것 같아서 드리는 부탁입니다. 박 신부님께 바라는 것은 단 한 가지입니다."

드디어 본론이 나오는구나, 하고 박 신부는 생각했다. 사실, 알지도 못하는 장 호법이 느닷없이 찾아와 도움을 청할 때는 그저 막연한 생각으로 응낙했다. 처음에는 다른 신앙을 가진 사람들과 행동을 같이해야 한다는 사실에 잠시 주저하기도 했다. 그러나 이야기를 나누는 동안, 박 신부는 호법들의 생각과 자신이 오래전부터 가졌던 생각 사이에 일맥상통하는 바가 많음을 알고 마음을 굳혔다. 스스로의 믿는 바 때문에 교단에서 파문됨을 감수한 박 신부나, 각기 다른 신을 섬기면서도 해동밀교에 몸을 담고 사람들을 위해 일한다는 호법들은 같은 길을 걸어가는 사람들인지도 몰랐다.

'사람이 믿는 바가 사람을 위하지 못한다면 그 믿음을 무엇에 쓸 것인가!'

박 신부는 전부터 가졌던 많은 생각과 의문이 장 호법의 말을 계기로 하나로 응집되는 듯한 느낌을 받았다.

그런 기색을 아는 듯 모르는 듯, 노도인은 눈을 반쯤 감은 채 이야기를 이어 갔다. 나머지 네 호법들도 긴장하는 기색이었다.

현암은 좀 도가 지나치다고 생각했다. 아무리 산속이라지만 요즘 같은 세상에 야차와 같은, 그림에서나 볼 수 있는 귀신들이 나와서 병기(兵器)를 휘두르는 것은 어지간히 경험이 있다고 자부하던 현암에게도 의외의 일이었다. 예전에 한빈 거사에게서 배운 수법들을 급히 응용하고 기계 제조에서 익힌 몸놀림으로 공격을 피하고 있었으나, 점점 힘이 떨어지고 있었다. 주먹과 발을 휘둘러 보았지만, 영력을 싣지 않은 주먹은 그대로 야차의 몸을 통과해 버려 허공을 칠 따름이었다. 불공평한 싸움이었다. 야차는 현암을 마음대로 공격할 수 있지만 현암은 야차를 공격할 수가 없었다.

보통 사람들이 잡귀가 아닌, 진짜 귀신의 상대가 되지 않는 이유는 여기에 있었다.

'무슨 수를 써야겠는데…….'

영력을 몸이나 물건에 깃들이지 않는 한, 영이나 귀신들에게 타격[25]을 줄 수 있는 방법은 극히 드물었다. 영기 어린 물건이나 부적, 또는 강한 정신력을 사용하면 가능할 수도 있으나 지금은 정신력을 발할 시간이 없었다. 무기라고 할 만한 것도 없었다. 그가 소중히 간직하던 월향검은 해동밀교에서 이상하게 볼까 봐 가지고 오지 않았다. 그나마 무기가 될 만한 것은 배낭 속에 있는 태극패(太極牌)[26]뿐이었는데, 그것마저도 꺼낼 시간이 없었다. 할 수 있는 것이라고는 오로지 기공력을 응용하는 것밖에 없었다.

현암은 요리조리 몸을 피하면서 단전(丹田)[27]에 힘을 주어 기공력을 끌어모았다. 도혜 선사가 현암에게 심어 준 엄청난 내공이 기공력으로 바뀌더니 한빈 거사에게서 배운 구결과 심법의 조종을 받아 현암의 오른손에 모여들었다. 그러자 현암의 오른손이 희

---

25 일반적으로 심령 과학에서 영은 순수한 파장으로 이루어진 존재이며, 본문에서는 일반적인 물리력으로는 영에게 타격을 주지 못하는 것으로 설정되었다. 따라서 영에게 타격을 주기 위해서는 순수한 사념이나 파장의 영력이 담긴 주술을 동원해야 한다.
26 도교에서 마물을 쫓고 진실을 보기 위해 사용하는 일종의 거울이 있는 패이다. 크기는 약 9촌 이상이며 앞뒷면에 팔괘의 무늬가 있고 중앙에 구리로 된 거울이 있으며 뒷면에는 태극 무늬가 그려져 있다.
27 배꼽 아래로 한 치 다섯 푼 되는 곳에 있는 혈이자 내공의 가장 기본이 되는 혈이다. 보통 단전이라고 하면 이 하단전을 칭한다.

미하게 푸른빛을 발하기 시작했다.

"타핫!"

현암은 한꺼번에 찔러 들어오는 창과 낭아곤을 피하며 기공력을 실은 주먹을 야차의 옆구리를 향해 날렸다. 한빈 거사에게서 배운 파사검법의 한 수법이었다. 제대로 펼치면 칼날에 검기가 솟아 나오게 되어 있었으나, 칼이 없는 현암은 그냥 주먹질을 할 수밖에 없었다.

펑!

기공력이 실린 주먹이 야차의 옆구리에 적중하자 커다란 충격이 현암의 손목으로 짜릿하게 전해져 왔다. 정통으로 얻어맞은 야차는 소리를 지르는 듯 입을 크게 벌리며 낭아곤을 떨어뜨렸다. 낭아곤이 땅에 떨어지면서 쨍그랑 소리를 냈다. 귀신들이 다루는 무기는 허상이 아니었다.

현암의 주먹에 얻어맞은 야차는 비틀거리며 뒷걸음질을 쳤다. 다른 야차도 창을 앞에 세운 채 겁먹은 듯 뒤로 한두 걸음을 물러섰다. 현암은 급히 야차가 떨어뜨린 낭아곤을 집어 들었다. 알고 보니 낭아곤은 사기로 만든 것이었다. 근처의 사당에 세워져 있던 것을 야차가 들고 온 것이 틀림없었다. 아무리 사기로 만든 것이라도 영력을 받으면 위력은 쇠나 다름없으므로, 다른 야차가 들고 있는 창을 피하지 못했다가는 큰코다칠 판이었다. 현암은 낭아곤에 기공력을 모았다. 그러나 허무하게도 낭아곤은 현암의 기공력을 이겨 내지 못하고 퍽 하면서 터져 버렸다. 기공력이 담긴 파편들이 사방으로 튀어 나갔다. 파편에 맞은 듯 비틀거리던 야차가 낯짝을 감싸 쥐었고 창을 든 야차도 황급히 물러섰다. 현암은 내친김에 몸을 날려 앞을 보지 못하는 야차에게 덤벼들었다. 그러고는 손잡이만 남은 낭아곤 자루에 약한 기공력을 넣어 야차의 머리통을 그대로 찍어 버렸다.

야차는 비명과 같은 진동을 울리면서 서서히 사라져 갔다. 세상에 불멸은 없는 법. 귀신도 소멸당할 수 있다. 남은 야차는 겁을 잔뜩 집어먹고 있었다. 현암은 기회를 놓치지 않고 배낭에서 태극패를 꺼냈다. 태극패를 오른손에 들고 기공력을 집중하자 태극패의 중앙에 박힌 구리거울에서 푸른빛이 쏘아져 나와 남은 야차를 덮쳤다.

빛을 받은 야차의 몸이 찌부러지며 녹아내렸다. 현암은 비위가 상했지만 계속 기공력을 발했다. 한동안 빛을 발하고 있으려니까 야차의 몸은 완전히 찌부러져서 녹은 아이스크림같이 변하더니 서서히 사라져 갔다.

현암은 야차가 남긴 창을 집어 들었다. 창 역시 진짜 무기는 아니었지만, 그래도 자루가 나무로 되어 있고 쇠로 된 날이 있었다. 나무는 한때나마 생명이 있던 재료이고 쇠는 강한 재료니까 현암이 기공력을 넣는다고 낭아곤처럼 쉽사리 부서지지는 않을 듯싶었다. 현암은 창의 중간을 뚝 꺾어서 칼 정도의 길이로 만들고 기공력을 주입해 보았다. 끝에 맺히는 기운이 아슬아슬해서 강한 힘을 가하지는 못할 것 같았지만, 그래도 맨주먹보다는 훨씬 나았다.

야차를 물리쳤지만, 또 어떤 놈들이 불쑥 튀어나올지 알 수 없었다. 현암의 생각으로는, 방금 나타난 야차는 밀교에서 사람들의 접근을 막기 위해 배치해 놓은 두 번째 관문 같았다.

　'자비를 내세우는 불가의 한 계열인 밀교에서 왜 그리 험악하고, 사람을 해칠 수도 있는 놈을 배치한 거지? 그냥 겁만 주어도 보통 사람들은 달아나 버릴 텐데.'

　현암은 조심해야겠다고 다짐하면서 태극패와 짧은 창을 들고 걸음을 옮겼다.

　노도인을 비롯한 다섯 호법은 박 신부에게 준후라는 아이를 책임져 달라고 부탁했다. 박 신부는 그들의 말을 차분히 정리해 보았다. 어차피 교주와 호법들이 맞닥뜨리게 되면 영력과 도력에 의한 싸움이 불가피해질 것이다. 그 싸움에서 호법들이 이겨 교주의 능력을 빼앗고 제압하려면 우선 교주의 힘을 줄여야 한다. 교주 혼자서 다섯 호법을 이길 수는 없겠지만, 그렇게 피를 보면서 싸우는 일은 일어나지 않아야 하기 때문이었다. 노도인은 이미 오래전부터 서 교주가 눈치채지 못하게 서 교주에게 약을 사용해 힘을 줄여 왔다고 말했다. 그러나 서 교주도 수양이 깊은 사람이라 힘을 모두 없애기는 불가능했다. 그러니 위험을 각오해야 했다. 또한 준후라는 아이도 서 교주의 옆에서 떼어 놓아야만 했다. 준후는 다섯 호법이 심혈을 기울여 그들의 모든 것을 가르친 아이니, 교주의 옆에 있으면 다섯 호법의 수법을 낱낱이 폭로할 것이 분명했다. 준후는 장 호법의 자식이지만, 그 사실을 모르고 있으므로서 교주의 편을 들 게 뻔했다. 또 한 가지의 문제는 장 호법을 비롯한 다섯 호법은 준후를 어떻게 할 수 없다는 것이었다. 최악의 사태에도 자기 자식을 공격할 순 없을 테고, 서 교주가 준후를 인질로 삼을 가능성마저 있었다. 그래서 박 신부가 필요했다. 물론 허허자가 준후를 타이르겠지만, 만에 하나 준후가 저항하더라도 박 신부는 준후가 미처 알지 못하는 기도력을 이용해 준후를 제압해서 밖으로 빼돌려야 했다. 다행히 다섯 호법이 목적을 달성하면 준후를 데리고 와 주고, 만약 다섯 호법이 패하더라도 서 교주가 장래 최대의 무기로 삼으려 하는 준후를 그의 손에서 빼앗기만 해도 된다는 것이 호법들의 설명이었다.

내내 침묵을 지키고 있던 마가 호법이 외국 억양이 섞인 말투로 입을 열었다.

"그 아이는 어리지만 총기가 있어서 우리 다섯의 힘을 모두 배웠습네다. 혹 우리가 잘못되더라도 그 아이를 우리 다섯의 공동 후계자로 삼을 것입네다. 그러할 때는 그 아이가 능력을 키우고 아직 깨닫지 못하고 있는 우리의 주술과 비법들을 다 깨우칠 수 있도록, 그래서 우리들이 평생을 바친 일맥이 끊기지 않도록 부탁 드립네다."

올련 호법의 얼굴은 아직도 변함이 없었지만 그녀의 눈자위엔 물기가 깃들어 있었다. 허허자도 눈을 감고 말했다.

"벽공 도인님의 도력, 장 호법님과 마가 호법님의 밀법, 올련 호법님의 무가의 신통력, 그리고 부족하나마 제 부적술의 정수(精髓)를 한 몸에 지닌 준후는 뒷날 크게 깨달음을 얻을 것입니다. 아마 우리 중 누구도 이르지 못했던 경지에까지 갈 수 있을 테지요. 그러니 무슨 일이 있더라도 그 아이를 꼭 선하게 가르쳐 주십시오. 우리의 간절한 부탁입니다. 서 교주가 품은 야망의 희생물이 되지 않도록……."

박 신부는 당황했다. 쟁쟁한 기인들이 자신에게 부탁하는 내용은 같이 싸워 달라는 것이 아니었다. 그러나 어쩌면 그보다도 훨씬 어려울지도 모르는 부탁이었다.

장 호법이 입을 열었다.

"박 신부님은 아마도 『감결』에 나와 있던 서방 진인이실 겁니다. 아직 북방 도인이나 남방 신인은 나타나지 않았지만, 『감결』에 따르면 준후 그 아이와 후에 만날 북방 도인, 남방 신인과 함께, 네 분은 앞으로 많은 사람을 구하실 겁니다."

"아니, 제가 어떻게 그런……."

"아닙니다. 드러내 보이지 않아도 사람의 영력은 대강 알 수 있지요. 박 신부님의 기도력은 독보적인 경지입니다. 나중에 기회가 되면 제 자식 놈에게 그것까지 배울 수 있게 해 주십시오. 제 욕심이겠지만, 장차 큰일이 일어나더라도, 한 사람의 힘으로 가능한 일은 전부 할 수 있었으면……."

장 호법의 날카로운 얼굴에 처음으로, 준후라는 아이를 향한 아버지의 뜨거운 애정이 나타났다. 그 표정을 본 박 신부는 불안한

예감이 들었다. 이들 다섯 호법은 과연 무사할 수 있을까? 박 신부
도 상당히 영적 능력을 지니고 있었으나 이들의 미래를 꿰뚫어 볼
수는 없었다. 다만 교주의 악행을 방치하지 않겠다는 비장한 결의
와 후계자에 대한 깊은 배려가 스며 있는 말에서, 이들이 앞으로
할 행동에 대해 막연한 불안감을 느꼈다.

다시 노도인의 주재하에 일종의 작전 회의가 열렸다. 교주를 제
압해 힘을 빼앗는 작전은 하극상이기에 비밀리에 수행되어야 했
다. 우선 박 신부는 대웅전(大雄殿) 뒤쪽의 토굴에서 수련 중인 준
후를 데리고 탈출해야 한다. 그 일은 허허자가 도울 것이며, 나머
지 네 호법은 교주 측근의 인물들과 장로들을 제압한다. 허허자
가 준후를 설득해 보기는 하겠지만, 만약의 경우 박 신부가 나서
서 준후라는 아이를 제압할 수밖에 없다. 일단 준후를 데리고 나
가는 데 성공하면, 다섯 호법은 교주에게로 가서 그와 담판을 짓
고 필요에 따라서는 실력대결도 불사한다는 것이 내용의 전부였
다. 작전이라고 할 것까지도 없었다. 무작정 교주를 상대한다는
부분은 좀 설득력이 떨어졌으나, 손님으로 온 박 신부가 상좌에
있는 노도인이 말하는 내용에 감 놓아라 배 놓아라 할 처지가 아
니었다.

장 호법은 노도인이 작전을 다 말하기를 기다렸다가 박 신부가
해야 할 행동을 일러 주었다.

"서 교주는 악의 의식을 행하기 시작한 이래 외부인의 출입을
극도로 통제해 왔습니다. 그래서 이 본산에 갖가지 술수를 부려

놓았지요. 원래는 운무진(雲霧陣)[28]으로 가려서 찾아오기 힘들게만 되어 있었는데, 그곳에 악귀들을 마구 풀어놓았습니다. 물론 저희가 아까 온 길은 그런 것들이 범접하지 못하게 막아 놓은 곳이지만요. 나가실 때 그 길은 봉쇄될 겁니다. 그러니 진들을 돌파하셔야 합니다. 큰 어려움은 없을 것으로 생각합니다. 기껏해야 잡귀니까요. 여차할 경우에는 준후의 도움을 받으십시오. 그 아이는 잡귀들을 다루는 술법에는 통달해 있으니까요."

박 신부는 고개를 끄덕였다. 이제는 행동하는 일만 남아 있었다.

현암은 상당히 화가 나 있었다. 벌써 몇 차례나 악귀들의 공격을 받고 그들을 물리쳤는지 모른다. 진을 때려 부수는 등의 방법이 거칠기는 했지만, 해동밀교에 도움을 얻고자 방문하는 사람에게 악귀들이 다짜고짜 공격을 하게 만든 것은 무슨 이유인가? 현암은 악귀들을 막느라 전신의 기운이 모두 빠져나간 것처럼 몸이 노곤해졌다. 덤벼든 녀석들은 말단 하급 악귀여서 대적하기 그리 힘들지는 않았지만 난폭하게 덤벼드는 모습은 경계하고 있다기보다는 피에 굶주린 것 같았다.

'쳇! 이거 손님 대접이 엉망이로군. 귀신들을 이렇게 자유자재로 부리는 것을 보니 확실히 능력이 있긴 있는 모양이야. 하지만 이렇게 해 놓으면 웬만한 사람은 다 죽으라는 얘기가 아닌가? 교

---

28 소설상 가상의 술수로 구름 같은 안개를 펼쳐 사람의 이목을 가린다.

주가 어떤 자인지는 몰라도 단단히 따져 봐야겠군!'

이백여 미터 정도밖에 되지 않는 거리였지만 나무며 돌, 이상한 말뚝 따위를 뽑은 데다가 다섯 차례나 악귀들과 싸움을 하며 지나온지라 몸이 여간 힘든 게 아니었다.

드디어 사찰의 모습이 안개를 뚫고 희미하게 보이기 시작했다. 이제는 길도 넓어져서 걸리는 것도 없고 악귀들의 기척도 느껴지지 않았다. 현암은 다행이라는 듯 숨을 내쉬었다. 좌우에 사천왕(四天王)[29] 상이 서 있었고 문은 굳게 닫혀 있었다. 문 앞으로 '자비도량(慈悲道場)'이라 쓴 석비가 보였다. 현암은 부아가 치밀었다. 현암은 정말 화가 나면 머릿속이 끓는 피로 꽉 차는 것처럼 아득해졌다가 정신이 맑아지고 냉정해진다. 하지만 그럴 때의 행동은 거칠 것이 없이 난폭해진다.

"자비는 무슨!"

화가 치민 현암은 기공력을 있는 대로 끌어모아 비석을 후려갈겼다. 비석은 쩡하는 굉음과 함께 산산이 부서져 버렸다. 그와 함께 문 안쪽에서 수런거리는 소리가 들리기 시작했다. 현암은 배짱 좋게 문 앞에 버티고 서서 소리를 질렀다. 이럴 때 한빈 거사에게서 배운 사자후를 쓴다면 화상들이 기겁을 할 테지만, 아쉽게도

---

29 사천왕 또는 사대 천왕은 수미산(須彌山)의 중복에 있는 사왕천에 살며 사방 사주(동 勝身洲, 남 贍部洲, 서 牛貨洲, 북 俱盧洲)를 수호하는 호법신이다. 사대 천왕, 호세 사천왕, 호세주, 사왕이라고도 한다. 동 지국천(持國天), 남 증장천(增長天), 서 광목천(廣目天), 북 다문천(多聞天) 등 사존으로 이루어져 있다.

그 수법을 쓰기에는 현암의 수련이 너무 부족했다.

"나와 보시오!"

현암의 목소리는 안개 속을 뚫고 여기저기로 메아리쳤다.

"앗! 이게 무슨……?"

박 신부와 같이 대웅전 뒤로 향하던 허허자가 산문 밖에서 울려오는 소리를 듣고 깜짝 놀랐다. 놀란 것은 박 신부도 마찬가지였다. 이제까지 해동밀교의 본산을 알고 찾아온 사람은 극히 적었다. 하물며 주위에 운무진을 펼치고 야차까지 풀어서 경계까지 하는 마당에 누가 찾아오리라고는 아무도 생각하지 못했다. 그동안 외부의 방문자나 침입자가 없었기에 해동밀교의 승려들은 경계를 설 필요가 없었다. 따라서 박 신부 같은 사람이 경내에 들어와도 발각될 염려가 거의 없을 것으로 생각했던 것이다. 난데없이 울리는 소리는 경내에 있던 모든 승려의 선잠을 깨우기 충분했다.

"서둘러야겠습니다, 신부님!"

허허자가 등을 치며 발걸음을 재촉하자 박 신부도 달리기 시작했다. 대웅전 뒤를 돌다가 늙은 승려 한 사람과 마주쳤다. 집법원의 장로였다. 장로가 합장하며 의아한 듯이 물었다.

"아니, 오 호법? 여기서 뭘 하는 게요? 그리고 뒤에 있는 사람은?"

"시간이 없으니 실례합니다. 칠 장로(七長老)님!"

허허자는 부적 한 장을 꺼내더니 다짜고짜 장로의 이마에 붙였다. 그러자 장로는 그 자세 그대로 스르르 엎어지면서 의식을 잃었다. 박 신부는 대단한 수법이라고 생각했다. 뒤에서 술렁거리는 소리가 더 커지고 있었다. 허허자는 박 신부를 데리고 달리면서 계획이 틀어지고 있음을 느꼈다. 허허자와 박 신부는 대웅전 뒤쪽의 작은 토굴 속으로 몸을 날렸다.

만남

현암은 호기를 부리며 다시 한번 소리를 질렀다.

"아무도 없소? 도혜 스님의 소개로 온 사람이오!"

박 신부와 허허자는 토굴로 뛰어드는 데에 성공했으나, 나머지 네 명의 호법들은 안절부절못하고 있었다. 잠들어 있는 틈을 이용해 장로들과 다른 사람들을 제압해 놓으려고 했는데, 누가 문 앞에서 난데없이 소리를 지르는 바람에 사람들이 전부 잠에서 깨어난 것이다. 이제 허허자와 박 신부에게 연락을 취할 수도 없었고 승려들이 벽공 도인에게로 와서 밖에서 벌어지는 소란이 무슨 일이며, 누가 그러는 것인지 사람들을 데리고 나가 봐 달라고 부탁까지 하여 더더욱 곤란한 지경이었다. 상좌 호법의 위치에 있는 벽공 도인으로서는 무슨 조치를 취하지 않을 수 없었다. 그는 이 상황을 다시 역전시켜 일을 계획대로 끌고 갈 방법을 생각했다.

"장 호법, 장 호법이 나가서 무슨 일인지 알아보시오. 그리고 가능하다면 소동을 키워서 모든 승려들의 주의가 그리로 쏠리도록 만드시오. 그사이에 우리는 교주를 붙들어 놓고 있겠소."

벽공 도인이 장 호법에게 귓속말로 말했다. 뜻밖의 사건을 이용해 승려들의 주의를 한쪽에 집중시키자는 생각은 역시 산전수전 다 겪은 노도인다운 기발한 착상이었다. 장 호법은 승려들을 몰고 사찰의 정문으로 나갔다. 한편 마가 호법과 을런 호법, 벽공 도인은 마치 교주에게 보고하러 가는 양 빠르게 걸음을 옮겼다.

문밖으로 나온 장 호법은 놀라움을 감출 수 없었다. 소리를 질러 대고 있는 사람은 기껏해야 이십 대에 불과해 보이는 청년이었기 때문이다. 더구나 별다른 영력도 느껴지지 않았다. 그러나 손에 들린 태극패나 부러진 창을 볼 때, 청년은 서 교주가 풀어놓은 야차들과 싸우며 운무진을 뚫고 온 것이 분명했다. 물론 그 정도의 힘은 장 호법이나 다른 호법들 정도라면 충분히 발휘할 수 있는 수준이었다. 태극패를 든 것으로 보아 도가(道家)의 일원이 분명한데, 도가에서 저렇게 젊은 나이에 강한 능력을 가진 사람이 있다는 말은 들은 적이 없었다.

자세히 청년을 살피던 장 호법은 어디선가 본 적이 있는 듯한 생각이 들어 고개를 갸웃했다. 아울러 영력은 거의 느껴지지 않았지만 내공은 보통이 아니라는 것도 알 수 있었다. 특이하게도 청년의 내공은 모두 단전과 오른팔에만 몰려 있었고, 다른 곳은 보통 사람보다 오히려 못한 듯했다. 참 기이한 체질이었다.

문이 열리고 승려들이 우르르 몰려나오자 현암은 긴장했다. 이렇게까지 소란을 피울 생각은 없었는데 야차들과 맞닥뜨리고 난 다음 성질을 이기지 못한 것이 조금 후회되기도 했다. 맨 앞에 나선 사람은 현암이 보았던 사람이었다. 차 안에서 영력을 풍기던 두 사람 중 허리가 굽은 사람이었다.

"아하! 안녕하십니까? 알고 보니 해동밀교의 높은 분이셨군요!"

그제야 장 호법은 박 신부와 같이 오던 차 안에서 청년을 본 기억이 났다.

"아, 그렇구먼. 나도 자네를 본 듯하이."

현암은 실수했다고 생각하고 태도를 겸허하게 바꾸었다.

"저는 이현암이라고 합니다. 도혜 스님의 소개로 해동밀교에 부탁할 것이 있어서 왔습니다."

"나는 해동밀교의 제이 호법이고, 성은 장이라 하네."

"예, 그러시면 아까 차 안에 같이 계셨던 분도 이곳의 호법이시겠군요?"

'아차!'

장 호법은 당황했다. 저 친구는 박 신부와 자신이 같이 오는 걸 본 것이다. 장 호법이 밖에서 외인(外人)을 끌어들였다는 사실이 알려지면 일에 차질이 생긴다. 더 이상 이야기가 나오기 전에 입을 막아야 했다. 장 호법은 급한 김에, 또 소란을 피워야 하는 자신의 임무 때문에 마음속으로 미안하다 생각하며 다짜고짜 쏘아붙였다.

"그런데 자네는 누구기에 그렇게 천방지축으로 날뛰는가?"

장 호법의 응대를 받고 간신히 울화를 억누르려던 현암은 약간 눈을 치떴다.

"예? 막힌 길을 뚫느라 약간 소란을 피우긴 했습니다만……."

"소란? 이게 어디 소란 정도인가? 도혜인지 뭔지 나는 알지도 못하네! 그 이름이 뭐가 대단하다고 마구 소리를 질러 대는 건가?"

장 호법은 도혜 스님을 몰랐다. 그렇다고 모르는 사람을 마구 욕할 만큼 수양이 얕은 것도 아니었으나, 일을 크게 벌일 생각에 함부로 말을 했다.

현암은 삽시간에 화가 치밀어 올랐다. 도혜 스님은 자신의 둘도 없는 은인이었다. 그런 분께 감히!

"말씀이 지나치십니다!"

"뭐가 지나쳐! 네놈이야말로 난데없이 쳐들어와서 진과 비석을 부수고 소란을 피우지 않았는가?"

"뭐요? 놈?"

드디어 현암의 성질이 폭발했다. 장 호법은 겉으로는 화가 난 듯한 표정을 짓고 있었으나, 내심 현암에게 미안한 마음과 고마움을 동시에 느꼈다. 이 단순한 젊은이는 그야말로 자신이 원하는 대로 반응해 주고 있었다.

"아니, 그러면 자비를 근본으로 삼아야 할 불가에서 사람을 해치는 악귀를 사방에 풀어 지나가는 사람을 위협하는 것은 괜찮고요?"

"입 다물어라!"

"흥! 그렇게 나온다 이거죠? 도움을 받을까 해서 왔는데, 조금만 더 말하면 죽어 나가게 생겼군. 여기가 그렇게 대단한 곳입니까? 한번 해보자고요?"

장 호법과 현암의 말싸움을 들으면서 일반 승려들은 갈팡질팡하고 있었다. 평소 온화한 장 호법이 말을 막 하는 것도 이상했고, 정체 모를 청년도 너무 무례했다.

한참을 입으로 싸우던 장 호법이 외쳤다.

"네 이놈! 도움을 얻으러 왔다면서 방자하구나!"

현암은 표정을 풀더니 싸늘하게 웃었다. 정말로 화났다는 표시였다.

"이젠 알 거 없다고! 도움도 필요 없고. 오히려 내가 당신들을 도와야겠군. 자만심이 없어지는 고행을 시켜 드리지."

현암의 입에서 존댓말조차 사라졌다.

말싸움 소리가 커지면서 승려들이 앞다투어 몰려들었다. 실로 오래간만에 구경거리가 생겼기 때문이었다. 해동밀교에는 서 교주나 오대 호법과 같은 영력이 강한 사람들도 있었지만, 백여 명에 이르는 일반 승려들은 대부분 영력이 보잘것없는 사람들이었다. 그들은 조용한 산중 생활에서 갑자기 일어난 일에 흥분하고 있었다.

토굴 안은 보기보다 꽤 넓었다. 토굴 안쪽의 벽에 빽빽이 붙어 있는 복잡한 그림들과 경전들, 그리고 부적들이 왠지 썰렁한 분위기를 풍겼다. 허허자는 토굴 안쪽에 있는 작은 방으로 박 신부를 안내했다. 방 안은 몇 개의 촛불과 여러 가지 이상한 물건들이 마치 장난감처럼 구석에 엉켜서 쌓여 있었다. 보통 아이들이 갖고 놀 만한 것은 하나도 없었다. 장난감 대신 으스스한 귀면상(귀신의 얼굴을 표현한 그림이나 조각)이나 신상들이, 그림책 대신 표지만으로도 난해해 보이는 낡은 고서들이, 동화 속 그림 대신 커다란 만다라도(曼陀羅圖)와 붉은 부적 글자들이 사방의 흙벽을 에워싸고 있었다. 아이의 방이 아니라 이단 심판을 하는 종교 감옥 분위기에 가까웠다. 한쪽 구석에 마련된 돌 침상에서는 한 아이가 잠들어 있었다.

박 신부는 눈앞에서 잠들어 있는 이 아이가 그토록 중요하고 강한 잠재력을 가진 아이라는 걸 도무지 믿을 수가 없었다. 아홉 살이라고 했으나 키가 작았고, 사내아이인데도 몸이 가늘고 야리야리했다. 긴 머리는 잘 빗질이 되어 있었고, 얼굴 생김새도 곱상하고 매우 똘똘해 보였다. 단지 눈이 위로 좀 찢어지고 눈썹은 아래로 축 처져 있어 묘한 기분을 느끼게 했으나, 전반적으로 귀여운 얼굴이었다. 허허자가 박 신부에게 눈짓을 하더니 박 신부의 귀에 입을 갖다 댔다.

"신부님, 잘되었습니다. 잠들어 있군요."

허허자는 조용히 아이에게 다가가 아이를 안아 올렸다. 그러나 미처 아이의 다리에 묶여 있는 줄은 보지 못했다. 아이는 영악하게도 침상에 자신의 다리를 묶어 놓고 잠들어 있었던 것이다. 아이가 갑자기 눈을 번쩍 뜨면서 몸을 와락 밀어 내자, 허허자는 엉겁결에 아이를 놓치고 말았다. 아이는 떨어지면서도 고양이처럼 날렵하게 몸을 돌려서 침상 위로 내려와 앉았다. 매우 민첩한 동작이었다. 박 신부가 흠칫하자 아이는 고양이처럼 눈을 흘겨 경계의 눈빛을 보내다가 침상 뒤로 숨어 버렸다.

"허허, 준후야. 이리 나와 보렴."

그러자 아이의 소리만 들려왔다.

"싫어요. 수련 중이에요."

아이의 말투는 뜻밖이었다. 앙칼지게 소리를 칠 줄 알았는데 예상외로 아이는 차분한 목소리로 말했다. 허허자가 대답했다.

"응, 준후야. 너는 지금 잠시 어디로 가야 할 곳이 있단다. 이 아저씨를 따라서……."

"가요?"

"그래."

"어디로요?"

"같이 나가 보면 안다."

"아버님께서는 그런 말씀을 하시지 않으셨어요."

준후의 목소리는 아이답게 높았지만, 갑자기 말투가 노학자나 쓰는 건조한 투로 바뀌었다. 여간 노회한 말투가 아니었다.

"급한 일이 생겨서 그래."

"급해도 수련 중일 때는 방해하지 않는 것이 법도입니다."

"정말 급해서 그러는데……."

"그렇다면 아버님께서 직접 오시거나 언질을 주셨을 것입니다."

아홉 살짜리 아이치곤 차근차근 순서를 따지는 것이 보통이 아니었다. 허허자는 안 되겠다는 듯 돌 침상 뒤로 돌아가 준후의 손목이라도 잡으려 했다. 그러나 준후는 고양이처럼 재빨리 몸을 피해 반대쪽 방구석으로 가서 섰다. 박 신부가 보니 준후의 가늘고 작은 눈꼬리가 위로 올라가 있었다. 그러나 까만 눈을 반짝거리는 모습은 무척 귀여웠다. 준후가 다시 영감처럼 말했다.

"이러지 마십시오. 전후를 따져 보아야겠습니다."

아이가 조목조목 따지고 들자 허허자는 적당히 대꾸할 말이 없었다. 허허자가 한숨을 쉬며 교단에 급한 일이 생겨서 교주의 명을 받고 온 것이라 변명을 늘어놓자 준후가 갑자기 시무룩해졌다. 박 신부와 허허자는 어리둥절했다. 왜 저 아이가 갑자기 시무룩해진 것일까?

"준후야. 그러니 이 아저씨의 말을 들어라, 응?"

"정말이십니까?"

"그럼! 이 마음씨 좋게 생긴 아저씨와 같이 가면 되는 거야."

준후는 이젠 거의 울상이 되어 있었다. 의아하게 생각한 박 신부가 허허자를 말리려고 했다. 그러나 허허자는 계속 말을 이었다.

"준후야, 반드시 가야 해. 이 아저씨의 말을 들어라, 응?"

준후의 눈에서 눈물이 떨어졌다. 그러고는 떨리는 목소리로 말했다.

"아, 아저씨…… 허허자 아저씨……."

"준후야, 왜 그러니?"

"미, 미안해요."

준후가 품속에 지니고 있던 부적 세 장을 꺼내 던지면서 박 신부가 알아들을 수 없는 주문을 외웠다. 놀란 허허자가 뒤로 물러서려는 순간 부적들이 허공에서 타오르며 불기운이 순식간에 번져 나갔다. 부적들은 그대로 불기둥이 되어 마치 뱀 같은 형상으로 허허자와 박 신부의 주변을 에워싸고 뱅뱅 돌았다. 허허자가 놀라 소리를 질렀다.

"준후야, 이게 무슨 짓이냐!"

준후는 눈물을 글썽이면서 또 다른 부적들을 던졌다. 연습을 여러 번 했었던 듯, 숙달된 행동이었다. 이번의 부적들에서는 번쩍이는 빛줄기가 쏟아져 나와 불기둥 주변에 창살처럼 박혔다. 허허자의 얼굴이 하얗게 질렸다.

"너, 어디서 이런 술수들을⋯⋯."

준후는 입을 몇 번 움찔거리다가 으앙 하며 울음을 터뜨렸다. 박 신부는 놀라움에 입을 다물 수가 없었다. 세상에. 부적 몇 장으로 이런 엄청난 힘을 부릴 수 있다는 것도 믿어지지 않았고, 비록 그 수법이 지독하고 무서웠지만 아이의 마음이 무척 착하고 여린 것에 또한 놀랐다.

"아버지 말이 옳았어요! 아버지가⋯⋯."

"뭐? 교주님 말이야?"

"그래요, 아버지가 이럴 거라고⋯⋯ 흐흑⋯⋯ 아저씨들이 나를 잡아 도, 도망갈 거라고⋯⋯."

박 신부가 끼어들었다.

"교주가 이러라고 시켰느냐? 그렇게 나오면 이러라고?"

준후가 양손을 들어 눈을 가리며 엉엉 흐느끼면서 고개만 끄덕여 보였다.

허허자와 박 신부는 서로 얼굴을 마주 보았다. 그렇다면 서 교주는 다섯 호법의 계획을 이미 눈치채고 그에 대한 대비책을 세워놓았다는 이야기가 된다. 박 신부는 잠시 동안 눈을 감았다. 준후의 행동으로 보아 다섯 호법의 계획은 이미 오래전에 밖으로 새어나간 것이 분명했다. 그렇다면 자신과 허허자만이 아니라 교주에게로 직접 달려간 벽공 도인과 다른 호법들도 위험할 것이 틀림없었다.

할 수 없이 허허자도 부적을 꺼내어 주문을 외우기 시작했다. 그러자 땅이 조금씩 흔들리면서 땅속에서 솟아오른 힘들이 불기둥을 향해 달려들었다. 그러나 그 힘들은 무서운 속도로 맴을 돌고 있는 불기운에 닿기가 무섭게 흩어지고 말았다. 불기둥은 서서히 맴을 돌면서 둘을 태워 버릴 기세로 좁혀져 들어오기 시작했다. 불기둥이 좁혀져 들어가자 준후도 기겁을 하고 놀란 듯했다. 그에 허허자가 신음 비슷한 소리를 냈다.

"이런 지독한 술수를…… 이건 분명 부동명왕(不動明王)[30]의 불꽃……."

---

30 불교의 오대존 명왕(五大尊明王) 중 하나로 대일여래(大日如來)가 악마, 번뇌를 항복시키기 위해 변해 분노한 모습이다. 얼굴은 검고, 노한 눈을 하고 있으며, 왼쪽 눈을 가늘게 감고 오른편의 윗입술을 물고 있다. 오른손에는 항마(降魔)의 검을, 왼손에는 오라를 가졌다. 보통 큰 불꽃 위에 앉아 있는데, 이를 부동존(不動尊)이라고 한다.

불기둥이 좁혀져 들어가자 준후도 놀란 듯 울면서 소리쳤다.

"어어? 이, 이건!"

준후는 불기둥이 그저 돌기만 하면서 두 사람을 가둘 것으로만 생각한 모양이었다. 준후는 깜짝 놀란 듯 눈물 젖은 얼굴 그대로 수인(手印)[31]을 맺으며 용을 썼다.

박 신부는 화가 나서 제정신이 아니었다.

'아이에게 이런 짓을 시켜 사람을 해치려 하다니! 서 교주는 정말……!'

일이 급해지자 마침내 박 신부는 양손을 마주 잡고 기도를 읊으면서 기도력을 발하기 시작했다. 박 신부의 몸 주위에 연녹색의 영력인 오라(AURA)[32]가 뿜어져 나오면서 둥근 구형으로 번져 나갔다. 박 신부의 오라 막은 계속 커져 나가서 주위를 맴돌던 불기운과 부딪혔다.

준후는 예기치 못했던 광경에 눈을 크게 뜨고 있었다. 박 신부의 기도력은 근본적으로 밀법류의 주술과는 달리 파괴력을 가진 것은 아니었지만, 성스러운 방어력을 지니고 있었다. 그러나 불기

---

31 밀교의 인장법으로 무드라(Mudra)라고도 하며 여러 가지 종류가 있다. 주로 부처의 손 모양을 본뜨며 손으로만 하는 것과 전신을 이용하는 것이 있다.

32 일종의 생체 에너지로 영혼의 에너지이기도 하다. 부처님이나 예수님의 그림 뒤에 나오는 원광(圓光)으로 묘사된다. 보통 사람에게도 어느 정도 발산된다고 하며, 주로 푸른빛을 띤다고 하나 사람의 생각이나 영적 등급, 심정 상태에 따라서 전혀 다른 빛을 지니게 된다고 알려져 있다.

둥이 안으로 좁혀져 들어가는 것을 늦추었을 뿐, 별다른 효력을 발휘하지는 못했다.

불기둥이 계속 좁혀 들어가자 준후는 다시 울며 소리쳤다.

"엉엉! 미안해요. 아저씨! 이, 이건 가두기만 하는 부적이라고 했는데! 어떻게 해!"

허허자가 필사적으로 노력했지만 불기둥은 창살과 같은 빛줄기와 함께 서서히 안으로 좁혀 들어왔다. 불기둥의 원이 점점 작아지자 준후는 다시 이것저것 주문을 외우기도 하고 부적을 꺼내어 던져 보기도 했지만 전혀 먹히지 않았다. 아마도 서 교주가 준후를 속여 악독한 술수를 쓰게 만든 것이 분명했다. 허허자는 급히 부적을 꺼내 양손에 붙인 뒤 밀고 들어오는 불기둥을 버텨 막았다. 그러나 그게 고작이었다.

현암은 더 이상 참고 있을 기분이 아니었다. 장 호법이라는 사람은 말끝마다 현암의 비위를 뒤집어 놓고 있었다. 속에서 불덩이 같은 것이 치밀어 올라왔다. 치료 따위를 생각하고 있을 계제가 아니었다.

"뭐, 당신들 맘대로 하시지! 난 내 맘대로 할 테니까. 빌리려던 것도 아예 빼앗아 주지!"

현암은 말을 마치고는 뚜벅뚜벅 장 호법을 향해 걸어왔다. 장 호법은 당황했다. 용케 시간을 잘 끌고 있다고 생각했는데……. 장 호법은 몸을 날려 현암의 옆으로 갔다. 그리고 남들이 눈치채지 못하게 현암의 귀에 대고 말했다.

"싸우는 척해 주게. 나는 도혜 스님과 잘 알아."

말을 마친 장 호법은 목소리를 바꾸어 크게 외치며 현암에게 덤벼들었다. 사실 장 호법은 도혜 스님을 알지 못했으나 급한 나머지 거짓말을 한 것이었다.

"어딜 들어오려는 거냐!"

현암은 어이가 없었다. 분명 장 호법은 자신에게 맹렬히 공격해 오고 있었지만, 힘이 들어 있지 않았다. 물론 떨어진 곳에서 보는 사람들은 그런 것을 알 리 없었다.

'이건 뭐야? 나하고 영화를 찍자는 것도 아니고!'

다시 장 호법의 나지막한 말소리가 들렸다.

"이유는 나중에. 일단 나와 다투는 척해 주게. 부탁하네. 어서!"

장 호법은 자기가 시간을 끄는 것도 물론 중요하지만, 그보다는 안쪽이 잠잠한 것이 더욱 불안했다. 예정대로라면 허허자의 신호가 있거나 벽공 도인의 전갈 내지는 포고령이 내려졌어야 했다. 그래서 장 호법은 안의 일을 자연스럽게 살펴보기 위해 현암을 끌어들인 것이다. 안쪽 일이 잘 돌아가고 있다면 다시 현암과 싸우는 척하면서 밖으로 나올 심산이었다.

현암은 장 호법의 말에도 눈을 가늘게 뜨고 싸늘하게 응시할 뿐이었다. 그러자 장 호법은 다시 급히 속삭였다.

"날 믿어 주게나. 도혜 스님의 내공을 받은 것이 자네인가?"

현암은 깜짝 놀랐다. 그 사실은 한 번도 남에게 떠든 적이 없었다. 그런 사실을 안다면 장 호법을 도혜 스님의 지인이라 인정할 수밖에 없었다. 물론 장 호법은 마음이 급해 아무 말이나 뱉은 것이었지만 현암의 인상이 조금 풀려 다행이라고 생각했다. 장 호법은 현암에게 덤비며 속삭였다.

"나와 겨루며 안으로 밀고 가 주게. 중요한 일이니 나중에 설명함세!"

현암은 무슨 사연이 있겠거니 싶어 그 말에 응하기로 했다. 혈도를 고치러 왔다가 난데없이 무협 영화 속에 빠져든 기분이었다. 그와 동시에 강한 호기심이 일어났다. 장 호법은 본래 밀교에서도 주로 외공(外功)을 연마한 사람이라 권법에 능했다. 현암은 절묘한 수법으로 장 호법이 공격해 오자 약간 장난을 쳐 볼 생각도 들었다.

현암이 손에 든 부러진 창에 기공력을 가하자, 창이 푸르게 빛나면서 검기(劍氣)가 일그러진 형태로 창끝에 맺혔다. 현암은 파사신검의 검초를 발휘해 장 호법을 몰아붙였다. 장 호법은 몹시 놀랐다. 요즘 세상에 전설로만 내려오던 검기를, 그것도 칼도 아닌 부러진 창 조각에 맺게 하여 휘두를 수 있는 사람이 있을 줄은 몰랐던 것이다. 밀교의 고수인 장 호법이었지만, 등에 식은땀이 흐르는 것을 느꼈다. 장 호법 혼자의 연극으로는 모든 승려를 속이기 힘들었는데, 현암의 창에서 검기가 솟아오르자 몇몇 상급 승려들의 입에서 경탄의 소리가 터져 나왔다. 현암과 장 호법은 반 장난이면서도 서로에 대해 감탄을 거듭하면서 문을 통과했다. 그들은 엎치락뒤치락 하면서 어느덧 대웅전 앞뜰로 향하고 있었다.

갑자기 벼락같은 소리가 울려 퍼졌다.

"장난질 치는 것들이 누구냐!"

장 호법의 안색이 새파랗게 변하며 뒤를 돌아보았다. 현암 또한 영문도 모른 채 소리가 난 쪽으로 고개를 돌렸다.

노란색의 가사를 입은 한 중년 남자가 서 있었다. 그의 얼굴은 푸른색으로 질려 있었고, 입에서는 한 줄기 피가 흐르고 있었다. 손에는 두 사람의 머리가 들려 있었다. 마가 호법과 을련 호법의 머리였다.

장 호법이 이를 갈면서 눈꼬리를 파르르 떨었다. 그의 입에서 쥐어짜는 듯한 신음이 새어 나왔다.

"서, 서 교주!"

박 신부는 안간힘을 다해서 버텼다. 그러나 그의 힘에는 한계가 있어서 주술로 끊임없이 불타는 불기둥을 계속 막을 수는 없었다. 허허자도 주술을 발휘하고 밖에서는 준후가 애를 쓰고 있었지만, 서 교주가 직접 전수한 부적에는 아무런 힘을 미치지 못했다. 준후가 이번에는 밀교의 수인을 맺었다. 그러고는 주술을 발하자 사방에서 안개 같은 영의 존재들이 나타나기 시작했다. 허허자도 부적들을 꺼내어 불을 붙이며 있는 힘을 다하기 시작했다. 박 신부가 뿜어낸 오라와 준후가 불러낸 영의 기운, 거기에 허허자의 부적술까지. 세 가지의 힘이 각기 힘을 발휘하자, 맴돌던 불기둥이 조금은 늦춰지는 것 같았다. 그러나 그것뿐이었다. 허허자의 눈빛이 번쩍이더니 입가에 미소가 어렸다.

"신부님! 난 저 애에게 더 가르칠 것이 없어요. 그러니 신부님, 준후를 부탁합니다."

박 신부는 놀라면서 허허자에게 말하려 했으나, 기도를 중단했다가는 당장 밀려드는 불기둥에 타 버릴 판이었다. 허허자가 좁혀드는 불기둥을 막아 내던 손을 놓아 버리고 품에서 부적 뭉치를 꺼냈다. 그리고 부적을 뿌리자 저절로 불이 붙은 부적들이 허허자의 몸에 와르르 달라붙었다. 허허자는 다른 손으로 박 신부의 팔을 억세게 쥐더니 불기둥을 향해 뛰어들었다. 허허자의 커다란 소리가 울려 퍼졌다.

"천상천하(天上天下)! 염부나락(閻浮那落)! 육도구천(六道九天)! 삼세제불(三世諸佛)!"

준후의 놀란 소리가 째질 듯이 울려 퍼졌다.

"허허자 아저씨! 안 돼요!"

장 호법은 이를 갈면서 똑바로 서서 교주를 노려보았다. 서 교주의 얼굴이 서서히 원상태로 돌아갔다. 서 교주는 한 손으로 입에 흘리던 피를 쓱 닦았다. 서 교주의 말에는 비웃음이 감돌고 있었다.

"배반자 놈들, 내 이런 날이 올 줄 알았다. 흐흐…… 나를 몰아내고 밀교의 주인이 되려고 했지? 꼴좋군.『해동감결』의 해석 중 어느 것이 맞는지 이제 똑똑히 알겠느냐?"

"이, 악랄한 교주. 왜 그렇게까지! 호법들은 너를 멈추려고만 했을 뿐인데!"

"나의 숙원을 꺾는 것이나 목숨을 빼앗는 것이 무엇이 다르겠느냐? 나는 교주다! 흐흐…… 나에게 대드는 자는 모두 이 꼴이 되리라!"

장 호법은 부들부들 몸을 떨었고 눈에는 눈물이 고여 있었다. 현암은 멍했다. 사람의 머리를 잘라 들고 나타나는 인간이라니! 도대체가 현실로 느껴지지 않아서 충격을 받은 것이다. 허나 서서히 머릿속이 꽉 차오르며 머리가 맑아졌다. 몸 안의 내공이 팽창하고 격렬하게 날뛰었다. 현암은 정말로 화가 났다. 서 교주라는 남자의 정신 상태도, 그 끔찍한 행동도.

'……용서할 수 없다.'

문득 현암은 서 교주가 들고 있는 호법들의 머리를 보았다. 끔찍한 일이었으나, 두 사람은 죽어서도 안색 하나 변하지 않고 표정도 온화했다. 죽는 순간에 이르러서도 정신을 흩뜨리지 않았다는 것을 통해 두 사람의 수양의 정도가 높음을 알 수 있었다. 현암은 그 두 사람의 머리에서 한빈 거사와 도혜 스님의 얼굴을 떠올렸다. 현암은 싸늘한 눈빛이 되어 이를 갈면서 말했다.

"네가 교주냐? 아니, 하는 꼴을 보아하니 악귀나 야차 못지않은 쓰레기 같은데?"

싸늘하기 그지없는 소리였지만 내공의 울림 때문에 사방이 저르릉 떨렸다.

난데없는 욕설에 서 교주는 꿈틀하면서 현암에게로 눈을 돌렸다. 정상적인 사람의 눈빛이 아니었다. 푸른빛의 요기(妖氣)가 도는 쭉 찢어진 눈이 현암과 장 호법을 잡아먹을 듯 노려보고 있었다.

장 호법은 그제야 깨달을 수 있었다. 서 교주는 이미 악의 힘에 혼령을 지배당하고 있었다. 힘을 추구하던 서 교주는 그 힘을 얻는 대신 자기 몸을 서서히 잠식당한 것이 분명했다. 호법들을 죽인 지금, 그의 광기는 극도로 달해 있었으며 수하로 부리던 호법들의 배신까지 알게 되자 이성마저도 상실한 것이다.

장 호법이 물었다.

"벽공 도인은 어찌했느냐?"

"벽공? 벽공도 너희와 한 패거리였느냐?"

장 호법은 뭔가 좀 이상하다는 것을 느꼈다. 어째서 서 교주는 벽공 도인이 다른 호법들과 한 패거리라고 묻는 것일까? 벽공 도인을 보지 못했다는 말인가? 벽공 도인은 두 호법과 같이 교주에게 간 것이 아니었던가? 그렇다면 벽공 도인은 어떻게 된 것일까? 서 교주는 계속 멍한 눈으로 소리를 질러 댔다. 입가에 선혈이 계속 흐르는 것을 보아 상처가 가벼운 것 같지 않은데도 서 교주는 계속 지껄여 대고 있었다.

"두 놈이 처음엔 말로 어쩌고저쩌고 내 힘이 빠졌을 테니 포기하라 말하더군. 내 힘이 빠져? 흐흐흐…… 대자재천의 힘을 업은 내가 왜 힘이 빠진단 말인가. 그래도 놈들은 꽤 발악을 해서 내게도 약간의 상처를 입혔지. 허나 그런 것쯤은 아무것도 아니다. 너희 놈들이 다 덤빈다고 나를 당해 낼 듯싶으냐?"

장 호법은 계속 뭔가 이상하다는 생각이 들었다. 벽공 도인이 분명 약을 사용해 서 교주의 공력을 반 이상 흩어 놓았다고 했는데…… 그러나 그런 것이 문제가 아니었다. 서 교주의 손에 들려 있는 두 사람의 머리가 장 호법의 눈에 들어왔다.

"야아아아!"

장 호법은 분노의 고함을 질렀다. 장 호법이 수인을 빠른 속도로 계속 교차시키자 양손에서 백색의 광휘가 뻗어 나왔다. 서 교주의 눈이 찡그려졌다.

"금강살타(金剛薩唾)[33]의 금강수(金剛手)! 네놈, 언제 그런 것까지 익혔느냐?"

"악에 물들어 본분을 저버리고 수많은 사람을 위태하게 하는 자! 내 이제 너를 교주로, 아니 옛 동문으로도 인정하지 않겠다! 네놈이 이곳에서 음모를 꾸미는 동안에 티베트에서 익힌 밀교 본연의 술수다! 받아라!"

장 호법은 이를 갈면서 서 교주를 쏘아보았다. 현암은 자신이

---

33 오른손에 금강, 왼손에 방울을 든 좌상이다. 금강살타는 보살의 형태를 띠고 있으나 불타의 직능을 가지고 있어서 '제6의 불타' 또는 카트만두(네팔)에서는 '오불(五佛)의 도사(導師)'라고 불린다. 금강살타는 석가모니의 명을 받고 석가모니에게 귀의하기를 거부하는 시바 신을 물리쳤다(시바 신을 죽인 것은 항삼세이지만 항삼세 또한 금강살타의 변신이다). 이후 석가모니의 명을 받들어 시바를 살려 낸다. 이후 힌두교에서의 시바신의 위치는 주신에서 불공견색, 대자재천 또는 이사나천 등의 낮은 위치가 되었다.

무엇을 어떻게 하는 것이 옳은지는 몰랐지만, 적어도 사람 머리를 잘라 들고 다니는 놈이라면 결코 좋은 놈일 리가 없다고 판단했다. 검기를 발하며 같이 덤비려는 현암에게 장 호법이 무거운 목소리로 말했다.

"자네는 몸을 피하게……."

현암은 꿈쩍도 않고 대답했다.

"저런 미친놈을 두고 피하라고요?"

"우리 교의 일이네."

장 호법은 말을 마치자마자, 백색 광휘가 뻗어 나오는 양손을 어지럽게 교차시키면서 서 교주에게 달려들었다. 서 교주는 부상당한 상태였지만, 피하기는커녕 괴이한 웃음을 흘리며 몸에서 붉은 기운을 발하면서 장 호법에 맞섰다. 둘의 격돌은 엄청났다. 무예에 조예가 깊은 현암으로서도 요즘 같은 세상에 저런 술수들이 난무하고 있는 것을 믿기가 어려웠다. 장 호법의 금강수는 손을 마치 강철처럼 만들었다. 그러나 그에 맞서는 서 교주의 붉은 기운도 만만치는 않았다. 둘의 손발이 교차하기도 전에 챙! 챙! 하고 쇠 부딪히는 소리가 울렸다. 싸움은 오래가지 않았다. 장 호법이 돌연 수법을 바꾸었다. 전혀 방어하지 않은 채 장 호법은 팔을 늘어뜨렸다. 서 교주도 돌연한 사태에 멈칫하는 듯했다. 장 호법이 말했다.

"아수라 신의 힘까지도 빌렸느냐? 아아…… 이제 정말 구제할 길이 없구나! 서 교주…… 과거의 친구로서, 내가 섬겼던 사람으로서…… 같이 지옥에 가자!"

　장 호법이 양손을 앞으로 내밀며 발을 구르자, 장 호법의 몸이
미끄러지듯 무서운 속도로 서 교주를 향해 쏘아져 나갔다. 현암의
입에서 짙은 신음이 배어 나왔다. 방어가 전혀 없는 수법. 둘이 같
이 죽자는 동귀어진의 수법이었다. 서 교주는 미처 피할 사이도
없이 양손을 크게 사방에 휘둘러 댔다. 서 교주의 손은 마치 수십
개로 늘어난 듯, 손의 그림자가 허공을 메웠고 둘의 힘은 정통으
로 충돌했다.

　불기둥과 빛줄기들이 한곳에 모이더니 요란한 소리와 함께 폭
발했다. 박 신부와 허허자는 겨우 포위망 밖으로 나올 수 있었다.
허허자는 온 힘을 다해 최강의 주술을 사용했고, 박 신부를 바깥
으로 꺼내 주었다. 심한 화상을 입기는 했지만, 허허자는 아직도
미소를 띠고 있었다. 그러나 그의 숨은 꺼져 갔다. 지나치게 많은
힘을 썼던 것이다. 그 옆에서 준후가 서럽게 울고 있었다.

　"아저씨, 미안해요, 미안……."

　"아니야, 이건 네 탓이 아니다……. 신부님!"

　"예? 무슨……."

　박 신부는 과거의 기억을 되살려 상처를 치료하려 했으나, 허허
자는 외상 때문에 죽어 가는 것이 아니었다. 방금 사용한 수법은
스스로의 생명을 태워서 뭇 신들에게서 최강의 힘을 끌어내는 술
수였다. 허허자는 웃으면서 말을 이어 갔다.

"신부님, 바깥에서 소리가 들리지 않는 걸 보니 계획이 실패했나 봅니다. 신부님, 저를 생각해서라도 준후를 지켜 주세요!"

"왜, 준후를 그렇게 지키시려는 겁니까?"

박 신부는 다급하게 물어보았다. 허허자는 그의 이름처럼 정말 공허한 미소를 지었다.

"신부님, 서 교주가 행하려는 인신 공양의 희생물이 누구인지 아십니까? 바로 준후입니다."

박 신부는 놀라서 가슴이 내려앉는 것 같았다.

"뭐, 뭐라고요?"

"그가 힘을 얻으려는 대자재천…… 시, 시바는 잔인한 신입니다. 인신 공양 받기를 좋아하는 신…… 서 교주는…… 가장 큰 잠재력이 있는 아이를 희생물로 바침으로써…… 큰 힘을 얻으려고……."

준후가 놀란 표정을 지으면서 외쳤다.

"아, 아냐!"

허허자는 마치 고무풍선에서 김이 빠지는 듯한 소리를 냈다.

"아, 아버지는…… 준후야…… 너의…… 아, 아버지는…… 장…… 장……."

박 신부는 이제야 다섯 호법의 행동을 이해할 수 있을 것 같았다. 서 교주는 오래전부터 힘을 얻는 대가로 조금씩 그의 몸과 정신을 사악한 힘에 팔아넘겼던 것이다. 그러다가 아주 귀한 사람을 바치는 인신 공양을 해야 한다는 생각에 도달했고, 구실을 붙여 장 호법의 아들 준후를 빼앗은 것이 분명했다. 교주는 마치 제물용 가축에게 여물을 주듯이 준후에게 많은 교육을 했고, 후에 그의 야심을 깨달은 오대 호법은 준후를 구하고 서 교주를 어떻게든 본정신으로 되돌리기 위해 이번 거사를 꾸몄을 것이다. 그러면서도 박 신부에게 차마 준후가 제물이라고 밝히지 않은 것은 밀교의 명예와 아직 어린아이에 불과한 준후를 생각했기 때문일 것이다.

"아멘……."

박 신부는 나직하게 기도를 올렸다. 허허자가 웃음을 머금은 채 조용히 숨을 거두자, 준후는 허허자의 손을 얼굴에 부비면서 목을 놓아 울었다. 준후의 처지가 너무도 가련했다.

'불쌍한 아이, 저 나이에 벌써 이런 일들을 겪다니…….'

박 신부는 준후의 등을 두드리며 달래기 시작했다. 준후는 널찍한 박 신부의 품에 안겨서 한없이 울었다. 박 신부는 난처했다. 이 어린아이에게 낳아 준 아버지와 길러 준 아버지의 의미를 어떻게 가르쳐 줘야 하는가? 박 신부는 준후에게 떨리는 목소리로 말했다.

장 호법은 현암의 부축을 받은 채로 헐떡였다. 그의 옷은 갈가리 찢어져 너덜너덜했고, 입가에는 선혈이 흘러나왔다. 서 교주도 멀쩡하지는 못했다. 조금씩 화색이 돌던 얼굴빛이 밀랍처럼 창백해진 걸로 보아 큰 충격을 받은 듯했다. 그러나 서 교주의 얼굴에는 아직도 일그러진 미소 같은 것이 맴돌고 있었다.

"우하하…… 금강살타공…… 네놈도 정말 강한 힘을 숨기고 있었구나. 허나 내 상대는 못 된다. 아마 지금쯤 허허자 그놈도 네 아들놈의 손에 황천길을 갔을 것이니, 벽공이 도망쳤다면 이제 네 아들놈만 남았다."

장 호법은 다리를 휘청거리면서도 거칠게 현암을 뿌리치고 앞으로 나섰다.

"허허자? 허허자가 준후에게?"

"바보 같은 놈들. 나는 네놈들의 계획을 다 알고 있었다. 흐흐흐…… 준후 놈에게는 누군가 호법이 와서 같이 가자고 하면 던지라고 최강의 부적을 주었지. 아마 허허자는 준후에게 죽었을 것이다. 그리고 조금 있으면 그 꼬마 놈도……."

장 호법이 숨넘어가는 듯한 소리를 냈다.

"네, 네놈은 역시 주, 준후를 희생시키려고……."

장 호법이 다시 이를 악물며 수인을 맺자, 현암도 검기를 늘리면서 앞으로 나섰다.

"교의 일이건 뭐건, 난 저런 살인자를 그냥 못 둡니다."

"자, 자네도 상대가 안 돼! 그는……."

현암이 입꼬리를 살짝 올렸다.

"구경이나 하세요."

현암은 두려움도 없이 천천히 앞으로 나서며 손에 공력을 보내 검기를 늘렸다. 그것을 보고 장 호법도 더는 말리지 않았다. 서 교주는 현암이 든 부러진 창끝에 몰려 있는 검기를 보더니 안색이 변하면서 표정이 어두워졌다.

그때였다. 난데없이 서 교주의 뒤편에서 짧은 칼 한 자루가 날아들었다. 서 교주는 그 기운을 재빨리 알아차리고 몸을 돌리며 앞으로 누웠다. 그러나 칼은 마치 벽에 부딪친 듯 공중에서 수직으로 떨어져 서 교주의 가슴에 내리꽂혔다.

"크아악!"

엄청나게 큰 비명이 들렸다. 현암이 언뜻 보니 서 교주는 심장 언저리를 양손으로 부여잡고 있었고, 거기에 칼자루의 끝이 보였다. 칼자루 끝에는 황금색의 실이 희미하게 달려 있었다. 아마 칼을 던진 사람은 실을 통해 내력을 전달해 칼을 조종한 것 같았다. 곧이어 황금색 실을 따라서 엄청난 기운이 뭉쳐서 몰려왔다. 그 기운이 서 교주를 강타하자, 서 교주는 미친 듯 몸부림을 쳤다. 제이, 제삼의 기운이 계속해서 서 교주를 후려갈기자 서 교주는 가슴에 꽂힌 칼을 움켜쥔 채 쓰러져 움직이지 않았다. 누군가가 휙 몸을 날려 쓰러진 서 교주와 장 호법 사이에 날아들었다. 노도인 벽공이었다.

"상좌 호법님!"

벽공은 쓰러진 서 교주를 힐끗 보고는 중얼거렸다.

"내 칼을 심장에 맞고 내장에 황사공(黃絲功)[34]을 세 번이나 맞았으니 제아무리 밀교의 교주라도 살아날 순 없을 거요."

장 호법은 긴장이 풀린 듯 비틀거리며 벽공에게 다가갔다. 그리

---

34 금색 줄로 검을 조종하고 줄을 매개로 내력을 쏟아 내는 소설상 가상의 술수이다.

고 땅에 떨어져 버린 마가 호법과 올런 호법의 머리를 가리켰다.

"상좌 호법님. 어, 어디를 가셨기에…… 저 두 사람을……."

"음…… 나는 서 교주의 심복들을 상대하고 있었소. 모두 처치해 버렸지. 저 두 호법은 정말 안되었구려, 정말."

장 호법의 마음은 석연치 않았다. 심복들 정도는 서 교주를 무력화한 후에라도 얼마든지 제압할 수 있었다. 그런데 구태여 벽공이 서 교주와의 대결에서 몸을 뺀 것도 이상했고, 조금 전 서 교주를 처치한 수법도 너무 비열하고 잔혹한 데가 있었다. 더구나 서 교주의 공력을 줄였다는 약의 이야기 같은 것은…….

"상좌 호법님, 서 교주는 중독되지 않았습니다."

"음…… 그건 이유가 있소. 좀 있다가 이야기해 줌세. 그런데 말이야……."

"예? 상좌 호법님."

"내 자네에게 죄를 지은 게 있소. 용서해 줄 수 있겠나?"

"예? 어떤……? 그야 물론……."

벽공은 낮은 음성으로 빠르게 말했다.

"내가 서 교주에게 복용시킨 약은 공력을 줄이는 약이 아니라 이성을 상실하게 만드는 약이었다네!"

말을 마치기가 무섭게 벽공은 엄청난 힘으로 장 호법의 허리를 휩쓸 듯 강타했다. 뼈가 부러지는 듯한 소리가 들리면서 장 호법은 비명조차 지르지 못한 채 마치 가랑잎처럼 구석으로 날아갔다. 현암은 깜짝 놀라면서도 재빨리 몸을 날려 막 벽에 머리를 부딪치려는 장 호법의 몸을 받았다. 벽공이 크게 웃었다.

"하하하!"

"대, 대체…… 왜…….'

"허허허, 용서한다고 했으니, 더 감정 갖지 말고 저세상으로 가시게나."

장 호법은 눈만 크게 벌어졌을 뿐, 아무 말도 하지 못했다. 현암이 대신 소리를 질렀다.

"이게 대체 무슨 일이야, 응?"

벽공이 무관심한 표정으로 흘끗 바라보자 현암은 다시 소리쳤다.

"이놈의 밀교는 지옥이나 다름없구나! 미친놈에 살인자 천지니. 너, 이 정신 나간 늙은이! 너 같은 쓰레기도 도를 닦냐? 그러고도 네가 도인이야?"

벽공은 현암에게는 신경도 쓰지 않았다. 그는 눈앞의 결과가 흡족한 듯 통쾌하게 웃었다.

"하하하…… 교주도 죽었고 호법들도 없어졌다. 영특한 후계자가 있으며, 태고부터 내려온 좋은 사원과 보화들이 그득하다! 하하하…… 나 벽공, 이제 새로운 일파의 창시자가 될 것이다! 하하하!"

장 호법은 무서운 충격을 받은 듯했다. 노도인 벽공은 이미 오래전부터 계획을 꾸몄던 것이 분명했다. 밀교의 터전을 송두리째 집어삼켜 자신의 도맥을 이으려는…… 서 교주와 사대 호법을 서로 싸우게 하여 모두 살해하고, 준후라는 영특한 아이를 후계자로 삼고 밀교의 천오백 년 이상 이어진 도량과 비축된 보화를 이용한다면 그의 일파는 새롭게 융성할 것이 분명했다. 아, 그렇게 믿고 섬겼던 노도인 벽공이 어찌 저런 짓을…….

장 호법의 뇌리에 과거 벽공이 했던 말이 떠올랐다.

— 사람의 마음이란 알 수 없는 거라네…… 수련이 깊을수록 욕심도 많아지고 유혹도 깊어질 수 있는 게야…….

벽공 도인은 자신의 도맥을 빛내려는 명예욕의 포로가 되어 버린 것이다. 서 교주가 힘의 노예가 되어 이성마저 상실한 것처럼…… 장 호법은 현암의 품 안에서 피를 토하면서 계속 눈물을 흘렸다.

'인간은, 인간은…… 어째서, 어째서…….'

벽공이 눈에서 잔인한 빛을 뿜으며 장 호법의 이마를 향해 작은 동전 세 개를 날렸다. 아니, 그중 하나는 현암을 향하고 있었다.

"이거 환장하겠구만."

현암은 싸늘히 웃으며 창에서 검기를 뿜어 세 개의 동전을 모조리 후려갈겼다. 검기에 맞는 동전은 그 안에 실린 내력과 검기의 충돌을 이기지 못하고 그대로 허공에서 부서져 버렸다. 벽공이 흠칫하며 한 걸음 물러섰다.

"검기……? 젊은 친구가 굉장하구려!"

현암은 날카롭게 외쳤다.

"네놈 죽는 꼴이 더 굉장할 거다. 너, 아주 박살을 내 주마."

벽공의 얼굴이 일그러졌다. 그런데 갑자기 그의 뒤에서 시뻘건 불덩이가 날아와서 벽공의 등에 작렬했다. 벽공은 입을 벌리고 끔찍한 비명을 질렀다.

"크아아악!"

제이, 제삼의 불덩이가 벽공의 등에 부딪혔다. 그럴 때마다 벽공 도인의 허리가 뒤로 계속 꺾였다. 벽공은 더 이상 소리조차 지르지 못하고 눈을 뒤집으며 앞으로 쓰러져 버렸다. 그의 등에는 아까 벽공이 던졌던 바로 그 단검이 꽂혀 있었고, 그 뒤에 황금색 줄을 손에 쥐고 히죽히죽 웃으며 서 있는 사람이 있었다. 서 교주였다.

준후는 박 신부의 품 안에서 마구 고개를 내저으면서 울음을 터뜨리고 있었다.

"아녜요! 아녜요! 다 거짓말이에요! 어떻게 아버지가 둘이 될 수 있단 말이에요? 아녜요!"

박 신부의 가슴도 미어지는 듯했다. 이미 설명을 다 했고, 준후도 알아들은 것이 분명했다. 그러나 이런 어린아이가 어떻게 그런 세상의 복잡함을 이해할 것이며, 이해한다고 하더라도 어떻게 이 일을 선뜻 받아들일 수 있겠는가. 준후가 박 신부의 품으로 기어들면서 사제복을 축축이 적셨다. 가엾은 아이…… 너무 총명해서 모든 것을 이해하는 것이 죄였을까? 박 신부의 눈에서도 눈물이 떨어져 준후의 하얀 목덜미에 흘렀다. 한참을 울고 난 준후가 고개를 들었다.

"아저씨, 아니 신부님이라 그러셨죠? 신부님이 뭔지는 잘 모르지만……."

"그래, 준후야."

"아버지, 아니 교주님도…… 장 호법님, 아니 아버지도…… 그리고 세상이 너무 불쌍해요. 왜 그래야만 하죠? 왜요?"

박 신부는 뭐라 대답을 하지 못했다. 다만 준후를 부여안고 자신도 이유를 알지 못할 서러움에 휩싸여서 같이 눈물을 흘리고 있을 뿐이었다.

준후는 한참을 서럽게 울고 나서야 마음이 조금 진정되는 모양이었다.

현암은 뜻밖의 사태에 놀라 중얼거렸다.

"이거 대체 뭐가 어떻게 돌아가는 거야. 죽고 죽이고…… 다 미쳤어!"

장 호법이 힘들게 몸을 일으켰다. 그의 눈은 떨리고 있었다.

서 교주의 형상은 더욱더 흉악해져 있었다. 이제 그의 얼굴은 백지처럼 되어 있었고, 눈은 완전히 흐려져 있었다.

"서, 서 교주, 당신은……!"

"킬킬킬……."

듣는 이의 소름을 오싹 돋게 만드는 웃음이었다. 그건 평소 엄격했던 서 교주의 목소리가 아니었다. 단지 미친 짐승의 목소리였다.

"킬킬킬. 내가 그따위 것에 맞아 죽을 줄 알았더냐? 킬킬킬…….

그사이에 휴식을 취했지. 그리고 시바와 칼리(Kali)[35]와 아수라를 불렀다. 배신자 놈들, 다 죽여 버리겠다. 그런 연후에 네놈들의 피를 시바 신에게 바치겠다. 킬킬킬······."

서 교주가 아직 숨이 끊어지지 않은 벽공의 목덜미를 잡고 몸을 위로 끌어 올렸다. 그리고 등에 꽂힌 칼을 그대로 아래로 긁어내리자, 벽공은 처절한 비명을 지르며 몸을 비틀었다. 피가 마치 봇물 터지듯 퍼져 나와 주위에 튀었다. 현암과 장 호법은 넋이 나가 아무 힘도 쓸 수가 없었다.

"킬킬킬······ 시바 신이여, 받으소서!"

서 교주가 벽공의 두 조각난 시체를 마치 장난감처럼 뒤로 집어 던졌다. 벽공이 악인이었을지라도 이것은 너무나도 끔찍한 광경이었다. 현암이 소리쳤다.

"멈춰라!"

현암의 호통 소리가 쩌렁쩌렁하게 울렸으나, 서 교주는 오히려

---

35 시바 신을 따르는 무시무시한 작은 여신으로 시바 신의 부인 격이다. 다른 여신 두르가(Durga)가 악마의 신 락타비자(Raktavija)의 얼굴을 공격하자, 그의 얼굴에는 계속해서 피가 흐른다. 그 피에서 락타비자와 동등한 힘을 가진 마신이 태어났고, 그 안면에서 탄생한 '칼리'는 거대한 입을 벌려 피에서 태어난 괴물들을 삼키고 마신의 피를 모두 마신 뒤 결국 마신을 소멸시킨다. 생피를 좋아하는 여신 칼리는 잘라 낸 머리와 그 머리로 만든 목걸이를 두르고, 잘라 낸 손을 이어서 만든 스커트를 입었으며, 길고 빨간 혀를 내밀고 있는 무서운 용모를 하고 있다. 칼리 신은 피를 요구하는 무서운 존재이자 사람들에게 은혜를 내려 주는 고마운 여신으로 폭넓게 숭상되며, 전형적인 악신으로 치부해서는 안 될 복잡한 요소를 지녔다. 본문에서는 악신으로, 그 힘을 이용하려는 악인들이 많은 것으로 설정되었다.

현암을 향해 이빨을 드러내며 웃었다.

"킬킬킬……."

장 호법의 쥐어짜는 듯한 탄식이 새어 나왔다.

"아아, 가엾은 자…… 그 대가로 찾던 힘이 정녕 이런 것이었단 말인가?"

"크하하하……."

서 교주의 광기 어린 웃음소리가 밤하늘을 가르며 울려 퍼졌다. 승려들은 아무 말도 하지 못한 채 장 호법과 현암, 그리고 서 교주의 주위를 둘러싸고 있었다. 그들은 넋이 나간 인형들 같았다. 서 교주의 주술력이 깃든 웃음소리가 그들의 넋을 빼앗은 것이 분명했다.

"너희 놈들, 세상에 믿을 놈은 아무도 없다. 크흐흐…… 오로지 내 몸에 모든 힘을 지니고, 세상을 지배해 나갈 뿐이다! 시바 신이여! 다 드리겠나이다. 히히히…… 피를, 여기 있는 모든 놈들의 피를, 히히. 그 꼬마의 피도 드리겠나이다. 히히히……."

현암이 이를 갈았다.

"네 녀석부터 바치지? 이 살인마!"

장 호법은 진작부터 서 교주가 준후를 인신 공양의 제물로 바치려 한다는 계획을 눈치채고 있었다. 그러나 설마 하는 생각에 다른 호법들과 함께 어떻게든 서 교주를 회개시키려 했었다. 장 호법은 허무하게 죽어 간 동료들을 생각하면서 오열했다. 비로소 저간의 사정을 약간 알게 된 현암도 눈시울이 시큰해졌다. 그가 평범한 생활을 버리고 이 길로 뛰어들게 된 이유가 무엇이었던가? 그리고 그가 몸을 치료해 얻으려던 힘은 무엇이었던가? 그 힘이란 과연 무엇이란 말인가? 현암은 소리를 질렀다.

"힘을 얻고 싶다고? 힘을 주지, 힘으로 아주 박살을 내 주마!"

현암의 손에 들린 창이 푸른빛을 더해 갔다. 성질을 이기지 못하고 막 덤벼들려고 하는 현암의 앞을 장 호법이 비틀거리며 막아섰다.

"자네는 피하게. 자네는 또 다른 숙명이 있는 사람이네. 자네야말로 『감결』에서 말하던 북방 도인이 틀림없어. 개죽음당하지 말고 어서 도망치게나!"

현암은 씩 웃으면서 손에 든 창을 털어 냈다.

"북방 도인이 뭔지도 모르겠고, 숙명이니 하는 어려운 것도 저는 모릅니다. 저런 자식을 어떻게 그냥 둡니까?"

"자네의 상대가 아니야! 저자는 이미……."

그러자 현암이 쓸쓸히 웃어 보였다.

"전 겁나는 게 없습니다. 이젠 세상에 남아 있는 것도 없고요. 내가 여기서 죽든 살든, 저놈은 확실히 죽습니다. 약속하죠."

그때 뒤쪽에서 박 신부와 준후가 달려 나왔다. 아무 소리도 내지 못하고 인형같이 굳어 버린 승려들을 헤치고 달려온 준후는 눈을 깜박거리면서 두려운 듯이 서 교주와 장 호법을 번갈아 보았다.

서 교주가 이미 초점이 뒤엉킨 눈을 끔뻑이더니 흉한 미소를 지으면서 온화한 소리를 냈다.

"준후야, 아버지에게 온. 착하지?"

현암과 장 호법은 소름이 쫙 돋았다. 서 교주의 목소리에는 기묘한 힘이 있었다. 준후는 주춤거리면서 뒷걸음질을 치다가 다시 앞으로 나아갔다. 이상한 느낌이 들었지만, 아버지라고 불러왔던 서 교주의 말에 길든 아이였다.

"아, 아버지? 아니, 장 호법 아저씨가 내 아버지인데⋯⋯."

"아니야, 준후야. 너 그 말을 믿니?"

"아, 아니요, 아버지."

"그래, 준후야. 어서 이리로 오너라."

준후는 홀린 듯이 걸어갔다. 다른 사람들은 멍한 시선으로 그 광경을 쳐다보고 있을 뿐이었다. 박 신부도, 현암도, 장 호법도 정신이 나른해졌다. 서 교주는 낮은 소리로 흉악한 주문을 외우며 품 안에 손을 집어넣었다.

돌연 박 신부가 정신을 차렸다. 눈앞에 미라의 영상이 스쳐 지나간 것이다. 거의 동시에 현암도 현아의 목소리를 들은 듯했다. 현암은 고개를 흔들고 정신을 차렸다. 박 신부가 소리를 질렀다.

"준후야, 안 돼! 최면술이야! 정신을 차려야 해!"

장 호법이 정신을 차렸을 때, 막 서 교주의 손이 준후의 목덜미로 가고 있었다. 준후는 초점 없는 눈으로 하늘을 올려다보고 있었다. 서 교주의 오른손에서 칼이 번쩍였다.

"안 돼!"

현암과 박 신부는 눈 깜짝할 사이에 벌어진 일에 정신을 차리지 못했다. 서 교주의 칼이 준후의 목덜미를 향해 날아드는 순간 장 호법이 몸을 날려 그 사이로 끼어들었다. 장 호법의 손에도 짤막한 칼 한 자루가 들려 있었다.

"윽, 너, 이놈이!"

준후도 정신을 차렸다. 그리고 눈앞에서 벌어진 광경을 보고 비명을 질렀다. 장 호법의 목덜미와 어깨 사이에 서 교주가 휘두른 칼이 박혀 있었다. 서 교주도 배에 칼을 맞고 비틀거렸다. 장 호법은 몸에 박힌 칼을 뽑지도 못하고 준후 쪽으로 힘겹게 고개를 돌렸다. 순간, 장 호법의 눈과 준후의 눈이 마주쳤다. 준후는 기억해 낼 수 있었다. 항상 자신과 얼굴을 마주치기 싫어했던 아저씨, 그러면서도 자신의 모습을 뒤에서 훔쳐보면서 즐거워했던 아저씨, 겉으로는 말 한마디 하지 않았어도 틈날 때마다 자기의 방으로 찾아와 잠든 척하고 있던 자신을 말없이 몇 시간이고 쳐다보던 아저씨…… 그랬다. 틀림없었다. 그 눈빛이 모든 걸 말해 주고 있었다.

"아버지!"

준후는 큰 소리로 불렀다. 준후를 바라보는 장 호법의 눈에는 이미 죽음의 그림자가 짙게 드리워져 있었다. 하지만 얼굴에는 희미한 미소가 어려 있었다. 그 순간, 준후는 장 호법의 기이한 용모가 더 이상 추하게 보이지 않았다.

이윽고 장 호법은 그 자리에 쓰러져 숨을 거두었다.

현암이 이를 악물었다. 그 광경을 허망하게 바라보고 있던 현암의 눈에도 눈물이 고였다. 현암의 오른손에 힘이 들어가, 부러진 창이 갑자기 빛을 발하면서 산산이 터져 나갔다.

박 신부의 안경도 축축하게 흐려져 있었다. 그의 몸에서도 오라의 색이 짙어지기 시작했다. 박 신부는 목에서 십자가를 풀어 들었다.

서 교주는 휘청거리며 배에서 칼을 빼내려다 그만두고 다시 준후에게 다가갔다. 준후는 눈물을 펑펑 흘리던 눈으로 서 교주를 휙 돌아보았다. 교주…… 자신의 짧은 평생 아버지라 불렀던 자의 흉악한 몰골을 바라보는 그 작은 눈은 눈물과 함께 분노의 빛으로 번쩍이고 있었다.

준후가 손을 움켜쥐자 갑자기 전기 같은 것이 바지직 소리를 내면서 준후의 손에 맺혔다. 그 광경을 본 서 교주가 안색을 흉하게 일그러뜨렸다.

"제, 제석천(帝釋天)[36]의 뇌전! 너, 너 같은 꼬마가 어떻게 그런 힘을!"

"야아아앗!"

준후의 입에서 앙칼진 기합이 터져 나오면서 준후의 양손이 앞

---

36 천제석, 제석이라고 하며 범왕과 더불어 불법을 지키는 신이다. 십이천의 하나로 서동쪽의 수호신이며 수미산 꼭대기의 도리천(忉利天)에 산다고 한다. 번개를 무기로 하는 뇌신으로, 인도의 신들 중 가장 인기가 많다. 많은 악마와 마물들을 제압한 정의의 사도로 알려져 있으며, 성격 또한 호방하다고 한다. 구속을 받지 않고 제멋대로 행동하는 면이 있으나 근본적으로는 자비심이 깊다. 원래 인드라의 존엄성은 힌두교의 삼대 신인 브라흐마, 비슈누, 시바에는 미치지 못했으나 최강의 무력을 자랑하는 왕좌였다. 그러나 후에 불교로 융화된 뒤부터 지위가 격하됐다.

으로 쭉 뻗어 나갔다.

작은 양손에서 나온 이글거리는 두 가닥의 번개가 서 교주의 배에 꽂힌 칼에 적중했다. 순간 번개가 전신으로 넘쳐 들면서 서 교주의 몸은 경련을 일으키기 시작했다. 그에 갑자기 현암과 박 신부가 동시에 앞으로 뛰쳐나갔다. 박 신부가 소리쳤다.

"안 돼!"

어린아이의 몸으로 사람을 해치는 것을 박 신부로서는 그대로 두고 볼 수 없었다. 현암도 마찬가지였다. 말없이 서 교주를 노리고 있던 현암은 기공을 가득 실은 주먹을 날렸다.

'내 손에 먼저 죽으면 저 애의 손은 더러워지지 않겠지. 죽어라!'

현암의 주먹은 경련을 일으키고 있는 서 교주의 얼굴에 명중했다. 순간 현암에게도 뇌전이 돌았으나, 기이하게도 현암에게 고통을 주지 않고 도리어 힘을 북돋았다. 박 신부도 오라를 십자가에 집중시켜 푸른 성령의 불길을 만들어 냈다. 박 신부의 오라력은 준후의 번개와 아무 저항감이 없이 서로 겹쳐 더욱 위세가 강해졌다. 박 신부의 십자가가 서 교주의 어깨를 내리쳤다.

"끄아아악!"

서 교주가 세 번이나 강한 타격을 받고 비틀거리는 것을 현암이 달려들며 기공이 가득 실린 주먹으로 서 교주의 얼굴과 상체를 미친 듯 두들겼다. 서 교주의 몸이 뒤로 밀리다가 급기야는 현암의 회심의 일격에 허공을 몇 미터나 날아서 벽에 부딪힌 다음 뒤로 넘어졌다. 제석천의 뇌전을 맞은 칼이 서 교주의 배에서 튀어나와 현암의 옆에 떨어졌다. 현암이 손을 털며 중얼거렸다.

"저세상에서나 교주 노릇 하시든가. 그나저나 꼬마야, 너 대단하구나."

준후가 손을 늘어뜨리더니 중얼거렸다.

"아버지, 아니 교주님께 보여 드리려고 열심히 수련했던 건데……."

현암과 박 신부는 이겼다는 기쁨보다도 준후의 중얼거림에 가슴이 미어지는 아픔을 느꼈다. 둘은 누가 먼저라고 할 것도 없이 준후에게 몸을 숙여 준후를 달래기 시작했다.

불현듯 현암의 뒤에서 화끈한 열기가 감지되었다. 현암은 재빨리 고개를 돌려서 뒤를 보고는, 급한 나머지 준후를 안고 몸을 굴리면서 박 신부를 발로 찼다.

커다란 불덩어리가 아슬아슬하게 현암과 박 신부를 스치고 지나가서 인형처럼 서 있던 승려들에게 부딪혔다. 쾅 하는 폭음과 함께 불덩이를 맞은 승려들의 몸이 숯덩이처럼 타 버렸다. 그럼에도 제이, 제삼의 불덩이는 계속 날아들었다.

서 교주는 아직 쓰러지지 않았다. 쓰러지지 않았을 뿐만 아니라 전신이 불타오르는 악귀의 형상을 하고 있었다. 서 교주의 눈은 붉은색으로 뒤집혀 있었고, 입이며 코에서도 불이 뿜어져 나오고 있었다. 현암과 박 신부는 자신들의 눈을 믿을 수가 없었다.

"저, 저럴 수가!"

준후가 울먹이는 소리로 외쳤다.

"저, 저건 파극염(波極炎)!"

"그게 뭔데?"

현암이 묻자 준후가 급히 말했다.

"혼을 팔아 얻는다는 아수라 마왕(阿修羅 魔王)[37]의 주술이에요!"

"뭐? 혼을 팔았다고?"

박 신부가 소리쳤다. 서 교주는 마치 짐승처럼 괴성을 지르면서 다시 입에서 불덩이를 뿜었다. 현암이 날쌔게 밀어 낸 덕분에 박 신부는 간신히 불덩이를 피할 수 있었다. 불덩이는 승려들의 몸을 산산이 부수고 뒤쪽의 건물마저 무너뜨렸다. 엄청난 위력이었다. 준후는 얼이 빠진 듯 계속 중얼거리고 있었다.

"아, 아수라…… 아수라가 인드라에게 패한 뒤로 자신의 혼을 불사르는 파극염을 만들어 냈으니……."

현암과 박 신부는 어떻게 대처해야 좋을지 알 수 없었다. 이제 서 교주는 인간의 형상이 아니었다. 불길이 번져 나오는 눈은 이미 의지를 상실한 마귀의 눈매였다. 준후가 중얼거렸다.

"남을 멸망시키려 그 힘을 얻는 자, 자신의 혼을 먼저 불태워야 하리……."

현암이 이를 악물고 뒤로 물러서며 박 신부에게 외쳤다.

---

37 하나의 마신이라기보다는 마족(魔族)의 일개 종족이다. 천상, 인간, 수라, 아귀, 축생, 지옥계의 육도 중 세 번째인 수라계에 위치하는 종족을 아수라족이라 하고 그 우두머리를 아수라 마오아이라 한다. 아수라족은 오로지 전투의 파괴에 대한 일념으로 모여, 주기적으로 천상계 인드라의 천상군과 대결한다.

"신부님! 어떻게 할 거요?"

박 신부도 오라력을 잔뜩 돋우고 있기는 했으나, 저토록 엄청난 위세 앞에 별다른 대응책을 생각해 낼 수가 없었다. 갑자기 박 신부의 머릿속에 아까의 일이 떠올랐다. 준후나 현암이나 모두 강한 힘이 있었고, 더구나 서로 유파가 다른데도 신기하게 상충하지를 않았다. 우연의 일치겠지만, 그것은 세 명의 영의 파장이 거의 같다는 것을 의미했다. 만약 그게 가능하다면…….

"이봐, 젊은이! 우리 힘을 합쳐 보세!"

현암의 머리 위로 불덩이 하나가 다시 날아들었다. 현암은 데굴데굴 몸을 굴리며 외쳤다.

"뭐라고요?"

"힘을 합치잔 말일세! 내가 기도력을 자네에게 넣어 줄 테니!"

현암은 어이가 없다는 표정으로 박 신부를 힐끗 보았다. 유래가 전혀 다른 영력이 합쳐진다는 것이 가능하다는 말인가? 그러나 현암의 눈에 다른 광경이 들어왔다. 박 신부와 준후가 이리저리 몸을 피하는 뒤편에서 꼿꼿이 선 채로 불에 타 쓰러져 가고 있는 승려들…… 그들은 서 교주의 수법에 말려들어 무의미하게 죽어 가고 있었다. 이미 많은 승려가 불에 휩쓸려 버렸지만, 살아 있는 한 사람이라도 더 생명을 건져야 했다.

현암이 기합을 넣으면서 몸을 일으켰다. 현암이 오른손에 태극패를 들고 기공력을 불어 넣자 태극패에 푸른 기운이 돌기 시작했다. 현암은 잠시 뒤를 보더니 다시 이를 악물고 아직 불이 번지지 않은 승려들의 앞을 막아섰다.

"신부님! 뭘 하려거든 어서 해 봐요!"

박 신부도 청년을 보고 퍽 대견하다는 생각이 들었다. 저 청년 정도의 몸놀림이라면 혼자서 여기서 벗어나는 것쯤은 쉬운 일일 텐데…… 청년은 죽기를 각오하고 저 괴물이 되어 버린 서 교주와 맞서고 있다! 박 신부가 십자가를 가슴에 대자, 오라가 마치 단단한 공처럼 선명한 빛을 내면서 박 신부의 주위에 서렸다.

"가세!"

박 신부가 현암에게로 달려들었다. 특별히 다른 방법이 있는 것도 아니었다. 그저 가시화된 둘의 영력을 엉기게 만들려는 것이었다. 자칫 둘의 영력이 충돌하는 일이 생긴다면 굉장한 영력을 지닌 두 사람은 그대로 폭발해 버릴지도 모르는 일이었다. 박 신부는 기도를 읊으면서 눈을 감았고, 현암은 눈을 찢어질 듯 크게 뜨고는 서 교주를 노려보았다. 그 눈빛도 서 교주의 눈만큼이나 타오르고 있었다.

"타앗!"

박 신부의 몸이 현암에게 가까이 가자 박 신부의 몸에 구형으로 엉겨 있던 오라가 현암의 등 아래쪽으로 빨려 들었다. 현암의 손에 들린 태극패에서 갑자기 폭발 같은 광채가 터져 나오면서 그 빛이 서 교주의 몸을 비추자 서 교주는 비명을 질렀다. 현암은 계속 밀어붙였다.

"제발 좀 쓰러져라!"

서 교주의 몸이 뒤로 질질 밀려 났다. 강한 바람을 맞은 듯이, 서 교주의 발이 땅을 긁으며 뒤로 미끄러지다가 급기야는 휘청거리기 시작했다.

　준후는 그 광경을 멍한 눈으로 바라보았다. 분노에 못 이겨서 인드라의 뇌전을 날려 부상당하게 만들기는 했지만, 어쨌거나 자기를 키워 주었고 자신이 아버지라 불렀던 사람과, 또 한편에는 자신과 사람들을 위해 목숨을 걸고 싸우고 있는 두 명의 사람이 있었다. 땅에는 친아버지인 장 호법의 시신이 보였다. 장 호법의 눈은 이미 감겨 있었다. 그 따스했던 시선을 다시 볼 수 있는 기회는 영영 사라지고 없었다.

　"좋다! 썩을 놈의 혼을 꽤 비싸게 팔았나 보구나, 사기꾼아! 어디 한번 같이 죽어 보자!"

　현암은 성난 사자처럼 고함을 지르면서 필생의 내력을 뿜어냈다. 뒤에 서 있는 박 신부도 마찬가지였다. 둘의 힘은 한데 뭉쳐 엄청난 위력을 발휘하고 있었다. 그 위력은 힘을 쓰고 있는 그들 자신조차도 믿지 못할 만큼 강했으나, 밀교 진전을 이어받아 혼까지 팔아넘긴 서 교주의 파극염을 완전히 밀어 낼 수는 없었다. 서 교주가 최초의 충격에서 벗어나 다시 짐승 소리를 내면서 몸을 곧추세우고 있었다. 이번에는 입이 아닌 양손에서 불길이 일렁이더니 갑자기 서 교주의 양 손목이 굉음을 내면서 폭발하듯 떨어져 나갔다. 깜짝 놀란 현암과 박 신부의 힘이 순간적으로 약해졌다. 서 교주는 잘려 나간 손목을 치켜들었다. 손목에서는 피 대신 불길만이 용트림하며 흘러나오고 있었다. 시뻘건 불길이 현암과 박 신부를 겨냥해 날아오기 시작했다. 믿을 수 없는 일이었지만, 서 교주는 고대의 사술을 이용해 온몸이 불로 화한 괴물이 되어 버린 것이다.

준후는 마음을 굳혔다. 저기 날뛰고 있는 서 교주는 이제 아버지도, 존경받는 밀교의 교주도 아니었다. 혼을 시바나 아수라 같은 사악한 힘에 팔아넘기고 사람의 목숨을 파리처럼 여기게 된 괴물에 지나지 않았다. 그러나 준후의 몸은 선뜻 끼어들지 못했다. 준후도 그 이유를 알 수 없었다. 우선은 몸이 굳어 있는 승려들을 풀어 주기 위해 열심히 힘을 썼지만, 서 교주의 금제(禁制)가 너무 심해서 준후의 술법이 먹혀들지 않았다.

서 교주의 손목에서 뿜어져 나오는 파극염의 엄청난 불길이 마치 소방 호스에서 쏟아지는 물줄기처럼 뻗어 나와 현암과 박 신부를 삽시간에 몰아붙였다. 현암이 손에 들고 있던 태극패에서 바지직 갈라지는 소리가 나면서 가운데 동경에 금이 갔다. 파극염의 불길은 이제 태극패의 광채를 뚫고 점점 더 두 사람에게로 뻗쳐 왔다. 준후는 그런 힘겨운 싸움을 지켜보면서도 선뜻 도움을 줄 수가 없었다. 왜 저 형과 아저씨는 내게 도움을 요청하지 않는 걸까? 말만 하면, 말 한마디만 해 주면 나도 도움을 줄 텐데…….

준후는 태어나면서부터 신통력이 있었다. 그래서 혼란스러운 와중에서도 순간적으로 두 사람의 마음을 약간이나마 들여다볼 수 있었다. 그들은 마음속으로 외치고 있었다. 우리 말고는 빠지라고, 어서 달아나라고…… 그들은 아무 관계도 이유도 없는 사람들, 즉 준후나 승려들을 위해서 최선을 다하는 중이었다. 준후는 주위를 돌아보았다. 백여 명에 달하던 해동밀교의 승려들은 서 교주에 의해 꼿꼿이 몸이 굳은 채 아직도 꼼짝하지 못하고 있었고, 많은 수가 이미 불길에 휩싸여 재로 변해 있었다. 지금 밀교의 본산은 커다란 불구덩이나 다름없었다. 준후의 눈에 불상이며 각종 주술에 쓰는 법기(法器)에 깃들어 있던 영혼들이 헤매며 날고 있는 광경이 들어왔다. 이제 해동밀교는 끝이었다. 그 속에서 두 명이 서 교주를 막기 위해서 힘겨운 싸움을 벌이고 있었다.

준후는 몸을 일으켰다. 그러고는 품에 들어 있던 부적 세 장을 꺼내고 왼손 무명지를 힘껏 깨물었다.

서 교주의 불길이 거의 현암의 코앞까지 다가왔다. 현암의 머리카락이 지지직거리는 소리를 내며 그슬리기 시작했고, 박 신부의 옷에서도 연기가 피어올랐다. 두 사람은 자신들의 능력을 이렇게까지 발휘해 본 적이 없었다. 둘의 힘이 합쳐져 더욱 가공할 힘이 나왔는데도, 서 교주에게 압도당하고 있었다. 현암은 이제 끝이라고 생각했다. 현아의 모습이 떠올랐다. 박 신부도 허탈한 마음 때문인지 기도문 소리가 나직하게 바뀌고 있었다.

그 순간 작은 형체가 달려들면서 박 신부의 등 뒤에 찰싹 들러붙었다. 박 신부의 등골로부터 차가운 기운이 꿰뚫듯이 올라왔다. 준후였다. 현암도 박 신부를 통해서 갑자기 서늘한 기운이 엄청난 기세로 밀려오는 것을 느꼈다. 뒤에서 준후의 높은 소리가 들렸다.

"수(水)! 물의 기운을!"

유사 이래 불의 상극은 물이었다. 현암은 퍼뜩 그 말을 알아차렸으나, 그에게는 특별히 물을 상징하는 무술도 없었고 그런 물건도 없었다. 그러나 박 신부에게는 성수 뿌리개가 있었다. 박 신부가 재빨리 한 손으로 성수 뿌리개를 꺼내어 현암에게 건네주자, 현암은 힘겹게 태극패를 뒤로 돌리며 성수 뿌리개를 내밀었다. 뒤에서 준후가 범어로 소리를 치자, 박 신부의 등 뒤에서부터 파도 같은 힘이 번져 나와 그 힘은 다시 현암의 등줄기를 통해 성수반에 몰렸다. 성수반 주위에 선명하고 밝은, 검은 아지랑이들이 모여 파랗게 빛이 솟았다. 서 교주는 고함을 치면서 손목을 휘둘렀다. 현암은 최후의 모든 힘을 성수 뿌리개에 모아 그것을 집어 던졌다.

성수 뿌리개가 서 교주의 아랫배에 명중했다. 화약이 폭발하는 것 같은 엄청난 굉음과 함께 아랫배가 폭발하고 커다란 구멍이 뚫렸다. 곧이어 그 구멍에서 거센 불길이 뿜어져 나왔다. 서 교주는 괴성을 지르며 미친 듯 몸을 비틀었고, 그때마다 몸에서 쏟아져 나오는 엄청난 불기운이 사방을 삽시간에 불로 뒤덮어 버렸다. 불길에 서 교주의 몸도 촛농처럼 타들어 가고 있었다. 현암이 이를 갈면서 소리쳤다.

"꼬마야! 어떻게든 해 봐!"

준후는 처량한 눈길로 발악하는 서 교주와 쓰러진 친아버지인 장 호법의 시신을 번갈아 바라보았다. 박 신부가 준후의 어깨에 살며시 손을 얹었다. 푸근한 손길이었다. 다시 정신을 차린 준후는 승려들을 구해 주어야 한다는 박 신부와 현암의 생각을 알아챘다. 아까는 불가능했지만 서 교주의 몸이 타 버린 지금은 준후의 술법이 먹힐 수도 있었다. 준후가 기합을 발하며 손을 교차시키자, 살아 있던 몇 안 되는 승려들의 몸이 우르르 마비에서 풀려났다. 서 교주의 몸은 거의 다 타서 뼈대밖에 남지 않았으면서도 여전히 몸부림을 치며 불을 뿜고 있었다. 준후가 날쌔게 장 호법의 시신으로 가서 얼굴을 한 번 쓰다듬고는, 그의 허리에 걸려 있던 주머니를 끌러 가지고 뛰어왔다. 현암이 준후를 안아 올리고 박 신부와 갈팡질팡하는 승려들과 함께 뛰어나가기 시작했다.

갑자기 하늘이 무너지는 듯한 소리를 내면서 대웅전이 허물어지기 시작했다. 현암은 있는 힘을 다해 박 신부를 밀어 내고는 준후를 안은 채 자신도 몸을 날렸다. 박 신부는 나가떨어지면서 무너지는 대웅전을 지켜보았다. 지붕이 뒤집어지면서 기둥이 파여 주춧돌이 하늘로 날아오르는 광경, 그리고 몇 명 남지 않았던 승려들마저 그 밑에 깔리는 모습이 마치 슬로 모션처럼 박 신부의 시야에 들어왔다. 박 신부는 전에 들었던 『해동감결』의 마지막 구절을 생각했다.

'절의 주춧돌이 지붕 위로 올라가리라……. 절의 주춧돌이 지붕 위로 올라가리라……. 결국 아무런 비유나 상징도 아니었구나. 글자 그대로였어.'

해가 떠오르고 있었다. 붉게 타오르는 아침 해돋이 속에서 해동밀교의 본산은 해보다 더 붉게 타올랐다. 하늘까지 치솟은 불길이 해돋이와 어우러져서 온 하늘을 불사르고 있었다. 이제 해동밀교의 생존자는 오직 준후뿐이었다.

박 신부는 오열하는 준후를 말없이 안아 들었다. 박 신부가 준후를 다독거리면서 애써 유쾌하게 말했다.

"준후야, 이제 그만 울거라. 이 신부 아저씨와 같이 가자꾸나."

놀랄 만큼 총명하고 아는 것도 재주도 많았지만, 아이는 역시 아이였다. 준후는 얼굴을 재와 눈물로 범벅을 만들면서 흐느끼고 있었다. 현암도 아홉 살밖에 안 된 아이가 겪어야 했던 지독한 선택과 그 슬퍼하는 모습을 보면서 가슴이 미어지는 듯했다. 다시 박 신부가 입을 열었다.

"네가 도와줄 일이 많단다. 어찌 보면 숙명인지도 모르지.『감결』에 나왔던 네 명의 큰 손님, 다 정해진 일이었는지도 몰라."

박 신부는『해동감결』에 나왔다는 네 명의 큰 손님에 대해 생각하려다가 그만두었다. 아무려면 어떤가. 다만 사람들을 위하고 오늘과 같은 일이 다시 생기지 않도록 최선을 다할 수만 있다면 그만인걸. 뒤에서 머뭇거리던 현암이 준후를 안고서 걸음을 옮기던 박 신부 앞에 섰다.

"저 불은 어쩌죠? 신고라도 해야 하는 건지 말아야 하는 건지."

"우리가 할 수 있는 일은 없을 것 같네."

현암이 머뭇거리자 박 신부가 조용히 웃으며 말했다.

"자네도…… 같이 갈 텐가?"

현암이 씩 웃었다. 싸늘한 첫인상과 어울리지 않게 시원한 웃음이었다.

"저 같은 놈을 뭐에 쓰시려고요."

"쓰려고 그러는 게 아닐세. 그냥…… 같이 가자는 거지."

현암은 조용히 쓸쓸한 표정을 지으며 고개를 끄덕였다.

"그런가요. 그냥 가는 겁니까."

그러다가 현암이 억지로 띄운 것이 분명한 미소를 지으며 물었다.

"어디로 가십니까?"

"퇴마행…… 마를 물리치러 가는 걸세."

"뭘 물리친다고요? 그걸 물리치려면 어디로 가야 하는데요."

"어디든 가는 거지."

현암은 정색을 했다.

"그러면 오늘 같은 일을 막을 수 있는 겁니까?"

박 신부는 조용히, 확신에 가득 찬 어조로 말했다.

"그렇다네."

그러자 현암이 시원스레 고개를 끄덕였다. 박 신부도 마주 보고 미소를 지었다. 준후는 지쳐서 잠이 든 모양이었다. 박 신부는 그 등을 포근하게 다독거리면서 걸음을 옮겼다. 현암이 말했다.

"전 이현암이라고 합니다. 그냥…… 여기저기서 주워 배운 도인 나부랭이입니다."

"난 사제……였네. 이름은 박윤규이고 박 신부라고도 많이 부

르지. 세례명은 베드로…… 그리고 이 아이는 준후네, 장준후라고
해야겠지……."

담소를 나누며 걷는 그들의 등 뒤에서 해동밀교의 마지막 잔해
를 태우는 불길이 크게 일어나고 있었다. 그 불길은 하늘마저 태
워 버릴 듯했다. 아니, 이때만큼은 정말 하늘이 불타오르는 날이
었다.

어머니의
자장가

악몽

윤영은 줄다리 위를 달려가고 있었다. 어딘지 모를 곳을 향해. 어두워서 사방이 잘 보이진 않았으나, 짙은 회색 같기도 하고 어쩌면 푸른 남색, 아니면 거의 검정에 가까운 핏빛 색깔이 주변을 에워싸고 있었다. 그 분위기는 묘하게도 친숙한 느낌을 주었다. 그러나 동시에 음울하고 답답한 기분이 조바심을 내게 하는 그런 곳이었다.

윤영은 빨리 그곳을 빠져나가야 했다. 이유는 알 수 없었지만, 어떤 알 수 없는 힘이 윤영을 재촉했다. 윤영은 거친 숨을 몰아쉬면서 속도를 줄이지 않고 내리 달렸다.

노랫소리…….

누군가의 노랫소리가 들려왔다. 낮게 깔린 여자의 음성이었다.

윤영은 노랫소리를 듣자, 편안해지면서 기운이 났다. 그리고 지금 자신이 얼마나 지쳐 있는지 깨달았다. 윤영은 콧노래라도 부를 듯이 흥거워졌다. 발을 멈추고 사방을 둘러보며 흐르는 땀을 손으로 훔쳐 냈다.

"이제 얼마 안 남았을 거야."

노랫소리는 계속해서 잔잔히 울려 퍼지고 있었다. 그건 노래라기보다는 기분 좋은 흥얼거림 같은 것이었다. 무슨 소린지 알아들을 순 없었지만, 따스한 느낌이 드는 소리였다.

그런데 돌연 갑자기 노랫소리가 뚝 그쳤다. 어디서 울리는지 모를 날카로운 비명과 함께 주변이 온통 흔들리기 시작했다. 거의 몸을 가눌 수 없을 지경이었다. 멀리 뒤쪽에서 폭풍이 몰아치는 듯한 소리가 들려왔다. 거대한 해일이 다가오고 있는 듯했다.

발밑의 줄다리가 요동을 치며 흔들렸다. 윤영은 넘어질 뻔하다가 간신히 몸의 균형을 잡고서 달리기 시작했다.

출렁거리던 줄다리가 진저리를 치듯 흔들리더니 허물어져 내리기 시작했다.

심장이 뛰는 소리가 크게 들려왔다.

격렬하게 달리는 말발굽처럼 윤영의 심장은 펄떡거렸다. 저 앞에서 갑자기 하얀빛이 번뜩였다. 강한 힘이 윤영의 전신을 감싸며 그녀를 쥐어짜려는 듯 비틀었다. 무서운 고통이었으나 윤영은 이를 악물고 뛰었다. 그녀의 뒤에 있던 줄다리가 토막토막 끊어지며 마구 무너져 내렸다.

귀에서 웅웅거리는 소리가 쉬지 않고 들려왔다.

윤영은 환한 빛이 비추는 곳으로 몸을 날렸다. 발밑이 허전했다.

그곳은 끝없는 절벽이었다.

윤영은 떨어져 내리기 시작했다. 한없이 아득한 밑으로……

무언가 손에 잡혔다. 윤영이 아슬아슬하게 거기에 매달리자, 어떤 힘이 다리를 잡아당겼다. 버티기 힘들었다. 그러나 버텨야 했다. 윤영은 이를 악물며 몸을 끌어 올리려 했다.

그러나 윤영의 허리는 그 힘을 이겨 내지 못했다. 나뭇가지가 부러지는 듯한 소리와 함께 허리가 두 동강 나더니 아랫도리가 저 아래로 떨어지기 시작했다. 그것은 찢어졌다기보다는 예리하게 잘려 나간 것처럼 보였다. 고통은 없었다. 다시 아래를 내려다보니 자신의 두 다리는 아직 멀쩡하게 붙어 있었다. 윤영은 안도의 한숨을 쉬며 자기가 움켜쥔 것을 쳐다보았다.

그것은 바로 혀를 빼물고 눈을 감은 채 허공에 떠 있는 윤영 자신의 머리였다. 그 머리의 두 눈이 스르르 열리기 시작했다.

"아아악!"

윤영은 비명을 지르며 잠에서 깨어났다. 온몸이 식은땀으로 흠뻑 젖고 이불마저도 축축해져 있었다.

'또 그 꿈……! 아아, 이젠 너무 싫어!'

책상 위에서 시계가 울었다. 새벽 세 시 삼십 분……

어김없이 정해진 시간이었다. 아니, 이젠 일주일에 삼십 분씩 빨라지고 있었다.

벌써 팔 년째 윤영은 같은 꿈을 꾸고 있었다. 금요일 밤마다 꾸는 꿈이었다.

팔 년 동안 그 꿈은 정확히 여섯 시에 윤영을 깨웠다. 그리고 오 주 전부터는 매주 삼십 분씩 시간이 앞당겨졌다.

"이젠 더 이상 싫어! 제발 그만, 그만!"

잠을 자지 않으려 해도 그럴 수가 없었다. 금요일이 되면 의식이 몽롱해지면서 무서운 기억을 까마득하게 잊은 채 잠자리에 들고 말았다. 윤영은 그런 자신이 싫었다. 그리고 무엇보다도 자신을 삼켜 버릴 것 같은 무서움을 견딜 수 없었다.

윤영은 베개에 얼굴을 묻고 목을 놓아 울었다. 꿈꾸는 시간이 점점 앞당겨지고 있는 것이 너무나도 기분이 나빴다. 언제까지 앞당겨질지는 알 수 없으나, 언젠가 정해진 시간에 도달하게 되면 상상할 수 없는 불길한 일이 일어날 것 같다는 생각이 들었다.

현암은 가벼운 마음으로 약속 장소로 나갔다. 이번 일은 별것이 아닐 거라는 느낌이 들어서 그런지 마음이 가벼웠다.

'이름이 김윤영이라 했지? 스물한 살이고. 지긋지긋한 귀신에서 벗어나 젊은 아가씨와 관련된 일을 맡게 되다니 기분이 좋군. 예뻤으면 금상첨화이련만…… 후훗!'

현암의 생각으로는 기껏해야 가위눌리는 정도의 일이거나, 잘해 봐야 부유령(浮遊靈)[1] 또는 몽마(夢魔) 정도가 장난치는 일이리

---

[1]   승천하지 못하고 특정한 목적도 없이 여기저기를 떠돌며 방황하는 영을 말한다.

라 여겼다. 이번 기회에 멋있게 보이면 어쩌면…….

'아이고, 내가 정신이 나갔나? 천벌 받을 생각만 골라서 하네. 이런 일을 사리사욕에 이용하면 천벌을 받는 법인데…… 그래도 좋아. 예쁘면 까짓것 천벌을 받지, 뭐! 하하하!'

현암은 장난기 어린 생각을 하면서 약속했던 카페의 문을 열었다. 실내에서는 그윽한 커피 향이 풍겨 나왔고, 코렐리가 부르는 〈별은 빛나건만〉이 나직이 울리고 있었다. 웨이터의 안내를 받아 현암은 뒤돌아 앉아 있는 여자에게로 두근거리는 가슴을 안고 다가갔다.

실망스러울 정도는 아니었지만, 기대가 커서 그랬는지 처음 볼 때는 썩 예뻐 보이지는 않았다. 그러나 유심히 쳐다보니 독특한 개성을 풍기는 미인이었다. 안색이 너무 창백해서 눈에 확 띄지 않았는지도 모른다. 그녀의 얼굴엔 온통 우울한 그림자가 짙게 깔려 있어서 웃는 얼굴로 마주 대하기가 힘들 정도였다.

"김윤영 씨?"

"아, 네. 제가 바로…….."

"전 이현암이라 합니다."

현암은 쭈뼛했다. 윤영의 얼굴 복판에서부터 푸른 기운이 뻗쳐 이마 위로 거슬러 가는 듯했다. 죽음이 임박한 사람들에게서 흔히 보이는 징표였다.

현암의 뇌리에서 잡념이 싹 지워지고 입가의 웃음이 가셨다.

"부모님은 안 계세요. 아버지는 제가 배 속에 있을 때 돌아가셨고, 어머니는 제가 열세 살 때 돌아가셨어요. 그 후론 내내 할머니와 함께 살고 있답니다."

"형제분은요?"

"없어요. 제가 외동딸이죠."

"혹시 돌아가신 분은요? 그러니까 어릴 때나 옛날에 돌아가신……."

"제 기억으론 없어요. 그리고 어머니는 그런 얘기를 하신 적이 없어요. 언젠가 장난삼아 난 왜 오빠나 언니가 없느냐고 물어본 적이 있었죠. 어머니는 없다는 말씀만 하시고는 눈물을 흘리셨어요. 그래서 다시는 물어보지도 않았고요. 근데 그걸 왜 물으시죠?"

"아, 아뇨. 별건 아닙니다……. 그런데 할머님과는 원래부터 같이 사셨나요?"

윤영은 잠시 주저하더니 말을 이어 갔다. 그녀의 얼굴에 부끄러워하는 표정이 서렸다.

"아뇨. 할머니는 어머니를 별로 마음에 들어 하지 않으셨어요. 분가하고 나서는 거의 의절하고 사셨죠. 그러다 아버지가 급병으로 돌아가시고 어머니가 저를 낳은 후에는 가엾게 여기셨는지 잘 대해 주셨어요."

"자꾸 집안 얘기를 물어서 죄송합니다만, 원래 꿈은 그 사람이 자란 환경과 뗄 수 없는 관계에 있답니다. 그래서 묻는 것이니 용서하세요."

"예. 괜찮습니다."

"그러면 꿈에 대한 얘기를 해 주시겠습니까?"

윤영은 가끔씩 몸서리를 치며 저주받은 꿈에 대한 이야기를 들려주었다. 묘사가 상당히 세세해서 현암은 자신이 직접 꿈을 꾸는 듯한 느낌을 받았다.

'하긴, 팔 년이면 사백 번은 같은 꿈을 꾼 셈이니 꿈의 내용이야 다 외우고도 남겠지······.'

현암은 가볍게 듣고 넘겼다. 꿈 자체가 큰 문제를 일으키는 것은 아니다. 무서운 꿈을 꾼다고 사람이 죽지는 않는다. 문제는 무서운 꿈을 꾸게 만드는 요인이고, 그것이 사람을 죽게 만들 수도 있다.

현암은 마지막으로 윤영의 손금을 보고 생년월일을 헤아려 보았다.

'잘은 몰라도 단명할 운이라거나 쇠잔한 기운은 없는데······ 마가 낀 것이 틀림없군.'

준후가 있었다면 단번에 영사(靈寫)[2]해 알아보았겠지만, 불행히도 준후는 공력을 키우려고 설악산에 처박혀 수련하는 중이었고, 박 신부는 종교 관련 일로 연락이 되질 않았다. 할 수 없이 이번 일은 현암 혼자 처리해야 했다.

"매번 꿈을 꾸는 시간이 정해져 있다면 일은 쉽습니다. 제가 말

---

2   죽은 자나 시전자 자신의 영혼을 통해 어떤 현상이나 사실을 알아내는 일을 말한다.

하는 대로 일단 다음 주 금요일에 준비를 해 놓으세요. 괜찮으시
다면 그럼 이만⋯⋯."

"와 주실 수 있으세요? 제발요!"

"예, 그렇게 하겠습니다. 시간은요?"

"밤에 와 주실 수 있겠어요? 어려운 부탁일지도 모르지만⋯⋯
이제는 정말 잠들고 싶지 않아서요."

멀쩡한 여자가 밤에 자신의 집으로 찾아와 달라니. 그러나 현암
은 그런 생각을 지워 버렸다. 쓸데없는 상상을 하기엔 윤영의 눈
빛이 너무나 애처로웠다. 커다란 눈망울이 마치 사냥꾼 앞에서 오
들오들 떨고 있는 산토끼를 보는 것 같았다. 얼마나 두려웠으면
이런 부탁까지 할까?

'지금 내가 돕지 않으면 이 여자는 죽는다!'

금요일 밤에 모든 것을 알 수 있을 터였다. 단순한 꿈인지 아니
면 귀신의 장난인지⋯⋯ 어쩐지 단순한 악몽이 아닐 거란 확신이
들었다.

동몽주(同夢呪)

현암은 이틀 동안 준후를 찾아 헤맸다. 준후는 설악산 어딘가로
수련하러 간다는 말 한마디만 던져 놓고 떠난 터였다. 그 큰 산속
을 뒤져서 한 사람을 찾기란 사막에서 바늘 찾기만큼 어려운 일이

었으나 어쩔 수가 없었다. 준후에게서 동몽주를 배워야만 했기 때문이다. 그것만이 현재 윤영의 상태를 확실히 알 수 있는 유일한 방법이었다.

동몽주는 잠들어 있는 사람의 꿈을 다른 사람이 볼 수 있게끔 하는 주술이었다. 별로 어려운 주술은 아니라고 준후가 말했었으나, 꿈의 내용이 강렬하거나 잠든 사람이 깨지 않으면 주술의 시전자도 깨지 못한다는 단점이 있었다. 그래서 준후를 가르친 스승은 이 주술은 앞뒤를 잘 가린 후에 사용하라고 생전에 당부했다.

이틀간 무지막지하게 헤맨 끝에 현암은 준후가 수련하고 있는 산비탈의 동굴을 찾아냈다. 잠도 거의 자지 못해 파김치가 되어 버린 현암을, 준후는 자기 수련을 방해한다고 막무가내로 내쫓으려 했다. 결국 현암은 자신이 왜 준후를 찾아왔는지 자세히 설명할 수밖에 없었고, 사정 얘기를 다 듣고 난 후에야 준후의 얼굴이 비로소 풀어졌다.

"형, 정말 믿어도 돼요?"

"뭘?"

"이거 절대 이상한 일에 써먹는 거 아니지?"

"무슨 이상한 일?"

"아니, 있잖아요. 왜, 그 아가씨 미인이라면서? 그러니 현몽해서는……."

"뭐? 현몽이라고? 주문을 외우면 상대의 꿈속에 내가 나올 수도 있다는 거냐?"

"그것도 가능하죠. 근데 형은 아무래도 엉큼하니까 동몽주를 가르쳐 주기가 뭣한걸?"

"뭐? 준후, 너! 날 뭘로 보고 그러는 거야?"

"뭘로 보긴 뭘로 보우? 늑대지."

"이게!"

"아이고, 아동 학대한다! 알았어요, 알았어! 근데 진짜 조심해야 돼요. 현암 형이야 기공이 좀 있으니 괜찮겠지만, 사심을 갖거나 만약 그쪽 영이 형이 보고 있는 걸 눈치채고 해코지를 하려고 들면 형은 당하는 수밖에 없어요. 그래도 배울래요?"

"배우는 수밖에…… 그 여자는 내가 돕지 않으면 안 돼."

"그럼 이걸 보고 익혀요. 진짜 조심하고요."

준후는 보따리를 뒤적뒤적하더니 현암에게 케케묵은 작은 책자 하나를 건네주었다. 제목은 『몽몽결(夢夢訣)』이었다.

현암이 그 주를 익히는 데는 꼬박 삼 일이 걸렸다. 실습해 볼 시간이나 여건이 아니었다. 준후는 잠을 자지 않고 계속해서 염불인지 범어인지 모를 소리만 읊조리고 있었다. 잠을 자는 상대가 주변에 있어야 같은 꿈을 꾸든지 말든지 할 것 아닌가?

현암은 고속버스를 타고 서울에 도착했다.

기분이 좋았다. 본의 아니게 옆자리에 앉은 사람의 꿈을 구경할 수 있었던 것이다. 잠든 사람에게 가볍게 손가락 끝만 대고 조용히 운기의 상태로 들어간 후 주만 나직이 외우면 되었다. 그 사람이 꿈에서 목마를 타고 총싸움을 하며 노는 것을 재미있게 볼 수 있었다. 나이도 지긋한 사람이 별 꿈을 다 꾼다고 생각하며 현암은 피식 웃음을 흘렸다. 동몽주의 효능도 확인했으니 이제 준비는 다 된 셈이었다. 일이 현암의 생각대로만 풀려 준다면 말이다.

금요일이 돌아왔다. 현암은 전에 알아 두었던 윤영의 집으로 가서 벨을 눌렀다. 일부러 늦은 시간에 도착한 것이다. 윤영의 할머니가 의심스러운 눈초리로 문을 열어 주었다. 아마도 귀신을 쫓는 사람치고는 너무 젊었기 때문이리라. 할머니는 윤영이 잠들어 있다고 말해 주었다. 현암은 시계를 보았다. 자정이 약간 넘어 있었다.

꿈을 꾸는 시간은 채 십 분도 안 될 것이니, 세 시 조금 못 돼서 윤영이 악몽을 꾸기 시작한다 해도 아직 두 시간 반 정도의 시간은 남아 있는 셈이었다.

현암은 우선 집 안의 기운을 살펴보았다. 별다른 요기나 마기는 없었다. 집 안 곳곳에 조금은 낡은 듯한, 그러나 예쁜 장식물이 깔끔하게 정돈되어 있었다. 여자 둘만이 사는 집이라 퀴퀴한 현암의 방과는 냄새부터 달랐다. 현암은 싱겁게 웃다가 벽에 붙은 사진에 눈을 돌렸다.

윤영이 어릴 적에 어머니와 찍은 사진인 듯했다. 어린 윤영의 모습은 퍽 깜찍했다. 슬픔을 담고 있는 듯이 보이는 윤영의 어머니가 귀여운 딸아이를 안고 있었다. 그런데 분명히 사진 속 아이의 뒤에 어슴푸레한 그림자가 비치고 있었다.

현암은 사진을 좀 더 눈에 바짝 들이대고 뚫어지게 응시했다. 분명히 윤영의 모습 뒤에 무언가가 있었다. 푸르스름한, 마치 윤영의 몸에서 발산되는 듯한, 아니 안으로 갈무리하려고 하는 듯한 흔적이 있었다.

"윤영이 어미라오. 저 가엾은 것만 남겨 두고 혼자 훌쩍 가 버렸지. 무정한 것……."

눈치 없는 할머니의 말이 사진에서 현암의 시선을 거두게 했다.

"아, 예."

"그나저나 우리 윤영이한텐 어떻게 해야 되겠수? 이건 하루 이틀도 아니고…… 이젠 내가 무서워서 미칠 지경이라오."

"그러시겠죠. 이제 염려 마세요. 윤영 씨 방을 둘러봐도 되겠습니까? 마침 잠이 들었다니 다행이군요."

"아까부터 기다리다가 잠이 든 모양이우. 불쌍한 것……."

"예, 걱정하진 마십시오. 그리고 저와 같이 가시되 절대 소리는 내선 안 됩니다. 윤영 씨가 잠에서 깨면 허사니까요."

현암은 조심스레, 아직도 의아해하는 할머니와 함께 윤영의 방으로 들어갔다. 윤영은 기다리고 있었던 듯, 앉은 채 벽에 기대어 잠들어 있었다. 호흡이 가지런했고 악몽과는 거리가 먼 편안한 잠에 취해 있었다.

"거의 일주일 만에 잠든 거라오. 통 잠을 못 이루다가……."

"쉿!"

윤영은 쌔근쌔근 자고 있었다. 표정이 참 천진했다. 퇴마행 이후 여러 경험을 했지만, 낯모르는 규수의 방에 들어가 자고 있는 여자를 쳐다보기는 처음이었다. 그러나 잡념은 금물이었다. 현암은 잡생각을 지우고 준후에게서 얻은 부적을 눈 주위에 문질렀다. 눈을 밝게 하는 방법이었다.

이상한 것이 보였다. 윤영의 몸을 둘러싼 수상한 기운이 서서히 퍼져 나가고 있었다. 그 기운에서는 아무것도 읽을 수가 없었다. 아무 의도도 생각도 가지고 있지 않은 듯했다. 현암은 당혹스러웠다.

'음? 저게 분명 윤영 씨를 악몽으로 몰아넣는 범인인 것 같은데 왜 아무런 살기나 요기가 보이지 않지? 윤영 씨 말로는 지독한 악몽이던데……'

악몽을 꾸게 만드는 것은 주로 목적이 있는 원한령(怨恨靈)[3]이거나, 장난을 좋아하는 부유령의 짓이 많았다. 가끔은 자신이 유체 이탈(幽體離脫)[4]되어 가위에 짓눌리는 일도 있었다. 하지만 이

---

[3] 원한을 가지고 죽어 승천하지 못하고 계속 복수를 꾀하며 원수를 갚으려 하는 영으로 매우 위험한 부류이다. 이들은 집념으로 에너지를 모아 물리력을 행사하는 경우도 많고, 물리력을 행사하지 않더라도 영적인 에너지로 원한의 호소를 하려 하기 때문에 일반 사람의 정신에 강한 타격을 줄 수 있다. 이러한 영적인 에너지는 텔레파시와 비슷하나, 그보다도 강하다. 마치 전구에서 비추는 빛은 사람에게 피해를 주지 못하나, 사람이 그보다 강도가 높은 빛을 가까이서 쐰다면 피해를 입는 것과 비슷하다.

[4] 심령 과학을 연구하는 사람들 사이에서 널리 퍼져 있는 이론에 의하면 모든 사람은 육체 안에 또 하나의 신체를 가지고 있다고 한다. 특히 동양의 도가에서는 이를 원신(原身)이라 칭하고 있다. 그것은 모든 면에서 육체와 꼭 닮았으나, 보다 세밀하고 밀도가 희박한 물질로 이루어졌다고 한다. 이를 에테르제, 복체, 유체, 백(魄)이라고 하며 이 유체는 모체보다 훨씬 자유롭게 움직일 수 있다고 본다. 유체 이탈 현상은

건 분명히 윤영이 아닌 다른 영의 짓이었다. 이렇게 주기적으로 침범한다면 무슨 의도가 있는 게 분명하건만, 아무런 의도나 의식이 느껴지지 않으니 현암으로선 당혹스러웠다.

'분명히 무슨 곡절이 있을 거야. 일단 윤영 씨의 꿈속으로 들어가 보자.'

현암은 손수건을 꺼내 손에 들고 결가부좌(結跏趺坐)[5]를 틀고서 윤영 옆에 앉았다. 그리고 손짓으로 할머니를 불러 준비한 금줄[6]을 주며 귓속말로 당부했다.

"전 윤영 씨의 꿈으로 들어갈 겁니다. 잘 보시다가 제가 이 손수건을 떨어뜨리면 저도 잠이 든 것이니, 이 금줄을 조용히 사방 벽에 둘러 주세요."

할머니는 무슨 말인지 잘 알아듣지 못하겠다면서도 긴장된 표정으로 고개를 끄덕였다.

"절대 소리를 내시면 안 됩니다. 문제가 되는 꿈을 꾸기도 전에

'OOBE(Out-Of-Box Experience)'라고도 하며 이는 유체가 육체를 떠나 여러 곳을 자유롭게 떠돌아다니다가 다시 육체로 돌아오는 현상을 일컫는다. 자다가 가위에 눌리는 것도 이 유체 이탈로 인한 것이라는 견해가 있다.

5   완전히 책상다리를 하고 앉는 가부좌 자세이다. 결가부좌에는 오른발이 위로 올라가는 항마좌(降魔坐)와 그 반대인 길상좌(吉祥坐) 두 가지가 있다.

6   주련승(注連繩)이라고도 한다. 귀신에게 불가침역을 설정하는 주련승은 귀신으로 하여금 주련승 안으로 침입하는 것을 막기 위해 사용한다. 사용자는 이 주련승을 쳐 놓으면 어떤 귀신도 안으로 침입할 수 없다고 믿었다. 따라서 주련승을 쳐 귀신이 침입할 수 있는 지역과 불가침 지역을 나눠 귀신에 대한 안전지대를 만들어 악마의 소해(所害)를 면하려 했다.

윤영 씨가 잠에서 깨거나 그 귀신이 제가 보고 있다는 사실을 알게 된다면 사실을 알아낼 수 없으니까요. 윤영 씨가 그런 꿈을 계속 꾸게 되는 이유를 알아내는 것이 무엇보다 중요합니다."

할머니는 겁에 잔뜩 질린 눈으로 고개를 끄덕였다. 할머니가 제대로 해 줄 수 있을지 의문이었다. 일단 귀신이 수작을 부리게 놔둔 후 금줄을 쳐야 귀신이 마음대로 도망치지 못하고 이 방에서 맴돌게 될 것이다. 그다음 현암이 잠에서 깨어나 놈을 퇴치하면 일은 끝이었다.

"절대 겁먹지 마시고, 혹 저나 윤영 씨가 잠꼬대하거나 몸부림을 치더라도 깨우시면 안 됩니다. 단지 이……."

현암은 월향을 꺼내 앞에 놓았다.

"이 칼이 소리를 내어 울면 제가 위험에 빠진 것이니 그땐 저를, 꼭 저만 깨우셔야 합니다. 아시겠죠? 이 칼을 무서워하지 마시고요……."

현암은 당부를 마치고 한 손에 손수건을 든 채, 눈을 감고 동몽주를 외우기 시작했다.

밝은 빛과 어둠이 몇 차례 교차하더니 곧이어 평안과 안온함이 이어졌다.

윤영의 꿈은 단조롭게 진행되고 있었다. 그러나 현암에게는 아까의 기운이 윤영의 꿈으로 점점 퍼져 나가는 게 느껴졌다. 조만간 어떤 일이 벌어질 조짐을 보이고 있었다.

돌연 현암의 눈에 윤영이 말했던, 어둡고 붉은 동굴의 광경이 들어왔다. 저 아래에 줄다리가 있고, 그 위에 윤영이 달리고 있는 것도 보였다.

'시작이구나.'

현암은 허공에 몸을 숨긴 채 윤영의 뒤를 따라갔다. 꿈은 의식의 세계이므로 자기가 상상하는 것이 모두 가능하다. 단, 꿈을 꾸고 있는 사람 자신은 그게 꿈인지 생시인지 잘 분간을 하지 못하므로 마음대로 자기 의도를 발휘하지 못할 뿐이다. 동몽주의 능력은 타인의 꿈을 볼 수 있게 해 줄 뿐 아니라, 꿈속에서 평상시의 정신을 그대로 유지할 수 있게 해 준다.

노랫소리. 아니, 노랫소리 비슷한 흥얼거림이 들려왔다. 윤영이 말한 대로였다. 가사는 알아들을 수 없었다. 그것은 겹겹이 장막이 둘러쳐진 아득한 곳에서 들려오는 듯한 소리였다. 현암은 그 곡조를 머릿속에 단단히 새겨 두었다.

아래쪽의 윤영은 전에 말했던 대로 편안함을 느끼고 있는 듯했다. 윤영이 자리에 멈추어 섰다. 갑자기 뒤에서 핏빛 해일이 밀려오기 시작했다. 윤영이 죽어라 달리기 시작했다. 그 모습이 안쓰러워서 현암은 자신도 모르게 윤영에게 다가가려 하다가 간신히 준후의 말을 상기하고는 얼른 멈추었다.

줄다리가 무너져 내리고 있었다. 윤영은 기를 쓰고 밖을 향해 달렸다. 그러다가 떨어져 내렸다.

현암은 떨어지는 윤영의 뒤를 쫓았다.

그런데 떨어지고 있는 윤영과 저 아래에서부터 솟구쳐 올라오고 있는 또 하나의 윤영이 있었다. 또 한 명의 윤영이 있다니……현암은 상상치 못했던 광경에 머리털이 쭈뼛했다.

아래로 떨어져 내리던 윤영은 위로 솟구쳐 올라오는 윤영의 머리를 잡았다. 위로 올라가던 윤영의 몸이 찢어져 나갔다. 그리고 그 찢어진 몸이 아래로 떨어져 내려갔다.

'윤영 씨가 본 것이 저거였구나. 그래서 자기 몸이 찢어진 걸로 착각한 거군! 그럼 저게 아까의 그 기운?'

현암은 의식을 조종해 눈부시게 흰빛을 발하는 절벽 아래로 내려갔다.

거대한 검은 손이 떨어진 윤영을 받쳐 들고 있었다. 하반신만 떨어진 것 같았는데 부서진 몸이 거의 다 보였다. 그곳에 뒹구는 것은 분명 윤영의 얼굴이었다. 현암은 치를 떨며 산산이 부서진 윤영의 몸으로 향하려고 했다. 그때 위에서 또 다른 윤영의 비명이 들려왔다.

현암의 의식은 어떤 힘에 밀려 다시 몸으로 들어왔다.

잠에서 깬 윤영은 할머니를 부둥켜안고 한없이 울었다. 현암은 망연했다. 할머니의 말에 의하면 월향은 울지 않았다는 것이다. 그럼 사악한 기운이 없었다는 말인가?

"뭐라고 말 좀 해 보슈! 윤영이가 지금 어떤 처지에 놓여 있는지!"

할머니가 현암을 다그쳤다.

"말씀드리죠. 저도 완전히는 알 수 없습니다만, 그 꿈의 내용은 대강 감이 잡힙니다."

현암은 윗입술을 깨물며 말을 이어 갔다. 시간은 세 시를 조금 넘어서고 있었다.

부활

윤영은 얼굴을 감싸 쥔 채 계속 흐느끼고 있었다. 현암은 윤영이 울도록 놔둔 채 윤영의 꿈에 대해 해석하기 시작했다.

"그냥 들어 보세요. 윤영 씨의 꿈은 뭔가 중요한 것을 암시하고 있습니다. 아마도 태어나던 때의 상황을 보여 주는 것 같습니다."

"태어날 때의 상황이요?"

"예. 어둡고 붉은 동굴은 어머님의 태(胎)를 의미합니다. 줄다리는 탯줄의 기억이 바뀌어 보이는 것이고요. 윤영 씨가 꿈속에 있을 때, 왠지 급히 나가야 한다는 생각을 떨쳐 버릴 수 없다고 하셨죠?"

"예, 맞아요."

"그건 탄생의 순간을 나타내는 겁니다. 뒤에서 해일처럼 밀려오던 것은 아마 양수일 거고, 줄다리가 끊어지는 건 탯줄의 끊김을 의미합니다. 밝은 빛이 보였을 때 고통을 느낀 건, 바깥세상으로 나온 신생아가 외부 기압 때문에 느끼는 고통입니다."

"왜 제가 그런 꿈을 꿀까요? 전혀 기억에도 없는 일을요?"

"의식적으로 기억하진 못하더라도 사람의 잠재의식은 거의 모든 것을 기억하고 있죠. 꿈에서는 그 잠재의식이 자연히 나타나기도 합니다."

"하지만 어릴 때의 일은 하나도 기억이 안 나는데요? 다른 일은 꿈을 꾼 기억이 없어요."

"잠재의식 속의 활동은 일상의 활동에 비해 너무 자유롭기 때문에, 잠을 깨는 순간 이성이라는 존재가 기억을 못하게 방해하지요. 그런 꿈이 기억나는 것은 꿈의 내용이 이성의 통제를 벗어날 수 있을 만큼 강렬하거나, 중요한 내용을 가지고 있을 때만 가능한 겁니다."

"그러면 제 꿈은 중요한 건가요?"

현암은 잠시 생각하더니 말을 이어 갔다.

"중요한 정도가 아니라 심각합니다. 그건 윤영 씨 혼자만의 꿈이 아니었어요."

"뭐라고요?"

윤영은 겁에 질려 자지러질 듯했다.

"놀라진 마세요. 제 말을 일단 들어 보세요. 진정하시고……."

윤영은 다시 얼굴을 감싸 쥐었다. 그러나 그 순간 윤영의 눈가에 이상한 빛이 스쳐 지나가는 것을 현암은 알지 못했다.

"할머님, 윤영 씨는 혹시 쌍둥이로 태어났던 게 아닙니까?"

이번엔 윤영의 할머니가 깜짝 놀랐다.

"뭐요? 아니요. 전 그런 말 들은 적 없수. 그때 애를 가졌다고 얘기만 들었지, 가 본 적은 없다우. 난 걔네들이 결혼하는 것을 애초부터 몹시 반대했었으니까, 거의 의절하다시피 살았다우. 나중에 얘 애비가 죽은 후에는 가엾고 불쌍해서 같이 지내긴 했지만…….."

"정말 아니었나요? 혹시 윤영 씨의 쌍둥이분이 태어나자마자 숨을 거두거나 해서 모르시는 건 아닌가요?"

"그거야 알 수 없지만…… 그럴 리가 있겠수?"

"전 윤영 씨의 꿈속에서 또 다른 윤영 씨를 보았습니다. 그건 보통 꿈속에서 몸이 둘이 되는 것과는 다르지요. 즉 꿈에서는 꿈꾸는 사람의 생각만 가시화되지 그 이상은 있을 수 없어요. 그런데 저는 그 꿈속에서 다른 윤영 씨의 모습을, 그것도 지금 여기의 윤영 씨는 전혀 생각지 못했던 그런 모습을 봤던 겁니다. 그건 지금 여기 있는 윤영 씨의 꿈이 아니었어요."

윤영은 고개를 파묻고 엎드렸다. 할머니는 겁에 질려 눈동자가 멍해졌다. 현암은 이야기를 그만둘까 망설였으나, 당장은 충격이 오더라도 할 말은 하는 편이 낫다고 생각을 고쳐먹었다.

"아마 윤영 씨에겐 다른 쌍둥이 형제가 있었을 겁니다. 무슨 이유에선지 형제는 태어나자마자 목숨을 잃었을 거고요. 그러나 영은 그걸 채 인식하지 못하고 윤영 씨의 몸에 들어가 있는 거죠. 그래서 어느 주기가 되면 그때의 악몽, 그때 윤영 씨의 형제분은 목숨을 잃었을 테니까 그 기억은 악몽이 될 수밖에 없겠죠. 그렇게 되살아난 악몽에 윤영 씨도 말려들게 되는 겁니다."

"말려든다면…….."

현암의 표정이 심각해졌다.

"제 생각이 틀릴지도 모르니 오해는 하지 말고 들으세요. 다른 윤영 씨는 태어나자마자 목숨을 잃은 사람입니다. 그런 상태에서 꿈을 꿀 만한 기억이 뭐 있겠습니까?"

윤영이 무서운 듯 몸을 움츠리며 방구석으로 갔다. 현암은 신경 쓰지 않고 자기의 추리를 펼치는 데 온 신경을 모으고 있었다.

"또 다른 윤영 씨는 주기적으로 죽음에 대한 강렬한 공포를 그리고 있는 겁니다. 점차 거기에 접근해 가는 거죠. 아마도 그 시간에 도달하게 되면 여기 있는 윤영 씨마저 위험해질지도 모릅니다. 윤영 씨의 탄생 시간을 알고 계십니까, 할머님?"

"음, 그러니까 그게…… 축시 말, 세 시라고 얘 어미에게 들었던 적이……."

공포에 질려 있던 할머니가 갑자기 입을 벌리며 말을 잇지 못했다.

"예? 축시요? 그러니까 새벽 세 시라면 이미……."

갑자기 뒤에서 윤영의 목소리가 날카롭게 들려왔다.

"잘했어, 아저씨! 고마워!"

현암의 뒤통수에 무언가가 부딪히면서 와장창 깨져 나갔다. 놀라 뒤로 넘어지는 할머니의 얼굴과 눈꼬리가 치켜져 올라간 윤영의 얼굴이 빙글빙글 눈앞에서 맴도는 것을 보며 현암은 의식을 잃었다.

얼마의 시간이 흘렀을까? 현암은 늘어져 내리는 눈꺼풀을 간신히 치켜들었다. 몸을 꼼짝할 수가 없었다. 기공을 돌려 보았지만 무엇에 묶인 탓에 꼼짝도 하지 않았다. 뭐가 이렇게 질긴가 하여 내려다보니 바로 자기가 가져온 금줄이었다. 암담했다. 이 금줄은 준후가 공을 들이고 주문을 불어 넣어 만든 것으로, 모든 영적인 힘을 소실시키는 능력이 들어 있었다. 현암의 기공은 정통파였지만, 금줄은 그것마저도 흡수하고 말았다.

뒤통수와 뒷덜미가 축축했다. 머리가 찢어진 모양이었다. 할머니는 세상모르고 누워 있었다. 코까지 고는 걸로 봐서 기절이 곧장 잠으로 연결되었는지도 몰랐다. 어이가 없었다. 현암은 월향이 걱정되었다. 월향도 귀물(鬼物)이라 금줄에 닿으면 무사할 리 없었다. 두리번거리며 살펴보니, 다행히도 월향은 저만치 떨어져 놓여 있었다. 그리로 기어가려는데 문이 열리더니 윤영의 몸이 모습을 드러냈다.

"악랄한 것! 넌 누구냐?"

윤영의 얼굴이 씩 미소를 지었다. 요기롭거나 사악해 보이지는 않았다. 오히려 장난기를 띤 얼굴이었다.

"나? 응, 난 주영이라고 해."

"주영?"

"응. 윤영이 계집애를 찾는가 본데, 윤영이는 자고 있어. 푹 자게 놔둘 거야."

현암의 몸에 소름이 쫙 끼쳤다.

"윤영 씨를, 아니 윤영 씨의 혼령을 어떻게 했지?"

"자고 있다니깐. 내가 자고 있던 것처럼 말이야. 후후후…… 아무튼 고마워. 내가 모든 걸 깨닫게 해 줘서. 그리고 내가 다시 몸을 가질 수 있게 도와줘서."

현암은 어이가 없었다.

"내가 도왔다고? 내가 뭘 했기에?"

주영은 기분이 좋은 듯 계속 웃고 있었다. 아무리 보아도 아이처럼 순진한 얼굴이었다. 그러나 그 안에는 역시 아이처럼 잔인한 면도 숨어 있었다. 잠자리의 날개를 조금씩 뜯어내고 다리를 하나씩 뽑고 배를 조금씩, 금방 죽지 않을 정도로 갉아 내며 즐거워하는 아이의 잔인함이 보였다.

"난 뭘 어떻게 해야 하는지 몰랐어. 그냥 잠만 잤어. 이상하게 난 윤영이 안에 그대로 있을 수 있었어. 거기서 잤어. 그냥 자기만 했지. 윤영이 뭘 하는지는 알 수 있었지만, 그냥 보기만 했어. 내 이름도 기억났었지. 누군가가 내게 말하는 듯했어. 그래서 이름도 알게 되었는데……."

주영의 눈이 멍하니 허공을 쳐다보았다. 그러더니 갑자기 번쩍거리기 시작했다.

"그런데 네가 내 꿈까지 가르쳐 줬어. 난 네가 그 얘기를 할 적에 윤영이 등 뒤에 숨어 있었거든. 네가 쳐다보는 바람에 나도 깰수 있었던 거야."

현암은 꿈속에서 주영의 모습을 본 것을 후회했다. 숨어 있던 주영의 영이 인기척을 느끼고 오랜 잠에서 깨어난 것이다.

"우리는 쌍둥이였다는 걸 네가 기억나게 해 주었지. 그래, 윤영이의 몸은 내 것도 되는 거야."

"그걸 어떻게 알았지?"

"윤영이는 세상 사람들 속에 살면서 많이 잊어버렸을 테지만, 나는 잠만 자고 있었어. 귀신인 채로. 그래서 그런 건 배우지 않아도 다 알아. 태어나면서 우는 법을 알고 숨 쉬는 법을 알듯이……."

현암은 한숨을 내쉬었다. 어떤 생명이라도 생존의 방법은 알고 있는 법이다. 하물며 영과 같은 순수한 지성체가 못할 리가 없었다. 인간도 다 알고는 있다. 저 깊숙한 의식 뒤에는…….

"난 이제 살아났어. 지금까진 정말 지긋지긋했지. 윤영이더러 대신 자라고 해. 깨어나지 못하게 할 거야. 난 계속 살 거야. 그런데 네가 또 윤영일 깨울지도 몰라! 그건 안 돼! 다시 잠들긴 싫어!"

주영은 갑자기 악을 써 댔다. 그러고는 서랍에서 과도를 꺼내 들었다.

"이봐! 뭘 하려는 거야?"

"너도 이걸로 자르면 죽겠지? 나도 이런 걸로 죽었으니까. 너도 죽어 봐!"

현암은 다급해졌다. 상대는 이제 귀신이 아닌 사람이었다. 금줄에 묶여 전혀 힘을 쓸 수 없는 상태에서 주문을 웅얼거려 봤자 사람이 되어 버린 주영에게 먹혀들 리가 없었다.

주영이 다가왔다. 이런 판국에도 주영은 순진한 얼굴을 하고 있었다. 기가 막힌 일이었다.

주영은 칼을 슬며시 현암의 목덜미에 갖다 댔다.

"이봐, 그만둬! 아프단 말이야!"

현암은 어린아이 같은 말을 지껄였다. 상대의 수준은 어린이, 아니 갓난아기나 마찬가지라는 생각이 들어서였다. 효과는 있었다.

"뭐? 정말?"

주영의 눈이 휘둥그레졌다. 그러더니 그 칼로 자신의, 아니 윤영의 하얀 팔을 그었다. 선혈이 뚝뚝 떨어졌다.

"주영아! 그만둬! 뭐 하는 짓이야!"

주영이 놀란 표정으로 현암을 쳐다보았다. 그러고는 팔에서 떨어지는 피를 내려다보았다. 주영은 고통을 느끼는 듯, 얼굴을 찌푸리며 탄식하는 소리를 냈다.

"아파……."

갑자기 주영의 얼굴이 다시 밝아졌다.

"그래. 아파! 맞아! 이제 난 아플 수 있는 거야! 몸을 찾았어!"

주영의 이런 모습에 현암은 당혹스러웠다. 그리고 무섭지만 순진해 보이는 주영이 측은하게 느껴졌다.

주영은 기뻐 날뛰더니 다시 침울해졌다. 얼굴에 점점 공포의 기운이 번져 갔다. 잊을 수 없는 과거의 기억. 죽음의 기억이 떠오른 것이다. 주영의 목 안에서 중얼거리는 듯한 소리가 울려 나왔다. 빠른 속도로 중얼거리는 목소리가 점차 높아져 갔다.

"나는 계속 자고 있었어, 한없이 말이야. 그때 꿈에서 날 본 게 너였지? 난 늘 무서운 꿈만 꾸고 있었어. 그리고 뭔가를 갖고 싶었지. 그래, 나와 같은 애가 있었어. 몸은 내 거였어. 내 거! 근데 그 애가 가져갔어. 모두 다. 맞아, 네가 말해 줘서, 네가 말해서 기억 났어. 아악! 싫어. 허리, 허리가! 아아악!"

주영은 갑자기 공포에 질려 몸부림쳤다. 발광했다. 현암의 뇌리에 어떤 생각이 스치고 지나갔다.

'쌍둥이, 쌍둥이였던 건 확실해. 그런데 몸이 자기 거였다고? 아무리 쌍둥이였더라도…… 가만!'

현암의 머릿속에서 돌파구가 열렸다. 확실했다.

윤영과 주영은 삼쌍둥이였다.

"그만해, 주영아! 그만둬! 진정하라고!"

"다 미워! 다 미워! 날 죽였어. 내 허리를 잘라 냈어. 쓰레기통에 던져 버렸어. 다 미워! 윤영이도 미워! 엄마도 미워! 전부 죽여 버릴 거야!"

현암은 그때의 정경이 눈에 보이는 듯했다. 아이가 태어났다. 아이는 쌍둥이였다. 상반신은 둘이었으나 하반신은 붙어 있었다. 어떤 기준으로 선택했는지 모른다. 둘은 똑같다. 같이 웃고 있었을지도 모른다. 그러나 그대로 둘 수는 없다. 선택을 해야 한다. 메스가 그어지고 수술이 행해진다. 갓 태어난 생명은 차가운 메스로 허리부터 반쪽으로 잘려 나간다.

주영은 눈물을 흘리며 주저앉았다. 현암의 눈가에도 울컥 뜨거운 눈물이 고이고 있었다.

"나도, 나도 살고 싶었단 말이야. 살고 싶었어."

주영이 울먹이며 꽁꽁 묶여 있는 현암의 앞으로 기어 왔다. 눈물로 범벅이 된 눈에는 아이의 때 묻지 않은 고통이 가득 배어 있었다. 주영은 순수했다. 비록 지금 윤영의 몸을 빌리고 있는 덕에 말도 하고 어른처럼 행동하고 있었지만, 마음은 갓난아이와 다를게 없었다. 주영은 아기들이 춥거나 무서울 때 그러는 것처럼 현암의 품 안으로 파고들었다.

현암의 눈에도 한 방울의 눈물이 긴 꼬리를 그리며 흘러내렸다.

현암은 전에 윤영의 꿈속에서 들었던 멜로디를 나직이 휘파람으로 불었다. 주영이 울먹거리며 눈을 감았다. 그 입에서 작은 소리가 흘러나왔다.

"엄마……."

현암의 눈도 봇물이 터진 것처럼 눈물에 젖어 들기 시작했다. 틀림없었다. 그건 옛날에 윤영과 주영이 함께 어머니의 배 속에서 들었던 어머니의 자장가 소리였다. 주영은 그 소리를 들으며 잠이 들고 있었다.

잘 자라……. 잘 자라…….

눈물을 흘리며 휘파람을 부는 현암의 눈앞이 밝아지면서, 어떤 사람의 모습이 나타났다. 현암은 눈을 돌리지 않고서도 그게 누구인지 알 수 있었다.

사진에서 보았던, 윤영과 주영의 어머니였다.

자애로운 얼굴에는 주영을 향한 애틋한 심정이 넘치고 있었다. 둘의 은은한 대화가 똑똑히 현암의 마음속에 들려왔다.

주영아…….

응, 엄마…….

미안했다, 주영아…… 하지만 이 엄마는 그때…….

괜찮아요, 엄마. 난 알 수 있어요. 흑…….

이리 온……. 너를 참 오래 찾았단다. 이젠 나와 같이 가자…….

응, 엄마…….

따사로운 빛 속에서 주영의 영은 다시 작은 아이가 되어 어머니의 품에 안겼다.

감사합니다…….

현암의 마음속으로 부드러운 목소리가 흘러들었다.

주영이를 가련하게 생각한 당신의 마음이 저를 이곳으로 불렀답니다. 저는 주영이를 데리고 갑니다. 부탁이니 윤영이를 안심시켜 주세요…….

어느덧 윤영이 일어나 고개를 들고 있었다. 이미 윤영도 무슨 일이 일어났었는지 아는 듯했다. 윤영의 눈에도 눈물이 샘솟듯 흐르고 있었다.

날이 새려는 듯, 창밖이 부옇게 밝아지고 있었다. 현암과 윤영이 하염없이 흘리는 눈물의 전송을 받으며, 주영과 어머니의 영은 조용히 모습을 감추고 있었다.

현암은 눈을 감으며 염했다.

'평안하시기를…… 꼭 내내 평안하시기를…….'

측백
산장

일러두기

• '일제 시대'는 현재 '일제 강점기'로 명칭이 바뀌었으나 작품의 시대 배경에 맞춰
'일제 시대'로 표기했습니다.

"아홉 시 뉴스를 말씀드리겠습니다. 그동안 소왕산에서 폭풍으로 인해 연락이 두절되었던 신라대학교 등반 대원 일곱 명이 오래전에 폐쇄된 까치봉 정상의 측백 산장에서 전원 변사체로 발견되었습니다. 경찰은 수법의 잔인함으로 보아 원한에 의한 살인일 것으로 추정하고 있으나, 이들이 발견된 측백 산장이 동떨어진 산중에 있고 또 산장이 위치한 까치봉이 당초 이들이 등반로로 잡았던 옥녀봉과는 십이 킬로미터나 떨어져 있다는 사실로 미루어 피해자들이 등반 도중에 누군가의 인도로 진로를 바꾸었을 가능성이 있을 것으로 보고 우발적인 범행일 가능성도 배제하지 않고 있습니다. 따라서 경찰은 그날, 소왕산에 등반했다는 삼십 대 남자들에 대해서 수사를 계속……."

뉴스를 묵묵히 지켜보고 있던 현암은 리모컨을 거칠게 눌러

TV를 꺼 버리고 소파에 몸을 묻었다. 옆에서는 기회를 엿보던 준후가 게임기 케이블을 재빨리 TV에 연결하더니 오락을 시작했다. 처음 준후를 데리고 박 신부의 빈집에 왔던 삼 년 전에 비하면, 이제 준후는 거의 보통 아이와 다를 바 없었다. 주민 등록 신고를 하지 않았을뿐더러 준후가 사람 많은 것을 극히 싫어했고, 이상한 짓ㅡ애들과 놀다가 귀신을 불러서 기절시킨다거나 하는ㅡ을 많이 했기 때문에 학교에 보낼 수는 없었지만, 요즈음 준후는 세상사에 익숙해져 컴퓨터에 게임기까지 섭렵하고 있었다. 현암은 오락에 빠져 있는 준후를 바라보고 고개를 저으며 빙긋이 웃다가 물었다.

"준후야, 네 생각은 어떠니?"

현암은 박 신부와 함께 신문에서 측백 산장의 괴사에 대한 기사를 읽고 이상한 감을 잡았으나, 아직 준후에게는 말하지 않았었다.

"예? 뭘요?"

준후가 화면에서 눈을 떼지 않고 되물었다.

"방금 뉴스에 나온 그 산장 사건 말이야. 남녀 일곱이 잔혹하게 떼죽음을 당했다는 사건."

"글쎄요? 앗, 죽었다!"

준후는 한눈을 팔다가 자신의 우주선이 뺑 하고 터지자 인상을 찌푸렸다. 현암은 웃음을 터뜨리며 말을 이었다.

"이상하다고 생각하지 않니?"

"예? 예. 물론 말이 안 되죠."

"준후야, 그렇지? 나 좀 도와줄래? 내가 한번 추리해 볼 테니."

준후는 아쉬운 듯 게임기를 밀쳐 두고, 현암에게로 돌아앉았다.

"경찰의 발표로는 산장에서 일곱 명의 남녀를 묶지도 않고 참혹하게 때려죽인 범인이 불량배나 정신 이상자일 것으로 생각하고 있어. 아니면 원한 관계에 있는 사람이거나. 허나 일곱 명의 피해자들은 대학생이지. 등산 서클의 모임으로 산에 간 거였어. 그들 모두를 죽이고 싶을 만큼 원한에 찬 사람이 있을까? 일곱 명의 선량한 대학생이 공통으로 원한, 그것도 죽임당할 만큼 심한 원한을 살 만한 사람이 있겠어?"

"그건…… 한 사람을 죽이고 증거를 없애려고 그럴 수도……."

"아니지. 원한이 있는 한 사람을 해치고 증인을 없애기 위해 다른 여섯 명이나 되는 사람을 해쳤다면 일곱 명 모두를 그렇게 잔인하게 처리했을 리가 없어. 원한 산 사람은 잔인하게 처리했을지도 모르지만, 나머지 여섯은 그냥 죽이는 것으로 끝냈을 거야. 정신병자의 짓이라 보더라도 말이 안 돼. 심한 정신병이나 도착증에 의한 살인이었다면, 역시 한두 사람을 해치는 것으로 지쳐 버릴 테고 그쯤에서 정신적 위안을 얻게 되어서 그만두게 되지. 특히 그런 살인은 성도착적인 행위에서 비롯되는 경우가 대다수인데, 남녀가 섞여 있는 상황……."

현암은 말을 잇다가 멍하니 자기를 쳐다보고 있는 준후의 나이가 이제 열두 살에 불과하다는 사실을 깨달았다.

"간단하게 이야기하도록 하자. 준후야, 너는 어떤 미친 녀석이 일곱 명이나 되는 남자, 아니 남자 다섯 명과 여자 두 명이라고 했지? 그 사람들을 묶지도 않고 반항의 흔적도 없이 앉은 자리에서 두들겨 패 죽이는 것이 가능하다고 보니?"

준후가 이제야 알아듣겠다는 표정을 했다.

"아뇨. 그러면 몇 명은 도망가거나 저항하려 할 테니까 힘들죠."

"맞아. 일반적인 상식으로는 될 수 없는 일이야. 경찰의 발표가 너무 간략해서 박 신부님이 자세히 알아보려고 가셨지만, 결과는 뻔해. 이건 분명 사람의 짓이라고 볼 수 없어. 그 일곱 명은 뭔가에 씌인 것에 틀림없지. 분명 원한령의 짓이야. 그것도 아주 강한……."

준후가 고개를 끄덕였다.

"원한령이라……. 그러면 가능하죠. 그런데 박 신부님이 알아보러 가셨다고요? 어디로요?"

"부검 담당하는 분을 찾아가셨지. 의대 동기셨대. 너도 본 적이 있잖니? 장창열 박사라고. 법의학(法醫學) 하시는 분 말이야."

"아하, 그분이요?"

"그래. 이거 좀이 쑤시는군. 만약 죄 없는 일곱 명의 목숨을 빼앗은 것이 정말로 원한령의 짓이라면, 절대 용서할 수 없어! 당장 쫓아가서 박살을……."

준후는 현암의 생각을 알 수 있었다. 피해자 중에 여학생이 둘이나 있었다는 것이 현암을 유달리 흥분하게 만들었음을. 아마도 언젠가 들은 일이 있던, 현암의 여동생인 현아 때문인 듯했다. 준후가 보기에 현아의 영은 이제 현암의 수호령이 되어 있는데도, 현암은 끔찍했던 고통의 기억을 아직 잊지 못하고 있었다.

현암의 품속에서 작은 신음이 났다. 월향검(月香劒)이 우는 소리였다. 현암은 그 작은 칼을 오래전에 얻었다고 했다. 귀신이 깃들어 엄청난 능력을 가진 칼이라고만 알고 있을 뿐, 준후나 박 신부마저도 그 칼에 대해 알지 못했고 알 수도 없었다. 아무튼 현암은 월향검을 얻은 이래 끔찍할 정도로 애지중지하게 여겼다. 월향이울고 있다니…… 준후는 굳은 표정을 짓고 있는 현암을 걱정스레 올려다보았다. 장맛비가 서울까지 몰려온 듯, 먹구름 너머로 번개가 날름거리더니 집 안에 번뜩거렸다.

"아이고, 내 아들은 안 돼!"

"이놈들아, 죽은 사람을 두 번 죽이겠다는 거냐?"

부검을 반대하며 악을 써 대는 유가족들을 경찰들이 제지하고 있었다. 그 사이를 간신히 헤집고 들어온 박 신부는 옷에 묻은 물방울을 툭툭 털어 냈다. 부검을 맡은 장창열 박사와는 예전부터 막역한 사이였고, 이번에 고인들을 위한 의식을 박 신부가 주관하기로 한 터였다. 이런 기이한 사건의 희생자 처리엔 으레 박 신부가 나서고 있었는데, 단순히 기도를 올리는 정도가 아니라 의견을 나누며 사인을 짚고 가끔은 영사도 행해서 장 박사를 돕곤 했다.

'이번에는 일곱 명, 그것도 젊은이들…… 채 피지도 못한 젊은이들이 일곱 명씩이나…….'

박 신부의 머리에는 잊을 수 없는 소녀, 미라의 얼굴이 또다시 떠올랐다.

'이래선 안 돼. 부질없는 옛일 따위는⋯⋯.'

소녀의 얼굴은 환하게 웃고 있었다.

'안 돼, 더 이상은.'

소녀의 얼굴이 아련히 멀어져 갔다.

'미라야, 미안하다.'

박 신부는 걸음을 멈추고 천장을 올려다보았다. 크레졸과 포르말린 냄새가 풍기고, 그보다도 한층 심한, 죽음과 고통의 냄새가 풍겨 나오는 영안실에 들어올 때는 항상 과거에 고통받고 죽어 갔던 많은 사람의 얼굴이 떠오르곤 했다.

'내가 조금만 더 일찍 힘을 얻었어도⋯⋯.'

지난 일을 후회할 필요는 없다. 앞으로의 노력이 문제라고 박 신부는 생각을 고쳐먹으면서 과거의 어두운 기억을 애써 지웠다. 박 신부가 심호흡하는 순간 장 박사가 나와 박 신부를 맞았다.

"여기네."

언제나 그렇듯 장 박사는 표정 하나 없는 특유의 얼굴로 박 신부를 대했다. 방 안에는 널찍한 단이 있었고, 그 위에 흰 천으로 덮인 일곱 구의 시체가 있었다. 장 박사가 시체를 덮고 있던 흰 천을 들어 올렸다.

얼마 전까지 젊은 남자의 얼굴이었을 그 얼굴은 온통 멍과 긁힌 상처로 가득했으며 온몸의 뼈가 뭉개져 있었다. 박 신부는 눈살을 찌푸렸다. 그는 비닐장갑을 낀 손으로 사체의 여기저기를 검사하다가 몹시 놀란 표정을 지었다. 박 신부가 입을 열었다.

"이건, 마치 낙석 더미에 깔린 것 같지 않은가?"

"낙석? 집 안에서 말인가?"

"물론 그럴 리야 없지만, 예전에 내가 광산 마을에 있을 때 이와 비슷한 상처를 입은 사람을 보았어. 오십 미터 이상의 절벽에서 쏟아진 큰 자갈 더미에 깔렸는데 전신이 으깨어졌지. 성한 곳이 하나도 없었어. 이 사체는 그것과 흡사하군."

"현장 사진을 보면 사체 주위에 돌무더기들이 좀 있었지만, 그렇게 많은 양은 아니었어."

"그냥 그렇다는 걸세."

박 신부는 시신의 팔 주위를 눌러보고 다시 입을 열었다.

"다른 사체들도 마찬가지인가?"

"대부분 그래. 하지만 이쪽에 누운 두 여자와 한 남자는 조금 달라. 특이한 상처가 있어."

장 박사는 다섯 번째 시신의 흰 천을 들췄다. 그 시신은 앳되어 보이는 여자였는데, 몸의 외상은 앞서 남자들과 비슷했다.

"글쎄, 어디 내부적으로 다른 곳이 있나?"

"응. 사망 직전에 성폭행당한 흔적이 있네."

"성폭행?"

"윤간당한 것 같아. 다른 한 여자도 비슷하고. 나는 그래서 이 범행을 한 무리의 정신병자들의 소행이라고 생각하는 걸세. 그래서 경찰에게도 그렇게 이야기했고."

"한 무리의 정신병자라? 그런 정신병자들이 깊은 산속을 헤매고 다니다가 등반대를 최면술로 꾀어낸단 말인가?"

"최면술?"

"이 표정들을 보게. 고통을 느낀 흔적이 없지 않은가? 이 사람들은 돌과 같은 단단한 물체로 전신을 난자당해 죽었는데 고통스러운 표정이 없다는 것은 말이 안 되지 않는가?"

"한 방에 즉사했을 가능성도 있네. 그다음에 온몸을 난자당했다고 해석될 수도 있지. 그리고 저 여자들은 팔목에 포박되었던 흔적도 있다네."

박 신부는 다시 여자들의 시신을 자세히 들여다보았다.

"난 납득할 수가 없어. 여자들이 포박을 당했다면 남자들이 가만있었겠나? 아니, 남자들이 먼저 죽었다고 하세. 그런데도 저 여자들의 얼굴에는 고통스러운 표정이 없네. 더 큰 문제는……."

"또 뭐가 문제인가?"

"사람이 죽어도 꽤 긴 시간이 지나기 전에는, 생전의 기억이 단편이라도 남아 있는 법일세. 영사를 해 보면 알 수 있지."

"자네에게 도움을 많이 받은 것은 사실이지만, 나는 아직 그런 것을 믿지는 않네. 의사니까……."

"잠자코 들어 봐. 그런데 이 시신들에게서는 아무것도 느껴지지 않아! 그게 뭘 말하는지 아나? 이들의 영혼은 죽기 전에 이미 몸에서 빠져나간 버린 거야. 내가 맨 처음 시신을 보고 놀란 까닭도 그 때문이었네."

장 박사는 눈 하나 깜짝하지 않았다.

"하지만 그렇지 않은 시신도 있네. 마지막 시신을 보게. 고통에 찬 표정을 짓고 있어."

박 신부는 마지막 일곱 번째의 시신으로 눈을 돌렸다. 건강해 보이는 남자의 시신이었는데, 머리 뒷부분을 육중한 둔기로 맞은 듯 두개골이 함몰되어 있었다. 온몸에는 외상이 많았는데 고통의 표정이 얼굴에 역력히 남아 있었다.

"응……? 손이 왜 이렇지?"

박 신부는 장 박사에게 일곱 번째 시신의 손바닥을 가리켰다. 손바닥이 너덜너덜하게 해어져 있었다. 장 박사는 그것만은 잘 모르겠다는 듯, 양손을 머쓱하게 치켜올렸다. 박 신부는 의아했던지 기도력을 모아 영사를 행하기 시작했다.

현암은 빗속을 뚫고 과속 딱지를 뗄락 말락 한 속도로 고속 도로를 달리고 있었다. 준후에게 말도 하지 않고 혼자서 측백 산장으로 가는 길이었다.

'준후야, 염려 마. 신부님께서 오신 후 같이 가는 게 좋겠지만 예감이 이상해. 좀이 쑤셔서 기다릴 수도 없고. 그리고 생각해 보니 그곳에 있는 사람들 역시 위험해.'

현암은 액셀러레이터를 밟은 발에 힘을 주었다.

'아마 나 혼자서도 박살 낼 수 있을 거야. 원한령이나 지박령(地

縛靈)[1]의 소행일 테니까⋯⋯.'

현암은 준후와 이야기하면서 자신의 추리를 마무리 지었다. 등반대는 폭풍우를 피해서 산장으로 들어간 것이 틀림없다. 거기서 호시탐탐 기회만 노리고 있던 원한령에게 당했을 것이다. 거기까지 생각한 현암은 잠시 바람도 쐴 겸 밖으로 나왔다. 그러다 문득 현장에 득시글거리고 있을 경찰이며 수사관들에게 생각이 미친 것이다. 그들까지도 희생된다면? 그런 생각이 들자 현암은 한시도 지체할 수 없었다. 경찰들이라고 귀신들이 봐줄 리는 없을 테니까 말이다. 성질이 급한 현암은 그 즉시 자신의 고물차를 몰고 측백 산장을 향해 달려가기 시작했다.

그사이 준후는 안절부절못하고 있었다. 현암 혼자서 측백 산장으로 간 게 분명했다. 그렇지 않고서야 바람 쐬러 나간다는 사람이 어째서 아직도 오지 않겠는가? 그것도 비 오는 날에 말이다. 준후는 현암의 기운을 어렴풋이 느낄 수 있었다. 그 기운은 몹시 흥분한 상태로 멀어졌다.

준후는 일곱 번째 촛불을 켜고 막 주문을 외우려는 참이었다.[2]

---

1   원한 혹은 자신의 죽음을 미처 깨닫지 못함 등의 특정한 이유로 승천하거나 환생하지 못해 자신이 죽은 장소에 붙어 있는 영이다. 지박령은 시간의 경과를 느끼지 못하고 죽기 직전에 행했던 행동들을 반복하는 경우가 많다.

2   동양의 주술에는 영을 직접 보기보다 특정 물건에 빙의시키려고 하는 경우가 많다. 실제 중국의 몇몇 도교 방파에서는 영을 촛불에 씌우고, 불의 크기를 조절해 영의

이것은 과거 해동밀교에서 을련 호법에게 배운 강신술(降神術)[3]이었다. 평소 박 신부와 현암 등은 준후가 주문으로 신의 힘을 빌리는 것은 괜찮다 했지만, 직접 영을 불러내는 것만은 탐탁하게 여기지 않았다. 특히 현암은 그런 짓을 자꾸 하면 명이 깎이거나 수호령이 떨어지게 된다고 화까지 냈으나, 이번 경우는 그렇게라도 하지 않으면 현암이 무엇과 마주치게 될지 통 알 수가 없었다. 그러나 영사를 해 보아도 먹장 같은 막에 가려 아무것도 보이지 않았고, 점을 쳐 보아도 뱅뱅 도는 괘(卦)밖에 나오지 않았다. 이런 일은 흔하지 않았다. 몇 년을 통틀어 두세 번, 아주 위험했던 경우나, 대단히 강한 영과 맞닥뜨리게 되었을 때만 점괘가 뱅뱅 돌았던 것이다.

그래서 이번에는 영을 직접 불러 상대의 정체를 알아낼 생각이었다. 주를 외우기 시작하자 촛불 가운데 그린 도형이 마치 물 위에 놓인 듯 출렁거렸다.

박 신부는 나직한 소리로 기도문을 외우며, 일곱 번째 남자의 이마에 두 손가락을 짚고 영사를 시도했다. 숨을 거둔 지 얼마 되지 않았으니, 의당 생전의 기억이나 임종 시의 정경이 약간은 보일 듯하건만 앞의 여섯 명의 시신에는 아무런 영의 흔적도 남아

대답을 유추했다.

3   기도나 주술로 신을 불러오는 술법이다.

있지 않았다. 마치 죽은 지 몇 달 이상 지난 것처럼. 박 신부는 그 이유가 궁금했다. 그런데 일곱 번째의 시신에서는 느낌이 있었다. 희미해질 대로 희미해져서 간신히 흐느낌 같은 흔적밖에 남아 있지 않았지만…….

'고통. 지독한 고통이다. 슬프기도 하고, 가슴이 미어질 듯한 슬픔과 분노, 그리고 또 고통, 반항…… 뭐에 대한 반항이지? 뭐에 대한? 슬픔, 고통, 애착심…… 아끼는 것, 가장 소중한…… 으응?'

박 신부는 놀라움에 시신의 이마에서 손가락을 떼어 냈다.

'환령(煥靈)[4] 당했구나!'

장 박사는 의아한 얼굴로 박 신부를 돌아보았으나, 박 신부는 화급하게 전화 쪽으로 달려가고 있었다. 장 박사가 화난 듯 소리쳤다.

"이봐, 가짜 신부! 검시만 하고 마지막 기도문을 왜 올려 주지 않나? 자네의 본분이 뭐야, 응?"

박 신부는 꼬장꼬장한 장 박사가 귀찮았다.

"안식시켜 주려 해도, 그 시신엔 안식시켜 줄 영혼이 없다네!"

장 박사는 무슨 말인지 알아듣지 못하고 안경 너머로 눈만 찡그리고 있었다.

---

4   영의 뒤바뀜 현상이다. 목적을 가진 어떤 영이 피해자의 영을 쫓아내고 육체 속에 들어앉는 것으로, 서로 다른 영이 같은 육체에 머물지 못하고 완전히 쫓겨난다는 점에서 '빙의(憑依)'와 구별된다.

현암은 급브레이크를 밟아 간신히 차를 멈추고는 고개를 흔들었다. 길 앞에는 장맛비 때문인지 머리통만 한 돌덩어리가 뒹굴고 있었다. 차가 그 돌을 밟았다면 미끄러지거나 튕겨져 절벽 아래로 굴렀을지도 몰랐다.

'왜 이러지, 내가?'

벌써 이런 일이 몇 번째인가. 잠시 정신이 아득해지다가 중앙선을 침범해 맞은편에서 오는 트럭과 정면충돌할 뻔하기도 하고 눈앞에 아른거리는 죽은 동생의 모습에 소스라치다 정신을 차리면 큰 나무 앞에 서 있기도 했다.

'왜 현아 생각이 자꾸…… 왜 현아가 나타나는 걸까?'

현암은 정신을 가다듬었다. 현아의 영은 이제 현암의 수호령이 되었다고 준후가 알려 준 적이 있었다. 현아의 영이 자꾸 작용한다는 것은 현암에게 위험한 일이 일어나려 한다는 암시였다.

'그래, 그렇다면 내 운전 솜씨가 엉망이어서가 아니라 어떤 녀석이 나를 자꾸 개죽음으로 몰고 간다는 뜻이군. 설마 산장에 있는 녀석이? 그럴 리가. 아직 반도 안 왔는데 이 먼 곳까지?'

그러고 보니 어느덧 현암은 소왕산 부근까지 와 있었다. 시간이 잠깐밖에 흐르지 않은 것 같은데. 현암은 갑자기 음산한 기운을 느꼈다. 영이 나타날 때 생기는 특유의 현상이었다.

'음. 누군가의 영이 근처에 있다.'

현암은 몇 차례 심호흡하고 단전 부근에 기를 모았다. 일반적으로 영은 불멸의 존재인 것으로 알려져 있지만 그렇지도 않다. 인간에 비해 수명도 엄청나게 길고, 순수 에너지로 이루어져 있어 일반적인 물리력으로는 피해를 줄 수 없지만, 순수한 영력을 손과 발이나 칼 같은 물체에 실어 보내면 영에게도 타격을 입히거나 심지어 소멸시킬 수도 있다. 옛 고승이나 은둔자는 생각만으로도 사념을 구체화시켜 잡령을 제압했다지만, 현암은 과거 도혜 선사가 물려준 엄청난 내력을 지니고 있었음에도 불구하고 혈도를 치유하지 못해서 간신히 오른손과 월향을 통해서 기공력을 응축시키고 검기를 발할 수 있었다. 월향은 우연히 얻게 된 작은 은장도처럼 생긴 단검이었다. 월향이라는 이름의 어느 여인이 소지했던 것으로 현암은 생각하고 있었는데, 그 여인의 한과 혼이 봉인되어 있는 귀검(鬼劍)이었다. 위험한 물건이기는 했지만, 현암은 월향에 대단한 애착을 보여 늘 소중하게 간직하고 있었다.

차를 갑자기 멈추는 바람에 전원이 나간 듯, 와이퍼가 멈추더니 실내등마저도 꺼져 버렸다. 이어서 창에 쏟아지는 빗줄기가 이상하게 뭉치더니 천천히 어떤 형상으로 변해 갔다. 현암은 조용히 숨을 들이마시며 만약의 사태를 대비해 오른손에 기공력을 모았다.

느닷없이 앞 유리창의 물방울들이 역류해 빙글빙글 섞여 돌더니, 뚜렷한 사람의 형상을 만들어 갔다.

'데스마스크(Death Mask)[5]…… 특이한 형태로군.'

---

[5] 지박령에 의한 현상으로 죽은 자의 얼굴이나 모습이 창문, 유리, 사진에 박혀 시

현암은 의식을 집중해 정체 모를 영에게 선수를 치려 했다. 그러자 유리창의 얼굴이 그의 마음을 향해 전하는 소리가 들려왔다.

어서 오게나.

준후는 가쁜 숨을 몰아쉬었다. 일곱 개의 초 중 다섯 개는 질펀히 녹아 깜박거렸고, 하나는 아예 불이 꺼져 뻣뻣이 굳어 있었다. 나머지 하나만이 거의 천장까지 닿을 듯 엄청난 불꽃을 뿜어 대고 있었다. 바닥의 도형은 마구 일그러져서 금방이라도 지워질 듯하더니 원래의 모습으로 서서히 되돌아갔다. 그와 함께 준후의 몸에서도 강신했던 영이 빠져나갔다.

전화벨 소리가 울렸다. 준후의 입에서 긴 한숨과 주문의 끝을 나타내는 탄식이 새어 나오자 마지막으로 타들어 가던 촛불이 사그라져 보통 크기로 변했다. 바닥에 그려진 도형을 손바닥으로 문질러 지우며 준후는 수화기를 들었다.

[준후야? 나다. 현암 군이 지금 거기 있니?]

"아, 신부님! 큰일 났어요. 현암 형이 혼자 소왕산으로 간 것 같아요."

[이런, 이런, 걱정했었는데. 혼자서 무슨 배짱으로…… 또 그 성질이 발동했구먼!]

"산장의 수사관들을 염려하는 것 같아요! 큰일이에요! 이번 산

_____

각화된 모습이다.

장에서 사람을 죽인 놈들, 예사 것들이 아녜요."

[그런 것 같아. 환령 능력이 무척 뛰어난 원한령이야……. 응? 근데 너 뭐라고 했지? 예사 것'들'이 아니라고?]

"……."

[들이라면, 여럿이란 소리냐? 말해 봐, 준후야!]

"예. 아홉, 아홉이나 되는 악령들이……."

[뭐? 이거 현암 군이 큰일이로구나. 어서 우리도 그리로 가야겠다. 그런데 너, 어떻게 알았지? 또 직접 영을 불러 물어봤니?]

"……예. 현암 형이 하도 걱정되어서…… 영사도 안 되고……."

[준후야, 준후야! 아멘…… 그런 짓 자꾸 하면 아무리 너라도 위험하다고 내가 몇 번이나 말했잖니? 직접 영을 불러 몸에 씌우다가는 잘못하면 큰일 난단 말이다!]

"죄송해요. 다시는 안 그럴게요."

[아무튼 내 곧 그리로 가마. 네가 꼭 필요해. 투시력이 있는 건 너뿐이니까. 준비 단단히 하고 있어라!]

박 신부의 전화가 끊겼다. 준후는 혀를 날름하며 이제 하나밖에 남지 않은 촛불 쪽을 보고 소리쳤다.

"신부님은 맨날 나한테 뭐라고 그래. 넌 착하지, 그렇지? 하여간 고마웠어!"

촛불이 웃는 듯이 너울거리더니 조용히 꺼져 갔다.

비는 억수같이 쏟아지고 있었다. 퍼붓는 빗줄기 속에서 현암의 차 유리에 엉겨 있는 영상은 점점 또렷해져 갔다.

꼭 이리로 올 생각인가? 환영하네. 허나 지옥문으로 들어섰다는 건 알고 있겠지?

흐릿한 울림이었다. 영과의 대화는 의식을 열고 하지 않으면 스스로의 사념에 왜곡돼 제멋대로의 뜻으로 바뀌기 쉽다는 것은 익히 알고 있는 바였지만, 이 영의 경우에는 현암이 의식을 집중해도 알아듣기가 어려웠다. 여럿의 목소리가 동시에 웅웅거리며 울렸기 때문이다.

"흥. 난 지옥 좋아하거든?"

현암은 영을 놓치지 않기 위해 손의 기공력을 서서히 풀었다.

자네에 대해서는 금방 알 수 있었네. 상당한 조예를 쌓았더군. 웬만한 잡귀들은 얼씬도 못 하겠지.

"근데 왜 너는 얼쩡거리지?"

현암은 품 안의 월향으로 손을 뻗었다. 예전에 월향을 얻을 때에 한 번 사용하고 이후에는 위력이 너무 엄청나서 여간해서 쓰지 않았던 물건이었다.

그런 장난감은 꺼내지 말기로 하세. 자네 시험을 한번 받아 볼 텐가?

품으로 들어가던 손이 덜컥 정지하더니 품에서 서서히 밀려 나왔다. 뒤늦게 기공력을 발휘해 보았으나 힘이 손으로 들어가지 않고 감각도 느껴지지 않았다. 실수였다. 공력을 돌려서 보호하고 있었어야 했는데. 현암은 왼손으로 오른 손목을 움켜쥐었으나 오른손이 엄청난 힘으로 제멋대로 움직이고 있었다.

'윽, 굉장한 힘이다!'

오른손의 색이 푸르게 변해 가더니 그 피부밑에서 뭔가 불룩불룩 움직이는 게 움켜쥔 왼쪽 손아귀에 느껴졌다. 현암의 오른손은 어마어마한 힘으로 현암의 목덜미를 향해 뻗어 갔다.

'크윽!'

앞좌석이 뒤로 휘청 젖혀지면서 현암은 극심한 통증을 느꼈다.

'이대로는 죽는다.'

현암은 오른손으로 계속 목을 졸리면서 왼손으로 품 안의 월향을 찾았다. 월향이 손에 닿는 순간…….

까아아악!

월향검이 울었다. 귀신을 벨 때 내뱉는 귀곡성(鬼哭聲)이었다. 현암의 왼손에도 이미 마기(魔氣)가 침투한 것이 분명했다. 왼손이 시큰하더니 점점 감각이 없어지고 의식이 가물거리기 시작했다. 흐려지는 시야에, 자신의 왼손마저도 푸르게 변해 불룩거리고 꾸물거리며 품 안에서 기어 나오는 것이 보였다. 두 손이 한꺼번에 목을 조이자 더욱 견디기가 힘들었다. 기공력으로도 더 이상 버티기는 무리였다. 현암의 목이 뒤로 꺾이면서 동경에 현암의 얼굴이 비쳤다. 현암의 얼굴도 푸르게 변해 가고 있었고 눈자위 밑이 불룩거리며 일어나고 있었다. 순간 현암의 뇌리에 한 가지 생각이 스치고 지나갔다.

'왜 내 손이 닿았을 때 월향이 울었을까? 월향은 영과 접촉했을 때만 운다. 그러면 내 손에 악령이…….'

이제 손만이 아니었다. 솜에 서서히 물이 번지듯 야릇한 무감각이 하반신으로부터 번지기 시작했다.

'이놈들이 환령을 하려 하고 있구나! 그런데 어째서 각각 다른 곳으로부터 감각이 없어지는 걸까? 놈이 침투하는 부근부터 번져 나가는 것이 정상인데…… 그럼 내 몸에 조여들고 있는 것들은 한 놈이 아니다!'

현암의 목은 사정없이 조여들고 있었고, 무감각은 단전 부근에까지 침투해 들어왔다. 단전마저 침투당하면 그나마 저항하고 있는 기공력도 깨져서, 목을 누르는 강한 힘에 단숨에 목이 부러질지도 모른다. 시간이 없었다. 현암은 마지막 힘을 끌어올렸다. 그리고 자신의 몸 구석구석에 기운을 불어넣었다.

"갈(喝)!"

폭풍과도 같은 기운으로 바뀐 기공력이 전신의 모공(毛孔)으로부터 뻗어 올랐다. 푸른 기운이 급류에 휩쓸리듯 휘르르 밀려 나갔다. 몸의 감각이 순간적으로 되살아났다. 현암은 눈을 부릅뜨고 조각으로 나뉜 푸른 기운의 수를 세었다. 넷이었다. 현암은 한 모금 숨을 들이마시며 왼손으로 월향을 꺼내고 오른손에 기를 모았다. 푸른 기운들이 앞 유리창을 뚫고 나가려는 순간, 현암은 월향을 짧게 그었다.

꺄아아악!

월향의 비명이 들리며, 검이 닿지도 않은 앞 유리에 금이 쫙 그어졌다. 연이어 공격하기 위해 월향의 귀기(鬼氣)만으로 검을 그었는데도 위력이 엄청났다. 푸른 덩어리 하나가 파르르 떨며 사라지는 모습이 얼핏 보였다. 현암은 재차 대갈하며 기를 오른손에 집중해 앞 유리에 떠 있는 얼굴을 움켜쥐었다. 앞 유리가 산산이 깨지면서 현암의 손끝에 푸른 기운이 번뜩였으나, 잡히는 것은 아무것도 없었다.

'재빠른 놈들!'

현암은 양미간 사이에 월향을 세웠다. 원래 투시력이나 영력이 없는 현암이었지만, 월향검을 이용하면 희미하게나마 영을 볼 수 있었다. 여러 개의 푸른 기운이 서로 엉키며 순간적으로 사라져가는 것이 보였다. 현암의 몸에서 기운이 쭉 빠져나갔다. 아까 월향검을 잡으려 왼손을 품에 넣었을 때 베인 듯, 왼손이 피투성이였다. 박살 난 앞 창문으로 빗줄기가 쏟아져 들어왔다. 현암의 피맛을 본 월향은 엄청난 귀기를 발하고 있었다. 앞 창문을 깬 오른손은 기공력을 뿜고 있었기에 다행히도 멀쩡했으나, 얼굴에 유리조각을 몇 개 맞아 따끔따끔했다. 뒤에서 트럭 한 대가 스쳐 지나가면서 굉음을 울리자, 현암의 감각이 서서히 정상으로 돌아왔다.

현암은 깊은 한숨을 쉬며 의자에 몸을 파묻었다.

"준후야. 뭐 좀 찾아냈니?"

박 신부의 차 뒷좌석에는 오래된 스크랩북들이 가득했다. 각종 사건 기사만을 모아 스크랩한 것으로 박 신부가 엑소시즘(Exocism)[6]에 관심을 가지고 십여 년 전부터 모아 오던 것이었다.

"아이고, 이 많은 것 중에서 어떻게 그 몇 개를 금방 찾아요? 컴퓨터에다 입력이라도 하시지."

준후는 피곤으로 붉어진 눈매를 비비며 투정 부리듯 말했다.

"주문을 외우면 금세 찾을 수 있는데, 씨이⋯⋯."

"너 또 잡귀랑 얘기하려고 그래? 안 돼! 차라리 그냥 가자."

"아녜요, 아녜요. 알았어요. 안 부르면 되잖아요."

쫑알거리던 준후의 눈에 우연히 오래된 스크랩북의 한 페이지가 눈에 들어왔다.

"신부님, 이것!"

준후의 눈이 커졌다.

"으으음!"

현암은 소스라쳐 잠에서 깨어났다. 억수로 내리던 빗줄기가 조금씩 가늘어지고, 차들이 요란한 소리를 내며 지나가고 있었다. 깨어진 창문으로 비가 들이쳤는지 옷이 축축하게 젖었는데도 현암은 그것도 모르고 잠이 들었다.

'또 현아의 꿈을⋯⋯.'

잠결에 눈물을 흘렸던지 현암의 눈이 퉁퉁 부어 있었다. 지나가

---

6 귀신과 사탄의 존재를 어느 정도 인정하는 가톨릭에서 행하는 제령 의식이다. 교황청의 허락을 받지 않고 행하는 것은 금지이며 방식도 비밀이다. 아무나 행할 수 없으며 본문 중의 박 신부도 엑소시즘을 허가받지 않고 무단 사용해 이단으로 몰리고 성당 없는 신부로 떠돌고 있다.

던 차 한 대가 속도를 줄이더니 앞 유리가 박살 난 현암의 차를 기웃거리다 그냥 지나쳤다.

'음, 너무 지체했다. 빨리 가야지. 아무튼 지독했어. 네 놈이나 한꺼번에 덤비다니. 창 앞에서 지껄이던 놈까지 합한다면 적어도 다섯은 넘으렸다? 하나는 없앴으니 적은 최소한 넷…….'

뒤에서 경적 소리가 빵빵 울려왔다. 돌아보니 준후가 환한 얼굴로 차에서 뛰어나왔다.

"현암 형, 다행이에요! 괜찮았어요?"

현암도 차에서 내리면서 엉망이 된 손을 들어 보였다.

"말도 마라, 이 꼴 좀 봐."

"그만하기가 다행일세."

박 신부가 차에서 내리며 말했다.

"지독하구먼. 자네 정도 되는 사람을 이 정도로 고생시키다니."

"녀석들이 환령술을 하려 했어요. 여러 놈이더군요. 상당히 강하고, 다섯 놈입니다."

"아니에요, 현암 형. 아홉 놈이에요."

놀라는 현암에게 준후가 스크랩북을 내밀었다.

스크랩북에는 퍽 오래된 잡지 기사가 있었다. 역이나 터미널 부근에서 파는 싸구려 잡지에 '납량 특집'이란 부제가 달린 기사였다. 현암은 앞 유리가 깨진 자신의 차를 그냥 놓아두기로 하고 박 신부의 차에 몸을 실었다. 차 속에서 현암은 그 문제의 기사를 찬찬히 읽어 내려갔다.

소왕산의 저주받은 산장

등반 코스가 최근에 개척되기 시작한 소왕산에는 아직도 사고 다발 지역으로 묶여 폐쇄된 봉우리가 있는데 그것이 까치봉이다. 까치봉에는 소수의 등반가들에게만 알려져 있는 좋은 등산로가 있다. 일제 시대 때 어느 재산가가 봉우리 위에 산장을 지은 일도 있다. 산장의 이름은 측백 산장. 까치봉 주변에 측백나무가 유달리 많은 데서 유래된 이름이라고 한다.

그 터에는 옛 건물의 자취가 남아 있었는데 토목 공사가 힘들어 터를 정리하지 않고 그대로 산장을 지어 올렸다고 한다. 그런데 한창 공사를 진행하는 동안 귀신이 나온다는 소문이 꼬리를 물었고, 실제로 귀신을 보았다는 인부들이 속출해 도주하는 사람이 늘어났다. 그 바람에 공사가 대단히 어려워져, 자산가는 산장을 완공하기 위해 수많은 농지를 팔아야 할 정도로 돈이 많이 들었다고 한다. 그러나 완공이 되자마자 주인마저도 귀신의 위협을 받아 산장을 떠나 버려서, 산장은 이후로 지금까지 빈집으로 남아 있다고 한다…….

"이런 집이야 많지 않습니까? 문장도 엉망이고 읽기가 싫군요. 그런데 신부님도 이런 싸구려 잡지를 보십니까? 흠, 예쁜 여자 사진이 실렸나?"

"지금 농담할 때가 아닐세. 계속 읽어 보게나. 뒤에 보면 동네에 촌로가 전설을 이야기한 것이 있을 거야."

박 신부가 웃지도 않고 정색하는 바람에 현암은 다시 기사로 눈을 돌렸다.

　"우리 동네 사람은 모두 이 소왕산에서 약초 캐는 걸 업으로 삼고 있습니다. 하지만 까치봉 주위론 절대 들어가지 않지요. 제가 어렸을 때 할아버님한테 들은 이야기지만, 조선 말엽쯤에 저 까치봉에 웬 산적 소굴이 있었답니다. 그들이 자주 민가를 습격하자 관군이 토포를 해서 대부분 목을 베었대요. 그런데 그중 두목 격인 여덟 명이 까치봉 꼭대기로 도망간 걸 몰랐다나 봅니다."

　김 노인의 말에 의하면 그 후로 도적들은 관군의 토포가 있을까 두려워 내려오지 못하고 산에서만 살았다고 한다. 그런데 어디서 방사(도사) 하나가 나타나 두목으로 들어앉은 이후 그들은 나찰 신(邏刹神)을 받드는 사교 집단의 성격을 띠게 되었다고 했다. 두목은 그들에게 주문을 가르쳐 아홉 명 모두 신기한 능력을 가지게 되었고, 이들은 스스로를 흑암성제, 흑암장군, 흑암마녀 등의 호칭으로 부르며 어린아이를 잡아 생피를 마시고, 손으로 사람을 갈기갈기 찢는 놀이를 하고, 사람 고기를 먹는 등의 극악무도한 짓을 하며 살았다고 한다…….

"지독한 얘기군요."
"아까 난 기사를 읽고 토할 뻔했다고요."
"준후야. 이 얘기가 사실이라면 산적들은 주문 같은 걸 함부로

써서 그 힘에 도취됐기 때문에 그토록 잔인한 짓을 하게 되었을 거야. 그러니 환령 같은 술수를 부릴 만도 하지."

결국 그들의 만행을 참지 못한 마을 사람들은 죽을 각오를 하고 그들의 근거지를 덮쳤다. 이 와중에 여섯의 도적이 마을 사람들에게 맞아 죽었고, 두 명의 여자와 방사 출신의 두목까지 셋만 산 채로 사로잡혔다. 마을 사람들은 분노로 그들을 오우분시 (五牛分屍)하고 시체마저 태워서 산에 뿌렸다고 한다. 두목은 죽으면서도 '너희는 날 죽일 수 없다. 난 다시 나타나 모든 백성을 다 죽이고 그 살을 씹을 것이다'라고 웃으며 저주했다고 한다. 그 이후 비가 으슬으슬 오는 날이나 밤이 이슥한 시간에는 까치봉에서 불빛이 번뜩이고 해괴한 웃음소리가 들리며, 늑대가 떼를 지어 활보하는 등 이상한 일들이 끊이지 않았다. 그리고 마을 사람들이 하나둘씩 시체로 발견되었다. 그 뒤 이 마을은 거의 폐촌이 되다시피 했는데, 어느 날 이곳을 지나던 고승이 산 곳곳에 돌탑과 부적을 묻은 뒤로는 그런 일이 사라졌다고 한다.

이러한 일들을 마을 사람들은 아직도 사실이라 굳게 믿고 있으며, 그래서 절대 까치봉 정상 근처에는 발을 들여놓지 않는다는 것이다…….

"만약 여기 나와 있는 전설이 사실이라면, 그 도사라는 자와 나머지 여덟은 악령이 되었겠군요. 죽는 순간까지 죄를 깨우치지 못하고 모든 사람을 원망하다니…….”

“방사라고 했으니 술법 같은 데도 능하고, 주문에도 능통했을 것이 아닌가? 금지된 의식들도 행한 것 같고…….”

준후가 끼어들었다.

“그런데 믿기지가 않는데요? 사람을 먹었다는 말이요. 도사라는 사람이 식인종도 아니었을 거고…….”

현암이 무심코 대답했다.

“아냐, 사실일지도 몰라. 나찰(羅刹)[7]들은 원래 식인의 풍습이 있다고 했으니, 의식 중에 그런 과정이 있었을지도 모르지.”

박 신부도 입을 열었다.

“여기 나온 이야기들은 사실일지도 모르네, 불행한 일이지만.”

준후가 몸을 파르르 떨었다.

“너무 징그러운 귀신들이야……. 더러워.”

“그러니 우리가 가는 거야. 더 많은 사람이 피해를 보지 않도록.”

“한데 그동안 잠잠하다가 왜 이렇게 오랜 세월이 지난 이제야 그 귀신들이 나오는 거죠?”

현암이 침울하게 대답했다.

“그거야 알 수 없지. 고승이 탑을 쌓고 부적을 묻었다니, 결계(結

---

7   불교에서 지옥에 사는 사람을 괴롭히는 임무를 맡은 식인귀의 일종이다. 바다 가운데 섬에 나라를 이루고 살며 범어로 락샤사라고 한다. 나찰 중에서도 여자 나찰의 힘이 강하며 이들은 나찰녀, 나차녀, 나찰사(羅刹私)라고 부른다. 고대 인도 설화나 힌두교의 경전에 많이 등장한다.

界)를 맺은 모양인데, 어쩌다 그게 깨졌겠지."

어느덧 차는 소왕산에 도달했다. 이제부터는 걸어가는 도리밖에 없었다.

"이제 가 볼까?"

십자가와 성수 뿌리개를 챙기면서 박 신부가 재촉했다.

"해지기 전까지는 올라가야지. 아홉 모두가 덤빈 것도 아닌데 현암 군을 이렇게 애먹인 놈들이야. 특히 환령술이 그놈들 장기인 모양이니 모두 알아서 준비들 해."

준후가 제일 반가워했다.

"히히히…… 그럼 난 밀교의 주술을 써야지. 뭘 쓸까?"

"네가 제일 좋아하는 인드라님의 힘을 사용하지 그러니?"

현암은 준후에게 말하면서 붕대로 감긴 왼손을 가볍게 흔들어 품 안의 월향검을 꺼냈다. 준후가 밀교의 제신 중 가장 좋아하는 신은 제석천이라 불리는 뇌신(雷神) 인드라였다. 준후는 사람 고기를 먹는 귀신이란 소리에 겁을 먹은 듯, 제석천 인드라의 주문에다가 브라흐마[8]의 주까지 중얼중얼 읊조리다가 피식 웃었다.

"이분들은 상천계(上天界)[9]에서도 제일 센 분들이니 염려 없을

---

8 바라문교의 교조이자 우주 만물을 창조한 사바세계의 수호신으로 브라흐마, 범천왕(梵天王), 범왕, 바라문천이라고도 한다. 제석천과 함께 불법을 수호한다. 불상의 좌우에 모신 신이 제석천과 범천왕이다. 범천왕은 석가모니가 깨달음을 얻었을 때 그에게 설법을 간청했으며, 불타와 불법을 수호하는 주요한 신격으로 되어 있다.

9 천상계, 불교에서 말하는 육도 중 가장 위에 있고 사천왕, 명왕, 보살들이 사는 낙

거예요. 자, 가요. 나쁜 놈들 잡으러…….”

그들은 잔뜩 긴장한 채 측백나무가 듬성듬성 서 있는 산길을 오르기 시작했다.

전설은 사실인 듯했다. 적어도 까치봉에 오르는 도중에 들른 마을의 촌로들은 전설을 사실이라 믿고 있었다. 준후는 그들의 마음속에서 진실과 심한 공포감을 읽을 수 있었다. 마을 사람들은 경찰이 측백 산장에서 일찌감치 철수했다는 반가운 소식도 알려 주었다. 산 정상에서 사고 수습반을 유지하기가 어려워서였을 것이다. 현장을 유지하기 위해 경계라도 세워야겠지만, 누가 그 일을 하려 하겠는가? 그래서 마을 사람들은 산장이 텅텅 비어 있을 거라고 말했다.

현암은 수사관들을 위해 서둘러 달려온 자신의 행동이 쓸모없었음을 깨닫고 씁쓸히 웃었다. 까치봉에 올라가는 도중에는 특이한 점이 없었다. 전설대로 승려가 세웠다는 결계가 있다면 분명 준후가 그걸 느꼈을 터인데, 아무 힘을 느끼지 못했다. 다만 일반인의 눈에는 잘 띄지 않는 곳에서 부서진 결계를 간간이 발견할 수 있었는데, 옛날에 누가 새겨 놓은 글자들의 흔적만 겨우 남아 있을 뿐이었다.

원 같은 세계이다. 단, 이곳에 사는 이들도 완전히 열반의 경지를 이루진 못하며 생사의 고통을 겪는다. 이들이 죽을 땐 지옥의 모든 고통을 합친 것의 열여섯 배나 되는 고통을 겪어야 한다. 이는 천상계가 너무나도 좋은 곳이었기 때문일 것이다.

준후가 바위 하나를 살피더니 말했다.

"대……문선……? 음, 아마 대성지성문선왕(大聖地聖文宣王)[10]의 주를 새긴 듯하네요. 저쪽 바위는 그에 대응되는 관우장비 웅호장(關羽張飛雄虎將)의 주를 새긴 것 같고요. 둘 다 병마를 쫓는 주인데…… 아마 각종 주를 사방에 골고루 새겨 대결계를 세웠던 것 같아요."

"그것보다 내가 염려되는 것은……."

현암이 침중하게 말했다.

"그놈들이 보통 잡귀와는 다르게 주술을 쓴다는 데 있어. 환술을 연마한 방사의 귀신이니 벼락을 빌려서 결계를 스스로 파괴할 줄 알았던 건 아닐까?"

"결계에 갇힌 귀신이 어떻게 재주를 부리겠어요? 거기에 벼락을 불러요? 그건 불가능해요."

"아마 우연히 몇 군데의 결계가 파괴되어 힘이 약해졌겠지. 그래서 조금씩 놈이 힘을 쓸 수 있게 되자 방술로 나머지 결계들을 파괴한 것 같아. 꼭 벼락을 부리지는 않았을지 모르지만 그러면 바위를 이렇게 긁어 댄 것은 누구 짓이지?"

준후도 오싹한 느낌을 받았다. 박 신부는 아무 말도 하지 않고 주위를 둘러보고 있었다.

---

10   전라도 지방에서 '대성지성 문선왕 관우장비 웅호장(大聖地聖文宣王 關羽張飛雄虎將)'이라는 주문으로 병마를 쫓을 때 사용하는 주문이다.

"결계들을 복구해 볼까요? 할 수 있을 것도 같은데……."

박 신부가 준후를 말렸다.

"아니, 너무 시간이 걸려. 언제 온 산을 다 뒤지고 글자들을 새 긴단 말이냐? 그러다 그 악귀들이 완전히 빠져나가 버리면 일이 더 복잡해진다. 결계는 그냥 두고 어서 가도록 하자."

일행은 다시 걸음을 옮기기 시작했다.

산장의 모습이 눈에 들어왔다. 언뜻 보아도 사람이 살지 않은 지 수십 년이 지난 듯한 모습이 확연했다. 크기는 웬만한 이층집 만큼이나 컸다. 자산가의 별장으로 쓰려던 역사를 말하듯이 곳곳 에 달렸던 화려한 장식들이 추하게 떨어지고 부서져서 되레 을씨 년스러운 느낌을 더하고 있었다.

"터의 기운이 부자연스러워요. 음기(陰氣)가 너무 강해요. 저쪽 측백나무 숲은 음기를 빨아들이는 일종의 진식(陣式) 같아요."

"진식?"

"예. 무슨 진인지 알려면 시간이 걸리지만, 하여간 요기가 저 측 백나무들에서 뻗쳐 산장으로 몰려 들어가고 있어요."

"저 측백나무들은 백 년도 더 된 것 같은데……."

"우리가 불리할지도 몰라요. 백 년 이상 숲의 요기를 모으고, 환 술과 환령술까지 아는 방사 출신 상대가 아홉이라면……."

"여덟일 거야. 월향으로 한 놈 잡았으니. 아무튼 한번 투시를 해 봐. 놈들의 근거지가 어디인지……."

준후는 눈을 감고 도교의 명목법(明目法)[11]을 읊었다.

"지하실인 것 같아요. 땅 밑에 기운이 엉켜 있어요. 음…… 수는 잘 알 수가 없지만, 은형법(隱形法)[12]을 쓰고 있는 듯해요."

"더러운 놈들 같으니. 그런 법들은 도교 전래의 비법들인데, 그런 술수를 사람 해치는 데에 쓰다니. 모조리 환생도 못 하게 없애 버리고 말겠어."

"그건 너무 잔인하지 않아요?"

"아무튼 들어가세."

박 신부의 조용한 음성이 떠들고 있는 두 사람을 재촉했다.

산장 안은 어둡고 음침했다. 바닥은 아직도 핏자국과 사람들의 발자국―수사관들의 것인 듯했다―들로 어지러웠고, 낡아 빠진 가구며 돌무더기들이 널려 있어서 흉가의 분위기가 완연했다. 준후가 눈을 감고 투시를 하다가 신음을 흘렸다.

"음…… 은형술이 강해요. 분명히 이 안에 다들 숨어 있는데, 한 놈이 강한 은형주로 나머지 놈들을 감싸고 있어요. 더 이상은 보이지 않아요."

"자네들 잠시 내 뒤로 서게."

박 신부가 앞으로 나섰다. 박 신부의 주특기는 강한 기도력으로 사마―사람의 목숨을 빼앗는 마귀―를 쫓아내는 데 있었고, 위급

---

11 도가에서 쓰는 비술 중 하나로 원래는 눈을 맑게 해 밤에도 잘 볼 수 있게 하는 술법이지만 사물의 근본을 밝히는 효과도 있다.

12 스스로의 모습이나 기를 보이지 않게 하는 도가의 비술이다. 그러나 모습을 감추는 경우에도 발자국이 남는 것은 막지 못한다고 한다.

할 때는 연녹색의 오라가 주변을 환하게 빛내면서 막을 칠 정도로 힘이 강했다. 박 신부는 영들에게 직접 공격을 가하지는 않았으나 기도력으로 일행에게 강력한 방어막을 제공해 주었다. 또 박 신부의 성수는 기독교계의 영이 아니더라도 큰 위력을 보였다.

"준후야, 상대가 나찰 신앙을 가졌으니 그에 상응하는 신을 불러서 너를 보호해."

아무리 많은 주술과 부적을 지니고 있어도 역시 어린애에 불과한 준후가 현암은 걱정스러웠다.

"히히. 벌써 나찰을 다스리는[13] 비사문천(毘沙門天)[14]의 힘을 빌고 있어요. 이 방울이에요."

그 방울은 예전에 준후가 을런 호법에게서 얻은 것이었다. 준후는 밀교를 빠져나오면서 그것 말고도 작은 호로 하나와 고서 몇 권을 가지고 나왔는데, 아직까지 사용할 기회가 없었다. 준후는 부적 몇 장과 작은 놋쇠 방울을 꺼내 들었다. 준후는 태연한 듯 웃고 있었으나, 손에는 이미 땀이 축축하게 배어 있었다.

박 신부가 방의 중앙에 똑바로 서서 기도문을 암송하기 시작했

---

13 나찰천(羅刹天, 니르리티), 야마라쟈, 비사문천 등 많은 명왕들은 부하로 신장만이 아니라 나찰들을 거느렸다. 본문에서 준후가 말하는 나찰들은 선에 귀의한 나찰을 뜻한다.

14 비사문(바이스라바나), 다문천, 사천왕, 십이천, 칠복신의 하나이다. 나찰과 야차를 거느리고 염부제주의 북방과 불법을 지키는 선신으로 몸은 누렇고 칠보의 갑주를 입고 있으며 왼손에 보탑(寶塔)을 들고 오른손에 보봉(寶棒)을 잡고 있다. 부의 신 쿠베라와도 동일시된다.

다. 기도문이 벽 사이로 울려 퍼지자, 요기가 사방에 드러나면서 짙어지기 시작했다.

"준비해라, 준후야!"

박 신부가 성수를 사방에 뿌렸다. 놀랍게도 성수가 닿은 벽면에서는 흰 연기들이 피어올랐다. 여기저기서 피어오른 흰 연기들이 부옇게 뭉치기 시작해 시야가 흐려질 정도가 되었다. 박 신부의 오라가 장엄하면서도 따뜻하게 원형으로 퍼져 가자, 흰 연기들은 오라 막에 의해 사방으로 밀려 나갔다.

"역시 대단한 분이셔. 신부님은."

준후는 중얼거리더니 비사문천주를 외우며 방울을 흔들기 시작했다. 방울 소리는 벽에 부딪히며 귀가 멍멍할 정도의 소리로 커져 갔다. 준후는 손에 힘을 넣었다. 소리는 공명에 공명을 거듭하면서 다시 주문과 오라의 힘을 타고 굉음을 발했다.

박 신부의 기도 소리와 준후의 주문이 방울 소리와 함께 증폭되자, 벽들이 흔들리면서 먼지와 거미줄 나부랭이가 천장에서 떨어져 내렸다. 현암도 월향을 빼 들었다. 월향검이 나직한 소리로 울었다. 현암이 기를 칼에 모으며 태극패를 꺼내 왼손에 들었다.

벽과 천장이 마치 상처 입은 짐승마냥 마구 흔들리고 있었다. 먼지들이 줄줄 흘러내리고, 박 신부의 성수에 닿아 피어나는 흰 연기가 여기저기서 휘감겨 사라져 갔다. 갑자기 바닥에 흐트러진 작은 돌들이 공중에 떠오르기 시작했다.

큰 돌들도 움찔거리며 움직이기 시작했고, 낡은 의자며 나무토막 같은 것들도 덜컹거리며 공중에 떠올랐다. 현암은 기공력을 증대시켰다.

'음, 시작이군. 이건 물건에 백(魄)을 감염시켜 물건을 부리는 수법. 그러나 별 신통한 건 아니다.'

갑자기 잔돌들이 우박처럼 셋을 향해 쏟아졌다. 무서운 속도였으나, 박 신부의 오라를 통과하지는 못했다. 몇 개가 간신히 오라를 비집고 들어왔지만, 곧바로 떨어져 버렸다. 그러나 떨어진 돌들은 다시 떠올라 벌 떼처럼 셋에게 달려들었다.

박 신부는 이곳에서 죽은 시신들의 모습이 떠올랐다. 아마도 이런 식으로 돌에 맞아 죽었으리라. 박 신부는 분노를 느끼며 마주 쥔 두 손에 힘을 주었다.

오라 막이 강해지며 넓어져 갔다. 방어력이 강해지자 부딪쳐 오던 잔돌들이 팍팍 소리를 내며 부서져 먼지로 화했다. 이번에는 덜컹거리던 의자들이 날아왔다. 현암이 태극패를 쥔 왼손에 기공력을 실어 의자 하나를 갈기자, 의자는 폭죽처럼 터져 산산조각이 나 버렸다. 박 신부가 침착하게 날아오는 의자와 나무토막에 성수를 뿌리자, 그것들은 마치 강한 망치에 맞은 것처럼 뒤로 나가떨어져 벽에 부딪치면서 흡사 사람이 쓰러지듯 뒹굴었다.

어지럽게 날리던 먼지가 가라앉기를 기다려, 현암은 태극패로 박 신부의 오라를 반사해 한 바퀴 돌렸다.

"잡것들아! 그따위 장난질은 우리에겐 안 통한다! 어서 모습을 보여라!"

방에 뒹굴던 의자에서 희뿌연 기운이 세 가닥 솟아오르고, 사방의 벽과 천장에서 각각 하나씩의 기운이 솟아 뭉치기 시작했다. 그 기운은 점차 푸른빛과 흰빛을 띠며 세 명의 주위를 에워쌌다.

상대의 모습이 드러나자 준후가 순간적으로 부적을 눈에 문질러 상대의 모습을 파악했다.

"오른쪽 둘은 여자고 나머진 남자예요. 음…… 현암 형 쪽 두 놈이 아주 세요. 조심, 으악!"

"왜 그러니, 준후야!"

"여자들이 발가벗고 있어요."

"뭐라고?"

영이 모습을 보일 때는 스스로의 의지 또는 습관에 의해 그 모습을 마음대로 바꿀 수 있다. 일반 사람이 볼 때는 일상 옷을 입은 것처럼 보이는데, 이는 영이 특별히 그에 신경을 쓰지 않아 생전의 모습이 그냥 투사되기 때문이다. 영이 신경을 쓰게 되면 특정 형태가 강조된 모습으로 눈에 비치는데, 즉 머리 잘린 모습에 신경을 쓰면 머리가 잘린 모습으로 가시화되지만 나머지는 생전의 모습을 띠게 되는 것이다. 그러나 준후의 눈에 비친 두 여자의 모습은 완전 나체였다. 네 남자는 그냥 민숭민숭하게 희뿌연 모습이었으며 그중 둘은 어딘지 어색하게 남색 도복을 입은 듯했다. 현암은 곧장 월향과 태극패를 휘두르며 몸을 공중에 띄워 준후가 가장 세다고 한 푸른 두 개의 기운을 향해 몸을 날렸다. 박 신부는 희뿌연 네 개의 기운을 향해 천천히 발을 옮기기 시작했다. 준후는 울상을 짓고 있었다.

"아이고, 차라리 센 귀신이 낫지, 다 벗은 여자랑 어떻게 싸워요! 형이나 신부님은 똑똑히 안 보이니 괜찮지만 난……."

퇴마사라도 아이는 역시 아이였다. 그런 사정을 아는지 모르는지 두 여귀는 어쩔 줄 몰라 뒷걸음치는 준후 쪽으로 점점 다가들었다.

꺄아아악!

월향이 길게 비명을 지르며 사방을 그었다. 푸른 두 기운은 교묘한 움직임으로 검 끝을 피하며 번뜩이는 태극패의 공격도 가볍게 받아넘겼다. 현암은 그들이 피하는 척하고 있지만, 실은 백(魄)을 이용한 압박을 제게 뻗치고 있음을 알아차렸다. 하나는 가위에 눌릴 때 느껴지는 중압감을 엄청나게 확대한 것처럼 묵직하게, 또 하나는 면도(面刀)처럼 예리하게 현암의 구석구석을 파고들었다. 무예 시합이나 다름없었다. 현암은 월향검과 태극패, 거기에 간간이 기공술까지 섞어 가며 대적했다. 그는 오랫동안 무예를 연마한 데다가 태극기공으로 온몸을 방어하고 있어서 든든하긴 했지만, 푸른 기운의 움직임을 파악하기가 어려웠고 둘과 맞붙는 것이라 어려운 싸움이었다.

"보통내기들이 아니군. 귀신으로 따지면 지신(地神) 중에서 귀장(鬼將)급은 넘겠다!"

박 신부는 온갖 잡동사니가 총알같이 날아드는 가운데서도 천천히 기도문을 읊으며 네 영을 몰아붙이고 있었다. 네 영은 다가

드는 오라 막에 밀려 벽 쪽으로 흘러갔으나 박 신부가 미리 뿌려 놓은 성수가 벽에 잔뜩 칠해져 있어서 그리로는 투과해 도망칠 수 없었다. 그들은 발악하듯 바닥의 잔돌이나, 나무 조각 따위를 아까와는 비교도 할 수 없을 정도의 속도로 박 신부를 향해 날렸다. 그러나 그 잡동사니들은 박 신부의 몸에서 나오고 있는 오라 막과 마주치면 비껴 지나가거나 힘없이 떨어지곤 했다.

"죄의 소산인 어둠의 생명들, 사탄(Satan)[15]의 앞잡이들아!"

박 신부는 침착하게 엑소시즘에 사용되는 기도문을 읊으며 십자가를 비추고 성수 뿌리개로 성수를 흩뿌리며, 파르르 떨고 있는 네 개의 희뿌연 기운 쪽으로 천천히 다가섰다. 많은 성수를 벽에다 뿌려 놓은 탓에 성수가 얼마 남아 있지 않았다. 네 영들은 박 신부에게 완전히 위축된 듯 부르르 떨고 있었다. 그러나 이상했다. 네 영의 기운이 그다지 악독한 것 같지 않았고 능력도 적었기 때문이다.

"응? 사악한 기운이 생각보다 적은 영들인데? 이 정도의 힘으로는 단번에 여러 명을 몰살시킬 수 없을 텐데……."

---

15 하느님과 대적하는 기독교의 악마를 인격화한 존재이다. 타락 천사인 루시퍼를 뜻하는 것인지에 대한 의견이 분분했으나 근래에는 아담과 이브(하와)를 꾀어 낸 '사탄'에 초점이 맞춰지고 있다. 변신이 쉽고, 유혹이나 감언으로 인간을 타락시키는 존재. 플랑시의 『지옥 사전』에 의하면 사탄은 지옥의 실질적인 지배자로, 『숨겨진 성서』에 의하면 아담의 첫 번째 부인이었으나 아담에게 싫증을 느끼고 달아나 사탄의 부인이 되었다고 하는 릴리트와 같이 지옥을 관리한다고 한다.

박 신부는, 고속도로에서 다섯 정도의 영이 현암을 몰아붙여 하마터면 큰일이 날 뻔했던 일을 기억해 냈다. 현암을 위태롭게 했을 정도라면 이 다섯의 영은 훨씬 강한 영력을 가진 것이 틀림없는데…….

"그때 하나가 죽었다면, 나머지는 여덟. 그렇다면 이 넷은 허약한 졸개급이고 현암 군과 준후와 싸우는 녀석들이 강한 놈들인가? 이거, 시간을 길게 끌면 안 되겠군그래."

박 신부는 성수 뿌리개를 움켜쥐었다.

"아이고, 이것들아, 아니 누나들…… 가까이 오지 마세요."

준후는 두 여귀의 요상한 전법에 당황해 어쩔 줄을 몰랐다. 쳐다보기가 민망하며 눈을 돌리고 있으니 어떻게 할 방법이 없었다. 하물며 자신의 손으로 여귀를 치거나 되레 차가운 손에 잡히면? 다급하다 보니 주문도 떠오르지 않았다. 아니지, 하나가 있긴 있었다.

'그래. 우보법(牛步法)[16]의 구절 중 발을 땅에 붙게 만드는 주문이 있다.'

준후는 양발을 한 발씩 내딛어 제2보까지 정신을 모아 걷고는 여귀들 쪽을 향해 일갈했다. 효과가 있었다. 두 여귀는 정말 발이

---

16 액막이를 위한 도교 비술의 기묘한 걸음걸이이다. 일종의 기원법으로 여러 가지 효능이 있다. 『포박자(抱朴子)』 11권과 『요재지이(聊齋志異)』 6권에는 우보법으로 도둑의 발을 땅에 붙이고 비를 내리게 한 일이 기록되어 있다.

땅에 붙어 버린 듯 자리에 우뚝 서서 당황하는 모습이었다. 준후는 이제야 회심의 미소를 지었다.

"지금 꼴이 마음에 들지 않으니 부적으로 가려 주마."

준후는 둔갑 부적을 꺼내 부적을 확대한 뒤 여귀들에게 날렸다. 제압부, 소혼부, 오뢰부, 귀신칙소부와 전혀 관계없는 신행부, 해금부 따위의 것들까지 무더기로 날아가 여귀의 온몸에 다닥다닥 달라붙었다. 부적을 한두 개도 아니고 무더기로 몸에 달자 두 귀신은 비명도 지르지 못하고 그 자리에서 뭉개져 갔다. 소혼부나 귀신칙소부 등의 부적이 귀신의 몸을 빨아들이고 있는 것이었다. 물론 관계없는 부적들은 그냥 몸 가리개 대용으로 붙인 것이었다.

준후는 의기양양하게 부적에 불을 붙여 날려 버릴 심산으로, 우보를 밟아 가며 짜부라지고 있는 귀신에게로 향했다.

'흥, 남녀가 유별한데 창피한 것도 모르고. 내 야마라쟈[17]께 빌어 암여우로 태어나게 해 주지.'

그런데 난데없이 팔 두 개가 부적 더미에서 튀어나와 준후의 양팔을 잡았다. 힘이 팔에 다 모였는지 놀랍게도 직접 물리력을 행사하고 있었다.

"으악!"

---

17 염라대왕의 별칭이다. 무서운 모습과는 달리 착하고 동정심이 많다고 한다. 염라대왕은 원래 최초로 탄생한 인간이었는데 가장 먼저 지옥으로 가 보게 되곤 그곳의 왕이 되는 바람에 상천계의 그의 궁전은 비어 있다고 한다. 염라대왕은 항상 지옥에서 고통받는 자들을 가엾게 여기고 무수히 난무하는 죄의 창궐을 안타깝게 여기고 있다.

순간적으로 놀란 준후가 기를 흐트러뜨리자 준후를 보호하던 신의 힘도 흐트러져 준후의 팔에 사악한 기가 몰려들었다.

"악, 이걸 어째! 환령술이다!"

현암은 준후의 비명을 듣고도 그다지 놀라지는 않았으나, 자신이 싸웠던 경험으로 볼 때 준후가 환령술에 오래 버틸 것 같지 않았다. 하지만 자기가 맞상대하고 있는 두 놈도 쉽게 물리칠 수 있을 것 같지는 않았다. 현암은 쇠뭉치 같은 일격을 어깨의 기공으로 튕겨 내며 소리쳤다.

"신부님, 준후를!"

순간적으로 면도와 같은 예리한 기운이 두 개로 갈라지는 듯한 허초(虛招)를 보이며 현암의 기공을 뚫고 왼쪽 어깨에 상처를 냈다. 현암은 상처보다도 그 수법이 놀라워서 한 걸음 뒤로 물러섰다. 예전에 한빈 거사로부터 받은 비급 전서들 속에서 보았던 수법이 생각났던 것이다.

"엇, 이건 비사검법(飛蛇劍法)! 백 년 동안 이 검법을 익혔던 사람이 있다는 말을 들은 적이 없는데!"

그렇다면 현암과 상대하는 두 영은 적어도 백 년 이상의 과거에 죽은 녀석들이라는 말이 되는 것이다. 이상한 점은 또 있었다. 일반적으로 이렇게 영적인 힘으로 일격을 받았을 때 통증은 실제의 물건에 맞은 것처럼 느껴지나 외면적으로 상처가 나지는 않는다. 그러나 분명 현암의 어깨에 난 상처에서는 선혈이 흐르고 있었다. 그렇다면 현암을 공격한 힘은 영력이 아닌, 실제 물건에 의한 것이다.

'그렇군. 이놈들은 실제의 칼에 깃들어서 싸우고 있구나. 칼에 붙어 귀기로 칼의 모습을 감추고 그걸 조종하고 있다.'

저쪽이 실물 병기를 이용하는 거라면 꽤 긴 것들일 테고, 그렇다면 아무래도 길이가 너무 짧은 월향은 불리했다.

박 신부는 준후의 비명과 현암의 외치는 소리를 듣고 아끼고 있던 마지막 성수를 뿌렸다. 그리고 JNRJ[18]의 부적을 꺼냈다.

"생겨나지 않은 자, 이름도 없는 자, 하늘나라에 골고루 넘쳐흐르는 자, 무참히도 꿰어 찔린 자의 이름으로 명하노니……."

아직 주문을 끝내기도 전인데 네 영은 서서히 사그라져 갔다. 박 신부는 언뜻 그들이 고통스러워하기보다는 기뻐한다는 느낌을 받았다. 사람을 해칠 정도의 악령이라면 이렇게 순순히 사라질 리가 없는데…… 박 신부는 의심이 일었지만, 일단 준후의 일이 급했다. 박 신부는 황급히 준후 쪽으로 다가갔다.

준후는 자기의 몸속으로 들어와 혼을 바꿔 버리려는 환령술에 저항하기보다도, 자신의 몸속에서 흐트러져 버린 힘들이 갈피를 못 잡고 헤매는 데 더 고통을 느꼈다.

이마에서 식은땀이 줄줄 흐르고 이를 악물어 윗입술이 찢어질 지경이었다. 준후는 제석천과 브라흐마의 기운, 비사문천의 기운, 거

---

18 라틴어 Jesus Nazarenus Rex Judaeorum의 약자로 '유대의 왕 나사렛 예수'라는 뜻이다.

기에 몰래 십육 나한(十六羅漢)[19]의 기운까지 불러 놓은 상태였다.

"이럴 줄 알았으면, 이렇게 많은 신을 부르지 않는 건데, 으음……."

박 신부가 달려와 준후의 팔목을 잡자, 준후의 손을 쥐고 있던 손 하나가 박 신부의 기도력에 움츠러들었다. 그와 동시에 준후의 투시력이 박 신부에게 전파되어 박 신부의 눈에도 두 여귀의 모습이 보이기 시작했다. 부적을 주재하는 준후가 컨트롤을 잃어 큰 힘을 발휘하지 못하자 여귀들은 둘이서 준후의 한쪽 팔을 잡고 몸을 일으키려고 했다.

"이, 요사스러운 것들!"

박 신부가 준후의 한쪽 팔을 잡아끌고 두 여귀가 나머지 한 팔을 잡아끄니, 준후는 대롱대롱 매달리는 꼴이 되었다.

박 신부는 준후에게 기도력을 퍼부었다. 순간 준후의 마음은 박 신부의 평온한 힘에 도움을 받아 안정을 찾게 되었다. 일단 정신이 수습되자 준후는 화가 치미는 것을 참을 수 없었다. 부적을 발화시키려 했으니 이미 여귀의 몸에 붙은 부적은 힘을 잃고 다 땅

---

19 석가모니의 부탁을 받아 오랫동안 세상에 있으면서 정법(正法)을 지켜 나가는 열여섯의 대아라한을 말한다. 빈도라발라타사(賓度羅跋囉惰闍), 가락가벌차(迦諾迦伐蹉), 가락가발리타사(迦諾迦跋釐墮闍), 소빈타(蘇頻陀), 낙거라(諾距羅), 발타라(跋陀羅), 가리가(迦理迦), 벌사라불다라(伐闍羅弗多羅), 수박가(戍博迦), 반탁가(半託迦), 나호라(囉怙羅), 나가서나(那伽犀那), 인게타(因揭陀), 벌나바사(伐那婆斯), 아시다(阿氏多), 주다반탁가(注茶半託迦)이다.

에 떨어진 상태였다.

"에잇, 십육 나한주(十六羅漢呪)다!"

준후의 손끝에서 오색찬란한 광채가 뻗어 나가 두 여귀를 에워
쌌다. 두 여귀는 고통에 찬 비명을 질렀다. 두 여귀의 몸은 무지무
지한 압력으로 사방에서 밀려 쪼그라들기 시작했다. 준후는 이를
갈며 두 여귀를 완전히 소멸시키려고 마음먹었다. 준후가 브라흐
마의 기운을 모으자 그의 손끝에 노란 불덩이 같은 기운이 바작바
작 소리를 내며 퍼져 가기 시작했다.

"흥! 범천왕 브라흐마의 힘으로……."

완전히 끝낼 작정을 한 준후의 눈이 두 여귀의 눈과 마주쳤다.
십육 나한의 힘을 빌린 엄청난 힘으로 온몸이 짓눌려 찌부러지는
고통에 못 이기면서도, 그들 눈에서 준후가 읽을 수 있었던 것은
증오나 저주가 아니라 슬픔이었다. 그것은 절대 악으로 물들어 재
미로 사람을 해치는 악령은 지닐 수 없는 눈빛이었다.

'아니야, 이것들은 벌써 예로부터 수십 명을 죽이고 근래에만 일
곱 명의 사람을 죽이고 혼까지 빼 버린 악마들이야. 속으면 안 돼.'

그러나 그 슬픔이 가득한 눈에는 사악한 기운이라곤 깃들어 있
지 않았다. 고통과 슬픔과 애원의 눈초리일 뿐이었다. 준후는 악
령이라고 모두 잔인하게 파멸시킬 만큼 모질지 못했다. 준후의 손
에서 노란빛이 사라지고 손이 서서히 아래로 내려왔다. 박 신부는
돌연한 변화에 어안이 벙벙해 있는데, 준후가 바닥에 흩어진 두
여귀의 영을 부적에 몰아넣기 위해 꼼짝 못 하는 여귀에게로 다가

갔다. 이제 부끄러운 생각은 없었다. 준후는 미소를 지으며 손에 든 부적을 여귀의 이마에 조용히 갖다 댔다. 그러자 놀랍게도 두 여귀의 표정은 안도하는 표정으로 바뀌고, 그중 하나의 눈에는 눈물이 번득이는 것 같은 느낌마저 들었다.

'무슨 이유에서 그랬는지 모르지만, 그렇게 나쁜 짓들은 하지 말아요, 다시는요.'

박 신부도 고개를 끄덕였다.

"역시 준후는 마음이 너그러워. 분명 많은 사람을 구할 거야. 많은 영을 쉬게 할 거고. 영도 역시 인간처럼 가련한 경우가 많구나."

부적으로 두 여귀의 몸이 빨려 들어가면서, 준후의 귀에 나직한 몇 마디의 소리가 스쳐 갔다. 흐뭇해하던 준후의 안색이 갑자기 변했다.

"신, 신부님!"

"왜 그러지, 준후?"

"지금 이것들은, 진짜가 아녜요!"

현암은 이제 두 푸른 귀신의 수법을 대강 알아챌 수 있었다. 지난날 한빈 거사에게 무예를 배우고 다시 열심히 수련하지 않았다면 불가능한 일이었다. 다른 두 사람은 이미 제 몫을 다한 듯하니, 자신도 어서 그러고 싶었다. 오래 싸울수록 기력도 쇠해지고 기공도 운행하기가 답답했다.

"에잇, 가거랏!"

현암이 한빈 거사에게서 배운 필승의 수, 파사신검을 썼다. 자그마한 단검에 불과한 월향이 기를 주입받고, 다시 거기에 깃든 혼이 힘과 합쳐져 검기가 석 자를 넘게 뻗어 나갔다. 현암은 풍차처럼 돌면서 몸을 날렸다. 원래는 신검합일(神劍合一)하게 되어 있는 수였으나, 아직 수련이 모자란 현암은 그 경지에는 이르지 못하고 있었다. 그러나 그의 엄청난 내력과 월향의 기운이 합쳐서 뻗어 나온 검기는 허공을 가르고 거칠 것 없이 두 악귀의 기운을 덮쳐 갔다.

쨍! 퍽!

요란한 소리를 내며 허공에서 검 한 자루와 철추 하나가 두 조각이 나면서 형체를 드러내더니 공중에서 부서졌다. 푸른 기운들은 부르르 떨더니 시커먼 물을 흘리고 지독한 악취를 풍기면서 땅에 처박혀 사라져 갔다.

현암은 그 자리에 풀썩 주저앉았다. 마지막이라 생각해서 전신의 기운을 모조리 쓴 것이다. 그냥 그 자리에 드러눕고 싶은데 준후가 다급히 부르는 소리가 들렸다.

"형, 방심하면 안 돼요! 큰일 났어요!"

"무슨 소리야? 나도 이제 다 처리했어. 좀 쉬자고……."

"아녜요. 방금 우리가 잡은 귀신들은 모두 여기서 죽은 그 등산객들의 영이에요!"

현암의 눈이 크게 벌어졌다.

"뭐? 말도 안 돼! 나랑 싸운 것들은 백 년도 넘은 검법을 쓰던 놈들이었단 말이야!"

이번엔 준후의 얼굴이 놀란 토끼처럼 되었다.

"아녜요, 제가 직접 들었어요! 그들은 환령술로 부유령이 된 뒤에 소혼술(召魂術)로 다시 자기들을 죽인 귀신들에게 잡혀 할 수 없이 우리와 싸운 거예요! 그래서 그렇게 약했던 거구요!"

"아니라니까! 나랑 싸운 둘은 분명 백 년 넘게 묵은 최고 악질들이었어!"

박 신부가 끼어들었다.

"내가 상대한 네 영들도 약한 것들이었어! 준후의 말이 틀린 것 같지는 않네. 현암 군, 자네와 대적한 둘은 오래 묵은 악령이고 나와 준후와 싸운 여섯은 가련한 등산객의 영혼이었단 말이 되는데? 원래 등산객은 일곱이었고……."

준후는 고개를 설레설레 저었다.

"아이고, 난 모르겠어요."

박 신부는 계속 말을 이었다.

"그럼 현암 군, 자네가 차에서 소멸시킨 한 영이 등산객 중 하나의 영이었다 치면…… 아직 자네와 싸운 것과 같은, 아니 그 이상의 귀신이 일곱이나 남아 있다는 얘기야."

현암은 머리끝이 쭈뼛했다.

"그렇다면?"

준후가 발을 동동 굴렀다.

"아이고, 이제 기력도 없고 부적도 거의 다 엉망이 됐다고요!"

"내 성수도 떨어졌네. 오늘은 아무래도 안 되겠군. 우리 어서 나가세. 후일을 기약하자고!"

셋은 퇴마행 이후 처음으로 공포감을 느꼈다.

셋이 막 발걸음을 옮기는데 문이 요란한 소리와 함께 닫히더니 방 안의 벽과 천장이 붉은빛을 발하기 시작했다. 셋은 이를 악물며 둥글게 섰다. 피같이 찐득거리는 액체가 벽 이곳저곳에서 흘러내리기 시작하고, 엄청나게 큰 웃음소리가 온 집 안에 쩌렁쩌렁 울렸다.

"으하하하!"

영적 전달의 소리가 아니라 또렷하게 물리력을 구사하는 목소리였다. 박 신부가 눈을 번쩍 떴다.

"엄청난 놈이다!"

다시 웅웅거리는 웃음소리가 메아리치면서 굵은 남자의 목소리가 울렸다.

"이제 가진 재주를 다 썼는가! 피곤들 할 테니 쉬시게, 영원히……."

목소리가 너무 커서 귀를 막고 싶을 정도였다. 이를 악물고 있는 셋의 눈앞에 푸른 기운이 뭉쳐지더니 또렷한 형상으로 번져 가기 시작했다. 그 수는 여섯이었다.

여섯 개의 푸른 형체들은 놀랍게도 완연한 사람의 모습으로 변해 가고 있었다. 그중 둘은 불자(拂子)를 들고 눈에 요기를 담뿍 담은 고혹적인 여자였고, 셋은 험상궂은 남자의 모습으로 귀두도(龜頭刀)[20]와 당파창(삼지창), 낭아곤을 들고 있었으며, 중앙의 우두머리인 듯한 자는 도관을 쓰고 한 손에 새빨간 부채를 들고 있었다. 여섯 모두 푸른색의 도복을 입고 있었는데, 옷깃 중앙이 섬뜩한 붉은빛을 띠고 있는 것이 예사 도복들과는 달랐다. 여섯의 형체는 산 사람과 구분할 수 없을 정도로 뚜렷해지며, 목소리들도 분명하게 들려왔다. 현암이 이를 악물었다.

"이 악귀들, 재주가 좋구나! 못된 것만 골라 배웠군!"

준후도 외쳤다.

"그만한 도력을 가지고 악행만을 일삼다니, 원시 천존(元始天尊)[21]도 코를 싸쥐고 외면하시겠다. 이 호랑말코들아!"

"푸하하하!"

다시 한번 우두머리가 웃어 젖혔고, 나머지 다섯도 따라 웃었다. 벽이 마구 울리고 천장이 금방이라도 내려앉을 듯, 마구 흔들리기 시작했다. 박 신부는 깊은숨을 몰아쉬며 생각에 잠겼다.

'이놈들의 내력을 알아내야 한다. 멋모르고 덤비면 당하기 쉽다. 원인을 알아야 한다.'

"이봐, 거기 사제님이신가? 염두 굴리는 소리가 예까지 들리네."

한 거한이 이죽거리며 말을 내뱉었고 한 여귀의 간사스러운 소리가 뒤를 이었다.

---

20   끝이 뭉툭하고 폭이 넓은, 한쪽에만 날이 있는 무거운 칼이다.

21   도교의 최고신으로 영보 천존(靈寶天尊), 도덕 천존(道德天尊)과 함께 옥황상제보다 위인 최상좌에 앉은 신이다.

"알고 싶으면 가르쳐 주지. 우리는 흑암요녀, 흑암마녀, 흑암서장군, 흑암북장군, 흑암우장군이고 저분은 흑암성제시다. 이제 곧 흑암천을 창시할 분이시니 냉큼 혼백을 바쳐라."

"웃기는 소리! 일개 방사와 산적의 무리들이었던 너희들이 무슨 신이 된다고?"

"흥! 불가 십이천(十二天)²²의 하나밖에 안 되는 나찰천의, 그것도 졸개인 나찰을 믿는 너희가 무슨 얼어 죽을 성제요, 장군이냐? 마녀, 요녀는 좀 낫군그래."

현암과 준후의 욕설에 어지간히 성질이 급해 보이는 장한 하나가 소리를 질렀다.

"그놈의 나찰 얘기는 듣고 싶지 않다! 난 그것들 때문에 혼백이 빨려 가서……."

---

22 불교의 호법신으로 천부(天部)에 속한, 수미산을 수호하는 열두 천인을 뜻한다. 팔방의 방위신 여덟과 상하를 관장하는 둘, 그리고 해와 달까지 합쳐서 열둘이다. 특히 여덟 방위의 수호신은 호세 팔방천(護世八方天)으로 따로 분류한다. 동에서 제산천 귀를 다스리는 제석천(帝釋天, 인드라), 동남에서 불을 다스리는 화천(火天, 아그니), 남에서 죽음을 다스리는 염마천(閻魔天, 야마), 서남에서 요괴의 군단과 파괴, 슬픔, 어둠을 다스리는 나찰천(羅刹天, 니르리티), 서에서 물과 바다, 비, 창공, 정의, 진리와 바다 괴물을 다스리는 수천(水天, 바루나), 서북에서 바람과 공기를 다스리는 풍천(風天, 바유), 북방에서 자연의 정령인 야크샤를 다스리는 비사문천(毘沙門天, 쿠베라), 동북에서 파괴와 미래를 다스리는 대자재천(伊舍那天, 시바), 상(天)에서 창조와 과거, 언어를 다스리는 범천(梵天, 브라흐마), 하(地)에서 대지의 풍요를 다스리는 지천(地天, 프리티비), 해(太陽)에서 하늘의 태양을 다스리는 일천(日天, 수리야), 달(月)에서 제례 도구와 식물, 소마(蘇摩, 신들의 음료), 달을 다스리는 월천(月天, 찬드라)의 열둘을 뜻한다.

"그만!"

그러자 여귀 중 하나가 매섭게 눈을 흘기며 말을 막았다.

"그래서 그 일곱 놈을 이용해 소혼술을 해 주지 않았는가!"

"내 친구였던 장쇠, 아니 흑암좌장군의 혼은 아직 다 돌아오지도 못했었다! 그 사내놈의 혼이 어찌나 끈질기던지 장쇠의 힘은 반분밖에 못 와서 저놈에게 원통히 당하고 말았다."

그 말에 현암의 머릿속이 밝아 왔다.

"그래. 너희들은 처음엔 나찰을 섬겼지. 나찰의 풍속으론 여나찰이 우두머리가 되도록 돼 있고 힘도 월등하지. 그래서 너희 조무래기 남자 놈들의 혼백은 모두 저 여귀들에게 빨려 들게 되었을 거야!"

"닥쳐라!"

현암은 으르렁거리는 거한들의 소리는 아랑곳없이 말을 이어 갔다.

"병신 같은 것들! 그 나찰 의식이 얼마나 지독한지 나는 들어 알고 있다. 아마 온몸의 정혈을 저 여귀들에게 남김없이 빨아 먹히고 강시(彊屍)같이 되었겠지. 아니, 몸뚱이도 먹혔는지도 모르지. 그러고는……."

준후도 알겠다는 듯 현암의 말을 받았다.

"나중에 공력이 좀 높아지니 흑암천을 사칭하는 편이 낫겠다 싶었겠지? 그러다 보니 전에 치른 나찰 의식을 무효화하는 술법이 필요했겠고. 그래서 일곱 등산객을 꾀어 낸 거지? 마침 여자가 둘,

남자가 다섯, 한 명만 좀 기다리고 참으면 됐을 테고 말이야."

"그 한 놈이 차에서 월향에 맞아 죽은 장쇠란 놈이군. 내 몸을 이용하려 했던 모양인데, 두꺼비가 거위 고기를 먹으려는 격이지."

"그래서 너희는 몸이 없으니 몸을 이용한 의식을 할 수 없어서, 그 가련한 사람들의 몸에 환령해서는……."

"흥! 인간이라는 것들! 모두 다 마음속에 악한 생각뿐이다! 우리 의식에 영광스럽게 쓰인 그놈들의 마음에도 음심이 없었다면 어찌 이리 일이 쉽게 되었겠느냐?"

"닥쳐라! 그러나 인간은 그를 극복할 수 있는 이성이 있고 믿는 마음과 사랑이 있다! 너희같이 추잡한 것들이나 그런 유혹을 이기지 못하고 이런 추한 꼴이 되는 것이다!"

준후의 눈에 지나간 영상들이 보이기 시작했다.

"제 손을 잡으세요."

현암과 박 신부는 준후의 양손을 잡았다. 둘의 눈에도 과거의 영상이 비치기 시작했다.

혼을 빼앗긴 여섯 사람은 미쳐 날뛰고 있었다. 두 여자는 얼굴이 일그러진 채 네 남자가 팔을 비틀어 묶어 놓고 천장에 매달아 범하는데도, 실성한 듯 웃고만 있었다. 그러나 한 남자만은 환령술로 이미 몸이 반 이상 제압된 상황에서도 굴하지 않고 버티고 있었다. 박 신부가 보았다는 일곱 번째 남자인 듯했다. 그는 눈물을 흘리고 기도를 목이 터져라 외치며 나머지 남자들을 떼어 내려 안간힘을 쓰고 있었다. 두 명의 여자 중 하나가 그의 연인인 듯했다. 종국엔 날카로운 돌을 깨어 들고 손에서 피가 흐르는 것도 아랑곳하지 않고 네 명의 남자들을 마구 내리쳐 쓰러뜨리려 했으나, 이미 귀신이 된 네 남자는 신경도 쓰지 않고 제 볼일만 보고 있었다.

볼일을 마친 한 남자가 실실 웃으며 거의 실신한 일곱 번째 남자에게로 다가왔다. 눈에서 붉은빛이 뱀 혓바닥처럼 번득이고 있었다. 그러고는 뾰족한 큰 돌로 그 남자의 뒤통수를…….

악몽과도 같은 광란이 지나고 아까 현암 일행을 습격했던 돌 비가 날아들기 시작했다. 여섯 명의 남녀, 아니 이미 혼을 빼앗긴 인형들은 헤벌어진 미소를 띤 채로 온몸을 돌로 두들겨 맞으며 쓰러져 갔다.

"으으, 이 마귀들아!"

준후는 치를 떨었다. 그 나이에 이미 못 볼 꼴을 많이 보았지만, 이렇게 지독한 광경을 본 적이 없었다.

현암은 입을 꾹 다물고 있었다. 그의 눈에서 분노가 일렁이더니 날카롭게 뻗어 나갔다. 월향을 쥔 오른손에 피가 와락 몰리며 상처도 없는데 손끝에서 피가 배어 나와 흘렀다. 주인의 피 맛을 본 월향이 길게 울었다.

박 신부의 뇌리에는 악령이 들려 시퍼렇게 얼굴이 일그러져 가던 미라의 모습이 떠올랐다. 미라는 악령이 들려 비죽하게 이가 솟아 가는 입으로 울면서─정체를 알 수 없는 다른 자의 음성이 간간이 섞여 들리고 있었지만─ 의사 선생님 날 살려 달라고, 살릴 수 없으면 빨리 죽여 달라고 울부짖었다. 박 신부가 의사의 길을 버리고 오직 엑소시즘을 위한 신부가 되게 했던 그때의 기억, 너무도 무능력했고 아무것도 할 수 없었던 자신, 그리고 분노로 이어졌던 그 후 십칠 년의 세월이 주마등처럼 훑고 지나갔다.

"더 지체 말라! 저놈들은 너무 많이 봤다! 모조리 죽여 버려!"

우두머리 방사의 귀신이 소리를 질렀다. 나머지 다섯의 요귀가 무기를 휘두르며 달려들었다.

현암의 입에서 휘파람 소리가 길게 흐르는 순간, 월향의 대답과 함께 검기가 넉 자 뻗쳤다. 필생의 공력이었다. 준후의 몰아 쥔 작은 두 손에서 브라흐마의 노란 기운과 인드라의 번개가 맑은 소리를 내며 합쳐져 흰 번개를 이룬 채 눈부신 섬광을 뿜기 시작했다. 박 신부의 오라 막도 장대한 합창처럼 퍼져 갔다.

"현암! 준후! 힘을 모으자! 퇴마진(退魔陣)을!"

박 신부의 오라가 준후의 등으로 밀려갔다.

현암이 몸을 날렸다.

준후의 일갈과 함께 형언할 수 없는 섬광이 양손에서 뻗어 나가 월향의 끝에 엉겼다.

순간, 월향의 검기가 영롱한 흰빛을 띠며 여섯 자를 뻗었다.

"타핫!"

방 안을 가득 채운 검기가 벽이며 기둥을 구별 없이 가르고 지나가면서 기둥이 두 개나 쓰러지고 벽이 터져 나갔다.

다섯 귀신들은 힘 한 번 써 보지 못하고 마치 폭죽처럼 그 자리에서 터져 버렸다. 그리고 둘은 김빠진 풍선처럼 뒤로 튕겨 나가다가 팍 소리를 내며 먼지처럼 기화되어 버렸다.

현암은 풀썩 땅에 쓰러졌다. 입으로 왈칵 선혈이 나왔다. 퇴마는 완벽하게 이루어졌지만, 그 충격을 그대로 받아 넘긴다는 것은 현암의 몸으론 무리였다. 온몸의 기혈이 들끓고 눈앞에 노란 동그라미들이 아른거리며 귀에서 웅웅거리는 소리가 울려 퍼졌다. 월향이 슬픈 듯 울고 있었다. 현암은 혀를 깨물며 정신을 잃지 않으려 애썼다. 그러나 몸을 조금도 움직일 수가 없었다. 준후도 무리하게 힘을 쓴 탓에 얼굴이 백지장같이 희어져 있었다. 입이 반쯤 벌어지고 헉헉거리는 호흡이 단내를 풍겼다. 준후의 무릎이 휘청하는 것을 그래도 제일 형편이 나은 박 신부가 감싸안았다.

"신부님, 조, 조심…… 아직 하나가, 하나가……."

준후가 정신을 잃자 박 신부는 고개를 들었다. 눈앞에 현암이 쓰러져 있었고, 방사의 영이 징그러운 미소를 띤 채 서 있었다.

"흐흐흐…… 이젠 기력이 없는가? 꽤 대단한 놈들이구나."

녀석의 둘레에는 투명한 핏빛 막이 쳐져 있었다. 붉은색 막이 풍선처럼 부풀어 갔다.

박 신부는 준후를 안은 채 쓰러져 있는 현암에게로 가서 두 사람을 몸으로 덮었다. 놈은 분명 주술을 쓰고 있을 터인데, 현암이나 준후가 의식을 잃은 상태에서 그에 대응할 방법이 뭔지 박 신부로서는 알 수 없었다. 박 신부는 이를 악물고 『성경』을 암송하기 시작했다.

박 신부의 기도력에 의한 오라 막이 떨리기 시작했다. 놈의 핏빛 기운이 밀어내는 힘은 지독했으며, 더욱 사악한 것은 어떻게 알았는지 박 신부의 죄의식을 자꾸 들추어내어 마음의 평정을 잃게 만드는 것이었다.

"네가 미라를 죽인 거다. 넌 그때 아무것도 못 했지. 낄낄낄……."

'아니다, 아냐!'

"네가 네 목숨을 줄 수 있었는가? 있었는가? 있었는가?"

박 신부는 몸 안의 힘이 터져 버리는 듯했다. 어느새 잡념이 든 순간 놈의 기운이 박 신부의 오라를 밀어내고 등 쪽으로 덮쳐들고 있었다. 박 신부의 이가 우지직 소리를 내며 조금씩 부서져 나갔다. 그때 준후의 가슴에서 무엇인가가 떨어졌다. 아까 두 여자의 혼을 가둔 부적이었다.

박 신부는 간신히 손을 뻗쳐 부적을 잡고 그것을 반으로 찢었다.

순간 핏빛 기운이 떨리는가 싶더니 위력이 뚝 떨어졌다.

박 신부는 고개를 들었다. 방사의 영은 허둥거리며 뒷걸음질을 치고 있었고, 그 앞에는 일곱의 흰 영들이 서 있었다.

일곱 흰 영의 우두머리는 바로 일곱 번째 남자의 영이었고, 이제는 아름다운 모습이 된 한 여자의 손을 잡고 있었다. 일곱 번째의 남자, 그 사람은 정신력이 강해서였던지 제대로 봉인되지 않고 있었던 모양이었다. 그는 현암의 손에 장쇠라는 영이 소멸되고 난

후 기회를 엿보고 있다가 연인의 영과 다른 친구들의 영이 풀려나
자 그들을 이끌고 도우러 나선 듯했다.

그들은 소리를 내지 않았으나 그들이 의도하는 바를 박 신부는
느낄 수 있었다.

너는 우리의 영을 파멸시키고…….

인륜을, 천륜을 저버리게 했으며…….

영원히 암흑 속에 가두려 했다…….

만약 저 아이의 자비심과…….

사랑이 아니었다면…….

우리는 아마도…….

우리를 구원해 준 저들에게서 손을 떼라…….

악행을 멈춰라…….

"크하하핫! 이 미천한 것들이! 수백 년 동안 공을 닦아 온 내게,
감히!"

방사의 영이 무섭게 웃으며 사방으로 손을 휘젓자, 무서운 기의
바람이 뻗어 나왔다. 흰 영들은 주춤거리며 물러섰다.

악령의 힘은 대단했다. 희생자의 영들은 간신히 버티고는 있었
으나, 금세 밀려 흩어져 버릴 것 같았다.

"신부님, 신부님……."

현암이 가냘프게 중얼거렸다.

"응, 괜찮은가? 현암 군!"

"신부님, 놈은…… 색계를 범한 도사이니…… 그쪽에 원한이 있

는 월향을…… 월향이라면…… ."

박 신부의 눈에 땅에 떨어진 월향이 보였다.

"월향의 원한과 일곱 영들…… 신부님의 힘을 합하면 아마……."

박 신부는 지체하지 않고 월향을 집어 들었다. 선한 영이긴 하
지만, 월향도 원한령이 봉인된 검인지라 박 신부의 영력과 약간의
충돌을 일으켜 작은 비명 소리와 함께 불꽃이 튀었다. 박 신부는
손이 데는 것도 아랑곳하지 않고 월향을 들어 방사의 영에게로 던
졌다.

꺄아아악!

"캐애애액!"

방사의 영의 가슴에 꽂힌 월향이 길게 울고 방사의 영도 무서운
비명을 질렀다. 일곱 영들이 박 신부의 의도를 안 듯 방사의 영에
달려들어 덮쳤다.

"캐캐액! 나는 포기할 수 없어! 수백 년을 기다렸다!"

방사의 영은 시커먼 기운을 먹구름처럼 흩뿌리며 일곱 영을 튕
겨 내려 했다. 박 신부가 마지막 남은 힘을 오라에 실어 일곱 영의
뒤를 받쳤다. 비등비등한 두 힘. 그러나 시간이 흐를수록 박 신부
의 기력이 떨어져 갔다.

순간, 뒤에서 느닷없이 흰 번개가 쏟아져 와서 박 신부와 일곱
영의 기운에 합세했다. 그러자 합쳐진 힘은 순간적으로 검은 기운
을 압도하기 시작했다.

"캐애애액!"

길게 끄는 비명과 함께 일곱 영은 방사의 영을 덮쳐서 땅속 깊숙이 사라져 갔다.

잠시 헐떡거리던 박 신부는 뒤를 돌아보았다.

현암이 준후의 등에 손을 짚고 막 뒤로 쓰러져 누워 있었고, 준후가 팔꿈치로 자신의 상체를 받치고 있었다.

"우리는, 아직 죽지는 않았다고요. 헤헤헤……."

준후는 웃다가 푹 꼬꾸라지더니 그대로 코를 골기 시작했다. 박 신부도 뒤로 벌렁 드러누웠다.

측백 산장이 타오르고 있었다. 새벽이슬을 온통 머금은 측백나무 숲도 이젠 더 이상 요사스런 기운이 느껴지진 않았다.

"자네, 그러다 방화죄로 걸리면 어쩌려고?"

박 신부가 손을 탁탁 털고 있는 현암에게 농담으로 말했다.

"까짓것 몸으로 때우죠, 뭐. 하하하!"

"그나저나 나는 큰 죄를 졌네. 귀신이 깃든 물건을 이용해서 사마를 퇴치하다니…… 대체 누가 이 가련한 신부의 영혼의 죄를 덜 수 있을는지……."

"아니, 귀신이 깃든 물건이라뇨? 월향 말인가요? 흐흠…… 그러면 신부님도 지옥에서 몸으로 때워야겠군요, 하하하……."

현암이 대꾸를 하자 박 신부도 격의 없이 따라 웃었다. 현암이 문득 웃음을 그치더니 표정을 진지하게 하고 나서 말했다.

"그나저나 계속 이런 놈들만 나온다면 전 퇴마사 사양하겠습니다. 이번엔 진짜 죽는 줄 알았어요."

셋은 누구의 눈에 띄지 않는 곳으로 하산하기 시작했다. 이런 것은 사람들이 알아서 좋을 일이 아니었다. 준후는 뒤를 돌아보았다. 측백 산장은 불길에 싸여 있었으나, 이제는 험악하게 보이지 않고 오히려 밝고 따스하게 보였다. 불길 속에서 일곱 명의 다정한 얼굴이 보였다. 그들은 셋의 뒷모습을 보며 작별 인사를 하는 듯했다. 특히 연인이었던 듯한 남녀의 얼굴이 준후에게 따뜻한 미소를 보내고 있었다.

"극락왕생하세요. 누나들, 형들…….."

"준후야, 뭐해? 어서 가자."

준후는 몸을 돌렸다. 시간이 지나면 세상은 이제 이 사건을 미결 사건으로 잊어버릴 것이나, 이 세 사람과 구원을 받은 영들은 결코 잊지 않을 것이다. 또 인간들과 착한 영들을 위해서도 이 퇴마행은 계속되어야 할 것이고…….

파문당한
신부

박 신부의 과거

정 신부는 다음 날 신자들에게 강론할 내용을 노트에 간략하게 옮겨 적고 있었다. 내일의 강론 주제는 사탄의 유혹에 관한 내용이었다. 정 신부는 『성경』의 구절들을 노트로 옮기는 한편, 적절한 비유와 예시를 들기 위해 다른 참고 문헌들도 뒤적이고 있었다. 이미 12월에 접어든 차가운 바람이 창문을 세차게 두드렸다. 하늘은 금세라도 한바탕 눈을 쏟아부을 것처럼 이미 땅거미가 진 널따란 교회의 뜨락에 잔뜩 찌푸린 모습으로 내려앉고 있었다. 그와 대조적으로 사제관 안은 무척 훈훈했다. 정 신부의 책상 모퉁이에서는 찻잔이 모락모락 김을 올리고 있었다. 정 신부는 노트를 접고 몸을 의자에 깊숙이 묻으며 천장 쪽으로 시선을 돌렸다. 이제 적당히 피곤해진 참이었고, 강론 노트도 대강 마무리 지어도 될 성싶었다. 저녁 기도나 올리고 일찌감치 잠자리에 들까 생각하고 있던 차, 갑자기 노크도 없이 문이 활짝 열렸다.

"아, 박 신부님! 웬일이시죠?"

벌컥 문을 열고 들어온 박 신부의 얼굴은 벌겋게 얼어 있었다. 추위 탓인지 평소 입가에 머금고 있는 잔잔한 미소가 보이지 않았고, 약간 초췌했으며 피곤함에 지친 표정을 짓고 있었다. 박 신부가 문을 닫고 정 신부의 앞에 있는 소파로 뚜벅뚜벅 걸어와 앉는 동안에, 정 신부는 신학교 동기였던, 자기보다 열다섯 살이나 나이가 많은, 항상 좀 이상한 행동으로 사람들을 슬슬 피하게 하던 박 신부의 모습을 찬찬히 살펴보았다. 박 신부는 오늘따라 왠지 이상한 느낌을 풍겼다. 외모는 별로 달라진 것이 없었다. 조금씩 세어 가는 머리, 백팔십 센티미터는 족히 넘을 듯싶은 큰 키와 딱 벌어진 체구도 여전했고, 후덕해서 보기 좋았다가 요즘 들어 부쩍 수척해져 버린 양 뺨도 그대로였다. 이마에 살짝 고랑을 짓고 있는 주름도 변함이 없었다. 그러나 박 신부에게서는 오늘따라 뭔가를 고민하는 분위기가 역력하게 풍겨 왔다.

"오늘 미사는 잘 되었습니까, 박 신부님?"

박 신부는 잠시 미간에 양손을 대고 몹시 피곤한 듯 문지르더니 지친 음성으로 대답했다.

"아뇨, 정 신부님."

"이런, 무슨 실수를 하셨습니까? 아니면……."

박 신부가 미간에서 손을 떼고 정 신부를 바라보았다. 형형하게 빛나는 안광이 마치 불을 뿜는 듯했다. 정 신부는 자기도 모르게 움찔했다.

"정 신부님, 제가 오늘 이렇게 느닷없이 찾아온 이유를 아시겠습니까?"

"아, 아뇨."

"그러시겠지요. 꼭 말하고 싶은 게 있습니다. 누구에게라도 말하고 싶었지만, 그래도 기왕이면 같은 일을 하시는 정 신부님께 말씀드리고 싶습니다. 아니, 차라리 묻고 싶은 건지도 모르겠어요. 들어 주시겠습니까?"

"뭐죠? 만약 제가 고해 성사를 해 드려야 한다면……."

"아닙니다. 고해라고까지 할 것도 없습니다. 다만 인간으로서 말하고 싶을 뿐입니다."

정 신부는 섬뜩함을 느꼈다. 예전부터 이 사람이 과연 신부일까 하는 의문을 가진 적이 많았지만, 지금 마주 앉아 저렇게 눈빛을 빛내고 있는 것을 보니 기묘한 분위기와 함께 눈앞의 앉아 있는 사람이 신부가 아니라 오히려 자신을 미혹시키려는 사탄이 아닌가 하는 생각마저도 들었다. 인간? 인간이라…… 박 신부는 별로 말수가 없었지만, 논의나 논쟁을 하게 될 때는 항상 인간이라는 말을 붙이고는 했다.

"음, 어디부터 시작해야 할지 모르겠군요, 정 신부님. 그냥 편하게 들어 주십시오."

"물론입니다, 박 신부님. 차라도 한 잔?"

"아니, 고맙습니다만, 됐습니다."

박 신부는 잠시 심호흡하며 생각에 잠기는 듯했다. 그러더니 불쑥 입을 열기 시작했다.

"정말 어디서부터 이야기를 꺼내야 할지 모르겠습니다. 예전에 제가 뭘 했었는지 말씀드렸던가요?"

"아니요, 들은 적이 없습니다."

"전 의사였습니다."

"아, 그러셨던가요?"

박 신부가 사람들 앞에서 자신의 이야기를 하는 것은 정말 드문 일이었다. 같이 신학교를 나온 정 신부마저도 박 신부의 과거에 대해서는 전혀 알지 못했다.

"외과의였습니다. 의대를 졸업하고 군의관 생활도 몇 년 했었죠. 참 끔찍한 일들도 여러 번 보았습니다. 물론 의사였으니까 끔찍하다는 생각은 저 스스로 추슬러야 했지요. 하지만 수술을 치르고, 또 제 능력이 모자라거나 어쩔 수 없어서 사고로 다친 젊은이들이 죽어 나가는 것을 보게 되면, 며칠씩 밤잠을 설치고 꿈을 꾸곤 했습니다. 마음이 약했던 거죠."

"아닙니다. 그건 박 신부님이 선한 마음을 갖고 계시다는 증거겠죠."

"의사는 마음이 약해져서는 안 됩니다. 눈앞에서 고통받고 있는 생명을 생명체로 인정하게 되면, 자기도 모르게 긴장해 실수하거나 오진을 하게 되기 때문이지요. 모든 의사들이 그런 과정을 거칩니다. 마음을 단단히 다지는 과정을요. 눈앞에 아무리 끔찍한 광경이 펼쳐지더라도 피와 고기들을 기계 부품이나 윤활유 정도로 볼 수 있도록 침착해져야 합니다. 그래야만 제대로 의술을 펼 수 있는 겁니다."

"물론 그렇겠지요. 하지만 생명은 고귀한 것입니다."

"옳은 말씀입니다. 그러나 저의 경우는 조금 달랐습니다. 환자를 보고 난 다음에는 환자가 겪는 고통이 느껴지는 거예요."

"환자의 고통을 보았으니까요. 저도 공감이 갑니다."

"아니, 제 말은 그게 아닙니다. 팔이 잘린 환자를 치료하면 제 팔이 정말 아파지는 겁니다. 배를 꿰매면 제 배가 아파 오고요."

"그럴 리가요! 신경성이었겠죠."

"엄연한 사실이었습니다. 환자만큼의 고통을 당했다곤 할 수 없겠지요. 하지만 그런 게 대수로운 일은 아닙니다. 오히려 저는 그때부터 인간이 받는 고통이라는 것에 대해 생각하게 되었습니다."

"좋은 일입니다. 그래서 하느님께 몸을 바치기로 하셨군요."

"아닙니다. 더 들어 보세요. 군의관을 마친 이후, 저는 개업을 했습니다. 그때도 역시 환자들을 보게 되면 아픔이 제게 새겨지곤 했습니다. 감히 저는 최선을 다했다고 생각합니다. 고통이 제게 직접 느껴지는데 그 고통을 없애기 위해 최선을 다하지 않을 수 있겠습니까?"

"거룩하신 하느님의 역사(役事)하심입니다."

"글쎄요. 솔직히 말해서 당시 저는 제가 받는 고통을 면하기 위해 열심히 활동한 것에 지나지 않습니다. 우선 제 고통부터 면하고 싶었다는 것이 제 본심이었어요."

"꼭 그렇게 생각하실 게 아니라……."

"잠깐, 잠깐만요. 제가 계속 말을 할 수 있게 해 주시겠습니까?"

"아, 좋으실 대로요."

"감사합니다……. 고통을 면한다는 것, 그건 제 솔직한 심정이었습니다. 우선 제 고통을 면하기 위해 남을 도왔던 거죠. 저는 그것에 대해, 그런 저 자신에 대해 많이 생각해 보았습니다. 그러나 그건 그릇된 일이 아닌 것 같았어요. 존재라는 것은 일단 스스로를 지켜야 하지 않습니까?"

"물론이지요. 하지만 그중에서도……."

"아니, 그런 얘긴 그만두죠. 그런데 그 와중에 저는 놀라운 일을 겪었습니다. 벌써 칠 년이 흘렀군요."

박 신부의 머릿속에 칠 년 전의 일이 다시금 비춰지기 시작했다. 미라…… 그렇다. 미라의 일이 고통스럽게 떠올랐다.

외과 의사 박윤규. 그래요, 그때는 박 신부가 아니었지요. 외과 의사인 박윤규, 박 박사라고 불리는 걸 싫어해서 대부분의 사람들이 '닥터 박'이라고 불렀습니다.

그날도 여느 날들과 다를 바 없었다고 기억합니다. 바쁜 업무, 사람들을 살리고, 고통에서 벗어날 수 있게 하는 일들. 그런 뒤에 느끼는 피곤함. 아마 소파에서 꾸벅꾸벅 졸고 있었던 모양입니다. 그래요, 깡통 맥주 하나를 채 다 마시지도 못하고 고개를 자꾸만 아래로 처박고 있었습니다. 그때 전화벨이 울려왔습니다. 아주 요란하게요. 차 교수, 내 옛 친구인 차 교수에게 온 전화였습니다. 수화기 속에서 다급한 목소리가 흘러나왔습니다. 그의 딸이 몹시 아프다는, 그러나 병원으로 데려갈 수는 없다는 내용이었습니다. 아주 이상한 일이 벌어졌다는 것 외에 다른 말은 없었습니다.

차 교수의 딸, 이름이 미라였습니다. 차미라…… 결혼도 못해서 가족 하나 없는 내가 여러 친구들의 자식 중 가장 예뻐했던 아이였죠. 하는 짓이 어찌나 곰살맞고 귀여웠던지 쳐다보고만 있어도 흐뭇한 미소가 절로 배어 나오게 하는 그런 아이였습니다. 아빠하고 아저씨하고 누가 더 좋으냐는 장난스러운 질문에 얼굴이 빨개져서 도망쳐 버릴 정도로 나를 따랐던 아이였죠.

그 아이에게 무슨 일이 생기게 놔둘 수는 없었습니다. 하지만 전화가 다급하게 끊겨 버렸어요. 무슨 일이었을까 궁금하기도 하고 또 조금은 당황스럽기도 했습니다. 전화기 너머로 울음소리와 비명 같은 것들이 들려오고 있었거든요. 왜 앰뷸런스를 부르지 않았을까? 왜 병원으로 갈 수 없다고 했을까? 도대체 어디가, 얼마만큼 다친 걸까? 이런저런 생각이 걷잡을 수 없게 들더군요.

아무튼 되는 대로 가득 챙겨서 황급히 차 교수의 집으로 갔습니다. 영문도 모른 채, 아무 마음의 준비도 하지 않은 채 말입니다. 아니, 그건 변명입니다. 결국 나는 아무 일도 해 주지 못했으니까요.

박 신부는 여기까지 이야기하고는 정 신부에게 물었다.

"정 신부님, 귀신이나 영의 존재를 믿습니까?"

"예? 그, 글쎄요. 그런 존재를 믿는 사람들도 많지만, 저는 저승이 아닌 인간 세상에 그런 것이 있다고는 믿지 않습니다."

"저는 믿습니다. 드물기는 하지만, 그런 초자연적인 존재들이 벌이는 일들은 자주 일어나고 있어요. 사람들은 그런 일들을 믿으려 하지 않죠. 아니, 있다고 마음속으로는 생각하면서도 뭔지 모를 두려움 때문에 철저히 거부하는지도 모르죠."

"성서에 보면······."

"성서에도 귀신에 대한 언급은 많습니다. 주 예수 그리스도가 귀신 들린 자를 쫓아낸 기록[1]이라거나, 예수 그리스도에게 못 귀신들이 복종했다는 구절[2], 예수 그리스도조차 마귀에게 시험받으신 내용[3]이 있지 않습니까?"

"그것은 비유나 상징이 아닐까요? 주 그리스도의 권능을 나타내기 위해서 말입니다."

"비유나 상징이라고 하기에는 그 내용이 너무 또렷해요. 그리고 그리스도만의 권능을 나타내는 것도 아닙니다. 사도 바울도 귀신 들린 사람을 구해 냈다는 기록[4]이 있어요. 이는 곧 믿음을 가지면 악귀를 물리칠 수 있다는 이야기가 됩니다. 또 세상에는 실제로

---

1 『마태오복음』 8장 28절~34절, 10장 32절~35절, 『마르코복음』 1장 23절~28절, 9장 14절~29절, 『루가복음』 8장 26절~39절 등.
2 『마르코복음』 3장 11절~13절 등.
3 『루가복음』 4장.
4 『사도행전』 19장 13절~19절.

악귀들이 많다는 이야기도 될 수 있고요."

　정 신부가 뭐라고 말을 더 했지만, 박 신부의 귀에는 들어오지 않았다. 악귀! 그렇다. 그때 차 교수의 집에서, 미라의 방에서 그가 본 것은 분명 악귀였다.

　박 신부는 계속 말을 이으면서, 옛날의 끔찍했던 기억에 다시 한번 몸서리쳤다.

　현관문을 열고 들어서는데 찢어지는 듯한 비명과 통곡 소리가 들려왔습니다. 차 교수가 무엇에 얻어맞아 찢어진 머리 한 귀퉁이에서 피를 흘리며 나를 맞았습니다. 동공이 크게 확대되어 있었고, 쇼크를 받은 듯했어요. 차 교수는 입도 열지 못하고 마치 바보처럼 저, 저, 하는 소리만을 내면서 희게 뒤집히려는 눈을 간신히 뜨고는 손가락으로 미라의 방을 가리켰습니다. 마루에는 이미 차 교수의 운전사가 늘어져 기절해 있는 것이 보였으나, 난 일단 미라의 안위가 급하게 여겨졌습니다.

　방 안에 들어서려던 나는 주저앉고 말았습니다.

　미라의 어머니, 차 교수의 부인인 박 여사가 허공에 떠 있었어요. 미친 듯이 울면서 미라의 이름을 부르고 있었지만, 두 팔목과 두 발목이 무엇에 붙들린 양 꼼짝도 하지 못하고 있었습니다. 방 안의 물건들이 모두 허공에 떠서 어지럽게 날아다니고 있었고요. 바로 제 눈앞에서 꽤 나이가 든 가정부가 돌로 만든 연필통에 맞아 쓰러지는 모습이 보였습니다. 그리고 미라는…… 허공에 몸을 반쯤 띠운 채, 흰 잠옷을 아름답게—이상하게도 아름다워 보였습니다— 펄럭이며 허공에 떠 있었습니다. 그러나 얼굴은 사람이 아닌 것처럼 새파랗게 변해 있었어요.

나는 비명을 지르며 뒷걸음질 쳤습니다. 그러다가 뭔가에 부딪쳐서 걸음을 멈추었지요. 차 교수였습니다. 그의 눈이 나와 마주쳤습니다. 그는 아직도 쇼크에서 벗어나지 못했고 목소리도 얼이 빠진 듯했으나, 그 말만은 마치 종소리처럼 내 귀에 크게 울렸습니다.

"도와주게! 누가, 제발 누가⋯⋯."

그의 눈에서 눈물이 흘러내리는 것이 보였습니다. 항상 침착하고 냉혹해 보이던 차 교수도 눈물이 있었어요. 그의 손아귀는 고통이 느껴질 정도로 억세게 내 팔을 잡고 있었습니다.

차 교수가 멍한 눈으로 공중에 떠 있는 자신의 아내를 보더군요. 박 여사는 무언가에 의해 목이 졸려지는 듯, 컥컥거리면서 몸을 떨고 있었습니다. 갑자기 차 교수가 미라에게 돌진해 갔어요. 그래선 안 된다는 소리를 지르면서요. 미라는 소름이 끼칠 정도로 싸늘하게 웃고 있었습니다. 앞으로 달려 나가던 차 교수는 뭔가에 부딪힌 것처럼 팅겨 나가더니, 벽에 머리를 찧고는 외마디 신음과 함께 잠잠해졌습니다.

나는, 나는⋯⋯ 그래요, 나는 그 자리에 발이 붙은 듯 그대로 서서, 몸을 후들후들 떨고 있을 뿐이었습니다.

미라가 작은 손을 쳐들자 미라의 어머니인 박 여사가 땅에 털썩 떨어져 내렸습니다. 다행히 죽은 것 같지는 않더군요. 미라는 놀랍게도 컬컬한, 남녀를 분간할 수 없는 음성으로 크게 웃어 대기 시작했습니다.

정신을 차려야 한다고 생각했습니다. 나는 떨리는 손으로 진정제 주사를 꺼냈습니다. 처음에는 나 자신에게 놓을 생각이었으나, 딸깍하고 앰풀을 자르는 순간, 일단 박 여사가 급하다는 생각이 들었어요. 박 여사는 심한 충격으로 온몸을 부들부들 떨고 있었거든요. 슬픔과 무서움과 놀라움이 뒤엉킨 눈…… 나는 그때 박 여사의 눈매를 영원히 잊지 못할 겁니다. 미처 고무줄을 꺼내지도 못하고 급한 김에 옷을 찢어 박 여사의 팔을 졸라매고 있는데 미라의 목소리가 들려왔어요. 아니, 그것은 다른 자의 목소리였습니다.

"물러가라. 쓸데없이 방해하지 마라."

허공에 떠 있는 미라의 눈은 거의 감겨 있었고, 얼굴은 이제 완전히 푸른색으로 변해 있었습니다. 나는 몸이 마구 떨리고 무서웠지만, 그에 못지않게 어떤 분노 같은 것이 치밀어 올랐습니다. 나는 외쳤습니다.

"넌, 넌 대체 뭐냐? 왜 그 아이에게……."

그 와중에도 나는 기계적으로 박 여사에게 진정제 주사를 놓던 것 같습니다. 박 여사가 휘청하며 한숨을 내쉬더니 내게 기대어 쓰러졌습니다.

"이 아이의 몸이 좋다. 아주 좋아!"

"물, 물러가라!"

그 당시 내가 할 수 있는 최고의 말이었습니다. 나는 그때까지 귀신이니 영이니 하는 것들을 믿지 않았고, 설령 그런 소리를 들어도 웃음거리나 사기로 여기곤 했습니다. 그러나 나는 그때 분명히 내 눈앞에 있는 어떤 것에게 이야기했던 겁니다. 처음으로 그런 존재를 인정하게 된 셈이죠.

이윽고 정신을 차린 차 교수가 내게 눈짓을 보냈어요. 주사를 놓으라는 표시 같았습니다. 그래요, 일단 진정을 시켜야 한다고 생각했습니다. 나와 차 교수는 눈짓을 교환하고는 용기를 내어 미라에게 덤벼들었습니다. 정말 무서웠습니다. 차 교수가 미라의 허리를 잡고 끌어 내리려 애쓰는 동안에 나는 미라의 팔에 사정없이 진정제 주사를 찔렀습니다. 주삿바늘이 들어가자, 미라의 몸이 벌떡 하면서 위로 솟구쳐 올라갔고, 차 교수가 나가떨어지는 소리가 들렸어요. 미라의 몸은 아직도 떠 있는 채였습니다. 나는 있는 힘을 다해서 주사기를 눌렀으나, 주사기는 반쯤 들어가더니 다시 튀어나왔습니다. 나는 주사기를 양손으로 잡고, 있는 힘을 다해 눌러 댔습니다. 주사기가 오르락내리락하면서 피가 흘러들어 주사기 안이 시뻘겋게 변해 가는 것이 보였습니다. 내 눈에서는 절박한 눈물이 흘러내렸습니다.

그런데 갑자기 주사기가 터져 버렸어요. 오른쪽 뺨으로 뭔가 선뜩 지나갔는데 유리 조각 같았습니다. 지금은 희미해져서 보이지 않습니다만, 한동안 흉터가 남아 있었지요. 미라의 팔에 뚫린 주사기 구멍이 스프레이처럼 피를 뿜어냈습니다. 나는 눈을 뜰 수가 없었습니다. 무언가가 나를 허공에 들어 올려 무서운 힘으로 벽에 내동댕이쳤습니다. 그러고는 눈앞이 캄캄해졌습니다.

정 신부는 별로 기분이 좋지 않았다. 박 신부는 대화하는 것이 아니라 자기 혼자 떠들어 대고 있을 뿐이었다. 그건 처음에 박 신부 자신이 그렇게 하겠다고 한 것이니 어쩔 수 없었다. 그러나 이건 좀 심하다는 생각이 들었다. 대놓고 면박을 줄 수는 없었지만, 너무 황당한 이야기가 아닌가? 아니, 설혹 그런 일이 있었다고 치자. 그래도 이제 신부까지 된 사람이 그런 일들을 남에게 떠들고 다닐 이유가 있을까? 정 신부는 박 신부의 말에 대답하지 않았다. 시선도 살짝 다른 곳으로 돌리고 마음속으로 이런 사악한 데에 물들지 않게 해 달라고 기도하고 있을 따름이었다.

정 신부의 눈치가 달라진 것을 아는지 모르는지, 박 신부의 이야기는 계속되었다.

나는 한참 뒤 정신을 차렸습니다. 미라는 침대에 누워 잠들어 있었고, 흐느끼는 박 여사를 차 교수가 달래고 있었습니다. 차 교수는 침착하려 애쓰는 듯했지만, 제 희미한 정신으로도 가벼운 뇌진탕 증세를 일으키고 있는 듯이 보였어요. 둘 다 환자인 셈이었죠. 박 여사는 쇼크 상태였고, 차 교수는 뇌진탕. 돌아보니 가정부와 운전사는 벌써 어디론가 도망쳐 버린 후더군요.

나는 일단 박 여사와 차 교수에게 응급 처치를 해 주고, 진정제를 한 방씩 놓아 주었습니다. 그리고 들어가서 쉬게 했죠. 박 여사는 한사코 자신의 딸 곁을 떠나지 않으려 했지만, 내게 맡기라고 하고 거의 떼어 내다시피 그들을 몰아냈어요.

방문을 닫고, 나는 미라의 상태를 살펴보았습니다. 정상이었어요. 모든 것이 정상이었습니다. 그러나 분명 내가 본 것은 꿈이 아니었고, 헛것도 아니었습니다. 미라는 평상시처럼 착한 얼굴로 쌔근쌔근 잠들어 있었습니다. 이 착한 아이가 어째서 그런 지독한 일을 당해야 하는지 알 수 없었어요. 분명 악귀의 짓이었습니다. 사탄이었어요. 나는 간호사에게 전화를 걸어 모든 일정을 미루고 차 교수의 집으로 옮길 수 있는 기구들을 전부 가져오라고 일렀습니다. 병원으로 미라를 옮길까 생각해 보았지만, 그건 오히려 좋지 않을 듯싶었습니다. 병원으로 가도, 할 수 있는 일들은 없을 것이라는 생각이 들었기 때문이죠.

다음 날이 되기까지 미라는 잠잠했습니다. 그러더니 멀쩡한 듯이 깨어나서는 엄마를 찾았죠. 정말 아무것도 모르는 것 같았습니다. 차 교수와 박 여사는 몹시 기뻐했지만, 하도 끔찍한 일을 당한 후라서 내게 가능하면 며칠 더 머물러 달라고 하더군요. 나는 그러자고 했습니다.

그 후 일주일 동안, 미라는 세 번 더 발작을 일으켰습니다. 점점 정도가 심해지는 것 같았어요. 차 교수는 처음에 근처 교회의 목사님을 불러 보았습니다만, 그것도 소용이 없더군요. 목사들과 스님들 사이에 되레 언쟁 비슷한 것까지 일어나게 되자, 차 교수가 모두 돌려보냈어요. 상황이 그렇게 되자 미라를 침대에 묶어 둘 수밖에 없게 되었습니다. 용하다는 무당까지 불러 보았지만, 무당은 자기 힘으로는 어림없으니 아무리 돈을 줘도 싫다고 피해 버리더군요. 그즈음, 미라는 자신이 이상하게 되었다는 걸 눈치채고 있었습니다.

바보라도 알 수 있었겠지요. 그 난리를 쳤으니까요. 미라는 우리들과 같이 한없이 울곤 했습니다. 나보고 도와 달라고 했죠. 제발 살려 달라고요. 입버릇처럼 말입니다.

박 신부의 눈에서 눈물이 한 방울 흘러내렸다. 정 신부는 조금 미안한 생각이 들었으나 여전히 냉랭한 태도를 취한 채, 입을 다물고 있었다.

하루는 어떤 신부님이 오셨습니다. 청하지도 않았는데 알고 오신 거죠. 그 신부님은 모두 나가 달라고 하고는 미라의 방에서 몇 시간이나 계셨어요. 기도 소리와 싸우는 듯한 소리, 남자의 외침과 미라의 비명이 섞여서 들려왔습니다. 그 소리를 듣는 우리 셋의 얼굴은 새파랗게 질려 있었습니다. 한참 후 신부님이 나오셨어요. 만신창이가 되어 있더군요. 그러더니 자신의 믿음이 부족해 혼자서는 어쩔 수 없으니, 상부의 품의를 받아 엑소시즘을 해야만 미라를 구할 수 있다고 하는 거예요. 다시 연락하겠다고 하고는 떠났습니다. 희망이 보이는 듯했죠. 일이 풀릴지도 모른다는 희망적 언급이라도 들은 것은 그때가 처음이었고, 그 일로 내가 가톨릭에 몸을 바치게 되었는지도 모릅니다.

신부님이 떠나고 내가 방으로 들어갔을 때, 미라는 조용히 제정신으로 앉아 있었습니다. 그러고는 이렇게 말했습니다.

"의사 아저씨―미라는 나를 그렇게 불렀습니다―, 제게 믿음을 가지래요. 아까 그 신부님이요. 그런데 믿음이 뭐죠?"

미라는 고작 여덟 살이었어요. 여덟 살…… 그러나 그 애는 그날 이후 뭔가 깨달은 듯 달라지기 시작했습니다. 발작을 하고 있을 때도 문득문득 스스로 정신을 차리기도 했고, 뭔가의 속박에서 벗어나려고 애쓰는 것 같기도 했어요. 그럴 때는 무서운 고통이 뒤따르는 듯했습니다. 우리는 안쓰러워서 평생 안 하던 기도를 올려 보기도 하고 별별 수를 다 썼지만, 전혀 도움이 되지 못했습니다. 오히려 그런 애를 쓰면 쓸수록 기가 막힐 따름이었습니다.

신부님에게서는 연락이 다시 오지 않았습니다. 나중에야 안 일이지만, 엑소시즘을 행하는 것은 거의 금기시되는 일로, 허가받기가 아주 까다로운 일이었지요. 지금이야 그럴 수밖에 없었겠구나 하고 이해도 됩니다만, 당시에는 얼마나 원망했는지 모릅니다. 그러다 어느 날, 결국 일이 벌어지고 말았습니다.

믿어지십니까? 미라의 몸이 다시 떠오르기 시작했어요. 침대, 그 무거운 침대까지 끌고 말이죠. 그리고 두 가지, 아아, 분명 두 가지 음성이 섞여서 들려왔습니다.

"이제 때가 되어 간다. 이 아이는 내 것이다. 내가 이 아이의 몸을 부릴 것이다."

어쩌고저쩌고 떠드는 음성과 제발 살려 달라고 하는 미라의 가냘픈 음성…… 두 소리가 한 입에서 나오고 있었습니다. 미라의 눈썹이 치켜 올라가기 시작했습니다. 이가, 마치 짐승과도 같은 송곳니가 조금씩 비집고 나오고 손톱이 쑥쑥 자라고 있었어요. 방 안엔 이상한 기운이 흘러넘치면서 여러 물건들이 부서지고 날아다녔습니다. 박 여사는 졸도해 버렸고, 차 교수도 조금 더 버티다가 역시 기절해 버렸어요. 나는 고함을 치면서 미라에게 다가가려고 했습니다만, 무언가에 발목을 잡힌 것처럼 조금도 움직일 수가 없었습니다. 미라는 나보고 살려 달라고 외쳤습니다. 더 참을 수가 없었습니다. 나는 그때, 이런 생각을 했지요. 미라만 구할 수 있다면 무엇이라도 하겠다고요.

그런데 갑자기 내 귓전에 그놈의 목소리가 들려왔어요.

그러면 네가 대신 죽겠느냐? 네가 이 아이 대신 몸을 바치겠느냐?

수십 가지 생각이 오고 갔습니다. 그러자고 해도 되는 것일까? 정말 내 몸을 빼앗기게 될까? 그러면 죽는 게 아닐까? 아니, 저놈의 속임수가 아닐까? 내가 그런다고 해서 미라를 놓아줄까? 공연히 개죽음당하게 되는 것이 아닐까? 나도 미라처럼 이가 짐승처럼 비죽하게 나오고 시퍼런 얼굴을 지닌 악마가 되어 버리는 것일까? 이런 내 생각은 모두 합리화에 지나지 않았습니다. 놈은 나를 철저히 가지고 논 것이었어요. 나는 믿음이 없었습니다. 분명 미라를 그 누구보다 생각한다고 스스로를 속여 왔지요. 어쨌든 나는 다른 사람들처럼 나 자신을 더 생각했던 겁니다. 미라는 내가 그 애를 구할 수 있을 것으로 믿었지만요……. 결국, 나도 마찬가지였던 겁니다. 나 자신조차도 구할 수 없었던, 바보 천치, 얼간이에 위선자였던 겁니다.

나는 대답하지 못했습니다. 내가 대신 죽겠다고, 나를 대신 써 달라고 말하지 못했습니다.

뒷걸음질 쳤을 뿐이에요.

박 신부의 눈에서는 눈물이 평평 쏟아졌다. 그러나 박 신부는 고개를 숙이거나 눈을 감지 않았다. 입술을 깨물면서 계속 말을 이어 가고 있었다. 정 신부도 마음이 아팠다. 그러나 그건 신성과는 다른 문제였다. 한낱 작은 연민일 뿐이었다.

웃음소리…… 나는 그 웃음소리를 잊지 못합니다. 그건 분명 순수한, 맞습니다. 완벽하고 순수한 악의 소리였어요. 웃음소리가 길게 멀어져 가고 미라의 몸이 땅에 내려앉았습니다. 나는 머뭇거리다가 미라에게 다가갔어요. 회광반조(廻光返照)[5]라고나 할까요? 무슨 이유에서인지 제정신으로 돌아와 있었습니다. 그러나 눈을 감은 채 말이 없었죠. 부끄러웠습니다. 눈물만이 쏟아져 나왔습니다.

---

5   사람이 죽기 직전, 의식 불명인 상태에서 제정신으로 잠시 돌아오고 맑은 정신을 가지게 되는 것을 말한다.

말을 못하고 우두커니 서 있노라니, 한참이 지나 미라가 먼저 말을 걸더군요.

"의사 아저씨, 전 그것하고 같이 가긴 싫지만 아무래도⋯⋯."

나는 안 된다고 마구 소리쳤습니다. 이겨 내라고, 기운을 내라고 했습니다. 그러나 그 어린것은 이미 체념하고 있었던 겁니다.

"안 갈게요, 아저씨. 약속할게요. 저 잘래요, 그럼⋯⋯."

미라는 편안히 누워서 잠들었습니다. 아니, 잠든 척한 겁니다. 바보 같은 나는 피곤함에 지쳐 나도 모르게 잠들었습니다. 그러고는⋯⋯ 아침이 되었습니다.

박 여사의 비명에 나는 눈을 떴습니다.

미라는⋯⋯ 어떻게 풀었는지 침대에서 나와 자기가 묶여 있던 끈으로 전등 고리에 목을 대롱대롱 매달고 있었습니다. 그 얼굴, 눈을 감고 있는 그 얼굴은 평안했습니다. 악귀가 싫어서, 그 애가 할 수 있는 단 한 가지 방법을 택한 겁니다. 전등 고리에 묶은 무명천에는 리본까지 만들어져 있었습니다.

아아, 그 애에게 무슨 말이 필요하겠습니까? 천국으로 갔다고요? 자살한 자가 천국으로 갈 수 있습니까? 안식을 얻을 거라고요? 어떻게요? 그 애는 아무 죄도 없었습니다. 여덟 살, 국민학교 일 학년인 여덟 살짜리 아이였을 뿐입니다. 그런 애가 자살했습니다. 평안해지기 위해서⋯⋯.

박 신부는 이제 더는 참을 수 없다는 듯, 고개를 숙이고 엉엉 울기 시작했다. 그 모습을 보고 있던 정 신부도 어느덧 자신의 눈에 눈물이 흘러내리는 것을 느꼈다. 정 신부는 손을 뻗어 박 신부의 넓은 등을 마치 아이에게 하는 것처럼 다독거려 주었다.

"기도하십시오. 저도 기도드리겠습니다."

갑자기 박 신부가 고개를 쳐들었다. 아직 눈물이 얼룩져 있었으나, 그 눈빛은 매섭게 변해 있었다.

"기도라고요? 좋습니다. 기도했습니다. 그래서 나는 신학에 들어오게 되었습니다. 이유가 있어서 들어온 겁니다. 진리를 알기 위해, 하느님을 섬기기 위해 들어온 것이 아닙니다. 그런 일이 일어나지 않도록, 그런 일이 일어나도 막아 낼 수 있는 힘을 얻기 위해 성직에 들어오게 되었습니다. 아니, 얻지 못하면 훔치기라도 하기 위해 이 길을 택했습니다. 그러나……."

"아아, 박 신부님, 진정하세요. 당신은 이제 정식으로 서품을 받은 신부입니다. 그런 말씀은 하지 마세요."

"아니요. 그 이후에도 저는 많은 번민을 했습니다. 신학교 때부터 저는 교리 문답 같은 수업에는 관심이 없었습니다. 경전 연구와 묵상에만 몰입했습니다. 저는 하느님의 힘을 얻고 싶었습니다. 그 힘으로 많은 사람들을 구하고 싶었습니다."

"박 신부님, 그런 힘은 구한다고 얻어지는 게 아닙니다. 기적을 추구하는 것은 사탄의 유혹에 빠지는 결과를 낳습니다. 모든 것은 하느님의 뜻으로 이루어져야 합니다."

"하느님의 힘…… 아아, 하느님은 매정하십니다!"

"그런 불경스러운 말은 하지 마세요! 아멘."

"나는 오늘 강론을 했습니다. 성당에서요. 꽤 많은 사람이 모여 제 말을 들었습니다. 그런데…… 그런데 저는 견딜 수 없었습니다. 전에 미라가 악귀에 씌었을 때 느꼈던 것 같은 기분, 그런 기분을 느꼈습니다. 모인 회중, 모두가 하느님의 양들입니다. 그런데 그 안에서조차 악의 기운이 느껴졌습니다."

"아닙니다! 성스러운 성소를 모욕되게 하는 말은 하지 마십시오! 그럴 리가 없어요!"

"아니요. 나는 그 기운을 너무나도 강하게 느꼈습니다. 그들은, 그들은 비웃고 있었습니다. 내, 내가 무엇을 할 수 있단 말입니까? 교단에 멍하니 서서 하느님의 말씀을 읊조리고, 아니…… 실례했습니다. 하느님의 복음을 전파한다고 입을 놀리고 있었습니다. 그리고 그건 분명 복음이었습니다. 그러나 그 소리를 알아듣는 사람은 적었습니다."

"우리는 그렇기 때문에 더욱 하느님을 믿고 사람들에게 복음이 전파되도록 애써야 합니다. 조급해서 될 일이 아니에요."

"아니요, 급합니다. 분명 급했습니다. 많은 사람들, 그들도 미라와 마찬가지로 급한 상태에 있었습니다. 악한 마음, 그렇습니다. 미라에게 달라붙었던 악귀와 같은 악한 마음으로 물들어 있었습니다. 그게 보였습니다. 사람들 하나하나의 마음이 잠시 동안, 잠시 동안 느껴졌어요. 끔찍했습니다. 그들은 그러면서도 얄팍한 기도 몇 마디, 헌금 몇 푼으로 자기들의 죄가 없어지는 것 같은 쾌감을 맛보고 있었습니다. 무서운 일이었습니다! 하느님을 팔아먹고 있었습니다. 예수님이 피와 살로 속죄하신 죄를 더욱더 무겁게 하면서 예수님을 갉아먹고 있는 거였습니다."

"그만! 그만두세요! 거룩한 공회를 모독하다니! 박 신부님, 제정신입니까? 그런 악한 자들을 밝은 길로 이끌어 주기 위해서 우리가 있는 게 아닙니까!"

"무엇을, 무엇을 한다는 거요? 악마, 마귀, 사탄들. 나는 분명히 느꼈고, 존재의 냄새를 맡았습니다. 거기에 대고 강론한다고 사탄들이 순순히 물러간답니까? 아아, 내가 그렇게 독실한 신앙을 지닐 수 있다면 얼마나 좋겠소? 그게 바로 내가 궁극적으로 바라는 바입니다. 그러나 안 된다면, 나는 그런 힘만이라도 달라고 간구하고 싶습니다."

"당신은 이적을 행하기 위해 금지된, 사탄의 힘을 빌린다는 겁니까? 강론과 기도만이 참된 힘입니다! 눈에 보이는 것은 거짓된 힘입니다!"

"눈에 보이는 것도 중요하오! 우리들 성직자들이, 그리고 나 자신이 기도를 하고 스스로도 구원하지 못해 중얼거리는 동안 그들, 악귀와 사탄들은 뭘 할 것 같소? 사람들의 목을 조르고, 피를 빨고, 마음을 훔쳐 내는 짓들을 태연히 저지르고 다닙니다. 강론이요? 기도요? 그것이 가장 큰 힘을 지녔다는 데는 동의합니다. 그러나 당신, 당신은 스스로의 기도에 얼마나 자신을 갖고 있습니까?"

"신앙을 그런 척도로 재어서는 안 됩니다!"

"그런 척도로밖에 잴 줄 모르는 사람들도 많습니다. 당장 숨이 막히고 목숨을 잃을 것 같은 고통에 시달리는 사람들, 그 사람들이 과연 고통을 이겨 내는 길을 택할 수 있을 것 같소? 모든 사람이 십자가를 지고 골고다 언덕을 올라갈 수 있을 것 같소?"

"그건 이단적인 생각입니다! 마음을 돌리십시오, 박 신부님!"

"예수님도 민중의 생각을 돌리고자 이적을 행하시었고, 많은 무지한 사람들을 구원하시었소. 그런데 우리는 지금 우리 자신이라도 구원하고 있는 것 같소? 거룩하신 하느님의 아들인 예수 그리스도를 우리와 비교할 수는 없겠지요. 그러나 하물며 가장 밑에 있는 인간 하나를 구원하지 못하고 경전만 읊조리고 있다면, 우리가 하는 일은 도대체 무엇이오? 고통받는 사람은 많고도 많소. 커다란 성당을 짓고, 가끔가다 봉사 활동이나 나가고, 코 골며 조는 신자들에게 강론만 하면 끝납니까? 나는 고통받는 사람들을 위해, 아무도 믿지 않는 일들로 인해 고통을 받는 사람들을 위한 힘, 바로 그 힘을 얻기 위해서 성직에 들어왔습니다. 그러나 그런 일은 아무도 제대로 가르쳐 주지 않았고, 모두가 쉬쉬하며 피하는 눈치만 보였고, 그만한 신앙심과 기도력이 있는 사람도 내 눈에는 보이지 않았어요. 아아, 일반인과 성직자가 다를 것이 무엇이오? 거룩한 하느님의 말씀을 우리는 흉내 내는 것뿐, 제대로 실행하는 것이 무엇 하나 있소? 나는 누가 뭐라 해도 내 믿는 바대로 행하겠소. 악귀들, 인간의 죄는 인간에게 맡긴다 칩시다. 그러면 악귀나 악령이 범하는 죄는 누가 다스려 줍니까? 그것이 하느님을 거부하거나 가르침을 모독한다고는 생각하지 않소. 다만 누군가는, 그 누군가는 그런 초자연적인 존재로부터 사람들을 구할 수 있어야 한다고 생각하는 겁니다. 눈을 조금만 돌리면 그런 일들은 엄청나게 많이 일어나고 있습니다."

정 신부는 이제 분노로 얼굴이 파랗게 질려 있었다.

"아아, 박 신부님. 당신은, 지금 당신이 얼마나 끔찍한 말들을 했는지 아십니까? 나는 이 일을 묵과할 수 없습니다. 주교님께 보고하겠어요."

"마음대로 하세요. 나는 속죄할 것이 없소. 필요한 것을 구하려 애쓸 뿐이오. 내 뜻에 조금이라도 옳은 구석이 있다면, 하느님은 내 편이 되어 주실 것이오."

"사탄에게 몸을 팔겠다는 소립니까? 영원한 지옥 불에 떨어지고 싶단 말입니까?"

"사탄이 나를 사는 대가로 많은 사람들을 포기해 준다면 그러고 싶소. 그러나 나는 하느님을 믿소. 내 기원을 들어주시리라 믿소."

"영웅주의에 빠져 있구려! 박 신부님, 제발 회개하시오!"

"나 자신, 수없이 그런 질문을 했었소. 그러나 어쨌든 내 눈에는 수많은 사람의 고통받는 모습이, 신음하는 소리가 들립니다! 나는 지나칠 수 없습니다. 옛날에 나는 이미 악귀에게 패했고, 가련한 미라가 눈앞에서 죽어 가는데도 아무 도움도 주지 못했소. 그러나 나는 지금까지 살고 있소. 미라와 같은 사람들이 이유도 모르는 채 여기저기에서 고통받고 있소! 나는 내 길을 갈 것이오. 그리고 힘을 얻을 것이오. 어떤 일이 있더라도 말이오!"

"아멘! 아마 파문당할 겁니다, 박 신부님. 그것이 무엇을 뜻하는 지 아시겠지요?"

"교단이 나를 파문한다고, 하느님까지 나를 파문하지는 않으실 거요. 아멘!"

방문이 세차게 열리더니 쾅 소리와 함께 한쪽 벽에 부딪혔다. 박 신부는 차가운 겨울바람이 몰아닥치는 밖으로 성큼성큼 나가 버렸다. 매서운 바람이 한 움큼 몰아쳐 들어왔다. 정 신부는 망연 히 앉아서 이 일을 어떻게 보고해야 할지 고민했다.

기도

박 신부는 비틀거리는 걸음을 옮겨 눈앞에 보이는 성당으로 향 했다. 정 신부와의 대화, 아니 자기가 일방적으로 떠든 내용들이 하나씩 머릿속에 떠오르면서 그를 괴롭히기 시작했다. 내 믿음은 과연 올바른 것일까? 정 신부에게 말했던 것처럼 힘만을 얻으려 고 이 길을 따라왔을까? 성서의 내용에 심취하고 가르침에 대해 묵사(默思)할 때, 거기서 떠오르는 진리의 냄새를 맡으면서도 악귀 에 대한 싸움만을 생각하고 있었던 것일까? 미사를 집전하고 거 룩한 노랫소리를 들으면서 느꼈던 것들이 자신에게는 그런 힘을 얻기 위한 의식에 불과했단 말인가? 힘이라는 것은 무엇일까? 그런 힘이 주어지게 되는 요건은 무엇일까? 그 힘이라는 것은 정말 사탄의 유혹에 불과할까? 아니다. 예수 그리스도나 사도들은 그런 힘을 가지고 있었다. 그러면 자신 같은 보통의 인간은 그런 힘을 부릴 수는 없는 것일까? 물론 그런 힘을 모든 사람이 지닐 수도 없고, 그래서도 안 되었다. 아아, 도대체 어떻게 생각해야 하는 건가? 생각이 두서없이 섞여 나와서 갈피를 잡기 어려울 만큼 혼란스러웠다. 나는 정 신부가 말했던 것처럼 영웅주의에 빠져 있는 건 아닐까?

바람이 살갗을 에는 것처럼 매서웠다. 사방은 완전히 어두워져 여기저기서 빛나는 불빛이 박 신부의 몸에서 여러 갈래의 그림자를 만들었다. 박 신부는 걸음을 멈추었다.

내가 지금 무슨 생각을 하고 있는가? 이적을 원한다고? 이적은 필요할 때 주어지는 것이지 원한다고 되는 게 아니다. 그러나 나는 이적을 원하고 있다. 권능을 원하고 있다. 그것도 간절히 바라고 있다. 오늘 강론 때 본 일들을 정 신부에게 자세히 설명하지 않았다. 아니, 할 필요도 없었고, 할 수도 없었다. 착한 신자들, 차라리 청중이라고 하는 편이 맞을 것이다. 그들이 어딘가 어색해 보였다. 강론 자리에 몇 번 서 보지 않아서 경험이 없는 탓이라는 생각도 해 보았다. 그러나 그것은 아니었다. 시간이 지날수록 결코 아니라는 것을 똑똑히 알게 되었다. 자신은 신부가 아니었다. 웅변가였을 뿐이다.

"여러분! 여기에 진리가 있습니다! 영생이 있고, 구원이 있습니다!"

말을 이어 갈수록 자신의 말 한 마디 한 마디가 장사꾼이 외치는 소리와 흡사하다는 생각이 들었다. 불경스러운 생각일지도 몰랐다. 하지만 그런 느낌이 드는 것은 어쩔 수 없었다. 신자들, 아니 청중들의 얼굴을 살펴보았다. 그들 중에는 장사꾼이 있을 터이고, 장사한다는 것을 꼭 불경스럽다고 생각할 필요는 없다. 하지만 내 강론을 듣는 그들의 얼굴은 마치 상점의 쇼윈도를 쳐다보고 있는 듯했다. 모두가 그랬던 건 아니다. 그러나 그런 얼굴들이 훨씬 많았다. 절반은 무관심으로, 절반은 호기심으로 내 얼굴을 쳐다보고 있었다. 그들의 눈은 말하고 있었다. '믿으라고요? 그럴까요? 그런데 믿으면 내게 무엇이 좋지요?' 그들은 천국의 존재도 믿지 않았다. 영생을 얻는다는 기대조차 하지 않는 것으로 보였다. 그러는 나는, 천국과 지옥과 불의 심판을 『성경』에 쓰인 그대로 믿는가? 난해한 비유가 아니라 글자 그대로 믿을 수 있는가? 그들은 어떠한가? 그들은 말한다. "믿습니다!" 그들은 엄숙하게 의례를 따른다. 그건 상행위나 다름없다. 과거의 어느 교황은 전쟁 비용을 충당하기 위해 면죄부를 팔았다. "금 삼백 마르크! 그대의 죄는 사해졌다. 이제 안심하고 나아가라. 천국행 특급 티켓이니라. 그대의 죄는 무언고? 음? 금 오백 마르크? 그거로는 안 된다. 천을 내라. 그래? 그렇다면 구백, 아니 팔백은 어떠냐?"

이제 그런 교황은 없다. 그런 성당이나 성직자도 드물 것이다. 오히려 이제는 사람들이 스스로 나서서 면죄부를 팔아 달라고 요구한다. "나는 죄가 있소! 사해 주시오! 얼마 내겠소! 이거면 되겠소?" 나는 그들의 눈초리에서 그것을 느꼈다. 그들은 더 이상 말씀의 깊은 뜻을 생각하려 하지 않았다. 처음에는 그들이 미웠다. 준엄한 소리로 경고하거나 꾸짖고 싶었다. 그러나…….

자동차들이 차도를 쌩쌩 가르며 달렸다. 사람들은 추운 밤바람에 몸을 잔뜩 움츠린 채 코트며 목도리에 얼굴을 파묻고 걸음을 재촉하고 있었다. 눈송이가 하나둘씩 떨어지기 시작했다. 어느새 큰길로 접어든 모양이다. 모두가 바빠 보였다. 왜 저리 바쁘게 지나가는 걸까? 그래, 저들은 살려고 바쁜 것이다. 너무 많았다. 싸우지 않고는 제 몫을 차지할 수 없을 만큼 사람들이 많아져 버렸다. 그리고 똑똑해졌다. 너무 똑똑해서 남을 이기지 않으면 얼굴을 들지 못할 정도로 지식이 철철 넘쳐흐르고 있었다. 그러나 지혜는? 지혜는 어디로 갔나?

어린아이에게 총을 쥐여 주어서는 안 된다. 일단 총을 쥐고 난 다음에는 도로 빼앗기 힘들다. 어떻게 해야 좋을까?

세상은 죄를 짓지 않고는 살 수 없는 곳으로 변해 가고 있었다. "네 형제를 사랑하고, 원수를 사랑하라"의 '하라'라는 말은 점차 타성적으로 잊혀 가고 있었고, '하지 말라'는 말은 반발을 부추겼다. 이런 지경에서 무엇을 할 수 있을까? 나 혼자의 몸으로 할 수 있는 일은 과연 무엇일까?

머릿속에 미라의 모습이 스쳐 갔다. 미라…… 미라는 내게 말했다. 자기를 도와 달라고, 자기를 살려 달라고 했다. 의사였을 때의 내가 수없이 듣던 그런 소리와는 달랐다. 환자들도 그런 소리는 많이 했다. 그러나 그건 내가 아닌, 내 기술에, 외과 의사라는 직함에 고하고 있는 말들이었다. 그래서 나는 직함에 몸을 맡기고 그들을 역시 하나의 환자로서만 대했다.

미라의 눈동자가 떠올랐다. 검은자위가 유난히 컸던 눈동자. 푸른 기가 도는 흰자에 떠올라 있던 귀여운 눈동자. 그 눈동자가 내게 애걸했다. "의사 아저씨, 살려 주세요!" 의사인 나를 보고 하는 말이 아니었다. 서로 친했고 나름대로 이해하고 있던, 박윤규라는 인간에게 호소하는 소리였다. 그러나 나는 아무것도 하지 못했다.

정체를 알 수 없었던 악귀가 내게 한 질문.

— 그러면 네가 대신 죽겠느냐? 네가 이 아이 대신 몸을 바치겠느냐?

나는 대답하지 못했다. 아니, 거부한 것이다. 분명 거부했다. 미라와 같은 꼴이 되고 싶지 않았다. 그렇게 되고 싶지 않았다.

미라는 나를 용서했다. 절실한 소원과 믿음을 거부한 나를 책망하지 않았다. 그 애의 처연한 모습을 나는 잊을 수 없을 것이다. 웃음소리가 멀어진 뒤, 침대 위에 놀랄 만큼 조용하게 앉아 있던 그 아이의 모습. 눈을 감고 아무 말도 하지 않고 있던 그 애의 얼굴. 그렇다. 미라는 나를 원망하지 않았다. 아무도 원망하지 않았다. 하물며 그 애를 그렇게 만든 그 악귀조차 생각하지 않는 듯했다.

— 의사 아저씨, 전 그것하고 같이 가긴 싫지만 아무래도…….

그 애는 가지 않았다. 자신의 말을 지켰다. 아아, 나는 얼마나 사악하고 부끄러운 인간이던가! 그 아이가, 그 아이가 무슨 죄가 있었단 말인가! 그 아이는 내 죄까지 짊어졌다. 대답하지 못한, 우정의 배신, 부족한 믿음, 그 모든 죄에게서 나를 해방시켜 주었다.

악귀는 결국 미라를 차지하지 못했다. 비약일까? 예수 그리스도는 인간의 죄를 몸에 지고 세상을 떠나셨다. 미라도 그랬던 것이 아닐까? 단지 공포에서 도망쳐 간 것일까? 미라는 한낱 인간이기에 남의 죄를 짊어질 수 없었을까? 아니다. 미라는 분명 다른 사람의 죄마저 대신 짊어졌다. 내 죄를, 대답하지 못한 내 죄를. 가엾게도 악귀에게 놀림을 당하고 있는 내 죄까지도 짊어지고 간 것이다.

— 안 갈게요, 아저씨. 약속할게요. 저 잘래요. 그럼…….

미라는 약속을 지켰다. 가지 않았으니까. 아, 하느님! 하느님이 살아 계시고 하느님이 이 세상을 주관하시는데, 도대체 어떤 깊은 뜻이 있기에 죄 없는 아이가 스스로 목숨을 끊게 하셨습니까! 하느님은 인간에 대한 시험을 위해 악을 만드셨다고 한다. 시험은 가혹했다.

길가의 낯선 성당의 문이 박 신부를 향해 열려 있었다. 생각해보니 오늘은 12월 15일. 거리는 벌써 크리스마스 기분을 내고 있었다. 박 신부는 유령처럼, 아무것도 보이지 않는 것처럼 발걸음을 옮겼다. 성당에는 누구의 모습도 보이지 않았다.

강론 중에 미라의 생각이 떠오르고 그 모습이 회중들의 모습과 뒤섞였던 이유는 무엇이었을까? 그래, 기억이 났다. 회중, 아니 청중들, 그들도 가련한 존재였다. 세상의 압박과 불의의 죄와 감당할 수 없는 삶의 욕구에 짓눌리고 비틀려 버린 존재들. 사탄은 벌써 세상을 거의 정복해 버렸는지도 모른다. 그런 그들을 구제할 수 있는 방법은? 물론 복음이어야 했다. 역시 복음의 길뿐이었다. 그러나 미라와 같은 경우는 어떻게 해야 했을까? 구원할 길이 없었던, 설령 있다고 해도 손을 댈 수 없는 엄청난 적과 마주쳐서 어떻게 했어야 한단 말인가? 아아, 그것도 섭리란 말인가? 도대체 어떤 이유로?

그건 결코 섭리가 아니다.

악귀는 하느님이 만드신 것이 아니다.

인간이 만든 것이다.

그것을 해소하는 것도 인간의 몫이다.

그러나 어떻게 해야 한단 말인가?

평범한 인간이 어떻게 그 거대하게 똘똘 뭉친 악들과 싸울 수 있단 말인가?

어떻게 그 앞에 저항할 수 있단 말인가?

무슨 힘으로?

권능이 필요하다. 그래서 나는 그 권능을 얻으려는 것이다. 얻지 못하면 훔치기라도 할 것이다. 인간의 몫은 인간이 맡아야 한다. 구세주만을 기다릴 순 없다. 그사이에 사라져 가는 생명이 너무도 많지 않은가. 모두를 구원하는 것이 궁극의 목적이라면 단 한 사람을 구원하는 것도 궁극의 목적이다. 그러나 그 일을 하는 사람은 아무도 없다. 아니, 믿는 사람조차 찾아보기가 힘들다. 미라의 일을 겪은 것은 어쩌면 숙명이 아니었을까? 가련한 미라. 그래, 미라로 인해 깨달음을 얻은 내가 하나라도, 단 한 명이라도 그런 고통을 대신 짊어질 수 있다면!

박 신부는 종루로 통하는 좁은 계단을 올라가기 시작했다. 종을 손보기 위해 만들어진 이 계단은 일 년에 한두 번 사람들이 올라갈까 말까 하는 곳이다. 종은 밑에서 줄로 잡아당기게 되어 있으니 박 신부의 결심을 방해할 사람은 없을 것이다.

여러 개의 종이 매달려 있는 종루 꼭대기는 꽤 넓었다. 벽은 없고 기둥만이 서 있어서 바람이 거침없이 몰아닥쳤다. 바닥은 콘크리트만 깔아 놓은 터라 발을 댈 수 없을 만큼 차갑게 얼어붙어 있었다. 박 신부는 아랑곳하지 않고 품에 있던 작은 은십자가를 동쪽을 향해 놓고 몸을 숙였다. 그리고 간절히 기도하기 시작했다.

"야훼여, 나의 대적이 어찌 그리 많은지요. 일어나 나를 치는 자가 많소이다. 많은 사람이 있어 나를 가리켜 말하기를 저는 하느님께 도움을 얻지 못한다 하나이다. 야훼여, 주는 나의 방패시오. 나의 영광이시오. 나의 머리를 드시는 자나이다. 내가 나의 목소리로 야훼께 부르짖으니[6]……."

조용히 울리는 박 신부의 기도 소리는 칼날 같은 밤바람에 실려 곧 저 깊은 허공 속으로 날아가 버렸다.

사흘이 지났다. 매일 옆에서 굉음처럼 들리는 종소리 때문에 박

---

6 『시편』제1권 3편.

신부는 날짜를 헤아릴 수 없었다. 근래에 보기 드문 강추위 탓인지 길을 가는 사람들이 드물었다. 그러나 성당의 종루 위에서는 아무도 알지 못하는 박 신부의 금식 기도가 계속되고 있었다. 용변조차 해결하지 않고 참았다. 이틀이 지나자 온몸의 기운이 빠져나가면서 이상하게도 용변을 볼 생각조차 나지 않았다.

"야훼여 어찌해 멀리 서시며 어찌해 환난 때에 숨으시나이까. 악한 자가 교만해 가련한 자를 심히 구박하오니[7]……."

사흘 동안이나 맹추위 속에서 기도를 올리는 박 신부의 몸은 이제 저도 모르게 사시나무처럼 떨고 있었다. 이가 딱딱 부딪쳐 오는 소리가 기도 소리 중에 간간이 섞여 나왔고, 발은 이미 감각이 사라진 지 오래였다. 굶주림의 느낌조차 들지 않았다. 박 신부는 미동도 하지 않고 엎드려 있었다.

"저의 마음에 이르기를 하느님이 잊으셨고, 그 얼굴을 가리우셨으니 영원히 보지 아니하시리라 하나이다. 야훼여, 일어나옵소서. 하느님이여, 손을 드옵소서……."

입에 올리는 기도와는 다르게 마음속에는 자꾸 다른 목소리가 들려왔다. 듣지 않으려고 했으나 허사였다.

뭘 하는 거냐? 그런다고 하느님이 긍휼히 여기시겠는가? 그건 위선이다.

'위선이어도 좋다.'

그 정성으로 세상에 나아가서 가난한 자를 돕고 복음을 전파하라. 그게 옳

---

7   『시편』 제10편.

은 일이 아닌가?

'복음을 전파하는 자, 너무나 많다. 헤아릴 수 없을 정도로……
나는 내가 해야 할 일을 하겠다.'

우선은 좀 쉬거라. 네 얼굴과 발을 보아라. 동상에 걸리지 않았느냐.

'하느님이 살펴 주실 것이다.'

너는 죄를 짓고 있다. 스스로를 속이고 있다.

'……'

그런다고 정말 네가 원하는 힘이 얻어질 것 같으냐? 어림도 없다.

'물러가라! 유혹이여!'

다시 하루가 지났다. 박 신부의 기도 소리는 드문드문해지고 몸
은 반쯤 기울어져 있었다. 안경에는 얼음이 끼어 뿌옇게 변해 있
었고, 몸도 떨리지 않았다. 찬 바람만이 몸을 뚫고 지나가듯, 쉭쉭
거리며 배 속까지 서늘하게 훑었다. 암송할 『성경』구절도 더 이
상 생각나지 않았다. 마음속에 들려오는 유혹의 소리를 듣지 않으
려 계속 기도를 올렸다. 박 신부의 기도는 이제 구절 암송이 아니
라 스스로의 기도로 변해 있었다. 마음속의 소리에 대답할 기력이
남아 있지 않았다.

그만해! 이만큼 한 것도 장한 일이다. 그러나 더 하면 죽게 된다.

"세상을 위해, 세상을 긍휼히 살피소서!"

너 하나도 간수하지 못해 얼어 죽어 가는 주제에 세상을 어쩐다고?

"저들이, 저들이 하는 바를 알지 못하고……."

어서, 어서 내려가. 조금이라도 기운이 남아 있을 때!

"스, 스스로 고통 속에 있다는 것조차 알지 못하고 있나이다."

그래, 그렇다면 이대로 죽으렴.

"사탄의, 악의 유혹을 물리칠 수 있는 용기와 믿음을……."

마음대로 해라, 하하하!

"그리고 우매한 자들을 위한 힘을, 믿음 없는 자를 구하기 위한……."

믿음 없는 자들은 구원도 받지 못한다!

"백, 백 마리 양을 버려두더라도 한 마리 길, 길 잃은 양은……."

박 신부의 고개가 풀썩 꺾이면서 얼굴이 땅에 부딪혔다. 눈앞이 아른거리며 마구 흔들리고 있었다. 장막이 내려진 듯 눈앞이 온통 회색으로 뒤덮였다.

차가운 느낌이 몸을 두드렸다. 뭘까? 박 신부는 안간힘을 써서 눈을 떴다. 비, 겨울비가 내리고 있었다. 천둥소리가 들려왔다. 언제부터 시작된 것인지는 모르겠다.

고개를 들자. 잘 되지 않았다. 손으로 버티고, 그런데 손이 어디 있지? 움직여야 하는데. 내 몸이 어디로 갔나. 눈동자는 아직 움직였다. 그래, 저기 내 손이 있구나. 퍼렇게 변해 있구나. 비가 후두둑거리며 내 몸을 친다. 오늘은 며칠일까?

기둥 사이로 몰아치는 바람이 느껴졌다. 그래, 아마 찬 바람이겠지. 그러나 느낄 수는 없었다. 종루, 그런데 내가 여기 왜 와 있지? 여기서 무엇을 하고 있었지?

박 신부는 힘을 얻기 위해 죽음을 각오하고 기도를 드리고 있었다는 사실을 기억해 냈다. 그랬지. 힘, 구원, 멀고 추상적인 힘이 아닌, 인간의 고통을, 스스로 지은 죄 때문이 아닌 알 수 없는 것 때문에 비롯된 고통을 막을 수 있는 힘! 왜 잊고 있었을까? 나는 무엇을 하고 있었을까? 그렇지. 간구, 염원, 응답이 있을 때까지 결코 끝나지 않은 기도를 드리고 있었지.

얼어붙은 근육을 움직여 가면서 박 신부는 고개를 힘겹게 돌렸다. 눈앞에는 자신이 세워 둔 은십자가가 빗방울이 흥건히 고인 채 여전히 서 있었다. 십자가는 어디선가 번득거리는 빛을 반사하고 있었다. 자신을 비아냥거리는 것 같기도 했다.

박 신부는 굳어 버린 혀를 움직여 기도문을 읊으려 했다. 그러나 머릿속이 텅 빈 듯, 생각이 어딘가로 빨려 들어가 버린 듯, 정신이 아물아물했다.

"저, 전능하신…… 천, 천주 성부…… 처, 천지의 창조주를…… 믿, 믿나이다……."

갑자기 생각이 물에 빠진 듯 허우적거리며 헤매기 시작했다. 사도 신경이 기억나지 않는다니!

"그, 그 외아들…… 예수 그리스도…… 본시오 빌라도, 아니…… 십자가에…… 아니, 아니……."

내가 이러고도 믿음을 지녔던 사람이었단 말인가? 사람들을 이끌고 강론을 행하던 사람이었단 말인가?

"동정녀 마리아께…… 으흑…… 마리아께…… 이, 잉태되어 나시고…… 흐흑…… 십, 십자가에…… 묻, 묻히…… 아아, 흑흑……
기억이, 기억이…….”

박 신부의 눈에서 눈물이 비 오듯 쏟아지기 시작했다. 몸에 아
직 물기가 남아 있었던가? 몸에서 고약한 냄새가 나는 것을 느꼈
다. 정신을 잃은 사이에 오물을 방출한 것이 분명했다. 검은 사제
복은 축 젖어 늘어진 채 몸에 감겨 있었다. 이 추한 모습처럼 자신
의 본성도 추악하고 모자란다는 느낌이 절실하게 스며들었다.

이제야 알았는가? 이 멍청이! 바보 같은 놈!

“으흐흑…… 나, 나는…… 나는…….”

구원이란 없어! 없는 거야!

“아냐, 아냐!”

아직도 정신을 못 차렸군. 구원이란 없어.

“무, 물러가라. 사탄의 유혹이여. 흑흑…….”

나는 사탄이 아니야……. 나는 너, 바로 너 자신이다.

“나, 나라 해도 좋다. 물러가. 모두, 모두 물러가라!”

아직도 영웅이 되고 싶은가? 얼빠진 신부.

“흑…… 나, 나는 속죄, 속죄라도…… 아니, 기원을…… 하느님
이 굽어살피실 것을 믿, 믿…….”

끝장이다, 신부. 멍청한 놈! 안녕, 하하하!

웃음소리와 함께 박 신부의 몽롱한 의식 속으로 뭔가 휙 스쳐
가는 것이 느껴졌다. 그래, 놈의 목소리는 미라에게서 들었던 목
소리와 비슷했다. 예전에 미라에게서 들었던, 남녀를 분간할 수

없는 소리와 너무도 비슷했다. 그놈은 나에게도 있었던 것일까? 내 안에도, 사람을 구한다고 떠들어 댔던 내 안에도! 그때 머릿속에 한줄기 빛이 비친 듯, 돌연 기도문이 떠올랐다.

"전능하신 천주 성부 천지의 창조주를 믿나이다. 그 외아들 우리 주 예수 그리스도, 성신으로 동정녀 마리아께 잉태되어 나시고, 본시오 빌라도 치하에서 고난을 받으시고 십자가에 못 박혀 죽으시고 묻히셨으며 고성소에 내리시어 사흘 만에 죽은 이들 가운데서 부활하시고 하늘에 올라……."

그랬다. 길은 마음속에 있었다. 선도, 악도 그의 안에 머물러 있는 그림자 같은 목소리들에 불과했다. 박 신부는 비로소 깨달았다. 그러나 그것뿐이었다. 사도 신경을 읊으며, 차라리 읊는다고 생각하면서, 박 신부의 얼굴은 빗물 속에 처박혔고 다시 눈앞은 흐릿해져 갔다.

언제 비가 왔었냐는 듯 하늘이 맑게 개었다. 정말 오랜만에 드는 해사한 볕이었다. 박 신부는 멍하니 햇볕을 바라보았다. 눈이 부셔서 앞이 잘 보이지 않았다. 흐릿해 꼭 안개 속에 있는 것 같았다. 그러나 눈은 부셨다.

"아저씨? 와, 정신 드셨네!"

어디선가 많이 듣던 소리가 귓전에 들려왔다. 여자아이의 음성이었다. 박 신부는 눈을 가늘게 뜨고 소리가 나는 쪽으로 고개를 돌리려고 했다. 서늘하고 부드러운 것이 박 신부의 머리를 받쳤다.

"이런 곳에서 뭐 하고 계세요? 얼굴이 너무 말랐어요, 세상에……."

조금씩 눈앞이 어릿어릿해지면서 고개가 돌려졌다.

"이거 좀 마셔 보세요."

박 신부의 입술에 축축한 것이 닿았다. 알 수 없는 액체가 박 신부의 입술에 제대로 들어가지도 못하고 입가를 줄줄 흘러내렸다. 우유였다.

"마셔요."

여전히 목소리가 귀에 익었다. 미라? 아니었다. 좀 달랐다. 그러면 누가? 어디에서 들은 목소리였을까?

우유가 조금씩 목구멍을 타고 넘어갔다. 몇 방울의 액체가 신선의 묘약이라도 되는 것처럼 몸 안으로 퍼졌다. 나는 아직 죽지 않았구나. 몸속에 다시 지펴지는 듯, 따뜻한 느낌이 들기 시작했다. 눈앞도 조금씩 밝아졌다.

박 신부의 눈에 희미한 얼굴이 들어오기 시작했다. 눈, 코도 있고, 발그스레한 입술. 그래, 보인다. 미소를 짓는, 어린 계집아이. 여자아이. 미라처럼 생긴 아이.

"몹시 아프신 것 같아요. 내려가세요."

내려간다고?

"다른 아이들은 무섭다고 막 도망갔어요. 아이고, 무거워라!"

천진한 얼굴. 미라는 아니었지만 귀여운 눈매가 비슷했다. 그런데 이 목소리는 어디에서 들은 소리인가?

"아휴, 무거워서 못 들겠어요."

신기하게도 박 신부의 손이 움직였다. 그리고 아이에게 손을 저었다.

"예? 내려가기 싫으세요?"

박 신부의 손은 많이 움직이지는 못했다. 그런데 어떻게 저렇게 다 알아들을까? 박 신부의 입이 저절로 미소를 머금어 갔다.

"신부님이세요? 무슨 중요한 일을 하시고 계시는 거예요? 추우니까 그냥 저랑 내려가요."

박 신부의 눈에 눈물이 어렸다.

"울지 마세요, 네? 그러지 마세요."

아이도 따라서 울기 시작했다. 아이는 나 때문에, 내가 불쌍하다고 울고 있다. 미라도 울었을까? 그러지 마. 더 이상, 더 이상 눈물은 싫다. 아이야, 너는 제발 울지 마라. 난 세상에서 눈물을 없애고 싶단다. 아, 나 하나의 눈물이 온 세상 사람들의 눈물을 대신할 수 있다면⋯⋯.

몸에 조금씩 힘이 돌아오고 있었다. 박 신부는 안간힘을 다해서 몸을 일으키려고 했다. 아이가 옆에서 거들었다. 아이는 까닭도 없이 울고 있었다. 이유 없는 눈물. 아이는 나를 가련히 여기고 있었다. 추한 몰골로 아무도 없는 장소에 널브러져 있는 시체 같은 나를 도와주었고, 이제는 나를 위해 눈물을 흘리고 있었다.

박 신부는 이를 악물었다. 아이가 몸을 받쳐 주었다. 작은 몸으로, 비에 젖고 먼지와 오물에 찌든 박 신부의 몸을 받쳐 올리고 있었다. 누가 시켰을까? 이러면 무슨 좋은 일이 생기는 것일까?

'오오, 하느님! 사람은 선합니다. 모든 사람은 선하옵니다!'

발이 말을 잘 듣지 않았다. 휘청거리며 자꾸만 발목이 꺾였다. 고통은 없었지만, 중심을 잡기 힘들었다. 온몸에서 뼈마디가 와드득거렸다. 아이는 입을 다문 채 소리 없이 눈물을 흘리고 있었다. 그래, 인간은 나처럼 추할 수도, 이 아이처럼 맑을 수도 있다. 그래서 난 꼭 내 일을 해야 한다.

힘이 나지 않았다. 실낱같은 힘도 없었다. 신통한 능력이 주어지기는커녕, 몸 하나 가눌 힘이 없었다. 박 신부는 아이의 어깨에 손을 얹고 기댔다. 몸이 바르르 떨리고 있었다. 기대자. 이 작고 힘없는 아이에게라도…….

아이는 휘청거리는 박 신부를 힘껏 부축해 계단을 하나씩 내려가기 시작했다. 무척 힘들 텐데도 힘들다는 말 한마디 하지 않았다. 박 신부는 아이의 눈을 내려다보았다. 맑고 슬픔에 찬 눈. 미라와 같은 눈. 아, 그것은 성모님의 눈매이기도 했다. 독생자를 안고 슬픔에 잠긴 눈. 마리아, 그리고 헤아리기 힘들 정도로 오래전에 돌아가신 어머님의 눈. 목소리. 기억이 났다. 그건 몸살로 몸이 끓고 있던 당신의 아들을 내려다보시던 어머님의 눈매, 어머님의 목소리였다. 아아!

박 신부의 눈에서 눈물이 터질 듯 흘러나왔다. 박 신부는 끝없이 이어진 듯한 계단을, 자그마한 아이의 부축을 받아 휘청거리며 내려갔다. 자신은 남을 도울 수 없었다. 오히려 지금은 남의 도움을 받고 있다.

"울지 마세요. 자꾸 우시면 싫어요."

아이가 훌쩍거리며 말했다. 그러지 말아야 한다고 생각하면서도 박 신부는 참을 수가 없었다. 갑자기 말문이 트였다. 말을 할 수 있을 것 같았다.

"이름, 이름이 뭐지?"

아이가 잠시 걸음을 멈추고 박 신부를 돌아보았다. 이름을 물어본 것이 반가웠던지 얼굴에 기쁜 빛이 흐르고 있었다.

"나희예요, 신나희."

"나희? 예쁜 이름이구나."

"후훗."

천국은 거기 있다고, 아이들의 웃는 얼굴에 있다고 박 신부는 생각했다. 박 신부의 눈에는 이제 눈물이 멎었다. 박 신부는 무력감을 느꼈다. 자신은 또다시 실패했고, 어린아이의 힘으로 겨우 살아난 셈이었다. 다만 나희의 그 밝은 얼굴에서, 희망적인 것을 본 것 같아 약간은 위안이 되었다.

예루살렘 성전

나희가 박 신부를 끌고 성당 안의 작은 방으로 들어갔다. 몸에 다시 피가 돌기 시작해서인지 박 신부는 약간씩 절뚝거리며 걸을 수 있었다. 들어선 방은 종루에서 내려가는 계단 가에 있는 작은 방이었다. 며칠 전, 계단을 올라갔을 때는 미처 보지 못했지만······.

"여기가 어디지?"

나희가 씩 웃었다.

"우리 방이에요."

아이들의 놀이방이나 『성경』을 공부하는 방인 듯했다. 벽에는 아이들의 크레용 그림이 죽 붙어 있었고, 예수님이 있는 조그마한 나무 십자가와 역시 비슷한 크기의 성모상이 벽에 걸려 있었다. 나희는 박 신부를 나무로 된 작은 의자에 앉혔다. 아이의 크기에 맞게 만든 의자여서인지 덩치가 큰 박 신부가 앉자, 우스꽝스러운 모습이 되었다.

"신부님, 잠깐만요! 제가 더운물 좀 떠 올게요."

나희는 용케도 박 신부가 바라는 것을 알고는 시원한 웃음을 남기고 문께로 갔다. 그러다가 문득 생각이 났다는 듯이 몸을 돌려 박 신부의 창백한 손에 서늘한 것을 쥐여 주고는 밖으로 나갔다. 박 신부는 고개를 숙였다. 자신의 은십자가였다.

박 신부는 뒤편의 벽을 보았다. 〈축 성탄! 메리 크리스마스!〉 벌써 성탄절이 되었던가? 박 신부는 달력을 보았다. 12월 24일, 크리스마스이브였다. 그러면 기도를 올리기 시작한 지 아흐레째 되는 날이구나.

박 신부는 고개를 돌렸다. 벽에 마구 붙여 놓은 그림들, 아이들의 순진함이 묻어 있는 그림들이 시야에 들어왔다. 박 신부는 힘겹게 몸을 일으켰다.

〈예수님의 탄생. 백합반 미현〉

크레용으로 서툴게 그린 그림에는 얼굴이 동그란 아기 예수가 구두 상자 같은 구유에 누워 있고, 그 옆에 수염 난 요셉과 만화 주인공 같은 마리아가 앉아 있었다. 대문만 한 창문 밖으로 엄청나게 큰 별이 그려져 있었다. 박 신부의 입가에 미소가 어렸다.

〈동방 박사 세 사람. 튤립반 기숙〉

낙타인지 공룡인지 모를 뭔가를 탄 수염 난 세 사람, 한 사람은 얼굴이 검은색으로 칠해져 있었고, 다른 두 사람은 각각 살구색, 하얀색으로 되어 있었다.

"그래, 세계의 만인이 경배를 드렸지."

박 신부는 다음 그림으로 눈을 돌렸다.

〈노아의 홍수. 백합반 진욱〉

이 아이는 예수님이 아니라 노아의 방주를 그려 놓았다. 상자 같은 배가 마구 그은 파란 크레용의 물결 속에 요동치고 있었고, 수염이 밤송이처럼 난 남자가 웃고 있었다.

"하느님의 노여움 속에서도 믿음을 지닌 자는 온화해 평정을 잃지 않으며……."

〈모세. 장미반 승현〉

인상을 잔뜩 쓰고 있는 남자가 지팡이를 들고 서 있고 수많은 사람들이—그리기 귀찮아서인지 뒤의 사람들은 그냥 동그라미로 그려져 있다— 그 뒤를 따르고 있었다. 하느님의 위엄, 그리고 말씀에의 복종이라.

박 신부는 그림에서 눈을 떼지 못하고 계속 살폈다. 그 안에 어려 있는 진리들, 익히 알면서도 실행하고 깨닫지 못했던 생각들, 그리고 가르침들……

〈물 위를 걷는 예수님. 장미반 영진〉

"주님의 권능은 자연을 잠재우시다."

〈귀신 들린 자를 고치는 예수님. 백합반 병철〉

"주님의 권능 앞에 악귀도 물러난다."

그랬다. 모든 것은 평범함 속에 있었다. 아이들의 소박한 꿈속에, 사람들의 걱정 어린 눈길 속에, 애정 속에, 도움 속에, 꿈속에, 마음속에, 보살핌 속에, 가르침 속에. 박 신부의 몸 안을 뜨거운 것이 훑고 지나가더니 타오르는 듯했다. 몸이 종잡을 수 없이 덜덜 떨렸다. 박 신부는 두 눈을 부릅뜨고 그림에서 그림으로 눈을 옮겼다. 한 장 한 장의 그림은 박 신부의 뇌리에 뚜렷한 자국을 남기면서 가슴속이 불에 데는 듯한 아픔을 느끼게 했다. 박 신부의 눈에서 다시 눈물이 샘솟기 시작했다. 그러나 그것은 고통의 눈물이 아니었다. 앎의 과정에서 얻는 기쁨, 감격의 눈물이었다.

〈홍해가 갈라지다. 백합반 세웅〉

"하느님의 권능으로 모든 것을 이루시다."

〈예리코 성이 무너지다. 튤립반 은경〉

"하느님의 힘 앞에 당할 것은 없도다."

〈죽은 지 사흘 만에 살아나시다. 장미반 진숙〉

"사망도 권세도 주님을 이기지 못하도다."

박 신부의 온몸에 참을 수 없는 열기와 아픔이, 그러나 결코 고통스럽지 않은 아픔이 해일처럼 몰려들었다. 알 수 없는 기운이 요동치듯 몸 안을 회오리치면서 팔을, 다리를, 등을, 머리를 휘감았다. 눈에서는 뜨거운 눈물이 폭포처럼 떨어지고 있었다. 그래, 이것, 바로 이것이었다. 박 신부가 찾고 간구하고 기도하고 소망하던 것은 모두 여기에 있었다.

"아아!"

미친 듯 그림들을 훑어보던 박 신부의 눈이 한 장의 그림에서 멎었다.

〈마리아, 슬퍼하시다. 백합반 나희〉

그 눈매! 생각처럼 그려지지 않았던 듯 크레용으로 솜씨 없게 수없이 문대어 거의 새까맣게 된 눈매! 마리아의 눈매! 어머니에게도 있고, 나희라던 아이에게도 있고, 미라에게도, 아니 짐승에게도 있는 그 눈매!

"아아!"

박 신부의 몸이 터져 나갈 듯했다. 몸 안에 휘몰아치는 기운은 이제 박 신부의 몸을 폭발시킬 것만 같았다. 박 신부는 몸 안에 휘몰아쳐 오는 강한 기운을 이겨 내지 못하고 활짝 뻗었다. 십자가! 오른손에 들려 있던 박 신부의 십자가에 연녹색의 불빛이 맺히면서 이글이글 타오르기 시작했다. 그리고 박 신부의 몸 전체에서 연녹색 광휘가 뻗어 나오기 시작했다.

물을 떠서 오던 나희는 마치 지진이라도 나는 듯 바닥이 흔들리자 몹시 놀랐다. 공부방의 창문이 들썩거리면서 뜨거운 바람 같은 것이 휘몰아치고 유리창들이 덜덜 떨렸다. 나희는 불이 났다고 생각했다. 급했다. 안에는 힘없는 신부님이 앉아 있지 않은가! 나희는 물그릇을 내동댕이친 채 공부방 안으로 뛰어들었다.

방 안에 신부가 우뚝 서 있었다. 하늘을 향해 얼굴을 우러르고 두 팔을 활짝 벌린 채로. 몸에선 연녹색의 광휘가 뻗어 나오고, 손에 든 은십자가는 성스러운 듯한 불꽃이 이글이글 타오르고 있었다. 방 안에는 알 수 없는 따스한 기운들이 소용돌이치면서 회오리를 일으키고 있었고, 벽에 붙인 그림들이 뜯어진 채 펄럭거리면서 신부의 주위를 맴돌고 있었다.

나희는 멈춰 선 채 아무 말도 하지 못했다. 무섭지는 않았다. 알 수 없는 기이한 광경에 놀랐지만, 신부가 저렇게 일어서 있는 것이 기뻤다. 박 신부의 말라비틀어진 얼굴에 눈물이 폭포처럼 흘러내리고 있었다. 그러나 얼굴은 벅찰 정도로 환히 웃고 있었다. 나희도 미소를 지었다.

잠시 후, 박 신부는 성큼성큼 걷고 있었다. 자신의 몸에 들어온 기운이 어디서 나온 것인지는 생각해 보지도 않았다. 자그마한 나희의 몸을 안아 어깨에 얹고 오른손으로 나희를 받치고, 왼손에는 이글이글 타오르는 십자가를 들고서 걸음을 옮겼다. 박 신부가 걸음을 옮기는 주변은 연녹색으로 빛났다. 어디로 가고 있는지는 알 수 없었다. 정체 모를 느낌은 있었다. 그렇다. 그것은 사악한 냄새였다. 박 신부는 정체 모를 적을 향해 가고 있었다. 미라의 방에서 느꼈던 음습한 기운, 종루 위에서 금식 기도를 올리던 때 마음에서 울려오던 목소리, 모든 것이 한군데를 가리키고 있었다. 바로 이 성당, 이 지붕 아래였다. 이곳은 자신이 잘 알지 못하는 성당이었다. 그러나 분명 이곳 어딘가에 놈이 있었다. 이 신성한 건물 안에. 박 신부는 눈을 부릅뜬 채 어깨 위에 올려놓은 소녀에게 말했다.

"미라야, 잘 보렴! 나를 똑똑히 지켜봐 줘!"

나희는 영문을 알 수 없었다. 왜 나를 보고 미라라고 하는 걸까? 그러나 그런 건 상관없었다. 무섭지도 않았고 신기하게 느껴지지도 않았다. 다만 자기를 올려놓고 있는 신부에게서 알 수 없는 슬픔 같은 것이 전달될 뿐이었다.

"미라야, 저기다."

스스로 무엇을 하고 있는지 박 신부도 알지 못했다. 앞에는 커다란 문이 닫혀 있었다. 박 신부가 기합을 발하자, 문은 폭파된 것처럼 산산이 부서져 나갔다.

막 성탄 미사를 집전하려 준비하고 있던 신부와 사제들이 소스라치게 놀랐다. 청중들도 마찬가지였다. 그들은 처음엔 멍하니 앉아 있다가 온몸에서 연녹색의 빛을 형형히 발하고 있는 웬 신부가 어깨에 여자아이를 얹고서 들어오자 놀라 입을 벌리고 멍하니 일어섰다.

박 신부는 이글거리는 눈으로 수백 명은 됨 직한 사람들을 훑어보았다. 놈은 분명 여기에 있다. 박 신부의 입에서 기도가 흘러나왔다.

"주여, 보게 하소서!"

갑자기 뜨거운 기운이 박 신부의 눈으로 몰려들면서 눈이 화끈해졌다. 순간 박 신부의 시야에 나타난 것은…….

"이, 이, 이럴 수가…….”

수백 명이나 모여 있는 청중들, 몸의 일부와 머리 위에 떠도는 수많은 악귀였다. 어떤 놈은 사람들의 몸으로 비집고 들어가려는 중이었고, 깔깔대며 저희끼리 엉켜 대는 것들도 보였다. 어찌 이렇게 많은 악귀가 하느님의 성전 아래에 있단 말인가. 차라리 허상이라 믿고 싶었다. 자기가 헛것을 본 것이라고 스스로에게 타이르고 싶었다.

박 신부는 눈을 돌려 사제들을 보았다. 오, 하느님! 사제 중에도 악귀가 보였다. 아니, 오히려 더 큰 악의 소산이었다. 한 사람. 그렇다. 한 사제의 몸에 두목으로 보이는 놈이 숨어 있었다. 그놈이 분명 지금 청중에게 씐 악귀를 불러낸 것이 분명했다. 놈은 예수 그리스도가 몸으로 갚으신 죄를 쪼개어 사람들에게 팔아먹고 있었다. 마음을 비게 만들고, 죄가 사해졌다고 거짓으로 증거하면서, 그 사이에 자신의 부하를 끼워 넣어 사람들을 악하게 만들고 있었다. 자신도 모르는 사이에 믿음을 저버리게 하고, 사람들로 하여금 그런 사실조차 모르고 더 큰 악행을 범하게 하도록 부추기고 있었다. 그놈이었다. 미라를 죽게 만든 그놈. 아니, 그놈이 아닐지도 몰랐다. 그러나 마찬가지였다. 놈들은 이제 성전 안에까지 침범해 인간과 그리스도의 피와 살을 팔아먹고 있었다. 박 신부는 나희를 내려놓고는 분노에 찬 소리를 질렀다.

"예루살렘 성전!"

사람들이 쩡쩡하게 울리는 박 신부의 외침을 듣고 잠시 조용해졌다가 다시 웅성거리기 시작했다. 박 신부의 머리에 예수가 예루살렘 성전을 뒤엎었다는 기록이 교차되어 지나갔다.

"내 집은 기도하는 집이라 일컬음을 받으리라 하였거늘 너희들은 강도의 굴혈을 만드는도다[8]!"

박 신부의 몸에서 연녹색 빛이 폭발하듯 뿜어져 나오며 폭풍 같은 기운이 용솟음쳐 나왔다. 가까이에 있던 의자며 집기들이 부서지고, 떨어져 있는 것들은 허공을 날았다. 사람들이 아우성치며 달아나기 시작했다. 성호를 긋는 사람도 있었고 악마니 사탄이니 외치는 사람들도 있었다. 박 신부의 눈에 뿔뿔이 흩어져 달아나는 수많은 악귀들이 보였다. 박 신부는 십자가를 치켜들었다. 십자가에서 연녹색 불꽃이 이글이글 타오르자 공중에 떠 있는 악귀들 중 몇몇이 몸부림을 치면서 찌그러지고 사라져 갔다. 박 신부는 입을 다문 채 뚜벅뚜벅 걸음을 옮겼다. 그럴 때마다 박 신부의 몸에서 퍼져 나오는 기운은 근처에 있는 모든 것을 펑펑 부서지고 튀어 나가게 만들었다. 마치 눈에 보이지 않는 거대한 바윗덩어리가 굴러가는 듯했다. 사람들은 아우성을 치면서 입구로 몰려갔다. 몇몇

---

8   『마태오복음』 21장 13절.

은 자리에 주저앉은 채 기절해 버렸고, 열심히 기도를 드리는 사람들도 있었다. 박 신부는 이글거리는 눈으로 제단 쪽에서 주춤대는 한 사제, 아니 악귀의 두목인 듯한 자를 향해 걸어갔다. 영문을 모르는 사제들도 얼굴이 파랗게 질려 있었다. 그들은 성호를 그으며 아멘을 외쳐 댔다. 한 할머니가 기절해서 박 신부의 발 앞에 쓰러졌다. 박 신부는 할머니를 부축해 의자에 눕혔다. 그러는 사이에 사제, 아니 악귀가 잽싸게 도망치고 있었다.

"거기 서!"

박 신부는 몸에서 노기를 터뜨리며 소리를 질렀다. 그러자 놀랍게도 달려가던 사제는 발이 땅에 붙은 듯, 덜컥 제자리에 멈추며 달려오던 힘을 이기지 못해 쓰러져 버렸다. 아직 단상에 있던 사제며 신자들은 그 자리에 주저앉아 소리를 질러 댔다. 우는 사람들도 있었다. 그러나 감히 박 신부의 앞을 막아서는 사람은 없었다. 박 신부를 사탄이라고 믿었다면 뛰어나와 막는 성직자들도 있을 법한데, 경황이 없어서인지 그러는 사람도 없었다. 한 사제가 성호를 긋고 있었다.

박 신부는 뚜벅뚜벅 그 자리에서 꼼짝도 못 하고 엎드려 있는 사제, 아니 악귀에게로 다가갔다.

"너, 너…… 그, 그 힘은…… 어, 어디서…….'

"악의 피조물이여! 다시 만나는구나. 종루에서 나를 유혹했던 것이 정녕 네놈이었구나!"

"으으…… 너, 너는…… 별것 아닌 신부 놈이…… 하찮은 존재가…… 어찌…….”

"모든 인간은 위대하다. 적어도 너희보다는. 저주받을 악의 피조물들아!"

박 신부는 더 이상 말을 하지 않았다. 미라를 해친 놈은 아닌 듯했다. 그러나 적어도 종루에서 그를 희롱하던 녀석인 것만은 확실했다. 그런데 왜 녀석을 미라의 원수로 착각했을까? 세상에 이미 너무 많이 퍼진 죄악, 그 악의 피조물들은 어쩌면 거의 비슷한지도 몰랐다. 그리고 너무나 많을지도 모른다.

"어서 그 사람에게서 떠나 지옥으로 가거라!"

박 신부가 힘을 발하자 놈은 미친 듯이 몸을 비틀어 댔다. 연녹색 기운이 놈의 주위를 둘러싸고 놈을 사정없이 찌그러뜨리고 있었다. 놈은 비명을 지르면서 박 신부에게 떠들어 댔다.

"너, 너는 이제 돌이킬 수 없는 길로 들어섰다. 세상에 퍼져 있는 어둠의 힘은 나 말고도 수없이 많다. 어둠을 잡으려면, 어둠 속으로 들어가야 할 것이다. 너는 이제, 이제 영원히 평생 편치 못하리라. 흐흐흐…… 으아악!"

박 신부는 눈을 지그시 감고 힘을 가중했다. 놈의 형체가 완전히 찌그러지면서 사그라지자 박 신부는 조용히 입을 열었다.

"바로 내가 원하는 바다."

박 신부의 다리가 휘청거렸다. 알 수 없는 힘은 그대로였으나 몸이 말을 듣지 않았다. 박 신부의 뇌리에 문득 자기가 아흐레째 추위 속에서 금식 기도를 했었다는 사실이 생각났다. 어쨌거나 그의 염원은 이루어졌다. 박 신부는 몸에서 연녹색 광채를 거두었다. 이제 힘은 자신의 몸 안에 있었고, 자신이 원하는 대로 쓸 수 있었다. 박 신부는 미소를 지으면서 풀썩 그 자리에 쓰러졌다. 이후의 일은 아무래도 좋았다. 아무래도. 나희가 달려오는 모습이 보였다. 분노한 신자들도. 몸에 쏟아지는 무지한 신자들의 성난 매질과 저주의 함성, 그것을 말리는 듯한 사제들의 외침. 저들의 눈엔 아무것도 보이지 않을 것이고 또 아무것도 모를 것이다. 박 신부는 그들에게 변명을 하고 싶지도, 따지고 싶지도 않았다. 나희의 울음소리가 들리더니 눈앞이 캄캄해졌다. 의식을 잃는 것이 벌써 몇 번째인가. 하지만 아무래도 좋았다.

박 신부는 쓸쓸히 걸음을 옮기고 있었다. 그가 했던 행동은 사람들에게 설명할 수도, 또 설명해 봐야 믿어 줄 사람도 없을 터였다. 본분을 망각하고 사탄의 유혹에 몸을 맡겨 사악한 힘으로 성전을 파괴하고 하느님을 모독한 자. 동료 사제를 공격한 자. 그 가없은 친구는 자기에게 어떤 일이 일어났는지도 모르고 어리둥절한 얼굴로 그렇게 증언을 했다. 병원에서 몸조리를 하고 나오자마자, 박 신부는 높은 분들에게 불려 갔다. 박 신부는 아무 변명도 하지 않은 채 묵묵히 분노에 찬 큰 비판과 작은 옹호의 소리를 들었고, 결국 내려진 파문 결정을 조용히 받아들였다. 그가 한 말은 단 한마디. 주교가 회개하라고 했을 때 회개할 것이 없다고 한 그 말뿐이었다.

박 신부는 쓸쓸히 웃으며 자신의 교구였던 곳을 둘러보았다. 사제복을 벗을 생각은 없었다. 파문을 당했을망정 하느님을 버린 것은 아니었으니까. 앞으로 자신이 배운 바대로는 하느님을 섬기지 못할 것 같았다. 기도는 가능하겠지만, 미사는 올리지 못할 것이다. 무엇보다도 앞으로 싸워 나가야 할 일이 많았다. 이미 세상에 온통 퍼져 있는 악과 마에 대항하려면 혼자 힘으로는 부족했다. 자신이 얻게 된 힘이 비록 강하다고는 해도, 그것만으로 날카로운 이빨을 드러내고 있는 수많은 악과 수없는 초자연체와 싸우기는 힘들었다.

일단 그가 바라던 것은 얻었다. 선전 포고는 떨어졌다. 그러나 당장은 스스로를 수련해야 했다. 같은 생각을 하는 사람들도 찾아서 힘을 모아야 한다. 이 세상을 하느님의 세상으로 만들기 위해, 고통이 없는 인간들의 세상을 만들기 위해 일할 사람들을 찾아야 한다. 돈도 필요하겠지? 관심조차 없었지만 과거 의사 시절에 사두었던 과수원의 값이 많이 올랐다 했다. 그걸 팔면 어느 정도 생활이야 할 수 있겠지. 그리고 일을 해 나가기에 적당한 장소도 물색해야 하고, 얻은 힘을 더욱 다듬고 키워서 아무도 모르게 좋은 일에 써야 한다. 할 일이 많다. 그러나 무엇부터 해야 할지 갈피를 잡기가 어렵다. 세상에 누가 알아주고 도움을 줄 것인가.

억지로 콧노래를 흥얼거리며 좋게 생각하려 해도, 아쉬움 때문인지 두려움 때문인지, 아니면 이제 외롭게 싸워 가야 할 자신의 신세가 처량해서인지 눈시울이 자꾸 시큰해졌다. 이제 새해가 되었고, 한 살을 더 먹었는데…… 나잇살이나 먹어서 참 많이도 운다고, 박 신부는 씁쓸히 미소를 지었다. 씁쓸히…….

유혹의
검은 장미

일러두기

· '터키'는 현재 '튀르키예'로 명칭이 바뀌었으나 작품의 시대 배경에 맞춰
  '터키'로 표기했습니다.

연속 사고

1993년 6월 3일, 서울 여의도에 거주하는 오세열 군(가명) 사망(향년 23세, 무직).

사인: 밝혀지지 않았으나 과다한 빈혈 증세를 보임.

1993년 6월 4일, 역시 여의도 모 아파트에서 김한수 군(가명) 추락사(향년 24세, 학생, 주거 부정).

사인: 평소 김한수 군 주변인들의 진술에 의하면 절대 자살은 아니라 함. 사체 부검 결과 심한 빈혈 증세. 경찰은 빈혈에 의한 실신 때문에 추락한 것으로 단정.

1993년 6월 4일, 여의도 모 아파트에 거주하는 곽형준 씨(가명), 차 안에서 변사체로 발견(향년 25세, 웨이터).

사인: 밝혀지지 않았으나 과다한 빈혈 증세.

1993년 6월 4일, 오페라 가수 이병기 씨(가명). 여의도 오페라 하우스에서 처녀 공연을 마치고 무대 아래로 실족해 사망(향년 28세).

사인: 강한 빈혈에 의한 뇌진탕으로 추정됨.

"흡혈귀 짓일까?"

박 신부는 신문을 오려 스크랩북에 끼워 넣으며 중얼거렸다.

"글쎄요. 전설에 의하면 흡혈귀는 밤에만 나오는 것 아닌가요? 또 사람이 많은 오페라 공연 같은 데서 그런 짓을 할 수는 없을 텐데."

준후가 이해되지 않는다는 듯 말했다.

"흡혈귀류의 변종일지도 모르지. 아니면 사람들 눈에 띄지 않도록 은신술 같은 걸로 접근했을지도 모르고……."

현암이 박 신부가 해 놓은 스크랩북을 들썩이며 말했다.

"변종이라…… 아무튼 드라큘라 같은 형태는 아닐 거야. 그놈이야 영화에서나 나오는 거고……."

준후가 뭐라고 대꾸하려 하자 현암이 웃었다.

"세상에 어떤 귀신이 망토 걸치고 백작 흉내를 내고 다니겠니? 다 영화니까 그런 거지. 원래 드라큘라 이야기는 루마니아에 실제로 있었던 영주 드라큘라 백작을 모델로 만들어 낸 이야기야. 터키의 침략을 막아 낸 영웅이었지만, 워낙 행동이 잔혹해서 민중에겐 공포의 대상이었지. 그걸 브램 스토커라는 어느 소설가가 인용해서……."

"하지만……."

준후의 말을 받아 현암이 빈정거리려 하는 걸 박 신부가 중단시켰다.

"흡혈귀의 전설이 꼭 드라큘라로 한정되는 건 아니지. 어느 나라에나 흡혈귀의 전설이나 실화들은 다 나타나고 있어."

"1920년인가 독일에서 실제로 잡혀 처형된 흡혈귀 사나이 같은 것 말이에요?"

"아니, 꼭 그게 아니더라도……."

준후가 아는 체하는 것을 박 신부가 막았다.

"원래 피는 생명의 상징이지. 그걸 모태로 하여 생명 에너지를 흡수하려는 악령이나 그걸 모아 나쁜 목적에 쓰려는 주술 같은 건 얼마든지 있어."

잠시 분위기가 무거워졌다. 박 신부가 안경을 치켜올리며 말을 이었다.

"이번 경우도 예외가 아닐 것 같은 예감이 든다."

일행은 준후를 앞세워 여의도로 향했다. 준후의 영사 능력으로 적의 정체를 알아보려 한 것이다. 정체를 모르고서는 섣불리 달려들 수 없었다. 과거에 서둘렀다가 쓰라린 결과를 맞은 일이 한두 번이 아니었던 만큼, 우선은 신중한 조사와 준비가 필요했다.

"제일 먼저 어디로 가는 게 좋을까요?"

"오세열이라는 백수의 집으로 가 보자."

오세열의 장례는 이미 끝나 있었다. 신문에 기사가 나는 바람에 별 어중이떠중이가 찾아왔었는지, 세열의 형은 도리질을 치며 아예 문조차 열어 주지 않았다.

"어쩌죠, 신부님? 신부님이 한번 시도해 보세요."

"안 돼. 여긴 불교 신자의 집이라……."

"불교 신자에겐 천주교 신앙이 안 통하나요?"

"아니. 하지만 강도처럼 남의 집 문을 미는 데 주님의 권능을 써서야 되겠니? 준후야, 이 방인 듯한데 한번 투시해 보렴."

준후는 밖에서 유리창에 손을 대고 주를 외웠다. 그렇게 한참을 있더니 땀을 흘리며 손을 뗐다.

"이미 영은 떠나고 없어요. 귀기로운 느낌은 없었어요. 그런 게 아니라도 사람이든 악령이든 별다른 느낌은 안 드는데요?"

"정말이니?"

"예, 요기가 느껴지긴 했지만 별건 아니었어요. 마치 옛날에 죽어 비틀어진 나무토막 같은데요? 아주 약해요. 별거 아닐 거예요."

창문 너머로 보이는 방 안의 광경은 별로 특이한 점이 없었다. 일본 만화 영화의 포스터가 벽에 크게 붙어 있었고, 비디오테이프가 수북이 쌓여 있었다. 화병에 꽂혀 있는 까맣게 시들어 버린 장미가 참 쓸쓸해 보였다. 어쩌면 저렇게 잎까지 까매졌을까 하고 현암은 생각했으나 곧 잊어버렸다. 준후는 산더미같이 쌓인 비디오테이프에서 눈을 떼지 못했으나, 박 신부가 재촉해서야 발을 옮졌다.

"현암 형, 우리 돈 벌면 커다란 텔레비전하고 슈퍼 비디오 사자."

"됐어! 난 만화 영화 싫어!"

김한수라는 주거 부정 학생이 떨어져 죽은 아파트 광장도 깨끗하게 정리되어 있었다. 준후는 아무 영기도 느낄 수 없으니 선착장에 가서 배나 타자고 졸랐으나 박 신부가 준후를 달랬다.

"준후야, 아무리 작은 것이라도 놓쳐선 안 돼. 흡혈귀족은 자취를 거의 남기지 않아서 추적하기가 어렵단다."

"그래요? 신부님은 흡혈귀하고 싸워 보신 적이 있었어요?"

눈치 없이 끼어드는 현암에게 박 신부가 눈을 흘겼다.

"그냥 그렇다면 그런 줄 알아!"

자신의 요구가 거절당하자 준후는 볼을 부풀린 채 다시 영사를 시작했다. 좀 삐졌는지 별것 아닌 것까지 다 싸잡아 중얼거리고 있었다.

"음…… 병아리 한 마리가 애들한테 밟혀 죽은 적이 있네요. 아이고, 가엾어라. 잔인한 녀석들…… 윽, 죽은 게 많네요. 모기들이 떼죽음을 당했어요. 약을 뿌려서. 아이고, 그것들도 해충이지만 불쌍한 것들인데…… 잔디들도 기운이 없네요. 매연하고 산성비 때문에……."

이를 들은 박 신부의 얼굴이 찡그려졌고, 현암은 터져 나오려는 웃음을 간신히 참고 있었다.

"음…… 누군가 막 화를 내고 있네요……. 신부님이야 수행이 깊은 분이시니까 그러실 리는 없고…… 음? 그 옆에서 누가 피식 피식 비웃는데요? 미친 사람인 것 같아요. 할 일 없이 왜 웃는담? 전 그냥 자세히 말하는 것뿐이에요……. 음…… 검은 장미 세 송이가 차에 깔렸군요. 어쩜 저렇게 까말까?"

'검은 장미? 아직 새까만 장미는 나온 품종이 없는데…….'

현암의 머리에 잠깐 이런 생각이 떠올랐으나, 준후의 장난이겠거니 하고 곧 잊어버렸다. 박 신부가 막 폭발 직전이었기 때문이었다.

"음…… 그 밖의 것들은 오래전에 죽은 가련한…… 어? 어?"

준후의 얼굴이 갑자기 하얗게 질렸다. 박 신부와 현암도 이상한 준후의 행동을 보고 긴장했다.

"준후야, 왜 그러지?"

"부유령, 지박령이 무, 무더기로…… 다 약한 것들이지만…… 으, 그 수가 너무…… 이리로 오고 있어요. 원한을 품고…… 저, 저쪽에 뭐가 있죠?"

준후가 눈을 뜨지 않고 가리키는 쪽에서 한 여자가 걸어왔다. 긴 머리를 늘어뜨리고, 하카마를 입은 여자는 손에 무녀들이 들고 다니는 종이 달린 막대를 들고 있었다. 이상한 차림새에 아이들이 먼발치에서 손가락질하고 있었지만, 그 여자의 주위에 이상한 찬 기운이 어려 있어 감히 다가서는 아이는 없었다.

"음…… 강해요, 상당히 강한 기운이…… 그리고 많은 영들이 무더기로…… 무서워요, 너무 많아요."

준후는 계속 신음 비슷한 소리를 내고 있었고, 여자는 여전히
무표정한 얼굴에 눈만 치켜뜬 채 셋을 향해 다가오고 있었다.

무녀 홍녀(紅女)

여인은 준후의 바로 앞에 와서 섰다. 준후는 그제야 잔뜩 집중
해 있던 얼굴을 펴고 자기 앞에 서 있는 이상한 여인의 얼굴을 올
려다보았다.

"호호호…… 귀여운 아이로군. 재주도 있고."

여인의 발음에는 일본어의 억양이 섞여 있었으나, 한국말을 유
창하게 구사하고 있었다.

"누구시죠?"

현암과 박 신부는 암암리에 기운을 끌어모았다. 가까이 있노라
니 그녀의 뒤에서 물결치는 듯한 영들의 기운을 느낄 수 있었다.

"아, 저 말인가요? 고향을 찾아온 사람이지요. 먼 옛날에 떠났던
고향을. 처리해야 할 일도 있고 해서……."

여인의 눈이 잠시 번뜩였다.

"무녀 홍녀라고 합니다. 원래의 성은 권(權)이지요."

침묵을 깨고 현암의 품 안에서 월향이 길게 울었다. 여인은 흠
칫하더니, 현암의 품속을 쏘아보고는 흥미롭다는 표정을 지었다.

"신기한 것을 가지고 다니시는군요. 역시 이 꼬마뿐 아니라 두 분 다 보통 분들은 아니시군요."

"댁의 몸 전체에 이상한 기운이 가득 서려 있군요."

박 신부의 눈이 안경 속에서 형형히 빛났다.

"백귀야행(百鬼夜行)[1]! 일본 밀교 분이시군요."

준후가 결코 반갑다고는 할 수 없는 눈으로 여인을 보면서 말했다. 여인은 깔깔깔 웃었다.

"정말 깜찍한 꼬마로군! 어린 데도 견문이 넓고!"

"백귀야행? 그렇다면 백귀의 힘을 지닌……."

현암이 중얼거렸다.

"맞아요. 백 가지 귀신의 힘을 마음대로 부릴 수 있는 수행을 하신 분이에요. 대단하시군요. 허나 좀 사악한 기가 많군요."

준후가 여전히 곱지 않은 투로 나직이 중얼거렸다. 홍녀는 기분이 상한 듯, 날카로운 어조로 웃어 젖혔다.

"호호호! 예쁘게 봐주려 했더니 건방진 데도 있군. 사악하다고? 그러면 내가 수행한 것이 외문방도의 술수란 말이냐?"

여인이 한쪽 눈을 치켜올리며 비웃듯 내뱉었다. 그러나 준후는 눈 하나 깜짝하지 않았다.

---

1   온갖 잡귀가 밤에 웅성거리는 모양과 하는 짓이 악독한 자들이 덤벙거리는 일이다. 본문에서는 일본의 유명한 그림인 〈백귀야행도〉에 그려진 대로 천지간에 발을 못 붙이고 몰려 돌아다니는 귀신들의 집단을 의미한다.

"밀교의 본분은 흩어진 사람과 영의 질서에 다시 조화를 찾아 두 세계에 조화로움을 가져오게 하는 데 있거늘, 아주머니는 자기 술수만 믿고 영을 마구 소멸시켜 버리기만 했던 것 같군요. 아니면 사로잡아 백귀로 만들어 달고 다니든가……."

"그게 뭐가 어쨌단 말이냐? 어차피 오갈 데 없고 쓸모없는 잡령, 악령들이다. 내 힘이 커지는 것에 질투가 나는 거냐?"

"흥! 밀교, 아니 불가 자체의 근본인 자비심을 잊고 윤회를 거듭해 해탈할 수 있는 영을 함부로 다루는 아주머니! 힘이 커지면 커질수록 선행도 커야 하는 걸 모른단 말예요?"

"바카야로! 그럼 고통받는 인간들을 자유롭게 해 주는 게 선행이 아니란 말이냐?"

"아주머니가 말하는 잡령, 악령들도 대부분 한때는 사람이었어요. 그렇게 마구잡이로 영을 파멸시키는 게 사람을 마구잡이로 죽이는 것과 뭐가 다르단 말이에요?"

"칙쇼!"

여인은 정말 화가 난 듯, 쥐고 있던 막대기를 높이 들었다. 현암은 품 안의 월향에 손을 뻗었다. 그러나 여인은 내려치지는 않고 씩씩대며 발걸음을 돌렸다. 사제 여인의 일갈이 들리더니 막대기가 가로등을 치고 지나갔다. 쇠로 세운 가로등이 쓰러져 준후의 바로 발 앞에서 와장창 깨져 나갔다. 하지만 준후는 미동도 하지 않았다.

"흥, 힘이 대단하시네요. 힘자랑하려면 방송국에나 가 보시는 게 어때요?"

"재주들이 아까워 목숨이나 보존케 해 주려고 힘든 발걸음을 했더니, 오만 건방들을 다 떨고 있군그래! 내 대자대비한 마음으로 말해 주는데, 이번 일에서 손 떼! 재주깨나 있다고 함부로 덤비다간 무주고혼(無主孤魂)이 될 테니까. 호호호……."

여인은 순식간에 사라져 갔다. 그 뒤로 누런 모래바람이 일었고, 겁에 질린 아이들은 비명을 지르며 도망쳤다. 여인의 웃음소리는 메아리가 되어 한참 동안 허공을 떠돌았다.

"대단하군, 저 여자. 수행이 퍽 깊어. 그리 악한 사람은 아닌 것 같은데?"

박 신부가 중얼거렸다. 준후가 말을 이었다.

"좀 미안하네요. 그렇게까지 말할 생각은 아니었는데, 백귀들이 너무 가여워서요."

"왜 가엾지?"

"원래 받아 주는 곳이 없어 구천을 헤매는 것들이 백귀지요. 그런데 저 아주머니는 그 백귀들을 마구 부려서 신통력을 쓰고, 또 자기가 잡은 영들을 해방시키지 않고 죽이거나 다시 백귀 무리에 넣고 있어요. 백귀들의 원망과 한숨 소리가 너무 컸어요."

"뭔가 사연이 있는 게 분명해."

"예. 나쁜 짓을 할 아줌마는 아닌데, 손이 너무 지독해서 내가 심하게 말했어요."

"아줌마, 아줌마 하지 마라, 준후야. 보아하니 누나뻘밖에 안 되는 것 같던데."

쓰러진 가로등을 살피던 현암이 끼어들었다.

"그래요? 전 미처 그것까진 못 보고 얼굴만……."

"화장을 그렇게 해서 그래. 하지만 내 눈은 못 속이지. 여자 보는 데엔 천부적인 눈이 있거든?"

"핏! 그래서 애인도 하나 없군요. 잘났어요, 정말."

"아무튼……."

현암이 쓰러진 가로등의 잘린 부분을 쓰다듬었다.

"이건 내가기공이 아니고, 막대기에 날이 있는 것도 아닐 텐데…… 수법은 뭔지 모르지만 고명하군그래."

"어쨌든 하던 일을 포기할 순 없지. 여기선 알아낸 게 없으니 다음 장소로 가 보자고."

박 신부가 잘라 말했다. 준후는 아직도 여인이 사라진 방향을 쳐다보고 있었다.

차 안에서 사람이 죽긴 했지만, 차 자체는 멀쩡했기 때문에 차는 집 앞으로 돌아가 있었다. 현암은 남겨진 영기가 없을지도 모른다고 했지만, 준후는 그래도 찾아보겠다고 고집을 부렸다. 준후는 투시력으로 곽형준이 살던 곳 부근의 차들을 뒤지고 다니기 시작했다.

"음, 이 차예요. 여긴 아직 영의 기색이 강하게 남아 있어요."

준후가 가리키는 차의 옆 유리창에는 루주인지 뭔지 모를 빨간 글씨가 쓰여 있었다.

목수미 아깝거든, 내 일을 방해 말고 다른 이를 차자바라. 紅.

"아까 그 여자가 남긴 걸까요, 신부님?"

"그런 것 같군. 홍 자가 쓰여 있잖아? 근데 말은 잘해도 아직 받침 쓰는 법엔 서툰 모양이다."

현암이 필적을 살피는 동안 준후는 차의 앞 유리에 손을 대고 영사를 시작했다.

"음…… 보여요……. 그 남자…… 차를 몰고…… 여기에 주차하려는 생각이었네요……. 그리고…… 어? 이, 이건……."

"뭐지, 준후야?"

"황, 황홀한 기분…… 아주 기분 좋은 나른함…… 그리고……."

"흡혈귀다! 틀림없어!"

현암이 외치자 박 신부가 말을 이었다.

"피를 빨리는 의식. 그건 생명을 빼앗기게 되면서 아주 강렬한 쾌락의 기분을 느끼게 된다. 성행위의 도착적인 형태…… 음, 준후야. 그리고 뭐지?"

"향기…… 아주 좋은 냄새…… 향기……."

"향기?"

현암의 머리를 스치고 지나가는 것이 있었다. 꽃…… 꽃은 향기가 난다.

"으윽, 그러고는…… 지, 지독한 고통…… 지독한…….”

오세열의 방 안에 시들어 있던 검은 장미. 준후가 우연히 영사해 낸, 차에 밟혔다던 장미 송이들. 그리고 짙은 향기.

"음…… 뭔가 있어요……. 작은…… 아니, 커져요……. 검은, 검은…… 으윽…… 핏빛, 핏빛으로…… 고통이…… 공포가…… 무서운 공포가…….”

준후는 소스라치게 놀라 땀에 흠뻑 젖은 얼굴로 영사에서 깨어났다.

"뭔가 들어왔었어요. 차 안으로요. 뭔지 잘 보이진 않지만, 그건 마치…….”

"됐다, 준후야. 이제 진정해! 진정!”

박 신부가 따뜻하게 준후를 감쌌다. 준후는 후들후들 떨고 있었다.

"뭔가를 타고…… 아니, 맞을지는 잘 모르지만, 아무튼 뭔가를 통해…… 보이지 않는 것이 들어오고…… 그리고…….”

현암이 차 안으로 몸을 굽혔다.

"잘했다, 준후야. 중요한 단서를 찾았어.”

현암의 손에는 말라 버린 한 조각의 검은, 칠흑같이 검은 이파리가 들려 있었다.

검은 장미

"검은 장미라…….."

"신부님, 흑장미라는 건 원래 있는 거 아닌가요?"

준후가 물었다.

"그래, 흑장미가 있긴 하지. 허나 그건 진한 붉은빛을 띤 장미를 일컫는 말이고, 정말로 검은색의 장미가 있는 건 아니야. 게다가 잎이 검은 식물들은 더러 있지만, 장미 중에서 잎이 검은 건 하나도 없단다."

"준후야, 너 이 이파리에 영사해 봐라."

현암이 핸들을 돌리며, 아까 주웠던 검은 이파리를 준후에게 내밀었다. 준후는 그것을 조심스레 손바닥에 올려놓고 양손을 닫은 뒤 조용히 눈을 감았다.

"음? 어!"

준후가 감았던 눈을 번쩍 떴다. 또 무슨 일인가 하여 박 신부와 현암은 준후에게 눈을 돌렸다. 그 바람에 차는 자칫 난간을 뚫고 떨어질 뻔했다. 현암은 차를 급정거해 길가에 세우고 다시 준후를 보았다.

"이건, 생명이 없는 거예요."

"당연하지. 이미 죽었으니까."

"아뇨, 내 말은 그게 아니라……."

서늘한 기운이 박 신부와 현암의 등골을 스치고 지나갔다.

"애당초 살아 있던 적이 없는 그런 거란 말이에요."

"그러면, 천 따위로 만들어진 인조물이란 말이냐?"

"아뇨, 아뇨……. 분명히 세포로 이루어지고 생장도 하지만, 살아 있지 않는……."

준후는 말을 더듬거리고 있었다.

공연이 끝난 여의도 오페라 하우스에는 특별히 다른 일정이 잡혀 있진 않았다. 뒤숭숭한 사고가 대강 수습된 다음이라 단원들과 대부분의 직원이 일찌감치 퇴근하고 난 다음이었다. 수위로 근무하고 있는 노성곤은 사고로 사람이 죽은 다음 날 당직 근무를 서야 한다는 사실이 영 꺼림칙했다.

'이런 염병할…… 하필 이런 날 당직일 게 뭐야……. 젠장.'

막 해가 질 참이었으나, 조명이 꺼진 오페라 무대는 몹시 어둡고 을씨년스럽게 보였다. 〈리골레토〉의 무대 장치로 쓰인 석고상들이 노 씨의 랜턴 빛을 받아 흉하게 그림자를 드리웠다.

'그나저나 참 이상했어. 한껏 노래를 잘하고 난 다음에 앙코르를 받아 나오다가 쓰러져 무대 아래로 처박히다니…… 그리고 그런 덩치가 빈혈이었다니, 원.'

그러고 보니 노 씨는 그 가수가 쓰러졌던 위치에 와 있었다. 얼마나 가수의 덩치가 컸던지 나무로 된 바닥이 움푹 들어가 있었다.

'난 그때 무대 뒤에서 정리를 하고 있었지. 근데 그 가수가 나올 때…… 옳거니, 그때 좀 이상하긴 했어. 비틀거리는 것 같았는데,

얼굴은 웃고 있었지.'

노 씨는 랜턴으로 여기저기를 비춰 보았다.

'한데, 예쁜 아가씨가 가수에게 줬던 까만 장미꽃은 어딜 갔지? 분명 그가 앙코르로 나올 때 들고 나오는 걸 봤는데, 청소할 땐 없더란 말이야? 누가 집어 갔나?'

무대 밑 어두운 구석에서 바스락거리는 소리가 났다.

'음? 뭐지? 쥐인가?'

노 씨는 전등을 비추며 무대 아래쪽으로 고개를 숙였다.

"냄새가, 냄새가 났어요! 이 앞에서!"

"냄새라고?"

운전에 신경을 쓰며 현암이 물었다. 어느덧 시간이 여덟 시를 넘어서고 있었다.

"피…… 피 냄새 같은 게……."

"뭐라고?"

박 신부의 눈이 크게 벌어졌다.

"준후, 너…… 손!"

"예?"

엉겁결에 준후는 손에 들고 있는 이파리를 내려다보았다. 검은 색을 띠고 있던 이파리가 점점 꿈틀거리는 듯했다. 이파리는 움직이는 것은 아니었으나, 색이 점점 선명한 붉은색으로 물들어 가고 있었다.

오페라 하우스의 높은 붙박이 창문 하나가 요란한 소리를 내며 터지고, 누런 모래 먼지가 회오리를 일으키며 날아 들어왔다. 그 모래바람 사이로 붉은 옷을 입은 한 사람이 번득이며 바닥에 몸을 세웠다. 무녀 홍녀였다.

홍녀의 긴 그림자가 드리워진 끝에 한 사람이 길게 누워 있었다. 조금 전에 번을 돌던 노성곤 씨였다. 그의 얼굴엔 웃음이 감돌고 있었지만, 안색은 파리하다 못해 밀랍 빛이었다.

"에잇, 요망한 것! 사크라데바남 인드라의 이름으로 소멸되어라!"

준후의 입에서 일갈이 터져 나오자, 손에서 불꽃이 바작거리며 일어나 핏빛으로 변한 이파리를 태우기 시작했다.

"잠깐, 준후야! 더 알아볼 것이 있어!"

현암이 준후를 제지했으나 이파리는 이미 불에 구워지는 오징어처럼 구부러지며 재로 변해 버린 뒤였다.

"그렇게 서두르면 어떻게 해! 그놈이 살아난다면 이파리의 조종자를 찾을 수도 있을 것 아냐!"

"그럴 필요 없네, 현암 군."

박 신부의 침중한 목소리가 현암을 제지했다.

"저길 보게."

박 신부가 가리키는 쪽 하늘에서 여러 가닥의 붉은 기운과 검은 기운이 서로 엉키며 어느 한곳으로 날아가고 있었다. 그 기운들이

지향하는 곳에서는 또 하나의 누런 기운이 엉키며 회오리치고 있는 것이 보였다. 오페라 하우스가 있는 곳이었다.

"서두르자! 뭔가 일이 벌어지려 하고 있어!"

현암이 액셀러레이터를 질끈 밟자, 차는 끼이익 하는 소리를 내며 쏜살같이 앞으로 튀어 나갔다.

"으, 저 붉은 기운들…… 피야, 모두 피야."

준후의 중얼거림이 탄식처럼 들려왔다.

흡혈귀

홍녀는 백귀의 영으로 주변에 강력한 결계를 쳤다. 막 죽어 쓰러진 남자에게서 단서를 알아내기 위해서는, 남자의 영이 그를 죽게 만든 어떤 힘으로부터 협박을 받지 않도록 강력한 결계를 먼저 만들어야 했다.

'놈이 짐작대로 흡혈마라면, 저 남자의 남은 육신도 흡혈마의 지배를 받게 될지 모른다. 그러니 미리 차단해야 한다.'

홍녀는 결계를 쳐서 어떤 영들도 침투하지 못하도록 만든 뒤 영사를 행할 작정이었다. 상대가 흡혈마라면, 흡혈마에게 당한 사람의 육신마저도 자칫하면 흡혈귀로 변하게 된다.

'백귀의 우두머리, 적적귀, 진을 펴라! 수뢰귀, 불기운을 막아라! 화뢰귀, 물기운을 막아라!'

홍녀는 백귀들을 차례차례 배치해 팔괘진(八卦陳)[2]과 비슷한 진을 쳤다. 누런 기운이 용솟음쳐 올랐다.

'이만하면 됐겠지.'

홍녀는 그제야 아직 체온이 식지 않은 남자에게로 손을 뻗쳤다. 아무 소리도 나지 않았지만, 그녀의 뒤에서는 누런 기운이 소용돌이치고 있었다. 그와 동시에 핏빛 기운도 번져 가고 있었다.

현암은 차를 급정거시켰다. 오페라 하우스 앞이었다. 하늘을 가로질러 날아든 붉은 기운들은 오페라 하우스 안으로 빨려 들 듯 사라져 버린 후였다.

"준후, 뭐가 보이니?"

현암이 외쳤다.

"음…… 어라? 백귀의 진, 바로 그 무녀예요!"

"우리보다 한발 앞섰군!"

현암이 분하다는 듯이 외쳤다.

"다툴 것 있나? 같이 힘을 합칠 수 있다면 더 낫지 않겠나?"

박 신부는 태연했다.

"아녜요, 백귀의 힘이 미쳐 날뛰고 있어요! 아줌마가 위험해요!

---

2   상고 시대의 복희씨(伏羲氏)가 지었다는 여덟 가지의 괘(卦)로 주역에서 자연계와 인사계(人事界) 등 모든 일들의 음양(陰陽)을 겹쳐 여덟 가지의 상(象)으로 나타낸 것이다. 곧 건(乾), 태(兌), 이(離), 진(震), 손(巽), 감(坎), 간(艮), 곤(坤)을 일컫는다. 이를 응용해 많은 괘를 만들 수 있다.

백귀가, 백귀들이 통제력을 잃고 있는 걸로 봐서…… 으악, 백귀들이 서로 싸우고 있어요!"

준후의 비명과 같은 소리에 현암은 재빨리 준후의 앞에 놓인 부적 중에서 안명부(眼明符)³를 집어 들고 차에서 몸을 날려 오페라 하우스 안으로 뛰어들었다. 박 신부가 잠깐 기다리라고 외쳤으나 그럴 시간이 없었다.

오페라 하우스 안으로 들어간 현암은 잠시 눈앞에 보이는 광경에 넋을 잃고 서 있었다. 주인의 통제력을 잃은 오만 가지 귀신들이 그 안에서 맹목적으로 싸우고 있었기 때문이다. 귀신들의 싸움이었으니 보통 사람들은 볼 수 없을 테지만, 안명부를 가진 현암의 눈에는 똑똑히 보였다. 현암은 눈앞에서 벌어지고 있는 지옥 같은 광경에 치를 떨며 안명부를 가져온 것을 후회했다.

소머리를 한 귀신 하나가 갈퀴 같은 손톱으로 난쟁이 비슷한 형상의 귀신을 조각조각으로 찢었고, 난쟁이 귀신의 대가리는 몸에서 떨어져 날아와 소머리 귀신의 목덜미를 물어뜯었다. 피를 흘리며 머리를 풀어 헤치고 있는 여자 머리가 사방에서 휙휙 날아다니고 있었고, 불쑥불쑥 주둥이 같은 것이 날아올라 머리들을 물어채 가기도 했다. 거대한 괴물이 다른 놈들을 밟아 찌부러뜨리고, 낫 같은 이상한 물체를 든 놈 하나는 고래고래 고함을 지르며 사방에 칼질을 하고 다녔다. 귀신의 너덜너덜한 살점이 사방에 튕겨

---

3 영을 볼 수 있게 하는 부적이다.

지고, 고약한 형형색색의 액체들이 여기저기서 뿜어져 나오고 있었다.

'으, 이건 지옥보다 심하군!'

속이 뒤틀려져 오른편으로 눈을 돌리는 현암의 시선에 엎드려 있는, 아니 쓰러져 있는 무녀 홍녀의 모습이 보였다. 손을 길게 뻗어 뭔가를 잡고 있었는데, 그것은 바로 그들이 계속 찾아다녔던 검은 장미였다. 그 장미는 꿈틀거리고 있었다. 검은 이파리를 나부끼며, 꽃송이를 입처럼 벌려 날름거리면서 홍녀의 목덜미를 향해 움직이고 있었다.

'시간이 없다!'

"타앗!"

일갈성을 울리며 현암은 월향을 뽑아 들었다. 홍녀가 쓰러져 있는 곳으로 가기 위해서는 좋든 싫든 현암은 백귀들이 아수라처럼 날뛰고 있는 가운데를 통과해야 했다. 월향이 길게 울었다.

"빨리! 현암 군을 도와야 해!"

박 신부는 준후를 재촉해 오페라 하우스 안으로 들어가려 했으나, 준후는 귀를 틀어막고 계속 고개를 흔들며 버텼다. 영력이 뛰어난 준후는 안에서 터져 나오는 귀신들의 지독한 비명에 극심한 고통을 느끼고 있었다.

"아악! 너무 지독해! 귀신들이 서로 죽이고 있어요! 저걸 말릴 사람은 아무도 없어요! 저 비명들…… 아아!"

"준후야! 준후야!"

박 신부는 준후의 먹살을 잡고 마구 흔들었다.

"정신 차려! 저 안에 현암 군이 있단 말이다! 우리가 도와주지 않으면 위험해!"

"아아, 저 비명들! 귀가, 귀가!"

"너밖에 할 수 없어! 저 미쳐 날뛰는 백귀를 잠재우고 진정시킬 수 있는 사람은! 주문을 기억해 내!"

준후의 얼굴이 하얗게 질렸다. 말이 백(百)이지 백귀는 수없이 많은 영들의 집합체였다. 이건 전쟁이었다. 어린아이가 전쟁의 쇼크를 받는 것과 마찬가지로 준후는 지독한 참상에 몸을 떨고 있었다.

"백귀를 저대로 가엾게 죽게 내버려둘 셈이니? 그 무녀도, 현암 군도 죽게 될지 모른단 말이다!"

그러나 소용이 없었다. 준후는 축 늘어지고 말았다. 박 신부는 침중한 얼굴로 준후를 땅에 내려놓고는, 성수와 십자가를 꺼냈다. 그리고 홀로 성큼 들어섰다.

그림자 하나가 기괴한 웃음소리를 내며 박 신부의 앞을 가로막았다. 아까 쓰러져 있던 수위, 아니 수위의 빈 껍질이었다. 두 눈의 검은자위가 붉게 물들어 있었고, 비죽이 튀어나온 양 송곳니에 입을 헤벌리고서 연체동물처럼 흐느적거리며 박 신부 쪽으로 다가오고 있었다.

'제기랄……. 아멘!'

박 신부는 멈추어 서서 흐느적흐느적 다가오는 수위를 쳐다보며 십자가를 움켜쥔 손에 힘을 주었다.

까아아악!

월향이 울며 무작정 달려들어, 또 한 귀신의 목을 날려 버렸다. 월향의 귀기에 쏘인 귀신의 머리와 몸뚱이는 공중에서 풍선이 터지듯이 사라져 버렸다. 앞을 막는 귀신들의 무리는 너무나 많았다. 갖은 수를 다 써 보았으나 현암은 귀신 무리의 진을 돌파하지 못했다. 기껏 반 정도 다가선 것이 고작이었다. 아니, 이제 현암은 오히려 귀신들에게 포위된 꼴이 되어 있었다.

검은 장미는 날름거리며 홍녀의 어깨에까지 뻗어 가고 있었다. 마치 목을 길게 늘린 뱀처럼.

"안 돼!"

현암은 악을 썼다. 단전으로부터 알지 못할 힘이 터져 나와 분출되는 듯했다. 현암은 있는 힘껏 악을 썼다.

"어허헝!"

현암의 입에서 노성이 터져 나왔다. 산에서 만난 이인에게서 파사검법과 함께 배운 사자후, 항마무공 중 최고 경지의 음공이 놀랍게도 발휘된 것이었다. 그러나 현암의 기공 조예는 음공을 함부로 발휘할 만한 경지에 있지는 않았다. 기혈이 들끓고 머리에 별이 오락가락하는 듯했다. 다리에 힘이 빠진다는 생각이 드는 순간, 현암은 그 자리에 푹 주저앉았다. 간신히 월향을 놓치지 않은 것이 다행이었다.

'그래도 백귀들은 이제······.'

흐뭇한 기분으로 눈을 뜬 현암의 얼굴이 하얗게 질렸다. 백귀들은 확실히 사자후의 기색에 놀랐는지 몇몇 허약한 영들은 어디론가 꺼져 버렸다. 그러나 대다수 놈들은 오히려 자기들끼리의 싸움을 멈추더니 현암이 있는 쪽으로 다가오고 있었다.

'으, 섣불리 큰 수를 써서 되레 벌집을 건드린 꼴이 되었구나!'

현암은 월향을 든 손을 추켜올리려 했으나 기를 있는 대로 쏟아부은 후라 힘을 쓸 수가 없었다.

박 신부는 흡혈마의 부하가 되어 버린 수위의 육신을 지켜보고 있었다. 흡혈귀도 박 신부의 손에서 번쩍이는 십자가의 위력을 아는 듯, 흉하게 붉은 눈알을 일그러뜨리고 신음성을 토해 내며 오른손으로 왼쪽 손목을 주물렀다.

'더러운 영이여, 너의 것이 아닌 육신에서 벗어나라!'

박 신부가 여유 있게 성수를 꺼내려는 순간, 안에서 "안 돼!" 하고 외치는 현암의 비명이 들렸다.

'아차, 현암 군이!'

그 순간 박 신부가 방심한 기회를 틈타, 놀랍게도 흡혈귀는 자기의 팔을 뜯어 박 신부에게로 던졌다. 박 신부는 얼굴에 둔탁한 충격을 받고 눈앞이 캄캄해지는 것을 느꼈다. 코에 비릿한 내음이 나고 세상이 휭 도는 느낌이었다. 박 신부는 흡혈귀의 떨어진 팔에 얼굴을 움켜잡힌 채 와당탕 땅에 틀어박혔다.

이어서 "어허헝!" 하는 현암의 사자후가 울려 퍼졌다.

사자후 때문에 백귀들의 싸움 소리가 가라앉자, 갑자기 준후의 정신이 맑아졌다.

"음? 신부님!"

간신히 고개를 드는 준후의 눈에 박 신부의 쓰러진 모습이 들어왔다. 흡혈귀의 왼팔이 박 신부의 얼굴을 거의 땅에 틀어박힐 정도로 누르고 있었다. 흡혈귀는 이죽거리며 박 신부에게로 다가들고 있었다.

사투(死鬪)

"사크라데바남 인드라의 이름으로 악은…….."

준후의 손에서 번갯불이 일어나다가 곧 사그라들었다.

'이크, 신부님한테까지 번개를 치게 할 수는 없지! 어쩐다?'

준후는 발을 동동 구르다가 박 신부의 얼굴을 누르고 있는 흡혈귀의 팔 대신 우선 눈앞에 보이는 흡혈귀에게 번갯불을 쏘아붙였다.

"에잇, 더러운 것! 너부터 죽어라!"

파파팟 소리를 내며 번개가 뻗어 나가 흡혈귀의 가슴에 명중했다. 흡혈귀의 몸뚱이가 사방에 고약한 냄새를 풍기며 튕겨 나갔다.

"크아악!"

흡혈귀는 까맣게 타들어 가는 몸을 데굴데굴 굴렀다.

"쳇, 도망치려고? 천만에. 아예 바비큐로 만들어 주지!"

준후는 제이, 제삼의 번개를 계속해 날렸다. 연속타를 맞은 흡혈귀는 시꺼멓게 타들어 가면서도 여전히 움직였다.

게다가 박 신부의 얼굴을 움켜쥔 흡혈귀의 팔은 아직 멀쩡했다. 준후는 박 신부에게로 달려가서 흡혈귀의 왼팔을 잡아당겼다. 시퍼렇게 변색된 살점이 뭉그러지며 요상한 액체가 악취와 함께 뿜어져 나왔다. 준후는 있는 힘을 다해 팔뚝을 잡아떼려고 했으나 놈의 힘은 아직도 무척 강했다.

백귀들은 현암을 향해 한 발 한 발 다가섰다. 현암은 열심히 운기를 하여 힘을 모으려 했으나 시간이 없었다. 백귀들의 허옇게 뒤집힌 눈들이 코앞에까지 다가왔다.

'에잇, 최후의 수단이다!'

현암은 오른손에 들고 있던 월향검을 기합성과 함께 왼 팔뚝에 찔러 넣었다. 선혈이 튀었다. 귀검 월향에게 피를 먹이는 것이었다. 그것은 금단의 술수로서, 자칫 월향검마저도 통제력을 잃으면 그야말로 현암의 목숨이 끝장나고 마는 위험한 방법이었다. 하지만 다른 방법이 없었다.

'월향, 나의 염을 받아들여 조금만 애써 다오.'

월향의 색이 서서히 붉은빛으로 물들어 갔다. 그러더니 현암의 팔에서 저절로 솟구쳐 올라 보통 때와는 비교도 할 수 없을 만큼 처절한 소리를 내며 스스로 허공을 맴돌기 시작했다.

까아아악!

백귀들의 눈이 휘둥그레지면서 주춤주춤 뒤로 물러서기 시작했다. 월향은 이제 핏빛으로 빛나는 한 줄기 빛살이 되어 있었다. 허공을 맴돌며 현암의 머리 위로 높이 솟구쳐 올랐다. 월향은 다시 처절한 비명을 지르면서 아래로 폭사되어 갔다. 그 소리는 현암이 이제껏 한 번도 들어 본 적 없는 또 다른 월향의 울음이었다.

'월향이, 눈물을 흘리고 있구나.'

한갓 귀물이었던 월향은 현암의 의도를 알고 있는 듯, 무서운 기세로 흉포한 백귀 무리를 향해 돌진했다.

'월향이, 죽기를 각오했다. 그에 깃든 영이 죽음을……'

현암은 가슴속에 뜨거운 것이 흘러넘쳤다. 현암은 입술을 깨물고 월향이 만들어 준 시간을 헛되이 하지 않기 위해 기공을 혈도로 돌렸다.

한 모퉁이에서는 검은 장미의 봉오리가 홍녀의 목덜미에 달라붙어 있었다.

"야압!"

흡혈귀의 왼팔이 폭발하듯이 허공에서 터져 나갔다. 정신을 가다듬은 박 신부가 손에 든 십자가를 흡혈귀의 팔뚝에 꽂아 넣은 것이다. 준후는 잡아끌던 흡혈귀의 팔목이 어이없이 터져 버리자 제 힘을 이기지 못하고 뒤로 벌렁 넘어졌다.

"에잇, 이놈의 요물! 사탄의 앞잡이!"

박 신부가 노기를 감추지 못하고 일어서며 얼굴에 붙은 살점 부스러기들을 털어 냈다.

"아, 신부님! 무사하셨군요."

준후의 기쁜 음성이 터져 나오는 순간, 훨훨 타오르는 불덩어리 같은 것이 준후의 머리채를 움켜쥐었다.

"앗, 준후야!"

바로 준후에게 번개를 얻어맞고 몸이 반쯤 타 버린 흡혈귀였다. 흡혈귀는 자기 몸뚱이에서 훨훨 타는 불길도 아랑곳하지 않고 준후를 잡아 허공에서 몇 바퀴 돌리더니 무서운 힘으로 냅다 집어던졌다.

"으아아!"

준후의 몸이 가랑잎처럼 날아가 홀의 입구에 그대로 처박혔다.

"으, 이 지독한 놈! 용서할 수 없다!"

박 신부의 몸에서 장엄한 오라가 뻗어 나와 불에 타서 반은 기력을 상실한 흡혈귀의 몸을 둘러쌌다. 흡혈귀는 견딜 수 없는 고통에 비명조차 지르지 못하고 몸을 비틀며 쓰러져 갔다.

"어둠의 피조물이여! 영원한 지옥으로!"

박 신부가 성수를 붓자, 흡혈귀의 몸뚱이가 서서히 녹아들기 시작했다.

"캐애애액!"

흡혈귀의 움직임이 멈췄다. 잠시 후, 박 신부의 성난 눈이 흡혈귀를 노려보자 그것의 몸은 축축한 재로 변해 버렸다.

'가엾은 이여, 심판의 날에 그대의 일은 낱낱이 밝혀질 것이다.'

박 신부는 육신의 원주인을 향해 잠시 묵념을 올렸다. 그러고는 서둘러 홀 안으로 뛰어들었다.

"준후야! 현암 군!"

준후는 정신을 잃지 않았다. 오히려 내동댕이쳐져 날아가는 동안 홀 안의 상황을 낱낱이 파악하고 있었다.

'으아, 월향이 최후의 기력을 쓰고 있다. 거기에 봉인된 영은 젊은 누나 같던데, 현암 형을 위해 죽을 각오를 하고 있어.'

이런 생각이 드는 순간, 준후는 벽에 와당탕 부딪히며 잡동사니들 속에 파묻혀 버렸다.

'으으, 머리야……'

준후는 눈물을 찔끔거리면서, 안간힘을 다해 일어났다. 그러고는 품에 든 부적 뭉치를 꺼낸 다음, 홀 안의 분위기를 살폈다.

월향은 미친 듯 날뛰고 있었다. 무서운 속도로 섬뜩한 비명을 지르며 허공을 가를 때면, 현암에게 덮쳐들던 귀신 하나가 두 토막이 되어 뒹굴었다. 그러나 귀신들은 너무도 많았다. 이제 그들은 한데 뭉쳐, 알 수 없는 몸짓과 괴성을 지르며 하나의 진을 구축해 갔다. 백귀진이었다. 똘똘 뭉친 백귀의 힘은 무서운 소용돌이로 결계를 그려서, 이젠 아무도 안으로 들어설 수가 없었다.

월향은 모든 힘을 짜내어 놀랍도록 빠르게 날아다니고 있었으나, 그 수에는 당하지 못하는 듯했다. 기해혈에 온 힘을 집중한 듯 현암의 얼굴은 땀으로 뒤범벅이 되었다. 이럴 때 조금이라도 심마(心魔)가 깃들면 곧장 주화입마(駐火入魔)[4]로 이어져 폐인이 되고 만다. 하물며 현암은 두 번이나 주화입마에 빠져서 저승 문턱까지 갔던 경험이 있었다.

박 신부는 멍하니 홀 안을 바라보고 있는 준후와 미친 듯 날뛰는 월향을 발견하고는 안으로 뛰어들려다가 알 수 없는 힘에 튕겨져 발을 멈추었다.

"저 안은 지금 백귀진으로 결계가 구축되어 있어요! 이제 외부인은 들어갈 수가 없다고요!"

박 신부는 당황했다. 그렇다면 주술을 쓰는 수밖에 없는데…… 자신은 주술을 몰랐다.

"저, 저 월향이 왜 혼자 허공을 날지?"

일체의 주술과 발을 끊은 박 신부에게는 백귀의 흉포한 모습이 보일 턱이 없었다.

"큰일이에요, 큰일! 저 백귀들을 한꺼번에 퇴치하려면 부동명왕의 멸겁화(滅怯火)[5]를 써야 하는데……."

"그럼 빨리 쓰지 않고 뭐 하니? 어떤 방법이라도 좋으니 빨리 현암을 구하도록 해라!"

---

4 내공을 사용하는 무예인이 잡념과 같은 이유로, 공력의 운행(주천)을 잘못해 혈도가 막혀 폐인이 되는 현상을 말한다. 심하면 죽기까지 한다.
5 소설상 가상의 술법으로 모든 것을 불태우는 부동명왕의 불꽃을 의미한다.

"그럴 수 없어요! 그랬다간 저 월향까지 태워 버리게 된단 말이에요!"

무녀 홍녀의 안색이 점점 파리해져 갔다. 그러나 얼굴에는 희미한 웃음이 떠오르고 있었다. 그녀의 목에 붙은 검은 장미가 빨갛게 변해 가기 시작했다.

준후는 발만 동동 구르며 아무 행동도 하지 못했다.

"어쩌죠? 신부님! 전 결정을 못 내리겠어요! 말 좀 해 줘요!"

박 신부는 마치 자신의 아기를 지키려는 듯 있는 힘을 다해 허공을 가르고 다니는 칼을 지켜보았다.

월향…….

박 신부의 눈이 이번에는 가부좌를 틀고 앉아 혼신의 힘을 끌어모으고 있는 현암에게로 멈췄다.

현암 군…….

잠깐이었으나 무척 긴 시간처럼 느껴졌다. 선택해야 했다.

"아니야, 난 못해, 못한다!"

박 신부의 입에서 신음이 터졌다. 준후는 의외였다. 박 신부가 현암을 구하라고 자기를 다그칠 걸로 예상했기 때문이었다.

"신부님?"

준후는 번민하고 있는 박 신부의 얼굴을 돌아보았다. 박 신부 같은 사람이 한낱 귀신 때문에 저렇게 고민하다니…….

월향검이 허공에서 멈추었다. 그러고는 서서히 땅에 내려앉았다. 백귀들도 돌연한 사태에 어리둥절한지 우뚝 멈추어 섰다. 월향의 검신이 땅에 가볍게 꽂히면서 자루가 살며시 바르르 떨었다. 그건 말 없는 웃음처럼 보였다. 월향은 웃고 있었다. 준후와 박 신부의 대화를 듣고 스스로를 희생하려는 것이었다. 준후와 박 신부는 둘 다 월향검의 의도를 또렷이 알 수 있었다.

준후가 와락 울음을 터뜨렸다.

"신부님, 어떡해요! 어쩌면 좋아요?"

"이런 빌어먹을……."

박 신부가 입술을 깨물며 체통도 잊고 소리쳤다.

"저 백귀란 것들, 빌어먹을 어둠의 피조물들이!"

어둠? 어둠?

한순간 준후의 머리에 서광이 비쳤다.

"맞다! 백귀야행! 백귀들은 밤에만 돌아다니는 것들! 빛에, 빛에 약하다!"

망설일 시간이 없었다. 준후는 부적을 찾을 새도 없이 아미타불의 십이광(十二光)[6] 중의 마지막인 초일월광(超日月光)의 주를 외웠다.

섬광과도 같은 빛이 터져 나왔다. 차가운 달빛보다도 한없이 시리고, 작열하는 태양 빛보다도 훨씬 더 따가운, 폭발하는 듯한 백

---

6   서방 정토의 주인이다. 아미타불이 발하는 빛의 열두 가지 공덕은 무량광(無量光), 무변광(無邊光), 무애광(無礙光), 무대광(無對光), 염왕광(閻王光), 청정광(淸淨光), 환희광(歡喜光), 지혜광(智慧光), 부단광(不斷光), 난사광(難思光), 무칭광(無稱光), 초일월광(超一月光)이다.

열광이 구석구석을 훑었다.

크아악!

캐애액!

백귀들은 비명을 지르며 자취를 감추기 시작했다. 몇 놈들은 빛에 빨려 들 듯 그 자리에서 소멸되어 갔다.

백귀들은 사라져 가는 아우성에, 시전자인 무녀 홍녀는 아까 준후가 겪었던 고통을 느끼면서 정신을 차렸다. 그녀는 간신히 눈을 떴다. 일렁이는 듯한 검은 장미가 눈앞에서 꿈틀대며 자신의 목을 물고 있었다.

"아아악!"

홍녀는 놀라움에 몸을 일으키며 장미 줄기를 뜯어내려 애썼으나, 꼼짝도 하지 않았다. 되레 손이 가시에 긁혀 점점 피가 번져 나왔다. 그 핏방울도 곧 검은 장미의 줄기로 빨려 들어갔다.

"아악!"

재차 비명을 지르는 홍녀의 귓전에 나직한 소리가 들려왔다.

자, 기분이 좋지 않아? 조용히, 얌전히 드러누워…….

"안 돼! 난 지지 않아!"

홍녀는 발악하듯 소리를 지르며 정신을 차리려 했다. 그러나 비릿하게 풍겨 오는 향기에 어느덧 정신이 가물가물해졌다. 홍녀는 차라리 정신을 차리지 못했으면 싶었다.

"성공이다! 결계가 무너졌어!"

박 신부가 환호성을 지르며 홀로 뛰어들었다. 준후는 그 뒤를 따라 홀로 뛰어들면서 월향을 잠시 투시했다. 힘이 많이 빠지고 초일월광의 강력한 빛에 놀란 듯했지만, 무사한 것은 분명했다.

'휴, 다행이다! 월향, 네가 죽었으면 현암 형이 무척 슬퍼했을 거야.'

그러고 보니 힘을 너무 쓴 통에 자기도 제정신이 아니었다. 준후는 빙글 세상이 도는 것을 느끼면서 태평한 미소를 머금고 그대로 기절해 버렸다.

'역시, 이런 대주문은 나한텐 아직 무리야.'

박 신부가 잠시 현암의 안위를 확인하고 있는데, 갑자기 홍녀의 비명이 들렸다. 그리고 한 번 더…… 시선을 돌린 박 신부의 눈에, 다시 정신을 잃어 가는 홍녀의 창백한 얼굴 너머로 천천히 허공에 맺히고 있는 피같이 붉은 사람의 형체가 들어왔다.

박 신부는 외쳤다.

"흡혈마!"

홍녀의 과거

붉은 형체는 점점 또렷한 모양을 갖추어 가고 있었다. 어디에서 왔는지 알 수 없는 많은 핏방울이 서로 엉키며 흐르고 또 솟구쳐 오르기도 하면서, 흡혈마의 모습은 점점 여자와 비슷한 모습을 갖추기 시작했다.

박 신부는 홍녀에게로 달려갔다. 홍녀는 힘을 잃어 자칫하면 수위처럼 흡혈귀가 될 수도 있었기 때문이었다. 박 신부는 성수병의 마개를 열고 성수를 한꺼번에 홍녀의 몸에 퍼부으면서 기도력을 집중했다.

"만물의 주 그리스도의 이름으로 사악한 피조물은 사라질지어다!"

흡혈마는 갑작스러운 박 신부의 행동에 잠시 멈칫하는 듯했지만 그뿐이었다. 놀랍게도 박 신부의 성수를 몸에 맞은 검은 장미는 별다른 반응을 보이지 않았다. 홍녀는 차가운 느낌에 가물거리는 의식을 잠시 가다듬었다. 박 신부는 놀라서 눈이 휘둥그레졌다.

잠깐 정신을 차린 홍녀가 외쳤다.

"신부, 소용없어! 이 꽃은 마물이 아니야! 이건 에잇!"

홍녀가 이성을 되찾았다.

"칙쇼! 이 더러운 것! 만물을 불사르는 염부염왕의 번뇌화(煩惱火)7!"

홍녀가 기합을 발하자 몸에서 주황색의 불꽃이 일어났다. 박 신부가 뿌린 성수도 함께 상승 작용을 일으키며 녹색빛을 발했다. 검은 장미가 고통스러운 듯 줄기를 비틀며 타들어 갔다.

흡혈마가 놀란 듯 주춤하며 물러섰다. 흡혈마의 모습은 얼굴을 알아볼 수 있을 만큼 선명해져 있었다. 요염한 여인의 얼굴이었다.

---

7   인간이 느끼는 열화 같은 심경을 불의 에너지로 방출하는 것이다.

홍녀의 몸에서 불길이 사그라졌다. 그녀의 옷은 군데군데 가시에 찢겨 있기는 했으나, 불탄 곳은 없이 말짱했다. 홍녀가 몸을 일으키자, 타 버린 검은 장미의 회색 잔해와 재가 땅바닥에 떨어져 내렸다. 홍녀는 허리에서 막대를 꺼내 한 번 휘두르고는, 양손으로 막대의 중앙을 잡고 둘로 나눴다. 막대는 양쪽으로 쪼개지며 섬광이 번쩍이는 두 개의 짧은 칼로 변했다.

"발(發)!"

홍녀의 기합과 함께 두 개의 칼에 아까처럼 주황색의 불길이 번져 갔다. 불의 칼이었다. 홍녀는 몸의 피를 빨려서 체력 소모가 극심했던지, 창백한 얼굴에 땀을 흘리고 있었다. 잠시 다리를 휘청대던 홍녀는 다시 자세를 가다듬어 발검(發劍) 자세를 취했다.

"구마열화검(驅魔熱火劍)[8]! 저건 밀교의 보물인데!"

어느새 정신을 가다듬은 준후가 소리쳤다.

"흡혈마의 몸은 지금 인간에게서 빼앗은 생혈(生血)의 기운으로 덮여 있어서 마물을 퇴치하는 주술이나 성수의 영향을 받지 않아요! 불이나 물리력만이 저 피 갑옷을 물리칠 수 있어요!"

준후가 외치면서 몸을 일으켰다. 그러면서 즐겨 쓰던 인드라의 번개 대신 부동명왕의 멸겁화주를 외웠다. 준후의 양손에 이글거

---

8 밀교의 보물로 공력을 주입하면 마를 내쫓는 불이 뿜어져 나온다는 가상의 검이다. 평상시에는 보통 막대기처럼 보이나 분리시키면 쌍검이 된다. 두 개가 짝을 이뤄 서로의 날이 자루 속에 들어가 있다.

리는 흰 불덩어리가 뭉쳐 가기 시작했다.

박 신부도 방법을 바꾸었다. 잘 쓰지 않던 비장의 방법이었으나, 준후의 말대로 하려면 박 신부로서는 성령의 불을 일으켜야 했다. 박 신부는 품에서 은십자가를 꺼내 오른손에 쥐고 기도력을 집중하기 시작했다. 성령의 화신이라는 연푸른색의 불꽃이 이글대며 십자가 전체에 번져 갔다.

흡혈마는 당혹한 모습이었다. 홍녀, 박 신부, 준후는 세 방향에서 흡혈마를 에워싸고 다가서기 시작했다. 흡혈마는 상황이 불리한 것을 깨달은 듯, 몸을 날려 달아나려 했다. 준후가 멸겁화의 불덩이를 하나 던졌으나, 흡혈마는 몸을 비틀어 그것을 피했다. 불덩이는 건너편 벽을 뚫고 다음 방에서 요란한 소리를 내며 폭발했고, 흡혈마는 허공에서 몸을 비틀어 바깥 창 쪽을 향해 몸을 날리려 하고 있었다.

"아까의 빚을 갚아 주마, 야압!"

바람을 가르면서 월향검이 날아갔다. 현암이 정신을 차린 것이다. 무서운 속도로 날아간 월향은 흡혈마의 오른쪽 어깻죽지를 꿰뚫고 지나가서 벽에 깊숙이 박혔다. 그러자 오른팔이 잘려 나가면서 땅에 떨어졌다. 더불어 흡혈마의 몸도 제대로 중심을 잡지 못한 채 땅에 내려앉아 비틀거리더니, 몸에서 핏방울이 화살처럼 네 명을 향해 쏘아졌다.

"조심해!"

현암이 옆 벽에 기대어져 있던 평평한 쇠 문짝을 집어 던졌다.

기공이 실린 쇠판이 세 명의 앞을 가로막으면서, 흡혈마가 쏘아 댄 핏방울들이 요란한 소리를 내며 쇠판에 부딪쳐 사라졌다.

"잘했어요, 현암 형!"

준후가 소리쳤다.

"기회다!"

홍녀의 손에 들린 쌍검에서 불기운이 폭발하듯이 터져 나오며 허공을 날아 흡혈마에게 쏘아져 갔다. 자신의 공격이 현암의 기지로 무산되자 잠시 망연해 있던 흡혈마는 몸을 돌려 피하려 했지만, 두 개의 불검은 그대로 흡혈마의 양쪽 가슴에 박혔다. 준후가 일갈하며 쏜 불덩이가 작렬하면서 흡혈마의 온몸을 뒤덮어 버렸다.

"사악한 것! 죗값을 받아라!"

박 신부가 걸음을 옮겨 연푸른 불꽃이 이글거리는 십자가를 고통에 몸부림치는 흡혈마의 이마에 대고 눌렀다. 희뿌연 연기가 나면서 십자가는 그대로 흡혈마의 이마 속으로 박혀 들어갔다.

흡혈마의 비명과 함께 싸움은 끝났다.

넷은 잦아드는 불길 속에 한 여자가 쓰러져 있는 것을 보았다. 처참한 모습이었다. 홍녀와 준후의 주술에 의한 불은 영적인 것이어서 여자의 몸을 검게 태우거나 하지는 않았으나, 오른팔이 잘려 나가고 가슴에 두 자루의 칼을 꽂고 있는 모습은 비참하기 그지없었다. 더욱이 이마의 복판에 검게 탄 깊숙한 십자 무늬는 눈 뜨고 볼 수 없을 만큼 참혹했다.

"네 죗값을 받은 거다, 오유키……."

홍녀의 눈에서 눈물이 흐르기 시작했다. 셋은 홍녀의 눈물에 놀라지 않을 수 없었다. 현암이 물었다.

"아는 사람이었나요?"

"오유키는 제 동생입니다."

홍녀는 입술을 깨물며 애써 참으려 했지만, 철철 흐르는 눈물을 가누지 못했다.

"저는 어려서부터 영기가 강해서, 부모님은 저를 밀교에 입문시켰습니다. 제겐 여동생이 있었는데 바로 오유키입니다. 저는 도를 닦아 밀교 구대 호법의 하나가 되었고, 동생은 육종학(育種學)을 전공했습니다."

홍녀가 눈물로 덜어 놓는 과거 이야기를 정리하면 대강 다음과 같았다.

육종학을 연구하던 오유키는 새까만 장미를 만들어 보겠다는 집념을 버리지 못했다고 한다. 온갖 방법을 써 보았지만, 생각처럼 새까만 장미는 만들어지지 않았다. 외곬의 집념을 가졌던 오유키는 검은 장미를 만들기 위해 주술과 유럽의 흑마술(黑魔術)[9]까지 동원하게 되었다.

그러다 마침내 인간의 피를 이용해 검은 장미를 키워 내는 데에

---

9 서양의 마술에는 사악한 힘을 얻거나 생명을 해치는 등의 악한 용도로 쓰이는 흑마술과 연금술이나 치료술처럼 선한 용도로 쓰이는 백마술이 있다.

성공하게 되었다. 하지만 그 검은 장미는 생명이 없는 마물이었다.

"일본에서 몇 차례 혈액원이 습격당해 많은 혈액이 탈취당한 사건이 있었습니다. 이상한 일이라 밀교 총단에서는 그 일을 알아보라고 저를 내려보냈죠."

영사를 통해 조사를 계속하던 홍녀는 결국 그 혈액이 마물인 검은 장미를 키우는 데 이용되었음을 알고, 장본인이 다름 아닌 자신의 친동생이라는 것도 알게 되었다. 동생의 근거지에 들이닥친 홍녀는 못 볼 광경을 보고 말았다. 검은 장미가 뿜어내는 피 냄새에 현혹된 오유키는 흑마술의 금단의 방법을 이용해 흡혈마를 불러들여 자신의 몸에 빙의시킨 것이었다. 홍녀는 동생의 정신을 차리게 하려고 애를 썼으나, 도리어 흡혈마가 되어 버린 오유키의 공격을 받아 중상을 입고 도주할 수밖에 없었다. 밀교 총단은 이 사실을 알고 영력이 강한 구대 호법을 풀어 흡혈마를 쫓았으나, 도리어 그중 세 명이 당하고 말았다. 흡혈마는 정체가 드러난 것에 불안을 느끼고, 한국으로 자리를 옮겨 많은 사람의 생혈을 빨아 힘을 키우려 한 것이었다.

"저는 상처를 치료하던 중에 밀교 비술 세 가지를 깨달았습니다. 한 가지는 백귀를 부리는 법, 또 하나는 구마열화검의 이용법, 나머지 하나는 흡혈마를 제압해 사람의 몸에 가둘 수 있는 금제법입니다."

"그러면 세 번째 방법은 이용하지 못했군요."

준후가 중얼거렸다.

"아니지, 꼬마야!"

홍녀의 얼굴에 웃음이 비치며 준후를 귀엽다는 듯 내려다보았다.

"이미 사용하고 있단다. 아까부터!"

"예? 왜요? 이제 흡혈마는 죽었는데?"

홍녀가 쓸쓸히 웃었다.

"아니, 흡혈마는……."

셋의 놀란 얼굴이 홍녀를 향했다.

"내 몸 안에 있어."

준후가 놀라움에 입을 딱 벌렸다. 박 신부는 갑자기 기침했고, 현암은 겉으로는 놀라움을 내색하지 않았으나 눈꼬리를 위로 치떴다.

홍녀가 계속 말을 이어 갔다.

"흡혈마가 어떤 녀석인데 그렇게 쉽게 죽겠습니까? 녀석은 세 분의 강한 힘을 보고 아까부터 내 몸으로 옮겨 와 있었습니다. 다만 아직 적응을 못해서 가만히 웅크리고 있는 거지요. 몇 시간만 지나면, 놈이 활동을 시작할 겁니다. 그러니 그전에 저는……."

준후가 입 밖으로 말을 꺼내지도 못하고 손을 휘휘 저었다. 안 된다는 뜻이었다.

"속세의 인연을 끊었다 생각은 했지만, 동생을 제 손으로 죽인 몸입니다. 무슨 살 생각이 있겠습니까?"

홍녀는 자결할 작정이었다. 홍녀의 손에는 어느새 길쭉한 병 하나가 들려 있었다. 가솔린 냄새가 났다.

"아, 안 돼요, 누나!"

준후가 울부짖었다. 박 신부도 소리쳤다.

"자신의 생명을 희생할 생각인가! 다른 방법을! 다른 방법을!"

현암도 소리쳐서 막으려 하다가 잠시 다른 생각을 하기 시작했다. 홍녀를 구하려면 흡혈마를 놓치게 되거나, 되레 홍녀가 흡혈귀로 변해 버릴지도 모른다는 생각이 들었다. 몸 안에 들어가 버린 흡혈마는 그놈이 스스로 원하지 않는 바에야 꺼낼 수가 없는 것이다.

현암은 천천히 입을 열었다.

"안녕히…… 세상의 많은 이들을 구제하시는 겁니다."

현암의 입에서 뜻밖의 말이 나오자, 준후와 박 신부의 놀란 입이 더욱 크게 벌어졌다. 홍녀도 눈으로 인사를 보내며 쓸쓸히 웃었다. 그리고 병 안에 든 가솔린을 머리에서부터 들이부었다.

"현암 군, 자네 제정신인가?"

"흡혈마는 제거되어야 해요! 저렇게 강한 금제로 막고 있는 지금이 기회입니다. 홍녀 님이 막지 않으면 또 도망쳐서 다시 얼마나 많은 사람을 해치게 될지 몰라요!"

"홍녀 누나! 그래도 그럴 순 없어요!"

"이렇게 하지 않아도 방법이 있을 거야! 우리가 돕겠네! 제발 그러지 마!"

준후와 박 신부가 외쳐 대는 중에도 현암은 외면하고 있었다.

머릿속에는 몇 가지 생각들이 번개같이 스쳐 지나갔다. 긴장해 깨물고 있는 윗입술에 피가 배어 나왔다.

홍녀가 나직이 웃으며 말했다.

"그럼 안녕히…… 뒷일을 부탁합니다."

홍녀가 손가락을 튕기자 불꽃이 튀고 삽시간에 불은 홍녀의 전신으로 번졌다. 홍녀는 아픔을 느끼지 않으려는 듯 고요히 법문을 읊으면서 불에 타들어 갔다.

"으악! 안 돼요, 안 돼!"

준후가 울음을 터뜨리며 발을 동동 굴렀다.

박 신부가 허둥지둥 달려가 구석에 있는 소화기를 집어 들고 달려왔다. 소화기를 작동시키려는 순간 누군가 소화기를 와락 빼앗았다. 현암이었다. 박 신부의 눈이 노여움에 크게 치켜졌다.

"현암이! 그럴 수가 있는가!"

현암은 이를 악물고 한 손으로 소화기를 들며 한 손으로 월향검을 들고는 칼집을 휙 뿌리쳐 던졌다.

"이대로 놔둔다 해도 홍녀 님은 흡혈귀로 변하게 돼요! 그럼 우리 손으로 홍녀 님을 처치할 수밖에 없습니다!"

"무슨 방법이 있을 거야, 방법이!"

"냉정해져야 해요! 흡혈마는 자유자재로 몸을 옮겨 다닙니다! 우리에게 옮길지도 모른다고요!"

현암은 지독한 소리를 내뱉고 있는 자신에게 아연해하면서도, 초조한 마음으로 자신의 생각이 맞기만을 바라고 있었다. 방법은 이것뿐이었다.

"현암 형, 다시 봤어! 어쩜 세상에 그렇게!"

준후가 악을 써 댔고, 박 신부는 이제 옷소매를 걷어붙이고 있었다. 완력으로라도 현암이 들고 있는 소화기를 빼앗을 심산이었다.

"현암이 자네, 자네가 이렇게 비겁할 줄은……."

현암이 놀랄 만큼 큰 소리를 질렀다.

"조용히 하세요!"

현암의 눈은 이제 서서히 몸이 사그라져 가는 홍녀를 초조하게 응시하고 있었다. 현암이 준후에게 무슨 표시를 했다. 눈물에 젖어 있던 준후는 현암의 손을 살짝 쳐다보았다. 부동명왕의 인장이었다. 준후의 머릿속에 한 가닥 광명이 비쳤다.

"지금이다!"

체통도 잊고 현암에게 주먹을 한 대 날리려던 박 신부는 현암이 지르는 소리에 깜짝 놀라 홍녀의 몸이 타고 있는 쪽을 쳐다보았다. 무언가 붉은 기운 한 뭉치가 쓰러져 가는 홍녀의 몸에서 반쯤 빠져나오려 하고 있었다. 홍녀가 의식을 잃자 홍녀의 금제가 풀리고 흡혈마가 화염에서 벗어나기 위해 홍녀의 몸을 빠져나오는 중이었다. 현암이 마지막 승부를 걸었다.

"준후야!"

현암이 소리치며 몸을 날렸다. 동시에 준후는 암암리에 끌어 올렸던 부동명왕의 멸겁화를 붉은 기운을 향해 날렸다. 현암의 몸은 성큼 허공을 날면서 소화기를 틀어 홍녀의 몸에 붙은 불을 끄기 시작했다.

캐애애액!

준후가 독한 마음으로 쏜 불덩이는 한 번에 그치지 않고 계속해서 긴 호선을 그리며 마치 화염 방사기처럼 붉은 기운을 태워 갔다. 붉은 기운은 괴이한 소리를 내며 몸부림쳤다.

박 신부가 정신을 차리고는 기도력을 발출했다. 푸른 오라가 퍼져 나가 이미 불에 휩싸인 흡혈마를 허공에 옭아매기 시작했다.

"잠시만, 잠시만 버텨 줘!"

현암은 기공이 잔뜩 실린 월향검으로 소화기의 뚜껑에 일격을 가했다. 요란한 소리와 함께 소화기의 내용물이 한꺼번에 폭발하듯 터져 나와 홍녀의 몸으로 쏟아졌다. 몸을 태우던 불이 단번에 꺼졌다. 준후와 박 신부는 흰 소화기의 내용물이 사방으로 튀는 것도 아랑곳하지 않고 계속 정신을 집중하고 있었다.

땅에 내린 현암의 손에서 일갈과 함께 월향검이 날아 날카롭게 흡혈마를 향해 쏘아져 들어갔다.

신호등이고 뭐고 눈에 뵈는 것이 없었다. 몸 여기저기 그슬리고 흰 소화 분말까지 뒤집어쓴 세 퇴마사는 시커멓게 그슬린 홍녀를 차에 싣고 미친 듯 병원으로 향했다. 차 속에서 박 신부가 미안한 듯 중얼거렸다.

"미안하네, 현암 군. 난 깜박 속았지 뭔가. 흡혈마를 끌어내기 위해 그런 걸 가지고……."

"말 시키지 마세요, 사고 납니다."

"자네가 그렇게 안 했더라면 홍녀도 죽고 흡혈마도 다시 나와 세상에 많은 피해를 주었을 거야. 아무튼 이거 이렇게 힘들어서야 어디 퇴마사도 해 먹겠나. 목숨을 건 연극까지 해야 하니, 원."

준후가 눈물이 글썽한 눈으로 끼어들며 말했다.

"홍녀 누나가 무사한지 살펴봐 주세요. 신부님은 의사 출신이시 잖아요."

"수양이 깊은 여자니 이 정도로 큰일 나지는 않을 거야."

홍녀의 새카만 얼굴에서 휴 하는 숨이 나왔다.

"정말, 꼭 완쾌하세요. 그리고 절 용서해 줘요, 착한 누나……."

준후가 눈물로 시커멓게 범벅이 된 눈가를 허옇게 얼룩진 소매 로 훔쳐 냈다. 참 눈물이 흔한 아이였다.

[09시 30분발 오사카행 비행기에 탑승하실 손님들께서는 해당 게이트로 입장해 주시기 바랍니다.]

밀교에서 파견 나온 몇 명의 승려가 홍녀가 앉은 휠체어를 밀며 게이트로 향하기 시작했다. 홍녀는 아직 곳곳에 붕대를 감고 있었 으나, 거의 회복된 듯했다. 현암과 박 신부가 웃으면서 손을 흔들 었다. 홍녀도 나직한 미소로 답했다.

준후가 헐떡거리며 붉은 장미 한 다발을 껴안고 뛰어와서는 홍 녀에게 건네주었다.

"푸홋! 또 장미?"

홍녀의 얼굴이 미소로 환해졌다.

"그래, 역시 붉은 장미가 아름다워. 향기도 좋고……."

준후가 씨익 웃었다. 홍녀는 준후의 머리를 쓰다듬으며 다시 미소를 보냈다.

"잘 있어, 착한 동생…… 사요나라!"

비행기가 요란한 소리를 내면서 순식간에 시야에서 사라졌다.

준후가 넋을 놓고 사라진 비행기의 자취를 쳐다보는 동안 현암과 박 신부는 천천히 출구 쪽으로 걸어가면서 이야기를 나누기 시작했다.

"대단한 여자였네. 처음에는 좀 사악한 걸로 보였는데, 한이 많아서 그랬을 거야."

"예. 원래 천황가의 은밀한 후손이었다고 해요. 백제의 후예인 셈이지요. 옛 선조의 고향인 이곳에 남고 싶다고 했는데……."

"아무튼 존경할 만해. 스스로를 희생해 악령을 퇴치하려 하다니……."

어느새 준후가 톡 끼어들었다.

"근데 신부님. 전에 현암 형과 월향검을 놓고 왜 선택을 못하셨죠? 전 당연히 현암 형을 구하라고 하실 줄 알았는데……."

"응? 응? 아참, 거기에 현암 군도 있었나? 하하하……."

박 신부는 한바탕 호탕하게 웃고는 곧 진지한 표정으로 말했다.

"준후야, 그건 말이다, 난 그때 월향의 모습에서 진정한 사랑의 모습을 보았기 때문이란다. 스스로를 희생해 남을 구하려는 건 정말로 고귀한 정신이 아니겠니? 홍녀 님도 그랬고…… 귀신이 봉인된 월향검의 모습에서도 사랑이란 정말로 그 당사자를 고귀하게 만드는, 가장 중요한 거라는 사실을 느낄 수 있었단다. 지옥 같은 싸움 속에서도 말이야."

"그건 자비심이 아닌가요? 불타의 가르치심에……."

"그만, 그만! 신부더러 염불을 외우라는 거냐? 하하하……."

그들은 서로를 바라보며 웃었다.

눈뜨라고 부르는
소리 있도다

범준은 잠에서 깨어 눈을 떴다. 자동으로 타이머를 맞추어 놓은 오디오에서 바흐의 칸타타 140번이 흘러나오고 있었기 때문이다.

'정말 지독한 꿈이었어. 이렇게 매일 가위에 눌려서야, 원……'

범준은 한숨을 내쉬었다. 어젯밤에도 어김없이 가위에 눌려 또 끔찍한 얼굴을 보았다. 끔찍한 얼굴…… 생각하기도 싫었다.

범준은 침대를 보았다. 시트와 베개가 아직도 땀으로 축축하게 젖어 있었다. 고개를 설레설레 저으며 여전히 흘러나오고 있던 바흐의 〈눈뜨라고 부르는 소리 있도다〉를 꺼 버렸다.

'오늘은 정말 무슨 수를 써야지, 이래서는 도저히 못 살겠어.'

범준은 수업을 마치고 도장에 들렀다. 찌뿌드드한 몸도 풀 겸 검도 연습이나 할까 해서였다. 대련의 상대가 있으면 스트레스나 확 풀 수 있으련만. 그러나 불행하게도 도장엔 아무도 없었다. 호구를 착용하려다가 그냥 목검만 들고 헝겊 인형 쪽으로 갔다. 원래 호구는 항시 착용해야 하지만, 아무도 없는데 뭐 어떠랴······.

퍽퍽 소리를 울리며 수십 차례 인형을 두들겨 대던 범준의 이마에 땀이 송골송골 배어나고 있었다. 얼마 후 지친 범준은 목검을 인형 옆에 세워 두고 한쪽 구석에 있는 벤치로 가서 벌렁 드러누웠다.

'내가 밤마다 가위에 눌리기 시작한 게 벌써 얼마나 되었지? 일년? 육 개월? 아마 영국 연수 다녀온 다음이니까 한 칠팔 개월 됐겠군······.'

처음에는 별것 아니겠거니 했다. 가위라는 것이 이런 거구나 생각하고 그냥 넘어가려 했다. 그러나 정도가 날로 심해졌다. 단순히 가위에 눌리는 것이라면 참을 수 있을지도 모른다. 그러나 매일 나타나는 그 흉측한 얼굴만은······.

범준은 몸을 일으켜 벤치에 똑바로 앉아 무릎 사이에 얼굴을 묻었다. 그러나 오로지 생각나는 것은 얼굴뿐이었다. 머리를 어지럽게 풀어 헤치고 빈 구멍만 남아 있는 퀭한 두 눈······.

갑자기 옆에서 무엇이 움직이는 듯한 느낌이 들었다. 혼자밖에 없는 텅 빈 체육관에서. 범준은 옆을 휙 돌아보았다. 아무도 없었다. 벽에 걸린 몇 벌의 검도용 호신갑과 목검들, 매트리스, 그리고 헝겊으로 달아 놓은 인형······ 인형? 범준은 소스라쳐 일어서며 앞에 던져 놓았던 목검을 집어 들었다.

인형······ 나무토막으로 뼈대를 세우고 헝겊으로 살을 메운 인형이 조금씩 움직이고 있었다. 인형은 범준 쪽을 노려보고 있는 듯했다. 후배 재학이 인형의 얼굴에 그려 놓은 낙서 같은 눈과 입이 조금씩 벌어지고 있었다.

"에잇, 요사한 것!"

범준은 목검을 쥔 손에 힘을 주었다.

"네, 네가 아무리…… 아무리 그래도…… 도, 도망은…….."

인형의 입이 일그러지며 알아들을 수 없는 소리가 새어 나왔다. 헝겊 인형의 발이 한 발짝 다가왔다. 범준은 단단히 자세를 갖추고 한 걸음 뒤로 물러나려 했지만 발이 땅에서 떨어지지 않았다. 인형의 눈이 벌어지면서 붉은 액체가 흘러내렸다.

"넌 결국…… 결국은 우리에게…… 위대한…… 위대한…….."

"가까이 오지마!"

"위대한…… 에수스(ESUS)[1]…… 에수스…… 그에게로…….."

인형이 한 발짝 더 다가왔다. 범준은 미칠 듯한 공포를 느끼며 뛰어 달아나려 했으나, 발이 떨어지지 않았다.

그때 귓전에 한 가닥의 음성이 들려왔다.

눈을 떠…… 눈을…….

"으흑!"

---

1   고대 켈트족이 믿던 신앙에 나오는 신이자 가장 중요한 신 중 하나로, 숲의 식물들과 관계된 신이다. 어떤 학자들은 이 신이 곧 고대 켈트족의 최고신이었다고 생각하는데, 이들은 나무를 자르는 인간의 형태로 묘사돼 에수스 신의 두 개의 초상을 찾아내기도 했다. 그중 하나에는 신의 이름이 새겨져 있으며, 파리 노트르담의 한 제단에서 발견되었다.

범준은 몸서리를 쳤다. 이건, 오래전부터 그를 시달리게 한 목소리가 아닌가. 분명 밤마다 나타나는 흉측한 얼굴의 임자가 내는 소리였다. 범준은 온 힘을 끌어모았다. 헝겊 인형의 팔이 뻗어 왔다.

"야앗!"

범준은 기합을 울리며 목검을 휘둘렀다. 헝겊 인형의 목이 단번에 날아가면서 선혈 같은 것이 위로 솟구치는 것을 본 순간, 범준은 귓가에 얽히는 소리를 들으며 정신을 잃었다.

"위대한…… 위대한…… 에수스……에게로……."

눈을…… 눈을 떠…….

범준은 누군가 자신의 몸을 흔들어 깨우는 것을 느꼈다. 후배 재학이었다.

"형, 형! 왜 여기서 자고 있어?"

"으, 으응? 재학이냐? 그 요괴는, 요물은!"

"웬 요물? 무슨 소리 하는 거야?"

주변을 둘러보니 아무것도 이상한 것은 없었다. 헝겊 인형은 여전히 제자리에 걸려 있었고, 목검도 저만치에 떨어져 있었다.

"……네가 이 안을 정돈했니?"

"아니? 와 보니까 그냥 여기서 형이 자고 있길래, 밤도 늦었는데 집에 가야잖아? 그래서 깨웠지……."

범준은 쓸쓸히 웃으며 재학과 함께 발걸음을 옮겼다. 꿈을 꾼 모양이다. 힐끗 본 인형의 목덜미에 움푹 들어간 자국이 조금 신경이 쓰이기는 했다. 연습할 때 목검으로 친 자국이겠지……. 범준은 허탈한 마음으로 체육관을 나섰다.

문이 닫히자, 인형의 머리가 땅에 털썩 떨어져 내렸다.

천장의 무늬가 보였다. 바둑판무늬…… 커다란 사각형 하나가 가로와 세로로 아홉 등분씩 여든한 토막으로 나뉘어져 있었다. 범준은 날마다 보는 자기 방 천장의 무늬를 쳐다보면서, 저녁때 체육관에서 있었던 일들을 생각했다. 인형, 그리고 그 목소리. 으, 싫어……. 범준은 도리질을 쳤다. 범준은 끔찍한 생각을 지워 버리려고 천장의 사각형을 세기 시작했다.

하나, 둘, 셋…… 일흔아홉, 여든! 응? 여든 개라니? 잘못 세었겠지. 다시 세어 보자. 하나, 둘, 셋…… 여든, 여든하나, 여든둘! 이번에 여든두 개? 잘못 센 것 같지도 않은데, 왜 셀 때마다 다르지?

범준은 이유를 생각해 보았다. 맞아! 저 천장의 그림이 움직이고 있는 거야. 뭐? 무늬가 움직인다고?

공포가 엄습했다. 천장의 무늬가 물결치듯이 일렁거렸다. 사각형들이 흩어지고 물결처럼 움직이면서 둥근 무늬들을 이루어 갔다.

몸을 움직이려 해 보았지만, 팔다리가 꿈쩍도 하지 않았다. 고개도 돌릴 수도 없었고 눈도 감을 수 없었다. 온몸이 꽁꽁 묶인 것처럼…… 말도 나오질 않았다.

천장이 서서히 아래로 내려오기 시작했다. 천장의 무늬들은 빠른 속도로 움직이면서 돌무더기가 쌓인 모습이 되기도 하고, 사람의 형상으로 보이기도 하고, 무더기로 쌓인 시체 더미를 연상시키기도 했다.

천장에 매달린 전등에는 끝이 뾰족한 수정들이 대롱대롱 달려 있었다. 전등이 슬슬 범준이 있는 쪽으로 내려오면서, 수정들은 뱀처럼 고개를 세우고 기어 오고 있었다. 몸이 움직여 주지를 않았다. 범준은 크게 벌어진 눈으로 수정에 초점을 맞추었다. 날카로운 돌기가 범준의 심장을 향하고 있었다.

'이건 현실이 아니야. 꿈, 악몽일 뿐이야!'

범준은 고함을 지르고 싶었지만, 입이 열리지 않았다.

천장은 더 가까이 내려왔다. 무늬들이 소용돌이치면서 확연하게 'ESUS'라는 글자를 새기고 있었다.

"으아악!"

범준은 식은땀을 흘리며 벌떡 일어났다. 천장은 제자리에 있었고 전등도, 거기에 달린 수정 장식품도 잠들기 전 그대로였다. 그러나 눈가에는 여전히 한 모습이 어른거리고 있었다. 범준의 얼굴에 코가 맞닿을 정도로 들이대던 끔찍한 얼굴…… 풀어 헤친 머리, 구멍이 파인 두 눈, 푸르둥둥한 입술, 썩어 헤진 피부…… 그리고 그 입에서 나오는 소리…….

눈을 떠라…… 눈을!

"으아! 싫다, 싫어! 무서워! 제발 꺼지라고!"

범준은 사내답지 않게 양 무릎을 감싸안고 큰 소리로 울어 댔다. 소리를 질러도 들을 사람이 없었다. 범준의 양친은 이미 몇 년 전에 사업차 영국으로 가셨고, 하나뿐인 형마저도—그 난봉꾼이던 형!— 범준이 영국에 갔을 무렵 실종되었다. 혼자서 지내는 커다란 집…… 범준은 더 견딜 수가 없었다. 그는 누군가에게서 들은 전화번호가 적힌 쪽지를 찾기 시작했다.

"신부님이셨습니까? 전화를 받으신 분이요?"

대문을 여는 범준의 앞에는 머리가 희끗희끗하고 체격이 우람한 신부가 자상한 미소를 띠며 서 있었다.

"그래, 맞네. 난 박 신부라 하지. 원래 세 명이 같이 다니는데 요즘은 다들 바빠서."

"전 성당이나 교회는 나가지 않는데요?"

종교라면 왠지 못마땅하게 생각하던 범준이 우물거렸다. 그러나 박 신부는 전혀 개의치 않는다는 듯 쾌활한 모습이었다.

"아, 염려 말게나. 나도 안 나가니까…… 하하하!"

박 신부는 어느새 범준의 옆을 지나 방 안으로 들어가고 있었다. 범준이 의아한 얼굴로 뒤따라 들어가자, 박 신부는 책상 위에 놓인 테이프 케이스를 집어 들었다.

"음…… 음악을 좋아하나 보군. 바흐 칸타타 140번이라. 재미있는 제목이야. 〈눈뜨라고 부르는 소리 있도다〉."

"아, 예. 매일 아침 일어나는 음악으로 듣죠."

"그래? 하하하…… 정말 눈뜨게 하는 음악으론 적당하군그래!"

범준은 처음 보지만, 인품이 넉넉해 보이는 신부에게 마음속 이야기를 다 털어놓기 시작했다.

"아하. 그러니까 꿈에서 자꾸 나타나는 얼굴이 있단 말이지?"

"예. 반쯤은 썩은 얼굴이요. 생각만 해도 소름이 끼쳐요."

"그 얼굴, 누구 아는 사람이거나 본 얼굴은 아니던가?"

"아뇨, 그렇게 썩어 문드러진 얼굴을 제가 어떻게 알아봐요?"

박 신부는 잠시 눈을 감고 있더니 침중한 얼굴이 되었다. 범준은 영문을 몰라 우물쭈물 있었다. 처음엔 몰랐는데 가까이서 보니 신부의 눈이 형형히 빛나고 있어서 마주 보기가 힘들 정도였다.

"신부님. 가위눌리는 것도 좋고 다 견딜 만해요. 하지만 얼굴만은…… 그 얼굴을 보는 것만은 이제 신물이 나요."

"흠…… 그 얼굴이 그렇게 마음에 들지 않는 이유는 뭔가?"

"너무, 너무 추해요. 그런 썩은 얼굴을 가까이에서, 그 입김마저 느낄 만큼 가까이에서……."

"다른 일들도 예사로 있는 일들이 아닌데?"

"전부 그 얼굴이 만들어 내는 일이겠죠! 그 추악한 것이 꾸몄을 게 분명해요."

"아무튼 알겠네……. 가족은? 집에는 누가 있지?"

"아무도 없어요, 저밖에는요. 부모님은 영국에 계시고, 형이 하나 있는데 집을 나가 버렸어요. 난봉꾼이죠."

"집을 나갔다고?"

"예. 어디로 갔는지는 몰라요. 신고는 했지만 그런 일이 한두 번이 아니었어요. 옛날부터 툭하면 나가서 몇 달씩 있다 들어오곤 했죠. 부모님도 별 신경을 쓰지 않으세요. 이젠 나이도 들었으니까요. 또 글이다 뭐다 쓴답시고 떠돌아다니는 거겠죠, 뭐."

"형과 사이가 좋았나?"

"그건……."

범준의 머리에 옛날 일들이 떠오르기 시작했다. 공부는 못하면서 매일 부모님에게 큰 소리로 대들던 형의 모습, 그리고 난 후에는 으레 자신의 방에 들어와 "범준아, 너만은 이해해 주라"하며 울먹이던 형의 모습이 생각났다. 형은 나를 참 좋아했었다. 그러나 나는 형을 쌀쌀맞게 뿌리쳤었다. 형은 그런 나를 슬픈 눈매로 물끄러미 쳐다보았고.

"됐네, 범준 군. 근데 저기 저 사진은 뭐지?"

과거의 기억을 떠올리며 왠지 눈물이 날 듯하던 범준이 갑자기 던져진 박 신부의 말에 눈가를 문지르며 황급히 답했다.

"아, 저거요? 작년에 영국에 갔을 때 찍은 사진들입니다."

"음, 잘 나왔구먼. 여기는 도버 해협이군……. 이건 런던 탑이고…… 응? 이건 스톤헨지(Stonehenge)[2] 아닌가?"

---

2   영국에 실재하는 거석군(巨石群)이다. 전설에 의하면 아서왕의 마술사 멀린(Merlin)이 마법의 힘으로 쌓았다고 한다. 그러나 실제로는 그보다 훨씬 이전에 만들어졌다. 스톤헨지는 하나의 석조 구조물이 아닌 거석들이 환형으로 배치된 것이다. 그에 고대의 천문대라는 설, 신전이나 달력이었다는 설 등이 있으나 정확한 것은 아직도 밝혀지지 않았다. 스톤헨지는 드루이드보다도 오래전에 만들어졌으며 드루이드들은 이 스톤

"예. 하지만 거기서는 한 장밖에 안 찍었어요. 기분이 묘해서요."

"이 뒤에 희미하게 나온 사람은 누군가?"

"예?"

박 신부가 가리키는 곳을 자세히 보니, 범준의 등 너머로 아주 희미한 사람의 모습이 작게 보였다. 여태까지는 별로 주의 깊게 본 적이 없어서 알아차리지 못했던 것이다.

"그러게요. 이게 누구죠? 지나가는 사람이었나?"

박 신부가 눈살을 찌푸렸다.

"흠…… 복식이 어째 옛날 차림을 한 것이 머리에 후드를 눌러 쓴 드루이드(Druid)³의 영 같군."

헨지를 의식의 장소로 자주 사용했다고 한다.

3   고대 켈트족이 믿던 종교의 전문 사제직으로 의례를 집전했던 자로 이 사제직은 귀족과 더불어 켈트 부족에 큰 영향력을 행사하던 특권적 지도층이었다. 비록 세습적인 관습은 아니었지만, 드루이드는 갈리아 지역에 살고 있던 부족들의 조직적 특성을 가지고 있었다. 이들은 매년 한 번씩 카르뉴트(Carnutes) 지역의 갈리아 종교 중심지에서 종신적인 대사제를 선출했다. 드루이드가 되고자 하는 자는 이십 년 동안 혹독한 훈련 과정을 거쳐야 했고, 후보자들은 드루이드의 지혜를 연구하고 수많은 찬송시와 주문을 외워야 했다. 여성도 드루이드가 될 수 있었다. 드루이드에게는 많은 특권이 있었다. 그래서 켈트 종교는 종종 드루이드교로 불리기도 했다. 사람들은 사제들을 점술자가 악마를 추방하는 주술 또는 치료자로서 비밀스러운 지식을 가진, 희생 제의를 관장한 계승자로 여겼다. 이들이 행한 의례는 야만적이고 원시적이었다. 통상적으로 인신 공희가 행해졌으며 때로는 이것이 점복 체계와 연관되기도 했다. 많은 의례들이 '거룩한 떡갈나무'와 '겨우살이나무 숭배'에 바쳐졌다. 여기서 드루이드란 용어는 떡갈나무를 뜻하는 '드루'라는 말에서 나왔다. 특히 황금 낫으로 겨우살이나무 가지를 자르는 의례는 신비로운 분위기였다. 의례는 보름달이 뜬 자정에 행해졌으며 의례를 집전하는 드루이드는 흰옷을 입었다.

"드루이드요? 그건 고대의……."

"맞아. 자연력과의 친화를 내세우고, 윤회와 전생을 믿었던 일파지. 그중의 한 영인 것 같네."

"영, 영이라고요? 그러면 이게, 심령 사진이란 말이에요?"

"아, 가만, 진정하게…… 사진만으로는 아무런 일도 못 해…….
자네, 영국 연수를 갔었다고 했나?"

"……예."

"그러면 거기서 뭐 이상한 것을 가져온 적은 없나? 무심결에라도 말이야."

"그, 글쎄요……. 영 기억이 나질 않는데요."

"잘 기억해 보게."

범준이 기억을 되살리려 애쓰는 동안 박 신부는 사진을 유심히 살폈다. 한참 동안을 쳐다보던 박 신부의 눈이 가늘게 모아졌다. 사진에는 비록 일부분이긴 하지만 예사롭지 않은 붉은 바위가 찍혀 있었기 때문이다.

"아무래도 생각이 나질 않아요, 신부님."

"그러면 됐네."

박 신부는 이상한 느낌을 지우기 힘들었다. 분명 범준이 영국에 갔을 때, 지박령이나 폴터가이스트(Poltergeist)[4]가 옮아온 것이 틀

---

4   영소(靈騷)라고도 한다. 유령과 폴터가이스트는 때론 비슷하지만 서로 다른 현상이다. 물건을 내던지거나 자는 사람의 침대 덮개를 잡아채는 장난을 할 때에는 유령

림없었다. 그러나 매개물 없이는 이 정도로 강력한 현상이 일어날 수가 없었다. 상대가 아무리 드루이드 출신의 영이라 해도…….

"복잡하구먼."

"예?"

"아, 아니네. 범준 군. 그 꿈들에 대해 다시 한번 이야기해 보세."

"……."

"얘기해야 하네."

"아, 알겠어요."

박 신부는 하나도 빠짐없이 들으려는 듯이 범준의 이야기에 집중했다. 범준이 그 소름 끼치는 얼굴에 대해 욕설을 퍼부을 때도 가만히 듣고만 있었다. 범준의 이야기가 어젯밤의 일로 끝이 나자, 박 신부는 그제야 입을 열었다.

"얼굴이 또 다른 말을 한 것은 없었나?"

"없었어요. 항상 소름 끼치는 얼굴로 나타나 '눈을 떠!'라고만 하더군요. 생각만 해도 치가 떨려요."

"다른 일들은 무섭지 않나?"

과 폴터가이스트는 똑같은 것 같으나, 유령이 그런 짓을 할 때에는 유령 에너지가 살아 있는 십 대의 인간에게서 나온다고 한다. 그것보다 한층 현저한 유령, 즉 폴터가이스트의 예시 중 하나는 영국의 보레이 목사관에서 보인 경우인데 어느 수녀의 유령이 1885년부터 1943년까지 58년간 나왔다 사라졌다고 한다. 해리 프라이스라는 사람은 이천여 건의 폴터가이스트 현상에 관해 조사했다. 오랜 기간 열일곱 명이 보았다는 수녀의 유령이 그러한 물리 현상에 기인한 것인지, 아니면 다른 요인이 작용하고 있는 것인지는 아직까지 확실히 밝혀진 것은 없다.

"물론 무섭기는 하죠. 하지만 얼굴에 비한다면……."

"흐흠……."

"어떻게 된 걸까요? 저는 어떻게 해야 하죠?"

"우선 서론부터 이야기한다면…… 아니, 그럴 것 없이 본론부터 말해 주는 편이 낫겠군."

박 신부의 눈이 번쩍였다.

"이건 확실하네. 자네 목숨이 위험해."

범준은 머리털이 곤두서는 것을 느꼈다. 박 신부는 그것을 아는 듯 모르는 듯 계속 말을 이어 갔다.

"자네가 이야기한 것들과 이 사진, 꿈에 나타난 형상…… 모두가 한 가지 결과만을 나타내고 있네. 즉 에수스……."

"에수스요? 그건 어젯밤 꿈에 나타난 무늬들이……."

"에수스는 고대 켈트족들, 그러니까 드루이드의 사제들이 섬기던 신의 이름이라네. 그들에겐 숲의 신이자 최고신이지."

"그게 나랑 무슨 관계가 있죠?"

"드루이드 교파들은 윤회나 자연의 힘을 믿었고, 또 자연력을 바탕으로 여러 가지 주술과 마법을 부릴 수 있다고 믿었어. 그러한 힘을 얻기 위해서는 인간 제물을 바쳤다고도 전해지지."

범준의 얼굴이 새파래졌다.

"인간 제물이요?"

"그래, 스톤헨지에서…… 스톤헨지는 원래 선사 시대의 건축물이지만, 거기에는 이상한 힘이 깃들어 있다네. 그 힘을 끌어내 볼 생각으로 드루이드 교파의 이단자들과 흑마술사들이 많은 사악한 의식을 행했지. 잉카에서 행해진 것과 비슷한……."

"어떤 의식을요?"

"날카로운 칼로 제물의 심장을 파내는 거지."

"시, 심장을요?"

"물론 드루이드의 대다수는 선한 일파로 자연과의 자연스러운 융화를 주장했지. 그러나 이단의 무리 중 일부는 극단적인 수단으로 마력을 얻기 위해 끔찍한 짓을 일삼기도 했어. 태아를 요리한다거나, 사람을 조각내는 따위가 그것이지. 이런 말 좀 뭐할지도 모르지만, 아마 놈들의 악령이 아직 남아서 자네를 노리고 있는 것 같아."

"우욱!"

범준이 고개를 숙이더니 토악질을 하기 시작했다.

"이런, 이런……."

범준은 박 신부의 도움으로 화장실로 달려갔다. 박 신부는 화장실 밖에 서서 계면쩍은 미소를 띠고 있었다. 그때 갑자기 집 안에 어두운 그림자가 쑥 드리우는 듯하더니 사악한 영기가 흘러나오기 시작했다. 박 신부는 아차 싶었다.

'놈은 범준 군의 의식이 흐려지는, 잠드는 시각이나 혼미할 때를 노린다. 그렇다면 지금 공포에 질려 정신이 없는 범준 군을…… 이거, 내가 기회를 제공한 셈이 되었군!'

"으악!"

화장실 안에서 범준의 소스라치는 비명이 들려왔다.

박 신부는 재빨리 화장실로 뛰어갔다. 하얗게 질린 범준의 모습이 보였다. 벽에 등을 기댄 범준은 동공이 크게 확대된 눈으로 거울을 가리키고 있었다. 거울 속에는 잔뜩 겁에 질린 범준과 또 한 사람, 후드를 쓰고 흰 수염과 눈썹을 날리고 있는 한 남자가 있었다.

"주님의 이름으로 명하노니, 사악한 악의 종은 물러가라!"

박 신부는 손에 든 십자가에서 기도력을 발출하면서 성수 병을 꺼냈다. 범준은 의식을 잃고 화장실 바닥에 쓰러졌다. 거울 속의 남자는 흉한 이빨을 드러내며 박 신부에게 소리를 지르고 있었다.

나, 나는…… 대사제 마몬(Mamon)[5]…… 드루이드의 위대한 에수스…… 에수스의 대사제인…….

"썩 물러가라!"

박 신부는 성수를 거울에 뿌렸다.

캐애애액!

거울에 금이 가더니 산산조각이 났다. 동시에 거울 속의 영은 재빠르게 자취를 감춰 버렸다. 박 신부는 수건을 펼쳐 범준의 몸을 유리로부터 보호하면서 주위를 살폈다.

'아까 사진에 비친 그 남자는 대사제 마몬…… 틀림없이 드루이드의 이단파 사제일 것이다. 이름부터 시리아의 악신의 것을 따고

5　원래 시리아에서 섬기던 신으로 재물의 신이자 유혹의 신이다. 후대에 노스트라다무스의 『대예언』에 나치스를 상징한 단어로 등장했다.

있으니. 희생 제물을 찾아 여기까지 따라온 것이 틀림없다. 그나저나 이렇게 쉽게 도망치게 하다니! 놈의 은신처가 분명히 있다. 아니, 영국에서 온 물건이 분명히 있을 것이다. 그걸 찾아야 한다!'

집 전체에 흰 인광 같은 것이 퍼지기 시작했다. 박 신부는 여기저기에 성수를 뿌렸으나, 곳곳으로 번져 가는 요기를 한 번에 막을 수는 없었다.

'뭔가 있다. 단순히 한 영의 주술로 이렇게 될 수는 없다. 분명히 스톤헨지에서 가져온 저주받은 물건이 있을 것이다. 그것이 무엇일까⋯⋯.'

범준의 몸이 서서히 일어나기 시작했다. 박 신부는 조심하라는 말을 하려다가 깜짝 놀라 뒤로 물러섰다. 범준의 눈은 하얗게 뒤집혀 있었다. 무의식 상태, 아니면 모종의 조종을 받는 상태가 분명했다.

"이봐, 범준 군! 정신! 정신을⋯⋯."

범준의 입이 벌어졌다. 박 신부를 향해 하는 말이었다.

"네 이놈, 방해하지 마라⋯⋯. 일단 신성한 돌에 의해 제물로 선택된 자를 구할 자는 아무도 없다."

"당장 그 청년의 몸에서 떠나라!"

"우하하!"

눈이 하얗게 뒤집어진 범준이 큰 소리로 웃었다. 박 신부는 분명히 알 수 있었다. 범준의 꿈은 꿈이 아니었다. 영이 제압당한 상태, 몸을 빼앗긴 상태에서 벌어지는 일이었다. 지금껏 범준의 영은 항상 가위에 눌린 듯 움직이지 못했고, 육신은 마몬에 의해 제물로 바쳐질 준비를 하고 있었던 것이다. 박 신부의 머리에는 한 가지 의문이 떠올랐다.

'사태가 저 지경까지 갔다면 범준 군은 예전에 당하고 말았을 텐데…… 범준 군이 위급한 시기마다 정신이 들었던 이유는 뭘까?'

또다시 범준의 입에서 비명이 터져 나왔다. 이번에는 범준 자신의 음성이었다.

"으아악! 저리 가!"

박 신부는 그제야 모든 것이 풀리는 것을 느꼈다. 범준이 보는 정체불명의 얼굴이 범준을 돕고 있었던 것이다. 무의식 상태에서 마몬에게 제압당해 목숨을 잃지 않도록, 흉악한 모습을 범준에게 비추어서 충격으로 범준이 깨어나도록 했던 것이다.

상황이 절박했다. 박 신부는 범준을 내버려두고 마몬이 말한 신성한 돌을 찾으러 범준의 방으로 뛰어갔다. 모험이었지만, 한시가 급한 시점에서 이것밖에 다른 수가 없었다. 소름 끼치는 얼굴이 범준을 돕고 있는 동안에, 어떻게든 악의 매개물을 찾아내는 것이 급선무였다. 박 신부는 서둘러 영사를 행해 강한 영기의 근원을 추적했다. 뒤에서는 고통스러운 범준의 비명이 계속 울렸다.

'조금만, 조금만 더 기다려라.'

범준의 책상 서랍에서 강한 영기가 뿜어져 나오고 있었다. 박 신부는 성령의 불을 일으켜 십자가에 모으면서 서랍을 열었다. 거기에는 핏빛으로 빛나는 돌조각이 하나 들어 있었다.

"블러드스톤. 제물의 피에 한없이 적셔져 그 빛마저 붉어진 저주 받은 돌…… 사진에서 본 그 돌조각이 틀림없다."

박 신부는 오라를 집중해 성령의 불이 이글거리는 십자가로 블러드스톤을 뭉갰다. 사금파리를 긁는 듯한 요란한 소리가 집 안에 날카롭게 울려 퍼졌다. 책상 위에 놓여 있던 스톤헨지의 사진이 저절로 불타기 시작했다. 박 신부는 한숨을 내쉬며 범준에게로 가려 했다.

"이, 이 망할 놈의 신부……."

그때 뒤에서 목쉰 소리가 들리면서 날카로운 충격이 어깨를 파고들었다. 박 신부는 비틀비틀 한쪽 무릎을 꿇으며 뒤를 돌아보았다. 여전히 눈이 뒤집힌 범준이 목도를 쥐고 있었다.

"신성한 돌을 파괴한 자! 죽여 버리고 말리라!"

범준의 목도가 무서운 속도로 날아들었다. 박 신부는 기도력을 발출할 틈도 없이 그대로 맞을 수밖에 없었다. 범준의 의식을 되돌리려던 영이 실패한 게 분명했다. 박 신부의 거구가 축 늘어졌다.

"자, 이제 너를 죽이고 다음은 제물의 심장을 바치리라. 위대한 에수스의 영광을 위해……."

"그, 그럴 수는 없다!"

박 신부는 몸을 움직이기가 힘들었지만, 사력을 다해 기도력을 발했다. 오라가 순식간에 뻗어 나가 범준의 몸을 휩쌌다.

"으아악!"

범준은 목도를 떨어뜨리고 데굴데굴 굴렀다. 박 신부는 주저했다. 힘을 더 가하면 범준도 위험해질지 몰랐다. 하지만 힘을 가하지 않고서는 놈을 범준의 몸에서 떼어 낼 수가 없었다.

"신부 놈…… 이렇게 물러나느니…… 같이 죽겠다……."

범준의 손이 목도를 반으로 꺾더니 부러진 끝을 자신의 가슴에 댔다.

"안 돼! 이 사악한 것! 물러나라!"

박 신부가 오라력을 증폭시키자 범준의 손에서 힘이 빠졌는지 목도를 놓았다.

"으…… 언제까지 버티나 보자, 신부! 나는 이 정도로…… 물러서지 않는다……. 힘을 가해 보라……. 흐흐흐…… 그러면 이놈도 죽는다……. 벌써 몸이 망가지고 있다……. 흐흐흐……."

박 신부는 당황했다. 마몬의 영은 끈질겼다. 하지만 이놈보다 범준이 받는 고통이 더 클 것이다. 놈이 떨어지도록 오라의 기도력을 늘릴 순 있으나, 그랬다간 범준이 먼저 목숨을 잃는다.

"어, 어쩌면 좋지?"

그때 눈앞에 흉측한 얼굴 하나가 나타났다. 박 신부는 움찔했으나 기도력을 늦추지 않았다. 얼굴은 정말 추악했다. 그러나 악의가 있는 것 같지는 않았다. 범준의 이야기대로라면 이 영은 범준을 해치려는 영이 아닌 게 아니었다. 박 신부는 모험을 걸기로 마음먹고 이 영에 대한 방어를 풀었다. 얼굴이 박 신부에게 속삭였다.

눈…… 눈을 뜨게 해야……. 범준이 정신을 차려야…….

"또 방해할 셈이냐!"

땅에 구르던 범준의 입에서 욕설이 튀어나오자, 흉측한 얼굴은 고통스러운 신음을 내며 뒤로 주춤주춤 물러섰다.

박 신부가 그 얼굴을 향해 영력을 담아 외쳤다.

"그대는…… 범준의 수호령인가!"

눈…… 정신을…… 잠에서 깨게 해야…….

영은 그 소리를 마지막으로 사라졌다. 마몬의 다른 술수가 작용한 듯싶었다. 아까부터 미심쩍었던 것이지만, 저 영이 정말로 범준의 수호령이라면?

박 신부는 영의 말을 믿기로 했다. 그러나 모든 힘을 기도력에 집중하고 있는 박 신부로서는 다른 방법을 사용할 수가 없었다.

순간, 박 신부의 머리에 어떤 생각이 번뜩 스쳐 갔다.

'눈? 눈을 뜨게 한다고?'

박 신부의 눈이 옆에 있는 전축을 향했다. 바흐의 칸타타…… 테이프가 그대로 꽂혀 있었다.

— 아, 예. 매일 아침에 일어나는 음악으로 듣죠.

—그래? 하하하…… 정말 눈뜨게 하는 음악으론 적당하군그래!

'바로 이거다! 습관적으로…… 어쩌면 범준 군은 습관적으로 정신을 차리게 될지도 모른다!'

박 신부는 재빨리 손을 뻗어 데크의 단추를 눌렀다. 장중한 선율이 울려 퍼지기 시작했다.

"음…… 아아!"

범준의 얼굴이 일그러지면서 두 가지의 음성이 섞여서 울려 나왔다. 귀에 익은 소리를 들은 범준이 자기도 모르게 깨어나려는 것이었다. 박 신부는 오라를 거두고 기도력을 십자가에 모아 갔다. 마몬을 놓칠 수 없었다.

범준의 얼굴이 찌푸려지면서 입에서 신음성이 흘러나왔다.

"아아악! 이럴 수가…… 놈이 정신을 차리다니!"

박 신부는 기회를 놓치지 않았다. 범준의 몸에서 사악한 기운이 도망치듯 빠져나오는 순간, 오라를 집중해 마몬의 영을 잡고는 성수만을 뿌려 대며 기도문을 읊었다.

크아아악!

기다란 비명과 함께 마몬의 영이 성수에 녹아내려 갔다. 집 안을 돌아다니던 인광도 사라지고 책상 위의 불붙은 사진도 재만 남았다. 블러드스톤도 서랍을 태우고는 흔적도 보이지 않았다.

박 신부는 기도력을 서서히 거두고 양팔을 늘어뜨렸다. 그 영의 헌신적인 도움이 아니었다면 어찌 되었을까? 그 영은 누구였을까? 박 신부는 아직 완전히 의식을 회복하지 못한 범준을 쳐다보았다. 이젠 비로소 알 것 같았다.

범준이 부스스 눈을 뜨며 말했다.

"신부님, 그 얼굴이 또 나타났어요! 평소보다 훨씬 더 무서운 얼굴로요. 신부님이 계시는데도 나타나니 이제 어떻게 해야 하죠?"

박 신부는 멍든 어깨며 몸을 주무르며 말했다.

"자네, 나랑 같이 가세……. 도움을 받아야 할 사람이 있어."

준후가 땀을 뻘뻘 흘리며 투시를 해 준 지도를 들고, 박 신부와 범준, 그리고 두 명의 경찰은 어느 해변에 당도했다. 경찰관들이 썰물 때만 드러나는 바위굴로 들어가자, 범준은 불길한 예감에 박 신부의 옆얼굴을 쳐다보았다. 박 신부는 아무 말도 하지 않았다.

"여기다!"

"있어요, 신부님! 찾았습니다!"

경찰들이 부르는 소리가 들려왔다. 박 신부는 말없이 범준의 어깨를 잡았다. 둘은 경찰이 굴속에서 끄집어내 온 것을 보았다. 범준이 기겁을 했다.

"으악, 신부님! 이, 이건 썩은 시체 아녜요!"

범준이 후들후들 떨었다.

"그래……. 자네가 밤마다 보았던 그 얼굴이 맞지?"

"예……. 이놈이 저를 그렇게 만들었던 건가요?"

"아니, 자네를 도왔네."

"예? 아니, 이 추한 몰골이 어떻게?"

박 신부가 표정이 엄하게 바뀌었다.

"외면하지만 말고 그게 누군지 자세히 확인해 보게. 그러면 알 수 있을 게야……. 자네 적은 드루이드의 사제 마몬이었어, 이 가련한 사람이 아니고…….'"

박 신부는 발걸음을 돌려 걷기 시작했다. 잠시 후 한적한 바닷가에 목이 터져라 울부짖는 소리로 뒤흔들렸다.

"혀어엉!"

박 신부는 울부짖는 범준을 뒤로 하고 천천히 걸었다. 눈에 보이는 것이 과연 얼마큼의 진실을 말해 주는 것일까?

박 신부는 뒤를 돌아보았다. 오래전에 물에 빠져 죽은 뒤 수호령으로 남아 동생을 지켜 준 형의 유체가 범준의 오열 속에 두 경찰의 손으로 옮겨지고 있었다. 그 흉한 얼굴에 햇볕이 쏟아졌다.

범준은 더 이상 악몽에 시달리지 않을 것이다. 방황하던 영도 다시는 나타나지 않을 것이다.

'이제 염려 말고 편히 쉬시라……. 아멘…….'

저주받은
소녀

이건 내 얘기예요. 그냥 쓰고 싶어서 쓰는 거예요. 사람들은 일기라는 걸 쓴다는데, 난 처음 써 봐요.

사람들이 왜 나를 꺼리고 피하는지 나는 알 수가 없어요.

난 사람들이 좋기만 한데…… 사람들과 놀고 싶을 뿐인데…… 내가 아이들이 노는 곳으로 가면, 아이들은 슬금슬금 자리를 피해요. 남아 있으려는 아이들도 부모님들이 마구 야단을 치며 데리고 가 버리곤 해요.

뭐라더라?

재수가 없다고 했나?

무슨 저주를 받았다던가?

잘 알 수는 없지만 하여간 기분 나빠요. 기분 나쁜 것까지는 괜찮지만, 심심해서 죽을 지경이에요. 그럴 땐 나는 뒷동산엘 가요. 엄마 무덤이 있는 곳으로요.

물론 낮엔 안 가죠. 낮에 내가 길거리에 다니면, 아이들이 돌을 던지기도 하고, 할아버지들이 담뱃대를 휘두르면서 쫓아내는 일도 있어요. 그럴 땐 얼마나 섭섭하고 슬픈지 몰라요. 어떤 땐 밤새 울기도 해요.

아버지 얼굴은 한 번도 본 적이 없어요.

엄마요? 엄마 얼굴은 희미하게 생각나요. 맞아요. 울 엄마는 참 예뻤어요. 얼굴이 얼마나 하얬다고요. 춤도 정말 잘 췄어요. 울 엄마가 울긋불긋 아롱진 옷을 입고, 방울과 칼을 들고 춤을 출 때면 넋을 잃고 보지 않는 사람이 없었죠. 참 보기 좋았어요.

엄마 흉내를 내 보려고 했었는데, 그럴 때면 그렇게 잘해 주시던 엄마가 무섭게 야단을 치시고 밤새 때리고 해서 그만뒀어요. 아프기도 했지만, 엄마가 우는 게 더 싫었어요. 엄마는 "넌 그러면 안 돼! 너는 무당이 되어선 안 돼!" 하면서 막 울고 하셨어요. 그게 무슨 뜻인지는 잘 모르겠어요.

마을 사람들이 수군거리는 걸 보면 무당이 어쩌느니 신이 내리는 게 어쩌느니 하는데, 아마 엄마가 무당이라는 걸 했었나 봐요. 그게 보기 좋아서 나도 하고 싶었는데, 왜 하지 말라고 했는지 지금도 모르겠어요.

난 학교에 다닌 적이 없어요. 여긴 참 산골이라 학교가 너무 멀고, 또 마을 사람들이 날 하도 구박하니 갈 엄두도 안 나요. 엄마가 사다 주신 책을 보니 진짜 재미있던데…… 글자는 다 쓸 줄 알아요. 그런데 더 배울 필요가 없다고 엄마가 책을 불에 태워 버려서 그담엔 본 게 없어요.

우리 마을도 옛날엔 제법 컸었는데, 요즘은 오십 집밖엔 안 돼요. 농사가 잘 안되고 이상한 일이 많이 일어나서 다들 이사를 가 버렸죠. 산신의 노여움이라나, 성황님이 화가 나셨다나, 아무튼 무서운가 봐요. 그리고 그런 일이 생긴 다음에는 꼭 우리 집에 떼 지어 몰려오곤 했어요.

"그래도 정히 신내림을 안 받을 작정이냐?"라거나,

"너 땜에 마을 사람들이 다 죽어야 속이 시원하겠냐!" 하는 따위의 말들을 막 했어요.

난 신내림이 뭔지도 모르는데. 하지만 엄마가 돌아가시면서 했던 말을 잊지는 못해요. 엄만 어느 날부턴가 열이 막 나서 입술이 까맣게 탈 만큼 아프셨어요. 허공에 대고 "안 됩니다. 그 애만은!" 하는 헛소리만 하셨죠. 그리고 내 손을 잡고 눈물을 주룩주룩 흘리면서 말씀하셨어요.

"달님아, 달님아―제 이름이 달님이에요―. 넌 절대로, 절대로 이 어미처럼 천한 것이 되어서는 안 된다. 절대로 안 한다고 그래라. 누가 밤에 귀에 대고 소곤거려도, 자다가 누가 나타나 겁을 주어도, 누가 괴롭히고 못살게 굴어도……. 알았지, 응?"

난 울면서 고개를 끄덕였죠. 그러자 엄마는 말씀하셨어요.

"달님아…… 엄만 이제 죽는단다……. 죽어도 널 지켜 줄 테니…… 내가 죽더라도 널 나처럼 천한 무당으로는 안 만들 테니…… 절대로, 절대로…… 신내림을 받아서는 안 된다……. 내가 죽으면 먼 데로 달아나거라……. 아주 먼 데로…… 엄만, 엄만 어디서라도 널 지켜볼 테니……."

그러고는 숨이 넘어가셨어요. 얼마나 울었는지 몰라요. 울다가 잠이 들고 다시 울었어요.

어쨌든 엄마 말은 안 잊으려고 해요. 한 가지 못 지킨 건 있지만요. 여기를 떠나지 않은 것 말이에요. 엄마 무덤이 있는데 딴 데로 갈 수가 없었어요. 갈 데도 없고요.

어느 날인가, 밤에 늑대들이 산에서 무더기로 내려와 마을을 누비고 다니며 우리 집을 둘러싸고 밤새 울어 댔어요. 다음 날 마을 사람들에게 잡혀 신내림을 안 받는다고 정말 많이 맞았지요. 산신이 노하셨다나요? 산신이 누구기에, 늑대가 나랑 무슨 관계가 있기에 내가 그렇게 맞아야 하는 건진 모르겠어요. 그래도 난 안 한다고 했어요―하마터면 한다고 할 뻔했어요. 너무 아팠거든요―. 엄마하고 약속한 건데, 어기면 엄마가 무덤 속에서 울 거 아네요? 그래서 다음부터 그런 날은 울 엄마 무덤 근처로 도망을 가 버려요. 거긴 아무도 안 따라오거든요.

가끔 밤에 누가 날 불러요. "달님아, 달님아!" 하고요. 남자 목소리인데 다정하게 들리지만 난 모르는 척하죠. 그러면 어떨 땐 달래고, 야단도 치고, "너 정말 이 아버지 말도 안 들을 거냐?" 하고 헛소리도 하지요. 흥, 난 아버지가 없는데 누가 나더러 아버지라 그래요? 엄마는 분명 내게 아버지가 없다고 했어요. 엄만 나한테 거짓말할 리는 없으니 그 남자―누군지 모르겠지만―가 거짓말하는 거죠.

어떨 때는 자다가 몸이 허공에 붕 뜨는 때가 있어요. 또 부엌 칼이, 던진 사람도 없는데 휙 날아와 날 스쳐 지나가서는 지나가던 강아지의 멱을 따기도 했고요. 귀뚜라미, 메뚜기가 집 안에 새카맣게 날아들어서 아무리 애를 써도 안 떨어지는 경우도 있었죠. 비가 안 오는데도 마른하늘에 벼락이 떨어져서 집 옆의 고목나무가 새카맣게 타 죽은 적도 있어요. 불쌍한 나무…… 그때마다 그 목소리가 들렸어요.

"이래도 나를 안 따라갈 테냐?" 하고요.

그래도 난 콧방귀도 안 뀌었어요. 그런 게 뭐가 무서워요? 맞는 거랑 배고픈 게 무섭죠. 몸이 아픈 적은 아직까진 없었어요. 가끔가다 방 안에서도 뭔가가 내 뺨을 철썩철썩 갈기긴 해요. 막 몸부림을 쳐도 손에 잡히지도 않는 것이 말이에요. 그러면 난 뒷동산에 있는 엄마 무덤으로 막 도망치죠. 그러면 날 때리던 것도 못 따라와요.

그런 일이 있던 날 밤이면 으레 꿈에 엄마가 나타나요. 무척 힘들고 피곤한 얼굴로 나와서는 "아이고, 불쌍한 내 새끼. 이 어미가 힘이 없어서……." 하곤 하시죠. 난 그때라도 엄마를 볼 수 있으니 차라리 그런 일이 자주 일어나라고 맘속으로 생각했어요.

사실 마을 사람들이 날 못살게 굴기 시작한 건 별로 오래되지 않았어요. 처음엔 도리어 불쌍하다고 먹을 것도 갖다주고 장작도 패다 주고 했었어요. 울 엄마가 참 용했다고 하면서요.

그런데 일이 시작된 건 칠수라는 애 때문이었어요. 그 애는 맨

날 날 놀리고 못살게 굴었는데, 하루는 울 엄마까지 욕을 하잖아
요. 그래서 나뭇가지에나 매달려서 죽어 버리라고 했는데, 그리
고 잘 알던 어느 할머니 집에서 잤는데—정말 다행이었어요. 그
때 거기서 안 잤으면—…… 다음 날 그 애가 나뭇가지에 혀를 빼
물고 죽어 있었어요. 배 속이 텅텅 비어 있었대요. 그 애 아버지가
또 밤새도록 날 족쳤죠. 정말 제가 그런 게 아녜요. 홧김에 한마디
한 것뿐인데…… 난 그렇게 높은 데 손이 닿지도 않아요. 억울한
김에 아저씨도 다리몽둥이나 확 부러지라고 욕을 했는데, 다음 날
언덕에서 굴러 정말 다리가 부러지고 팔까지 부러졌지 뭐예요.

그담부터 아무도 혼자서는 날 보고 뭐라 하지 않았어요. 나도
겁도 났고요. 칠수가 죽은 날 밤에 남자 목소리가 또 들렸어요.
"이젠 기분 좋지? 날 따라오면 얼마든지 그렇게 할 수 있단다." 하
고요. 그게 기분 좋긴 뭐가 좋아요? 그래서 싫다고 막 그랬더니 잠
잠해졌어요.

밤이 되면 불덩이가 산에서 내려와서 우리 집 주위를 막 돌았어
요. 벽에 쓰인 빨간 글씨가 다 보일 정도죠—울 엄마가 돌아가시
기 전에 써 놓은 거예요—. 나는 환해서 좋은데 마을 사람들은 그
러고 나면 난리를 치는 거예요. 까마귀 떼가 새카맣게 내려앉기도
하고요. 아 참, 벌레하고 늑대 얘긴 벌써 했죠? 벼락 얘기도요.

그담에 마을 사람들이 용하다는 무당—그럼 울 엄마하고 비슷
한데, 얼굴이 그렇게 못생겨도 되는 건지—을 어디선가 하나 불러
왔죠. 그 여자가 중얼거리며 우리 집 앞으로 오기에 난 문틈으로

빼꼼 내다만 봤죠. 그런데 그 무당이 우리 집 앞에 서서는 부들부들 떨면서 말하는 거예요.

"저 집 안에 무엇이 있소? 누가 있소?"

해서 마을 면장이 "무당의 여식이 있소." 하니깐

"으, 저 애는 사람의 자식이 아니오. 귀신의 자식이오."

하는 것 아니겠어요?

참 한심하죠? 난 아버지가 없으니까 귀신 아버지도 없고, 그럼 울 엄마가 귀신이란 소린가요? 화가 나서 머리카락이나 끄슬려 버려라! 했더니 글쎄 무당의 몸에 갑자기 불이 붙어서 난리를 쳤고요. 속으로 고소하다 그랬죠.

그 후로 마을 사람들이 날 욕하는 거예요. 하지만 내가 뭐 잘못한 게 있나요?

근데 얼마 전, 서울에서 얼굴이 하얗고 어린 오빠 하나가 우리 마을에 들렀어요. 예쁘장하게 생기고 참 착한 오빠 같았어요. 그런데 그 오빠는 마을에 오자마자 영감탱이같이 말했다는 거예요.

"흠…… 무언가 매일 싸우고 있구먼."

그리고 눈을 감고 한참을 서 있더니만, 누구에게 묻지도 않고 우리 집으로 뚜벅뚜벅 걸어오더래요. 그러면서 사립문에서 갑자기,

"염려 마세요, 아주머니. 도와드리려고 하는 겁니다." 하면서 들어왔어요.

웃기죠? 내가 아주머닌가? 거긴 분명 아무도 없었는데. 그러더니 내게 대뜸,

"고생이 많구나. 너 달님이 맞지?" 하는 거예요.

난 놀라고 겁도 나서 숨으려 했는데, 그 오빠가 뭐라고 중얼거리니까 발이 땅에서 안 떨어지는 거예요. 참 신기하더군요. 뒤에 들으니 우보법이라나 뭐라나 하는 거래요. 이 오빠가 날 잡아 놓고 때릴까 봐 막 우니까,

"울지 마. 도와주려는 거야. 세상에, 불쌍하기도 해라."

하더니 그 어린 오빠도 막 눈물을 흘리더군요. 그러니까 이상하게 편해졌어요. 오빠가 자기는 수련하러 왔는데 이렇게 나를 보게 됐으니 가만히 있을 수 없다고 하고는 도와주겠다는 거예요. 내가 설명하려 했더니 이미 울 엄마에게 들어서 다 안다면서 다짜고짜 내 손목을 잡고 밖으로 나갔어요.

해가 져서 캄캄해질 때까지 어린 오빠는 날 데리고 산을 헤맸어요. 이상한 종이쪽지 하나를 들고요. 어느 동굴 앞에 서서는 이상한 동그라미를 그리더니 여기저기 야릇한 글자를 써 놓고는, "이제 무슨 일이 생겨도 절대 여기 그려 놓은 금을 넘어서거나 동굴 안을 엿봐서는 안 돼." 하며 다짜고짜 동굴로 들어가는 거예요.

난 너무너무 무서웠어요. 동굴 안에서 호통 소리―그 어린 오빠 소리도 있고 내 귓전에 들리던 남자 소리도 있었는데―가 들리고 무슨 전깃불 같은 게 번쩍거리기도 했어요.

한참 있다가 오빠가 피곤한 얼굴로 동굴에서 나오더군요. 그러더니, "저 안에 있는 건 늙은 너구리의 영이란다. 염려 마. 안심해도 돼. 내가 구천으로 보내 버렸어. 못된 놈. 칠수라는 애를 해쳤던

건 그놈이야, 네가 아니고…… 널 밤마다 불러내려 한 것도, 이상한 일을 벌이려 한 것도 다 너희 엄마가 막아 준 거야." 하고는 다시 나를 데리고 마을로 갔어요. 그리고 동네 촌로를 만나서 다짜고짜로 방으로 들어가더니 한참 뭐라 뭐라 얘기하더군요. 그러더니 슬픈 얼굴로 나오는 거예요.

"귀신보다 더 무서운 게 사람 마음이구나. 내가 분명 악귀를 쫓았다고 하는데도 널 용서할 수 없다 하니……."

그러면서 나더러 자기와 같이 서울로 가자는 거예요. 난 싫다고 했어요. 엄마 무덤이 여기 있는데 내가 어떻게 가요? 그랬더니 자길 못 믿겠느냐는 거예요. 그건 아니지만 아무튼 난 여길 떠날 수 없다니까, 할 수 없다며 다음에 신부님과 형하고 다시 온다면서 꼭 기다리라고 하더군요. 그래서 나한테 무슨 일이 생긴 거냐고 물었더니, 무슨 신내림이 어쩌니 하면서 내가 무당이 되어야 한다는 건 엄마가 잘못 아신 거고, 너구리 귀신이 흉악을 부린 거였는데 엄마가 그걸 알고는 내가 죽는 걸 막으려고 사후에도 애쓰시는 거라고 했어요. 제일 큰 피해자는 난데 사람들이 무조건 나를 몰아붙이는 건 더 나쁜 짓이라면서, 이틀만 기다리면 신부님과 형에게 말해서 꼭 데리고 가겠다고 몇 번이나 신신당부하고 떠났어요.

난 혼자 곰곰이 생각해 봤어요. 오랫동안요. 이젠 걱정할 게 없다고 어린 오빠가 말했었죠. 근데 정말 걱정이 없는 걸까요? 사람들이 날 보는 눈치가 옛날보다 더 이상해요. 꼭 무슨 동물이나 몹쓸 물건을 보는 눈초리예요. 그 눈초리가 정말 싫어요. 전에 날 괴롭히던 너구리인가 하는 귀신보다도 더 싫어요. 이젠 난 뭘 해야 하죠? 어떻게 해야 하죠? 사람들을 원망하고 싶진 않아요. 사람들도 이유가 있는 거겠죠. 난 이제 이렇게 살고 싶진 않아요. 엄마 곁으로 가고 싶어요.

너무 힘들어요. 너무요. 엄마 곁은 이렇게 춥거나 배고프지도 않고, 이상한 눈으로 보는 사람들도 없겠죠?

이제 엄마와 못 지켰던 약속을 지켜야 할 것 같아요. 먼 데로 가야죠. 아주 먼 데로요.

고마워요. 이름도 아직 모르지만, 나에게 진심으로 고맙게 대해준 건 아마 오빠─오빠라 해도 되겠죠?─뿐이었을 거예요. 같이 가고 싶지만, 난 사람들이 싫어요. 날 찾으려 애쓸 필요 없어요. 이걸로 충분해요. 안녕, 엄마 무덤에나 인사드려 줘요…….

─같이 오신다는 신부님도, 형도 안녕!─

─여기 이걸 써 놓은 건 그 고마운 오빠가 봤으면 해서랍니다. 다른 사람은 이걸 보더라도 그냥 놔두세요. 오빠가 볼 때까지요!─

준후가 현암과 박 신부와 함께 서둘러 달려왔을 때, 소녀는 그곳에 있지 않았다. 어디로 갔는지, 아니면 어떻게 되었는지, 아는 사람은 아무도 없었다. 다만 그 소녀가 살던 다 허물어진 집의 외딴 골방에서 나온, 때 묻고 오래된 공책에다 서툰 글씨로 갈겨쓴 기록 하나만이 그들을 맞이할 뿐이었다.

그들은 뒷동산으로 향했다. 누가 먼저 가자고 한 것도 아니었다. 과연 뒷동산에는 해묵은 무덤 하나가 있었고, 밤사이 피어난 듯한 하얀 달맞이꽃들이 사방에 환히 피어 있었다. 준후는 느낄 수 있었다. 소녀는 이미 엄마의 품속으로 가 버린 것을…… 험하고 고생스럽기만 했던 세상을 벗어나, 이제는 편한 곳으로 가 버렸다는 것을…… 그리고 이렇게 꽃으로 대신 인사를 전하고 있다는 것을 어렴풋이 느낄 수 있었다.

아무도 입을 열지 않았다. 저물어 가는 노을빛을 등 뒤로하고, 반쯤 고개를 숙인 채 말없이 눈물을 삼킬 뿐…….

초상화가
부르고 있다

원하지 않는 초대

"뭐라고요?"

월향검을 닭 피에 담가 놓고 있던 현암이 지나가는 투로 물었다. 지난번 흡혈마와의 싸움 이후로 월향검이 예전 같지가 않아, 귀기를 돋우기 위해 닭의 피를 먹이고 있는 중이었다.

"참혹한 시체가 발견되었네, 미술관에서⋯⋯."

"예? 미술관요?"

새로 산 게임기로 열심히 오락을 하고 있던 준후가 되물었다. 그사이 화면의 주인공은 '꽥!' 하며 주인공답지 않은 소리를 내고 죽어 버렸다.

"으악! 최고점 내기 일보 직전이었는데!"

"좀 조용히 못 하겠니, 준후야? 저 게임기 괜히 샀어. 시끄러워서, 원."

"그러는 현암 형도 밤엔 가끔 하잖아!"

"나야 TV가 이상이 없는지를 살피러……."

"그만, 그만…… 여기 기사를 보게."

박 신부가 신문을 펼쳤다.

현웅 화백의 개인전이 열리고 있는 서울 모 갤러리 내에서 신원을 알 수 없는 남자의 시체가 발견되었다. 발견될 당시 사체는 벽에 있는 그림에 뭉개져서 상체가 거의 없어진 상태…….

"웩! 세상세상에!"

준후가 비위가 뒤틀린다는 듯 눈을 돌렸다.

사건 당일 밤, 경비원의 진술에 의하면 어느 신원을 알 수 없는 남자가 흉기를 들고 갤러리에 침입, 이를 제지하려던 경비원을 폭행해 실신시켰다고 한다. 경찰은 갤러리 내에 도난당한 그림이 없고, 그 이후 안쪽의 잠금장치가 작동해 실내가 차단된 점으로 미루어 발견된 시체가 갤러리에 침입했던 남자일 것으로 단정하고 수사를 진행…….

"음…… 미친놈이구먼. 죽으려고 찾아 들어간 모양이야."

현암이 중얼거리자 박 신부가 말을 받았다.

"그 이유를 알아내야지."

경찰은 살해한 방법이 지나치게 잔인하고, 시체를 그런 상태로 만들기 위해서는 적어도 이십 톤 이상의 힘이 필요하다는 점 등에서 수사에 어려움을 표하고 있다…….

"맙소사! 이십 톤이라고? 웬만한 기중기보다 더 큰 힘일세."

"더 볼 것도 없네."

박 신부가 중얼거렸다.

"이건 인간이 할 수 있는 짓이 아냐."

준후가 겁먹은 눈초리로 말했다.

"이십 톤이 얼마나 되는 건데요?"

현암이 말했다.

"내 몸무게의 삼백삼십 배야. 나 같은 사람 삼백삼십 명을 집어 올릴 수 있는 힘이지. 더구나 이렇게 벽에 박치기시키려면……."

현암이 잠시 말을 끊었다.

"집어 올리는 게 아니라 대단한 속력으로 집어 던질 정도의 힘이어야 해……."

"이게 귀신이라면 물리력을 쓰는 정도가 아니라……."

"그래, 거의 상상할 수 없는 힘을 지니고 있는 거지."

겁먹은 준후를 보는 박 신부의 눈매도 가늘게 떨리고 있었다.

"이대로 둘 수는 없어."

일행은 서둘러 미술관으로 달려갔으나 개인전은 취소된 후였고, 장내는 말끔히 정리되어 있었다. 준후가 영사를 시도했지만 아무것도 느낄 수 없었다.

"지박령의 짓은 아니군요."

"대체 어떻게 된 거지? 죽은 자의 영도 나타나지 않니?"

"전혀요……. 마치 깨끗이 먹혀 버린 것 같아요."

일행은 사건을 목격한 경비원을 만나 보려 했으나, 폭행당한 후유증으로 중태에 빠져 면회조차 되지 않았다.

개인전을 주재했던 현웅 화백은 사람을 만나기 싫다면서 굳게 잠긴 문을 열어 주지 않아 일행은 거기서도 발을 돌릴 수밖에 없었다. 경찰에게는 가 봤자, 미친 사람들이라든가 사기꾼 소리를 들을 게 뻔하니 가 보나 마나일 테고…….

"빌어먹을! 물리적으로 깨끗하고 영적으로도 깨끗하니, 도대체 단서가 없잖아!"

박 신부가 푸념했다. 그 말을 무심히 듣고 있던 현암의 머리에 문득 어떤 사람이 생각났다.

"약간의 정보는 얻을 수 있을지도 모릅니다."

현암은 친구이자 사건 담당 기자인 안재민을 통해 문제의 사건 현장을 찍은 사진을 입수했다.

"야! 너 악취미구나. 이런 사진을 뭣에 쓰려고? 나 이거 찍고는 사흘 동안 아무것도 못 먹었다, 제기랄."

안 기자는 사진이 마치 무슨 흉물이나 되는 것처럼 봉투를 집어 던졌다.

"너, 신용을 지킨다는 거 아니까 주지만, 절대 유포시키면 안 된다. 어휴, 아무튼 군대에서 탱크에 깔려 죽은 사람도 봤지만, 이렇게 끔찍한 몰골은 처음이다. 웩!"

"흠. 이거 정말 끔찍하군. 시체가 무서운 힘으로 그림에 눌린 것 같아. 머리도 완전히 없어지고 상체도 아예 으깨 버렸군그래."

의사 출신이라 그런지 박 신부는 그 끔찍한 사진을 보고서도 담담했다.

"잘린 다음에 눌린 건 아닐까요?"

"아니, 여기 아래를 보게나. 이건 분명 얼굴의 일부고, 여기 반쯤 부서진 뼈는 어깨뼈의 일부임에 분명해. 바닥에 오른팔도 반쯤은 남아 떨어져 있고…… 분명 어떤 엄청난 힘이 벽에 대고 눌러 댄 것이 분명해."

준후는 아예 저만치 떨어져 귀를 막고 있었다. 말소리를 듣지 않기 위함인지 혼자서 왁왁 소리를 질러 대고 있었다.

"준후야, 이 사진으로 투시를 해 보지 않으련?"

"으악, 싫어요!"

"준후야, 이깟 사진이 징그럽다 여기면 되겠니? 불쌍하다는 생각을 해야지."

준후가 머뭇거리다가 슬금슬금 다가왔다. 그리고 오만상을 찌푸리며 사진에 손을 댔다.

"으윽!"

현암과 박 신부가 준후의 얼굴을 쳐다보았다.

"우웩!"

그날 결국 영사가 성공하기까지는 두 시간이 걸렸다. 준후의 배속에 든 것이 다 없어져야 했으니까. 그러나 사진으로는 아무것도 알아내지 못했다.

칠성은 불안한 마음으로 허리춤과 구두 뒷굽에 감춘 칼을 어루만지고 있었다. 무슨 일인지, 어젯밤 전화를 받고 나간 동료 대철이 아직 돌아오지 않았기 때문이다. 그리고 오늘은 자신에게도 전화가 걸려 왔다.

여자의 목소리였다.

"쓸데없는 생각! 어떤 놈이 장난친 게 분명해!"

칠성은 스스로를 위안하려는 듯 큰 소리를 버럭 질렀다. 그러나 아무래도 찜찜한 마음이 영 가시질 않았다.

'어떻게 그 여자의 목소리가…… 이미 죽은 년인데…….'

그 목소리는 무덤덤하게 이야기했다. 밤에―시간도 얘기 않고 그냥 밤이라고만 했다― 강변으로 나오라고…….

나가지 않을 작정이었다. 누군가의 장난으로 치부하고 칼잡이 대철이 돌아오기만을 기다렸다. 그러나 해가 지고 날이 어두워지기 시작하자, 그 목소리가 계속 귓전을 맴도는 듯했다.

밤에…… 강변으로 나와…….

정말로 무슨 소리가 들리는 것 같았다. 이미 내려놓은 수화기에서…… 칠성은 벌컥 전화선을 뽑아 던져 버렸다. 그때 그의 눈에 벽에 걸린 그림이 들어왔다. 그림에 그려진 사람의 눈초리가 이상했다. 자기를 째려보고 있는 것 같았다. 칠성은 항시 품고 다니는 칼을 뽑아 그림을 찢어 버렸다. 그래도 여전히 수화기에서 흘러나왔던 예의 그 목소리가 들리는 듯했다.

밤에…… 밤에…… 강변으로…….

창문이다! 칠성은 마시고 있던 술병을 집어 창문으로 내던졌다. 유리가 요란한 소리를 내며 박살이 났다.

밤에…… 강변으로…….

"그만해! 그만!"

칠성은 미친 듯 달려 나갔다.

칠성은 강변으로 와 있었다. 그의 손에는 예전부터 써 오던 시퍼렇게 날이 선 칼 두 자루가 들려져 있었다.

'만나면 발기발기 찢어 버릴 테다. 나 용산의 빠가사리 서칠성을 우롱하는 놈은 사람이든 귀신이든 간에 누구든.'

벌써 기다린 지 두 시간이 넘었다. 사방은 칠흑같이 어둡고 강물이 흘러가는 소리만 고요히 들려올 뿐이었다. 개구리 한 마리가 울기 시작했다.

"구엑…… 구엑…… 구엑…….."

"시끄러! 이 망할 놈의 개구리 새끼야!"

칠성은 신경질적으로 돌을 주워 소리 나는 쪽으로 던졌다. 그래도 개구리의 울음소리는 그치지 않았다.

"구엑…… 구엑…… 구엑…… 너…… 너…… 그때……."

"응?"

개구리 소리가 이상하게 들렸다. 아니, 착각이다. 그저 개구리 소리일 뿐이다. 그러나 개구리 울음 사이사이에, 묘한 소리가 간간이 섞여 들려왔다.

"구엑…… 구엑…… 피…… 피…… 구엑…… 그…… 구엑…… 붉…… 은……."

"뭐, 뭐야! 으악! 그, 그만!"

칠성은 귀를 틀어막았다. 그리고 방향도 정하지 않고 달리기 시작했다.

"구엑…… 구엑…… 너…… 기억…… 구엑…… 그때…… 구엑…… 그……."

무작정 달렸다. 어디로 얼마를 달리는지도 몰랐다. 아무튼 망할 개구리 소리에서 벗어나고 싶었다.

칠성은 정신을 차렸다. 자기가 사는 아파트 앞이었다. 술이 필요했다. 칠성은 방으로 들어섰다. 방 안은 적막했다. 아까 깨뜨린 창문과 술병이 어질러져 있었다.

'아 참, 아까 술병을 깨 먹었지!'

찢어 버린 그림 조각이 바닥에 널려 있었다. 전화기는 선이 뽑혀 있었고, 벽에는 여전히 그림이 걸려 있었다.

'헉! 그림이 벽에 걸려 있어?'

칠성은 그림을 쳐다보았다. 아까 그 그림이 아니었다. 노래를 부르고 있는 여자의 그림이었다.

저 여자는!

"으아악!"

그림 속의 여자가 노래를 부르기 시작했다. 노래가 점점 흐느끼는 듯하더니 어느새 여자의 울부짖는 비명과 뒤섞이기 시작했다.

"으아악!"

비명이 섞인 노랫소리가 한없이 커져 갔다. 온 세상이 그 소리로 꽉 차 있었다. 칠성은 귀를 막고 몸부림을 쳤다.

"으아아! 내가…… 내가 잘못했어……. 아아악!"

더 이상 참을 수 없었다. 귀를 막아야 한다. 이 빌어먹을 귀를……

칠성은 두 자루의 칼을 뽑아 자신의 양쪽 귀에 찔러 넣었다.

"이 그림을 봐요!"

현웅 화백의 이번 개인전 팸플릿을 뒤적거리던 준후가 소리쳤다.

"뭔데?"

현암과 박 신부의 눈에 준후가 가리키는 그림이 들어왔다.

기쁨에 차서 날갯짓하고 있는 어느 소녀의 모습…….

엄청나게 빠른 속도로 나는 듯, 소녀는 긴 머리를 뒤로 나부끼고 있고, 그 뒤로 별과 무지개가 쏜살같이 멀어져 가는 그림이었다.

"전시 번호 13. 〈나는 소녀〉?"

현암이 중얼거렸다.

박 신부가 외쳤다.

"아까 사진에 나온, 시체가 날아가 부딪힌 그림이?"

현암이 튀어 나가 사진을 집어 들었다.

"맞아요, 13번. 그러면 이 남자는 저 그림에 날아가 머리를 들이 박고…….."

박 신부와 준후의 표정이 멍해졌다.

신부와 준후는 열심히 듣고 있었다. 준후는 뭔가 알아내려는 듯, 팸플릿 13번 그림 〈나는 소녀〉를 열심히 주시하면서 손가락으로 문질러 보고 있었다. 그러나 사진도 아닌 인쇄된 그림에서 투시가 될 리 없었다.

"제2기의 주된 테마는 소녀의 동심을 나타내는 것이다. 그의 대표작이라 할 수 있는 〈꿈꾸는 소녀〉, 〈게와 노는 소녀〉는…….."

"게요? 현암 형? 옆으로 기는 게?"

"그래. 그리고 〈나는 소녀〉, 〈노래하는 소녀〉, 〈줄넘기하는 소녀〉, 〈독서하는 소녀〉, 〈별을 헤는 소녀〉 등 일곱 점의 '소녀' 연작은 작가의 개인적인 소장품으로 일체 외부에 알려지지 않았다가 이번에 처음 공개되는 것이다…….."

"음……."

박 신부가 생각에 잠기기 시작했다. 준후는 팸플릿에 나온 그림들을 하나씩 뒤적여 보고 있었다.

"야, 그림들 참 예쁘다."

"그림들에 정말 무슨 사연이 있는 걸까요? 아니면 우리가 과민 반응을 보이는 걸까요?"

현암이 심각한 얼굴로 박 신부에게 물었으나, 박 신부는 잠시 대답을 하지 않았다.

"2기 이후의 작품들은?"

"이 팸플릿만으론 알 수가 없어요. 단지 나오는 얘기는……."

"뭔가?"

"최근 들어 화풍이 극단적으로 어두워지고 침울한 기운을 띠고 있다는……."

전화벨이 울렸다. 식은땀을 흘리고 있던 사내는 수화기로 손을 가져갈까 말까 망설이고 있었다. 그러나 계속 울리는 벨소리에 결심한 듯 수화기를 들었다. 잔뜩 긴장했던 사내의 얼굴이 밝게 펴졌다가 다음 순간 다시 일그러지며 욕설을 거칠게 내뱉었다. 잘못 걸린 전화였다. 사내는 수화기를 거칠게 내려놓고는, 전화선을 뽑아버릴까 말까 고민했다. 결정을 내리지 못한 사내의 눈에 이상한 것이 들어왔다. 창문에 글씨가 쓰여 있었다. 붉은 글씨였다.

해변으로 나와.

사내는 소스라치게 놀랐다. 사내는 다리를 후들거리며 자리에 풀썩 주저앉아 미친 듯 머리를 감싸 쥐었다. 그 방은 아파트 사 층이었다.

박 신부와 현암, 준후가 새로 발견된 의문의 변사체 이야기를 안 기자에게 들은 것은 저녁때였다. 셋은 즉시 사건 현장으로 출동했다. 준후가 뭔가 감을 잡은 듯 보였기 때문이었다. 다행스러운 것은 시신의 사망 시간이 스물네 시간을 넘지 않았다는 사실― 아직 검시진이 도착하지 않았지만, 먼저 도착한 안 기자의 말로는 피가 완전히 굳지 않았다고 했다―이었다. 준후는 뜻밖에도 이번에는 꼭 영사를 해 보겠다고 자청하고 나섰다.

달리는 차 안에서 현암이 물었다.

"확실하니? 이번에 발견된 시체가 먼젓번 미술관 사건과 관련이 있다는 게?"

"딱 꼬집어서 말할 수 없지만, 왠지 그런 느낌이 들어요. 고통…… 고통이 느껴져요."

"고통? 물론 고통받다가 죽었겠지. 고통받는 느낌은 좀 흔한 거 아냐?"

"아니에요. 이건 뭐랄까, 멀리 퍼지는 고통…… 멀리멀리 퍼지는 고통이었어요. 그래서 저도 들을 수 있었어요."

"멀리 퍼지는 고통?"

현장에 도착한 일행은 그곳에 웅성거리는 형사들에게 제지당했으나 마침 검시관으로 나온 장 박사 덕에 현암은 조수로, 박 신부는 마지막 기도를 올려 준다는 명목으로, 준후는 박 신부의 옷 속에 숨어서 간신히 들어갈 수 있었다.

"제길…… 별짓을 다 해 보는군."

현암이 나직이 중얼거리자 박 신부가 조용히 하라는 듯 눈을 흘겼고, 준후가 박 신부의 넓은 사제복 속에서 킥킥 웃었다. 현암은 사제복 자락 속을 슬쩍 걷어찼다. 투덜대는 소리가 들리다가 한 번 더 되게 걷어차이고는 잠잠해졌다.

사내는 결국 해변으로 나갔다. 석양이 물들어 가는 해변의 경치는 아름다웠다. 그날도 이렇게 해가 지고 있었다. 그때 석양 아래서…… 사내는 심한 자책감을 느꼈다. 이런저런 생각들이 스치고 지나갔다.

싸움과 악행으로 점철된 자신의 이십육 년 인생…… 노을빛 아래서 벌였던 그날의 일…….

사내는 문득 정신을 차렸다. 앞에 어떤 여자가 서 있었다. 여자는 꼼짝하지 않고 서서 자신을 쳐다보고 있었다.

'헉, 저 여자는…….'

사내는 뒤돌아서 냅다 달리기 시작했다. 멀어서 얼굴까지 알아볼 수는 없었지만, 분명히 그때 그 여자의 옷이었다. 피로 물들었던 그 여자의 흰옷…….

정신없이 도망치던 남자가 땅바닥에 나뒹굴었다. 출입 금지 줄이 쳐져 있었고, 구덩이까지 파여 있는 것을 사내는 보지 못했던 것이다.

모래에 얼굴을 처박은 남자는 서둘러 고개를 들고 입안의 모래를 내뱉었다. 양 발목이 접질린 듯했다. 비로소 통증을 느낀 사내는 욕설을 퍼부으며 눈을 떴다. 사내의 눈앞에 그림 하나가 떨어져 있었다.

나무에 반쯤 몸을 기댄 채 긴 속눈썹이 떨리는 듯, 가볍게 눈을 감고 행복한 표정을 짓고 있는 얼굴…….

"아아악! 용서해 줘! 제발 용서……."

사내가 울부짖으며 일어서려 했으나, 다친 발목으로는 일어설 수가 없었다. 사내는 손가락으로 모래를 비집으며 기어서 달아나려 했다. 그때 어디선가 날카로운 꼬챙이가 날아와 사내의 오른손을 뚫고 모래에 깊숙이 박혔다.

"끄악!"

놀라움과 고통에 얼이 반쯤 나간 사내는 왼손으로 꼬챙이를 뽑아내려고 안간힘을 썼다. 그러나 또다시 날아온 꼬챙이가 사내의 왼손마저 꿰뚫어 버렸다.

사내는 의식을 잃어 가고 있었다. 두 팔과 두 다리의 의식마저 마비되어 갔다. 마치 유혹하듯이, 가물거리는 그의 눈앞에 잠들어 있는 소녀의 얼굴이 떠올랐다. 그리고 서서히 밀물이 밀려들고 있었다.

물이 남실거리며 사내의 코끝을 간지럽혔다. 해가 막 진 저녁 무렵이었다.

"뭔가 느껴지니, 준후야?"

영사를 행하다 갑자기 눈을 번쩍 뜬 준후에게 현암이 물었다.

박 신부와 장 박사는 사체의 동공이 뒤집히고 경련의 정도가 심한 것으로 보아 자살 직전—누가 봐도 자살이었다. 귀에 자기 손으로 두 자루의 칼을 꽂고 죽었으니—에 강한 정신적 스트레스를 받았던 것 같다는 이야기를 나누고 있었다.

"이건, 이건······."

준후가 몸을 떨며 한쪽 벽 귀퉁이를 뚫어지게 쏘아보았다.

"뭐지, 준후야?"

현암이 초조하게 물었다. 준후가 입을 열었다.

"노랫소리······ 노랫소리예요. 여기 뭔가 있었어요. 저 벽에요."

장 박사가 놀라 말하려 했으나 박 신부가 손을 저었다.

"들려요······. 많이 희미해졌지만, 전 들을 수 있어요······. 노래예요."

준후가 서서히 손가락을 들었다.

"강한, 아주 강한 원한과 복수의 노래······ 아니, 그림이에요."

"그림이라고?"

현암이 놀라서 물었다.

"예감했었어요. 그 그림, 〈노래하는 소녀〉! 바로 저기에 걸려 있었어요!"

준후의 눈에서 불똥이 튀었다.

땅벌 떼

셋은 현장을 벗어났다. 차가 한참을 달렸을 때 박 신부가 입을 열었다.

"어디로 가는 건가, 현암 군?"

"그 화가에 대해 조사를 해 봐야겠어요. 준후의 말대로 그림에 뭔가 있다면……."

준후가 오랜만에 입을 열었다.

"그림에 깃든 것이 뭔지는 나도 몰라요."

"원한령이 깃든 것 아니었나? 나도 영사해 보았는데 원한 비슷한 이미지가 느껴지던데……."

박 신부가 의아한 표정을 지으며 말하자, 준후가 다시 입을 열었다.

"물론 그렇긴 해요. 하지만 그것보다 더 복잡한 게 있어요. 그 힘, 사람들을 죽게 한 힘 말이에요."

"힘? 원한령의 한이 깊이 맺히거나 주술을 이용하면 영이 물리력을 행사하는 경우도 종종 있잖아?"

현암이 속력을 줄여 커브를 돌며 대꾸했다.

"그래요. 그러나 아무리 생각해도 이상해요. 영의 힘이 그렇게까지 발휘된다면, 주변은 당연히 원기(怨氣)로 물들어 있어야 하는데 거의 아무런 흔적이 없다는 것은……."

"그러면 사람을 날려 벽에 메다꽂을 수 있는 보이지 않는 힘은 어디서 나왔단 말이지?"

"예감이 이상해요, 형. 어쩐지 사건이 계속 일어날 것 같아요."

생각에 잠겨 있던 박 신부가 말을 이었다.

"음…… 그러면 그 화가의 집으로 가는 건 아직은 시기상조인 것 같군. 그 힘이 그림에서 나온 거라고 단정하기는 좀 이른 것 같아. 준후가 말한 미지의 힘에 대해 뭔가 알아낸 후에 가는 게 더 나을 듯싶은데?"

현암이 차를 돌렸다.

"저도 그런 생각이 들어요. 그나저나 안 기자 이 녀석은 왜 연락이 없는 거야? 희생자들의 신원을 추적해 준다고 하고서는."

"어딜 가는 거야?"

담배 연기로 뿌옇게 흐려진 방 안에 다섯 남자가 침울한 표정으로 앉아 있었다. 그들 앞에는 사진 몇 장이 흐트러진 술병들 사이에 어지럽게 널려 있었다. 한 사내가 갑자기 신음을 내며 뛰쳐나가려 하고 있었다. 덩치가 큰, 수염을 기른 사내가 뛰쳐나가려는 사내를 붙잡았다.

"인마, 너 죽고 싶냐? 여기 잠자코 뭉쳐 있어야 한단 말이야!"

"형님, 나가게 해 주십쇼! 더 이상 이렇게 숨어 지내긴 싫습니다. 도대체 어떤 놈이, 아니 어떤 우라질 귀신이 우릴 해치려 하는지는 몰라도 내가 가서 죽여 버리겠어요!"

"닥쳐! 그렇게 큰소리를 치다가 벌써 셋이나 당했어."

"형님!"

"안 된다면 안 되는 줄 알아!"

"형님…….”

사내가 무너져 내렸다. 사내는 짐승의 울부짖음 같은 소리를 내며 울고 있었다.

"이대로는, 정말 이대로는 견딜 수가 없어요……. 전화벨 소리, 그리고 그 목소리…….”

"닥쳐, 인마!"

"미칠 것 같아요……. 차, 차라리…….”

"인마, 너 무슨 생각하는 거야! 야, 털보! 잡아, 저놈 잡아!"

사내는 괴성을 지르며 수염 난 남자를 머리로 들이받았다. "어이쿠!" 하며 털보가 넘어지자, 사내는 미친 듯 달려 나가기 시작했다. 이미 반은 제정신이 아니었다.

"이 염병할 자식이…… 이봐! 다들 따라가서 데리고 와! 개죽음을 당하게 할 수는 없잖아!"

두목인 듯한 남자가 서둘러 나가자, 세 명의 남자가 그 뒤를 따랐다. 두목의 중얼거리는 소리가 들렸다.

"이런 제기랄, 누군 무섭지 않은 줄 알아?"

안 기자에게서 연락이 온 것은 저녁 무렵이 다 되어서였다. 현암은 막 욕을 퍼부으려다가 안 기자의 첫말을 듣고 멈칫했다. 뜻밖의 소식이었기 때문이다.

[잘 들어라. 경찰 컴퓨터를 훔쳐서 간신히 알아낸 거니까. 이번에 칼로 귀를 쑤시고 죽은 놈은 서칠성이라는 조직폭력배야. 땅벌 떼라는 조직폭력배의 일원이지.]

"땅벌 떼? 뭐하는 놈들인데?"

[가만, 끝까지 들으라고. 이놈들은 해결사로 알려져 있고, 밀수에도 조금 손을 대고 있어. 경찰 자료에 의하면 아마도······.]

"아마도 뭐야?"

[인신매매 혐의도 받는 놈들인가 봐.]

"인신매매단?"

[응. 현재 혐의를 받는 정도니까 꼭 단정 지을 순 없지만, 아무튼 이상한 점이 있어. 경찰은 이 사건들을 비슷한 폭력들끼리의 암투로 생각하고 있는데 말이야, 내가 보기엔 영 수상쩍어. 본론으로 들어가서, 전에 미술관에서 죽은 녀석 있지? 그놈도 대강 신원이 밝혀졌는데, 유대철이라고 땅벌 떼파의 칼잡이였던 걸로 추정된대.]

"뭐? 같은 일파였다고?"

[그뿐만이 아냐. 오늘 또 한 놈 발견됐어. 바닷가에서······.]

"뭐? 또 죽었다고? 그놈도 땅벌 떼파야?"

[그래. 이름은 이석암이고 별명은 돌중이래.]

스피커로 둘의 대화를 듣고 있던 준후가 끼어들었다.

"사인이 뭐였는지 물어봐요!"

"알았어. 그래, 어떻게 죽었지?"

[익사야. 역시 지독해. 두 다리가 부러지고 양손이 바닷가 해변에 못 박혀 있어. 그런 상태로 밀물이 밀려오자 꼬르륵한 거지.]

"밀물? 그러면 아주 천천히 익사했을 텐데, 반항의 흔적은?"

[전혀 없었어. 마치 자는 듯이 얼굴이 평온, 아니지. 멍하다고나 할까?]

박 신부가 무릎을 쳤고, 현암과 준후는 모골이 송연해지는 것을 느꼈다.

"〈꿈꾸는 소녀〉!"

사내는 달렸다. 저주의 욕지거리를 해 대기도 하고 단말마의 비명 같은 것을 지르기도 하며 미친 듯이 달려가고 있었다.

목소리…….

그의 귓전에 여자의 목소리가 들렸다. 얼굴이 유난히 하얗던 그 여자의 목소리였다. 저만치 흰옷을 입은 여자가 서 있었다.

"으아아!"

사내는 발광한 듯이 부르짖었다. 눈은 살기로 번득였고, 극도의 공포와 분노가 겹친 나머지 입에 거품까지 물고 있었다.

"덤벼라, 이 계집애야! 다시 한번 죽여 주마! 나와, 나오라고!"

눈앞이 탁 트인 곳이었다. 공터…… 휴지 기간에 들어간 공사장이었다. 여기저기 널린 콘크리트 파이프와 다소 익살맞게 서 있는 포클레인 한 대, 모래와 자갈 무더기…….

흰옷을 입은 여자의 모습은 보이지 않았다.

"나와! 어디야, 어디 숨었어!"

사내가 고래고래 고함을 질러 댔으나 아무런 대꾸도 없었다. 귓전에 울리던 목소리도 어느샌가 들리지 않았다.

사내는 살벌한 인상으로 여기저기를 두리번거리며 뒤지기 시작했다. 손에는 자전거 체인이 들려 있었다. 사내의 눈에 포클레인의 운전석이 들어왔다. 운전석에 그림 한 폭이 놓여 있었다.

사내는 눈알이 튀어나올 정도로 긴장하면서 천천히 포클레인의 운전석으로 다가갔다. 그림이 점차 확대되어 눈에 들어왔다. 조그마한 것과 놀고 있는 듯한 소녀…… 얼굴이 유난히 흰 소녀…….

"으악!"

사내가 들고 있던 체인을 떨어뜨리며 뒷걸음질을 쳤다. 그림 속의 소녀가 눈을 뜨고 그를 쳐다보고 있었다. 소녀의 눈동자는 새빨갛게 물들어 있었다.

웃음소리가 선명하게 들려왔다.

"아아악!"

사내는 허둥거리며 뒤돌아서 달아나려고 했다. 그러다가 발목이 삐었는지 그 자리에서 뒹굴었다.

두목과 세 남자가 모래 더미를 넘어서자, 허둥대는 사내의 모습이 먼발치에서 보였다. 그들은 눈앞의 광경을 보고 입을 벌린 채 꼼짝도 하지 못했다.

포클레인이 움직였다. 사내는 다리가 제대로 말을 듣지 않아 뛰지도 못하고 고개를 돌린 상태로 뒤로 기어갔다. 포클레인의 조종석은 비어 있었다. 그러나 웃음소리가 사내의 공포에 찬 신음과 비명에 섞여 똑똑히 들렸다.

"그 여자다, 그 여자야!"

두목의 뒤에 서 있던 한 남자가 떨리는 목소리로 중얼거렸다. 포클레인 삽이 마치 거대한 집게발처럼 아래로 내리꽂혔다. 사내는 외마디 비명과 함께 허리가 두 동강 나 버렸다.

그 광경을 지켜보는 네 남자의 귀에 여자의 웃음소리가 맴돌았다.

박 신부의 얼굴이 굳어 있었다. 현암이 담배 연기를 푸욱 내뿜으며 푸념 섞인 말을 내뱉었다.

"이건, 도대체…… 죽어 마땅한 놈들만 죽는군요. 그냥 내버려 두는 게 어때요?"

"아무리 악인이라도 회개할 기회는 주어야지. 그리고 죽은 영이 산 사람의 목숨을 좌지우지하게 할 수는 없어. 산 사람의 죄는 인간들이 해결해야 하는 거야. 심판은 주님이 하시는 거고……."

현암은 불만스러운 듯 말했다.

"에이! 어째 이번 일은 처음부터 기분이 좀 안 좋더라니……."

"어쨌든 이 건은 여러 분야에서 조사해 나가야 될 것 같네. 현암 군은 우선 땅벌 떼라는 폭력 집단의 주변을 알아보게. 그리고 될 수 있으면 그들에게 경고해 주고……."

"뭐요? 아니, 내가 왜 그런 놈들하고……."

"그럼 늙은 나나 어린애인 준후가 해야겠나? 자네가 사람하고 싸우는 건 제일 잘하잖아?"

"그건 그렇다 치고, 왜 그런 놈들에게 경고까지 해 줘야 하죠?"

현암은 박 신부의 날카로운 눈총에 얼른 말을 얼버무렸다.

"아뇨, 아뇨……. 하긴 걔들도 가련한 인생들이니까…… 하하하…… 그렇게 노려보지 마세요, 하면 되잖아요."

"나는 화가를 만나 보겠네. 준후는 나와 같이 가되, 집 밖에서 주변을 살펴보고 여기저기 영사를 해 봐라."

"예? 들어가서 하는 게 더 낫지 않을까요?"

"일단은 너를 데리고 들어갈 명분이 없잖니? 내가 이야기를 나눠 보고, 수상한 기척이 느껴지거든 현암 군과 셋이 다시 가 보기로 하자고."

"예, 알았어요."

준후가 마지못해 고개를 끄덕이자 현암도 잔뜩 볼멘소리로 대답했다.

"예에에."

"현암 군, 아까 안 기자에게서 들은 땅벌 떼라는 조직의 명단은 갖고 있지?"

"예에에."

"일단 그들에게 연락을 취해 보게. 벌써 세 명이나 죽었으니, 거기서도 아마 자넬 반겨 줄지도 모르지. 우리도 이 계열에선 이름이 알려져 있는 편이니."

"예에에."

"현암 군!"

"어이쿠, 전화 왔네!"

때마침 전화벨이 울렸다. 한바탕 박 신부에게 곤욕을 치를 참인 현암이 냉큼 달려가서 전화를 받았다.

"여보세요……. 예? 예, 예, 맞습니다만…… 예? 음, 성함이 혹시…… 남종호 씨요……? 예, 알겠습니다……. 예……."

현암의 안색이 굳어지더니 전화기를 거칠게 내려놓았다.

"누군데 그래요, 형?"

"놈들 양반이 되긴 글렀군. 땅벌 떼 두목 남종호라는 작자야. 아예 까놓고 얘기하는군그래. 나보고 당장 오라네."

"그것 마침 잘됐군."

"방금 한 녀석이 또 죽은 채로 발견, 아니 죽었다나 봐요. 그래서 다들 공포에 떨고 있는 거죠."

"또요? 어떻게 죽었대요?"

준후가 눈을 동그랗게 뜨고 물었다.

"포클레인이…… 아무도 안 탄 포클레인이 저절로 도망치는 남자를 쫓아왔대. 그러고는 삽으로…… 허리가 잘렸다는군."

준후가 얼굴을 잔뜩 찡그렸다.

"윽!"

"이번엔 먼발치에서 두목을 비롯한 세 명이 죽는 걸 목격한 모양이야. 처음엔 그들도 이 사건들을 다른 폭력 집단의 짓으로 생각했었는데, 직접 눈으로 보고는 이 일이 초자연적인 힘에 의해 벌어지는 것인 줄 안 거야. 목소리를 마구 떨고 있더라고."

박 신부가 현암의 말을 잠시 중지시켰다.

"그런데 이번에도 그림이 관련되어 있었나? 이건 좀 연관이 없는 것 같은데……."

"아뇨, 있어요."

준후가 재빨리 대답하면서 현웅 화백의 화집을 폈다.

"〈게와 노는 소녀〉, 이거예요."

게…… 마치 게를 놀리는 양 게의 집게발에 자신의 발가락을 아슬아슬하게 갖다 대는 소녀의 장난스러운 모습이 그려져 있었다.

"이거야, 원……."

박 신부가 한숨을 쉬었다.

"이거, 어디 안심할 수가 있나. 언제 어느 곳에서 들이닥칠지 모르니……."

"모두 조심하는 수밖에 없죠."

준후의 말을 현암이 가로막았다.

"이건 물리력을 구사해도 보통 정도가 넘어. 사람도 없는 포클레인이 날을 들고 쫓아오는데 쇠로 된 기계 덩어리에 부적이며 주술이 통할 리가 있겠어? 대책이 없잖아."

"하지만 어쩔 수 없지 않나? 우리가 아니면 누가 밝혀내겠는가?"

셋은 한동안 침묵했다. 상대가 대체 어떤 힘을 쓰고 있는지, 그 목적이 무엇인지 도통 알 수가 없었다. 무엇보다 상대가 누구인지를 아는 것이 급선무였다.

박 신부가 침묵을 깼다.

"일단 아까 계획대로 현암 군, 자네는 말벌 떼인지 땅벌 떼인지를 만나 보게. 나와 준후는 화가를 찾아가 보겠네."

"좋습니다, 신부님."

"현암 군, 자네도 이번엔 각별히 주의하게."

숨겨진 것들

내키지 않는 걸음으로 땅벌 떼파의 아지트에 들어선 현암은 속이 매슥거렸다.

"제발, 제발 우리를 좀 도와주게. 사례는 얼마든지 하겠네."

두목으로 보이는 남자가 안쓰러울 정도로 현암에게 사정하고 있었기 때문이다. 그러나 주변에 있는 털보와 얼굴빛이 파리한 남자는 공포에 질려 있으면서도 현암에게 아니꼬운 눈길을 보냈다.

"사례가 문제가 아니오. 우리는 사례 따위를 받은 적이 없소."

"그게 무슨 말인가? 우릴 도와주지 않겠다는 건가?"

"야, 인마!"

아까부터 얼굴이 잔뜩 구겨져 있던 털보가 손마디를 우둑우둑 꺾으며 다가왔다.

"너 인마, 우리 형님 앞에서 폼 잡을래?"

가뜩이나 비위가 상해 있던 현암의 성질이 슬슬 꼬이기 시작했다.

"사례를 받은 적이 없어서 그런 적 없다고만 말했을 뿐이오. 내가 뭐 잘못 말한 게 있소?"

말을 끝마치기도 전에 털보의 주먹이 현암의 명치 부근을 강타했다. 탕! 하고 쇳소리가 났다. 어느새 현암은 기공을 모으고 있었던 것이다. 털보의 얼굴이 조금씩 일그러졌다.

"이, 이 자식이……."

"털보, 뭐 하는 짓이냐!"

"저놈, 몸에 철판을 숨겨 놨나 봐요."

현암은 손에 암암리에 기공을 끌어모았다.

"이봐, 내 과시하려는 건 아니지만, 자네들은 나를 믿지 않으면 살지 못해. 나를 믿고 따르면 그래도 반쯤 살아날 확률이 있을지도 모르지만……."

"뭐야, 인마?"

얼굴빛이 시퍼런 사내가 옆의 병을 집어 들어 현암을 내리쳤다. 그러나 현암이 기공이 담긴 손으로 가볍게 막자 병은 픽! 하면서 깨져 버렸다. 현암의 손은 멀쩡했다.

"자, 이제 반의 확률이 반의반으로 줄어들었다."

퉁퉁 부어오르기 시작한 손을 움켜잡고 있던 털보가 칼을 꺼내 들었다. 두목은 처음엔 말리려고 하더니 곧 무슨 생각인지 털보를 그대로 놔두었다.

'흠…… 날 시험해 보자는 수작이렸다! 이놈들, 정말 밥맛 떨어지는 족속들이군. 좋아, 어디 혼비백산하게 해 주지.'

현암은 수련을 통해 어지간히 자유롭게 날릴 수 있게 된 월향을 꺼내 들었다. 지난번 흡혈마와의 싸움 이후 월향에게 모종의 변화가 있었던지, 예전에는 그렇게까지 말을 잘 듣지 않던 월향검이 요즘에는 현암의 조종에 따라 자유롭게 움직일 수 있게 된 것이다.

까야아악!

월향의 귀곡성이 울리자 네 명의 남자들은 움찔했다. 그 뒤를 이어 검집에서 월향이 쏘아져 나와 단번에 털보의 칼을 박살 내고 내친김에 털보의 뺨과 얼굴 퍼런 사내의 어깨에도 가볍게 상처를 냈다. 그러고는 나비같이 날아서 검집으로 살포시 돌아왔다.

현암이 능청을 떨었다.

"음음, 그래, 착하다. 하하하. 피 맛이 어떠냐? 더 줄까?"

네 명의 사내는 바닥에 납작 엎드려서 부들부들 떨었다.

"준후야, 뭔가 감이 잡히니?"

"아뇨, 아직은요……. 별로 특별한 건 없는 듯해요."

박 신부는 준후와 함께 현웅 화백의 높다란 축대 밑을 돌았다. 정말 큰 집이었다. 그리 화려하거나 비싸 보이는 집은 아니었지만, 크기도 그렇고 이렇게 높은 축대 위에 있어야 하는 이유는 알 수 없었다.

"준후야, 그림에도 영이 깃들 수 있니?"

"예, 물론이죠. 그림만이 아니라 어떤 물건이라도 가능해요."

"그럼, 그 그림에 깃든 영이 바깥을 살필 수도 있니?"

"음…… 어느 정도는요. 투시하고 비슷하게……."

"그렇다면 그렇게 그림과 비슷한 장소와 여건, 시간을 골라 일을 저지를 수 있겠니?"

"그건…… 근데 신부님은 지금 무슨 생각을……."

"맞아, 이건 영 혼자의 짓이 아니야. 분명 사람이 개입되어 있지 않고서는 안 되는 일이야. 영이라고 전지전능한 게 아니란 건 너도 잘 알잖니?"

"그러면 현 화백이란 사람이?"

"그야 모르지만, 가장 유력한 사람이지. 자, 봐라."

박 신부는 품에서 몇 장의 메모를 꺼내 안경을 쓴 다음 내용을 읽어 주기 시작했다.

"현웅 화백에게는 두 명의 딸이 있었지. 현주희, 현승희 자매였어. 부인과는 일찍 사별했고…… 이 년 전에 장녀 주희를 사고로 잃고 지금은 둘째 딸 승희와 함께 살고 있겠지. 그는 원래 풍경화를 전문적으로 그리던 사람이었는데……."

"잠깐요. 큰딸 주희가 어떤 사고를 당했죠?"

"교통사고라고들 하던데, 자세히 아는 사람은 없더군. 준후야, 너도 참 예리하구나. 나도 이 점이 미심쩍다."

"히히히…… 이런 추리는 원래 현암 형 전문인데……."

"하여간 더 보자……. 이 년 전 딸을 잃고 그 이후 대표작이라

할 수 있는 '소녀' 칠 부작을 완결하게 돼. 그 기간이 육 개월이었
지. 그 그림들은 원래 공개되지 않았으나, 집을 방문했던 몇몇 비
평가들에 의해 걸작으로 소문이 퍼져 이번에 할 수 없이 공개하게
된 거지. 바로 우리가 추적하고 있는 그림들이야. 이 그림들은 현
웅 화백이 딸을 추억하며 그렸다고 하는구나. 그 이후 현웅 화백
의 작품 세계는 우울하고 침울한 분위기의 그림들이 대부분이야.
억측일지도 모르지만 꼬리를 이어서 생각해 본다면 어떤 결론을
내릴 수 있지 않겠니?"

준후는 조그만 손을 턱에 갖다 대고 한동안 생각에 잠겼다.

"응, 그러니까 주희라는 큰딸의 영이 그림에 나타났다 이거죠?
그렇다면 주희라는 누나는 교통사고로 죽은 게 아니라, 폭력배 집
단에게?"

박 신부가 고개를 무겁게 끄덕였다.

"준후야, 어린 나이에 너무 많은 걸 알게 돼서 좀 안됐다마는,
내 생각도 비슷하다. 사실 내 둔한 머리가 이런 결론까지 가게 된
이유가 또 있단다."

박 신부의 얼굴이 침울해졌다.

"사실, 현웅과 나는 원래 알던 사이야."

준후의 조그만 눈이 커다랗게 벌어졌다.

"예?"

"그는 사실……."

"뭐죠, 신부님?"

"지금도 그 사실을 모를지도 모르지만, 아마 알게 되었을 거야……. 사실 그는 초능력자야. 그것도 굉장한…….”

"뭐가 어째? 다시 한번 지껄여 봐!"

현암은 거의 제정신이 아니었다. 놈들에게서 한 마디 한 마디 흘러나오는 그들의 죄악상은 정말이지 악랄하기 짝이 없었다. 온갖 파렴치와 불륜과 타락으로 점철돼 있었던 것이다.

"이 개자식들아! 그러고도 살길 바라?"

현암이 털보의 옆구리를 걷어찼다. 두목을 포함한 네 명 모두가 자기의 죄들을 털어놓았다가 울분을 참지 못한 현암에게 얻어맞은 지가 벌써 두 시간째였다. 냉정한 현암의 눈가는 분노로 충혈되었고, 눈알이 번뜩거리고 있었다.

"그래서 어떻게 했어? 여자를 잡아다가 어쨌냐고! 이런 찢어 죽일 놈들…… 중학생밖에 안 된 애들을…….”

"돌아가면서…….”

"똑똑히 얘기해! 이 개자식들아!"

현암이 짐승처럼 악을 썼다.

"그러고는…… 지방 술집에…….”

지금 그들은 여중생 두 명을 납치해 윤간하고 술집에 팔아넘긴 죄를 불던 참이었다.

"살려 주세요, 형님! 아니, 선생님! 제발 살려 주십시오. 무서워 죽겠습니다…….”

"무서워? 무섭다고? 너희들이 가련한 어린 젊음을 신나게 짓밟을 때 그들이 무슨 생각을 했을 것 같니? 대답해, 대답해 보라고!"

현암은 발악하듯 한 놈의 멱살을 쥐어 잡고 소리를 질렀다. 파르르 떨던 그의 눈에서는 노여운 눈물이 흘러내리고 있었다.

준후가 눈을 껌벅거렸다.

"신부님, 그렇다면 왜 현암 형을 떼어 놓으신 거죠?"

"그 친구 성질, 너도 잘 알잖니? 이런 증거가 있다면 다짜고짜 현 화백의 집으로 쳐들어갔겠지. 그리고 닦달했을 테지. 그것도 좋아. 그러나, 그러나 말이다. 만에 하나 현 화백이 아무것도 모르는 사람이라면, 어떻게 되겠니?"

"하긴 그래요."

"현암 군은 아직 인생을 제대로 알지 못해. 그래서 한번 겪어 보라고, 그리로 보낸 거야……."

둘은 잠시 말이 없이 현 화백의 집 주위를 거닐었다.

현암은 울고 있었다. 그의 주위를 네 명의 남자들이 둘러서 있었다. 추하게 얻어맞고 멍들어 부푼 얼굴을 한 악한들…… 그들도 눈물을 흘리고 있었다. 그들의 죄악이 한 남자의 눈물 앞에서 모조리 되살아났다.

현암의 뇌리에 현아의 모습이 떠올랐다.

오빠아…….

울지 마, 오빠…….

'현아야…….'

오빠아, 울지 마……. 울면 싫어…….

현암은 고개를 숙인 채 눈을 감았다.

'그래……. 모두가 불쌍하다. 나도 가련하고, 이들에게 당한 자들도 가련하고, 이들도 역시 불쌍하고…… 도대체 무엇 때문에 사람들은, 그리고 영들은 이런 속에서, 이 지옥 같은 곳에서 아옹다옹하는 걸까…….'

오빠, 힘을 내. 오빠는 할 일이 많아…….

'현아야, 잠시라도 내 곁에 있어 주렴. 가지 마. 난 외롭다…….'

오빠, 오빠가 가야 할 길이 너무…….

'현아야…….'

오빠, 제발 힘을…… 힘을…….

현암이 벌게진 눈을 들자 현아의 환상이 어슴푸레 사라졌다.

"자, 지금부터 내가 하는 말 잘 들어, 죽고 싶지 않거든. 아니, 나도 장담하진 못해. 하지만 나도 너희를, 비록 죄 많은 인생을 살아온 너희들이지만 죽게 하고 싶지는 않다."

"응? 이건?"

준후가 침묵을 깼다. 박 신부도 깊은 생각에서 벗어나 다시 현실로 돌아왔다.

"뭐지, 준후?"

"아주 강한…… 음…… 그러나 착한…… 아니, 아니……. 선과 악이 반반 섞인…… 이건……."

갑자기 눈앞에서 문이 열렸다—그러고 보니 그들은 어느새 대문 앞에 와 있었다—. 깔끔하고 좀 날카로운, 윤곽이 가느다란 젊은 여자의 얼굴이 나타났다.

"누구시죠? 무슨 용건으로……."

여자는 매우 예뻤으나 선천적으로 화가 난 듯한 인상이었다. 박 신부는 목소리를 가다듬더니 말을 꺼냈다.

"아, 현 화백을 만나러 온 박 신부라고 합니다. 아가씨는?"

"딸이에요. 승희라고 하죠."

준후는 아무 말도 하지 않고, 승희라고 자신을 밝힌 여자의 얼굴만 들여다보고 있었다.

"어디서 뵌 분 같군요. 아버지는 지금 병중이신데…… 아무튼 들어오세요."

문을 열고 앞장서는 그녀의 뒤에서 준후가 놀란 얼굴을 감추지 못한 채 박 신부의 옆구리를 찔렀다. 박 신부가 나직이 물었다.

"왜 그래?"

"신부님, 저 누나. 굉장, 굉장해요……."

"뭐가?"

"저 누나, 아바타라(Avatara, 化身)[1]…… 애염명왕(愛染明王) 라가

---

[1] 신이 인간으로 형상을 바꿔 세상에 나와 중생을 제도하는 것을 말한다. 인도의 고

라쟈[2]를 봉인한 사람이에요. 저런 사람이 여기에 있었다니……."

준후는 채 말을 다 잇지 못했다.

어느덧 밖은 어두워져 밤이 되었다.

준후는 입을 다물고서 현승희라고 밝힌 여자를 뚫어져라 처다보았다. 그러나 박 신부는 그녀에게서 아무것도 느낄 수 없었다. 영기나 귀기도 없었고, 영적인 능력을 가지고 있는 것 같지도 않았다. 둘의 생각을 아는지 모르는지, 승희는 혼자 재잘거리고 있었다.

"아버지는 지금 몸이 안 좋으세요. 그런데도 작업실에만 계속 틀어박혀서 나오지를 않으시니…… 신부님은, 아참, 박 신부님이라고 하셨죠? 퍽 오래전에 뵙고는 못 뵌 것 같네요. 절 기억하시겠어요?"

"그래요, 승희 양. 그땐 아주 작은 꼬마였지. 하하하!"

"후후, 신부님도 그때는 젊으셨죠. 근데 이젠 머리가 다 희끗희끗해지셨네요. 하긴 우리 아버지도 그러시지만……."

대 서사시 「마하바라타」의 주인공 크리슈나나 「라마야나」의 주인공 라마 등이 대표적인 아바타라다. 원래는 비슈누의 화신이지만 본문에서는 특정한 목적으로 애염명왕 라가라쟈가 아바타라가 된 것으로 했고 그 내용은 『퇴마록(세계편)』에 등장한다.

2 원래는 인도의 신이었으나 후에 대승 불교의 한 파인 진언 밀교의 신이 되었다. 겉으로는 분노를, 속으로는 애욕을 가진 사랑의 신이다. 전신이 붉고 눈이 셋, 팔이 여섯으로 머리에 사자관을 쓰고 있다.

"세월 앞에서야 누군들 별수 있겠나."

"그런데 이렇게 예고도 없이 찾아온 건 무슨 까닭이신가요? 제가 없었으면 아버지를 못 만나 보셨을 거예요. 전 방학을 해서 어제 왔는데, 아버지께선 밖에 전혀 나가시지도 않고, 또 누구와도 만나지 않겠다고 하시더군요. 저도 잠깐 얼굴을 뵐 뿐이에요. 혹시 아버지께서 신부님께 문을 열어 주었다고 절 혼내지 않으실지 모르겠네요. 후후후……."

준후는 승희가 계속 스스럼없이 재잘거리자 고개를 갸웃했다. 자기가 뭔가 잘못 본 게 아닌가 하는 생각마저 들었다. 이런 수다쟁이 여자가 애염명왕의 아바타라라니…….

"승희 양, 최근에 아버님의 전람회에서 이상한 사건이 생겨 전람회가 중지되었다고 하는데, 그 후에 아버님은?"

승희가 얼굴을 살짝 찌푸렸다.

"아, 그 지저분한 사건요? 참 어이가 없어요. 왜 남의 귀한 그림 앞에서 죽어요? 죽으려면 딴 데 가서 죽을 것이지."

"아버님은 전람회를 중지하고 나선 좀 어떠신가?"

"그냥 말이 없으세요. 그림들은 모두 회수하셨다는데…… 그 상인들이 저에게까지 연락을 해서 조르는 바람에 알게 됐죠. 수집가들이 몹시 탐을 낸다고, 팔 수 없냐고요. 하지만 그 그림들을 아버지가 파실 리 없죠."

준후의 눈이 빛났다.

"왜요?"

"어머, 귀여워라. 안녕, 꼬마야. 누나를 보고 인사도 안 하니?"

"왜 그림을 팔 수 없단 거예요?"

박 신부도 숨을 죽였다. 승희는 전혀 눈치채지 못하고 태연히 말했으나, 그런 그녀의 눈에도 얼핏 슬픔 같은 것이 비쳤다.

"그 그림들은 언니를 모델로 그린 거거든요……. 이 년 전에 사고로 죽은……."

박 신부의 얼굴이 긴장으로 굳어졌다.

"……주희를?"

승희의 얼굴이 더욱 침울해졌다. 준후가 이상한 것을 느낀 듯 몸을 흠칫했다.

"네. 그때 저는 미국 연수 중이었어요. 그런데 전보가 날아들었죠. 언니 장례식에 참석하라는…… 급히 돌아와서 아버지께 여쭤봐도 단지 교통사고라고밖에는……."

준후의 몸이 미세하게 떨리고 있었다. 그러고 보니 박 신부도 이상한 것을 느낄 수 있었다. 강한 영기…… 그 기운은 바로 눈앞에서 조금씩 눈가가 붉어져 가는 승희에게서 뻗쳐 나오고 있었다.

"해결법은 간단하다. 우선 너희들은 속죄해야 한다. 경찰에 자수해라. 안 그러면 내가 먼저 없애 줄 테니……."

현암은 아직도 씩씩거리며 일당에게 다그쳤다. 속죄의 눈물을 흘린 그들이었지만, 또 언제 못된 마음을 품을지 모르기에 협박을 섞는 중이었다.

"마음속으로 진실하게 속죄해야 한다. 너희가 해친 사람들의 영과 가족에게 속죄를 해야 하는데, 우선은 너희에게 복수하고자 하는 영을 달래는 게 우선이다. 여기에 준후가 있었으면 좋겠지만 한시가 급하다. 도가의 강신술은 나도 조금 알고 있으니 당장 속죄할 수 있게 해 주마."

두목이 부들부들 떨었다.

"강, 강신술이요? 그러면 귀신들을……."

털보도 얼굴이 하얘졌다.

"귀신들을 부르면, 우, 우릴 다 죽일 거예요."

"닥쳐! 그러기에 누가 나쁜 짓을 하라고 했나! 너희 같은 놈들은 죽어도 싸! 죽음을 내리면 곱게 받아야지!"

"아, 아이고, 형님! 살려 주세요!"

"형님, 으아……."

놈들의 아우성치는 모습이 추악해 보였다.

"그만하지 못해! 내 손에 죽을래?"

"살려 주세요, 제발……."

"내가 최선을 다해 설득해 보겠다. 그러니 솔직하게 죄를 털어놓고 용서를 빌어! 만에 하나 딴 생각을 품으면……."

까아아악!

월향이 울음소리를 내며 현암이 조종한 대로 칼집 밖으로 나와서 허공에 섰다.

"이 월향검으로 호법을 세울 테니 도망가거나 딴 수작을 부리면 당장 너희 모가지가 두 동강 날 줄 알아!"

월향검이 놈들의 머리 위를 빙 돌더니 현암 앞의 바닥에 탁! 소리를 내며 똑바로 박혔다.

놈들은 그야말로 사시나무처럼 떨며 이제는 입도 벙긋 못하고 있었다. 현암은 오대존 명왕(五大尊明王)[3]의 부적을 꺼내어 사방에 붙이며 결계를 쳐 나갔다. 이건 준후에게서 빌려 온 밀교의 술수였지만, 이런 종류의 술수에 익숙하지 않은 현암으로서는 별수 없었다. 현암은 부적술에는 미숙해서 얼마만 한 위력의 결계를 이룰 수 있을지 안심할 수 없었지만, 어쨌든 없는 것보다는 나을 것이었다.

"북방의 금강야차[4]…… 서방의 대위덕[5]…… 동방의 항삼세…… 남방의 군다리[6]였나? ……그리고 중앙의 부동!"

승희는 언니 생각에 슬퍼지는지 울기 시작했고, 미지의 영기는 걷잡을 수 없으리만큼 짙어져 갔다. 준후나 박 신부를 고통스럽게

---

3   금강야차(金剛夜叉), 대위덕(大威德), 항삼세(降三世), 군다리(軍茶利), 부동(不動).

4   북방을 수호하고 악마를 항복시키는 오대존 명왕의 하나로 머리가 셋, 팔이 여섯에 활, 화살, 칼, 고리, 방울, 방망이를 쥐고 있다.

5   아미타여래(阿彌陀如來)로서 서방을 지키는 오대존 명왕의 하나로 중생(衆生)을 해치는 독사(毒蛇)나 악룡(惡龍), 원적(怨敵)을 항복시킨다. 검푸른 몸에 분노한 상으로 머리, 팔, 다리가 각각 여섯이며, 칼, 활, 창, 곤봉, 포승, 화살을 쥐고 큰 흰 소(白牛)를 타고 다니며 전신이 화염에 싸여 있다. 육족존(六足尊)이라고도 한다.

6   남방을 지키는 오대존 명왕의 하나로 범어로는 Kundali, 진언종(眞言宗)이라고도 한다. 감로(甘露)라는 뜻으로 증익 경애(增益敬愛)의 덕(德)을 나타내며 분노의 상(相)을 하고 있다. 머리 하나에 팔이 여덟 개로 모든 아수라와 악귀(惡鬼)를 항복시킨다.

하거나 저항하게 하는 것이 아니라, 마치 그들을 공중에 떠우듯 몽롱하게 만들었다. 박 신부가 정신을 차리고 황급히 말했다.

"승희 양, 울지 말아요! 어서 아버님을 만나고 싶은데……."

승희가 눈물을 그치자 강한 영기도 가라앉았다. 준후가 한숨을 내쉬었다.

"아, 이런…… 용서하세요, 제가 아버지를 부를……."

말을 잇던 승희가 휘청하면서 쓰러졌다. 마치 무언가에 강하게 맞은 것 같았다.

"응? 이건?"

"누나! 정신 차려요!"

승희가 쓰러지자 박 신부와 준후는 깜짝 놀라 승희에게 다가가려 했으나, 승희의 몸에서 영기가 폭포수같이 흘러나오는 바람에 주춤했다.

"이건 뭐지?"

"시, 신부님! 무슨 영문인지 아까와는 비교도 안 되는……."

영기는 마치 폭류처럼 지하실로 향했다. 엄청난 영기가 마치 물이 쏟아지듯 지하실 쪽으로 빨려들고 있었다. 가벼운 진동이 집 전체에 퍼지면서 마루며 벽, 천장이 조금씩 흔들리기 시작했다. 엄청난 기운이었다. 준후가 갑자기 허리를 굽혔다.

"지하실, 지하실에 뭔가 있어요! 뭔가 영기를, 저 누나의 영기를 빨아들이고 있어요!"

"뭐라고? 영기를 빨아들인다고?"

벽에 걸려 있던 액자 몇 개가 우당탕 떨어져 내렸다.

"보통 일이 아녜요! 이 엄청난 기운을 빨아들여 이용한다면……."

"현웅이, 그 친구가! 그 친구야!"

"예?"

"내가 말했잖아! 현 화백…… 현웅이는 초능력을 쓸 줄 안다고. 만약, 만약 그가 이 엄청난 영기를 흡수해 힘을 사용하는 주술을 부리는 거라면……."

준후의 얼굴이 하얗게 질렸다. 갑자기 창문과 문이 왈칵 열리고 바람이 몰아쳐 들어왔다.

"만약 그 화가가 이 힘을 이용한다면, 우리도 상대가 못 돼요!"

"현웅…… 자네가, 자네가 대체 왜?"

집 안의 전등 몇 개가 파삭하며 꺼져 버리고 곧이어 전기마저 나갔다. 준후가 놀라서 야명주(夜明呪)를 외워 작은 빛을 허공에 띄웠다. 한동안 계속되던 난리가 지나가고 영기의 흐름도 멈추었으나, 불은 들어오지 않았다. 주술로 밝힌 불이라 별로 환하지 않아 주위의 것들이 긴 그림자를 괴괴하게 드리우고 있었다.

박 신부는 쓰러져 있는 승희가 무사한지 살폈다. 그녀는 아직도 정신을 차리지 못하고 있었다. 영기를 폭사해서인지 심한 허탈 상태를 보이고 있었다. 박 신부는 준후에게 고개를 끄덕해 보였다. 준후도 안심한 얼굴이 되었다.

몹시 조용했다. 열린 창으로 들어오는 바람이 가끔 커튼을 흔들 뿐, 높은 축대 위에 선 이 집에서는 바깥 풍경도 보이지 않았다.

둘은 식은땀이 흐르는 것을 느꼈다. 순간 소리가 들렸다. 여자가 부르는 소리…….

"지하실이에요, 신부님! 지하실!"

준후의 얼굴이 굳어졌다.

"알 것 같아요. 저건…… 초상화, 초상화가 부르는 소리예요."

박 신부의 얼굴도 딱딱하게 굳었다.

"지하실로 가 보자, 준후야!"

준후가 나직이 수호신들을 부르는 주를 읊었고, 박 신부도 품 안의 십자가를 거머쥐었다.

현암은 죽은 영들을 초혼하기 시작했다. 희생자는 많았지만, 이들의 이야기로 짐작건대 작고 예쁜, 유난히 얼굴이 하얗던 여자가 바로 현웅 화백의 죽은 큰딸일 터였다. 이제까지 벌어진 일들을 조합해 볼 때 복수하고 있는 영은 주희의 영이어야 했다. 그러니 그 영을 불러야 하는데, 한 번도 본 적이 없는 사람이어서 그림에 그려진 얼굴로 추측할 수밖에 없었다.

현암은 묵묵히 도가 비전의 초혼 주문을 외우며 아련한 그 여자의 영상을 앞에 놓인 신필(神筆)[7]에 모아 갔다. 영이 부름에 응하면

---

7   주로 도교에서 영을 부를 때 쓰는 방법이다. 일반적으로는 천장에 철필을 매달고 밑에 모래를 담은 쟁반을 놓는다. 혼이 붓에 깃들면 붓은 모래 위에 글씨를 쓴다. 이런 방법 외에 직접 먹을 묻힌 붓이나 펜을 영매의 손에 들고 부르는 경우도 있다. 서양에서 사용되는 위저 보드(Ouiza Board)나 영웅반도 마찬가지다.

신필이라 불리는 붓—보통은 천장에 줄로 매달아 놓지만 지금은 시간이 없었다—에 그 영이 깃들어 글자를 써서 의사소통하는 것이다. 준후가 옆에 있거나, 하다못해 부적이라도 하나 빌려 왔으면 직접 대화도 할 수 있으련만, 기공만 연마해 영력이 떨어지는 현암으로서는 이런 방법밖에는 쓸 수가 없었다.

네 놈들은 공포에 질린 얼굴로, 그러나 호기심이 가득한 눈으로 현암과 신필을 흘깃흘깃 훔쳐보다가, 이따금 하얀 빛이 서려 있는 월향—월향은 원래 색계를 범한 자들을 제일 미워한다—을 두려운 눈빛으로 쳐다보기도 했다.

한참을 비지땀을 흘리며 정신을 모으던 현암이 눈을 번쩍 떴다.

"왔다!"

신필이 가늘게 떨며 서서히 세워졌다. 놀라움과 두려움으로 네 악당은 신음을 냈다. 신필은 잠시 쓰러질 듯하다가 다시 꼿꼿이 서서 성큼 공중으로 뛰어올랐다.

"으악!"

털보가 비명을 질렀다. 신필이 솟구쳐서 털보에게로 날아갔기 때문이었다. 그리고는 털보의 몸에 탁! 소리를 내며 닿자 갑자기 털보가 온몸에 힘이 빠진 듯 늘어졌다.

"악! 털보가! 털보야!"

현암은 나직하지만, 큰 기공이 담긴 소리로 두목을 눌렀다.

"조용히 해! 죽은 게 아냐! 여자의 영이 글로 이야기를 다 하기 힘들어서 털보의 몸을 빌리는 것뿐이야!"

털보가 눈을 반쯤 뒤집은 채 일어섰다. 그의 입에서 난데없이 고운 여자의 음성이 흘러나왔다. 나머지 세 명의 악당은 까무러치기 일보 직전이었다.

"당신은 누구시기에 저를 부르셨나요?"

"현주희…… 당신은 현주희가 맞지요?"

"……예."

얼굴 퍼런 녀석이 뒤로 확 나가자빠졌다. 까무러친 것이다. 현암은 아랑곳 않고 현주희와의 대화에만 열을 올렸다. 한동안 이야기가 이어졌다. 예상외로 주희의 영은 몹시 담담한 태도를 보이고 있었다.

"당신은 살아생전 이 악한들에게 몹쓸 일을 당한 뒤 살해당했죠?"

"……."

"그렇죠?"

"……예."

현암은 됐다 싶어 주희의 영을 설득하려 하는데, 천만뜻밖의 소리가 들렸다.

"하지만 다 지난 일일 뿐이에요. 다만, 다만…… 아버지를……."

"예? 뭐라고요?"

"아버지를…… 제 아버지를 구해 주세요."

"아버님이요? 현웅 화백 말입니까?"

"예……. 아버지는 지금 속고 있어요……. 아!"

갑자기 주희의 목소리가 고통에 찬 비명으로 바뀌었다.

"주희 씨, 주희 씨!"

"아악! 안 돼!"

털보가 그 자리에서 비명을 올렸다. 그때까지 정신을 차리고 있던 두목도 공포에 가득 찬 비명을 지르고 있었다. 창밖, 바로 창밖이었다. 그곳은 아파트의 사 층, 창밖에 그림 한 장이 붙어 있었다. 껑충껑충 뛰는 소녀. 주희를 그린 그림이었다. 현암이 내뱉었다.

"그림! 〈줄넘기하는 소녀〉! 분명 결계를 쳤는데!"

창문이 와장창 깨져 나가면서 털보의 몸이 무엇에 끌린 듯 허공에 뜨기 시작했다. 털보는 찢어지는 비명을 질러 댔다. 한쪽 다리를 현암이 잡았다.

"뭐 해! 다들 잡지 않고!"

그제야 세 명은 털보의 다리에 매달려서 몸을 끌어 내리려 갖은 애를 썼다. 그러나 현암과 세 악당의 몸마저 허공에 뜨려 하고 있었다. 영력이 아닌 엄청난 물리력이었다. 현암이 만든 완전한 결계가 힘을 못 쓰는 것도 당연했다.

"빌어먹을, 태극기공!"

현암이 일갈하며 오른손에 기공을 모아 방바닥을 쳤다. 콘크리트가 펑! 하고 구멍이 뚫리자 현암은 오른손을 찔러 넣어 바닥을 움켜쥐었다. 그런데도 끌어당기는 힘이 엄청나게 강해 감당하기 어려웠다.

"으아아!"

고통에 못 이긴 털보가 비명을 질렀다. 원래대로 돌아온 목소리는 처절한 고통을 호소하고 있었다. 현암이 붙잡고 있는 다리에서 우둑우둑 뼈 소리가 났다.

'으, 기공으로 더 버틸 수는 있으나 이대로 가다간 이자의 다리가 뽑혀 버린다!'

현암은 월향을 부르려 했으나 월향마저도 강한 힘에 눌려 있는 듯, 바닥에 꽂힌 채 빠져나오지를 못했다. 그러기는커녕 점점 깊이 박혀 들어가고 있었다.

"아아악!"

현암이 월향을 보고 잠시 정신이 흐트러진 사이, 피멍이 든 털보의 다리가 현암의 손에 바짓가랑이만 남긴 채 쑥 빠져나갔다.

"으아아!"

털보의 몸은 창에서 꽤 떨어진 곳을 지나던 고압선에까지 튕겨나가 줄을 휘청 휘면서 선에 걸렸다. 파지직 하는 소리와 함께 작은 번개와 같은 방전이 일어나고, 털보의 몸 여기저기에서 연기가 솟아올랐다. 털보의 몸이 줄에 엉켜 껑충거리고 뛰는 듯 흔들리며 타들어 가고 있었다.

"줄넘기, 줄넘기……."

현암은 분노의 눈으로 창밖을 망연히 노려볼 수밖에 없었다.

여자의 웃음소리가 깔깔거리며 울려 대다가 사라져 갔다. 현암은 몸을 날려 창밖을 보았다. 거의 새까맣게 타 버린 털보의 몸 너머로 그림이 너울너울 날아가고 있었다.

'저건 주희가 아니다……. 주희의 아버지 현웅 화백이 속고 있다고? 그렇다면…….'

현암의 눈에 핏발이 섰다. 박 신부가 위험했다. 어쩌면 준후까지도…… 그들이 상대를 모르고 있다면…….

"안 돼!"

초능력의 집안

지하실로 내려가는 계단은 어둡고 길었다. 집이 크고 축대 위에 있으니만큼 지하실도 클 것으로 예상했으나, 크기는 상상외였다. 삐걱거리는 계단을 내려가자 각종 그림 도구와 빈 액자들이 널려 있었다. 아마 현웅 화백의 도구실인 듯했다.

박 신부는 계단을 내려가며 준후에게 간단히 현웅 화백의 이야기를 들려주었다.

"현웅 화백은 염동력(念動力)을 쓸 줄 아는 초능력자야. 내가 그에게 관심을 갖고 가까워진 것도 그런 이유 때문이었지. 그의 능력은 대단해서, 마음만 먹으면 사물들을 움직일 수 있었지만, 자신은 그것을 비밀로 하고 남들에게 밝히지 않았단다."

"예."

"아마 현주희의 죽음은 땅벌 떼라는 폭력 집단의 소행일 거야. 현웅이 그들에게 복수를 하고 있는지도 모르지. 아무튼 딸마저도 저런 엄청난 기운을 가지고 있다니. 조심해야 한다. 그의 염동력에는 부적이나 주술도 잘 통하지 않을 거야."

"예, 신부님. 그런데……."

준후가 귀를 기울였다. 박 신부의 얼굴에 긴장하는 표정이 서렸다. 그림에서 울려 나오는 듯 무미건조한 음색의 여자 목소리가 들려왔다. 초상화가 부르는 소리였다. 이제 그 소리는 박 신부도 알아들을 수 있을 정도로 선명해지고 있었다.

무가치한 자들이여…….

"준후야, 침착해라."

몸을 떨고 있는 준후를 박 신부가 격려했다.

너희들을 시험하기 위해 불렀다. 시험을 통과하지 못하는 자, 가치 없는 자이리라…….

"흥! 시험이라고?"

박 신부가 코웃음을 치며 허리를 폈다.

"너는 현웅이지? 나를 모르는가? 현웅 자네가 이 모든 일들을 꾸민 건가? 목적이 뭐지?"

호호호…….

보이지 않는 초상화의 목소리가 길게 웃었다.

나는 주희다…….

"네가 무슨 짓을 하고 있는지 알기나 하느냐?"

이번엔 준후가 소리쳤다.

"도대체 이유가 뭐지? 복수인가?"

호호호…… 모든 인간은 내 손에서 벗어날 수 없다. 너희도 물론이고…….

"복수라면 이미 충분하지 않았나? 벌써 네 명이 죽었다!"

천만에, 다섯이다…….

어디선가 팔랑거리며 그림 하나가 날아와서 박 신부의 앞에 떨어졌다.

군데군데 그을리고 검게 탄 자국이 있는 그림…… 그림에는 줄넘기하는 소녀가 구레나룻을 기른 남자를 밟고 있는 형상이 그려져 있었다.

"〈줄넘기하는 소녀〉! 이 안에 왜 다른 사람의 모습이?"

호호호…… 그놈은 이미 죽어서 영이 그림에 봉인된 거다…….

준후가 놀란 표정을 지었다.

"영을 그림에 봉인? 그렇다면……."

준후가 채 말을 잇기도 전에 다시 목소리가 들려왔다.

용서받지 못할 죄악을 저지른 자, 아니 죄악에 물들어 있는 모든 인간을 이렇게 해 주겠다!

그림이 갑자기 불타오르기 시작했다. 준후의 귀에는 그림에 봉인되어 있던 남자의 영이 부르짖는 단말마의 비명이 들려왔다. 준후는 어떻게 손을 써 보려 했지만, 주변의 물건들이 슬그머니 공중으로 떠오르는 것을 보고 기겁했다. 조각도가 공중으로 뜨면서 섬뜩한 빛을 발했고, 캔버스의 뾰족한 다리가 흔들거리며 생물처럼 걸어오기 시작했다.

"신부님! 저 물건들은 영으로 조종되는 게 아녜요. 뭔가 다른 힘…….”

박 신부가 입술을 깨물었다.

“염동력…… 사이코키네시스…… 현웅 화백의 능력이다!”

“그러면 초능력?”

“준후야! 있는 힘을 다 끌어모아라!”

현암은 힘껏 액셀러레이터를 밟고 있었다. 옆자리와 뒷자리에는 만사를 포기한 세 명의 악한이 타고 있었다. 현암은 서둘러 현웅 화백의 집으로 가려 했으나, 세 악한은 현암의 곁을 떠나려 하지 않았다. 어디를 가든 따라오겠다는 것이었다. 현암은 자기 혼자로도 정체 모를 악령의 상대가 되지 않는다고 설명했으나, 그들은 어차피 죽을 목숨이라며 한사코 따라오려고 했다. 두목이 말했다.

“형님! 저희가 지은 죄 때문에 죽는다면 우리도 할 말이 없습니다. 저희는 감동했어요. 죽을 각오를 했습니다. 하지만 귀신에게 사냥당하기는 싫습니다. 그러느니 조금이라도 도움이 되고 싶어요. 귀신을 잡으러 가는 거라면, 저희도 하는 놈들이니 도와드리고 싶습니다. 이젠 무섭지 않습니다. 이왕 죽는 마당에 뭐가 무섭겠습니까?”

현암은 말할 여유도 없이 그냥 달리고 있었다. 현암의 영능력이 조금 떨어진다 해도, 아까 털보를 죽게 만든 힘이 단순한 영기가 아닌 엄청난 물리력이라는 사실은 알 수 있었다. 주술이 아닌 물리력에는 물리력으로 맞설 수밖에 없었다. 그렇다면 이들의 힘이 오히려 도움이 될 수도 있다.

'차라리 이 기회에 속죄를 조금이나마 시키자. 아니, 기회를 준다고 생각하자.'

"조심해라, 준후야!"

박 신부는 오라를 발출해 소나기처럼 무서운 속도로 쏟아져 들어오는 잡동사니들을 막고 있었다. 그러나 기도력에 의한 오라만으로는 물리력을 수반해 날아오는 물건들을 저지하기가 힘들었다. 박 신부의 사제복이 군데군데 찢겨 나가 너덜너덜해졌으나, 아직 몸에 상처는 입지 않았다.

준후의 무릎에 기름통 하나가 날아와 부딪쳤다. 비틀거리는 준후의 머리 위로 아트 나이프가 쌕 하며 지나갔다. 준후의 주술 방어가 별 효력을 보이지 못하는 게 분명했다. 날아오는 물건들에 영기가 없었으니 어쩌면 당연한 결과였다.

"에잇, 다 타 버려라! 멸겁화!"

준후가 기합을 지르며 불을 사방에 뿜었다. 그러나 불이 붙은 잡동사니들은 도리어 위력이 커졌다. 물감이며 기름이 공중에서 펑펑 터지면서 불비를 내렸다.

"어이쿠, 이런! 더 심해졌네!"

사방에서 불덩어리들이 날아들자 준후는 기겁했다. 박 신부도 어떻게 도울 수가 없어서 간간이 소리만 지르고 있는데, 갑자기 어떤 생각이 스쳐 지나갔다.

'시험을 받으라고 했지? 그러면 여기는 시험장이다. 결계로 만든…… 그렇다면 여기서 지체할 필요가 없다. 돌파하면 그만이다.'

그리고 보니 잡동사니며 물건들이 문을 가로막고 있었다.

"준후야! 쓰레기를 상대할 시간이 없다! 문, 문을 부숴!"

"알았어요!"

불붙은 의자가 날아오는 것을 피해 땅에 몸을 굴리면서 준후가 대답했다. 박 신부가 준후의 앞을 막고 서서 오라의 기도력을 배가시켰다. 잡동사니들이 우르르 튕겨 나가자, 준후는 그 틈을 빌려 주문을 외우기 시작했다. 박 신부는 앞을 가리는 것이 없자, 옆으로 몸을 피했다.

"부동명왕의 화신 구리가라(俱利伽羅)[8]의 힘을 빌려…… 분노의 불길이 우레를 타고 뻗어 나간다……. 타앗!"

준후의 양손에서 시뻘건 불길이 머리통만 하게 뭉치더니 포탄처럼 날아갔다. 의자며 액자들이 마치 문을 가리려는 듯 앞을 막았으나 단번에 가루로 변하고, 불덩이는 문에 그대로 작렬해 박살났다. 무슨 이유에선지 평상시 준후가 발휘하던 힘보다 훨씬 위력이 강했으나, 그런 것까지 생각할 여유가 없었다. 박 신부는 황급히 준후를 옆에 끼고 문 안으로 달려 들어갔다. 불붙은 잡동사니

---

8   부동명왕의 변화신(變化身)인 용왕(龍王)의 하나이다. 반석(磐石) 위에 서서, 검은 몸을 휘감은 흑룡이 검을 삼키는 형상으로 화염에 싸여 있다. 구리가라 용왕, 구리가라 부동명왕이라고도 한다.

들은 따라오지 않았다.

"잘했다, 준후야!"

"헉헉헉! 이 수는 평소에는 쓸 수 없었던 건데? 어떻게 됐는지
도 모르겠네요. 내가 어떻게 그런 힘이 난 건지……."

공중을 날아다니던 잡동사니와 화구들이 힘이 사라진 듯 바닥에
우수수 떨어지는 소리가 나고, 다시 아까의 목소리가 울려왔다.

그러고 보니 준후가 기를 쓰느라 야명주가 지워져서 사방이 칠
흑같이 어두웠다.

호호호…… 제법 재주가 있군그래. 그러면 다음 시험을 받아 봐라…….

"다음 시험? 신부님, 또 관문이 있나 봐요!"

아무것도 보이지 않는 캄캄함 속에서 박 신부는 귀를 곤두세
웠다.

"망할 것…… 주여, 우리를 시험에 들지 않게 하소서……. 허나
별수 없지! 돌파다! 놈의 악행을 막아야 해!"

"이럴 땐 기공을 연마한 현암 형이 있어야 하는데……."

준후가 다시 야명주를 외웠다.

현암은 마침내 전에 셋이 와 보았다가 허탕을 치고 돌아갔던,
현웅 화백의 집에 도달했다. 눈을 감고 집중을 하니 희미하고 낯
익은 기운 두 줄기와 요상한 기운이 동시에 느껴졌다. 준후와 박
신부가 이미 어떤 상대와 대결하고 있는 것이 분명했다.

현암은 월향검과 태극패를 꺼내 들고 성큼 차에서 내렸다. 세

악한도 그를 따라 제법 용기 있게 차에서 뛰어내렸다.

"으악! 저거, 저거!"

한 녀석이 두려움에 찬 목소리로 악을 써 댔다.

"뭐지?"

그가 떨리는 손가락으로 가리키는 곳, 거기엔 두 장의 그림이 허공에 떠 있었다.

현암이 중얼거렸다.

"〈별 헤는 소녀〉와 〈독서하는 소녀〉…… 또 무슨 수작을 부리려는 거지?"

현암이 손을 저어 셋을 일단 뒤로 물러서게 했다. 그들은 긴장된 걸음걸이로 현암의 뒤로 주춤주춤 물러섰다. 깔깔거리는 웃음소리가 울려 퍼졌다.

"고약한 것! 넌 주희가 아니지? 감히 남의 영을 사칭해 인간 세상에서 살생을 일삼다니!"

호호호…… 어차피 다 죽어야 할 놈들이다. 헛수고 하지 마라…….

"헛수작 마라! 인간 세상과 영계는 엄연히 구별되어야 하는 것! 무슨 목적이 있는지는 모르지만, 두 세계의 질서를 깨고 살계를 범하는 것은 이들이 지은 것보다 더욱 큰 죄다! 이들은 인간 세상의 법으로 처리할 것이지, 네가 심판할 일이 아니다!"

호호호…… 네 목숨이나 보존하려거든 뒤로 물러나라…….

"흥! 재주가 있거든 한번 부려 봐라! 나 이현암! 퇴마행 팔 년 동안 한 번도 굴복해 본 적이 없다!"

다 똑같은 놈들…… 가증스런 죄인 놈들…… 다 죽어라!

〈독서하는 소녀〉의 그림이 휙 하고 공중에서 말리자, 갑자기 쓰레기통과 길거리에서 종잇조각들이 날아왔다. 종잇조각들은 무서운 속도로 넷을 향해 덮쳤다.

"윽!"

"악!"

미처 몸을 피하지 못한 얼굴 퍼런 사내와 두목의 몸에 종이가 스치고 지나가자 금세 붉은 선혈이 배어 나왔다. 현암은 이를 갈며 매섭게 날아드는 종잇조각들의 예리한 날을 피해 월향검의 검집을 쳤다.

"나가라!"

날카로운 귀곡성을 내뱉으며 월향검이 폭사되어 나갔다. 이상하게도 평소보다도 몇 배 강한 위력인 듯했고, 현암의 기공도 힘이 부글부글 끓고 있었다. 월향이 날아가는 궤적 주위로 종잇조각들이 공중에서 꽉꽉 부서졌다.

현암은 기공력을 집중해 태극패에 쏟아부었다. 찬란한 빛이 태극패에서 발출되어 월향에 비추어졌다. 이는 그동안 현암이 고심 끝에 생각해 낸 것으로 태극패의 빛을 통해 기공을 전달, 멀리 떨어진 월향검에 기공을 불어 넣는 방법이었다. 원래 공력의 소모가 극심한 방법이었는데 지금은 이상하게도 쉽게 되는 것이었다.

"월향, 볼 것 없다! 그림을 뚫어 버려!"

꺄아아악!

월향의 귀곡성이 울려 퍼지며 검은 그대로 〈독서하는 소녀〉의 미간에 적중했다. 그러나 놀랍게도 그림은 뚫리지 않고, 월향에 의해 뒤로 밀려나기만 했다. 반탄력이 현암에게까지 전달되어서 태극패를 든 현암의 왼손이 잠시 휘청했다.

'이런 제길! 엄청나게 강하다! 내 힘도 배가(倍加)되었는데…… 빌어먹을……!'

현암은 오른손으로 왼손을 받치고 기공을 구 할까지 늘렸다. 밀려난 그림이 나뭇가지에 부딪히자, 가지가 그대로 부러져 나갔다. 순간 현암이 쏘아 보내는 기공력이 증가되자 월향의 검기가 그대로 그림을 꿰뚫고 나갔다.

크아아!

그림은 반으로 쭉 찢어져서 허공에 흩날리고 있었다. 그림에서 선혈이 솟구쳐 여기저기 핏방울을 뿌려 댔다. 섬뜩한 광경이었다.

"월향! 그림 한 장이 남았다! 마저 처치해라!"

월향이 의기양양하게 방향을 돌리자, 〈별 헤는 소녀〉의 그림이 공중에서 쫙 펼쳐졌다.

쾅!

폭음과 함께 뒤에 서 있던 전봇대의 변압기가 불꽃을 튀기며 폭파되어 버리면서 불덩어리 같은 것들이 아래로 마구 쏟아져 내렸다.

"아아악!"

뒤로 물러서 있던 세 명 중 한 남자가 불꽃을 그대로 뒤집어썼다. 뜨거운 화학 약품에 닿은 남자의 몸이 흰 연기를 풍기며 그대로 타들어 갔다. 나머지 둘은 간신히 피했을 뿐 그 남자를 돕지는 못했다.

"으아아!"

남자의 몸에 불이 번졌다. 남자가 발버둥을 칠수록 불은 더욱 타올랐다. 이윽고 남자의 움직임이 멎었다.

월향을 조종하는 것도 잠시 잊고 참혹한 광경을 망연히 보고 있던 현암이 노해 소리를 질렀다.

"〈별 헤는 소녀〉! 이, 잔인한!"

현암이 다시 태극패로 기공을 쏘아 보내려는 순간 〈별 헤는 소녀〉의 그림이 날아들어 현암의 얼굴로 덮쳐들었다. 순간 그림 속 소녀의 눈이 붉은색으로 물들어 있는 것이 보였다.

"으악!"

그림은 마치 살아 있는 생물처럼 현암의 얼굴에 붙어 조이기 시작했다. 숨이 막히는 것은 둘째 치고 힘이 엄청났다.

"으, 큭!"

호호호…… 짓눌러 주마.

아무것도 보이지 않으니 월향을 부를 수도 없었다. 두 남자가 비명을 지르며 달려와 그림을 뜯어내려 했지만 헛수고였다. 현암은 발버둥 치며 그림을 뜯어내려다가 마음을 진정시켰다.

'으…… 호흡을 못하면 기공도 약해진다. 방법은…… 그래! 힘을 모아 복압을 높여서 사자후를 펼치는 수밖에 없다.'

흡혈마와의 싸움 때는 공력이 모자라 오히려 죽을 뻔했지만, 지금처럼 이상하게 공력이 늘어난 상태에서는 잘하면 될 듯도 했다. 아니, 그것 말고는 얼굴에 거머리처럼 달라붙은 그림을 떼어 낼 만한 방법이 없었다.

현암은 일어서서 손짓으로 두 남자에게 물러가라는 신호를 보냈다. 그리고 단전의 기해혈로 기공을 모아서 일격에 발출했다.

"윽! 이것들은!"

준후가 밝아진 주변을 보며 질겁했다. 그림들…… 얼핏 보아도 수십 점은 넘을 듯한 현웅 화백의 그림들이 쌓여 있었다. 하나같이 어둡고 침침한, 여러 가지 마물들과 요괴들, 괴수들을 그린 그림들이었다.

박 신부도 숨을 죽였다. 그림들은 너무도 생생했고, 하나같이 요기가 흘러넘치고 있었다.

"현웅 화백의 후기 작품들…… 공개되지 않았던 것들이다. 음…… 이런 그림들을 그리다니…….''

"저 그림들은 살아 있어요! 지옥의 마물의 혼을 불러내어 봉인한 그림들이에요! 없애야 해요!"

박 신부의 뒷골이 서늘해졌다.

"저것들이 풀려나올 수도 있단 말이냐?"

"저놈들이 두 번째 관문의 상대인가 봐요! 하지만 아직 봉인이 풀리지 않았어요. 마령(魔靈)들이 일시에 뛰쳐나오면 예전에 상대했던 백귀보다도 훨씬 위험해요!"

준후는 말을 마칠 사이도 없이 사방에 멸겁화의 불길을 쏘아 대기 시작했고, 박 신부도 재빨리 뒷방에서 테레빈유 통을 찾아내 그림에 뿌렸다. 알듯 모를 듯한 아우성과 함께 그림들은 불길에 휩싸여 갔다.

준후가 한숨을 내쉬며 말했다.

"왜 저놈들의 봉인을 풀지 않았을까요? 그러고 보니 목소리도 들리지 않고……."

"글쎄다. 저놈들을 풀었다면 위험했을 텐데……."

준후가 잠시 눈을 감고 투시를 행하다가 소리를 질렀다.

"현암 형! 현암 형이 밖에 왔어요! 혼자 싸우고 있어요!"

"현암 군이?"

"예, 현암 형이 놈을 붙잡아 둬서 우리에게 신경을 못 썼나 봐요! 다행이에요! 신부님, 도우러 가요!"

"아니, 네가 가거라. 나는 여기를 계속 뚫고 나가겠다. 현웅 화백을 제지하는 것이 급해! 주희의 영은 네가 맡아라!"

"안 돼요, 신부님 혼자서는! 만일 그림에 깃든 마령들이 더 있으면……."

"주님의 이름 앞에서는 어떤 사마도 날 이기지 못한다!"

"하지만 화백의 물리력은……."

"어서 가! 가서 빨리 돌아오면 되잖니! 적은 지금 밖에 있단 말이다."

준후가 할 수 없다는 듯 뒤로 돌아 뛰었고, 뒷모습을 보던 박 신부가 중얼거렸다.

"죽어도 나 혼자 죽어야지. 내가 놈의 힘을 빼 놓을 테니……."

박 신부는 기름통을 들고 사방에 뿌리면서 걸음을 옮겼다.

'다, 다 태워 버리는 거다. 내 몸까지 타더라도 이 저주받을 그림들을…….'

드러나는 정체

현암의 얼굴을 감쌌던 그림이 풍선처럼 부풀어 오르다가 픽 하고 떨어져 나갔다. 그와 함께 사자후의 엄청난 소리가 주변을 진동시켰다. 떨어져 나간 그림은 무서운 힘으로 밀려가서 현웅 화백의 집 담벼락에 한 치 가량 틀어박혔고, 두 사람은 엄청난 소리에 귀를 막으며 엉덩방아를 찧었다.

'음? 언제 내 공력이 이렇게 깊어졌지? 전엔 사자후 한 번 하고는 기절 직전이었는데…….'

현암은 속으로 의아하게 생각하며 허공에 떠 있던 월향을 불러 손에 잡았다. 약간 기운이 빠지기는 했지만, 크게 힘들지 않았다.

"더 이상 사람을 해치도록 놔둘 수는 없다! 악한이라고 해도 인간의 징벌은 인간의 손이나 신의 섭리에 맡겨 두는 것이 도리! 하물며 원한이 있는 것도 아닌, 선량한 주희의 영을 사칭하는 네 손에 더 이상은……."

말을 잇던 현암은 움찔했다. 벽에 틀어박힌 그림에서 다시금 기운이 뻗어 나오고 있었다. 주변에 있던 전봇대의 변압기가 요란한 소리를 내며 여기저기서 터지고 불덩이들이 바지직거리며 날아왔다. 그와 함께 가까이 있던 돌이며 유리 조각들이 공중에 떠올라 무서운 속도로 덤벼들었다.

호호호…… 그 정도로 내 그림을 어쩌지는 못한다! 이거나 받아라!

현암은 기공을 끌어올려 피하려 했으나, 뒤에 두 명의 악한이 있는 것이 생각났다. 그대로 두면, 아까 그 남자처럼 당할 게 뻔했다. 현암은 둘의 앞을 막아섰다.

"에잇!"

현암은 있는 대로 기공을 끌어올려 앞서 날아오는 돌과 유리 조각을 그대로 몸으로 받았다. 뒤에서 두 명의 남자가 소리를 질렀다.

"혀, 형님!"

펑 하는 소리가 나며 날아오던 돌과 유리는 현암의 반탄력에 밀려 사방으로 튀었으나 몇 개의 유리 조각은 그대로 현암의 몸으로 비집고 박혔다. 선혈이 몇 방울 흘렀다.

"으, 형님…… 우리 때문에……."

"집어치워! 누가 너희 형이냐? 윽!"

현암은 인상을 찡그리며 다시 기공을 끌어모았다. 이번에는 불덩이들이 날아오고 있었다. 두 남자는 격앙된 얼굴로 시선을 교환했다.

불은 이제 지하실 전체에 번지고 위로 통하는 문 언저리까지도 집어삼키고 있었다. 박 신부는 아차 싶었으나 밑에 있을 것이 분명한 현웅 화백을 만나 보지 않고서는 갈 수 없었다. 내친김에 박 신부는 안쪽으로 발을 옮겼다.

"음? 저건?"

박 신부의 눈앞에 또 하나의 그림이 바닥에 기대어 있었다. 공개되지 않은 소녀의 그림, 〈종이 접는 소녀〉…….

"음, 이게 복수의 마지막을 장식하려던 그림이로군. 〈종이 접는 소녀〉라…… 사람을 접어 없애려는 건가? 끔찍하군."

땅벌 떼의 인원은 여덟이었는데, 그림이 일곱 장뿐이던 것이 이상했었다. 마지막 그림은 여기 숨어 있었던 것이다. 박 신부는 기름통을 들고 긴장을 풀지 않은 채 서서히 여덟 번째 그림으로 접근해 갔다.

"뭐 하는 거야, 이 바보들!"

현암은 목청껏 외치고 있었다. 두 남자가 현암의 뒤에서 뛰어나와 현암의 앞을 가리고 날아오는 불덩이를 정면으로 맞받은 것이다. 불은 삽시간에 온몸에 번졌다. 얼굴색이 파란 남자가 뒤로 쓰러지더니 움직이지 않았다. 두목이었던 종호는 이를 악물고 활활 타오르는 몸을 담벼락에 박혀 있는 그림에게로 날렸다.

"너, 내 부하들을 모두 죽이고…… 안 돼, 이대로 당하지만은 않겠다."

두목은 불붙은 몸을 그림 위로 덮쳐눌렀다.

"안 돼! 불을 꺼야 해!"

"혀, 형님! 복수는 내, 내 손으로…… 으아악!"

말을 이으려던 두목의 입에서 참혹한 비명이 터져 나오며, 그림이 그의 등을 뚫고 나왔다. 큰 구멍이 뚫린 두목의 몸은 그대로 허물어져 내렸다. 선혈에 물든 채 그림은 허공에 떴으나 이미 불은 그림을 태워 들어가고 있었다.

"이런, 천하에 몹쓸!"

현암은 이를 갈며 월향을 던지고 태극패에 기공을 담아 눈부신 빛을 발출했다. 그런데 그림의 모습이 바뀌어 있었다. 〈별 헤는 소녀〉가 쳐다보고 있는 것은 별이 아니라 바로 두목의 얼굴이었다. 월향이 그림을 뚫고 지나가자, 뒤이어 태극패의 빛이 그림을 삽시간에 불덩이로 태워 버렸다.

"끝났다."

중얼거리는 현암이 말을 마치기도 전에 다시금 아까의 웃음소리가 들려왔다.

호호호…….

"이건 뭐야? 아직 남아 있었던가?"

그림 여덟은 내 일을 이루기 위한 수단에 불과했다. 거기 가둔 여덟의 영을 희생함으로써 나는 풀려날 수 있게 되었다. 고맙다, 호호호…… 마지막의 영을 해치운 것은 네 술수 덕분이었지!

"뭐라고? 내가 언제!"

마지막 놈의 영은 그림에 봉인되어 있었다. 네가 깨끗이 해치워 주더군, **호호호**…….

"이 악랄한!"

현암은 화가 머리끝까지 치밀었다. 아무리 악행을 많이 한 악인이기는 했어도, 마지막엔 자신을 위해 목숨까지 버리려 했던 자였는데…….

"네 목적이 뭐냐?"

이제 나를 막을 수는 없을걸?

갑자기 낭랑한 목소리가 들려왔다. 준후였다.

"주희 누나! 더 이상 악행을 해선 안 돼요!"

부적을 한 움큼 꺼낸 준후의 뒤에 겁먹은 듯한 여자가 서 있었다. 현승희였다.

"준후야! 저건 주희의 영이 아니야! 악령이 속임수를 쓰는 것뿐이라고! 사정 봐줄 것 없어!"

그간의 이야기를 준후에게서 간략히 들은 듯, 승희의 얼굴에 안도의 표정이 스쳐 갔다. 준후가 눈을 크게 뜨고 고개를 끄덕이며 현암에게 부적 한 장을 던져 주었다. 영의 실체를 볼 수 있게 하는 안명부였다. 준후와 현암 사이에 머뭇거리는 한 여자의 영이 현암의 눈에 들어왔다. 얼굴의 모습은 흐릿하니 주희의 모습을 띠고 있었지만, 현암은 그것이 거짓으로 만든 얼굴이라는 것을 알았다.

"현암 형, 틀림없어요? 주희 누나의 영이 아닌 게?"

"틀림없어! 내가 초혼했을 때 주희의 영이 나타났었지. 아버지를 도와 달라고, 속고 있다고 했어. 현웅 화백을 도와야 해!"

현승희의 얼굴이 놀란 표정이 되었다.

"예? 아버지가요? 속고 있다고요?"

박 신부는 타들어 가는 그림 속에서 한 남자의 영상이 겹쳐 함께 타오르는 모습을 보고는 한숨을 지었다.

"또 죽고 말았군. 결국 여덟 명이 모두 죽은 건가? 가련하게…… 음? 그럼 혹시 현암 군도? 아니지, 준후도 갔는데 그리 쉽게 당할 리는 없지."

박 신부는 마침내 마지막 문을 열었다. 그 방은 아직 연기나 불길이 미치지 않고 있는 상태여서 다행이었다. 방에는 머리가 허옇게 센 남자가 앉아 그림의 마지막 손질을 하고 있었다. 현웅 화백이었다. 그가 그리고 있는 그림은 막 잠에서 깨어나려고 하는 소녀, 〈잠 깨는 소녀〉였다. 그림의 얼굴을 본 박 신부의 얼굴에 의심스러운 기색이 비쳤다.

"현웅이, 나를 기억하는가?"

현웅 화백은 눈도 돌리지 않고 붓만 놀리고 있었다.

"박 신부, 자네는 나를 기억하는가?"

현웅 화백의 붓이 잠시 멈칫했다.

"자네는 또 소녀를 그리는 건가? 그림 때문에 많은 사람이 죽었네, 벌써 여덟이나……."

"죽어 마땅한 놈들이었어!"

현웅 화백은 벌컥 노호하며 붓을 멈추었다. 그리고 박 신부를 정면으로 째려보았다. 눈에 시퍼런 기운이 감도는 것이 이미 정상적인 사람의 눈이 아니었다. 박 신부의 눈도 안경 너머로 무서운 안광을 쏘아 보내며 한 치도 물러서지 않았다.

"이런 식의 복수가 옳다고 보는가?"

"안 될 것은 무언가? 놈들은, 놈들은 우리 주희를…… 그 착한 애를 납치해서 번갈아 욕을 보이고 반항하는 애를 칼로 난도질해서 죽였어! 놈들도 당해야 해!"

"지금의 자네가 그놈들과 다를 건 또 뭐지?"

"나는 절대 그들을 직접 해치진 않았어! 그림을 그렸을 뿐! 주희가 꿈에 나타나 매일 내게 복수를……."

"주희의 영이? 자네가 힘을 빌려주었나? 자네의 숨은 능력으로?"

"못할 건 없지. 목숨도 내줄 수 있네. 주희를 달랠 수 있는 건 무엇이든 할 수 있어!"

현웅 화백의 눈에서 시퍼런 안광이 빛났다.

"날 방해하지 말아 주게. 이게 내 최후의 작품, 그 애가 부탁한 마지막 그림이네."

박 신부의 머리에 한 가지 생각이 떠올랐다.

"마지막 그림? 그러면 주희가 여덟 개가 아닌 아홉 개의 그림을 그려 달라고 요구했나?"

"아홉이면 어떻고 열이면 어떤가. 더 이상 방해하지 말고 나가 주게."

현웅 화백이 눈을 부릅뜨자 옆에 서 있던 청동 조각상이 박 신부 곁으로 날아와 육중한 소리를 내며 처박혔다. 박 신부는 미동도 하지 않고 그 광경을 보고 있다가 다시 말을 꺼냈다.

"능력이 엄청나졌군. 그런데 주희가 왜 마지막 그림, 저 〈잠 깨는 소녀〉를 그려 달라고 요청했는지 알고 싶지 않나?"

"몰라! 듣고 싶지도 않아! 더 이상 지껄이면 옛 친구라도 가만두지 않겠어. 내 손으로 자넬 해치고 싶진 않네, 제발!"

"주희를 죽게 만든 자들은 여덟 명이었네. 복수는 끝났어. 그런데도 이 아홉 번째의 그림을 그려야 하는 이유가 무엇인지 알고 있나?"

현웅 화백은 거칠게 고개를 저었다.

"몰라, 몰라! 알고 싶지 않아. 방해하지 마라! 난 주희의 소원을 들어줄 거야!"

현웅 화백의 몸에서 염동력이 뿜어져 나오는가 싶더니 그리고 있던 그림과 도구를 제외한 근처의 사물들이 미친 듯 날아다니기 시작했다. 그간의 울분과 집념이 쌓여서였는지, 현웅 화백의 염동력은 엄청나게 증가되어 있었다. 박 신부도 있는 힘을 다해 오라를 일으켜 그에 대항하기 시작했다. 두 사람의 기운이 부딪히자 회오리바람이 일어나 주위의 물건들이 부서졌다.

"이 바보 같은 친구! 주희는 부활을 원하는 거다! 〈잠 깨는 소녀〉, 그 그림을 매개로 하여, 여덟 명의 영혼을 희생시켜서 다시 살아나려 하는 거야!"

"닥쳐! 그렇다면 나는 더더욱 초상화를 완성해야 해! 주희가 살아난다니, 반드시 그리고 말거야!"

"이 멍청이! 죽은 자의 부활을 위해선 산 사람의 몸이 필요하다고! 네가 그리고 있는 것이 누군지 알아? 주희가 누구의 몸을 원하고 있는지 아냐고! 바로 승희야!"

"지하실에 불이!"

준후가 피어오르는 연기를 보고 소리쳤다. 현암도 놀라 집 쪽을 돌아보는데, 그 순간 둘 사이에 포위되어 있던 영은 기회를 놓치지 않고 집 안으로 날아 들어갔다.

"저, 저놈이!"

"준후야, 쫓아라! 놈은 뭔가 일을 꾸미고 있어! 신부님이, 그리고 현웅 화백이 위험해!"

"아버지!"

셋은 다급히 집 안으로 뛰어 들어갔다. 벌써 검은 연기는 하늘을 찌를 듯 치솟고 있었고, 변압기가 터져서 전기가 나간 마을 쪽에서도 수선한 소리가 들려오고 있었다.

불의 결말

"뭐, 뭐라고? 승희를?"

현웅 화백은 놀란 표정으로 말을 더듬거렸다. 거칠게 날뛰던 염동력도 가라앉아 잠시나마 주변이 조용해졌다.

"그래, 자네가 그리는 저 그림을 자세히 보게나. 다른 그림들과는 달라. 비슷하긴 하지만 저건 승희일세, 주희가 아냐!"

현웅 화백은 자신이 그리던 그림으로 눈을 돌려 뚫어지게 쳐다보다가 얼굴이 일그러졌다.

"알겠나, 현웅이? 주희가 누구의 몸으로 되살아나려는 건지 알겠냐고!"

현웅 화백은 울음을 터뜨렸다.

"으흐흐…… 난, 난 어쩌면 좋지? 둘 다 소중한 내 딸들……."

갑자기 주희의 목소리가 방 안에 울려 퍼졌다.

아빠! 아빠!

현웅 화백이 고개를 들었다.

"오오 주희, 가련한 내 딸……."

아빠…… 절, 절 살려 주세요, 제발요.

박 신부가 벼락같이 외쳤다.

"안 돼, 주희야! 승희는 네 동생이야! 어떻게 동생을 죽이고 살아나려는 거지?"

아빠, 제가 가련하지도 않나요? 그렇게 참혹하게 목숨을 잃은 제가요.

"그만둬! 그렇다고 동생을 희생시킬…… 윽!"

박 신부는 말을 잇지 못하고 비틀거렸다. 어느새 현웅 화백이 무서운 눈으로 박 신부를 쏘아보고 있었다. 그가 발동한 염동력으로 붓 한 자루가 날아와 박 신부의 어깨에 꽂혀 버린 것이다.

"박 신부, 간섭하지 말게. 이건 우리 집안의 문제야."

박 신부는 아픔을 참으며 붓을 뽑아 꾹 쥐었다. 붓은 그대로 으스러져 버렸다.

"세상의 섭리를 거역해선 안 돼! 주님만이, 오직 주님만이 사망을 이길 권세를 얻으셨어. 이런 일은 절대로⋯⋯."

다시 유화 나이프 하나가 날아와서 박 신부의 다리에 깊은 상처를 내며 지나갔다. 박 신부는 신음을 울리며 무릎을 꿇었다.

신부, 당신이 나설 때가 아니야⋯⋯. 아빠, 어서 저를⋯⋯.

현웅 화백의 눈에서 눈물이 솟구쳐 흘렀다.

"오오, 주희야. 차라리 나를⋯⋯."

안 돼요. 승희, 승희여야 해요. 그림만 완성하면⋯⋯.

"주희야, 걘 네 동생이야⋯⋯. 그건, 그것만은⋯⋯."

아빠, 제게 약속하셨잖아요⋯⋯. 약속한 그림을 모두⋯⋯.

박 신부가 이글거리는 눈으로 현웅 화백을 쏘아보며 외쳤다.

"죽은 딸을 위해 산 딸을 죽일 참인가! 주희, 너 그러고도 살아나고 싶다는 거냐?"

잠시 침묵이 흘렀다. 다시 영의 목소리가 흘러나왔다.

좋아요. 그러면 아버지의 힘만 주세요. 승희의 그림은 완성시키지 않아도 좋아요.

현웅 화백의 얼굴이 밝아지며 또다시 눈물이 흘러내렸다.

"아! 역시, 역시 착한 내 딸이다."

박 신부가 다시 소리를 질렀다.

"지금 제정신인가! 자네의 힘을 다 준다는 건 자네가 죽는다는 말이네! 주희야, 이번엔 아버지를 죽이고 힘을 얻겠다는 거냐? 힘을 얻어서 무엇에 쓰려고…… 윽!"

한쪽 벽이 갑자기 허물어지며 박 신부의 몸을 덮쳤다. 먼지가 뭉게뭉게 일어나는 가운데 현웅 화백은 천천히 목소리가 들려오는 쪽으로 고개를 돌렸다.

"그래, 저 친구는 이제 잠잠할 거야. 이 힘을 달라는 거냐? 오냐, 주마, 주고말고."

"윽! 형, 이건 너무 심해요! 불길이 강해서……."

새카만 연기를 내뿜으며 붉게 날름거리는 불길을 쳐다보면서 준후가 콜록거렸다. 박 신부가 그림들을 없애기 위해 지른 불이 각종 물감과 기름 등의 인화물에 번져서 지하실은 완전히 불구덩이였다. 현암은 기공으로 호흡을 줄이며 대꾸했다.

"그래도 가야 해! 신부님과 현웅 화백이 위험해! 그 악령이 무슨 꿍꿍이를 꾸미고 있는지 몰라!"

승희가 눈물을 흘리며 두 손을 맞잡았다.

"제발 우리 아버지를 구해 주세요."

준후의 눈이 밝아졌다. 이상한 기운이 다시금 승희의 몸에서 흘러나오고 있었다.

'강력한 기운이다. 맞아, 승희 누나는 역시 애염명왕 라가라쟈

의 아바타라가 분명해! 이 힘은 분명 증폭력을 지니고 있다. 우리
가 평소보다 더 큰 힘을 낼 수 있었던 것도 다 이 누나의 덕이었
군. 이 힘을 내가 빌린다면…….'

"승희 누나, 날 도와줘요!"

"어떻게? 내가 뭘 할 수 있지?"

"집중하세요. 제게 힘을 준다고 생각하세요."

"힘? 내가 어떻게? 무슨 힘을 주지?"

"설명할 시간이 없어요. 어서 눈을 감고 기원을 하세요. 간절하
게요. 잡념이 들어가면 안 돼요!"

"너무 매워서 숨도 쉬기 어려워."

현암이 승희에게 말을 건넸다.

"기해혈, 아니 단전에 힘을 주고 가부좌를 트세요! 도가 참선법
이니 아마 집중이 잘 될 거예요."

"단전이요? 가부좌는 또 뭐고요?"

"이렇게 하세요, 이렇게! 예, 예! 그리고 눈을 감고 숨을 깊이,
배 속 깊은 곳까지 숨을 들이마시고 마음을 가라앉히세요."

엉거주춤 자세를 잡은 승희는 어쩔 줄 몰라 했다. 불길이 밀려
오는 상황에서 왜 이래야 하는지 납득이 안 가는 것이 분명했다.

"잘 안 돼요! 어색해요!"

현암이 정색을 했다.

"우릴 믿는다면, 그리고 아버님을 구하고 싶다면 해야만 합니
다."

지하실에서 무엇인지 무너지는 소리가 불길 소리에 섞여 들려왔다.

박 신부는 무너진 돌무더기를 헤치고 나왔다. 다행히 기도력의 오라로 수호하고 있어서 별 탈은 없었으나, 정신없이 지나간 몇 분 동안의 일이 궁금했다. 먼지가 조금 가라앉자 방 안의 정경이 들어왔다.

현웅 화백이 의자에 맥없이 걸터앉아 있었다. 잠깐 사이에 수십 살의 나이를 먹은 듯 창백한 얼굴에는 주름살이 가득하고 쪼글쪼글해져서 마치 미라와 같은 형상이 되었고, 손발도 새처럼 가늘어져 버린, 서글픈 몰골이 되어 가쁜 숨만 몰아쉬고 있었다.

"현웅, 이 바보야! 어째서, 어째서 희생을……."

현웅의 입에서 가쁜 신음이 새어 나왔다.

"내, 내가 해 줄 수 있는 일은 뭐든…… 자네, 자네도…… 저 애를 탓하지만 말고…… 저 애를 저렇게 만든 이 세상을……."

"으흐흑! 이게 주희를 위하는 거냐, 이 멍청아!"

박 신부는 현웅의 손목을 잡고 울음을 터뜨렸다. 뭐라고 할 말이 없었다. 문득 어떤 소리가 들려왔다. 붓이 스치는 듯한. 현웅 화백이 쉰 목소리로 고함을 질렀다.

"아, 안 돼! 주희, 주희야!"

박 신부는 놀라 뒤를 돌아보았다. 허공에 뜬 붓 한 자루가 승희의 초상화를 완성시켜 가고 있었다.

"오, 된다! 역시 애염명왕의 화신이야!"

어느새 승희는 무아경에 빠져들어 있었다. 그녀의 몸에서는 현암마저도 숨이 막힐 듯한 엄청난 영기가 쏟아져 나와 준후의 몸으로 향하고 있었다. 현암이 말을 더듬었다.

"이, 이게…… 그, 그렇다면 이분이 애염명왕의 아바타라?"

"예, 형, 굉장해요! 온몸에 힘이 솟구쳐요! 어떤 주문이든 다 쓸 수 있을 것 같아요!"

"준후야, 불을 끄려면 도가의 술수, 삼매신수(三昧神水)⁹를!"

"예, 알았어요!"

준후가 주문을 외우자 사방에 검은 안개 같기도 하고 구름 같기도 한 것들이 모여들기 시작했다. 현암은 넋을 잃고 그 광경을 지켜보고 있었다.

'전설상의 술법이 이 세상에서 재현될 수 있다니…… 백 년 공력이 필요한 수인데, 승희라는 저 여자, 정말 엄청난 잠재력을 가졌구나!'

"타핫!"

준후가 일갈성을 발하면서 양손을 앞으로 뻗자, 모여든 검은 구름이 뻗어 나갔고, 사방의 불길이 하얀 연기를 뿜으면서 사그라들기 시작했다. 잠시 후 검은 구름이 흩어지자, 근처의 불길이 모두

---

9   오행술 중 물을 상징하는 술수이다. 『수호지』에 나오는 도술사인 공손승이 자주 사용한다.

잡혔다.

"장하다, 준후야!"

"헉헉, 이거 너무 힘든데요."

그러고 보니 근처의 불은 꺼졌으나 안쪽에서 다시 불이 살아나고 있었다. 문득 승희가 가쁜 숨을 몰아쉬며 고개를 숙였다.

"무슨, 헉헉…… 무슨 일이죠? 아, 불이 꺼졌네!"

"어서 갑시다. 이만큼 불이 잡힌 것도 어딥니까!"

"안 돼, 주희! 약속이 틀리다! 아버지의 힘을 빼앗아 저 꼴로 만들어 놓고 이젠 동생의 몸마저도 빼앗을 셈이냐?"

방해하지 마, 신부! 무슨 일이 있어도 내게는 승희의 몸이 필요하니까.

"더 이상은 두고 볼 수 없다!"

박 신부가 두 손을 모으자, 이제까지는 현웅 화백을 생각해서 제대로 발휘하지 않았던 오라가 둥글게 퍼져 나갔다. 그림은 거의 완성 직전의 상태였다. 한쪽 눈썹만 그리면…….

우우웅 하는 소리와 함께 강하게 퍼져 나가는 오라가 초상화가 그려지는 이젤에 집중되고, 이젤이 바닥에 털썩 넘어지면서 붓이 날아가 벽에 부딪히더니 땅에 굴렀다.

신부, 죽고 싶은가?

"이 사악한 것! 어릴 때, 아니 살아생전의 착한 모습은 다 어딜 가고 이런 악귀가 되었……."

말을 이어 가던 박 신부의 머리에 어떤 생각이 떠올랐다. 혹시,

혹시…… 박 신부는 정신을 가다듬고 붓끝을 뒤적이고 있는 영의 기운에 정신을 집중했다. 영사를 행하는 것이었다. 붓이 다시 움직이려는 순간 박 신부의 눈이 떠지며 호랑이가 우는 듯한 노성이 터져 나왔다.

"너! 너는 주희가 아니지? 이, 사악한!"

박 신부가 그때까지 꺼내지 않았던 성수 뿌리개를 꺼내 들었다. 번쩍이는 은십자가가 다른 손에 쥐어졌다.

호호호…… 눈치 한번 빠르시군, 이제야 알았다니.

이를 가는 박 신부의 눈에서 분노의 눈물이 어른거렸다.

"이런 흉악한 마물! 현웅이의 어버이로서의 정마저 이용해 먹는 이 못된……."

눈치 없는 영감탱이, 그래도 능력만은 쓸 만하더군.

"닥쳐라! 현웅이의 복수다!"

박 신부가 움켜쥔 은십자가에서 성령의 불이 파랗게 이글거리기 시작했다. 오라가 방 안을 가득 채우고는 빛깔이 연녹색에서 새파란 빛으로 변해 갔다. 극한의 기도력이었다.

오호, 대단하구나!

불안해진 악령이 염력을 이용해 돌덩어리들을 박 신부에게 날렸으나, 박 신부에게 가까이 가지도 못하고 공중에서 부서졌다. 박 신부는 눈물을 뿌리며, 평소와 다른 절규에 가까운 기도를 목이 터져라 외쳐 댔다.

"하늘에 계신 청상의 주이시여!"

악!

악령이 찢어질 듯한 비명을 질렀다. 갑자기 터져 나오는 박 신부의 힘에 거의 저항할 수 없는 듯했다.

"그대 왕국의 양들을 보살피시어……."

불길에 달아오른 벽이며 천장에 금이 가면서 잔돌과 흙먼지가 마구 쏟아져 내렸다. 바닥마저도 엄청난 힘으로 몹시 흔들리고 있었다.

"사악함으로부터 구원하옵시고……."

크아아!

악령의 비명이 울려 퍼지는데, 갑자기 현웅 화백의 몸이 벌떡 일어섰다. 박 신부는 깜짝 놀라 기도를 외던 것을 중단하고 현웅 화백에게 물었다.

"현웅이, 괜찮은가?"

현웅의 눈은 여전히 힘없이 풀려 있었다. 악령이 염동력을 이용해서 박 신부의 정신을 흐트러뜨린 것이 분명했다.

"네, 네놈이 끝까지!"

분노로 얼굴을 돌리는 박 신부의 눈에 초상화의 마지막 부분을 그리는 붓의 모습이 들어왔다.

"안 돼!"

마지막 문 앞에 도착했을 때, 승희가 폴썩 쓰러졌다. 현암이 깜짝 놀라서 외쳤다.

"승희 씨! 왜……."

준후가 승희의 얼굴을 짚더니 경악에 찬 소리를 냈다.

"승희 누나의 몸에서, 유체가…… 유체가 빠져나갔어요!"

"뭐라고?"

놀란 현암이 문을 쳐다보았다. 힘이 느껴졌다. 그것은 박 신부의 힘과는 또 다른 힘이었다.

"신부님이에요! 그리고 다른 힘이……."

현암은 기공을 손에 모아 단번에 문을 박살 내 버렸다. 안의 광경은 차마 믿기 힘든 것이었다. 박 신부가 눈물과 땀을 비 오듯 흘리며 엄청난 오라를 뿜어 대고 있었다. 오라는 허공 위의 한 점에 집중되어 뭉클거리며 형상을 갖추어 가는 거대한 영을 안간힘을 다해서 붙잡고 있었다. 그 영은 아직 뚜렷한 형체라 보이지는 않았으나, 전신이 붉고 여섯 개의 팔과 세 개의 번쩍이는 눈을 갖추고 있었다.

현암의 입이 딱 벌어지고 있는데 준후가 외쳤다.

"라가라쟈, 애염명왕 라가라쟈의 현신이……. 승희 누나의 몸에서 누군가에 의해 빠져나가려 하고 있어요."

"준후, 현암! 어서 그림, 그림을! 이 악령은 승희의 몸에 있는 라가라쟈의 힘을 가지려고 이런 일을 꾸민 거야, 어서!"

박 신부가 힘겹게 말을 잇기도 전에 준후가 부적들을 허공에 휙 뿌리며 가부좌를 틀고 수인을 어지럽게 교차시키며 앉았다.

"만부원진(萬符圓陳)[10]! 부적들아, 라쟈를, 라쟈를 진정시켜라!"

허공으로 총총히 떠오르는 부적들은 라가라쟈의 영 주위에 붙어 박 신부의 오라와 합세했다. 그것도 잠시, 시간이 흐를수록 애염명왕이라는 엄청난 힘 앞에 둘의 능력이 미치기 힘들다는 것이 드러나고 있었다.

현암은 그림을 살폈다. 그림 안에는 승희의 얼굴, 아니 꿈틀거리며 추한 몰골로 변해 가는 악귀의 얼굴이 꿈틀대고 있었다. 현웅 화백에게서 앗은 염동력으로 빗발 같은 잡동사니가 현암의 몸에 집중되어 거의 움직일 수도 없었다.

방해하지 마라. 이를 위해, 라가라쟈의 힘을 차지하기 위해 극심한 고통과 번민 속에서 여덟 영을 죽게 하여 제물로 바치고, 초능력을 지닌 화가에게까지 필생의 영력을 쏟아부은 그림을 그리게 했다. 거의 완성된 계획을 이제 와서 포기할 수는 없다.

"네놈의 욕심은 지옥에나 떨어져서 채워라!"

현암이 월향을 뽑아 들고 노성을 질렀다. 검기가 네 자를 뻗고 허공을 가르자, 날아오던 잡동사니들이 그대로 가루가 되어 흩어졌다.

"받아라!"

현암의 몸에서 한 바퀴 회전하며 검과 일체가 된 듯, 그림을 향해 뻗어 나갔다. 그 순간 붉은 물체가 앞을 가로막으면서 현암은

---

10 수많은 부적들이 공중에서 구(球)를 형성해 방어와 공격을 동시에 하는 준후만의 술수이다.

그대로 튕겨 나가 반대편 벽에 부딪히고는 데굴데굴 굴렀다. 현암은 선혈을 한 모금 뿜어내고는 다시 눈을 들었다. 바닥에는 부적이 어지럽게 뒹굴고 있었고, 박 신부와 준후가 간신히 쓰러진 몸을 일으켜 세우고 있었다.

"라가, 라가라쟈의 현신이……."

두 퇴마사의 영력을 이겨 낸 라가라쟈의 붉은 몸체가 그림으로 서서히 빨려 들어가고 있었다. 이제 정체를 드러낸 사악한 얼굴이 그림 속에서 웃어 대고 있었다.

호호호…… 이제 나를 막을 자, 아무도 없다!

"개소리 마라!"

현암이 피를 한 움큼 뱉어 내며 몸을 일으켰다.

"신부님, 준후야! 퇴마진, 퇴마진을 펼쳐야!"

"현암, 지금 자넨 그럴 상태가 아니네."

"죽어도 좋습니다! 저놈이 그 엄청난 힘을 가지게 되면 세상이 위험합니다!"

현암이 정신을 차리기 위해 이를 악물어 손등을 깨물고 기공을 모았다. 박 신부의 몸에서도 오라가 뻗어 나가고 준후의 몸에서도 흰 기운이 솟아올랐다. 이미 미라같이 되어 버린 현웅 화백의 몸이 힘겹게 그림 뒤로 기어가고 있는 것을 아무도 알지 못했다.

'하늘이시여, 어떤 하늘이라도 좋습니다. 이 더러운 세상이나마 구원하기 위해 힘을 주소서!'

셋은 죽을 각오로 합진(合陣)을 펼치기 시작했다. 인간의 몸으로 애염명왕 같은 거대한 신을 상대한다는 것은 애당초 무리라는 건 잘 알고 있었다. 그러나 무엇이든 해야 했다.

현암이 몸을 날렸다. 준후의 손에서 이제껏 볼 수 없었던 다섯 가지 오행의 번개 같은 것이 솟아 현암의 손에 들린 월향의 끝에 맺히고, 박 신부의 오라가 팽창해 현암의 뒤를 받쳤다. 그림 속으로 아직 채 다 들어가지 않은 애염명왕 라가라쟈의 여섯 손이 악령의 조종을 받아 한데 모아져서 빛살처럼 날아오는 현암의 검끝을 맞받아쳤다.

감히 신에게 도전을…… 으윽!

그림의 악령이 날카로운 비명을 질렀다. 방심한 사이에 현웅 화백의 깡마른 손이 그림의 한 귀퉁이를 움켜쥐어 찢어 버렸고, 그 사이 승희가 정신을 차렸다. 그림 속의 악령이 공포와 경악으로 눈을 부릅떴다. 라가라쟈의 현신은 그림의 주술이 깨어지자 순식간에 승희의 몸으로 돌아가 버렸다.

크아아, 안 돼!

쏟아져 오는 퇴마사들의 합력과 악령이 묶여 있는 그림 사이에는 아무것도 없었다. 그 무엇도 이 엄청난 힘을 멈추게 할 수는 없었다. 현암의 눈에 언뜻 깡마른 현웅 화백의 웃는 얼굴이 보이는 듯했다. 현암은 눈을 감았다. 그리고 할 수 있는 한, 검 끝을 현웅 화백에게서 떨어지게 하려 애썼다.

빛줄기가 햇살처럼 사방에 뻗치고 지하실을 가로막은 벽들이 와르르 무너지면서 넓은 지하실 전체에 엄청난 충돌파가 퍼졌다.

세 퇴마사의 합력은 그림에 작렬해 엄청난 불길을 사방에 뿌리며, 지하실 벽들을 차례로 부순 데 이어 흙과 축대를 무너뜨리고 밖으로 튀어 나갔다. 축대의 바깥쪽이 마치 폭탄이 작렬하듯 터져 버렸다. 그와 동시에 현암의 눈에는 마지막 웃음을 띤 현웅 화백의 얼굴과 일그러진 그림 속의 악령, 박 신부, 준후, 승희, 그리고 멀리 현아의 얼굴까지도 한데 섞여 빙글빙글 돌아가고 있는 것이 보였다. 그러고는 어두워졌다.

소방대와 언덕 아래의 동네 사람들, 불구경을 나온 사람들에다가 의문의 변사체를 조사하러 온 사람들은 난데없이 폭발이 일어나며 한 남자가 튀어나오자 기겁했다. 그 뒤를 이어 하도 먼지를 뒤집어써서 얼굴조차 알아볼 수 없는 신부와 아이, 무엇을 안은 여자 한 명이 돌무더기들을 비집고 구멍에서 달려 나오자, 놀라 도망쳐 버렸다. 구멍에서 달려 나온 셋은 밖에 뒹굴던 남자를 안고 홀연히 사라져 버렸다. 소방대가 갖은 애를 써 보았으나 타오르는 불길은 아무리 해도 잡히지 않았다. 한참 시간이 지난 다음에야, 불길은 벽돌 하나 남기지 않고 집을 태우더니 급기야 집 전체를 무너뜨렸다. 경찰은 현웅 화백의 집에서 원인을 알 수 없는 폭발 사고가 일어나 안에 있던 사람과 지나가던 사람—죽은 악한들마저 해결되었다—들이 불에 타 숨진 것이라고 발표했다.

이후 그 사고가 있던 날, 사자의 울음소리가 들렸다거나 귀신이 날뛰었다는 소문, 변압기가 차례로 폭발하며 귀신이 날아다녔다

는 소문들이 돌았으나 언제 그랬냐는 듯 사람들의 뇌리에서 그 사
건은 곧 잊혀 갔다.

승희는 묘소에 얼굴을 묻고 슬프게 울고 있었다. 그 뒤에서 박
신부와 준후, 그리고 아직 깁스를 풀지 않아 미라나 다를 바 없는
현암이 우울한 얼굴로 서 있었다.

"현웅 화백의 일, 너무 안됐어요. 딸을 잃고 자신의 힘도 모두
악령에게 잃고. 결국 그분이 목숨을 건 덕분에 악령을 퇴치하기는
했지만……."

현암이 중얼거렸다.

"그 악령은 대체 어떤 놈이었을까요?"

준후가 묻자 박 신부가 먼 산을 보며 말했다.

"어디에나 있는, 결국은 인간의 욕심에서 유래된 것들이지. 어
지러운 세상의 창조물이기도 하고……."

현암이 탄식조로 말했다.

"도대체 우린 누굴 위해서 싸우는 거죠? 어지러운 세상은 마를
만들어 내고 우린 또 그 마를 제압하려고 싸우고……."

"난들 알겠나? 하지만 우린 선을 위해 싸우는 거지. 아니, 꼭 선
이 아니더라도 최소한은……."

준후가 끼어들었다.

"세상의 고통을 줄이기 위해!"

"그래, 맞다. 고통받는 이들을 위해……."

셋의 눈길이 서럽게 울고 있는 승희의 뒷모습으로 모아졌다. 이럴 때면 언제나 누구도 말 한마디 하지 않았지만, 그들의 마음속에서는 지난날 그들이 받았던 고통의 기억들이 남긴 상처가 새삼 느껴졌다.

승희는 자신이 지닌 힘을 보태어 세 사람과 행동을 함께하기로 결심을 밝혔다. 박 신부는 예전에 해동밀교에서 들었던 남방 신인의 예언을 떠올렸다.

저녁노을이 곱게 지고 있었다.

셋, 아니 이제 자신의 처지를 깨닫고 운명적으로 그들과 합류하게 된 승희까지, 넷은 발걸음을 옮겨 산을 내려가기 시작했다. 또 다른 악과 마가 들끓는 세상을 향해서······.

태극기공

두 번째 구원

시리도록 맑은 여름날이었다. 햇볕이 따가울 정도로 내리쬐었고, 이따금 지나는 산들바람도 열기를 식히지 못하겠다는 듯 슬며시 더위를 머금고 물러갔다. 땅에서는 아지랑이가 일어나 풍경을 가물거리게 만들고, 길게 끄는 매미 소리가 지루하고 나른한 느낌을 더했다. 간헐적으로 부는 남풍에 실려 넓은 나무 잎사귀들이 신나게 펄럭이다가 다시 잠잠해지곤 했다. 그때마다 벌레 먹은 잎사귀가 떨어져 나무 밑에 쓰러져 있는 청년의 등을 덮었다.

청년은 움직이지 않았다. 움직일 수가 없었다. 청년의 허리는 뒤로 꺾여 있었다. 앞을 무심히 지나가는 송충이 한 마리가 비슷하게 몸을 꼬았다. 청년의 왼팔은 누가 붙들고 있기라도 한 것처럼 등 뒤로 비틀린 채 부들부들 떨리고 있었다. 다리도 이상하게 꼬여 있었다. 청년은 눈을 부릅뜬 채 얼굴을 반쯤 땅에 파묻고 있었고, 얼굴빛도 새카맸다. 입에서는 검붉은 피가 흘러내렸다.

청년이 얼굴을 처박고 있는 자리에는 피가 고여 작은 웅덩이를 이루면서 나뭇가지 사이로 비치는 햇살을 반사했다. 청년의 몸이 한차례 격렬한 경련을 일으켰다. 얼굴이 서서히 굳어 가고 있었다. 청년의 두 눈에서 맑은 눈물이 흘러 두 줄기의 궤적을 그리면서 아래로 떨어져 내렸다.

'아아, 이렇게 죽고 마는구나.'

송충이가 몸을 비틀던 것을 멈추고 다시 기기 시작했다. 서서히 굳어 가는 청년의 몸을 나무둥치로 생각한 양, 송충이는 겁도 없이 청년의 얼굴 쪽으로 기어갔다.

'미안하다, 현아야.'

청년의 머릿속이 점점 컴컴해지고 있었다. 과거의 기억들이 두서없이 뒤섞이며 파노라마를 이루고 지나갔다. 그중에서도 유독 커다란 음성, 마치 사자가 포효하는 듯한 걸걸하고 우렁찬 음성이 뇌리를 울렸다.

— 네 이놈! 이런 곳에 뭐 찾아 먹을 게 있다고 육갑을 떠는 거냐? 원 더럽게도 재수 없는 놈이구나!

그분이 구해 주시지 않았다면 자신은 이미 일 년 전에 지금과 같은 꼴로 죽어 갔을 것이다.

— 재수도 더럽구먼! 차라리 똥을 밟는 게 낫지, 다 죽어 가는 쓸모없는 놈을 구해 줘야 하다니! 한빈아, 한빈아! 너는 왜 편할 날이 없는 게냐?

한빈 거사…… 일 년 전에 지금처럼 몸이 뒤틀려 죽어 가던 나를 발견하고 구해 주신 분…… 말은 거칠지만, 그 속마음은 누구보다도 따스하셨던 분…….

— 네 이놈! 이 『태극기공』은 어디서 훔쳤느냐? 쥐뿔도 모르는 놈이 이런 상고의 비급을 수련하다니! 차라리 섶을 지고 불에 뛰어들거라, 이 육시랄 놈아!

『태극기공』. 현아의 복수를 위해서 나는 어릴 적부터 기공을 수련했던 도관의 비밀 서재에서 그 책을 움켜쥐고 나왔다. 그리고 무작정 산에 틀어박혀 수련을 시작했었다. 그러나…….

"아미타불…… 이런 곳에 사람이 있다니!"

누군가의 목소리가 귓전을 희미하게 울렸다. 송충이가 얼굴 위를 기어오르는 데도 감촉이 없었다.

청년의 몸이 위로 들려 올라갔다. 그 바람에 얼굴에 붙어 있던 송충이가 떨어졌다. 뒤로 뒤틀린 청년의 왼팔을 앞으로 휙 돌렸다. 우두둑하는 소리와 함께 청년의 몸에서 고통의 감각이 되살아나기 시작했다. 몸의 마디마디가 엄청나게 아파 왔다.

"우왁!"

현암은 시커먼 핏덩이를 토했다. 머릿속에서는 아무 생각도 나지 않았다. 다만 지난날의 일들이 마구 뒤섞여 회오리치고 있을 뿐이었다.

— 이놈, 이걸 보겠느냐? 전설상으로 전해 내려오던 검기라는 것이다.

호탕하게 웃어 대는 시뻘건 얼굴의 이인(異人) 한빈 거사……

그가 든 칼에 파란 기운이 싸늘하게 어렸다. 칼끝에 일렁이는 푸른빛이 시퍼런 물로 바뀌기 시작했다.

— 오빠!

파란 물이었다. 살아 있는 듯한 파란 물이 현아의 몸을 감쌌다. 현아가 비명을 지르기 시작했다. 호수처럼 맑고 깊던 두 눈이 잔뜩 겁에 질려 있었다.

현암은 또다시 시커먼 피를 토해 냈다. 무엇인지 현암의 등에 철썩 붙더니 강력한 힘이 현암의 등을 타고 올라오기 시작했다. 몸속이 후끈해지면서 뜨거운 것이 내장을 훑고 위로 솟구치려고 했다. 그러나 그 힘은 다 올라가지 못하고 무엇인가에 부딪쳐 맴을 돌았다. 엄청난 고통이 전신에 퍼졌다. 지금 자신의 몸에 무슨 일이 일어나고 있는 것인가.

'그래. 이와 비슷한 고통을 전에도 겪었다. 누군지는 모르지만, 나를 살리려 하고 있다.'

전에도 이런 일이 있었다. 제대로 해석조차 하지 못하는 태극기공을 멋대로 수련하려다가 몸이 뒤틀리고 움직일 수조차 없게 된일이 있었다. 한빈 거사는 그런 자신의 몸에 거대한 공을 들여 현암으로서는 영문을 모를 수백 대의 주먹질을 했고, 그럼으로써 간신히 현암의 몸을 풀었다. 그러나 상단전으로 가는 혈도는 완전히 뒤틀려 버렸다고 했고, 현암은 앞으로 외공만을 익혀야 한다고 했다. 한빈 거사는 현암에게 왜 이런 일에 뛰어들었냐 물었다. 현암은 처음에 복수를 위해서라고 대답했다. 한빈 거사의 반응은 냉담

했다. 현암을 마구 윽박지르면서 복수는 또 다른 복수를 낳고 복수에 대한 인과응보의 형벌 또한 가혹한 것이라며 나무랐다. 한빈 거사에게 숨겨진 막강한 능력을 짐작한 현암은 복수심을 숨기고 한빈 거사에게 가르침을 요청했다.

현암의 몸에서 다시 우두둑하는 소리가 나기 시작했다. 몸 안으로 힘이 봇물 터지듯 밀려들어 이대로 가다가는 터져 버릴 것만 같았다. 현암의 감각이 조금씩 되살아났다. 등에서 밀려오는 힘에 저항하기 위해 몸을 뒤틀려 했으나, 뒤에서 들리는 나직한 목소리가 현암의 동작을 제지했다.

"가만히 있게나. 그러지 않으면 위험하네."

뒤에서 나는 목소리는 은은했지만 떨리고 있었다. 엄청난 힘을 쓰고 있을 때 나오는 그런 목소리였다. 현암은 과거의 기억을 떠올렸다.

한빈 거사는 현암의 마음속에서 복수심이 떠나지 않았다는 사실을 알고 있었을 것이다. 한빈 거사는 꾸준히 현암을 설득하려고 애썼다. 물론 거침없는 욕설을 통해서이긴 했지만. 한빈 거사가 현암에게 시키는 훈련은 그야말로 지옥 훈련이었다. 인간으로선 도저히 버텨 내기 어려운 훈련들을 현암은 이를 악물고 견뎌 냈다. 그러한 현암의 근성에 한빈 거사도 고개를 내두르곤 했다.

— 이놈아, 네놈은 전혀 자질이 없어! 둔하디둔하고 혈도까지 뒤틀려 버린 놈이야! 그런데 왜 죽기를 무릅쓰고 계속하려 드는 거냐? 힘들지도 않으냐?

한빈 거사는 항상 그런 식이었다. 그러면서도 한 달에 한 번씩 찾아와 수련의 성과를 살펴 주고, 올 때마다 희귀한 무술과 수련법을 가르쳐 주었다. 그러나 한빈 거사가 가르쳐 준 파사신검, 사자후, 부동심결은 아무리 애를 써도 이룰 수가 없었다. 현암은 그 이유를 알 수 없었다.

"자네는 태극기공의 수련인이지?"

뒤에서 들리는 목소리에 현암은 간신히 고개만 끄덕였다. 어떻게 알았는지 궁금했으나 그런 것을 물어보기에는 고통이 너무 심했다. 나직한 목소리가 울렸다.

"주화입마되면 온몸의 혈도가 비틀리고 몸이 꼬이면서 마비되는 게 태극기공의 특징이지. 선재, 선재라……."

목소리가 끊기더니 등 뒤의 혈도 부위에 타타탁 하고 빠른 타격이 왔다. 그러나 현암의 몸에는 아무 반응이 없었다.

"아미타불…… 혈도가 완전히 기능을 잃었는데 어떻게 숨이 붙어 있었을꼬? 이상한 일이군."

등을 가격하는 손놀림이 현암의 중요 혈도만 두드리면서 아래로 향해갔다. 요추 부근의 한 혈도에 타격이 오자, 순간적으로 시원한 기분이 들면서 현암은 몸을 움찔했다. 뒤에서 다시 의아해하는 소리가 들려왔다.

"특이하도다. 이상한 일이로다. 아미타불……."

중얼거리던 소리가 잠시 끊기는 듯하더니, 이내 나직하고 힘 있는 목소리로 바뀌었다.

"기해혈로 자네 몸속의 모든 기운을 모으게. 온 힘을, 전력을 다해서! 잡념을 가지면 안 되네!"

기해혈에 기운을 모으라고? 내게 그런 힘이, 공력이 남아 있을까? 파사신검, 사자후…… 한빈 거사가 가르쳐 준 모든 무공은 내공의 힘이 없으면 실현시킬 수 없는 것들이었다. 한빈 거사께서는 미리 계획해 둔 바가 있었다. 우선 수법만을 가르쳐 주고, 마음속에 남아 있는 복수심이 없어진 다음 차차 내공을 쌓게끔 유도한 것이다. 그래서 전설상으로만 전해지던 최고의 무공들을 가르쳐 주었다. 공력이 없으면 결코 발휘될 수 없는 수법들만을…… 그러나 공력이란 하루아침에 맺어지는 게 아니다. 십 년이고 이십 년이고 수련을 거듭해야 그만한 힘을 얻을까 말까 했다. 수많은 세월 동안 수련만 하라고? 현아는 어떻게 하고? 물론 한빈 거사의 의도를 모르는 바는 아니지만, 그럴 수 없다. 내 동생 현아를 앗아 간 그놈에게 복수도 못했는데 한가하게 수련만 하고 있을 수는 없다.

그러나 복수를 하려면 살아나야 한다. 무슨 수를 써서라도 살아나야 한다. 기해혈? 기해혈에 기운을 모으라고? 내게 공력이 있든 없든 어쨌거나 지푸라기 하나라도 잡아야 한다.

현암은 이를 악물고 몸 안에 떠도는 폭풍 같은 기운들을 향해 명령했다. 모여라, 제발 모이라고…….

"이야아!"

현암의 목에서 고통에 짓눌린 함성이 터져 나왔다. 그와 동시에 폭풍처럼 떠돌던 기운이 뜨겁게 변하면서 현암의 기해혈을 향해 몰아쳐 갔다. 기운들은 서로 부딪히면서 태풍의 핵처럼 단단하게 뭉치고 있었다. 배 속에서 거대한 폭발이 일어나는 듯한 느낌을 받았다. 현암은 그것이 바로 공력이란 것을 알았다. 자신이 가지고 있으리라곤 생각지도 못했던 공력…… 있지도 않은 공력으로 무리하게 검술을 행하려다가 이 꼴이 되지 않았던가? 그런데 공력이 갑자기 어디서 생겼다는 말인가? 현암이 궁금하게 생각한 것도 잠시뿐, 엄청난 기운들이 엉키면서 현암의 몸은 불덩이처럼 달아올랐다. 그리고 눈앞이 흐릿해지다가 환하게 밝아지더니 다시 아무것도 보이지 않았다.

내력

사방은 한없이 푸르고 시원했다. 기분이 좋았다. 현암은 현아의 어깨에 손을 얹고는 흥겹게 콧노래를 불렀다. 물속이었다. 예쁜 꽃무늬, 아른아른 떨면서 지나가는 알록달록한 무늬들이 유쾌했다. 현아도 흥겨워 보였다. 귀엽고 예쁜 현아. 흰 고기 떼가 눈앞에서 헤엄치고 있었다. 현암은 현아의 어깨를 놓고 고기 떼를 쫓아 달렸다. 열심히 달린다고 생각하는데도 슬로 모션처럼 느릿느릿 스치는 풍경이 익살스럽게 느껴졌다. 현암은 웃으며 계속 고기 떼를 쫓아 걸음을 옮겼다. 현암은 손을 뻗었다. 물고기는 어느새 달아나 버렸다. 다시 한번 하얀 고기가 현암의 손에 쥐어졌다. 묘하게도 싸늘하고 딱딱한 촉감이 왔다. 현암은 손을 쳐다보았다. 그 것은 물고기가 아니라 흰 뼈다귀였다. 놀라서 주위를 돌아보니 헤엄쳐 다니는 것은 흰 고기 떼가 아닌, 산산이 부서진 뼈다귀들이었다. 울긋불긋한 꽃무늬들도 무늬가 아니었다. 일그러진 사람의 눈동자, 얼룩진 핏자국, 꿈틀거리는 심장이었다.

기겁을 하며 몸을 돌려 현아가 있던 곳으로 뛰어갔다. 미끈미끈한 땅이 요동을 치며 물줄기가 발끝을 휘감았다. 끔찍한 무늬들이 꿈틀꿈틀 움직이면서 확대되어 갔다. 먼발치에서 현아가 애처롭게 손을 흔드는 것이 보였다. 그 뒤에서 거센 물보라가 덮쳐 오고 있었다.

현아야, 어서, 어서 피해! 현아는 손만 흔들고 뭐라고 외치고만 있을 뿐, 움직이려 하지 않았다. 현아가 오빠를 목이 터져라 부르고 있었다.

현아가 왜 움직이지 못하는지 알 수 있었다. 현아의 발목을 웬 손이 붙들고 있었다. 물보라가 벼락같이 현아를 덮치는 순간, 현암은 물줄기에 휩쓸리면서도 현아의 손목을 잡았다. 그리고 현아를 바짝 끌어당겼다. 안간힘을 다하자 물보라가 뒤로 밀려가기 시작했다. 이젠 살았다.

현아가 괜찮은지 보려고 고개를 돌렸다. 그러나 그 손목은 현아 것이 아니었다. 창백한 얼굴에 시커멓게 젖은 머리를 내려뜨린, 퀭한 눈구멍만 남은 여자가 히죽대고 있었다.

"으아악!"

현암은 비명을 지르며 자리에서 일어났다. 낮은 천장과 아무것도 걸리지 않은 미색의 벽, 자그마한 등잔이 눈에 들어왔다. 현암은 식은땀을 흘리며 한숨을 내쉬고는 다시 눈을 감았다. 꿈이었다. 너무나 싫은 꿈.

"이제 정신이 드시는가? 나무아미타불……."

나직한 목소리였다. 현암은 벌떡 일어났다. 몸은 예상외로 개운하고 힘도 넘쳐흘렀다. 분명 주화입마에 걸렸을 텐데…… 그러나 그전보다 상태가 훨씬 좋았다. 앞에는 늙은 스님 한 분과 동자승한 명이 앉아 있었다. 무척 초췌해 보이는 스님은 염주 알을 굴리고 있었고, 동자승은 훌쩍거리다가 현암이 일어나자, 잡아먹을 듯한 눈초리로 쏘아보았다. 현암은 의아했지만, 곧 노(老)스님이 자신을 구했다고 생각하고 몸을 추슬러 무릎을 꿇고 절을 했다.

"스님께서 저를 구해 주셨군요. 정말 감사합니다. 감사합니다!"

노스님은 입가에 온화한 미소만 보일락 말락 하게 띠고 계속 염주 알을 굴리면서 따뜻한 목소리로 말을 했다.

"자네의 의지가 강해서 살아난 게야. 내가 한 게 뭐 있겠나?"

동자승이 버럭 소리를 질렀다.

"스님! 무슨 말씀을 그렇게 하세요!"

"동자야."

"저 알 수 없는 사람 때문에, 스님이 일생을 수련하신 내력을 다잃어버리셨잖아요!"

동자승의 말을 듣자 현암은 자신이 정신을 잃어 갈 때에 몸 안으로 밀려들던 엄청난 기운에 대한 생각이 떠올랐다. 그리고 지금 가뿐해진 몸도……

'그렇다면 저 노스님이 일생을 수련해서 얻은 내력을 모두 내 몸에 넣어 주셨단 말인가? 일면식도 없는 나를 살리기 위해……'

현암은 시험 삼아 단전에 힘을 주고 기를 돌려 보았다. 혈도는 예전과 마찬가지로 대부분 막혀 소통되지 않았으나, 이상하게도 내력은 곁길로 흘러 나름대로 주천을 돌았고, 위세도 예전과는 비교가 안 될 정도로 막강해져 있었다. 전과 마찬가지로 오른팔에는 막힘이 없이 기가 흘러 들어갔다. 오른팔에 공력이 흘러 들어가자, 놀랍게도 아지랑이 같은 기운이 눈에 보일 정도로 엄청난 힘을 담고서 현암의 오른손에 맺혔다. 현암은 자신의 눈을 믿을 수가 없었다.

"이, 이것은…… 이럴 수가……"

동자승이 곧 눈물을 쏟을 듯한 얼굴로 소리를 쳤다.

"도혜 스님이 칠십 년 내력을 희생하신 결과요! 죽었다 깨어나도 얻지 못할 은혜를 입어 놓고 뻣뻣이 앉아만 있을 거요?"

현암은 가슴에서 뜨거움이 뭉클 솟아올랐다. 칠십 년의 내력이라니…… 도혜 스님이라는 분은 바로 여기 앉아 있는 노스님을 가리키는 것이리라. 칠십 년 내력! 분명히 지금 현암의 몸에 돌고 있는 힘은 그 정도로 막강한 것이었다. 약한 몸을 보호하려고 어릴 때부터 조금씩 수련해 왔던 현암은 똑똑히 알 수 있었다. 도혜 스님은 그 힘을 아낌없이 쏟아부어 현암의 뒤틀린 상태를 바로잡아 생명을 건져 준 것이다. 보통 사람이었다면 그렇게까지 힘을 쏟아붓지 않고 활공 정도만 해도 괜찮았을 것이다. 그러나 이미 두 번의 주화입마를 겪어 완전히 만신창이가 된 현암의 몸을 치료하기 위해서는 그 방법밖에 없었는지도 모른다. 그러나 무인으로서 자신이 평생 닦은 내력을 어찌 이름도 모르는 타인에게 아낌없이 쏟아부을 수 있단 말인가!

현암은 눈물을 흘리며 머리를 조아리고 절을 했다. 무슨 말을 해야 좋을지 알 수 없었다. 노스님은 그런 현암을 보고 고개를 흔들며 제지하려 했지만, 몸을 잘 움직이지 못하는 것 같았다. 엄청난 내력을 가지고 있던 고수였을 터인데, 이제는 몸마저 잘 움직이지 못하게 되다니…… 동자승이 그런 노스님을 보고 급기야 울음을 터뜨렸고, 현암의 눈에도 눈물이 흘러내렸다. 노스님은 다정한 손길로 동자승의 등을 두드리며 현암을 향해 입을 열었다.

"그만하시게. 다 인연이 있어서 그리된 것이니…… 선재라, 선재라……."

현암이 계속 고두백배하자, 노스님이 다시 입을 열었다.

"자네에게 물어볼 것이 있네. 자네는 태극기공의 수련인이지?"

현암은 무릎을 꿇고 앉아, 입을 열지 못하고 고개만 끄덕였다. 노스님은 고개를 주억거렸다.

"나무아미타불…… 어쩌다가 그런 험한 것을 익힐 생각을 했는가? 내 자네의 잠꼬대는 들었네만, 동생을 잃었던가?"

눈물이 왈칵 솟구쳤다. 현암은 입술을 깨물고 다시 고개를 끄덕였다.

"복수를 하려고 하는가?"

현암은 뭐라고 할 말이 없었다. 불가에서는 자비를 근본으로 삼는다. 나는 한빈 거사라는 이인에게서 구명의 은혜를 입었고, 또 다시 도혜 스님에게서 하늘 같은 은혜를 입었다. 이분들의 은혜를 갚기 위해서라면 몸이 가루가 되더라도 아깝지 않다. 그러나 가련한 현아의 넋은 어쩐단 말인가. 정말로 그것만은 대답하기가 어려웠다.

노스님은 아무 말도 하지 않고 여전히 따스한 눈길로 현암을 쳐다보았다. 현암은 그 눈빛을 도저히 마주 볼 수가 없었다. 노스님이 입을 열었다.

"아미타불…… 업보로다. 그러시다면 뜻대로 하시게나. 다 깨달을 날이 올 것이네. 선재로다, 선재로다……."

노스님은 현암에게 더 이상 말을 하지 않았다. 복수심을 버리라거나, 물려준 공력을 잘 이용하라는 당부 같은 것도 하지 않았다. 설혹 그런 말을 들었다고 마음을 바꾸었을지는 현암 자신도 의문이었다. 한빈 거사의 노여움을 사서 버림을 받게 된 것도 바로 그런 현암의 성격 때문이었다. 현암은 한빈 거사의 가르침에 무언으로 일관해, 끝내는 수없이 매를 맞고 피를 토하면서도 복수를 포기하려 들지 않았고, 결국 한빈 거사는 노기가 치밀어 현암을 버리고 어디론가 떠나 버렸다. 그 이후 무리하게 공력을 끌어모아

파사신검을 수련하려 했으나 번번이 실패만 하다가 종국에는 주화입마까지 겪게 되었다.

"자네의 혈도는 혹 해동밀교의 힘을 빌면 고칠 수 있을는지도 모르겠네. 이 부적도 거기서 얻은 것인데, 아마 자네에게 필요한 듯허이. 자, 받게나."

도혜 스님은 품에서 부적 한 장을 꺼내 현암에게 주었다. 현암은 떨리는 손으로 그 부적을 받았다.

"복수라는 말에 얽매이지 말고 진정으로 무엇에 대해 복수하려는 것인지를 먼저 살펴보시게. 그 부적에 기를 주입하면 저절로 타들어 가네. 부적에서 나온 기운을 마시면 영의 목소리를 들을 수 있다고 하니, 복수를 할 때 부디 내 말을 잊지 말고 손을 쓰기 전에 일단 그것을 먼저 이용해 보시게나."

영의 목소리를 들을 수 있는 부적이라니, 현암은 믿기가 어려웠다.

현암의 마음속을 꿰뚫어 본 듯, 도혜 스님이 다시 입을 열었다.

"잊지 마시게. 이 늙은이의 부탁일세."

"예, 알겠습니다. 명심하겠습니다."

현암은 도혜 스님에게 이것저것 질문을 했다. 도혜 스님은 온화한 표정으로 성의껏 답변해 주었으나, 자신의 거처나 신상에 대해서는 통 알려 주려 하지 않았다.

"인연이라 생각하시게나. 그 한빈이라는 친구와 나는 좀 알지. 그래서 태극기공을 알아볼 수 있었던 것이고, 다행히 자네에게 도움을 약간 준 것에 불과하니 더 이상은 신경 쓸 것이 없네. 그리고 얻은 힘은 다 그만한 이유가 있어서 그리된 것이니 알아서 사용하시고……."

감복한 현암은 더 이상 묻지 않았다. 밤이 깊어지자, 도혜 스님은 잠자리에 들 테니 쉬라며 방을 나섰다.

다음 날 도혜 스님과 동자승의 모습은 보이지 않았다. 쪽지 하나조차 남아 있지 않았다. 현암은 근방을 돌아다니며 찾아보았지만, 도혜 스님의 모습은 온데간데없었다. 현암은 눈물을 머금고 방향도 없이 먼 산을 향해 절을 올렸다. 해가 질 때까지 한없이 절을 했다.

검기

도혜 스님이 말도 없이 떠나간 후, 현암은 새로이 수련을 시작하기로 마음먹었다. 도혜 스님이 물려준 칠십 년 내력을 과연 어느 정도 자신과 융화시킬 수 있을까 궁금하기도 했고, 과연 이 내력을 자신이 과거 한빈 거사에게서 배운 무예에 어느 정도 응용할 수 있을까도 의문이었다.

'내력이 모자라서, 무리하게 무예를 펼치려다 두 번씩이나 주화입마를 당했다. 이번에는?'

현암은 자신이 죽을 고비를 넘겼고, 우연히 도혜 스님을 만나게 된 이 산을 떠나 다른 곳을 찾기로 했다. 도혜 스님이 해동밀교에 대해 지나가는 말로 언급하기는 했지만, 아직 거기까지 욕심을 낼 필요는 없다고 현암은 생각했다. 도혜 스님의 진원지기가 자신의 몸에 적응되지 않는다면 혈도를 모두 열어 보았자 무슨 소용이 있겠는가? 현암은 한빈 거사에게 받았던 열여섯 가지의 수련법을 차근차근 되씹어 보았다. 그리고 현아에 대해서도 생각했다. 도혜 스님의 거리낌 없는 선행에 감명을 받았지만, 현암은 현아를 해친 귀신에 대한 복수심을 버릴 수가 없었다. 아니, 오히려 복수할 수 있을지 모른다는 가능성이 보이기 시작하면서, 현암의 복수심은 더욱 깊어졌다. 현암은 도혜 스님이 해동밀교에서 얻었다는, 영의 목소리를 들을 수 있다는 부적을 품 안에서 만지작거리며 걸음을 옮겼다. 영의 목소리를 들어 보았자 피에 굶주린 귀신의 변명일 것임에 분명한데, 그런 것을 왜 반드시 들어 보라고 도혜 스님이 말씀하셨는지 알 수 없었다. 하여간에 도혜 스님은 현암에게 큰 은혜를 베푼 분이었고, 현암은 그런 분의 당부를 어기지 않으리라고 다짐했다.

겨울이 돌아왔다. 차가운 삭풍이 살을 엘 듯 몰아치고, 간간이 눈발까지 섞여 날리고 있었다. 여간해서 사람들의 발길이 미치지 않는 해봉산…… 그 산 중턱에, 눈의 무게를 이기지 못하고 가지를 축 늘어뜨린 커다란 나무 밑에 현암이 정좌한 채 정신을 집중하고 있었다. 얇은 베옷을 걸치고 있었으나, 차갑게 몰아치는 바람도 잊은 듯 미동도 하지 않고 앉아 있었다. 그러는 현암의 몸에는 김이 무럭무럭 솟아나고 있었다. 얼마나 지났을까? 현암이 감았던 눈을 번쩍 뜨면서 앞에 꽂혀 있던 긴 칼을 집어 들었다.

"이야압!"

기다란 기합 소리가 울려 퍼지자, 주변에 있던 나뭇가지들에서 눈발이 와르르 쏟아졌다. 기합이 메아리를 이루며 사라지기도 전에, 현암이 든 긴 칼의 손잡이로부터 푸르스름한 기운이 서서히 칼의 검신 쪽으로 번지기 시작했다. 기운은 손잡이로부터 반 자쯤 된 곳에서 엉겨들었다. 현암의 눈에 기쁨의 빛이 떠올랐다.

'드디어 성공이다! 파사신검의 기초식! 공을 기로 바꾸어 검에 싣는 데 성공했다! 검기를 냈다, 검기를! 한빈 거사님, 도혜 스님! 보십시오!'

현암이 발한 검기는 아직 칼 전체에 맺힐 정도로 강한 것이 아니었다. 현암은 몸을 일으켜 파사신검의 기술에 따라 칼을 휘둘렀다. 칼에 맺힌 검기는 나직한 소리를 내면서 현암이 휘두르는 궤도를 따라 허공에 아름다운 무늬를 그렸다. 현암은 파사신검의 검보에 적혀 있는 대로 칼을 휘둘렀다. 칼이 닿지도 않았는데 나뭇가지들이 와스스 흩어지고, 공중에서 상쾌한 칼의 음향이 들려왔다. 아직 자신의 내력을 칼에다 반도 집어넣지 않았다. 현암은 용기를 내어 내력을 있는 대로 칼에 불어 넣었다.

검기가 맺혀 있던 부분에서 갑자기 요란한 소리가 나며 폭발하듯 산산이 부서져 버렸다. 검기가 맺히지 않은 칼의 윗부분이 쨍

소리를 내며 땅에 떨어졌다. 현암은 동작을 멈추고 손잡이만 남은 칼을 망연히 들여다보았다.

'검기, 드디어 전설로만 내려오던 검기를 칼에 맺히게 했다. 드디어 파사신검에 성공했다. 하지만 칼이…… 검기를 이겨 내는 칼이 없구나!'

현암은 몹시 아쉬웠다. 도혜 스님이 아낌없이 부어 준 칠십 년의 내력을 태극기공으로 바꾸어 검기를 맺게 하고, 이인 한빈 거사가 물려준 도가 제일 검술이라는 파사신검에 응용할 수 있게 되었는데, 그 힘을 받아 내는 칼이 없어서 제대로 위력을 발휘하지 못하다니…….

"장인이 심혈을 기울여서 만들어 낸 명검이 아니면 안 되겠구나. 그러나 내 처지에 그런 귀한 것을 어디서 구한단 말인가? 이제는 칼을 구하러 나서야 되나?"

현암은 시무룩해졌다. 그리고 손잡이만 남은 칼에 다시 한번 기공력을 불어 넣었다. 조각만 남은 칼에 약간의 검기가 맺힌 것을 바라보다가, 현암은 쓴웃음을 지으며 얼음 사이로 흐르는 냇물을 향해 던져 버렸다. 칼 조각이 냇물에 닿자마자 폭약이 터진 것 같은 굉음이 울리면서 물기둥이 치솟아 현암에게까지 물벼락이 쏟아졌다. 현암은 놀란 얼굴로 그쪽을 쳐다보았다. 잠시 무슨 영문인지 생각하던 현암의 머리에 스쳐 지나가는 것이 있었다. 던져 버린 칼자루에는 아직 검기가 남아 있었던 것이다.

'손에서 떠나도 일단 주입한 검기가 금방 사라져 버리는 것은

아니구나! 물과 닿으면 폭발하는 성질도 있고…….'

짚이는 바가 있었다. 이러한 현상을 잘 이용한다면 물귀신과 싸울 때 장검을 구하지 않고도 이길 수 있을 것 같았다. 현암은 기쁜 마음으로 다시 수련을 시작했다. 이제는 마무리만 하면 되는 것이다. 그토록 오래 기다렸던 동생의 복수를 위해서…….

수전

현암은 살얼음이 듬성듬성 얼기 시작한 호숫가에 도달했다. 동생 현아가 수마에게 끌려가 숨진 곳, 피눈물을 흘리며 세 번이나 수색했지만 시체마저도 찾지 못한 곳, 그리고 아무도 믿어 주지 않았고 도움도 주지 않았던 쓰라린 추억이 배인 곳…….

현암은 입을 굳게 다물고 언덕배기에 서서 얼음이 깔린 넓은 호수를 말없이 내려다보았다. 마침내 복수의 시간이 온 것이다. 지난 이 년 동안의 형언할 수조차 없는 고된 수련들, 기연이 아니었다면 도저히 살아날 수 없었던 두 번의 죽을 고비, 은인들…… 그리고 자신의 유일한 벗이었던 외로움과 괴로움…….

현암은 차분히 자신의 몸에서 꿈틀대는 내력을 확인해 보았다. 그리고 배낭을 풀어 한빈 거사의 태극패를 꺼냈다. 내력의 극심한 소모를 무릅쓴다면, 태극패에 기공력을 실어 보냄으로써 영의 모습을 비추어 볼 수 있다고 했다. 언제나 욕설과 꾸짖음으로만 일관했지만, 속으로는 현암의 처지를 누구보다도 가련하게 여겨 주었던 은인 한빈 거사…… 현암은 배낭에서 다섯 자루의 단검을 꺼냈다. 검기를 이용하려면 칼이 필요했다. 그러나 검기를 주입하면 보통의 칼들은 산산이 조각나 버리기 일쑤였다. 그래서 여러 개의 칼이 필요했고 그러다 보니 장검보다는 단검을 가져올 수밖에 없었다. 어차피 영과의 싸움에서는 검기가 필요할 뿐, 칼의 길이는 문제가 아니었다. 칼을 한 자루씩 허리춤에 꽂을 때마다 현암의 뇌리에는 한빈 거사와 도혜 스님의 목소리가 스쳐 지나갔다.

— 복수란 부질없다는 것을 모르느냐? 이 아둔한 놈!

'부질없는 것을 압니다. 그러나 제 생도 부질없는 것이지요. 죄송합니다, 한빈 거사님.'

— 복수라는 말에 얽매이지 말고 진정으로 무엇에 대해 복수하려는 것인지를 먼저 살펴보시게…….

'내 유일한 혈육을 앗아 간, 악독한 귀신에 대해 복수하는 것입니다. 도혜 스님.'

— 정말 그 길밖에는 없겠느냐? 정말로 그런 독한 마음을 버리지 못하겠다는 말이냐?

— 무엇에 대해 복수하려는 것인지를 먼저…… 오호. 선재, 선재라…….

'죄송합니다, 스승님들…… 다른 방법이 없습니다. 이렇게 하지 않고서는 저는 살 수 없어요. 이번만, 이번 복수를 끝낸 연후에 물려주신 힘을 반드시 좋은 데에만 쓰겠습니다.'

현암은 고개를 숙인 채 눈물을 머금고서 꼼짝도 하지 않고 있었다. 잠시 후 현암은 고개를 절레절레 흔들고는 마지막 칼을 허리에 꽂고 태극패를 들었다. 그리고 마지막으로 배낭에서 만약을 대비해 준비한 구명조끼를 꺼내 입었다.

하늘은 매서운 겨울답지 않게 청명했다. 비장한 마음으로 쳐다보기가 아까울 만큼 고운 하늘이었다.

'현아야, 조금만 기다려라. 내 반드시 원수를 갚고 잠들지 못한 네 원혼을 달래 주마.'

현암은 도혜 스님이 준 부적을 다시 한번 품속에서 확인했다. 그러고는 호숫가로 내려갔다.

모든 것이 이 년 전과 똑같았다. 다만 그때는 여름이었고 지금은 겨울이라는 차이밖에 없었다. 현암은 옛날 자신이 현아와 함께 텐트를 쳤던 자리를 찾아냈다. 메마른 잡초들이 덮인 그 자리에는 자신들이 박았던 것으로 보이는 텐트 팩 하나가 지친 몰골로 비스듬히 박혀 있었다. 그것을 보는 현암의 눈시울이 뜨거워졌다. 현암은 눈물이 나려는 것을 간신히 참고 정좌하고 앉았다. 현암은 호수를 향해 허리를 쭉 편 채 왼손에 태극패를, 오른손에 단검 하나를 쥐고서 조용히 눈을 감았다.

'내가 왔다!'

어디서 와서 이렇게 고여 있는지 알 수 없는 호수는, 평화롭게 잔물결을 찰싹이고 있었다.

'모습을 보여라, 흉악한 것. 네 죗값을 치르기 위해 내가 왔다.'

현암은 물귀신을 불렀다. 놈이 모습을 드러낼 때까지 언제까지고 기다릴 참이었다.

'나타나라, 모습을 보여라. 내가 왔단 말이다. 그때 네가 끌어들인 여자아이의 오빠다.'

시간은 한참 흘러 해가 넘어가고 있었다. 현암의 몸속에 돌고 있던 기공력은 차가운 날씨에도 불구하고 후끈후끈한 열기를 주고 있었다. 모든 준비는 갖추어졌다. 그런데 놈은 나타나지 않고 있었다.

두어 시간이 더 흐르자, 짙은 어둠이 깔리고 차가운 밤바람이 불기 시작했다. 현암은 계속 눈을 감고 있었지만, 주위가 어두워졌다는 것 정도는 쉽게 식별할 수 있었다. 어두워진다는 사실 자체보다도 주위의 정경이 현아를 잃던 날과 똑같이 되어 간다는 것이 현암으로서는 견디기 어려웠다. 그날도 오늘처럼 어두웠다. 현암은 더 견디지 못하고 눈을 떴다. 그리고 무릎이 차는 깊이까지 물속으로 들어가며 눈을 부릅뜨고 소리를 질렀다.

"나오란 말이다! 나와, 나와, 나와!"

현암은 소리를 지르며 자기도 모르게 손에 들고 있던 단검에 기운을 불어 넣어 던졌다. 검기가 맺힌 단검은 바지직 소리를 내며 날아가 수면에 닿더니 폭탄처럼 작렬해 버렸다. 요란한 소리와 함께 수면에 순간적으로 구덩이가 패고 물기둥이 치솟아 올랐다.

"썩 나와!"

현암은 눈에 핏발을 세우고서 고래고래 소리를 질렀다. 현암의 목소리가 메아리를 치면서 밤하늘 속으로 사라져 갔다. 현암의 목에서 떨리는 쉰 목소리가 나직하게 새어 나왔다.

"왜, 왜 나타나지 않는 거냐, 왜?"

현암은 거친 숨을 내쉬면서 검은 수정처럼 잔잔히 빛나고 있는 호수를 노려보았다. 순간, 매끈하던 호수의 표면 위에 작은 파문이 일어나기 시작했다. 하나, 둘…… 작은 거품 방울들이 밑에서 솟아올랐다. 작은 파문들은 수를 조금씩 늘려 가면서 서서히 현암 쪽으로 다가왔다.

'침착, 침착하자. 물고기인지도 몰라.'

현암은 긴장을 늦추지 않고, 무늬를 만들며 다가오는 파문들을 조용히 지켜보았다. 파문들은 점점 크게 변하며 다가오는 속도도 빨라졌다.

현암은 왼손에 들고 있던 태극패를 오른손에 바꿔 들었다. 기공력을 가하자, 태극패 중앙의 동경이 서서히 푸른색으로 물들기 시작했다. 태극패에서 빛이 솟아나자 파문의 속도가 조금 느려졌지만, 빛은 아직 거기까지 다다를 정도로 뻗치지는 않았다.

현암은 태극패에 가한 힘을 줄인 뒤, 조용히 물을 헤치며 앞으로 나아가기 시작했다. 무릎에 차던 물이 순식간에 허리까지 찼다. 태극패에 힘을 가하면 물결이 일던 곳까지 닿을 것 같았다. 물속으로 많이 들어갈수록 불리하다고 생각한 현암은 걸음을 멈추었다. 물 밑에 있는 것은 그 자리에 멈춘 듯, 물결이 사라지고 거품 방울만이 솟아올랐다.

'자, 가만히, 가만히 있어라.'

현암은 침을 삼키면서 태극패에 힘을 가해 빛을 물속으로 비췄다. 태극패의 빛이 닿는 순간, 계속 올라오던 거품이 갑자기 사라져 버렸다. 놈이 눈치를 챈 것이 분명했다. 현암은 언뜻 물속을 꿰뚫은 태극패의 기광을 통해, 희끄무레한 것이 물속에 있는 것을 보았다. 놓칠 수 없었다.

"받아라!"

현암은 태극패와 단검을 재빨리 바꾸어 쥐고 단검에 기공을 실어 힘껏 던졌다. 검기를 실은 단검이 물과 부딪히자 굉음과 함께 단검이 박살 나면서 물기둥이 일어나고 물방울이 사방으로 어지럽게 튀었다. 현암은 다시 단검 하나를 뽑으면서 태극패에 기공력을 가했다. 무엇인지 허옇고 큼직한 것이 서서히 물 위로 떠오르고 있었다.

'잡은 걸까? 이렇게 쉽게 끝날 수가?'

현암은 눈을 크게 뜨고 떠오르는 물체를 지켜보았다. 떠오른 물체는 단검의 파편을 맞아 몸이 반쯤 박살 난 커다란 잉어였다.

'아니었구나!'

현암이 낙담하는 순간, 물 밑에서 어떤 것이 현암의 다리를 잡고 무서운 힘으로 끌어당겼다.

'아차!'

기습을 당한 현암은 중심을 잃고 넘어졌다. 꼬르륵하고 거품이 일며 차가운 물이 코와 입으로 들어왔다. 다리를 잡은 것이 현암을 무서운 속도로 호수 안쪽으로 끌어들이고 있었다. 현암은 발버둥을 쳐 보았지만, 다리를 움켜쥔 것은 꿈쩍도 하지 않았다. 잡힌 발목에 감각이 없어지며 저리기 시작했다. 현암은 애써 침착하려 하며 자신이 처한 상황을 생각했다. 정체불명의 힘은 몹시 빠른 속도로 호수의 중심을 향해 현암을 끌어당기고 있었다. 현암은 거의 평행으로 누운 채 끌려가고 있었고, 이제 조금만 더 가면 발이 닿지 않는 깊은 곳이었다. 구명조끼를 입고 있기는 했지만, 물속에서는 현암의 처지가 압도적으로 불리했다. 현암이 오른손을 뻗어 바닥을 더듬었다. 돌부리가 잡혔다. 현암이 돌부리를 잡고 사력을 다해 버티자 허리에서 우두둑하는 소리가 났다. 현암은 고통을 느끼면서 기공력을 몸 안에 돌렸다. 언제까지나 이 상태로 버틸 수는 없었다. 현암은 자유로운 왼손으로 단검을 쥐고 대충 발이라고 짐작되는 부분을 향해 던졌다. 그러나 저항이 심한 물속에서 기공조차 실리지 않은 단검이 제대로 날아갈 리 없었다. 단검은 속절없이 물 아래로 가라앉았다. 영을 가격할 수 있는 것은 오직 오른손에서 뻗어 나오는 기공력뿐이었다. 현암은 왼손으로 태극패를 허리춤에 꽂고 바위를 잡고 있던 오른손을 놓았다. 몸이 안으로 빨려 들어가기 시작했다. 숨쉬기가 어려웠다. 현암은 기공을 기해혈에 모으며 오른손으로 단검을 빼 들었다. 검기를 단검에 미리 실어 놓으면 물속에서 폭파되어 자신도 위험하기 때문에 곧바로 힘을 가하지는 않았다. 현암은 허리에 힘을 주었다. 물의 압력이 굉장했지만, 오랜 수련을 쌓아 온 현암은 간신히 허리를 굽힐 수 있었다. 그러고는 자신의 오른쪽 발목을 잡고 있는 것을 향해 단검을 찔러 넣으며 순간적으로 검기를 발했다.

단검이 폭발하면서 엄청난 충격이 현암의 몸에 전달되어 왔다. 현암은 아찔한 충격으로 입이 벌어지면서 참고 있던 숨이 보글보글 새어 나가는 것을 느꼈다.

'놈도 충격을 입었을 테니 일단 물 밖으로 나가자!'

현암은 발을 굴렀다. 기공으로 몸을 보호하고 있었으나, 여기저기에 단검의 파편이 박힌 듯 통증이 일어났다. 오른발은 자유로워졌지만, 왼발을 잡은 힘은 아직도 현암을 놓지 않고 있었다. 끌고가는 속도가 약해졌을 뿐이다. 현암은 상체를 수면 위로 내밀었다. 헤엄쳐서 밖으로 빠져나가려 했지만 왼발을 잡고 있는 힘이 끈질기게 따라붙었다. 현암은 눈앞이 아득해졌다.

'지독하구나!'

현암은 이를 악물고 솟구쳐 오르려 했지만, 점차 힘이 빠지기 시작했다. 코로 물이 들어왔다. 현암은 도리질하며 마지막 남은 단검으로 놈을 때릴 생각을 하고는 칼을 오른손에 들었다. 또다시 충격을 받을지도 모르지만, 숨이 막혀 죽느니 그 편이 낫다고 생각했다.

'이놈, 혼자 죽지는 않겠다!'

현암은 방향을 바꾸어 아래로 몸을 숙이려 했으나 생각대로 되지 않았다. 현암의 눈앞에 검은 장막 같은 것이 드리워져 있었다.

'아아, 이건 왜?'

구명조끼가 생각났다. 그것 때문에 몸을 굽힐 수 없었던 것이다. 현암은 구명조끼를 벗으려 했지만 띠가 엉켰는지 잘 풀리지 않았다. 단검으로 어깨에 걸린 띠를 사정없이 그었다. 살까지 베는 바람에 날카로운 통증이 전해졌다. 현암은 이를 악물었다.

'현아야. 힘을, 마지막 힘을 다오!'

현암은 마지막 남은 힘을 모아 숨을 일시에 토하면서 허리를 굽혔다. 그리고 단검이 왼쪽 발목께에 이르는 순간 기공력을 극한으로 끌어올렸다. 거대한 충격이 온몸을 덮어. 눈앞이 희미해졌다.

'네놈을 두고는 절대로 죽지 않는다.'

왼쪽 발목이 풀렸는지 잘렸는지 시원한 느낌이 들었다. 현암은 아무 생각도 할 수가 없었다. 무의식적인 복수심이 기계적으로 오른손에 기공력을 모았다. 현암은 발치에 있을 물귀신을 향해 기공력이 담긴 일격을 가했다.

커다란 스펀지를 친 듯, 현암의 몸이 물에 튕겨져 위로 솟구쳤다. 예상하지 못했던 일이었다. 마지막으로 물귀신을 치려고 가한 주먹이었는데…… 머리가 물 위로 나오자, 맑은 공기가 밀려들며 순간적으로 정신이 돌아왔다. 현암은 양손으로 물을 저으면서 캑캑 기침을 해 댔다. 공기를 다시 마시게 되니 감각이 되살아나면서 통증이 느껴졌다. 꽤 멀리까지 끌려온 듯, 거의 호수 중앙에 가까워져 있었다. 현암은 헤엄치면서 왼발을 흔들어 보았다. 큰 상처를 입거나 잘린 것 같지는 않으나, 콕콕 쑤셨다. 아직도 현암의 왼발을 붙들고 있는 것이 있었다. 이제는 끌어당기고 있지 않았지만, 집요하게 매달려 있는 귀신을 향해 현암은 저주의 욕을 퍼부었다.

"이 지긋지긋한 놈! 완전히 없애 주마!"

현암이 오른손에 기공력을 모으려는데 문득 도혜 스님의 말이 떠올랐다. 마지막으로 그 귀신의 이야기도 들어 보라던…….

'그래, 어차피 승부는 갈린 것 같으니 은인이 당부하신 바를 어겨서는 안 되지.'

현암은 한편으로 헤엄치면서 오른손으로 흠뻑 젖은 옷 속에서 부적을 꺼냈다. 무엇으로 만들어졌는지 몰라도 부적은 물에 닿아도 젖지 않았다. 현암이 부적에 기공력을 가하자, 부적에는 저절로 불이 확 붙었다. 현암은 그 기운을 한 모금 들이켰다.

가지 마세요…….

현암의 귓전에 가냘픈 여자의 음성이 들려왔다. 현암은 주위를 두리번거리며 살폈으나 아무도 없었다. 지금 이 호수에는 자신 말고 다른 사람은 없다. 그렇다면 이 소리가 자신과 싸운 물귀신이 낸 소리란 말인가? 하지만 이 소리는 막연히 예상했던 피에 굶주린 귀신의 푸념이 아니라 너무나 가늘고 힘없는 애원의 소리였다. 현암은 흠칫하면서 귀에 온 신경을 집중했다.

가지 마세요, 제발! 날 이렇게 내버려두고…….

현암은 등골이 오싹했다. 이게 도대체 어떻게 된 일일까? 현암은 왼발에 매달린 것을 그대로 놔둔 채 물 밖으로 헤엄쳐 나가기 시작했다.

'이 요사한 것이 무슨 술수를 쓰는 모양인데, 내가 호락호락 넘어갈 것 같으냐?'

또 날 내버리고 가시면 안 돼요, 제발, 제발…….

현암이 헤엄을 치면서 버럭 소리를 질렀다. 부적을 사용한 것이 후회스러울 만큼 가련한 목소리라 마음이 약해지고 있었다.

"듣기 싫다! 썩 입을 닥쳐라!"

왜, 왜 날 구해 주지 않나요? 왜 나를 버리고, 그렇게 무정한 눈으로 보시는 거예요? 제발 그런 눈으로 보지 마세요. 가지 마세요…….

현암은 갑자기 허망한 기분이 엄습해 오는 것을 느꼈다. 이 귀신에게도 무슨 사연이 있었단 말인가? 무슨 일이 있었기에 저리도 가련한 호소를 한단 말인가? 아냐, 이건 거짓일 거야…….

내가 싫다면 싫다고 하세요……. 너무해요……. 왜 나를 이곳에 버리고 혼자 가시는 거예요? 가지 마세요……. 제발 그런 눈으로…….

현암은 온 힘을 다해 헤엄을 쳤다. 발에 매달린 것이 무엇인지 알고 싶지도 않았다.

가지 마세요……. 아아, 그런 눈은 싫어요……. 마지막으로 손이라도 한번 잡아 줄 수 없나요? 뿌리치지 말아요…….

발이 땅에 닿았다. 물 밖으로 뛰어나오면서 현암은 양손으로 귀를 막고 있는 힘을 다해 고함을 질렀다.

"그만해!"

사위가 적막해졌다. 현암은 충혈된 눈으로 숨을 헐떡이면서 귀를 막았던 손을 가만히 떼었다. 여자의 소리는 이제 작은 신음으로 변해 있었다. 현암은 듣지 않으려 애썼으나, 자꾸만 신경이 그리로 가는 것은 어쩔 수가 없었다.

이대로 가도 좋아요……. 그러나 마지막으로 손을…… 아아, 그런 눈은 싫어요……. 제발 뿌리치지 말아 줘요…….

현암은 헐떡거리면서 허리에 찬 태극패를 꺼내어 양손에 받쳐 들고는 힘겹게 발목께를 비췄다. 극한의 내력을 받은 태극패는 환한 빛을 뿌리면서 현암을 끌어들인 것의 정체가 무엇인지 똑똑히 보여 주었다.

그것은 영력에 의한 타격을 입어서인지 만신창이가 되어 있었다. 오른손이 날아가 버리고, 왼손이 반쯤 떨어져 있었다. 왼손에 딸린 것은 머리를 풀어 헤친, 현암이 악몽에서 대하던 바로 그 여자였다. 생전의 모습이 예쁠 것 같지는 않은, 윤곽이 가느다란 선병질(腺病質)적인 얼굴이었다. 구멍만 남은 두 눈에서 피 같은 눈물이 흐르고 있었다.

내가 싫다면 할 수 없어요……. 그러나 왜 이렇게까지 해야 하나요? 자꾸 떼밀지 마세요…….

현암은 여인이 겪은 일을 짐작할 수 있었다. 이 호수에서 살해 당했음이 분명했다. 자신이 좋아했던 어느 남자에 의해…… 그 남자는 아마도 여인이 마음에 들지 않았겠지. 그러나 여인은 떨어지려고 하지 않았을 것이다. 남자는 최후의 방법으로 인적 없는 호수로 여인을 유인한다. 아마도 배를 타고 호수 중앙까지 갔겠지.

그리고 물속으로 떠밀었을 터다. 허우적거리며 살려 달라고 애원하는 여인을 싸늘한 눈초리로 쳐다보며. 그러나 여인은 자신을 그렇게까지 만든 남자를 미워하기보다는 남자가 떠난다는 사실이, 자신을 바라보던 싸늘한 눈초리가 더 서러웠을 것이다. 여인의 영이 현암을 그 남자로 생각한 듯, 조금씩 움찔거리며 현암 쪽으로 기어 왔다. 퀭한 얼굴에 묘한 웃음을 띠면서…….

"아아, 이런 게 아니었어! 내가 싸우고자 했던 것은 이런 게 아니었다고!"

현암은 발악하듯이 밤하늘을 향해 소리를 질렀다. 눈물이 비 오듯 흘러내렸다. 자신은 무엇에 대해 복수를 하려고 했단 말인가? 연인에게 배신당해 죽어 간, 그러고도 자신을 죽인 자를 잊지 못해 손을 내밀고 있는 정신 나간 여자의 영혼에 대해서? 현아를 물로 끌어들인 것은 이 여인의 영혼이 저지른 소행임이 분명했다. 분명코 이 여인 때문에 현아는 숨을 거두었다. 그러나 이 혼령에게 복수를 한다고 무엇을 얻을 수 있단 말인가?

"으ㅎㅎ……."

현암은 무너지듯 주저앉았다. 정신 나간 여인의 영은 그런 현암을 올려다보고 있었다. 기공력이 실린 공격을 받아 만신창이가 되고, 아니 그 이전에 연인의 손에 목숨을 빼앗긴 가련한 여인…… 현암은 여인을 응징할 수가 없었다. 오히려 가련하다는 생각만이 밀려왔다. 아, 그러면 현아의 목숨은 누구에게 보상받는단 말인가?

울지 마세요……. 그리고 날 버리지 마세요…….

현암은 목을 놓아 울었다. 여인의 반쯤 잘린 왼손이 현암의 얼굴 쪽으로 올라왔다. 오랜 집념과 바람이 물리력으로 나타난 듯, 현암의 볼에 손의 촉감이 느껴졌다. 현암은 북받쳐 오르는 슬픔을 억누르지 못하고 여인의 손을 잡아 뺨에 비볐다. 여인의 흉한 얼굴에 미소가 떠올랐다.

가지 않으셨군요…….

현암은 이 여인에게 상처 입힌 것을 후회하면서 진정으로 미안한 마음이 들었다. 현암이 흐느끼면서 여인의 잘린 손목을 가만히 쓰다듬었다. 갑자기 여인의 몸에서 불길 같은 것이 일어나기 시작했다. 여인의 몸이 물에 썩은 형체를 벗어나 서서히 생전의 모습을 찾아가고 있었다. 현암은 눈물을 머금은 얼굴로 애써 미소를 지었다. 여인의 얼굴은 그리 예쁘진 않지만, 순진했던 옛날의 모습으로 돌아왔다. 현암이 다정한 목소리로 말하려 했으나, 자꾸 흐느낌이 섞여 나왔다.

"가지 않았어……. 이렇게 다시 왔잖아……. 이젠 편히 쉬어……."

여인의 얼굴에 환한 미소가 떠올랐다. 동시에 여인의 감촉이 사라지면서 몸 전체가 투명해지기 시작했다. 천천히 여인의 모습이 사라져 갔다. 그녀의 얼굴에 마지막으로 환한 빛이 떠올랐다고 생각한 순간, 여인은 가고 없었다. 현암은 고개를 숙이고 있었다.

속으로만 목을 놓아 우는 현암의 주변에서 다시 풀벌레 소리와 바람에 나뭇잎이 스치는 소리들이 섞여 들려왔다.

오빠…….

오빠, 잘했어…….

이건 내 운명이야. 그리고 오빠의 운명이기도 하고…….

이젠 오빠의 길을 가야 해…….

난 항상 오빠 곁에 있을 거야…….

언제까지나 영원히…….

현암은 눈을 떴다. 현아의 영상이 스쳐 지나고 있었다. 현아는 해맑게 웃고 있었다. 그것을 바라보는 동안 현암의 마음이 말끔히 개기 시작했다. 어느덧 해가 고개를 삐죽 내밀고 있었다. 현암은 가볍게 머리를 흔들었다. 저만치에 태극패와 구명조끼가 보였다.

그리고 저 아래 호숫가에 무엇인지 밀려와 있었다. 두 구의 시체였다.

"현아야!"

현암은 정신없이 그쪽으로 달려갔다. 많이 상했지만, 미소를 짓고 있는 듯한 여인의 시체와 이 년이나 지났는데도 생시와 전혀 다를 바 없이, 마치 잠든 듯 여인의 등에 업힌 현아의 시체였다.

"현아야, 현아야!"

현암의 눈에서 눈물이 솟구쳤다. 현아의 얼굴이 햇살을 받아 밝게 빛나고 있었다. 깨우면 금방이라도 부스스 일어날 것처럼…….

현암은 무릎을 꿇었다. 모든 것이 꿈이었으면, 깨고 나면 웃고 말 꿈이었으면…….

며칠이 지났다. 다시 호수를 찾은 현암의 손에는 두 봉지의 화장한 재가 들려 있었다. 현암은 더 이상 눈물을 보이지 않았다. 묵묵히, 현아와 알 수 없는 여인의 재를 바람에 실어 호수 위에 흩뿌릴 뿐이었다. 현암은 다짐했다. 모든 것을 숙명으로 받아들이기로…… 그리고 다시는 자신의 눈앞에서, 아니 세상에서 이런 일들이 일어나지 않게 하겠노라고 결심했다. 흩날리는 재 사이로 한빈 거사와 도혜 스님, 이름을 알 수 없는 여인과 현아의 얼굴이 떠올랐다. 그들은 모두 웃고 있었다.

귀검
월향

현암이 늘 지니고 다니는 칼의 이름은 월향이다. 작은 은장도 같이 생겼으나 비수처럼 양날을 가진 칼이다. 현암이 이 칼을 애지중지하며 가지고 다니는 것과, 또 작은 크기에도 불구하고 놀랄 만한 위력을 발휘하는 것을 보면서 승희는 칼의 내력을 몹시 궁금해했다. 승희가 월향에 대해 알고 있는 것은, 현암이 우연한 기회에 그 칼을 얻게 되었다는 것뿐이었다.[1] 승희는 궁금증을 이기지 못해 여러 번 투시를 해 볼까도 생각했지만, 현암이 신경질적으로 싫어했기 때문에 월향에 깃든 영혼에 대한 투시는 하지 않았다. 준후도 투시해 본 적이 없다고 했다. 현암이 그러지 말라고

---

[1]   현암이 월향검을 얻은 것은 박 신부와 준후를 만나기 이전이다. 구체적으로 말하면 월향검을 얻은 것은 1986년경의 일이고 박 신부와 준후를 해동밀교에서 만나게 된 것은 1989년경의 일이다. 현암이 월향검을 자유자재로 운용해 몸에 떼지 않고 다니게 된 것은 월향검을 가지고 오랫동안 수련하게 된 이후라고 할 수 있다.

했다는 것이다. 승희는 현암에게 이유를 물었지만, 현암은 나중에 말해 주겠다고 할 뿐 대답을 피했다. 그러던 어느 날 벼르고 벼르던 승희는 꼭 알아내고야 말겠다며 현암에게 끈질기게 달라붙었다. 몇 차례 거절하던 현암은 결국 승희의 고집을 꺾지 못해 한숨을 쉬고는 고개를 절레절레 흔들었다.

현암은 시선을 멀리 두고 생각에 잠겼다. 승희는 현암이 이야기를 말로 하기보다는 머릿속에 과거의 기억을 떠올림으로써 사실을 좀 더 생생하게 전달해 주려 함을 알았다. 승희는 현암의 머릿속에서 지나가는 영상들을 영화처럼 관람하기 시작했다.

덕산 마을…….

1980년대에 들어서도 전기가 들어오지 않는 깊은 산속의 덕산 마을 주민에게 밤은 막연한 두려움의 대상일 뿐 아니라 실질적인 공포의 시간이기도 했다.

해가 짙은 노을을 드리우며 대지에 잠기려 하자, 마을 사람들은 서둘러 집으로 발걸음을 옮겼다. 몇몇 장정들은 하던 일을 마무리하려고 손을 재게 놀리며 남아 있었지만, 그들마저도 해가 다 지기 전에 집으로 돌아갔다.

집에 있던 노인과 부녀자들은 버드나무며 복숭아나무 가지 등을 울타리에 부지런히 꽂았다. 소금을 뿌리거나 여인네의 속옷가지를 꺼내어 집 앞에 널기도 했고, 마당에 장작불을 피워 머리카락을 태우기도 했다. 횃불을 만들어 집 주위에 꽂아 놓는 광경도 보였다.

횃불은 한두 개가 아니고 수십 개나 되었다. 온 마을이 다가오는 밤을 두려워하면서 아우성을 치고 있는 것 같았다.

저녁 해가 넘어가는 마을 뒷산의 작은 비탈길을 한 청년이 걸어가고 있었다. 이십 대 후반으로 보이는 청년은 약간 큰 키에 마른 체격을 하고 있었고, 얼굴엔 짙은 고민의 표정이 서려 있었다. 머리는 가위로 썩둑썩둑 자른 것처럼 엉망이었고, 너덜너덜한 옷차림에 등엔 커다란 자루를 메고 있는 것이 여지없는 거지 행색이었다. 당시 현암은 도혜 스님과 헤어진 뒤 혼자서 수련에 몰두하고 있던 중이었다. 현암은 도혜 스님이 물려준 칠십여 년의 막대한 내력과 한빈 거사에게서 전수받은 파사신검이라는 비전의 검술을 연마하고 있었지만, 아직 그것을 활용할 수 있는 합당한 주술적 무기를 찾지 못하고 있었다.

현암은 잠시 길을 살폈다. 산비탈 아래로 불빛이 환히 비추고 있는 마을이 있었다.

"오늘은 저 마을에서 식량을 구해야겠군."

현암은 느긋한 걸음걸이로 마을을 향해 내려갔다.

현암은 고개를 갸웃거렸다. 마을의 분위기가 이상했기 때문이다. 완전히 어두워지지도 않았는데 왕래하는 사람이 전혀 보이지 않았다. 작은 구멍가게의 문들도 하나같이 닫혀 있고, 개 짖는 소리 하나 들리지 않았다. 사람이 살지 않는 마을 같았다. 그러나 사방에는 횃불이며 모닥불이 피워져 있고, 담장마다 나뭇가지가 꽂혀 있었다. 버드나무와 복숭아나무 가지였다. 둘 다 귀신을 몰아내는 힘이 있다고 민간에 알려진 나무들이었다.

'무슨 일이 있기에?'

현암은 궁금했지만, 물어볼 사람이 보이지 않았다. 어쨌든 수련을 계속하려면 빈 식량 포대를 채워야 했다. 현암은 막연히 마을 안을 떠돌고 있었다. 갑자기 한 집에서 소란스러운 소리가 들렸다. 현암은 호기심에 그쪽으로 발을 옮기며 들려오는 말소리에 귀를 기울였다.

"안 뒤야! 니 죽고 싶어 그러는 기여? 안 뒤야!"

"엄니, 이거 놔요! 내 고놈의 구신을…….."

귀신? 현암의 눈꼬리가 치켜져 올라가면서 얼굴에 싸늘한 분노의 빛이 돌았다. 현암은 혈기 왕성했고 성질도 급했다.

현암이 집 쪽으로 다가가자, 이번에는 "어이쿠!" 하는 비명과 함께 무엇인지 와르르 허물어지는 소리가 들렸다. 순간 푸른 불빛이 번쩍이더니 곧이어 여자의 울음소리와 아우성치는 소리가 섞여 들려왔다. 현암은 자루를 팽개치고 달리기 시작했다. 현암의 불끈 쥔 오른손이 허리께로 올라가자, 아지랑이 같은 기운이 주먹 부근에 어른거리며 모여들었다. 현암은 오른 손바닥을 펴서 사립문을 밀치고 집 안으로 뛰어들었다. 나무 기둥으로 얼기설기 엮은 문이 현암의 손바닥에 박살이 나면서 나뭇가지와 수숫대가 공중으로 튀어 올랐다. 마당으로 뛰어든 현암의 얼굴에는 놀라움과 분노의 기색이 번졌다.

앞마당은 온통 흐트러져서 난장판이 되어 있었다. 마당 한구석에는 중년 사내와 노인 남녀가 땅에 구르면서 신음을 내고 있었다. 그리고 마당 한가운데는 어린 소녀가 허공에 뜬 채 울면서 소리를 지르고 있었다. 소녀의 옷은 거의 찢겨져 있었고, 얼마 남지 않은 천 조각마저 떨어져 나가려 했다.

"이 고약한!"

현암은 노성을 터뜨리면서 공중에 떠 있는 소녀 앞으로 날아들었다. 그러자 정전기 같은 아찔한 기운이 현암의 몸을 순간적으로 밀쳐 냈다. 뒤로 밀려 난 현암은 한 바퀴 재주를 넘어 꼿꼿이 섰다. 현암은 옆에 있던 나무 막대기를 황급히 주워 들었다. 현암이 오른손에 힘을 집중하자, 마른 껍질들이 파파팍 튀어 나가며 하얀 나무의 속살만이 남았다. 거기에 아지랑이 같은 기운이 엉기기 시작했다.

"더러운 귀신 놈! 파사신검의 맛을 보여 주마!"

현암이 몸을 날려 소녀를 붙들고 있는 보이지 않는 색귀를 덮쳤다. 순간 소녀의 몸이 땅에 털썩하고 떨어졌다. 현암의 공격을 피하고자 색귀가 소녀를 놓은 것이다. 앞으로 돌진하는 현암의 막대기 끝에 무엇인가 스쳤으나, 정통으로 가격한 것 같지는 않았다. 표적을 잃고 앞으로 날던 현암은 한 발이 땅에 닿자, 몸을 활처럼 구부리고 앉은 자세로 뒤로 돌았다. 갑자기 마당 구석에 있던 괭이가 허공에 붕 뜨더니 현암을 내리쳤다. 현암은 몸을 뒤집으며 기공력이 깃든 나무 막대기로 괭이를 막았다. 괭이의 목이 칼에 베인 듯 잘리면서 괭이 날이 멀리 날아가 버렸다. 현암도 충격을 받고 기둥에 부딪쳤다. 지붕이 흔들흔들했다. 현암은 눈앞이 아찔했으나 정신을 수습하고 색귀가 있을 것으로 보이는 장독 쪽으로 막대기를 집어 던졌다. 그러나 막대기는 그냥 큰 독에 박혀 버리고, 거기서 약간 벗어난 왼쪽 싸리나무 담장이 와르르 무너지면서 뭔가 빠져나가는 소리가 들렸다.

"제길, 도망쳐 버렸군!"

이 광경을 쳐다보고 있던 세 사람은 멍하니 얼이 빠져 버렸다. 흉한 일을 당할 뻔했던 소녀는 땅에 주저앉아 흐느끼면서 얼마 남지 않은 옷가지로 몸을 가리고 있었다. 귀신을 잡겠다고 큰소리를 쳤던 중년 사내와 노파가 달려와 소녀를 감싸안았다. 소녀의 할아버지인 듯한 영감이 먼저 침착해지자 현암에게 말을 걸었다.

"아이고, 감사헙니다요! 다친 덴 읎으신가요?"

현암은 가볍게 목례를 하면서 몸을 일으켰다.

"예, 저는 아무 일 없습니다만, 귀신을 놓친 것이 아쉽군요."

"이 은혜를 어찌 갚아야 좋을지 모르겠구만유. 지 손녀를 구해 주시다니……."

"저는 그저 지나가던 사람입니다만, 아무래도 그냥 넘어갈 수가 없어서……."

"근디 워떻게 고런 흉물들 허고 싸우실 수가 있남유? 지들은 당최 뵈는 게 읎는디……."

서럽게 우는 소녀를 노파가 안으로 데리고 들어가자 사내가 다가와 현암에게 절을 했다.

"아이고, 하나밖에 읎는 딸을 구해 주시다니, 증말 고맙구먼유!"

"이러시지 마세요. 은혜랄 게 어디 있습니까?"

"아니, 근디 뭔 술수를 쓰셨기에 고 나무 막대기 하나루 구신을……."

"산에서 검술을 약간 수련했습니다. 지금도 수련 중인데 식량을 구하러 잠시 하산했다가 우연히 이곳을 지나던 길이었지요."

영감의 얼굴이 환해지면서 환호성을 질렀다.

"그러믄 도인…… 도인이시구먼유! 인제 우리 살았네! 살았어!"

"아직 도인은 못됩니다. 수련을 하고 있을 뿐이죠. 그런데 자세한 내막을 일러 주시지 않겠습니까? 못된 귀신 놈을 잡아서 도움이 되어 드렸으면 싶군요."

"아이고, 지발 우리 마을을 구해 주시유! 부탁이유!"

영감은 사내에게 눈짓하고는 현암을 방 안으로 데리고 들어갔다. 현암은 초라하기는 하지만 제법 내부가 정갈해 보이는 초가집 안으로 들어갔다.

현암은 급하게 차린 밥상을 받으며, 자신의 성을 전(全)이라 밝힌 영감이 곰방대를 뻐끔거리며 풀어놓는 마을 이야기를 주의 깊게 들었다. 영감의 아들이라고 자신을 밝힌 중년 남자는 구석에 앉아 있었고, 옆방에서는 노파의 달래는 소리와 소녀의 훌쩍거리는 소리가 들려왔다.

노파는 전 영감의 안사람이고 중년 남자는 일찍이 상처하여 외동딸만을 데리고 이 깊은 산중에서 화전을 일구며 살고 있다는 것, 그래도 자신의 가계는 예전에 꽤 지체가 있었던 양반 가문이었다는 의례적 이야기가 오가고 나서 본격적인 이야기가 시작되었다. 전 영감의 이야기는 꽤 조리가 있었다.

두봉산은 산세가 그리 크진 않지만, 보기보다 깊고 험준한 산이다. 그래서 예로부터 사람들은 곡절이 많은 산이라 했고, 곡절만큼이나 산짐승들도 많았다. 또한 이 터는 풍수지리로 보아 강한 기운을 품고 있어서 마을이나 절이 산속에 들어서질 못했고, 버스는커녕 전깃불도 구경하기 힘든 고장이었다. 그래서인지 사람보다 짐승을 더 좋아한 어떤 중이 이 산에서 혼자 살았다는 전설까지 남아 있었다. 덕산 마을은 두봉산의 한 자락에 외로이 자리한 마을로, 흔한 경운기도 하나 없이 아직 지게질이 일상적인 마을이었다.

이런 덕산 마을에도 가뭄에 콩 나듯 등산객이 찾아들었다. 그러나 의기양양하게 등정을 시작한 그들은 초주검이 되어 내려오거나, 아예 돌아오지 않는 경우도 있었다. 마을 사람들은 그들이 다른 곳으로 하산했을 거라고 애써 믿으려 했지만, 불안한 마음을 지울 수는 없었다. 혼비백산해서 내려온 사람들은 꽁무니가 빠져라 마을을 떠났다. 그들은 백주에 바위 위를 날아다니는 귀신을 보았다느니, 숲에서 번득거리는 수십 개의 눈동자를 보았다느니, 두 발로 서서 걸어 다니는 여우 떼를 보았다느니 하며 횡설수설했다. 물론 멀쩡히 돌아오는 사람들도 있었다. 그들에게 공통점이 있다면 두봉산의 여러 봉우리 중에서도 가장 험악한 회운봉 근처에는 가지 않았다는 것이었다. 마을 사람들은 회운봉에 두봉산의 산신이 산다고도 했고, 또는 천년 묵은 여우가 산다고 해서 아예 근처에도 가지를 않았다.

그런데 어느 때부터인가 요사한 일들이 벌어지기 시작했다. 워낙 해괴한 것들이라, 처음에 사람들은 쉬쉬하고 넘어갔기 때문에 정확히 그 일이 언제부터 시작됐는지를 알기 어려웠다.

현암이 전 영감에게 바짝 다가앉았다.

"해괴한 일이라는 것을 자세히 알려 주십시오. 아시는 대로요."

전 영감은 입맛을 쩝쩝 다시면서 담뱃대를 탁탁 털었다.

"그 일들이라는 게 워낙에 괴이하고 남우세스러운 것이라……."

"그래도 알아야 대처 방안을 생각할 수 있지요. 하나도 빼지 말고 아시는 대로만 말씀해 주십시오."

"그러시다면 말씀은 드리겠지만……."

사건은 평범한 농사꾼이던 세열이 절벽에서 뛰어내려 죽고, 세열의 정혼자였던 말숙이 우물가에서 목을 매달아 자살하면서부터 알려지게 되었다. 둘은 원래 혼인하기로 약속을 했던 사이였는데, 난데없이 하룻밤 사이에 둘이 자살을 하자 동네가 발칵 뒤집혔다. 이 괴변에 놀란 마을 사람들이 말숙의 어머니를 다그치자, 말숙의 어머니는 대성통곡을 하면서 깜짝 놀랄 이야기를 들려주었다. 밤마다 보이지 않는 누군가 들어와서는 말숙을 겁탈했다는 것이었다.

"보이지 않는 누구요? 그러면 아까 그 귀신 말인가요?"

"그류……. 말숙이 엄니도 딸헌테 그 말을 듣고 처음에는 믿지를 않았다는구먼유. 근디 하루는 말숙이 엄니가 직접 그 광경을 보았다는 거여유. 말숙이 몸이 공중에 떠설랑은 그냥…… 아까처럼 말이유."

"그러면 보이지 않는 힘이 산 사람을……."

"그류. 완전히 겁탈이었어유. 귀신이 아니라믄 워떻게 그럴 수 있었겠시유. 말숙이 온몸에 손바닥 모양의 멍 자국이 생기고 음부에서 피까지 흘렸다고 하는디, 당최 믿지 못할 일이지유."

"음……."

"그담부터는 그런 일이 도처에서 일어났지유. 그전에는 없던 일들이 말이유. 아마 말숙이가 자결하자, 그 귀신 놈이 다른 상대를 고르는 것 같았지유. 보다시피 이 마을은 손바닥만 한 곳이라 처녀들도 몇 안 되는디, 거기서도 여덟이나 변고를 당했으니 그런 난리가 어딨겠시유."

"경찰에는 말씀하신 적이 없었나요?"

"웬걸유? 몇 번이나 찾아가 봤었지유. 그러나 그놈의 경찰들이 하루이틀 정도 근무를 설 적에는 아무 일도 없고, 가고 나면 또 그런 일이 생기는 걸 워째유. 더구나, 그담에는 대낮인데도 산길을 타고 파출소에 알리러 가던 젊은 아이 하나가 온몸이 긁히고 찢겨서 신음하는 채로 발견되었지유. 부랴부랴 마을로 옮겼지만, 종내 죽고 말았시유. 담부터는 어디 누가 갈라고 하겠시유? 그려서 남들헌테 알리는 것도 못 하고 있지유."

"굿이나 치성을 드린 적은 없나요?"

"아이고, 왜 안 혔겠서유? 저기 동구 밖으로 나가믄 성황당이 하나 있는디, 거기다 치성을 드리면 마을 일들이 잘 풀리곤 했었지유. 근디 요즘은 그나마도 안 들을뿐더러, 성황당 근방에서도 전에 없던 요상한 일들이 허다하게 일어나지 뭐여유. 그리고 말숙이가 죽은 바로 뒤에 무당도 몇몇 불렀는디, 통 효험도 없고 무당 하나까지도 죽어 버렸지 뭐유……."

"예? 무당이 죽었어요?"

"말허긴 좀 민망하지만, 그 무당이 밤에 갑자기 숲으로 들어가더니 다음 날 옷이 갈가리 찢겨져 알몸뚱이만 남아서 난행당해 죽은 모습으로 발견되었지유. 그러니 우리가 뭘 워떻게 하겠서유? 다만 우리 식구가 당하지 않게 빌 뿐이지……."

"그런데 아까 성황당에서 이상한 일이 일어난다고 하셨는데, 어떤 일이 일어나는 겁니까?"

"글씨, 밤마다 당산나무 근처에서 여자 우는 소리가 들리고, 이상한 바람이 불고 안개도 서리고…… 그래서 요즘은 해가 진 다음에 성황당 근처로는 발도 들여놓지 못하지유. 물론 낮에는 많이들 가서 빌기도 허고, 돌탑도 쌓고 그러지만유. 마을 사람 중에는 성황님이 대노하셔서 그런 일이 벌어진다고 믿는 사람들도 있지유."

"그러면 영감님도 이 괴이한 일들이 성황당에 치성을 잘못 드려서 일어난 걸로 생각하시는가요?"

"글씨, 진 모르겠서유. 우리 같은 사람들이 뭘 알겠남유?"

"제 생각으로는 이런 일을 저지르는 귀신은 성황당에서 일어나는 일과는 무관하다고 봅니다. 일단 그 색귀가 여자들을 겁탈하고 다닌다면, 필경 남성, 적어도 양성 귀신인 것만은 확실하지요. 그런데 성황당 부근에서 여자의 귀곡성 같은 것이 들린다면, 그 성황당의 터주는 여성일 테니까요."

"아이고, 그러믄 귀신인지 뭔지가 둘이나 된다는 거여유? 한 놈만 혀두 삭신이 떨리는 판인디, 두 군데서나 괴이한 일이 벌어진다면 대체 워떻게 살 수 있단가유?"

"두 가지 이상한 일들이 관련이 있으리라는 법은 없습니다. 좀더 알아봐야 할 것 같군요. 영감님 혹시 그 성황당의 유래에 대해 아시는 것이 있습니까?"

"그건 지도 잘 몰러유."

"누가 알죠?"

"글씨, 저런 오래된 성황당에 무슨 내력이 없으라는 법은 없지만서두 그걸 아는 사람두 읎는 것 같구먼유."

현암은 골똘히 생각에 잠겼다. 한 마을에 전혀 다른 두 가지 이상한 일이 일어나고 있다니…… 그러나 성황당의 일은 그렇게 희귀한 일이 아니었다. 그보다는 이 마을에서 날뛰는 색귀의 일이 중요했다. 색귀는 심령 과학책에 빠지지 않고 나오는 흔한 현상 중의 하나였다. 문제는 현상 자체보다도 그런 일을 벌이는 존재의 정체나 나아가서는 그런 일이 일어나게 된 연유를 알아내는 데 있었다. 현암은 전 영감이 잠깐 언급한 여우 떼 이야기를 생각해 냈다.

"아까 여우 떼를 본 사람들이 많다고 하셨는데, 이 동네에 여우가 많이 나오나요?"

"요즘은 없지유. 젊었을 때만도 있었지만, 포수들이 많이 와서는 다 잡아 버렸지유. 아까 등산객들이 했다는 이야기는 아마도 헛것을 본 걸 거유. 눈 씻고 봐야 여우는 없어유."

"아무튼 색귀를 잡지 못했으니, 그놈은 언제라도 다시 나타날 겁니다. 그러니 빠른 시간 내에 더 이상의 피해자가 생기지 않도록 근본적인 대책을 마련해야 합니다. 일단은 관계가 없는 것 같지만, 혹시 모르는 일이니 성황당엘 가 봐야겠군요. 위치를 알려 주시겠습니까?"

"아니, 지금 가시겠다구유? 아이고, 귀신이 나타나면 워쩌시려구? 내일 날이 밝으면 가시도록 허세유."

"아닙니다. 내친김에 가야죠. 그런데 영감님, 혹시 칼을 하나 얻을 수 없을까요?"

"칼?"

"예, 아무래도 녀석을 상대하려면 무기가 있어야 할 것 같아요."

"이 산중 마을에 무슨 칼이 있겠시유. 부엌칼이라믄 모를까."

"그런 것을 무기로 쓸 수는 없죠. 그러면 단단한 쇠막대기라도 구할 수 있을까요?"

"그거야 있지유. 아마 헛간에 가면 있을 거여유."

현암이 헛간에서 쇠막대기 두 개를 주워 들고 전 영감이 일러 준 성황당이 있는 곳으로 발걸음을 옮겼다. 사위가 칠흑같이 어두 웠고, 성황당으로 가는 길은 꼬불꼬불하니 꽤 험했다. 현암은 긴 장을 늦추지 않고 오른손에 쇠막대기 하나를 들고 왼손에는 태극 패를 꺼내어 들고 다른 하나의 쇠막대기는 허리춤에 찔러 넣어 두 었다. 태극패는 과거 한빈 거사가 물려준 것으로, 뒤에 붙은 동경 에 기공을 실어서 비추면 영의 형체를 볼 수 있었다.

현암의 귀에 비명이 들려왔다. 째질 듯한 여자의 비명과 남자의 겁에 질린 소리였다. 현암은 소리가 들리는 방향으로 재빠르게 달 렸다. 숨을 헐떡이며 우거진 나뭇가지를 헤치자 눈앞에 놀라운 광 경이 펼쳐졌다. 젊은 여자 하나가 주저앉아 비명을 지르며 울고 있었고, 한 청년이 공중에 떠서 역시 소리를 질러 대고 있었다. 둘 다 알몸이었다. 한쪽에 옷가지가 잘 쌓여 있는 것으로 보아, 아마 도 은밀한 곳에서 만나 밀회를 나누던 중인 듯했다. 청년은 허공 에 떠서 보이지 않는 누군가로부터 철썩철썩 따귀를 얻어맞고 있 었다. 현암은 순간적으로 그 귀신이 색귀와 동일한 존재라고 단정 했다. 현암은 태극패에 기공을 집중하여 귀신이 있을 곳을 비추 고 크게 소리를 지르면서 청년의 뒤를 덮쳤다. 태극패에서 희미한 푸른빛이 돌자, 현암은 태극패에 박혀 있는 동경으로 청년의 뒤를 비추어 보았다. 동경에는 희미하게 여자의 형체가 반사되어 보이 고 있었다. 현암은 상대가 여자인 것을 보고 당혹했지만, 어쨌거나 쇠막대기에 기공을 집중하여 영이 있는 곳을 후려갈겼다.

쨍! 하는 소리와 함께 기공이 실린 쇠막대기가 삼분의 일쯤 잘려 나갔다. 현암은 놀라서 두어 걸음 물러섰다. 도대체 보통의 쇠막대기도 아닌 기공력이 실린 쇠막대기를 잘라 버리다니? 그건 일반적인 영력으로는 불가능한 일이었다. 가만 보니, 청년의 등 뒤에 번쩍거리는 작은 것이 떠 있었다. 얼른 태극패의 동경으로 비추어 보니, 여자의 영은 눈 하나 깜짝 않고 청년의 뒷덜미를 잡고 서 있었는데, 한 손에 작은 물건이 들려 있었다.

'영력을 물건에 넣어서 쇠막대기를 잘라 냈구나! 그렇다면 저것은 칼?'

현암이 태극패의 동경을 다시 보려는데, 청년의 몸이 풀썩 땅에 떨어졌다. 청년은 기절한 상태였다. 뒤쪽에 있던 처녀가 갑자기 몸을 뒤틀기 시작했다. 언뜻 보니 처녀의 손에 그 작은 물건이 들려 있었다. 그것은 작은 은장도만 한, 양쪽에 날이 선 비수였다. 지금 여자의 영은 재빨리 자리를 옮겨 처녀의 몸에 빙의하려는 것이 분명했다. 그렇게 되면 현암이 상대하기가 더 곤란해진다. 알몸의 처녀를 제대로 쳐다보기도 어려운 판에 맞붙어 싸우기는 더더욱 어려웠다. 현암은 태극패에 기공을 주입하여 처녀의 머리 위로 던졌다.

태극패에 파사의 기운이 있으니, 분명 효력을 볼 것이라 생각했다. 그러나 장도를 쥔 처녀의 손이 치켜 올라가자 태극패는 칼에 차단당하여 그만 땅에 떨어지고 말았다. 현암은 놀라서 어찌할 줄을 몰랐다. 한빈 거사의 태극패는 악에 대해 철저한 저항력을 가지고 있는데, 저렇게 아무 힘을 발휘하지 못하다니…… 완전히 빙의가 끝난 듯, 처녀의 얼굴이 변하기 시작했다. 처녀의 어리숙한 얼굴이 서른 살쯤 된 얼굴로 변하고, 눈이 크게 벌어지며 눈썹이 위로 치켜 올라갔다. 얼굴색은 납처럼 창백했다. 그러나 생전에는 미인 소리를 들었을 법하게 고운 자태가 남아 있었다. 현암은 정신을 가다듬고 소리를 쳤다.

"너는 누구냐? 왜 이런 짓을 하는 거지?"

여자는 대답하지 않았다. 그러기에 앞서 옆에 있던 옷가지를 끌어다가 몸을 덮는 것이었다. 현암은 어이가 없었다. 색귀인 주제에 부끄럼을 타는 것도 아닐 텐데…… 몸을 가린 여자가 현암을 쩨려보았다. 눈빛이 하도 강해서 뒤로 물러설 뻔했던 현암은 심호흡하고 배짱 좋게 외쳤다.

"대답해, 색귀! 안 그러면 혼을 내 줄 테다!"

여자의 눈빛이 장난스럽게 변하더니 깔깔 웃는 듯한 표정을 짓고는 다시 화난 표정으로 돌아갔다. 처녀의 몸에 빙의되었으니 말도 할 수 있을 터인데 소리를 내지 않는 것이 이상했다. 현암은 의아한 생각이 들었다. 분명 여자의 영인데 여자들을 덮친다는 것은 아무리 사람이 아닌 영의 일이라도 어딘가 어색한 구석이 있었다. 또 힘을 쓰는 형태는 언뜻 비슷해 보이지만, 이 여자의 영은 전 영감의 집에서 싸웠던 색귀와는 달리 푸른 불꽃이 일어나지 않았다. 현암은 눈앞의 여자를 꼭 그 색귀라고 단정 지을 순 없었지만, 다

그쳐서 알아봐야겠다는 생각을 했다.

"너는 누구냐? 왜 말을 안 하지?"

여자는 여전히 장난스러운 표정을 짓고 있었지만, 한편으로 우울함이 깃들어 있었다. 여자가 입을 다문 채 고개를 옆으로 살짝 흔들었다.

'어라? 저런, 말을 하지 못하는 여자였구나.'

현암은 미안한 생각이 들었다. 살아생전에 말을 할 줄 모르는 사람이 이렇게 지박령이 되었다면, 빙의가 되어도 말하는 법을 모를 수 있으니까. 그것이 사실이라면 살아생전에 얼마나 고달팠을까?

여자가 잠시 현암을 쳐다보더니 표정이 부드럽게 변했다. 현암의 생각을 읽은 모양이었다. 현암은 헛기침을 하고는 다시 입을 열었다. 눈앞에 자신이 그토록 미워하던 귀신이 있는데도 왠지 다른 때처럼 증오심이 들지 않았다.

"그 칼은 뭐지?"

여자가 손가락을 뻗어 땅에 글자를 썼다.

월향(月香).

"월향? 칼의 이름인가?"

여자는 살풋 웃는 표정을 지었다. 현암이 멀뚱히 질문만 해 대는 것이 좀 우스운 모양이었다. 현암은 월향이라는 이름이 칼의 이름일 뿐 아니라 혹시 저 여자의 이름은 아닐까 상상해 보았지만, 여자는 표정에서는 다른 것을 읽을 수 없었다.

"그런데 왜 저 남자를 괴롭혔지?"

여자의 얼굴이 매섭게 변하더니 손을 들어 아직 흩어져 있는 청년의 옷가지들을 가리키고 다시 성황당을 가리켰다. 그러면서 얼굴을 붉혔다.

'아하, 청년과 처녀가 여기서 그런 짓을 한 것에 대해 화가 난 게로군.'

"그거야 이해해 줄 수도 있는 것 아닌가? 그걸 구태여……."

현암이 기절한 남자의 변명을 해 주려고 하는데, 여자가 머리를 양손으로 감싸고 미친 듯 고개를 옆으로 저었다. 갑자기 사방에서 광풍이 일어나고 나뭇잎들이 흩날렸다. 엄청나게 강한 거부의 표시였다. 현암은 투시나 영사를 행할 수 없었지만, 여자의 표정 속에서 어렴풋이 고통의 감정을 읽을 수 있었다. 왠지 이 여자의 영이 가엾다는 생각이 들었다.

이건 아무래도 묘한 경우였다. 싸우기는커녕 귀신과 넉살 좋게 이야기를 나누고 공감을 할 수 있다니…… 현암은 갈수록 여자의 영에 대해 호기심과 친근감이 느껴졌다. 더불어 투쟁심은 어느덧 사라지고 없었다.

"미안, 미안하다. 뭔가 사연이 있었나 보군."

여자가 동작을 멈추고 현암을 쳐다보았다. 눈빛에 고통과 슬픔, 그리고 얼음 같은 싸늘함이 뒤엉켜 있었다.

"오해해서 미안하다. 그런데 이 마을에서 자꾸만 이상한 일들이 벌어지고 있어. 알고 있나?"

여자가 고개를 끄덕였다. 눈초리에 격렬한 분노가 서려 있었다.

"너는 주로 성황당에 붙어 있겠지?"

여자가 고개를 끄덕였다.

"그놈의 정체는 뭐지? 그리고 그놈이 그런 짓을 하고 있는데, 네가 마을 사람들의 치성을 받는 성황으로서 그 일을 막을 용의는 없었나?"

여자의 얼굴이 흐려졌다. 여자가 두 손을 앞으로 내밀더니 다시 손을 힘없이 떨구었다.

"힘이 모자란다고? 아니, 너 정도의 힘이라면……."

여자가 고개를 휘휘 저었다. 더럽고 추한 것을 떨쳐 버리려는 몸짓 같았다. 현암은 대강 이해할 수 있었다. 색귀는 분명 성황의 터주로 있는 여자의 영과는 다른 존재였다.

이 여자의 영은 살아생전에 어떤 성적인 이유로 깊은 원한을 품고 죽은 것이 분명했다. 저 청년을 마구 골려 준 것을 보면 증오심이 얼마나 깊은 것인지 짐작할 수 있었다. 마찬가지 이유로 이 여자의 영은 색귀가 저지르는 일을 알고 있음에도, 그것에 간섭하지 않는 것이라는 생각이 들었다. 그런 지저분한 일에 끼는 것 자체가 본능적으로 마음에 들지 않는 것이다.

현암이 생각하는 동안 그 여자는 가만히 현암의 얼굴을 쳐다보고 있었다. 현암이 소리를 질렀다.

"내 생각이 맞나? 정말 그래?"

여자가 고개를 끄덕였다. 좀 켕기는 눈빛이었다. 현암은 화가 울컥 솟아올랐다.

"에잇, 바보 같으니!"

여자의 눈이 크게 벌어졌다. 이해하지 못하겠다는 표정이었다.

"네가 그런 일로 원한을 품고 성황신으로 남았다면, 당연히 앞으로는 그런 일이 일어나지 않도록 막아야 할 텐데 더러워서 피해?"

여자의 얼굴이 빨갛게 달아오르면서 무섭게 화난 표정이 되었다. 성질이 치민 현암은 말을 멈출 수가 없었다. 그것은 현암 자신에게 하는 말이기도 했다. 무력하게 동생을 잃고 복수심만을 키우던 과거의 현암 자신에게 말이다.

"그런 색귀가 돌아다니는데 보고만 있을 거냐? 힘이 없는 것도 아니고, 네가 그토록 원한이 깊은 데도, 다른 사람들 일이니까 괜찮다는 거야? 너희들도 한번 당해 봐라 이건가?"

여자의 손에서 월향이라는 칼이 휙 하고 날아왔다. 무서운 기세였다. 현암은 자신의 말에 이렇게까지 화를 내는 여자의 성질이 고약하게 느껴졌다. 일단 칼을 피했다. 칼은 다시 호선을 그리며 돌아왔다. 현암은 이번에는 피하지 않고 쇠막대기에 순간적으로 기공력을 실어 날아오는 칼을 후려갈겼다. 쨍하고 불똥이 튀면서 현암의 손아귀가 뻐근해졌다. 쇠막대기가 자루부터 부러져 나가고 날아오던 월향검도 뒤로 떨어졌다. 여자는 마치 자신이 얻어맞은 것처럼 크게 비명을 질렀다. 현암은 앞에 떨어진 칼을 집으려다가 놀랐다. 그리고 확인 삼아 허리춤에 차고 있던 쇠막대기를 꺼내 땅에 떨어진 칼을 쿵 찔어 보았다. 그러자 또 다시 여자가 처참한 귀곡성을 울렸다.

'이 칼과 저 여자의 영은 서로 통하는구나. 대체 어떤 사연이 있기에……'

현암은 월향검을 집어 들었다. 십오 센티미터밖에 안 되는 작은 칼이었다. 퍽 오래돼 보이는 칼이었지만 여전히 반짝반짝 광이 나 있었고, 손잡이에는 세밀한 조각이 칠보로 수놓아져 있었다. 한 귀퉁이에는 조그맣고 예쁜 필체로 〈月香〉이라는 두 글자가 새겨져 있었다. 현암은 여자를 쳐다보았다. 여자는 얼굴이 빨개져서 이를 악물고 현암을 쳐다보고 있었다. 여자는 아픈 듯이 어깨를 문지르고 있었다. 혼령이 통하는 물건을 기공력이 실린 힘으로 때렸으니 그럴 법도 했다. 현암은 직접 여자를 때리기라도 한 것 같아 민망한 기분이 들었다. 하긴 자신이 심한 말을 한 것도 사실이었다. 친근감이 드는 영이었는데 두들겨 패기까지 하다니…… 그러고 보니 여자가 칼을 날린 것도 현암을 해칠 뜻이 있었던 것은 아닌 듯했다. 아마 피하지 않았어도 칼이 자신을 맞추지는 않았을 거라는 생각이 들었다. 현암은 울적한 기분이 들어서 한숨을 내쉬며 여자에게로 칼을 던져 주었다. 여자는 놀란 표정으로 그 칼을 받았고, 현암은 외면한 채로 말했다.

"미안해. 앞으로는 사람들을 놀라게 하지 마……. 이제 가 봐."

여자가 의아한 표정을 지었다. 그러더니 서서히 시골 처녀의 몸에서 빠져나가기 시작했다. 시골 처녀의 얼굴이 점점 본래의 모습을 되찾아 가면서 앞으로 푹 쓰러졌다. 월향검은 반짝거리면서 보이지 않는 여자 영의 손에 들려 성황당 뒤로 돌아갔다. 현암은 깊은 한숨을 내쉬면서 그때까지 정신을 잃고 있는 청년과 처녀를 흔들어 깨웠다.

현암은 처녀와 청년에게 그들이 정신을 잃고 있는 동안 일어난 일에 대해서는 아무런 말도 하지 않았다. 다만 앞으로는 이곳 주위에서는 요상한 짓을 하지 말라고 타이르고, 성황당은 영험한 곳이니 무슨 일이 있으면 치성을 드리라고 했다. 그 말을 듣자 둘은 허겁지겁 성황당에 절을 하면서 잘못을 빌었고, 현암은 그런 그들의 순진한 모습을 미소 지으며 바라보았다. 그들은 곧 결혼할 사이였는데, 마을이 하도 소란스러워 식을 올리지도 못하고 그런 짓을 했노라고 말하며 몹시 부끄러워했다. 현암은 그저 웃을 수밖에 없었다.

마을로 돌아온 현암은 전 영감의 부탁으로 이틀을 더 집에서 묵었다. 그사이 회운봉을 두 번이나 올라가서 살폈지만, 등산객들의 말과는 달리 이상한 것은 눈에 띄지 않았다. 단지 계곡에 있는 어느 동굴에서 오래된 낙서 같은 것을 보고 놀랐을 뿐이었다. 사람과 동물을 그린 그림이었는데, 오래되고 솜씨가 조잡해서 잘 알아볼 수가 없었다. 그러는 동안 마을에서 아무런 일도 일어나지 않자 현암은 조급해지기 시작했다. 빨리 색귀를 찾아내서 물리쳐야 산속으로 가서 수련할 수 있을 터인데, 이렇게 마냥 기다리고 있자니 울화통이 치밀지 않을 수 없었다. 그러나 하루가 더 지나고 마침내 일이 터지고야 말았다.

색귀가 전 영감의 손녀딸인 순례를 다시 덮친 것이다. 월향과의 싸움에서 쇠막대기로는 무기가 될 수 없다는 것을 깨달은 현암이 저녁 무렵 엉성하나마 검을 하나 만들어 볼까 하여 대장장이인 최 영감에게 가 있는데, 전 영감이 헉헉거리며 달려왔다.

"아이고, 왔시유! 또 그 귀신이유!"

"예? 이런! 어딥니까?"

"우리 집이유! 아이고, 어서 서둘러 주시유! 우리 아들이 대들다가 뭇매를 맞고 나만 간신히 도망쳐 나왔시유!"

현암은 전 영감의 집으로 달음질쳤다. 막 사립문을 밀고 들어가는 순간, 현암의 뒤통수에 큼지막한 돌멩이가 날아와서 명중했다. 현암은 뒤통수에 피를 흘리며 그 자리에 쓰러져 버렸다. 현암의 눈앞에서 전 영감의 손녀 순례가 울면서 허공에 떠오르고 옷이 찢겨 나가고 있었다. 그런데 색귀가 한 녀석이 아닌 듯했다. 몸을 일으키려 해도 무엇인가 현암을 위에서부터 잡아 누르고 있었다. 저만치에는 전 영감의 아들이 마당 구석에 옴짝달싹 못 하고 눌려 있었다. 순례는 소리 지르려 하고 있었지만, 누가 틀어막고 있는 듯 입 모양을 일그러뜨린 채 아무 소리도 내지 못하고 있었다. 현암이 이를 악물고 기공을 끌어올렸다.

"이얍!"

현암이 오른손에 힘을 모아 땅바닥을 힘껏 치자 땅이 세 치쯤 움푹 패면서 현암의 몸이 공중으로 치솟아 올랐다. 그 바람에 현암을 누르고 있던 힘이 나가떨어지면서 장독 하나가 요란스럽게 부서져 버렸다. 현암은 오른손에 힘을 가하여 장독 주위를 갈겼다. 보이지는 않지만 무엇인가 정통으로 부딪치는 느낌이 왔다. 그놈은 마치 짐승처럼 "캥!" 소리를 내고는 허물어져 버렸다.

'응? 이놈들은 사람이 아니구나!'

여우 소리였다. 현암은 태극패를 꺼내어 마당 구석에 눌려 있는 전 영감 아들의 머리 위로 던졌다. 또다시 퍽 하는 소리와 함께 여우의 외마디 비명이 들렸다. 틀림없는 여우였다. 현암이 몸을 돌려 순례 쪽으로 달려갔다.

"이런 고약한 것들! 짐승 주제에!"

현암이 노성을 지르자 집이 쩌렁쩌렁 울렸다. 막 일을 당할 참이던 순례의 몸이 털썩 땅에 떨어지면서 요사한 웃음소리가 들려왔다.

킬킬킬······.

현암은 얼른 손을 뻗어 순례를 끌어당겼다. 순례의 아버지가 순례를 받아 안았고, 전 영감이 헛간에서 쇠막대기를 찾아서 현암에게 던져 주었다. 현암이 공력을 가하자 쇠막대기가 웅 하는 소리를 냈다.

"너는 웬 놈이냐? 보아하니 네놈은 사람인 것 같은데?"

킬킬킬······ 제법 재주가 있는 놈이로구나.

순간 현암의 등을 향해 뭔가 획 날아들었다. 재빨리 고개를 숙여 피하고 보니 낫이었다. 현암은 섬뜩했다. 분명 목소리는 앞에서 들렸는데, 일당이 또 있단 말인가? 이번에는 현암의 옆에서 돌멩이가 날아왔다. 현암이 쇠막대기로 받아치자, 돌멩이는 허공에서 가루가 되어 버렸다.

"고약한 놈, 정체를 밝혀라!"

킬킬킬…… 멍청한 놈…….

흉악한 웃음소리가 멀어지고 있었다. 현암은 뒤를 쫓으려 했으나, 육중한 힘이 어깨를 후려갈기는 바람에 풀썩 주저앉고 말았다. 경맥이 막혀 있어서 위력이 제대로 나오지는 않았지만, 그래도 현암의 몸에는 도혜 선사가 물려준 막강한 내력이 있어서 주저앉는 정도로 자기 몸을 보호할 수 있었다. 보통 사람이었다면 즉사하거나 어깨가 떨어져 나갔으리라. 현암은 고통을 참으며 자신을 내려친 놈을 향해 쇠막대기를 깊숙이 찔러 넣었다. "크아앙!" 하는 짐승의 비명과 무엇인지 땅에 풀썩 엎어지는 소리가 들렸다. 이것은 여우가 아니라 곰의 울음소리였다. 어깨를 내려친 놈도 분명 곰이 후려갈긴 정도의 위력이었다. 현암은 다급하게 소리를 질렀다.

"이런, 산속에 살던 동물들이 모두 귀신이 되어 내려왔구나!"

전 영감은 그 소리를 듣고 입을 벌리면서 고함을 질렀다.

"저, 저런! 중이로구나! 전설로 내려오던 짐승을 부리는 중!"

현암은 전 영감에게서 얼핏 들었던 전설을 생각해 냈다. 사람보다 짐승을 좋아하여 산속에서 짐승과 함께 살았다는 중…… 중이라는 말 때문에 현암은 색귀와 관련이 없을 것으로 여겨 그냥 지나쳤었다. 그런데 짐승들의 영을 부린다면…… 그렇다면 저 색귀는 엄청나게 오래된 귀신이 틀림없다.

"영감님, 그 이야기를 들려주세요!"

현암이 또 달려드는 짐승의 귀신을 쇠막대기로 후려갈기면서 소리를 질렀다. 전 영감은 마당 한 구석에 쪼그리고 앉아 벌벌 떨면서 말을 더듬고 있었다. 현암은 정신없이 쇠막대기를 휘저으면서 다시 소리를 쳤다.

"어서요! 알아야 대응을 할 수 있어요!"

"그 중은…… 파계승이라고 했는데…… 한 백 년, 백 년 전쯤……."

전 영감의 떠듬거리는 이야기가 너무 답답했다. 건너편 집에서 여자의 비명이 들렸다. 현암은 당황했다.

"이런, 나를 여기 잡아 놓고 다른 집을 노렸구나!"

현암은 몸을 솟구쳐서 사립문을 산산이 부수면서 뛰어나갔다. 마을은 온통 아수라장이 되어 있었다. 보이지 않는 온갖 짐승의 영들이 살았을 때와 똑같은 힘으로 날뛰고 있었다. 마을 사람들은 공포에 질려 이리저리 도망 다녔다. 짐승들의 수효는 언뜻 헤아려 보아도 삼십 마리 이상은 될 듯싶었다. 놈들을 일일이 상대할 수는 없었다. 어디까지나 두목인 색귀를 잡아 버리는 것이 중요했다.

현암은 옆집의 수수깡 벽을 뚫고 들어가면서 허공으로 떠오르는 여자의 앞에다 쇠막대기를 던졌다. 그러나 쇠막대기는 마치 바위에 부딪히기라도 한 것처럼 쨍하는 소리를 내더니 땅바닥에 떨어졌다. 현암은 멈추지 않고 몸을 굴리면서 기공력을 오른손에 실어 허공을 갈겼다. 퍽 하는 소리와 함께 현암의 손목이 뻐근해졌다. 싸늘하고 단단한 감촉이 꼭 바위를 친 것 같았다.

'바위? 그렇다면 놈은 몸이 돌로 돼 있단 말인가? 아니, 아니다! 그 그림!'

현암은 회운봉에서 발견했던 그림을 떠올렸다. 그러니까 그 그림은 중이 죽기 전에 그려 놓은 것이 분명했다. 그리고 지금 날뛰고 있는 동물들도 바위 벽의 그림에 그려져 있던 것들일 테고, 이것들이 어떤 주술을 통해 형상화되어 악행을 저지르고 있음이 확실했다.

"이놈! 이제 네놈의 정체를 알았다! 내 당장 바위로 가서 모조리 부숴 버릴 테다!"

현암이 일갈하자, 이상한 파동이 느껴졌다. 현암의 위협에 당황하는 것 같았다. 현암은 자신의 추측이 맞았음을 확신했다. 이 색귀는 처음엔 짐승들을 키우며 산속에 칩거하다가 어떤 계기로 여자를 접한 이후에 색에 푹 빠졌을 것이다. 그렇게 완전히 파계의 길로 치달아, 그동안 닦았던 주술력을 부려서 죽은 후에까지 못된 짓을 일삼는 것이 분명했다. 색귀가 음산한 소리를 냈다.

이 우라질 놈, 내 앞을 가로막는 놈은 가만두지 않는다!

색귀가 푸르스름한 빛을 발하면서 용을 쓰는 듯하더니, 전기와 같은 강력한 힘이 현암에게 부딪혀 왔다. 현암은 단전에 힘을 넣고 정통으로 맞섰다. 푸른 불빛이 튀면서 현암의 몸이 뒤로 밀려 났다. 오른손에 힘을 모아서 자기를 밀어 내는 색귀를 힘껏 후려쳤으나, 단단한 돌을 치는 느낌이었다. 현암은 실수했다는 것을 깨달았다. 현암의 몸에서 기공력이 제대로 소통되는 곳은 오른손과 하단전뿐이었다. 색귀는 약점을 눈치챈 듯, 현암을 얼싸안아 꼼짝 못 하게 붙잡아 버렸다. 지금 현암에게는 무기도 없었다. 태극패는 전 영감의 아들을 구하느라 던져 버렸고, 쇠막대기마저도 떨어뜨리고 없었다. 아무리 기공력을 모았다고는 하지만 맨손으로 바위를 치기는 무리였다. 커다란 돌덩이 같은 힘이 현암의 등을 강타했다. 기공으로 보호하고는 있었지만, 양쪽의 힘 사이에 끼이자 현암은 "컥!" 하고 숨이 막혔다. 색귀가 부리는 모든 짐승 귀신들이 현암을 공격하는 듯했다. 현암은 유일하게 자유로운 오른팔을 휘둘러 몇 놈을 뿌리쳤지만, 놈들은 쉴 새 없이 사방에서 현암에게로 달려들었다. 또다시 뒤에서 타격이 왔다. 멧돼지 같았다. 현암은 기혈에 충격을 받고 피를 울컥 토했다. 그 광경을 본 마을 사람들이 비명과 고함을 지르면서 달려들어 호미며 낫을 허공에 대고 휘둘러 댔지만, 영력이 깃들지 않은 농기구들은 헛되이 영들을 통과해 버릴 뿐이었다.

맛이 어떠냐? 킬킬킬…… 저번에 네놈과 겨루고 나서 바위의 기운을 몸에 넣었다. 이제 너 따위는 상대가 안 돼!

눈앞이 침침해졌다.

그때 이쪽으로 달려오는 어떤 여자의 모습이 보였다. 성황당에서 총각과 함께 수모를 당한 처녀였다. 그녀의 손에는 반짝이는 월향검이 들려 있었다. 그러고 보니 그녀의 얼굴은 성황당에서 만났던 친근한 여자 영의 얼굴을 닮아 있었다. 상황이 위급해지자, 처녀가 성황당으로 달려가 빌었고, 거기에 깃들어 있던 여인의 영이 빙의되어서 도우러 온 것이었다.

현암은 반가움에 눈물이 핑 도는 것을 느꼈다. 그러나 자신을 둘러싼 동물령과 색귀가 현암의 몸을 붙들고 놓아주지 않았다. 몇몇 동물령이 현암을 떠나 여인에게로 달려들었다. 여인이 월향을 뽑자 서늘한 검광이 번쩍였다. 동물령들은 요란한 소리를 내면서 시골 처녀의 몸에 씌어 있는 여인의 영을 공격했다. 월향검은 무서운 빛을 번득이며 휘둘러지고 있었지만, 동작이나 힘이 엉성했다. 마구잡이로 휘둘러 댈 뿐이어서 몇 놈에게 상처를 주는 것이 고작이었다. 현암은 안타까웠다.

'저 칼…… 저 칼을 쥘 수 있다면…….'

다시 옆구리에 강한 충격이 왔다. 어지간한 현암도 비명을 올릴 수밖에 없었다. 내상을 입은 듯, 목구멍에서 검붉은 피가 흘러나왔다. 갑자기 현암을 잡고 있던 힘이 풀리자, 현암은 마치 헝겊 인형처럼 그 자리에 쓰러져 버렸다. 아직 의식을 잃지는 않았고 기공력도 남아 있었지만, 극심한 충격에 제대로 서 있을 수가 없었다.

월향검을 휘두르면서 동물령과 대적하고 있던 여인이 당혹한 표정을 지으면서 뒤로 물러서기 시작했다. 눈꼬리가 파르르 떨리고 있었다. 그 모습을 본 현암의 등줄기에 식은땀이 흘러내렸다. 색귀가 여인의 영에게 흑심을 드러내고 있었다.

킬킬킬…… 저런 미인이 있다니. 그것도 다른 계집의 몸을 타고 있구나!

마침 잘 됐다! 킬킬킬······.

동시에 동물령들이 사방으로 흩어져 마을 사람들을 몰아붙이기 시작했고, 색귀가 조금씩 여인에게로 다가가고 있는 듯했다. 여인의 얼굴이 차갑게 굳으면서 월향검에서 날카로운 광채가 뿜어져 나와 서서히 엉겼다. 간신히 고개를 돌린 현암은 그 광경에 자신의 눈을 믿을 수가 없었다.

'저것은, 저것은 검기다! 도혜 스님의 칠십 년 내력으로도 간신히 맺을 수 있었던 검기가······.'

여인은 검술에 대해 아는 바는 없었으나, 지금 이 순간 자신과 혼령이 통하는 작은 칼에다 스스로의 집념과 의지, 원한을 몰아넣고 있었다. 그래서 작은 칼에 전설상으로만 내려오던 검기가 맺힌 것이다. 현암은 과거 한빈 거사에게서 검기가 맺히는 시범을 볼 수 있었고, 현암 스스로도 혼신의 공력을 다하면 칼에 반 자 정도의 검기를 맺게 할 수 있었다. 그러나 보통 칼은 그 정도의 기공력을 밀어 넣으면 산산이 조각나 버리곤 했다.

현암은 몹시 안타까웠다. 애써 기공력을 돌리자, 오른팔만 간신히 움직일 수 있었다. 현암은 힘들게 기어서 색귀와 여인이 있는 쪽으로 접근하기 시작했다. 목구멍에서 피가 솟구치고, 갈비뼈가 부러졌는지 움직일 때마다 고통이 극심했다. 여인의 영은 활활 타는 눈으로 색귀를 노려보고 있었지만, 그 자세는 너무도 엉성했다. 자신의 모든 것을 월향검에 쏟아서 찬란한 검기를 만들어 내고는 있었지만······.

갑자기 돌멩이들이 허공에 떠오르더니 여인을 향해 날아들었다. 여인이 월향을 휘두르자 돌 몇 개는 아예 가루가 되어 버렸지만, 나머지는 여인의 몸을 쳤다. 여인이 비틀거렸다. 현암은 마음속으로 외쳤다.

'위험해! 어서, 어서 피해!'

하지만 때는 늦어 있었다. 색귀는 어느새 여인의 뒤로 돌아간 모양이었다. 현암은 자신의 눈에 아무것도 보이지 않는 것이 안타까웠다. 여인은 뒤에서부터 붙들린 듯, 팔을 움직이지 못하고 몸을 비틀었다. 갑자기 몸에서 파란 불꽃이 일어나더니 여인은 몸을 부르르 떨며 그만 월향검을 떨어뜨리고 말았다.

킬킬킬…… 발버둥 치지 마라! 귀신이라도 도망칠 수 없다! 어차피 죽은 것이 왜 앙탈을 부리는 거냐?

여인의 얼굴이 파랗게 질리며 입술을 악물었다. 여인은 빙의한 시골 처녀의 몸에서 빠져나갈 수도 없는 것 같았다. 색귀가 또 다른 술수를 부린 것이리라. 여인의 영이 색귀와 맞서지 않은 이유를 현암은 이제야 알 것 같았다. 상대가 되지 않을뿐더러, 귀신임에도 불구하고 욕을 당할 것이 두려워서였을 것이다.

시골 처녀, 아니 지금은 그 여인이라 해야 할 것이지만, 그녀의 옷이 부욱 찢겨 나갔다. 여인은 시골 처녀의 몸을 벗어나려는 듯, 시골 처녀의 얼굴이 자꾸만 원래의 얼굴과 여인의 얼굴로 순간순간 변화를 반복하고 있었다. 그러나 색귀가 붙들고 있어서인지 시골 처녀의 몸을 여인은 벗어나지 못하고 있었다. 현암은 이를 악물고 땅에 떨어진 월향검을 주웠다.

최후의 승부로 기공력을 칼에 실어 던지면, 제아무리 바위의 힘을 빌려 몸을 굳히고 있는 색귀일지라도 물리칠 수 있을 것 같았다. 현암이 월향검을 집어 들자 안에 깃들어 있는 이름 모를 여인의 한과 분노가 마치 전류처럼 현암의 몸에 퍼져 갔다. 현암이 마지막 남은 기공력을 집중하자, 월향의 끝에서 검기가 일어나기 시작했다. 현암은 칼이 부서지지 않기를 바라면서 모든 힘을 쏟았다. 그러자 우우웅 하는 울림소리와 함께 월향검에서 검기가 한 자 이상이나 뻗어 나왔다.

여인은 거의 알몸이 되어 가고 있었다. 순간 색귀가 월향검의 소리를 들었는지 놀라서 소리를 질렀다.

으흑! 저건 검기! 너, 너 같은 어린놈이 어떻게!

색귀도 살아생전 무예를 닦아 본 경험이 있었던 듯, 만신창이가 된 현암의 손에 들린 검기를 보자 기겁했다. 그러나 놈은 현암이 오른팔 외에는 움직이지 못한다는 사실을 알고 간교하게 여인을 앞세웠다. 현암은 깜짝 놀라 월향검을 던지려던 동작을 멈췄다.

킬킬킬…… 칼을 버려라! 바보 같은 놈! 이 여자, 아니 두 여자를 한꺼번에 죽이고 싶냐?

색귀가 뒤에서 목을 조르는지, 여인의 머리가 뒤로 꺾이며 고통스러운 표정을 짓고 있었다. 그러나 여인은 입을 굳게 다물고 있었다.

어서, 어서 칼을 버려! 이 계집의 모가지가 부러지기 전에!

현암은 갈등했다. 극한의 기공력이 실린 이 검을 맞으면 사람만이 아니라 귀신이라 해도 그 자리에서 소멸하고 만다. 더구나 칼을 직선으로 던질 수밖에 없을뿐더러, 자신은 몸을 움직일 수가 없어 방향을 틀지 못한다.

갑자기 현암의 머릿속에 성황당에서의 일이 생각났다. 월향검과 여인의 영은 이어져 있어 칼에 타격을 주면 영도 같이 타격을 입게 된다. 현암은 순간적으로 월향검의 검기를 거두고 칼끝을 땅에 대고 눌렀다. 그러고는 칼끝을 굽혔다가 강하게 튕겼다.

여인의 몸이 앞으로 격하게 젖혀지며, 색귀가 튕겨져 나가는 듯했다. 여인이 비틀거리면서 재빨리 고개를 숙였고, 틈을 놓치지 않고 현암은 월향에 검기를 실어 힘껏 던졌다.

여인의 뒤에 서 있던 굵직한 소나무가 삽시간에 두 동강이 나면서 무너졌다. 월향은 그 뒤쪽의 아름드리나무에 깊숙이 박혔다.

……그런데 색귀는?

으윽, 이노옴!

색귀의 노한 목소리가 들려왔다. 현암의 얼굴이 하얗게 질리고 여인의 얼굴도 창백해졌다. 여인이 발길에 차인 듯 휘청거리더니 현암의 옆에 엎어졌다. 현암의 바로 앞 허공에서 푸른 전기가 감돌면서 차츰 형체를 갖추어 갔다. 그것은 희미한 그림자처럼 어른거리더니 갑자기 투명한 사람의 형상이 되었다. 키가 작고 눈썹이 굵은 흉하게 생긴 중의 몰골이었다.

이 연놈들, 내게 상처를 입히다니. 죽여 주마!

색귀는 사납게 달려와 현암과 여인을 발로 걷어찼다. 저항할 수가 없었다. 큰 바위의 기운을 입어서 그런지, 놈이 투명한 다리로 걷어찰 때마다 거대한 돌에 얻어맞는 것 같았다. 현암은 이제 마지막이구나 싶었다. 더 이상 버티지 못할 것 같았다. 색귀가 소나무 옆에 있던 집채만 한 바위를 들어 올렸다. 두 사람을 아예 납작하게 만들어 버릴 심산인 모양이었다.

그때 옆구리를 차여 신음하고 있는 처녀의 몸에서 희미한 기운이 일었다. 현암은 고개를 돌려 여인의 얼굴을 쳐다보았다. 이제 처녀의 얼굴은 본래의 모습으로 되돌아가고 있었다.

현암은 자포자기했다.

'오냐, 나도 죽으면 귀신이 되어 네놈을 없애 주마!'

막 눈을 감으려던 현암의 눈에 월향이 보였다. 월향에는 희미한 기운이 스며들고 있었다. 칼자루가 꿈틀거리기 시작했다. 색귀가 바위를 머리 위로 들어 올려 던지려던 참이었다.

그 순간 나무에 꽂혀 있던 월향검이 스르르 빠져나오더니 눈부신 호선을 그리면서 현암의 손으로 날아들었다. 여인의 영이 조종하는 것이 분명했다. 현암은 기회를 놓치지 않고 월향검을 잡은 손에 기공력을 가했다. 그러자 검기가 두 자나 넘게 뻗어 나왔다. 현암이 월향을 집어 던짐과 동시에, 색귀가 바위를 집어 던지고는 몸을 숙였다.

현암은 옆에 쓰러져 있는 시골 처녀를 오른손으로 힘껏 밀치고는 땅을 후려쳤다. 처녀와 현암의 몸이 양쪽으로 비끼는 동시에 바위가 떨어지며 땅을 울렸다.

기공력을 실어 날카로운 검기를 담은 월향검은 여인의 혼의 조종을 받아 직선이 아닌 곡선을 그리며 우아하게 날아갔다. 현암은 긴박한 와중에서도 형언할 수 없는 아름다움을 느꼈다. 엄청난 영기를 담아 무서운 검기를 뿜으면서 허공을 가르고 날아가는 작은 검…… 전설이나 고서에 실려 있는 어검술의 경지는 아니더라도 모습이나 위력은 비슷했다. 월향검은 재빨리 몸을 숙인 색귀를 비웃기라도 하듯, 마치 물 찬 제비처럼 밤하늘 위로 솟구쳤다가 똑바로 하강했다. 월향은 비명을 질렀다.

꺄아아악!

찢어질 듯한 귀곡성이 새어 나왔다. 그것은 월향에 깃든 벙어리 여인의 한과 분노에 찬 고함이자, 애틋한 노래이기도 했다. 현암의 눈에서 눈물이 뺨을 타고 흘러내렸다.

월향의 일격에 색귀의 푸르스름한 오른쪽 어깨가 잘려 나가더니 허공에 흩어져 버렸다. 색귀의 얼굴은 이루 말할 수 없이 참담하게 일그러져 있었다. 현암은 기공을 실은 오른손을 펴서 위로 세웠다. 월향은 현암의 뜻을 알아차린 듯, 날렵하게 그러면서 동시에 땅 위를 우아하게 미끄러지듯 돌며 다시 위로 솟구쳐 올랐다. 색귀의 왼쪽 손이 부서져 버렸다. 지금 현암에게는 아무런 생각도 없었다. 오직 맹목적인 증오심으로 칼을 조종하고 있을 따름이었다. 월향의 빛은 시리도록 차가웠다. 색귀의 고통에 찬 아우성은 월향의 귀곡성에 파묻혀 거의 들리지도 않았다.

색귀는 쓰러질 수조차 없었다. 월향이 사방에서 색귀의 몸을 난도질하고 있었기 때문이다. 색귀의 두 발목이 잘려 나가더니, 이어서 월향검은 찢어지는 비명을 지르면서 색귀의 목을 따 버렸다.

색귀는 서서히 사라져 갔다. 그러면서도 놈은 떠들었다.

자, 잔인한 계집…… 이 독한 년…… 내 마지막 힘으로 네년은 칼에서 영원히 나오지 못하게 하리라……. 그 누구도 이 저주는 풀지 못할 것이다.

월향은 다시 허공에 떠오르더니, 색귀의 말에는 아랑곳없이 격렬하게 맴을 돌다가 떨어져 나간 색귀의 머리에 꽂혔다. 머리가 수박처럼 터졌다.

현암은 망연히 엎드린 자세로 무시무시한 광경을 지켜보았다. 아무리 나쁜 짓을 한 악령이었지만, 색귀가 참혹하게 소멸되는 것을 보자 식은땀이 저절로 났다. 월향검이 힘이 빠진 듯, 광채가 무디어지며 현암의 앞에 떨어져 내렸다. 현암은 복잡한 마음으로 칼을 지켜보았다. 색귀의 마지막 저주가 사실일까? 정말 여인의 영은 월향검에 봉인된 것일까?

땅에 떨어진 월향검이 꿈틀거렸다. 현암은 신기하게도 그 칼의 몸짓이 무엇을 의미하는지 알 수 있었다. 그것은 여인의 영이 칼에서 빠져나오려는 몸짓이었다. 월향검에서 희미하게 신음이 들렸다. 현암은 아무 말도 할 수가 없었다. 현암은 눈물을 흘리면서 월향검 쪽으로 조심스럽게 다가갔다. 월향검은 꿈틀거리면서 조금씩 현암을 피해 도망치는 듯했으나, 힘이 있어 보이지는 않았다. 현암은 입을 열었다.

"아, 가엾게도…… 미안하다. 나 때문에, 나를 구하려고…….'"

월향검이 바르르 떨고 있었다. 조그마한 칼…… 비록 엄청난 위력과 냉혹함을 보이긴 했지만, 이제 작은 칼은 애처롭기만 했다. 현암은 조심스럽게 월향검을 감싸 쥐었다. 칼은 여전히 떨고 있었다. 현암은 차가운 칼날에서 오히려 따스함을 느꼈다.

월향검은 그렇게 현암에게 다가왔다. 무기라기보다 친구로…….

현암은 한동안 말이 없었다. 승희도 할 말이 없었다. 현암이 승희를 보면서 물었다.

"이제 다 알았니?"

승희가 고개를 끄덕였다.

"나중에 올라가 봤더니 그 색귀가 힘을 끌어냈던 바위는 산산조각이 나 버렸더군. 그 후로 덕산 마을에서는 더 이상 이상한 일들이 벌어지지 않았어. 일을 대충 수습한 뒤에 성황당에 가 보니까 월향의 칼집이 당산나무 둥치 밑에 있더군. 그리고 어떤 사람의 화장한 유골을 넣은 단지가 하나 있었어. 월향검에 깃든 영혼의 원래 몸이겠지. 그런데 유골에 대해 아는 사람은 아무도 없었어. 단서도 없고, 자료도 없었지. 나도 월향검에 깃든 여인의 영을 구해 주고 싶어. 내력도 알아내고 싶고…… 하지만 알 수가 없어."

"투시를 하면 어떨까? 아니면 영사라도?"

"전혀 안 통해. 색귀 놈의 주술이 아직도 효력을 발하고 있는지, 아니면 월향 스스로가 떠나지 않는지는 모르겠어. 단지 내 느낌이

긴 하지만 말이야. 어쩌면 월향의 숙명인지도 모른다는 생각이
들어."

현암은 오늘따라 말이 많았고, 감정이 격앙돼 있었다. 현암은
품에서 조용히 월향검을 꺼내 들고는 정이 듬뿍 담긴 눈으로 바라
보고 있었다.

승희는 현암에게도 그런 면이 있다는 것을 처음으로 알았다. 잠
시 눈을 감고 월향의 내력을 투시하려 했으나, 정말 현암의 말대
로 전혀 알아낼 수가 없었다. 색귀의 주술 탓일까? 아니면 어떤 업
보 같은 숙명 때문일까?

승희의 생각은 갈피를 잡을 수가 없었다. 현암은 그런 승희는
아랑곳하지 않고, 묵묵히 깨끗한 천으로 월향검을 문질렀다.

생명의
나무

일러두기

· '국민학교'는 현재 '초등학교'로 명칭이 바뀌었으나 작품의 시대 배경에 맞춰 '국민학교'로 표기했습니다.

· '가택 침입'은 현재 '주거 침입'으로 명칭이 바뀌었으나 작품의 시대 배경에 맞춰 '가택 침입'으로 표기했습니다.

사교

"영원한 생명의 비밀을 깨우치신 위대한 사령 브리트라[1]의 화신이시여."

음울한 수백 개의 촛불이 가녀린 빛을 하늘거리고 있는 꽤 넓은 회당에서, 녹색 사제복을 입은 젊은 남녀가 동시에 하늘에 두 팔을 벌리고 애절한 목소리로 외치고 있었다. 그들 뒤에는 백여 명 이상의 사람들이 운집해 함께 눈을 감고 외쳤다.

"생명나무의 과실을 취하신 그 지혜로 저희를 굽어살피사, 저희의 죄를 정화하고 세상을 살아갈 힘을 주소서!"

백여 명의 울부짖음 같은 소리가 아우성처럼 들려왔다.

---

1   인도의 『베다』에 나오는 거대한 뱀의 형태를 지닌 악마로 사악한 술수로 인간을 유혹한다. 인드라(제석천)가 그와 대결해 유일하게 승리했다. 또 일설로, 브리트라는 인드라에 의해 죽임을 당한 신들의 대사제 비스파루파의 아버지인 트와슈타의 성화로부터 태어났다고 「마하바라타」에서 전하기도 한다.

"죄를, 저희의 죄를!"

"힘, 힘을 주소서!"

남자의 사제복에 수놓아진 모나스 히에로글리피카[2]와 여자의 사제복에 수놓아진 뱀의 문양이 마치 살아 있는 듯 섬뜩한 빛을 반사했다. 남자가 뒤로 돌아섰다.

"이미 죽어 버린 신, 여호와를 섬기는 무지몽매한 크리스천이여! 너희는 이제 하나밖에 남지 않은 신, 유일신인 대사령 브리트라를 믿어야 한다!"

여자도 뒤로 돌아섰다.

"헛된 염불만 늘어놓는 불도에 현혹된 중생이여! 대령 중의 대령, 브리트라를 섬기고 의지하라!"

둘이 함께 외쳤다.

"세상이 만들어진 것은 신들이 투쟁한 결과, 이제 오랜 싸움 끝에 승리한 유일신인 브리트라를 믿는가?"

사람들이 일제히 자리에 엎드렸다.

"믿고 섬기나이다!"

둘의 어조는 묘하게 어울려 마치 한 사람의 목소리인 것처럼 합해졌다. 둘의 눈은 이상하게 번득이고 있었다. 갑자기 무리의 머리 위 허공에 거대하게 꿈틀거리는 뱀의 영상이 나타났다.

---

2   중세 서양의 유명한 연금술사이자 마법사인 존 디가 만든 부적이다. 우주의 모든 지혜를 집중시키는 힘을 가졌으며, 그 형상은 추 또는 뿔 달린 악마의 모습과 흡사하다.

"오!"

"아아!"

"브, 브리트라 신이시여!"

사제복을 입은 남자가 굵은 목소리로 외쳤다.

"너희들의 영혼을 바쳐라! 너희의 모든 죄를 용서받으리라!"

여자가 앙칼진 목소리로 외쳤다.

"너희들의 육신을 바쳐라! 세상을 흔드는 힘을 갖게 되리라!"

무리는 저마다 아우성을 치면서 허공 위의 영상에게 팔을 뻗었다. 이미 몇 명이 탈진해 쓰러지고, 한 건장한 남자가 미친 듯이 윗옷을 찢고 있었다. 광란의 도가니를 바라보며 두 명의 사제는 싸늘한 웃음을 지었다.

"어머머, 이게 뭐야! 꺅, 그만해! 무섭단 말이야!"

"어이쿠!"

놀란 승희가 엉겁결에 준후를 밀어 내자, 무방비 상태였던 준후가 뒤로 자빠졌다. 동시에 준후가 펼쳤던 강신부(降神符)[3]들이 허공에서 힘을 잃고 떨어져 내렸다. 현암이 눈살을 찌푸리면서 소리쳤다.

"그런 것을 무서워하면 어떻게 해! 준후가 불러내는 신들은 우

---

3   인간 세상에 신을 오게 하거나 그 신을 주술사의 몸에 들어오게 하여 그 힘을 업게 하는 부적을 말한다.

리 편이라고! 이래서야 어떻게 마물들과 싸운단 말이야?"

"아이구, 몰라! 무섭단 말이야! 웬 귀신!"

준후가 울상이 되어서 엉덩이를 문지르며 말했다.

"그럼 누난 어떡하려고 그래? 아무리 잠재력이 크면 뭐해? 그걸 개발해야 할 거 아냐? 신부님처럼 수십 년 기도력을 쌓는 수련을 할 거야?"

"윽, 웬 수십 년? 쪼그랑 할머니가 되라고?"

"아니, 그러면 현암 형처럼 기공이나 외공을 연마할 거야?"

"야, 내가 깡패냐? 나같이 우아한 숙녀가 주먹질하는 걸 배운단 말이야?"

"뭐, 깡패? 야, 너 말 잘했다. 넌 그러면 날라리냐? 그런 미니스커트를 입고 귀신과 싸우면 귀신들이 퍽이나 좋아하겠다!"

"뭐? 야! 말 다 했어?"

준후는 고개를 설레설레 저으며 살짝 밖으로 빠져나갔다. 안에선 현암과 승희가 계속 말다툼을 하고 있었다.

"어이구, 나도 모르겠다. 도대체 제정신일 땐 눈곱만큼도 영력이 있는 것 같지 않으니……."

박 신부가 총총히 들어오다가 시무룩해 있는 준후를 발견하고 자리에 멈추어 섰다.

"왜 이리 소란스럽니, 준후야?"

"또 전쟁이죠, 뭐. 어휴, 우리 여자는 좀 빼고 활동하는 게 어때요? 이건 허구한 날 싸움이니……."

"하하하…… 괜찮아, 괜찮아……. 원래 다 그런 거란다. 오히려 난 이제야 좀 사람 사는 맛이 나는 것 같아."

"예? 그럼 여태까진 어땠는데요?"

"아니. 그건 아니고, 집안이 좀 화기애애한 것 같아서 좋다는 말이지. 그나저나 어서 들어오너라. 중요한 소식이 있다."

박 신부는 사제복 자락을 휘날리면서 한창 세계 대전(?)이 진행 중인 방으로 들어갔다. 준후가 가만히 들어 보니 처음엔 박 신부가 둘을 좋게 말리려고 하는 것 같다가, 잠시 뒤에는 되레 삼파전으로 갈라져서 싸우고 있었다.

"화기애애라고? 맙소사."

"사교요? 뱀을 믿는 종교란 말인가요?"

오랜 말싸움에 지쳐 자연스레 휴전 중인 현암이 관심을 보이며 물었다.

"그렇다네. 요즈음 일각에서 붐을 일으키고 있는 신흥 종교지."

승희가 아는 척을 하며 끼어들었다.

"원래 뱀을 숭배하는 사상은 고대부터 많이 있었어요. 고대 그리스의 테베에서 성스러운 뱀[4]을 숭배했던 것이 대표적이고……

---

4   카드모스는 거대한 뱀(또는 용)과의 전투에서 모든 부하를 잃게 된다. 끝내 뱀을 죽이고 그 이빨을 땅에 뿌리자 완전 무장한 병사들이 땅에서 태어나, 고대 그리스의 강대한 도시 중 하나인 테베(테바이)를 건설하게 된다. 그 외 신탁으로 전해지는 유명한 이야기는 델포이(델피)의 신전, 헤로도토스(정식 역사가) 등 다른 역사가들의 사서

뱀은 좋은 역할을 하진 못한다 해도 신과 거의 대등한 악의 존재, 그러니까 강력한 힘을 지녔다고 믿은 예가 많이 있지요. 북게르만 신화의 미드가르드 독사[5]나 고대 『베다』에 나오는 브리트라, 이집트 신화의 우라에우스[6], 그리고······."

현암이 톡 쏘았다.

"아는 척 좀 그만해. 누가 고고학 전공 아니랄까 봐."

승희가 현암을 불만스럽게 쳐다보며 다시 말하려다가, 박 신부가 말을 꺼내자 입을 닫았다.

"이번 사교는 주신의 이름을 브리트라라고 부르더군."

잠자코 있던 준후가 끼어들었다.

"그러면 인도 쪽 영향을 많이 받은 유파인가요? 브리트라라면 내가 좋아하는 인드라님의 적인데!"

"꼭 그런 것만도 아냐. 기독교, 불교, 그리고 특히 바빌론이나 히타이트, 페니키아에까지 걸친 고대 신앙 체계를 제멋대로 끼워 맞춘 교리를 가지고 있지."

에도 언급되고 있다.

5 북유럽 신화에서 말하는 악의 반신 거인인 로키는 신들에 대항하기 위해 세 명의 괴물 자식을 낳았다고 한다. 첫 번째는 펜리르(Fenrir)라는 거대한 늑대. 두 번째는 미트가르트의 독사라고 불리던, 지구를 통째로 감을 만큼 커다란 크기의 요르문간드 (Jǫrmungandr). 세 번째가 반남 반녀의 괴물 헬(Hel)이었다. 후에 요르문간드는 신들 중 최강이라고 하는 번개 신 토르(Thor)와 서로 죽고 죽이게 된다.

6 이집트의 태양신 라(Ra)의 머리 위에 똬리를 틀고 앉아 불을 뿜는 신성한 뱀이다. 라가 천공으로 도는 것을 방해하는 거대한 뱀인 아포피스를 무찌른다.

현암이 눈살을 찌푸렸다.

"페니키아라면, 잔인하게 인간 제물을 바치는 악성 종교가 있던……."

승희가 또 끼어들었다.

"그래, 몰록 신을 섬기던……."

"아무튼 상당히 강력한 주술적 힘을 부리는 것으로 봐서, 그들 뒤에는 뭔가 이름 모를 사마의 힘이 있는 게 분명해. 실종된 사람들이 많아서 경찰도 주의를 집중하고 있다나 봐. 그런데 도무지 증거가 없고 수사관들마저도 자꾸 사라진다는 거야."

"그들이 주술을 이용한다면 경찰이 해결할 수가 없죠."

"역시 우리가 나서야 할 것 같아."

서로를 쳐다보는 넷의 눈이 빛났다.

박 신부가 얄팍한 소책자 한 권을 꺼냈다. 겉표지는 녹색이었고, 〈사랑을 믿고 받들라〉는 붉은색 글씨와 함께 기묘한 뱀 무늬가 그려져 있었다.

"이건 그들의 교리를 간추린 홍보물이네. 한번 보게나."

현암이 책을 펼치자, 호기심이 생긴 승희가 현암의 어깨 뒤에서 기웃거렸다. 알짱거리는 승희가 귀찮은 듯 현암이 인상을 찌푸리자, 준후가 아예 크게 읽어 달라고 요청했다. 현암은 고개를 끄덕이며 낭랑하게 책을 읽기 시작했다.

"우리는 세상에 난립해 갖은 수단으로 사람들을 유혹하고 있는 각종 종교의 허울을 벗기고, 진정한 우주의 질서를 나타내는 힘의 근원을 섬겨야 한다. 무릇 종교라는 것은 인간의 힘이 닿지 않는 범위에 있는, 우주와 자연의 질서를 갖추어 나가는 힘에 귀의하고, 그 힘을 따라 세상을 지배하는 진정한 원리에 순응해, 하찮은 인간으로서의 삶이라도 충실히 수행해 나가는 데 목적을 두어야 한다."

승희가 비웃었다.

"흥! 하찮은 인간으로서의 삶이라고? 처음부터 수상한 냄새가 나는군그래! 안 그래요, 신부님?"

"쉿!"

"피잇!"

"이에 우리는 우선, 현재 세상에 떠돌고 있는 각종 종교의 허상 및 허구성을 알고 그에 속지 않도록, 또는 속고 있더라도 한시바삐 벗어날 수 있도록 진상을 파악할 필요가 있을 것이다."

준후도 놀란 표정을 지으며 빈정대는 투로 말했다.

"아주, 대단하시구먼!"

현암은 묵묵히 같은 어조로 읽기만 하고 있었으나, 눈매는 찡그려지기 시작했다.

"모든 종교의 기원은 옛 바빌론에서 찾을 수 있다. 바빌론에서 시작된 범우주적인 사색과 신의 기원에 관한 의문은 고대의 원시 신앙 체계를 정립하는 첫걸음이었으며, 사색의 깊이나 추구는 이후의 종교들이 따르지 못하는 바다. 바빌론과 메소포타미아 지방의 종교는 시기적으로 이집트나 인도의 것과 비슷하나 실제적 내용으로는 두 지방의 종교에 많은 영향을 주었다."

박 신부가 중얼거렸다.

"바빌론이라……. 부적, 주술, 점복이 그만큼 성행된 종교는 아직까지 없었지."

"인도의 만신전이나 이집트 신의 계보, 그리스의 신, 북유럽의 신은 대체로 거의 유사하거나 일대일 대응의 요소를 지니는데 이는 자연력을 추상적으로 묘사해 신격화시켰기 때문이며, 실제로 자연력들은 응집되어 하나의 개별화된 형태로 나타나는 것이 가능하기 때문이기도 하다. 따라서 이러한 종교관 및 대신관은 비록 유래가 오래되었더라도 훨씬 더 현실적인 것으로, 이후 인간의 부족한 사고 및 이성으로 윤색되고 변질된 신의 추상적이고 거대한, 무소불능의 형태보다 훨씬 사실에 가깝다."

박 신부가 한숨 소리를 내고, 승희도 눈썹을 치켜올렸다.

"수천 년 동안 쌓아 온 인간 의식의 정화를 가볍게 묵살해 버리는군그래. 역시 이단 논리가 분명해. 우선 인간이 아무것도 아닌 것처럼 묘사하고 있는 바가 그렇고……."

현암은 계속 교리를 읽어 나갔다. 종교 교리서라기보다는 주술 이론서에 가까웠다. 그러나 제 종교에 대한 비교적 해박한 지식과 정연한 이론적 전개를 나타내고 있었다. 각 종교에서 금기시되는 요소들을 적당히 섞어서 이용하는 수법으로 볼 때, 이 교리를 만든 인물이 고등 교육을 받은 자임을 유추할 수 있었다.

드디어 각 종교의 비판 대목이 나오기 시작했다.

"기독교, 천주교 등은 유대교의 이론을 비유대인들이 이용해 스스로에게 이롭도록 첨삭을 가한 것에 불과하다. 목수 요셉의 아들 예수 이후에 세력을 넓힌 기독교는 로마에 의해 공인된 후 세계 종교라는 모토를 걸었으나, 이는 모두 스스로의 이득만을 꾀한 인간의 행위에 불과하며, 그 이후 전 세계에 수천 건에 달하는 분쟁 및 전쟁을 유발하고 수억의 사람을 살상케 하여 세상의 만전을 저해하게 만든 유해 종교로서……."

박 신부도 눈살을 찌푸렸다.

"『성경』의 내용도 고대 바빌론의 세계관을 억지로 끌어다 붙인 것에 불과하다. 예를 들면 대홍수의 노아는 바빌론 설화의 우트나피쉬팀[7]에 불과하며……."

"그 부분은 빼고 넘어가세. 어차피 꼬투리를 잡으려는 것일 뿐이니까…… 종교가 논리적으로 완벽하다면 믿을 이유가 없지."

현암이 더러운 것을 본 양, 책을 획 집어 던졌다.

"그래요. 불교, 도교, 유교 등등 모두 다 말도 안 되는 소리라고 써 놓았군요. 역시 말도 안 되는 논리로요. 가르침의 유래나 기원에 대한 꼬투리만 잡았지, 내용에 대한 비판은 없으니, 원…… 그

---

7   수메르의 「길가메시 서사시」에서 나오는 인류의 선조이다. 노아와 거의 같은 일을 했으며, 그 대가로 영생을 얻는다. 학자들의 연구에 따르면 유대교의 노아 설화나 북구의 대홍수 설화 등은 이 바빌론 설화의 영향을 받은 것이라 여겨진다.

래도 용케 이만큼이나 갖다 붙였네요. 이런 걸 좋다고 하는 사람들도 있는 모양이죠?"

"그래. 그리고 놀랍게도 오히려 식자층에서 더 호응을 얻는 모양이야. 그 뒤의 내용을 보면, 세상에서 지은 모든 죄는 역시 세상에서 모두 속죄받을 수 있다고 하고 있어. 즉 육신으로 지은 죄는 육신을 바치면 속죄가 되고, 마음으로 지은 죄는 영혼을 바침으로써 속죄가 된다는 식이지."

승희가 눈살을 찌푸렸다. 승희는 퇴마사의 대열에 낀 지가 얼마 되지 않아서 그런지 쉽사리 흥분하는 기색을 보였다.

"육신과 영혼을 바친다고요? 역시 사교(邪敎) 냄새가 나는군요."

박 신부가 말을 이어 나갔다.

"그래. 또 이 교리에서는 거대한 뱀의 신 브리트라를 섬기는데, 그 의미화를 위해서 전 세계의 뱀 설화 및 기타 모든 걸 다 갖다 붙이고 있지. 아까 승희가 말했던 북게르만의 미드가르드 독사나 테베의 성스러운 뱀의 이야기도 물론 포함되어 있고, 그 밖에도 쿤달리니[8]와 다른 모든 종교에 가지각색의 형태로 나타나는 것은 바로 태곳적부터 내려오는 한 가지의 거대한 신, 즉 뱀의 신인 브리트라를 나타낸다고 주장하고 있네. 그리고 덧붙이기를, 세상의 이 모든 제신은 각 종교에서 이름만 다르게 붙였을 뿐 동일한 구

---

8 힌두교나 불교에서 군다리명왕의 뜻도 가지고 있지만, 『베다』에 나오는 우주의 소멸적인 생명의 힘으로 뱀의 형상을 띤 상징물을 나타내기도 한다.

성을 가진 평등한 신적 체계와 수를 가지는데, 인간의 의식이 발달함에 따라 분열을 일으켜 신들의 대전쟁이 있었고, 그 승리자가 뱀의 신, 즉 생명력의 화신이라는 브리트라라는 거야. 브리트라가 승리한 이유는 생명의 비밀을 깨우쳤기 때문이라는 거지. 그러니까 『성경』에 나오는 생명나무의 열매를 먹은 것이 바로 뱀의 영, 브리트라의 화신이었다는 거고."

현암이 입을 열었다.

"생명의 나무요? 그러면 브리트라의 정체는 사탄이거나 사탄의 화신이 아닐까요?"

"글쎄, 아직 그렇게까지 단정 지을 수 있는지는 모르겠지만, 아무튼 이들은 각종의 이적을 행하고 기적을 일으켜 교세를 확장하고 있다네. 그러면서 예수가 하느님의 아들이었다는 증거가 그의 이적이었다면, 더 큰 이적을 보라고 주장한다는 거야. 아마도 어디선가 금단의 사술을 동원하는 거겠지. 아직 자세히는 모르겠지만, 그들 중 적어도 하나는 펜타그램(pentagram, 五芒星)[9]을 이용하는 수단도 쓴다고 하네. 어쩌면 레비의 마술학[10]파의 일종인지도 몰라."

---

9   서양 마술사가 거의 필수적으로 사용하는 별 모양의 도구 또는 부적이다. 각각의 뿔인 4대 정령(地, 水, 火, 空)과 이를 지배하는 광(光, Arial)을 의미한다.
10   엘리파스 레비가 쓴 『고등 마술의 교리와 의식』에 기인하는, 마술의 원리와 내용을 밝히는 신비주의 학파이다. 앞서 밝힌 저서는 카발라와 도구, 제의법 등을 서술하고 성서의 마술적 해석을 시도한 책이다.

준후가 한숨을 쉬었다.

"나도 그런 건 잘 몰라요. 서양 종교의 사악한 주술을 쓴다니, 어디 내가 모시는 분들보다 정말 센가 볼까?"

"우린 싸움을 하려는 게 목적이 아냐. 이 종교가 정말 사악한지 그 여부부터 조사해 보고, 정말 사악한 힘을 행사한다면 그때 가서 싸워도 늦지 않아."

현암이 나섰다.

"좋습니다. 그러면 어떻게 해야 하죠?"

박 신부가 미리부터 생각해 둔 게 있다는 듯, 시원시원히 지시했다.

"일단은 사교의 배후에 있는 게 누군지, 아니면 무엇인지 알아야해. 들리는 말에 따르면 두 명의 남녀 사제가 종교의 의식을 주관한다고 하는데, 우선 그들의 정체를 알아내는 것이 중요할 거야."

나머지 셋이 입을 모았다.

"좋아요."

"그러면 현암 군과 승희가 한 조가 되어 한 사람의 뒤를 캐 보기로 하세. 나와 준후가 또 한 팀이 될 테니……."

현암이 별생각 없이 대답했다.

"좋습니다. 그런데 저희가 남녀 중에 어느 쪽을 맡죠? 남자 쪽이 나을 것 같은데요?"

"어째서?"

"남자 사제를 불러내는 데는 인물은 좀 모자라더라도 일단 미인계를 쓰는 것이…… 아이쿠, 미안, 미안! 농담이었어!"

"하여튼 이번에는 귀신과 직접 맞부닥뜨리지 않을 수도 있어. 상대하는 것이 사람이라면, 함부로 손을 쓰지 말게. 생명을 소중하게 여겨."

승희가 눈을 부라렸다.

"아니, 그러면 만약 그자들이 허무맹랑한 속임수를 쓰고 있는데도 나서면 안 되는 건가요? 꼭 귀신이 등장해야 개입할 수 있는 거예요? 나쁜 일들은 그냥 보이는 대로 처리할 수도 있잖아요?"

박 신부가 눈을 감으며 손을 들어 승희를 제지했다.

"승희야, 진정하거라……. 우리가 사용하는 방법 또한 거의 주술적인 것 아닌가. 원래 인간 세상에 알려지면 곤란한 것들이지. 우리가 쓰는 방법들이 세상에 퍼지고 확산된다면 세상은 아비규환이 될지도 몰라. 우리의 힘은 초자연적인 존재들을 상대하는 데만 써야 해. 그리고 그런 일들은 세상에 얼마든지 있다네."

"하지만……."

승희가 더 따지려는 것을 현암이 막았다.

"자자, 시간이 없다고. 빨리 나가서 조사를 시작하자."

"아 참, 잊을 뻔했군. 여자의 출신에 대해선 내가 조사한 바가 있으니 염려 말고 자네는 그 교단으로 접근해 주게."

"알겠어요. 교리서에 쓰여 있는 주소로 가죠. 가서 가입하는 척해 볼게요."

"그래, 조심하게. 물론 자네를 믿네만, 승희를 잘 돌보고……."

"흥! 저는 왜 못 믿나요? 내 몸속에 무슨 신이 들어 있다면서요? 그러면 나도 염려 없겠죠, 뭐."

"그런 식으로 단정하지 마. 기 하나 운용할 줄도 모르면서……."

"뭐?"

"자, 자! 또 싸우나? 싸우려면 나가서 싸우게! 준후야, 우리도 나가자."

둘로 나뉜 팀은 각자의 갈 길로 나섰다. 박 신부의 가슴에 불안감이 깃들었으나, 현암을 듬직하게 믿는 마음이 곧 그런 불안감을 덮어 버렸다.

잠입

"와, 신난다!"

긴장을 가다듬던 현암은 옆에서 승희가 쫑알대는 소리가 들리자 맥이 풀렸다.

"뭐가?"

"난 처음 출동하는 거잖아? 와우, 재밌을 거 같아!"

"재미? 승희야. 지금 우리가 재미로 가는 것 같니?"

"아아, 물론 알지. 위험할 수도 있다는 거. 하지만 천하무적인 현암 군이 옆에 있으니 어떻게 잘되겠지. 뭐, 수련할 때 보니까 끝내주더라? 맨손으로 바위도 부수고……."

현암이 눈을 찡그렸다. 어이구, 이 푼수!

"이거 봐, 승희, 너 몇 살이야?"

"스물세 살."

"나 몇 살인지 알지?"

"응. 서른 살."

"근데 여태까지 한 번도 존댓말 쓰는 걸 못 봤어. 내가 대학교 일 학년 때 넌 뭘 하고 있었는지 알아? 국민학교 육 학년 코흘리개였어! 그런데 뭐, 현암 군?"

"그게 뭐?"

"관두자."

승희가 삐진 듯, 안 그래도 위로 쭉 찢어진 눈썹을 더 위로 치켜 올리며 말했다.

"흥! 그럼 영감탱이라고 불러 드릴까? 나 참, 그깟 일곱 살 차이나는 것 갖고 되게 재네. 젊게 봐 주는 게 기분 나빠?"

"그만. 내가 잘못했다고 치자."

티격태격하는 사이에 차는 사교의 총단이 있다는 어느 한적한 교외의 야산 모퉁이로 접어들고 있었다.

박 신부와 준후는 K대학 캠퍼스를 나섰다. 날씨가 몹시 더워서 몸에는 땀이 흘렀다. 박 신부는 준후를 근처의 한적한 제과점으로 데리고 들어가 팥빙수를 주문했다. 한참 말없이 빙수만 먹던 준후가 불쑥 입을 열었다.

"정말 그 여자가 맞나요? 사진으로 보니 전혀 이상한 기운이 느껴지지 않던데요."

"아니, 틀림없어. 임소미라는 여자가 틀림없다. 경찰 수사 기록에 나온 얼굴과 똑같아."

"신부님, 또 장 박사님을 통해서 알아내셨군요?"

"응. 많이 알아내지는 못했지만, 이 학교 출신이었다는 것과 사진 정도는 미리 봐 두었지. 어떠니, 준후야? 뭐 느껴지는 것 없니? 사진이나, 아니면 다른 데서라도……."

"아뇨. 그냥 예쁜 누나던데요."

"분명 독일 유학 때 뭔가 사악한 것과 접하게 되었을 거야."

"맞아요. 졸업 후 그 여자는 독일로 유학 갔다고 했죠? 그게 삼 년 전……."

"그래. 공부를 마치고 학위를 따기에 충분한 시간은 아니지. 출입국 관리소에서 확인한 건데, 그 여자가 다시 귀국한 건 작년이야. 그러니 이 년 동안에 무슨 일이 생긴 걸로 볼 수밖에 없어……. 그런데 준후야!"

"예?"

"네가 주술을 수련한 게 몇 년 동안이었지?"

"헤헤…… 저야 뭐, 날 때부터 해 왔죠. 그러니까 나이하고 같죠."

"그러면 주술 수법 중에 이 년 안에 수련할 만한 게 있니?"

"글쎄요……. 정파의 술수는 천부적 자질을 타고났어도 그렇게 쉽게는 안 돼요. 불도나 도가의 주술은 아무리 쉬운 것도 오 년 이상은 걸릴 거예요. 음, 무속에 의한 건 천부적 자질만 있으면 당장에 이루어지는 것도 있지만……."

"현재까지 밝혀진 바로는, 그 두 사제는 주술력으로 많은 사람의 눈앞에 뱀의 환영을 보일 수 있다고 하고, 또 여러 가지 이적, 그러니까 손에서 불을 낸다든가 몸에서 광채를 낼 수 있다고 하던데?"

준후는 깜짝 놀라는 듯했다.

"와! 만약 속임수가 아니라면 그건 대단한 거예요. 신부님, 제가 어떤 수련을 받았는지 아시죠?"

박 신부는 사 년 전 준후를 처음 만났을 때를 회상해 보았다.

"응. 너야 태어날 때부터 모든 주술 의례를 받고, 호법들이 주술력을 심어 주고 또 천부적인 자질이 있었으니……."

"그랬는데도 전 이제 겨우 몸에서 초일월광을 낼 수 있을 정도예요. 손에서 불을 내는 것도 삼 년 전까진 안 됐고요."

박 신부가 고개를 끄덕였다.

"흠…… 그렇다면 역시 사술에 의한 것밖에 없겠지?"

"예. 서양의 주술은 잘 모르지만, 강한 마력을 지닌 물건을 이용하거나 강한 영을 빙의시키면 가능할 수도 있죠. 하지만 그런 방법을 자꾸 이용하면 점점 자신의 영혼을 잠식당하게 돼서 결국은 꼭두각시처럼 되어 버릴 위험이 있어요. 그렇게 자유자재로 되는 것도 아니고요. 아니지, 또 방법이 있긴 있어요."

"뭐지?"

"천지간에는 정(正)이 있다면 다른 한편에는 사(邪)도 있고 마

(魔)도 있죠. 그런 사악한 정기, 아니 사악한 영에서 힘을 얻을 수도 있어요. 근데……."

"근데 뭐지?"

준후의 눈이 커졌다.

"영계는 인과율이 지배하는 세계, 뭔가를 얻으면 뭔가를 주어야 해요. 강한 힘을 얻으려면 상응하는 걸 바쳐야 하죠. 그러니까 인간의 영혼이나 생명을 바쳐야…….'

"음, 역시…… 준후야, 사교의 교리서에 있던 내용 기억나니?"

"예? 어떤 거요?"

"육신으로 지은 죄는 육신을 바치고, 마음으로 지은 죄는 영혼을 바쳐서 속죄하라는 것 말이야."

"생각나요. 그렇다면 역시…….'

"그래, 틀림없어. 신자들에게 그런 논리를 심어 놓고 신자들의 몸과 영을 갉아먹는 대가로 흑암의 권세를 얻으려 하는 게 틀림없어. 그들이 바라는 게 뭘까?"

준후가 수저를 입에 물고 눈을 동그랗게 떴다. 박 신부는 새삼 준후가 이제 겨우 열세 살밖에 안 된 아이라는 걸 깨달았다.

"모르겠어요."

"그래그래, 미안하다. 아무튼 그들은 일반 사이비 종교와는 다른 자들인 게 틀림없어. 그저 사리사욕을 노리는 것만도 아닌 것 같은데, 목적이 뭘까?"

박 신부가 탁상을 보았을 때는 이미 준후가 박 신부의 빙수까지

다 먹어 치운 후였다.

"헤헤헤…… 녹아 버릴 것 같아서요."

"알아냈어. 후훗…… 별로 어렵지도 않던데 뭐."

"벌써?"

승희가 희색이 만면해서 교단의 접견실에서 나오는 것을 현암이 서둘러 차에 태웠다. 승희가 쪽지를 내밀었다.

"대사제라는 남자의 주소는 여기래."

"흠…… 상당히 외진 곳인데? 한데 그렇게 쉽게 알려 줬어? 난 그냥 쫓겨났는데?"

"후후…… 내가 개인적인 친분이 있는 사람이라고 그랬거든. 그랬더니 알겠다는 듯이 가르쳐 주던데? 아마 대사제라는 남자, 사생활이 그렇고 그런 모양이야."

현암은 왠지 찜찜했다.

"하여간 잘했어. 이렇게 쉽게 주소까지 알아낼 수 있을 줄은 몰랐는데…… 뭐 또 딴소리 한 거 아냐?"

"딴소리는 뭘. 그냥 사제님한테 부름받았는데 주소를 잊어버렸다고 했을 뿐이야."

"뭐, 부름받는다구? 아니, 그런 생각은 또 어떻게 했지?"

"눈치지, 뭐. 딱 들어가니까 사무실에 앉아 있던 대머리가 그런 생각을 하던데 뭐. 호호호."

"어떤 생각?"

"그러니까…… 에이, 그런 거 왜 자꾸 알려고 그래? 그런가 보다 하지."

"그런데 어떻게 그 사람의 생각을 알았냐고."

"글쎄? 어? 그러고 보니 신기하네!"

현암은 멍해 있는 승희의 얼굴을 쳐다보았다. 혹시 독심술이 아닐까? 승희는 원래 초능력이 발달한 집안에서 태어났고, 애염명왕을 봉인하고 있는 몸이니 그럴 수도 있었다. 혹시 능력이 슬슬 나타나고 있는 거 아닐까? 현암은 시험을 해 보기로 했다.

"승희야, 내가 무슨 생각하고 있는 것 같니?"

승희가 커다란 눈을 깜박이며 현암의 얼굴을 한동안 들여다보더니 외쳤다.

"응? 음…… 아, 애인 생각하는구나! 맞지? 맞지?"

현암은 어이가 없었다. 무슨 세상에, 있지도 않은 애인이냐? 현암은 얼마 전 깨닫기 시작한 파사신검의 검식 하나를 생각하고 있었다.

"어이구, 내가 바보다. 빨리 가자!"

현암의 차가 흙먼지를 일으키며 출발했다.

대사제라는 남자의 집은 정말로 한적한, 인가에서 삼십 분 이상 산굽이로 돌아 깊숙한 곳에 있었다. 이미 해가 져서 어두워졌고, 사방에는 풀벌레들의 울음소리 하나 들리지 않을 만큼 괴괴했다. 눈앞에는 막 떠오르는 달을 배경으로 삼 층짜리 건물이 공룡처럼 육중하게 서 있었다.

"기분 나빠. 막상 오기는 왔는데, 어쩌려고?"

"들어가야지."

"들어가? 그냥?"

"응. 숨어 들어가는 게 제일 좋을 것 같아."

"숨어 들어간다고? 왜?"

"그럼 벨 누르고 들어가랴? 그래서 뭐라고 하지? 어차피 그런 식으로 들어가서는 아무것도 알아내지 못해. 나에게 맡겨 둬."

"그래도 도둑처럼 담을 넘는 건 영……."

"승희, 너는 여기서 기다려. 운전할 줄 알지?"

"응."

"여기서 기다리다가 내가 나오면 재빨리 떠날 수 있도록 준비해 두라고. 아니지, 안이 소란스러워지면 그냥 가. 내 걱정은 말고."

"진짜 담 넘어서 숨어 들어갈 거야?"

"그렇대도. 뭔가 알아내려면 그게 제일 빨라. 호랑이를 잡으려면 호랑이 굴로 들어가야지."

"가택 침입죄로 걸리면 어떡할려고?"

"지금 그게 문제냐? 저들이 정말 사악한 주술을 사용하고 있는지 확인만 하고 돌아올 거니까 염려 마. 정 안심이 안 되거든 신부님께 카폰(자동차에 전화 장치가 부착되어 차량에서 전화할 수 있는 전자 기기)으로 전화하든지……."

현암은 승희를 차에 남겨 두고 집 쪽으로 갔다. 담이 꽤 높았고 위에는 가시철망까지 둘러쳐져 있었다. 수상했다. 인가도 없는 이런 곳에 이렇게까지 높은 담이 왜 필요하단 말인가? 현암은 기공을 모아 힘을 끌어올린 뒤 담 위로 올라섰다. 다른 무엇이 더 있을 것 같다는 예감 때문이었다. 아니나 다를까, 아래쪽에 시커먼 그림자들이 몇 개 오가고 있었다. 개였다. 그것도 도베르만……

'이거 여차하면 꽤 시끄러워지겠군!'

현암은 눈을 돌려 마당 한쪽에서 자라고 있는 큰 나무를 바라보았다. 담장에서 거리가 한 삼 미터 쯤…… 그리로 건너뛰어서 가지를 잡고 나무 위로 올라가면 이 층의 작은 창문가를 붙들고 안으로 들어갈 수 있을 것 같았다.

'으라차!'

현암은 담장 위를 달려서 나뭇가지로 몸을 날려 가지를 잡고는 탄력을 이용해 그대로 창문가에 매달렸다. 빨리 들어가지 않으면 개들이 짖을 염려가 있었다. 현암은 오른팔을 뻗어 창문을 열려 했으나 창문은 잠겨 있었다.

'제기랄, 일이 어째 너무 잘 풀린다 했더니만……'

현암은 기공술 중 '흡(吸)' 자 결을 외우며 오른 손바닥을 유리창에 댔다. 유리가 손에 바싹 붙자 현암은 손을 살짝 당겼다. 나직한 픽 소리와 함께 유리가 현암의 손에 매달렸다. 현암은 공중에서 몸을 돌려 창문 안으로 들어섰다. 집 안은 조용했다. 현암이 들어선 방은 서재인 양 벽에 갖가지 책들이 빽빽이 꽂혀 있었고, 벽에 큼직한 문양이 하나 새겨져 있었다.

'모나스 히에로글리피카…… 우주의 지혜를 모은다는 부적?'

현암은 잠시 방 안을 둘러보았다. 그밖에 이상한 것은 없었다. 책상 위에 해골 모형으로 눌러 둔 서류만 몇 장 보였다. 서류 내용이 궁금해 해골을 치우려는데 촉감이 이상했다.

'이크! 이거 진짜 해골 아냐!'

현암은 해골을 카펫이 깔린 방바닥에 던져 버렸다. 그러자 해골의 눈구멍에서 붉은빛이 나오는 듯하더니 해골이 입을 들썩거렸다.

마스터! 마스터!

"이런 요사한!"

현암은 오른 손바닥에 기공을 돋우어 지껄이는 해골을 갈겼다. 퍽 소리와 함께 해골이 박살 나면서 잠잠해졌다. 박살 난 해골에서는 누런 연기가 피어올랐다.

'음…… 이거 정말 사술을 쓰는 놈이 분명하군.'

현암은 조용히 밖으로 나가서 복도를 거닐었으나, 집 안은 어둡고 몹시 조용했다. 사람은 아무도 없는 것 같았다. 현암은 조용히 계단을 한 걸음씩 내려가기 시작했다. 월향을 차에 두고 와서인지 좀 허전했다. 월향의 귀곡성 때문에 일부러 놓고 온 것이다. 계단을 내려가 일 층 거실에서 현암은 책상 위에 갈겨쓴 메모 하나를 주웠다.

길일을 택하기 위해 바빌론의 점복술 이용 → 샘플 9개 소요

소미와 13일에 약속 → 흑마술 전수

'바빌론의 점술? 샘플은 또 뭘 가리키는 거지? 흑마술이라……
그리고 소미는 또 누구지? 어쨌든 단서가 될 것 같군. 적어 두자.'
　서둘러 왼 손바닥에 볼펜을 꺼내 적고 있는데 맞은편에 있는 계
단에 눈에 들어왔다. 지하실로 내려가는 계단 같았다. 거기서 희
미한 불빛이 새어 나오고 있었다. 현암은 조심스럽게 계단으로 걸
음을 옮기기 시작했다.

　승희는 혼자 남게 되자 불안했다. 카폰으로 박 신부에게 몇 번이
나 전화를 걸어 보았지만, 계속 자동 응답기가 받을 뿐이었다. 주위
는 이제 칠흑같이 어두웠다. 그렇다고 실내등을 켤 수도 없었다. 현
암이 들어간 지 벌써 삼십 분이 넘게 지났다. 그 시간이 승희에게
는 엄청나게 길게 느껴졌다. 승희가 다시 한번 전화를 시도해 보려
고 하는데, 안쪽에서 난데없이 귀청을 찢는 소리가 들려왔다.
　드르르륵!!
　정적을 깨는 기관총 소리에 놀란 승희가 쇳소리를 질렀다.
　"꺄악!"

　현암은 비틀거리다가 제대로 몸도 가누지 못한 채 벽에 기대어
섰다. 뒤돌아 서 있던 남자가 뭔가를 꺼내는 순간 재빨리 몸을 날
리기는 했지만, 권총도 아닌 기관 단총을 가지고 있을 거라는 생

각은 미처 하지 못했다. 오른쪽 아랫배와 왼쪽 가슴 부위에 총알을 맞은 것이 분명했다. 의식이 가물거리면서 고통이 밀물처럼 밀려왔다.

"하하핫! 바보 같은 놈, 넌 도망 못 간다! 감히 금지된 의식 장소에 기웃거리다니!"

현암은 아득해져 가는 정신을 붙잡으려고 기공을 돋우려 했으나 기가 잘 모이지 않았다. 울컥하고 입에서 피가 나왔다.

'안 돼, 정신을 잃으면…… 저 의식을 막아야…… 막아야…….'

현암이 털썩 쓰러졌다. 안간힘을 다해서 정신을 잃지는 않았지만, 몸을 움직일 수가 없었다. 누군가 뚜벅뚜벅 다가왔다.

"아까부터 지켜보고 있었지. 지하실 계단에 감시 카메라가 있었던 것 몰랐겠지? 하하핫…….

녀석의 손이 현암의 머리털을 움켜쥐고는 위로 치켜들었다.

"오호라, 네가 퇴마사인 현암이로구나. 꽤 공력이 세다던데, 총알은 아직 못 막나 보지? 비밀을 훔쳐봤으니 이제 안녕이다. 이 멍청한 녀석!"

대사제로 보이는 남자가 현암의 머리를 쥔 채로 주머니에서 철컥 소리와 함께 칼을 빼 들었다.

"안심해라. 단번에 따 줄 테니까, 아프진 않을 거야."

승희는 미칠 것 같았다. 총소리가 들려오더니 이제는 정적만이 감돌고 있었다. 현암이 달려 나와야 하는데, 만약 현암이 당했다면…….

"안 돼! 아아아!"

승희는 눈을 감고 자기도 모르게 크게 부르짖었다.

'승희다! 승희가 힘을 보내는구나!'

단전에서 형언할 수 없는 기운이 솟아올랐다. 고통스럽기는 마찬가지였으나, 기공이 몸에 퍼지기 시작했다. 대사제의 칼이 현암의 목에 닿은 순간, 현암은 눈을 번쩍 뜨며 오른손으로 있는 힘을 다해 녀석의 손을 치며 몸을 일으켰다.

"으윽!"

기공이 잔뜩 실린 현암의 주먹을 맞은 대사제가 뽑힌 머리털을 움켜쥔 채 나가떨어졌다. 칼은 저만치 날아가 버렸고, 오른손이 축 늘어진 것이 아마 부러진 것 같았다. 현암의 입에서 선혈이 뿜어져 나왔다. 순간적으로 무리해서인지 상처가 더 쑤셨다. 그를 잡아 족치고 싶었지만, 아까 지하실에서 본 것만으로도 이미 충분했다. 박 신부와 준후에게 알리는 것이 급선무였다. 현암은 몸을 날려 밖으로 뛰어 나갔다. 대사제가 부러진 오른손과 비틀거리며 뛰어나가는 모습을 보고는 이를 갈면서 왼손에 쥐고 있던 현암의 머리카락을 던지며 펜타그램을 꺼내 들었다.

"이이, 망할 놈! 죽어라! 땅의 정령 코볼트여!"

대사제가 비명 같은 고함을 지르고 주문을 외자, 정원의 흙이 불쑥거리며 땅이 흔들리기 시작했다. 현암은 놀랐으나 걸음을 늦

출 수는 없었다.

'이놈이 사대력(四大力)[11]을 쓰는구나! 어쩐다?'

땅이 뭉클거리더니 마치 유사(流沙)처럼 소용돌이치며 흐르기 시작했다. 아차 하는 사이에 발이 땅으로 꺼졌다. 현암은 기합을 넣으면서 몸을 솟구쳐 올렸다. 짖으며 달려오던 도베르만들이 땅에 휘말려 짓눌린 벌레처럼 터져서 죽었다. 현암은 왼손으로 담장에 매달렸다. 오른손으로는 총상을 입은 아랫배를 움켜쥐었다. 피를 너무 많이 흘려서인지 기공이 몸에 도는데도 제대로 움직일 수 없었다.

'으, 허리를 움직일 수가 없다. 넘을 수가 없어!'

대사제가 다시 악쓰는 소리가 들렸다.

"도망치려고? 그렇게는 안 된다! 아리엘(Ariel)[12]! 아리엘이여!"

광풍이 몰아쳐 왔다. 거세게 몰아치는 바람이 담에 매달린 현암의 몸을 강타했다. 현암은 고스란히 그 힘을 받는 수밖에 없었다. 순간 현암의 머리에 한 가지 생각이 떠올랐다. 현암은 오른손에 최후의 힘을 모아 벽을 후려갈겼다. 벽이 부서져 나가는 것과 동

---

11 서양 신비주의에서 만물을 구성한다는 지, 수, 화, 공의 네 가지 요소(element)의 힘을 의미한다. 지(코볼트), 수(운디네), 화(샐러맨더), 공(아리엘 또는 실페, 실피드)이 각각의 정령들이다.

12 공기의 정령으로 실피드 또는 실페라고도 불리며, 모습은 부정형 또는 날개 달린 작은 요정과 흡사하다. 아리엘의 이름은 셰익스피어의 『템페스트』에 나타나며 공기의 정령 중 대장의 이름이다.

시에 무서운 바람의 일격이 몰아쳐 왔고, 담벼락이 산산이 부서지면서 현암의 몸도 허공을 날았다. 대사제가 이를 갈았다.

"이, 약은 놈! 바람에 대항하지 않고 도리어 이용하다니!"

바깥에서 여자의 비명이 들리더니 잠시 후 차를 모는 소리가 요란하게 들려왔다.

"밖에 한 패가 있었구나……. 질긴 놈!"

생각 같아서는 당장 따라가서 박살을 내고 싶었지만, 자신도 부상을 입은 몸이었다. 대사제는 아까 던져 버린 현암의 머리카락 뭉치를 주워 들었다. 손에는 현암의 피가 묻어 있었다. 대사제의 눈에 야릇한 미소가 흘렀다.

"이것만 있으면, 너는 살아도 산목숨이 아니다."

승희는 미친 듯이 차를 몰면서, 한 손으로는 카폰의 키를 누르기 바빴다. 그러나 자꾸 번호를 잘못 눌러 엉뚱한 데가 나왔다.

"현암 군, 아니 현암 오빠! 제발 죽지 마! 이런 젠장!"

승희가 소리를 빽 질렀다. 또 잘못 눌렀나 보다.

"죽으면 안 돼! 약속해! 죽지 마, 죽지 말라고!"

"으음…….."

만신창이가 된 현암의 입에서 신음이 새어 나왔다. 도망치는데 최후의 힘을 쓰느라 기공이 다 빠져서, 이제 현암에게는 말할 기운조차 없었다.

"의, 의식…… 놈들의 의식……."

"말하지 마! 말하지 말고 정신을 차려!"

아슬아슬하게 맞은편에서 오는 트럭을 비껴가며 승희가 외쳤다. 눈에서는 눈물이 마구 흘러내리고 있었다.

"막, 막아야…… 의, 의식…… 저주, 저주받은……."

"말하지 마, 바보야! 살아난 다음에 해도 되잖아!"

승희가 악을 썼다. 현암의 입에서 가쁜 숨이 흘러나오더니 더 이상 말소리가 나오지 않았다.

흑마술

박 신부와 준후, 그리고 아직도 울먹이는 승희는 응급실 바깥을 서성이며 아무 말도 하지 못하고 있었다. 주술도 아닌 기관총에 당하다니…… 불법 총기까지 태연하게 사용하는 것을 보면 역시 보통 사이비 종교 집단은 아니었다. 그나저나 급한 대로 병원으로 달려오기는 했지만, 총상을 입은 환자를 뭐라고 변명해서 둘러대야 하는지 박 신부로선 막막하지 않을 수 없었다. 사실대로 이야기했다가는 미친 사람 취급을 받거나, 만에 하나 경찰이 사실을 믿어 준다고 해도 놈들은 이미 잠적해 버린 뒤일 가능성이 높았다. 그들이 어떤 음모를 꾸미는지 지금으로선 알아내기가 감감한 노릇이었다.

"현암 군이 뭐라고 말한 건 없었나?"

승희가 아직도 눈물을 글썽거리는 눈으로 돌아보며 말했다.

"아뇨."

"흠, 이상하군. 놈들이 현암 군에게 총질까지 해 댄 걸 보면, 뭔가 중요한 것을 알아낸 것이 분명한데…… 승희야, 그 집에서 일어나는 싸움도 목격했니?"

"흑…… 보지는 못했어요. 다만 벽이 무너지면서 현암 오빠가 땅에 처박히고는 엄청난 바람이…….'"

"바람? 혹시 사대력을 이용한 건 아닐까?"

준후가 걱정 반 호기심 반의 눈초리로 끼어들었다.

"사대력이요?"

"응. 서양의 신비주의에서는 만물이 네 가지 원소로 이루어졌다고 하지. 지(地), 수(水), 화(火), 공(空)의 네 가진데, 그 정령들을 소환하는 비술들이 전해지고 있다고 하나 봐. 그런 것은 주로 흑마술의 계열에서 전수되는데…….'"

승희가 듣기 싫다는 듯 외쳤다.

"지금 그런 게 무슨 문제예요? 현암 오빠가 죽지는 않겠죠, 예?"

준후가 어른스럽게 승희를 달랬다.

"염려 말아요, 누나. 워낙 강한 사람이고 공력도 높은 데다가, 치명적인 급소는 다치지 않았다니까 괜찮을 거예요."

승희의 표정이 조금 누그러지면서 준후를 쳐다보았다. 준후도 억지로 얼굴을 펴려 하고 있었다.

"그래, 넌 참 어른스럽구나. 내가 너무 방정맞지? 나잇값도 못하고······."

"아녜요, 누나가 워낙 착하고 스스럼이 없으니까 그런 거죠, 뭐."

"고마워."

셋이 이런저런 얘기를 하면서 현암이 괜찮기를 빌고 있는데, 갑자기 응급실 안에서 현암의 찢어지는 듯한 비명이 들렸다.

"으아악!"

"아니, 현암 군이?"

준후가 사방을 살피면서 외쳤다. 뭔가 이상한 힘이 몰려들고 있다는 느낌이 왔다.

"이건 사악한 기운이에요! 이게 뭐죠, 신부님?"

박 신부와 준후는 응급실로 뛰어들었다. 현암이 계속 비명을 질러 대고 다른 환자들과 가족들이 놀라서 웅성대고 있었다. 비명이 들리는 곳으로 뛰어가는데, 현암을 간호하고 있던 간호사 한 명이 비명을 지르며 뛰쳐나왔다. 가슴이 철렁 내려앉은 박 신부와 준후는 그 간호사를 붙들고 외쳤다.

"무슨 일이요? 환자에게 무슨 일이 생겼습니까?"

"저 사람의 팔에서 갑자기 상처가 터지면서······ 몸 여기저기서 없던 상처들이 막······."

박 신부의 눈이 크게 떠졌다. 이미 준후는 몸을 날려 현암이 누워 있는 흰 커튼을 쳐 놓은 곳으로 뛰어들고 있었다. 준후의 놀라워하는 외침이 들렸다.

"으아, 신부님! 이, 이런!"

박 신부가 달려가서 커튼을 열어젖히고는 우뚝 멈추어 섰다. 현암은 이를 악물고 가부좌를 튼 채 앉아 있었다. 이미 의식은 없는 상태였으나 오랜 훈련의 결과로 자연스럽게 취해진 방어 자세이리라. 몸에는 구멍이 대여섯 개나 뚫려 있었고, 거기서 선혈이 흘러나오고 있었다. 갑자기 현암의 입에서 비명이 터지면서, 오른쪽 어깨에 펑 하고 구멍이 뚫리며 피가 튀었다. 의사 한 명이 겁에 질린 듯 벽에 기대어 있다가 선혈을 뒤집어썼고, 다른 의사는 필사적으로 현암의 상처를 붕대로 감싸려 하다가 현암의 몸에서 솟구치는 알 수 없는 힘에 밀려 뒤로 벌렁 자빠졌다. 준후가 발을 동동 구르며 외쳤다.

"신부님, 저게, 저게 어쩐 일이에요? 무슨 사술이기에 기공으로 몸을 다진 현암 형을 저리 쉽게!"

박 신부의 눈이 크게 부풀어 올랐다.

"흑마술! 틀림없다! 흑마술의 수법이다!"

박 신부가 소리를 지르면서 의사들의 멱살을 잡고 밀었다.

"빨리, 빨리 여기서 나가요! 모두!"

준후는 박 신부를 놀란 눈으로 지켜보았다. 만약 주술의 일종이라면 자신들도 주술의 방어막을 쳐야 하는데, 그러다가는 응급실 안에 있는 많은 환자와 의료인들이 다칠지도 모른다. 준후는 얼른 생각을 굴려 다른 사람들을 한꺼번에 쫓아낼 방법을 찾았다. 아무 영이나 호출해서 눈에 보이게 현신시키면 될 듯했다. 준후가 급히 나찰천의 주를 외우자, 준후의 뒤쪽에서부터 무시무시한 형체를 지닌 나찰의 허상이 투영되기 시작했다. 박 신부도 준후의 의도를 알아차리고 소리를 질렀다.

"괴물이다! 귀신이다!"

삽시간에 응급실 안은 아수라장을 이루면서 환자와 가족, 의사를 가릴 것 없이 빠져나가는 사람들로 아비규환을 이루었다. 그들의 등 뒤에는 준후가 만들어 낸 허상이 포효하고 있었다.

현암의 몸에 생기는 상처들이 점차 몸의 중심으로 옮겨지고 있었다. 박 신부는 주변 사람들이 없어지자, 현암의 옆에 무릎을 꿇고 앉아 기도력을 모으기 시작했다. 녹색의 오라가 현암에게 집중되자, 현암의 왼쪽 가슴 언저리가 움푹 들어가더니 다시 튀어나왔다. 일단 기도력으로 흑마술의 힘을 막아 내자 박 신부가 한숨을 쉬었다. 한 번의 공격은 막아 냈지만 체력 소모가 심했다.

"준후야, 결계를! 가장 강한 결계를 쳐!"

준후가 나찰의 모습을 지우며 부적을 꺼내 허공에 날리고는 손가락을 깨물었다.

"암흑의 힘을 막아 주소서! 오대존 명왕진!"

준후가 외치면서 입에서 선혈을 뿜어 부적에 적시자 금강야차부가 북방으로, 항삼세부가 동쪽으로 날고, 다시 준후가 기합을 넣자 대위덕부가 서쪽, 군다리부가 남쪽으로 날았다. 준후가 수인을 맺고 기합을 발하자, 부동부가 현암의 머리 위에 우뚝 서더니 빛을 뿜어 댔다. 찬란한 빛이 네 개의 부적에 번져 가자, 다시 부적들이 찬란한 금색 빛을 발하면서 중앙의 부동부를 중심으로 빙글빙글 회전하기 시작하더니, 그 속도가 점점 빨라지며 불 바퀴 같은 형상이 되어 현암의 주위를 돌았다. 전에 현암이 건성으로 펼친 진과는 전혀 딴판의 위력이었다. 준후는 주술을 마치고 털썩 주저앉았다. 준후의 옷이 삽시간에 땀에 젖은 것으로 보아, 엄청나게 힘을 쏟은 진인 듯했다.

"승희, 승희야! 준후에게 힘을!"

박 신부가 외치자 정신 나간 듯 서 있던 승희가 달려와 준후의 옆에 좌정하고 앉았다. 승희의 입술이 미미하게 떨리면서 현암에게서 배운 도가의 토납술을 행하자 새파랗게 질려 있던 준후의 안색이 조금씩 되살아나기 시작했다. 유파가 다른 힘의 소용돌이 속에서 억지로 버티고 있던 박 신부가 진이 완전히 펼쳐진 것을 확인한 후에야 땀을 흠뻑 흘리며 진에서 걸어 나왔다. 다행히 준후가 부른 신의 힘은 정순한 것이어서 박 신부의 오라 막을 별로 침범하지 않고 있었다.

박 신부가 한숨을 쉬면서 준후 옆에 정좌해 무릎을 꿇고는 십자가를 꺼내 들고 앉았다. 준후가 주술을 운용하며 틈을 내어 박 신부에게 물었다.

"신부님, 흑마술이라니, 그건 어떤 거지요?"

"지극히 사악한 것이다. 아마 인형을 이용한 수법이었을 거야. 목표로 삼은 사람의 몸의 일부를 담아 사악한 의례로 인형을 만들어 낸 뒤, 인형에게 위해를 가하면 그 원래의 사람이 인형과 같은 곳에 상처를 입게 되지."

"세상에…… 옛날 우리나라의 제웅[13]을 쓰는 거나 일본에서 초상화를 그려 놓고 못[14]을 박는 것과 비슷한 거군요."

"그것보다 훨씬 효과가 빠르지. 게다가 주술력이 강한 자들이 사용하는 것이니까…… 아까 현암 군이 몸에 기공을 돌리는데도 구멍이 막 뚫리지 않던?"

"놈들이 현암 형의 인형에 못 같은 걸 찌르는 건가요?"

"그럴 테지. 지금은 아마 우리의 방어 때문에 못이 들어가지 않을 거야."

현암의 입에서 다시 신음이 새어 나오기 시작했다. 현암이 앉아 있는 침대의 시트에서 연기가 솟아오르면서 저절로 불이 붙기 시작했다.

"신부님!"

"이런, 놈들이 현암의 인형을 불에 태우려 하나 보다! 준후야!"

준후가 다시 승희의 힘을 가득 모아서 삼매신수의 수를 펼쳤다. 검은 연기 같은 구름들이 뭉치며 현암의 주위를 덮자, 흰 물안개가 사방을 적시면서 불을 껐다. 수증기가 자욱한 속에서 준후가

---

13 짚으로 사람의 형상을 만든 것으로 원래는 액을 막기 위한 용도로 만들어진 도구이나 저주를 내리는 용도로 악용되었다.

14 과거 우리나라에서도 초상화에 화살을 쏘거나 바늘로 초상화를 찌름으로써 실제 사람에게 위해를 가하거나, 좋은 의미로는 그 사람의 몸에 들어 있는 악귀나 병을 몰아낼 수 있다고 믿었다. 이를 금압(禁壓)이라 하는데, 일본에서는 어두운 달밤에 머리에 촛불을 묶어 켜고 동네의 굵은 나무에 위해를 가하고자 하는 사람의 초상화를 저주해 주문을 읊으면서 못질을 하면 그 사람이 죽는다는 믿음이 있었다고 한다.

헐떡거렸고, 승희도 무아지경 속에서 무리한 힘을 낸 듯 얼굴빛이
변해 있었다.

"헉헉헉! 더 이상 수를 쓰면 아무리 승희 누나의 힘을 빌리더라
도 무리예요! 어쩌죠, 신부님?"

박 신부가 안광을 형형히 빛내며 금빛이 번쩍이는 부적을 꺼내
들었다.

"놈들은 이 근방에 있을 거야. 주술로 해를 입히지 못하면 직접
찾아오겠지."

"현암 형이 알아낸 비밀이 대체 뭐기에 저렇게 질기게 굴죠?"

"알 수 없지. 아무튼 비밀보다도, 일단 현암 군을 지켜야 해! 준
후야, 힘을 비축해 두어라!"

"예, 신부님…… 응? 밖에 뭔가 다가와요!"

준후가 외쳤다. 박 신부도 영사를 행했다. 역시 사악한, 검은 기
운들이 병원을 에워싸며 다가오고 있었다.

"준후야, 놈들이다!"

"수가 많아요! 그중에 둘은 엄청 세고! 나머지도 이상한 기운이!"

밖에서 놈들이 외치는 소리가 들렸다. 터무니없게도 그들은 자
기들이 섬기는 사령의 힘으로 응급실에 나타난 귀신들을 처단하
겠다고 둘러대는 것 같았다. 교활한 놈들이었다. 박 신부는 혀를
내두르며 승희의 어깨를 툭 치면서 말했다.

"승희야, 물러서서 현암 군을 보살펴라! 그리고 준후를 도와!"

승희의 눈은 겁에 질려 있었으나, 입가를 찡그리고 있는 표정에

는 각오가 단단히 서려 있었다.

준후가 품에서 금줄을 꺼내 주위에 확 펼치자 금줄은 꼿꼿이 가로로 뻗어서 마치 난간처럼 둘의 앞을 막았다.

"이게 어느 정도 우릴 보호해 줄 거예요. 주술을 흡수해 버리는 줄이니……."

박 신부도 기도문을 읊으며 JNRJ의 부적을 앞에 놓고 십자가를 양손으로 쥐었다. 십자가에서 파란 성령의 불이 솟으며 부적이 공중으로 떠올라 박 신부의 앞을 지키듯 허공에 머물렀다.

승희가 뒤로 들어가 현암을 부축하고는 대강 지혈하기 시작했다. 밖에서는 놈들이 주문인지 무슨 찬가인지를 부르면서 접근해 오고 있었다. 준후와 박 신부는 바짝 긴장했다. 그때 승희의 외침이 들려왔다.

"잠깐요, 여기! 현암 오빠의 손에 뭔가 쓰여 있어요!"

돌연 밖에서 고함이 들리자 응급실의 창문과 문들이 한꺼번에 와장창 부서져 나가고 엄청난 바람의 소용돌이가 밀어닥쳤다.

주술 전쟁

"준후야, 조심해라!"

"야앗!"

엄청나게 밀려들어 오던 바람이 박 신부가 띄워 놓은 부적을 밀어 내지 못하고, 두 줄기로 갈라져 옆으로 비키면서 근처에 있던 시트와 탁자들을 뒤엎었다. 준후는 갈라진 한 줄기의 바람 속으로 줄이 달린 작은 호리병을 집어 던지더니 다시 끌어서 마개를 막았다. 박 신부는 그게 무엇인지 궁금했지만, 물을 시간이 없었다. 뒤에 있던 승희는 놀라서 입을 다물고는 현암의 손바닥에 희미하게 남아 있는 글씨들을 읽으려 애를 쓰고 있었다.

"역시 소문대로 제법 하는 놈들이군그래."

대사제가 사제복을 입은 남자와 함께 걸어 들어왔다. 대사제의 한쪽 손에는 펜타그램이 들려 있었고, 다른 한 손에는 밀랍으로 만든 인형이 들려 있었다. 인형에는 머리카락이 붙어 있고, 군데군데 피가 묻어서 마치 붉은 칠이 벗겨진 것처럼 보였다. 박 신부가 인형을 보더니 눈을 부릅떴다.

"이 고약한 것들! 더러운 사술로 사람을 해치려 하다니! 그 인형은 현암 군을 해치려 만든 거렸다?"

대사제는 하늘로 고개를 젖히며 웃었다.

"하하하……."

이번엔 준후가 고함을 쳤다.

"더러운 녀석들! 외국에까지 나가서 그런 못된 것들만 배워 오다니! 내 손에 혼나고 싶지 않으면 당장 그 흑마술인지 뭔지 집어치워라! 안 그러면!"

준후가 앉은 채로 대사제를 매섭게 쩌려보면서 한 손을 쳐들었다. 뇌신 인드라의 번개가 작은 손끝에서 이글거렸다.

"사람에게 주술은 쓰지 않으려 했지만, 너희는 사람이 아니니 상관없겠지!"

대사제의 옆에 있던 남자가 화가 난 듯, 이를 드러내며 준후에게 다가갔다. 준후가 눈을 딱 감고는 번개를 발했다. 번개는 남자의 발 앞에 떨어져 바닥을 파면서 불똥을 뿌렸다.

"흐흐흐…… 꼬마가 제법 하는구나. 너도 우리의 브리트라님께 몸을 바쳐라."

"어디서 개가 짖네? 너희 브리트라를 이긴 인드라님의 가호가 있다. 더 가까이 오면 정말 구운 개고기로 만들어 주마!"

준후가 독설을 쏘아 대자 남자의 얼굴이 흉하게 일그러졌다.

"네 이놈, 어리다고 봐주려 했더니만 안 되겠구나!"

남자가 입을 찍 벌리더니 허옇고 끈적거리는 덩어리를 쏟아 냈다. 덩어리가 꿈틀거리면서 허공에 떠올라 아메바처럼 움직이기 시작하자, 남자는 그 자리에 주저앉은 채 움직이지 않았다.

"엑토플라즘(Ectoplasm)[15]! 준후야, 조심해라!"

박 신부가 그쪽으로 가려는데 음험한 목소리가 들려왔다. 대사제였다.

"영감! 영감은 따로 임자가 있어!"

---

[15] 영체(靈體)라고도 하며 심령이 물질의 형태를 띠어 나타난 것이다. 실례들을 보면 보통 우윳빛에 꿈틀거리는 부정형의 형태를 지닌 물질로, 스스로 움직이거나 소리를 내고 의사 표현도 한다.

대사제가 펜타그램을 휘저으며 불의 정령 샐러맨더(Salamander)[16]의 이름을 부르자, 한 가닥의 붉은 불길이 뿜어져 나왔다. 그에 맞서 박 신부가 기도문의 소리를 높이자, 부적이 떠오르며 불길을 도로 튕겨 냈다. 준후가 손을 올리는 동시에 금줄이 솟아올라서 날아오는 엑토플라즘을 튕겨 냈다. 그러나 엑토플라즘 덩어리는 금줄에 의해 둘로 갈라지더니 두 개의 덩어리가 되어 준후에게 달려들었다. 준후는 바닥을 뒹굴며 간신히 위기를 모면했다. 엑토플라즘이 닿은 바닥이 흰 연기를 내며 녹아내렸다. 준후가 입술을 깨물며 반격할 태세를 갖추었다.

"다 태워 주마, 멸겁화!"

준후의 손에서 불길이 솟아올라 한 덩이의 엑토플라즘에 명중했으나, 엑토플라즘 덩어리는 불이 붙지 않고 잠시 주춤하는 듯하더니 다시 날아들어 왔다. 박 신부가 한 걸음 뒤로 물러섰다. 대사제가 샐러맨더의 불을 계속 쏘아 대면서 운디네(Undine)[17]의 안개 기운을 모아 박 신부의 옆을 쳤기 때문이었다. 박 신부는 오라로 공격을 힘겹게 막아 냈지만 역시 타격을 받기는 했다. 대사제는 기회를 놓치지 않고 사대력을 모아 날카로운 막대 같은 기운을 형성해 사방에서 정신없이 박 신부의 오라 막을 가격하기 시작했다.

---

16 서양 신비주의의 사대력 중 불을 지배하는 정령으로 불길이 이글거리는 도마뱀의 모습이다.

17 물의 정령으로 부정형의 액체 또는 물로 이루어진 여자의 모습이다.

박 신부의 기도력은 대단히 강했지만, 사방에서 어지럽게 사대력을 운용해 공격하는 대사제의 교란 전술에 조금씩 밀리고 있었다. 준후가 부적을 꺼내 허공에 뿌리고는 왼쪽 손가락으로 날카롭게 엑토플라즘 한 덩어리를 가리키고 다른 한 손을 가슴에 수직으로 세웠다. 부적들이 마치 새 떼처럼 쏘아져 엑토플라즘 덩어리에 와르르 달라붙었다. 준후가 오른손의 인장을 고쳐 왼쪽과 교차시키며 외쳤다.

"멸(滅)!"

순간적으로 부적들이 붉은빛으로 달아오르다가 굉장한 소리를 내며 폭발했다. 사방으로 엑토플라즘 조각들이 튀자 다른 하나의 엑토플라즘 덩어리가 쏘듯이 날아왔다.

"어이쿠!"

준후가 급한 대로 양손에 멸겁화의 기운을 끌어올려 밀고 들어오는 엑토플라즘의 덩어리를 막았다. 그러나 덩어리는 불길을 맞으면서도 계속 밀고 들어왔다. 준후의 발이 뒤로 주르륵 밀려 났다. 승희는 준후가 준 부적을 만지작거리며 손에 땀을 쥐고 넷의 대결을 지켜보고 있었다. 전쟁이나 다를 바 없었다. 불, 물, 바람, 번개, 영체 등등 온갖 힘들이 동원되어 넓은 응급실 내부를 수라장으로 만들며 격돌하고 있었다. 그러나 준후와 박 신부 쪽이 조금씩 불리해지고 있었다. 박 신부는 사방에서 밀어닥치는 공격에 정신차리지 못하고 있었고, 준후는 엑토플라즘 덩어리를 상대하기엔 힘에 부쳤다. 순간 승희는 한 가지를 생각하고는 소리를 질렸다. 둘이 고전하는 것은 상대하는 적과 부조화를 이뤘기 때문인 것 같았다.

"둘이서 상대를 바꿔요! 바꿔서 싸우면!"

그러나 그럴 여유가 없었다. 준후는 이를 악물고 불기운을 뿜어 내고 있었지만, 엑토플라즘 덩어리는 아까 흩어져 버린 잔해들까 지 흡수하면서 준후를 결계가 있는 언저리까지 몰아붙이고 있었 다. 박 신부는 오라를 끌어올려 방어하기에 바빠 역시 조금씩 뒤 로 밀리고 있었다. 어떤 수단을 써서든 싸움을 잠시나마 말려야 했다.

승희의 눈에 땅에 떨어져 있는 월향검이 들어왔다. 평상시에는 귀신 붙은 칼이라고 가까이 가지도 않던 승희였지만, 지금은 사정 이 절박했다. 승희는 월향을 집어 들고는 눈을 감고 월향에 힘을 집중시켰다.

꺄아아악!

방 안을 진동시키는 귀곡성을 내며 월향이 쏘아져 나갔다. 승희 의 증폭력을 받아 힘을 얻은 것이다. 월향은 곧장 엑토플라즘 덩 어리를 꿰뚫고는 호선을 그리며 대사제에게로 쏘아져 갔다.

"윽!"

뜻밖의 기습에 당황한 대사제는 펜타그램을 들어 월향을 막았 다. 날카로운 소리와 함께 불똥이 사방에 튀며 대사제가 뒤로 몇 발자국을 물러났고 월향도 뒤로 흔들리며 튕겨졌다. 몸통을 꿰뚫 린 엑토플라즘도 잠시 주춤거렸다.

"준후야, 위치를 바꾸자! 저런 괴물은 내 전문이다!"

박 신부가 기회를 놓치지 않고 뛰어드는 동시에, 준후가 일갈하면서 멸겁화의 불길에 힘을 주어 엑토플라즘을 멀찍이 밀어 내고는 박 신부와 교차하기 위해 몸을 굴렸다. 박 신부의 은십자가에서 푸른 성령의 불길이 이글이글 타오르자 엑토플라즘 덩어리는 기이한 소리를 내며 주춤 물러서기 시작했다. 박 신부는 성큼성큼 그쪽으로 다가갔다.

"이봐! 어디 사대력인지 뭔지 한번 부려 보시지!"

준후가 오행의 부적을 꺼내 손에 들고 불길을 발하자, 부적들은 현란한 빛을 발하며 타들어 갔다. 준비된 것이다. 대사제는 당돌하게 덤벼드는 꼬마를 가소로운 듯이 쳐다보고 있었다.

"하하핫! 저 늙은 할아범도 내 상대가 안 되는데, 너는 가서 젖 좀 더 먹고 오려무나."

"너 같이 수입 귀신이나 부리는 놈에겐 나 하나면 족하다! 내가 도가 오행술[18]을 보여 주마!"

"닥쳐라! 어린놈이 입만 까졌구나!"

"그래, 난 어려서 배운 거 없다. 너는 많이 배운 놈이라 할 일이 없어서 어디서 잡귀들이나 주워 가지고 다니느냐?"

대사제가 이를 갈면서 펜타그램을 고쳐 쥐었다. 준후도 욕은 마

---

18 도가 사상의 근본 중 하나인 화, 수, 목, 금, 토의 세상을 이루는 다섯 가지의 힘인 오행으로 다양한 능력을 발휘하는 주술이다.

구 퍼부었지만, 아까 엄청난 파괴력을 본 이후라 긴장하지 않을
수 없었다. 지금은 결계까지 운용할 여유가 없었다. 준후는 오대
존 명왕 결계를 해소시키며 힘을 전신에 퍼져 있는 오행의 기운에
돌렸다. 박 신부가 오라를 발해 엑토플라즘 덩어리를 허공에 묶었
다. 그 위에는 JNRJ의 부적이 찬연히 빛나고 있었다. 임자를 만난
듯, 아까 그렇게 위세당당하게 날뛰던 엑토플라즘이 거의 꼼짝도
못 하고 고통스러운 듯 꿈틀대고 있었다. 박 신부는 성령의 불이
이글거리는 십자가로 엑토플라즘을 찍어 눌렀다.

한편에서는 대사제가 중얼거리던 주문을 끝내자, 펜타그램 다
섯 개의 돌기가 각기 다른 빛으로 달아오르기 시작했다.

"받아라, 꼬마야! 샐러맨더의 화염이다!"

"흥! 수극화(水剋火)[19]! 삼매신수!"

펜타그램의 한 뿔 불줄기가 쏟아져 나오는 순간 준후가 소매를
저었고, 준후의 소매에서 검은 안개가 뻗쳐 나가 두 힘이 공중에
서 부딪쳤다. 불줄기가 주춤해 밀리는 듯했다.

"에잇! 땅의 정령 코볼트여!"

대사제가 불줄기를 거두고 발을 구르자, 대사제 발밑의 땅이 꿈
틀대며 녹더니 그 흙의 파도가 준후를 향해 뻗었다. 준후도 지지

---

19 전술한 오행의 오행 상극 원리의 한 가지로 물의 기운이 불의 기운을 이긴다는
뜻이다. 이러한 상극의 원리는 목극토(木剋土), 토극수(土剋水), 수극화(水剋火), 화극금
(火剋金), 금극목(金剋木)의 다섯 가지가 있다.

않고 외쳤다.

"땅이면 토(土)의 기운! 목(木)은 토를 이긴다! 낙지생근술(洛池生根術)[20]!"

준후가 양손으로 다리를 치고 발을 구르자, 준후의 발이 땅속으로 한 자쯤 파고들어 갔고, 밀려오던 흙의 파도가 부딪친 듯 멈추어 버렸다. 대사제가 충격을 받고 뒤로 휘청거리더니 이를 갈며 이번에는 두 가지 기운을 한꺼번에 불러냈다.

"물의 정령 운디네! 바람의 정령 아리엘이여!"

준후는 토극수(土剋水)의 원리로 주문을 외치면서 흙을 집어 흩뿌리자 운디네의 물의 기운은 스러졌으나, 아리엘의 무서운 바람은 그대로 준후를 덮쳤다. 미처 대적할 시간이 없었던 준후는 호리병을 열고 아까 잡아 둔 바람의 기운을 맞서서 발출했다. 아까 준후가 던졌던 호리병은 주술을 담아 두는 역할을 하는 법기로서 준후의 부친인 장 호법의 유물이었다.

박 신부는 이제 형편없이 짜부라져 버린 엑토플라즘의 덩어리에서 십자가를 빼냈다. 처치한 것이다. 엑토플라즘을 토해 낸 남자는 영체가 죽자, 온몸이 쭈글쭈글해져서 신음을 흘리며 뒹굴었다. 정신이 나간 폐인이 되었으리라. 옆에서 엄청난 돌풍이 몰아닥쳤다. 돌아보니 준후에게 거대한 바람이 덮쳐들고 준후도 그에

20　도가 오행 중 목(木)의 술수로 발이 나무의 뿌리처럼 땅속에 파고들어 어떤 충격에도 꿋꿋이 서게 만든다.

맞서고는 있었지만, 역시 가두어 둔 주술의 양이라는 건 한계가 있어서인지 조금씩 밀리고 있었다. 박 신부는 다시 기도력을 발하면서 손에 쥐었던 JNRJ의 부적을 집어 던졌다. 굉음과 함께 아리엘의 기운이 부적에 부딪혀 산산이 부서지면서 대사제의 펜타그램 가지 하나가 부스러져 버렸다.

"으헉! 이, 이런!"

대사제가 당황한 듯 뒤로 주춤 물러서더니, 괴성을 지르며 펜타그램을 내밀었다. 펜타그램의 한쪽 가지에서부터 흰 기운이 번지며 눈부신 흰빛을 쏘아 댔다.

"아스트랄(Astral)[21]이다! 준후야, 눈을 감아!"

대사제가 이를 갈면서 소리를 질렀다.

"지고무상의 힘이다! 모두 죽어 버려!"

펜타그램에서 엄청난 흰빛이 폭사되어 준후를 덮쳤다. 준후는 눈을 감으며 오행 중 금(金)의 기운을 불러냈다. 그 기운이 박 신부의 금빛 부적에 가해지며, 둥근 형상으로 준후의 주위를 금빛 거울처럼 에워쌌다.

"캐애액!"

대사제의 얼굴이 새카맣게 타며 연기를 뿜었다. 준후의 주술과

---

21 '광(光)'이라고도 하며, 서양의 사대력이 하나로 모였을 때 나타나게 되는 지고무상의 힘이다. 서양 마법사들이 주로 사용하는 오각형의 별 모양 펜타그램인 다섯 개의 돌기는 각각의 사대력과 아스트랄을 상징한다.

박 신부의 부적의 힘이 대사제의 아스트랄을 도로 반사한 것이다. 대사제는 비명을 지르면서도 최후의 발악을 하는 듯, 현암의 인형을 쥐고는 목을 비틀려고 했다.

"죽여 버리겠다!"

"앗! 그, 그건 안 돼!"

"결계도 없는데!"

박 신부와 준후가 당황해 소리를 지르는데 갑자기 날카로운 여자의 기합 소리와 귀곡성이 들려오며 은빛 섬광이 날아들었다.

꺄아아악!

승희였다. 승희가 힘을 모아 던진 월향이 제비처럼 날아와서는 귀곡성을 울리면서 대사제의 두 손을 그대로 뚫고 지나가 버렸다.

"크아아악!"

대사제의 두 손이 따로따로 허공을 날며 선혈이 솟구쳐 올랐다. 현암의 구멍이 숭숭 뚫린 인형이 땅에 떨어지는 것을 준후가 엎어지면서 붙잡았다. 대사제는 두 손이 잘린 채 비명을 올리며 도망쳤다.

"으, 다행이다!"

박 신부가 털썩 주저앉았다. 밖에서 사교 일당이 대사제를 데리고 달아나는 소리와 사이렌 소리, 사람들이 떠들며 몰려오는 소리도 들려왔다. 사교 일당이 몰려 나가자, 이번엔 경찰이며 소방관들이 들이닥치고 있었다.

"아이고, 쉴 틈도 없네요. 신부님!"

"그래, 어서 빨리 여길 떠나자! 괜히 골치 아파진다!"

박 신부가 헉헉거리며 현암을 들쳐 업고 뒤뜰 쪽으로 난 창을 뛰어넘었다. 승희가 늘어지려는 준후를 업고 그 뒤를 따랐다. 다행이 중상임에도 불구하고, 현암의 맥은 제대로 뛰고 있었고, 호흡도 고른 듯했다.

금단의 의식

박 신부와 준후, 그리고 승희는 현암을 그들의 아지트로 데리고 왔다. 이 아지트는 넷의 회합 장소로서, 준후와 박 신부가 정성을 들여 엄청난 수호력으로 결계를 친 곳이었기에, 주술로부터는 그래도 제일 안전한 장소라고 할 수 있었다. 박 신부가 의사였을 당시의 솜씨를 발휘해 현암에게 다시 응급 처치해 주었다. 승희는 아무 말 없이 박 신부를 도왔고, 준후는 탈진 상태에서 벗어나기 위해 휴식을 취하고 있었다. 현암에게 약을 바르고 붕대를 간 다음, 링거까지 꽂은 뒤에야 박 신부는 안도의 한숨을 쉬면서 이것저것 뒷수습하며 입을 열었다.

"휴우, 이젠 됐다. 현암 군은 보기와는 달리 워낙 단련을 많이 한 몸이라 괜찮을 것 같구나……. 그런데 승희야, 아까 현암의 손에 쓰여 있던 게 뭐였지? 지금은 보이지 않는데?"

"제가 다 외웠어요. 그러니까 길일을 택…… 그다음에는 안 보였고, 바빌론의 점복술 이용, 샘플 아홉 개…… 군데군데 지워져서 다는 안 보였어요. 그리고 소미와 13일에 약속, 그게 제가 읽은 다예요."

박 신부의 눈이 커졌다.

"소미라고? 그건 우리가 추적하던 여사제의 이름인데……."

"그런가요? 신부님은 뭘 좀 알아내신 게 있어요?"

"아니, 별로…… 그나저나 바빌론이라…… 왜 바빌론의 점복술을 쓴다는 거지? 승희야, 저쪽에 가면 그것에 관한 책이 있을 거야. 좀 찾아봐 주겠니?"

"예. 그러죠."

승희는 선선히 서가로 가서 고대 종교의 의례에 대한 책을 들고서 바빌론 부분을 찾아 읽기 시작했다.

"바빌로니아의 종교[22]가 오랫동안 군림할 수 있었던 것은 천문학 분야의 발달과 도량형에 상당히 박식한 사제들 덕분이었다. 고대와 중세 초기까지만 해도 바빌로니아 사제들과는 지혜를 대적할 상대가 없다고 여겨졌고, 특히 바빌로니아의 마귀론은 중세 유럽의 종교 재판관으로 하여금 열광적인 마녀사냥에 빠지도록 했던 근본 원인으로……."

박 신부가 현암의 베개를 올려 주면서 승희의 말을 막았다.

---

[22] 마르두크 신앙으로 바빌로니아가 아시리아에게 점령된 후, 아슈르 또는 람만의 신앙이 주종을 이루었다.

"점술에 대한 것만 읽어 주면 충분해. 나도 오늘은 영 피곤하구나."

승희는 다시 책을 몇 페이지 뒤적이더니 읽기 시작했다.

"바빌로니아의 점복술은 아주 발달된 형태였다. 몇몇 사제는 점을 치는 전문가였고, 그들은 꿈을 해석하거나 동물이나 새의 날갯짓 또는 물에 떨어진 기름방울의 모양새 등을 통해 미래를 예견했다. 바빌로니아에서 흔히 쓰이던 점술 도구는 희생 제의에 사용된 동물의 내장, 특히 간⋯⋯."

박 신부가 섬뜩한 것을 느끼며 고개를 홱 돌려서 승희를 쳐다보았다. 승희도 망연하게 책을 바라보고 있다가 떨리는 어조로 계속 책을 읽어 내려갔다.

"간이었다. 간 관찰법(hepatoscopy)이라고 불린 이 기술은 예술로까지 발전해⋯⋯."

"간이라니! 그러면 혹시 현암 군은!"

승희가 역겨운 표정을 지우며 읽기를 멈추고 박 신부 쪽을 쳐다보았다.

"혹시 인간의 간을 이용하는 의례를⋯⋯."

"샘플⋯⋯ 샘플이 아홉 개라 했지? 만약 그 메시지가 사실이고 우리의 추측이 맞다면 놈들은 뭔가 사악한 의례를 행하기 위해 아홉 사람을 희생시킨다는 뜻이 돼!"

"욱! 신부님, 그건 너무!"

"막아야 한다! 현암이 그토록 알리고 싶어 했던 것이 바로 이것이었을 거야! 오늘이 며칠이지? 어이쿠, 벌써 12일이야."

승희가 역시 흥분해 외쳤다.

"소미라는 사람과의 약속이 13일이었죠? 벌써 밤이니까 몇 시간밖에 남지 않았네요!"

"그런데 13일에 약속했다는 것이 단순히 소미라는 여자와의 약속인지, 아니면 금단의 의식을 치르기로 한 날인지는 아직 구분하기가 힘들어."

"그렇지만 만약의 경우, 13일이 나쁜 쪽이라면 어쩌죠? 맹목적으로 저들을 믿고 따르는 사람 중 아홉…… 아니, 다른 선량한 사람일지도 모르죠. 아무튼 아홉 명이 죽게 될지도 모르잖아요? 대책을 강구하는 건 빠를수록 좋아요."

"그래. 막아야지!"

"어떻게요? 어떻게 막죠?"

박 신부가 잠시 입을 다물고 골똘히 생각에 잠겼다. 준후가 그제야 기지개를 켜며 무아지경에서 벗어났다.

"신부님! 왜 그리 얼굴이 굳어져 계세요? 오늘 이겼잖아요?"

박 신부가 각오한 듯, 준후와 승희를 가까이 모았다.

"이 방법밖에는 없다. 승희야, 교단의 위치를 알지?"

"예, 대강 기억할 수 있어요. 교단 사무실과 대사제라는 자의 거처는……."

"사무실은 어차피 표면적인 걸 거야. 그 대사제의 집으로 인도할 수 있겠니?"

"예."

"좋다. 방법은 하나뿐이야."

"뭐죠?"

박 신부의 안광이 빛났다.

"그리로 쳐들어가는 거다."

준후가 놀란 얼굴로 물었다.

"예? 지금 당장 간다고요? 이렇게 지친 상태로요?"

"지금밖에 시간이 없다."

박 신부는 고개를 흔들었다. 사교의 인물들은 현암에게 중요한 비밀을 들킨 것이 틀림없었다. 그래서 급하게 흑마술을 사용해 인형을 만들고 직접 추격까지 해 온 것이다. 하지만 대사제라는 자는 현재 중상을 입은 상태라 금단 의식을 채 수습할 경황이 없을 것이 분명했다. 이때 치고 들어가야만 그들의 정체와 추구하는 목표, 그리고 그 금단의 의식이 무엇이지 알아낼 수 있다고 박 신부는 생각했다. 어차피 지치고 피곤하기는 피차 마찬가지일 터였다.

"저도 갈래요!"

승희가 끼려고 했으나, 박 신부는 고개를 저었다.

"아니다. 너는 남아서 현암 군을 지켜야 해. 현암 군은 의식이 없는 상태이니, 누군가 간호해 줘야지."

"흥, 알았어요."

"대사제라는 자의 집으로 가는 약도를 부탁한다."

박 신부와 준후는 이것저것 영력이 지닌 물건들을 챙기기 시작했고 승희는 약도를 그렸다. 그러나 막상 떠나려고 하니 아직 자신의 특별한 힘을 제대로 발휘할 줄 모르는 승희만을 남기기가 뭣해서, 승희에게 월향검과 몇 장의 간단한 부적을 사용할 수 있는 법을 가르쳐 주었다. 또 만약을 대비해 박 신부는 성수 뿌리개 하나와 한 가지 일을 승희에게 맡겼다.

"나하고 준후가 그 소미라는 여자를 조사한 서류 봉투가 있을 텐데. 하도 정신이 없다 보니 제대로 읽어 보지도 못 했구나. 현암 군을 보살피면서 정리해 주겠니? 가능하다면 자료를 찾아 추리도 해 보렴!"

"예, 조심해서 다녀오세요. 혹시 모르니 삼십 분마다 연락 주시고요."

"내 차에는 카폰이 없는걸? 너무 걱정 마라. 지금이 밤 열한 시니까, 새벽 두 시까지는 꼭 연락하마!"

"예."

박 신부와 준후는 승희에게 그린 약도를 들고 금단의 의식이 행해지고 있을 대사제의 집으로 출발했다.

승희는 현암의 몸에 꽂힌 링거에서 똑똑 떨어지고 있는 방울들을 처량하게 바라보고 있었다. 현암은 곤히 잠든 듯 고르게 숨을 쉬고 있었다. 승희는 안도의 한숨을 쉬며 박 신부의 서류 봉투를 꺼냈다. 거기에는 임소미라는 여자의 사진을 복사한 것 몇 장과 K대학의 졸업 증명서, 그리고 출입국 신고서와 기타 몇 가지 서류들이 들어 있었다. 먼저 승희는 사진부터 펼쳐 보았다. 대학 졸업 앨범에서 복사한 듯, 사각모를 쓴 얼굴과 평복 차림의 얼굴, 그리고 여러 명이 함께 찍은 스냅 사진들이었다. 평범하기 그지없는 모습이었다.

"그럭저럭 괜찮은 얼굴 같은데 옷을 잘 입을 줄 모르는군. 후후……."

승희는 다른 서류를 펼쳤다. 출입국 신고서였다. 거기에는 독일의 입국 및 출국 도장이 찍힌 페이지들이 있고, 시력이 나쁜 박 신부가 붉은 동그라미를 그려 놓은 것이 있었다.

"독일에서 공부한 모양이지? 기껏 나가서 하라는 공부는 안 하고 이상한 것이나 배워 와서는……."

승희는 소미라는 여자의 전공을 들춰 보았다. 전공은 고고학이었고, 특히 수메르나 바빌로니아의 분야를 주로 연구한 듯했다.

"수메르? 바빌로니아? 하긴 사교의 교리에는 그런 쪽의 내용도 많이 있었지."

다시 눈을 돌리는데 아까 보았던 출입국 신고서의 한 페이지에 다른 도장이 찍혀 있었다.

"웅? 이건 근동 지방을 여행했던 비자네?"

도장은 여러 개가 있었다. 그곳은 고대 바빌로니아, 수메르, 우루크 등이 있던 지방들이었다.

"역시……."

승희는 날짜를 맞춰 보기 시작했다. 소미가 독일로 떠난 것이 삼

년 전, 신고서에 찍힌 근동 지방을 여행한 시가는 대략 이 년 반 전부터 일 년 반 전까지였고, 인도의 북부 지방도 한 번 간 듯했다. 이것으로 볼 때, 소미라는 여자는 독일로 간 후 육 개월 정도 지나고 나서 계속 근동을 여행한 것이 되는 셈이었다.

"무슨 이유에서였을까? 어쨌든 근동의 고대사나 종교사를 뒤져 봐야겠군."

승희는 책들이 빽빽이 꽂힌 서가에서 책들을 골라내기 시작했다.

박 신부와 준후는 긴장하면서 별장처럼 보이는 외딴집으로 접근하고 있었다. 박 신부가 속삭였다.

"준후야, 조심해라. 녀석들은 주술뿐이 아니라 기관총 같은 무기도 가지고 있어!"

"예. 알겠어요."

둘은 현암이 뚫고 나왔던 걸로 보이는 무너진 벽을 발견하고 그리로 쉽사리 들어갈 수 있었다. 마당은 한바탕 폭풍이 몰아친 것처럼 엉망이었고, 개 몇 마리가 반쯤 땅에 파묻혀 비참하게 죽어 있었다. 집 안은 불이 켜져 있기는 했지만, 무척 적막했다.

"안으로 들어가 보자, 준후야."

박 신부와 준후는 집 안으로 발걸음을 옮겼다. 집 안도 현암과 대사제의 싸움 탓이었던지 꽤 헝클어져 있었다.

"신부님, 마기가 꽤 강하게 느껴져요. 질은 낮지만, 악령들이 몇몇 있는 것 같아요."

"음, 그래."

둘이 소곤거리고 있는데 갑자기 철컥거리며 움직이는 소리가 났다. 뒤돌아보니 커다란 서양의 기사 갑옷 둘이 흡사 로봇처럼 철컥거리며 걸어오고 있었다.

"이따위 장난을!"

박 신부와 준후는 갑옷을 하나씩 맡았다. 박 신부의 십자가에 맞은 갑옷의 투구가 벗겨져 나가자, 텅 빈 내부가 보였다. 그러나 여전히 갑옷은 팔을 휘둘러 댔고, 박 신부는 간신히 쇠뭉치의 일격을 피했다.

"준후야, 사람이 아니니 사정 봐줄 것 없다!"

준후가 몸을 날리며 번개 한 방을 쏘자 갑옷 하나가 달아오르면서 몸을 비틀더니 쾅 하며 분해되어 버렸다. 박 신부도 벗겨진 갑옷의 목 부분에 오라력을 집중하자, 나머지 하나가 뒤로 우당탕 넘어지면서 역시 분해되었다.

"별것도 아닌 것들이……."

"경비를 시키려면 좀 센 것들을 부려야지, 바보들!"

"저 정도라도 보통 도둑들은 아마 기절할걸? 계속 찾아보기나 하자."

싱겁다는 듯이 말을 잇던 박 신부가 바닥에서 핏자국을 발견했다. 아마 현암의 핏자국인 듯했다. 핏자국은 지하실로 이어지고 있었다. 핏자국을 따라가려고 둘이 막 걸음을 옮기는 순간, 갑자기 사이렌이 울리며 여러 사람이 달려오는 소리와 요란한 마이크

소리가 들렸다.

[꼼짝 마라, 경찰이다! 가택 침입 및 상해죄로 체포한다!]

박 신부와 준후는 어안이 벙벙해졌다.

"경찰이라니?"

"귀신도 아니고 이게 무슨……."

박 신부가 눈을 부릅뜨며 외쳤다.

"이, 이건 함정이다! 놈들이 우리가 올 것을 예측하고는 경찰에 신고했나 보구나. 우리를 묶어 두려고!"

준후도 당황을 감추지 못했다. 발소리들이 마당을 지나 현관까지 들어오고 있었다.

"그, 그렇다면 현암 형과 승희 누나가 위험해요!"

"응?"

승희는 고대 바빌로니아에서 발굴되었다는 점토판 이야기를 재미있게 읽다가 갑자기 생각나는 것이 있었다. 읽던 부분은 「길가메시 서사시」 중에서 길가메시가 우트나피쉬팀을 찾아가 영생을 얻으려 하는 대목이었다. 영생, 무언가 관련이 있는 것 같았다. 영생과 생명의 나무 열매를 먹었다는 뱀의 이야기, 브리트라…….

"혹시 그들이 노리는 게 바로 이……."

별안간 째지는 소리가 옆방에서 들렸다. 승희는 놀라서 얼른 옆방으로 달려갔다.

현암은 아니었다. 현암은 여전히 의식을 잃은 상태였고, 소리를 질러 대는 것은 월향이었다. 월향이 공중에 떠서 계속 귀곡성을 질러 대고 있었다. 승희는 그 의미를 분명히 알 수 있었다.

'월향이 운다면, 그것은!'

승희는 현암의 태극패를 꺼내 준후가 주고 간 명경부(明鏡符)를 문질러 보았다. 분명했다. 월향은 경고의 비명을 지르고 있던 것이다. 그 사실을 뒷받침해 주는 듯, 태극패에는 수없이 많은 검은 그림자들이 나타나 있었다. 말할 것도 없이 사교의 무리들이었다. 그들은 직접 쳐들어오지는 않더라도 아까 박 신부와 준후와 싸웠을 때와 같은 엄청난 주술을 힘을 합해 쓸 것이었다. 승희는 혼자이고, 더군다나 현암을 보호해야 했다. 승희의 몸이 저절로 떨리기 시작했다.

악전고투

승희는 태극패를 손에 쥐고 우선 달려 나가서 대문을 단단히 잠 갔다. 그리고 창문으로 가서 이미 닫혀 있는 창문들을 다시 단단히 걸어 잠그고 있는데 옆방에서 부연 연기 같은 안개가 흘러 들어오고 있었다. 놀란 승희는 허겁지겁 옆방으로 달려갔다. 그곳의 열린 창문으로 안개가 조금씩 밀려들어 오고 있었다. 안개 안에서 이상한 기운이 느껴졌다. 승희는 창문을 닫으려 했으나, 알 수 없는 힘이 창문을 닫지 못하게 강한 힘으로 밀고 있었다. 승희는 겁이 났으나 죽을힘을 다해서 창문을 닫고 빗장을 질렀다. 아지트는 각 창문에도 철창이 쳐져 있었고, 유리도 두께가 일 센티미터가 넘는 고압축 유리여서 꽤 든든했다. 창밖에서 고요한 소리가 들리자 승희는 흠칫 몸을 떨었다.

"퍼져 나가라, 용의 입김[23]이여⋯⋯. 그대의 주인 멀린(Merlin)[24]의 주문이니⋯⋯."

"멀린이라면 고대 켈트족의 마법사인데⋯⋯ 놈들, 정말 아는 것도 많구나!"

욕설을 퍼부으며 방을 나서려는데 바닥에 자욱이 깔려 있던 안개가 스르르 한데 모여들기 시작했다. 놀란 승희는 뒤로 후다닥 물러서다가 벽에 부딪혀 멈추어 섰다. 안개가 서서히 뭉치면서 인간과 흡사한 모양을 만들고 있었다. 승희는 비명을 지르며 엉겁결에 그 형체에다 태극패를 집어 던졌다. 막 모아지던 형체가 태극패에 맞고는 펑 소리를 내며 부서졌고, 그와 함께 태극패의 중앙에 새겨져 있던 동경도 깨져 버렸다. 승희는 흰 그림자가 흩어지자 무서움에 떨며 후다닥 방 밖으로 달려 나갔다. 승희는 현암이 있는 방의 문을 열었다. 현암은 아직 죽은 듯이 잠들어 있었으나,

---

23 서양에서 안개를 묘사할 때 쓰는 말이다.

24 고대 영국 켈트족의 전설의 왕 '아서'를 돕던 마법사로 그가 지닌 마법력은 굉장히 높아 돌을 옮겨 스톤헨지를 구축하거나 악마들을 부려 건물을 짓는 등의 많은 일과 조언을 했다. 아서왕이 모드레드와 최후의 일전을 벌일 때 멀린은 그의 힘을 호수의 정령 비비언에게 봉인당했음에도 용의 안개를 불러내 수적으로 열세였던 아서왕을 도왔다.

여기에도 안개가 꽤 밀려들어 와서 바닥에 자욱하게 흐르고 있었다. 승희는 소리를 지르며 월향을 불렀다.

"어서 도와줘!"

승희가 암암리에 뿜어내는 영기를 타고 월향이 날아왔다. 바닥을 흐르던 안개가 형상으로 뭉치다가 날카로운 귀곡성을 흘리는 월향검에게 꿰뚫리고 난 후 바닥에 흩어져 버렸다. 그 틈을 타서 승희는 현암의 팔에 꽂혀 있던 링거 바늘을 빼고 들쳐 업었다. 일단 조금이라도 더 안전한 곳으로 현암을 옮겨야 했다. 월향은 또다시 뭉쳐 오르는 안개를 여기저기 꿰뚫고 있었다.

'어디로 가야 하지? 이 안개들은 뭐지?'

방 밖으로 나온 승희는 기겁했다. 창문을 꼭꼭 닫아 두었건만, 어느새 안개는 창문 틈으로 새어 들어와 마룻바닥을 가득 메우고 있었다. 승희는 발목이 안개에 휘말리자 알 수 없는 힘에 발목이 잡힌 듯한 느낌을 받았다.

"으악! 이게 뭐야! 놔, 놔!"

승희는 안간힘을 쓰면서 발걸음을 옮겼다. 마루 저쪽에는 박 신부가 주고 간 성수 뿌리개와 준후가 두고 간 부적들이 있었다. 승희는 현암을 업은 채 비틀거리며 그쪽으로 달려가기 시작했다. 그러나 안개 속에서는 마치 진흙탕에 빠진 것처럼 걸음을 옮기기가 힘들었다. 승희는 울음이 터지려는 것을 간신히 참고 억지로 한 발자국씩 걸음을 옮겼다. 현암의 몸이 몹시 무겁게 느껴졌지만, 현암을 내팽개칠 수는 없었다. 승희는 이를 악물면서 걸었다. 막 성수 뿌리개를 집은 찰나였다.

캬아아악!

등 뒤에서 소름 끼치는 소리가 들렸다. 승희는 뒤를 돌아보았다. 월향이 분투하는 가운데 어느새 커다란 덩어리를 이룬 안개가 덮쳐 오고 있었다.

"아악!"

박 신부는 어쩔 줄을 몰라 하는 준후를 데리고 지하실 입구 쪽으로 갔다. 현관문이 열리는 소리가 들렸다. 집 안의 동정을 살피느라 아직 경찰들은 들어오지는 않는 것 같았다.

"준후야! 경찰들에게 괜히 추적당하거나 하면 골치 아파진다. 놈들이 여기다 어떤 함정을 파 놓았는지 몰라! 우리에게 죄를 뒤집어씌울 증거들을 남겼을 텐데, 무슨 술수가 없겠니?"

"아, 은신 부적이 있어요! 이걸 쓰면 우리 모습이 안 보이게 될 테니 빠져나갈 수 있어요!"

박 신부의 얼굴에 화색이 돌다가 한순간 무슨 생각이 난 듯 안광을 빛냈다.

"아니다, 준후야, 아직 나가선 안 돼. 몸이 보이지 않는다면 더 수색해야 한다."

"예?"

"놈들은 분명 시간이 없었던 것만은 확실해. 현암 군을 추적해 온 이후 이 집까지 치울 여유는 없었을 거다. 이 지하실에는 분명 금단의 의식을 치렀던 흔적이 남아 있을 거야. 아마도 그 죄를 우리에게 뒤집어씌울 생각이었겠지! 어쨌건 지금이 아니면 두 번 다시 기회가 없을 것 같다. 네가 은신술도 쓸 줄 안다는 건 아마 놈들도 몰랐을 거다. 놈들이 우리의 생각을 앞질렀지만, 우리도 놈들의 생각을 한 번 더 이용하는 거야!"

"그렇다면 경찰들도 들어오지 못하게, 아예 지하실로 내려가는 계단 입구를 벽처럼 보이게 하죠."

더 이상 말하고 있을 시간이 없었다. 준후가 은신 부적을 꺼내 들고 벽을 긁어 벽지를 손바닥만 하게 뜯어냈다. 부적을 계단 입구에 놓고 주문을 외우자, 벽지 조각이 부적 위의 허공에 떠오르더니 입구 전체가 벽지 무늬로 덮여 버렸다. 경찰들이 들어온 듯, 소란스러운 발소리가 들렸으나, 완전히 시야가 가려져서 보이지는 않았다.

"음, 놀랍구나."

준후가 땀을 닦으며 대답했다.

"이건 환영일 뿐이고 물리적인 저항력은 없어요. 누군가 손을 짚거나 몸을 들이밀면 바로 파괴돼요. 그러니 서둘러야 해요."

"그래. 현암 군과 승희에게도 서둘러 가야 하니까 우리도 어서 내려가자!"

박 신부와 준후는 조심스레 계단을 내려가기 시작했다.

"으앗! 저리 가!"

승희는 덮쳐 오는 안개 뭉치를 간신히 피하면서 성수 뿌리개를 집어 들었다. 그리고 성수를 뿌리려 했으나 성수가 잘 나오지 않았다. 안개 뭉치가 다시 승희 쪽으로 몰려오기 시작했다. 승희는 덜덜 떨리는 손으로 성수 뿌리개를 안개 더미에 집어 던졌다.

크아악!

성수 뿌리개가 깨지며 성수가 흩어지자, 사악한 안개는 녹색 불꽃에 휩싸이며 녹기 시작했다. 승희는 뒤돌아서 다시 월향이 있는 방 안으로 뛰어 들어가다가 눈앞에 펼쳐진 광경을 보고는 우뚝 섰다. 방 안에는 어느새 유리가 깨어지고 안개가 밀려들고 있었다. 월향은 이리저리 날아다니며 안개 뭉치를 꿰뚫고 있었으나, 안개는 조금씩 움찔거릴 뿐 계속해서 꾸역꾸역 밀려오고 있었다. 월향의 칼날에 기공이나 주술이 실려 있지 않아서인지, 아니면 안개가 형체를 갖추지 않고 흩어진 채로 밀려와서인지, 아무튼 월향검은 혼자 헛되이 애쓰고 있었다. 승희는 서재 쪽으로 가려다가 준후가 두고 간 부적 생각이 났다. 승희는 부적을 집어 들고 해일처럼 몰려드는 안개를 피해 서재로 들어갔다. 서재에는 준후의 부적으로 이루어진 결계가 있었다. 그 결계는 보통 때에는 열려 있었으며, 한 가지 부적을 붙여야 비로소 진으로 발동될 수 있었다. 그런데 그 결계를 발동시키는 방법이 잘 기억나지 않았다.

쾅 하고 집이 흔들리는 소리가 났다. 안개의 파도가 두꺼운 유리문을 뚫지 못하고 부딪치는 소리였다. 승희는 현암을 소파 위에 내려놓고 박 신부의 성물들을 모아다가 문 앞에 벌려 놓았다. 그러고는 준후가 두고 간 부적들을 뒤적였다. 다시 한번 집이 크게 흔들리면서 거실 유리가 깨졌다. 이젠 시간이 없었다.

'맞다, 이 부적이다! 문이 남쪽에 있으니 남해신 축융(南海神祝融)[25]의 부적을 써야 한다!'

귀곡성이 애달프게 들려왔다. 월향이 혼자서 사악한 기운을 감당하기 어려운 모양이었다.

'월향을 잊었었네! 이를 어쩐다?'

승희는 부랴부랴 월향을 불렀으나, 귀곡성만 들려올 뿐 월향은 돌아오지 않았다. 안으로 밀려들던 안개 더미가 바닥에 늘어놓은 박 신부의 성물들에 걸려 주춤하고 있었다. 월향은 거대한 안개 속에 파묻혀 있었다.

'어쩌지? 비록 사람은 아니지만 혼이 들어 있다는데!'

지금 진을 발동시키면 현암과 승희는 그럭저럭 버티겠지만, 홀로 남은 월향이 문제였다. 승희로서는 선택의 여지가 없었다. 승희는 한 손에는 박 신부의 묵주를 다른 손에는 축융의 부적을 들고 안개 속으로 뛰어들었다. 마치 물속처럼 숨을 쉴 수가 없고 방향을 가늠할 수가 없었다. 승희는 무릎을 꿇고 월향을 부르며 손을 휘저었다. 손끝에 서늘한 것이 닿았다. 느낌이 틀림없는 월향

---

25 중국 전설에 의하면 최초의 인간을 만들어 낸 것은 여와(女媧)였다고 한다. 그 이후에는 태양의 신 염제(炎帝)가 손자인 불의 신 축융과 함께 남방 일만 이천 리 지역을 다스렸다.

검이었다. 사방에서 형체 없는 힘들이 승희를 잡아당기고 있었다. 그것을 뿌리치려 발버둥을 치던 승희는 완전히 방향 감각을 잃고 말았다. 그때 한 가지 생각이 떠올랐다.

'벽에 붙자. 벽을 더듬다 보면 문을 찾을 수 있을 거다!'

승희는 벽에 등을 붙이고 조심스럽게 걸음을 옮겼다. 조금만 더 가면 서재였다.

'윽!'

정체 모를 힘이 우악스럽게 승희의 목을 움켜쥐었다. 승희는 극심한 고통을 느끼면서 빠져나오려고 했으나 의식이 점점 희미해져 갔다.

'안 돼! 정신을 잃으면!'

승희는 월향검을 꼭 쥐고 힘을 집중했다. 월향검이 기운을 차린 듯 손안에서 푸득거리며 떨기 시작했다.

꺄아아악!

월향검이 승희의 손을 이끌면서 코앞을 그었다. 그러자 목을 누르던 힘이 외마디 비명과 함께 풀리고, 승희는 후다닥 서재로 뛰어 들어갔다. 시야가 트이기 시작했다. 이미 안개는 박 신부의 성물들 사이를 가르듯 통과해 현암이 누운 소파 밑으로 몰리고 있었다. 승희는 서재 안으로 뛰어드는 순간 문틀 위에 축융의 부적을 붙였다.

"아니, 이럴 수가!"

"우욱!"

눈앞의 광경에 박 신부와 준후는 경악을 금치 못했다. 준후는 고개를 숙이고 토악질하기 시작했다. 보일러며 잡동사니들이 잔뜩 쌓인 지하실의 한쪽 구석에는 수백 개의 촛불이 빛나고 있었고, 중앙의 넓은 재단 위에는 커다란 세발 화로와 네 구의 시체가 배가 갈라진 채 뒹굴고 있었다.

박 신부는 분노와 욕지기를 간신히 억누르며 시체들 쪽으로 걸어갔다. 예상했던 대로 시체들의 흐트러진 내장 속에는 간이 없었다. 시체 중 하나는 늙은 노인, 둘은 젊은 청년, 나머지 하나는 젊은 여자였다. 그들의 이마에는 까만 뱀의 낙인과 3에서 6까지의 숫자가 불에 지져 있고, 고통의 표정은 없었으나 눈이 하나같이 뒤집혀 있었다.

박 신부는 세 발 화로 안을 들여다보았다. 재와 불에 탄 양피지 조각들이 남아 있었다. 박 신부가 조심스럽게 손을 대자 양피지 조각은 산산이 부스러져 버렸다. 박 신부는 이를 갈며 몸을 돌렸다. 준후는 눈물을 흘리며 고개를 떨구었다. 박 신부가 준후를 일으켰다. 준후는 몸을 심하게 떨고 있었다.

"시, 신부님……."

"그래, 준후야. 그만 진정해라. 이건 사람이 볼 것이 아니다."

박 신부는 지하실 내부를 훑어보았다. 이런 곳에는 의당 비밀 통로가 있게 마련이었다. 과연 왼쪽 천장의 어두운 그늘 속에 작은 뚜껑이 보였다. 박 신부는 죽은 자들을 위한 기도를 올리고는 보일러의 연료 탱크를 열었다. 기름이 주르르 흘러나와 삽시간에 지하실 바닥을 메웠다. 박 신부는 상자를 딛고 올라가서 뚜껑을 열었다. 밤공기가 밀려들었다. 통로는 집을 벗어나 숲으로 이어졌다. 지하실을 빠져나온 박 신부는 잠시 생각을 하다가 성냥불을 켜서 지하실에 던져 넣었다. 박 신부가 준후를 안고 숲에 숨겨 둔 차에 도달할 때쯤, 저주받은 집에는 불빛이 충천하면서 경찰들이 부산하게 뛰어다니는 소리가 들려왔다. 박 신부는 고개를 떨구고 있는 준후를 옆자리에 앉히고는 시동을 걸었다.

결계의 방어력이 발동되기 시작했다. 우우우 하는 소리와 함께 강한 힘이, 숨을 헐떡거리는 승희와 의식이 돌아오는지 가느다란 신음을 내는 현암, 그리고 월향검을 에워쌌다.

이미 들어와 있는 안개가 진저리를 치며 흩어졌다. 바깥에 몰려 있는 안개들은 결계의 힘에 밀려, 들어오지 못하다가 점차 응결되면서 형체를 갖추기 시작했다. 승희는 놀란 가슴을 쓸어내리며 현암의 상태를 살폈다. 일단 급한 불은 끈 셈이었지만, 밖에 사교의 일당이 얼마나 몰려왔는지, 무슨 사악한 수를 꾸미는지 알 수 없어서 불안하기 짝이 없었다. 박 신부와 준후가 어서 돌아와야 할 텐데…… 승희는 현암이라도 좀 빨리 회복되었으면 좋겠다는 생각으로 가부좌를 틀고 앉아 현암에게로 의식을 집중했다.

얼마나 지났을까? 승희는 불현듯 눈을 떴다. 현암이 깨어나서 월향검을 집어 들고 승희의 옆에 앉아 있었다. 승희는 놀랍기도

하고 반갑기도 해서 말을 걸려다가 얼른 멈추었다. 현암의 얼굴에 고통의 기색이 만연했기 때문이었다. 현암은 승희가 눈을 뜬 것을 보고 씩 웃으려 했으나, 얼굴빛이 새파랗게 질려 있었다.

"고마워, 승희. 덕분에 이제 훨씬 좋아졌어."

"왜 일어났어! 총을 두 방이나 맞고, 몸에 구멍이 숭숭 뚫린 사람이!"

"이젠 괜찮아졌어."

현암이 애써 태평한 기색을 지으려 해도 승희의 눈에는 하나도 괜찮지 않은 것 같았다. 세상의 어떤 사람이 그렇게 다치고 하루 만에 나을 수 있단 말인가? 현암은 정신이 들자, 자신들이 위험에 처해 있다는 것을 알고는 극도의 정력을 발휘해서 몸을 일으킨 것이 분명했다.

"도로 누워! 무리하면 덧나!"

"누워 있다가 죽으면 덧나고 뭐고도 없어."

승희가 어이가 없어 입을 다물자, 현암이 다시 말했다.

"아까 정말 잘했어. 그 안개, 정말 지독한 거였어. 잘은 모르겠지만 서양에서 얘기하는 정령 폴터가이스트의 힘을 빌렸던 것 같아. 그걸 막아 내다니, 정말 대견해."

"내가 막았나, 뭐…… 근데 어제 본 것이 대체 뭐기에 저들이 죽자 살자 쳐들어오는 거지?"

현암의 얼굴이 딱딱하게 굳었다.

"놈들은 의식을 준비하고 있었어. 지금 아니면 얘기 못 할지도 모르니, 어디에라도 적어 둬. 만일의 경우에도 세상에 알려질 수 있도록…….."

승희는 현암이 그렇게까지 얘기하자 모골이 송연해짐을 느꼈다. 승희는 주섬주섬 종이를 꺼내고 펜을 찾아 현암이 말하는 것을 적기 시작했다.

"신부님! 현암 형이 의식을 차린 모양이에요. 감이 잡혀요."

간신히 마음을 가라앉히고 투시를 행하던 준후가 반갑게 소리쳤다.

"그래? 더 자세한 것은 모르니?"

"무척 긴장하고 있어요. 아직은 둘 다 무사하지만…… 음…… 더 이상은 모르겠어요."

"서두르자!"

박 신부가 힘껏 액셀러레이터를 밟으며 입을 열었다.

"놈들은 분명 바빌로니아의 점복술을 이용하려 하고 있어. 길일을 택한다, 바빌론의 점복술 이용, 샘플 아홉 개 소요…… 기억나지, 준후야? 현암 군의 손에 적혔던 말들?"

"예."

"샘플이란 건 사람의 간이 분명해. 고대 바빌론에서는 점을 칠때 주로 동물의 간을 이용했지. 아주 주요한 것을 알아내는 일이라면 사람을 제물로 바치는 경우도 있었을 거야. 놈들도 그걸 행한 거고…… 아홉 개가 필요하다고 했지? 아까 시체들의 이마에는 번호가 있었어. 만약 그게 현암 군의 손에 쓰여 있던 샘플의 번호와 일치한다면, 놈들은 이미 여섯 사람의 생간을 구했다는 얘기가 되지."

"욱……."

"진정해라, 준후야. 그런데…… 그렇게 많은 사람을 희생시키면서 뭘 알아내려고 하는 걸까? 길일을 택한다고? 길일이 도대체 어떤 비밀을 지니고 있기에?"

준후도 어떤 생각이 난 모양이었다.

"잠깐만요. 제가 지혜를 관장하시는 묘길상(妙吉祥)[26]님의 힘을 빌려 볼게요."

"안 돼! 그런 방법으로 비밀을 알아내면 네 수명을 단축시키게 된다! 그런 목적으로 신을 불러선 안 돼!"

"이분은 잡귀 하곤 달라요. 저도 약간의 실마리만 얻으려는 것뿐이고요. 한시가 급하잖아요!"

준후는 박 신부의 말을 듣지 않고 급히 주를 외웠다. 박 신부는 할 수 없이 운전에만 신경을 쓰고 있었다. 잠시 후, 준후가 눈을 빛내며 말했다.

"뱀…… 뱀은 허물을 벗으며 계속 모습을 바꾼다."

"응? 뭐라고?"

"그게 다였어요. 나도 이게 뭔지 통 모르겠네! 좀 자세히 가르쳐

---

26 문수보살 또는 묘덕이라고도 불리며 여래의 왼편에서 지혜를 맡았다.

주시지 않고…….”

"놈들은 내가 들어갈 때부터 카메라로 감시하고 있어서, 자세하
게는 못 봤어. 하지만 대강 보고도 놈들이 뭘 하는지 감을 잡을 수
있었지. 놈들은 바빌론의 점복술을 위해 산 사람을 해부하고 있었
어. 간을 꺼내고 있었지.”

"어머나, 세상에!”

"길일을 택하기 위해 점을 치는 거였지. 희생자들은 모두가 주
술이나 마약 따위에 중독된 것처럼 고통조차 느끼지 못하는 얼굴
이었어. 내가 손바닥에 적어 놓은 메모 봤지? 나도 무심코 적은 건
데, 알고 보니 그게 매우 중요한 거였어.”

"응, 봤어. 길일을 택한다, 바빌론의 점복술, 샘플 아홉 개……
샘플이란 건 사람의 간…… 아까 신부님 책을 보다가 알았어.”

"대사제라는 녀석은 흑마술에 정통한 놈이었어.”

"그것도 알아. 아까 병원에 갔을 때 신부님과 준후랑 한바탕했
지. 아마 죽었을 거야. 얼굴이 까맣게 타고 두 손이 잘렸으니…….”

"천벌을 받았군. 근데 내가 본 것 중에 더 중요한 게 있었어. 놈
들은 총을 쏘며 황급히 양피지를 화로에 던졌는데, 다행히 거기에
찍힌 문장을 내가 봤지.”

"뭐였지?”

"모두 세 개였어. 왼쪽은 모나스 히에로글리피카의 문장, 오른
쪽은 거대한 뱀을 상징하는 징표, 그리고 가운데는…….”

현암은 긴장한 표정을 지었다.

"뭐지? 그게?"

"내 지식이 맞다면, 그건 생명의 나무를 그린 문장일 거야."

"생명의 나무?"

"유대교의 『카발라』[27]에 율법의 나무[28]라는 것이 있지. 놈들의 생명의 나무는 율법의 나무를 역으로 그린 거야. 내용까지는 보지 못했지만, 그 위에 쓰여 있던 라틴어가 아마도……."

"뭐라고?"

"십자가의 생명나무라는 뜻일 거야."

"생명나무?"

"그래. 나도 아직 그 정도밖에는 잘 모르지만, 신부님이 보시면 아마 놈들이 원하는 게 뭔지 알아내실 수 있을 거야."

현암은 말을 마치고 피곤한 얼굴로 문 쪽을 주시했다. 승희는 현암이 말하는 것을 다 적고는 종이를 벽에 걸린 성모의 그림 밑에 숨겼다.

현암이 말했다.

27　유대교의 신비주의적 교파 또는 그 가르침을 적은 책이다. 주로 기호와 숫자를 이용해 만물의 신비를 밝히는 일종의 계산법이다. 밀경(密經)이라고도 불리며, 삼십 세가 넘은 경건한 신자만이 이해할 수 있다.

28　열 개로 분리되는 우주 체계나 만물의 구성을 밝혀 주는 도형이다. 나무 형태는 아니지만 그런 형태를 띠게 만든 것도 있다. 케테르, 호크마, 비나, 헤세드, 게부라, 티페레트, 네자, 호드, 에소드, 말쿠트로 구성된다.

"결계가 점점 약해져 가고 있어. 놈들이 또 다른 술수를 부리고 있는 모양이야."

승희는 결계가 깨져 간다는 소리를 듣고 왈칵 겁이 났다.

"마음을 단단히 가져. 어떤 사술도 인간의 의지 앞에선 버티지 못해."

다시 안개가 차오르기 시작했다. 갑자기 집이 지진이라도 난 듯이 흔들리더니 금세 조용해졌다. 현암은 이제 결계가 완전히 무효화되었다는 것을 알았다. 현암은 승희에게 나직이 말했다.

"부적이나 성물이 남아 있으면 모두 가지고 나와. 놈이 왔어. 이젠 여기 있어 봐야 소용없어."

"누가 왔다고?"

"녀석들의 우두머리. 틀림없을 거야. 이 사악한 기운은……."

미처 승희에게 말은 못 했으나, 현암은 속으로 자기 자신에게 말하고 있었다.

'내가 죽는 한이 있어도 놈들의 우두머리를 없애야 한다.'

현암은 이를 악물고 몸을 일으켜 한 손에 월향을 들고 엄숙한 걸음걸이로 서재를 나섰다. 지금의 안개는 아까와는 달리 평범한 안개였다. 승희는 준후의 부적들과 조그만 성모상 하나를 들고 현암의 뒤를 따랐다.

집 안은 고요했다. 현암은 망설임 없이 대문을 활짝 열고 밖으로 나섰다. 이미 집 밖은 흰 안개로 가득 덮여 있었고, 저만치에 두 명의 두건을 쓴 사람이 서 있었다. 현암은 상처가 쑤셔 오는 것도 아랑곳하지 않고, 그쪽으로 걸어가기 시작했다. 승희도 그 뒤를 따랐다.

앞장서서 가던 현암이 발을 멈추었다. 사제복인 듯한 긴 후드를 입은 두 사내가 우뚝 서 있었다.

"응? 넌 죽은 줄 알았는데? 아니, 최소한 중태에 빠져 있는 걸로 알았는데?"

둘 중 한 녀석이 입을 열었다. 대사제라던 녀석이었다. 승희가 놀란 눈으로 비슷한 말을 했다.

"어라? 너도 아직 죽지 않았구나! 두 손도 잘려 나갔고, 얼굴도 다 타 버렸을 텐데?"

대사제라는 놈이 빙글거리며 대꾸했다.

"생명나무의 비밀을 알고 있는 브리트라님의 힘을 빌면 그 정도쯤은 아무것도 아니다, 하하하!"

승희는 마음속으로 크게 동요가 일었다. 완전히 잘렸던 두 팔이 멀쩡하고, 스스로의 아스트랄에 적중되어 까맣게 얼굴이 타 버린 자가 그 짧은 시간 안에 저렇게 완전히 나을 수 있다니! 저놈들은 정말 생명에 대한 비밀을 알고 그걸 응용하고 있는 걸까? 현암도 움찔했으나 그의 머릿속이 방망이질을 치듯 바쁘게 돌아가고 있었다.

"그나저나 네놈도 대단하구나. 그냥 이름이 알려진 게 아니었어. 그러나 이제 끝이다. 네놈은 금지된 의식을 봐 버렸어. 보아선 안 됐는데……."

고통을 참으면서 기를 돌리고 있던 현암이 입을 열었다. 고통이 생각 외로 극심했다. 주위를 철벽같이 둘러싸고 있는 안개 때문이었을까? 막상 죽을 각오를 하고 나왔지만, 이 상태로는 오래 싸울 수 있을 것 같지가 않았다. 그러나 그런 기미를 보일 수는 없었다.

"저주받을 놈들! 인간이, 같은 인간의 생명을 이용해 알아내야 될 만큼 중요한 것이 어디에 있단 말이냐! 그자들도 너희를 추종하던 자들이었겠지?"

"그들은 기꺼이 죽음을 선택했다. 생명의 비밀을 알아내기 위한 의식의 영광스런 제물로 말이다."

"미친 소리! 마약, 아니 환각에 중독된 상태에서 말이냐!"

대사제가 말문이 막히는 듯 답변하지 못하자 현암이 날카롭게 추궁했다.

"흥, 틀림없군. 신도들의 육신의 죄를 사해 준다고 육신을 바치라고 했겠지? 안 봤어도 훤하다. 모두가 신의 섭리라 했겠지? 그리고 환각 상태에 빠져 판단 능력을 상실한 그들을, 아직 숨을 쉬는 상태에서 해부해 샘플, 그 저주받은 길일을 택하는 의식을 위한 샘플, 간을 꺼낸 거지?"

대사제가 나직하게 웃었다. 옆의 다른 남자는 아직까지 아무 말도 없었고, 후드를 걷지도 않아서 얼굴마저 보이지 않았다. 승희는 현암이 봤다는 몸서리치는 광경을 상상하면서 몸을 떨었다. 현암이 말했다.

"나는 네놈이 총질을 할 때에 또 다른 중요한 것도 보았지. 그

라틴어 문장…… 나는 무식하지만, 대강 짐작은 할 수 있지…….”

대사제와 가만히 있던 다른 남자까지도 움찔하는 듯했다. 현암은 됐구나 싶어 계속 말을 이어 갔다.

“역시 내 짐작이 맞았군. 십자가의 생명나무, 그건 카발라의 율법의 나무를 역으로 새긴 문장이었다. 율법의 나무에는 열 개의 장이 있지. 그런데 샘플은 아홉 개…….”

승희는 초조하게 현암의 말을 들으며 다른 한편으로는 두 녀석의 동태를 살피느라 온 신경을 집중하고 있었다. 오늘따라 현암은 말이 많았다. 평소 같았으면 벌써 튀어 나갔을 텐데…….

“그 인간의 간들은 모두 구했나? 아니면 다른 한 개의 간은 미리 구했던 거였나?”

“넌 너무 많이 아는군, 흐흐흐…… 마지막 하나는 특별한 것이 필요하다. 강한 능력을 지닌 주술사의 간이 필요해. 네 것이라면 충분할 테지.”

대사제가 음험한 눈을 빛내며 한 발 앞으로 다가서자, 현암은 오른손에 들고 있던 월향을 던졌다. 월향은 대사제의 발 바로 앞에 박혔다. 현암은 모험을 하고 있었다. 더 이상 몸을 움직일 기운이 없었다. 현암도 초인이나 불사신은 아니었다. 그는 시간을 끌고 있었다.

‘승희야, 너에게는 잠재력이 있다. 내 마음을 읽어라. 승희, 난 더 이상 버티지 못한다!’

현암은 예전에 차 안에서 나눈 대화의 내용을 기억하고 계속 생각해 왔었다. 그때 현암은 자신이 생각하는 것을 맞추어 보라고 했었고, 승희는 연인을 생각하고 있다고 말했다. 자신이 생각하고 있었던 것은 월향을 이용한 파사신검의 검식이었으므로 터무니없다고 웃어넘겼었다. 그러나 현암에게, 마음을 굳게 닫아 버린 현암에게 연인은 어떤 것이겠는가? 스스로에게 반문한 현암은 그런 결론을 내렸다. 물론 비약일 수도 있지만, 승희가 완전히 잘못 짚은 것은 아니라는 생각이 줄곧 그의 머리에서 떠나지 않았다. 일종의 예감이었는지도 몰랐다. 현암은 이제 아무 말도 할 수 없는 상태에서 다시 한번 도박을 걸고 있었다.

"아직 이르다. 너희는 나와 싸워 이기는 것이 끝인 줄 아느냐?"

"흐흐흐…… 그 신부 늙은이와 어린 꼬마를 말하는 거냐? 놈들은 아마 지금쯤 살인 혐의로 경찰에게 잡혀 있을 것이다."

"흥! 무의미한 함정에 빠뜨린 걸로는 시간은 끌 수 있을지 몰라도 막을 수는 없을 거다. 나는 내가 알아낸 사실들을 모두 기록해서 감추어 두었다. 나를 이길 수도 없겠지만, 설사 내가 죽더라도 그들이 모든 걸 뒤집어 놓을 거다."

승희는 신경질적으로 현암을 돌아보았다. 왜 월향까지 던져 버리는 거지? 왜 싸우지 않는 거지? 가까이서 현암의 옆모습을 보니, 태연한 얼굴을 하고는 있었으나 얼굴 전체에서 엄청난 땀을 흘리고 있었다. 그리고 그 손, 두 사람에게 보이지 않는 왼손으로 승희에게 계속 무언의 신호를 보내고 있었다.

'그렇구나! 현암은 지금 정상적인 상태가 아니야! 이대로 싸워

서는 우리에게 승산은 없어! 그렇다면 현암은 시간을 끌고 있는 걸까? 아니면 비밀을 알아내려는 것일까?'

"하하하…… 영리한 놈이군. 그런 식으로 말하면 우리가 기죽을 것 같으냐? 너는 계속 입을 나불대서 우리의 비밀을 알아내고 싶은 모양인데? 이제 더 이상 수작을 부리지 마라!"

대사제는 품에서 뭔가를 꺼내 들고 땅에 박혀 있는 월향검을 성큼 넘어 앞으로 다가설 태세였다. 놈이 꺼내든 것은 새로운 펜타그램과 기관 단총이었다.

현암은 계속 마음속으로 외치고 있었다.

'승희야! 시간이 없다!'

그 순간 봇물이 밀려들듯, 승희의 마음속에 현암의 생각이 떠오르기 시작했다. 승희는 놀라서 자기도 모르게 뒤로 주춤 한 걸음을 물러났다. 현암은 마음속으로 외치고 있었다.

'승희, 승희야! 나는 더 이상 버티지 못한다! 내가 공격을 개시하는 순간, 네가 들고 있는 축융부적으로 안개 벽을 뚫고 나가라! 축융은 불의 신…… 두터운 안개 벽도 뚫을 수 있다. 나가서 박 신부님께 알려! 듣고 있나, 승희? 지금, 바로 지금이다!'

공력이 흩어지기 일보 직전인 현암이 노렸던 때가 왔다. 대사제가 막 월향검을 넘는 순간, 현암은 양 주먹을 합하며 최후로 남아 있던 전신의 기력을 모아 월향검에 보냈다. 힘을 얻은 월향검은 박혀 있던 상태에서 그대로 수직으로 솟구쳐 올랐다.

"승희, 뛰어!"

"으아악!"

위로 솟구쳐 오른 월향은 귀곡성과 함께 대사제의 오른쪽 다리를 꿰뚫고 몸을 관통해 등을 뚫고 나갔다. 피가 사방에서 튀는 동시에 대사제는 비명을 지르면서 그 자리에 무너졌다. 이것이 현암이 유일하게 할 수 있었던 최대의 공격이었다.

최후의 힘을 써 버린 현암의 몸에도 상처들이 툭툭 터지며 붕대 사이로 피가 스며 나오기 시작했다. 놀란 승희의 외침 속에서 현암이 쓰러지며 중얼거렸다.

"승희, 빨리, 빨리 가……. 남은 한, 한 놈은……."

"싫어! 난 안 가!"

"저 대사제 이상으로 강한 기운을…… 어, 어서……."

현암의 고개가 푹 꺾였다.

"나 혼자선 못 가, 이 바보야!"

승희가 목청껏 소리 지르면서 들고 있던 축융의 부적을 다른 한 명에게 집어 던졌다. 부적은 날아가면서 승희의 힘을 받아 불덩이로 변하더니 삽시간에 거대한 불공이 되어 다른 한 사람을 덮쳤다.

"죽어라!"

불공은 다른 남자를 덮치며 거대한 불 보라를 만들었다.

"됐다!"

승희가 의기양양하게 외쳤다. 그러나 불길이 사라진 뒤에도 남자는 멀쩡하게 서 있었다. 오른손을 쫙 펼쳐 든 채로…… 축융의 불공을 단지 맨손바닥으로 막아 낸 것이 틀림없었다.

"우, 엄청난 놈!"

승희가 마지막 남은 성모상을 들고 뒤로 주춤거리며 물러서는데, 남자가 후드를 벗어 뒤로 확 젖혔다. 거기에 나타난 얼굴은 한국인이 아닌 아랍인 같아 보이는 늙은 남자였다.

"어엇?"

"신부님, 저것!"

정신없이 차를 몰던 박 신부가 준후가 가리키는 곳을 보았다. 앞을 분간할 수 없을 정도로 자욱한 안개 속에서 화광이 번쩍하는 듯했다. 그들의 아지트가 있는 방향이었다.

"축융, 축융부예요!"

"역시 놈들이 습격해 왔구나! 준후야, 꽉 잡아라!"

박 신부가 있는 힘껏 액셀러레이터를 밟았다. 속도계가 '180'을 가리키고 있었다.

아랍 노인은 땅에 쓰러진 채 신음하고 있는 대사제의 옆으로 갔다. 대사제의 상처는 상당히 중상인 듯, 쿨럭거리며 숨을 쉴 때마다 입에서 피거품이 섞여 나오고 있었다. 승희는 공중에 떠 있던 월향을 불러서 손에 쥐고는 쓰러져 있는 현암의 앞을 막아섰다. 아랍 노인은 승희의 행동에는 신경조차 쓰지 않고 묵묵히 대사제의 상처를 살폈다. 승희는 온몸이 떨리는 것을 이를 악물고 참으며 아랍 노인에게 외쳤다.

"넌 또 누구냐? 네가 주모자지?"

아랍 노인은 힐끗 승희를 쳐다보고는 서툰 한국어로 대답했다. 몹시 더듬거리는 말투였다.

"나는 바빌론의 바루(Baru)[29] 엔키두[30]라고 한다. 그대도 보아하니 강한 신을 몸에 지닌 자로구나."

"알았으면 썩 물러가라!"

"우하하!"

아랍 노인은 하늘을 보며 광소를 터뜨렸다.

"샘플이 세 개나 되는군! 어느 것을 택할까?"

그러면서 아랍 노인은 알아듣지 못할 소리를 중얼거렸다. 승희는 머리카락이 쭈뼛했다.

'세 개? 세 개라고? 현암하고 나…… 그리고 저 대사제까지?'

승희는 심호흡하며 마음을 가라앉혔다. 물러설 수 없다고 생각하자 도리어 마음이 차분해졌다. 아랍 노인 엔키두가 대사제에게서 떨어지더니 몸을 일으켰다. 뭔가 승희에게 말했으나 승희는 하나도 알아듣지 못했다. 아랍 노인도 승희가 못 알아듣는다는 걸 눈치챈 듯 갑자기 말을 멈추더니, 양손을 마주 쥐고 눈을 감고서 주문을 외우기 시작했다. 승희가 힘을 모아 월향을 내쏘려고 하는

---

29 바빌로니아의 점복술사를 말한다.

30 「길가메시 서사시」에 나오는 길가메시의 친구로 위대한 자연력을 지닌 영웅이다. 본문에서는 엔키두와 이름만 같다.

데, 갑자기 눈부신 광채가 승희에게 덮쳐들었다.

"이, 이게 뭐야?"

승희는 얼떨결에 눈을 가렸다. 손에서 월향이 귀곡성을 지르며 날아가다가 엄청나게 밝은 광채에 그만 힘을 잃고 땅바닥에 떨어져 내렸다.

"으, 으…… 그만!"

아무것도 보이지 않았다. 온몸에 퍼진 열기가 점점 뜨거워졌다.

"아악!"

승희는 눈도 뜨지 못하고 비틀거리고 있었다. 열기에 온몸이 데어 버릴 것 같았다. 귓전으로 바루 엔키두의 주문 소리가 음산하게 들려왔다.

승희는 몸에서 힘이 빠져나가는 것을 느꼈다. 몸에 불이 붙은 듯한 기분이었다. 이제는 비명조차 지를 힘이 없었다. 그런데……

"음?"

승희는 자신의 왼손에는 열기가 느껴지지 않는다는 걸 눈치챘다. 거기엔 박 신부의 성모상이 쥐어져 있었다. 승희는 실눈을 뜨고 왼손에 쥐고 있던 작은 성모상을 보았다. 성모상은 눈물을 흘리고 있었다. 승희는 성모상을 치켜올려 자신의 얼굴을 가렸다. 성모상에서 흘러내리는 눈물이 왼손을 적시자 승희는 자신을 몰아붙이던 열기가 조금씩 가시는 것을 느꼈다. 승희는 눈을 떴다. 아직도 주변은 너무 밝고 벽처럼 둘러친 안개도 그대로였으나, 승희는 주문을 외우는 바루의 안색이 변했음을 알아차렸다. 바루 엔키두는 안 되겠다고 생각했던지 다른 주문을 외우려 하고 있었다. 승희는 최후의 힘을 짜냈다.

"야아앗!"

승희가 성모상을 내밀며 빛의 장벽을 뚫고 총알같이 앞으로 달려갔다. 바루는 의외의 사태에 주춤하고 있었다. 승희는 바루가 있다고 짐작되는 방향으로 튀어 나가 바루의 몸에 성모상을 댔다.

쾅!

성모상에 적중된 바루의 몸에서 폭발이 일어나면서 승희 또한 힘에 밀려 뒤로 나가떨어졌다. 눈앞에 별이 오락가락하고 어디를 어떻게 부딪쳤는지 몸이 움직여지지 않았다. 승희는 간신히 눈을 떴다. 바루가 어떻게 되었나 보기 위해서였다.

"아니!"

바루는 아직 그대로 서 있었다. 성모상에 적중된 가슴 언저리의 옷이 찢겨지고 시커멓게 탄 자국이 보였지만, 그는 멀쩡했다. 그의 얼굴엔 잔뜩 노기가 서려 있었다. 바루가 소리를 질러 댔다. 무슨 말인지 알 수는 없으나 그 내용이 욕설일 것은 뻔했다. 승희는 자신의 모습을 힘겹게 살펴보았다. 아까의 열기 때문이었는지 옷이 검게 그을려 있었고, 나가떨어질 때 잘못되었는지 왼발이 뒤틀려 있었다. 꼼짝할 수가 없었다. 바루가 품에서 이상하게 생긴 돌칼을 꺼냈다. 그러고는 음흉한 미소를 띠며 승희에게 한 발 한 발 다가오고 있었다.

승희는 눈을 감았다.

'미안해. 나로서는 최선을 다했어. 현암, 신부님, 준후야…….'

"앞이 안 보여요! 신부님, 속도를 줄여요!"

"그럴 틈이 없어! 승희는 얼마 버티지 못해!"

먹장같이 둘러친 안개 속에서도 박 신부는 속도를 줄이지 않았다. 그는 목표를 향해 직선으로 달렸다. 갑자기 왼쪽에서 나무가 순간적으로 튀어나왔다가 쏜살같이 뒤로 멀어져 갔다.

"신부님, 거의 다 왔어요! 속도를 줄여요!"

그 나무는 그들의 아지트에서 이백 미터도 떨어지지 않은 곳에 서 있었다. 박 신부는 급브레이크를 밟았다.

끼익!

승희는 이상한 소리가 들리자 감았던 눈을 떴다. 눈앞에서는 바루가 돌칼을 높이 들고 서 있었다. 한껏 부릅뜬 그의 두 눈이 왼쪽을 향해 있었다. 안개 속에서 두 개의 불빛이 번뜩이면서 달려왔다. 자동차였다. 가속을 줄이지 못한 자동차가 바루의 몸을 들이받고는 아슬아슬하게 승희의 앞을 비켜 앞쪽 돌담으로 달렸다. 박 신부의 차였다. 아직 줄어들지 않은 속력으로 담을 들이받는다면…… 승희가 악을 썼다.

"신부님!"

차 양쪽 문이 열리고 두 사람이 뛰어내렸다. 차는 돌담에 박히며 굉음을 내고 찌그러져 버렸다. 승희는 안타까웠으나 걸을 수가 없었다. 아니, 걷기는커녕 몸조차 일으킬 수 없었다. 차에서 뛰어

내린 두 사람 중 먼저 정신을 차린 준후가 승희에게 달려왔다.

"누나, 괜찮아요?"

"난 괜찮아. 그보다 현암 씨가······."

고개를 돌린 준후가 쓰러져 있는 현암에게 다가갔다. 맥을 짚어 보더니 준후가 한숨을 쉬었다.

"별일 없어요. 기력이 떨어졌을 뿐이에요. 곧 괜찮아질 거예요."

승희가 안도의 표정을 짓더니 갑자기 소리를 질렀다.

"앗, 준후야! 저, 저!"

준후가 뒤를 돌아보았다. 쓰러져 있는 대사제 옆에 누군가 서서 돌칼을 휘두르려 하고 있었다. 바루 엔키두였다.

"샘플! 네, 네 것이라도!"

승희는 사악함에 치를 떨며 소리를 질렀다. 놈은 아직도 죽지 않고 주술사의 간을 꺼내기 위해 자신의 편인 대사제를 해부하려 했다. 준후가 부적을 꺼내려 할 순간 엔키두가 일갈을 발하자 불덩어리가 날아와 준후에게 적중했다.

"으앗!"

준후가 충격으로 데굴데굴 뒤로 구르자 엔키두는 돌칼을 높이 들었다. 그때 엔키두의 등을 강타하는 것이 있었다.

"크아악!"

박 신부의 성수 뿌리개였다. 성수 뿌리개가 깨지면서 흘러나온 성수가 사악한 엔키두의 등을 적시면서 푸른 불꽃을 일으키고 있었다. 엔키두는 기다란 비명을 지르면서 몸을 굴려 안개 속으로 사라졌다. 승희가 왼발을 질질 끌면서 기어서 준후에게 갔다.

"준후야, 괜찮아?"

준후는 약간 충격을 입었을 뿐, 다행히도 상처는 없었다.

"괜찮아요, 신부님은?"

박 신부가 머리를 감싸 쥐고 안개 저편에서 걸어 나왔다.

"아이고, 머리야. 뛰어내리다가 머리를 부딪쳐서…… 다들 괜찮으냐?"

"예."

"오늘은 정말 최악의 날이군. 전부 다치다니……."

준후가 말했다.

"전 안 다쳤어요!"

"다행이다. 잘 넘어갔어, 승희야. 정말 고생이 많았다."

엉망으로 망가진 집 안을 대강 정돈한 일행은 우선 현암을 편하게 눕히고 중상을 입은 대사제를 안으로 옮겼다. 대사제는 정신은 있었으나, 중상을 입어 몸을 움직이지 못하고 하얗게 질린 얼굴로 입을 꼭 다물고 있었다.

박 신부가 옛날 솜씨를 발휘해 승희의 발목을 맞춰 주었고, 현암의 붕대와 링거도 갈아 주었다. 이어 대사제의 상처를 살피려하자 대사제가 소리를 질렀다.

"이놈들아! 뭐 하려는 거야! 으아!"

박 신부가 평온한 어조로 말했다.

"진정하게. 치료하려는 것뿐이니……."

"이놈들, 거짓말 말고 죽이려면 빨리 죽여라! 나는 한마디도 불지 않겠다!"

보다 못한 승희가 욕을 했다.

"저 망할 녀석! 자기편에게 해부당할 걸 구해 줬는데 말버릇 한번 고약하네!"

"건드리지 마라! 차라리 위대한 브리트라의 제물이 되는 것이 낫다! 저리 가!"

놈은 악을 쓰며 몸을 움직이려 했으나 꿈쩍도 하지 않았다. 박 신부가 무표정한 얼굴로 그자의 가슴 부분 옷을 찢고 상처를 살피자, 대사제는 박 신부의 얼굴에 침을 뱉었다.

"건드리지 마, 퉤!"

박 신부는 잠시 동작을 멈추었다가 다시 상처를 살피기 시작했다.

"저리 가! 더러운 신부 놈! 퉤, 퉤!"

피 섞인 침이 얼굴로 날아드는 데도 박 신부는 묵묵히 상처만 매만지고 있었다. 보다 못한 준후가 소리쳤다.

"지독한 놈!"

승희도 뭐라고 욕을 퍼부으려 했으나 박 신부가 조용히 손을 들었다. 준후와 승희, 그리고 대사제도 입을 다물었다. 승희는 화가 나서 준후와 함께 휑하니 밖으로 나가 버렸다. 박 신부는 아무 말 없이 상처를 소독하고 붕대를 감고는 역시 말 한마디 없이 밖으로 나갔다. 대사제는 입을 다물고 있었다.

피곤한 싸움이 지나고 모두 잠에 곯아떨어졌다. 대사제만 빼고는…… 대사제는 골똘히 생각에 잠겨 가끔 고개를 미친 듯 젓다가 눈을 번쩍거리기도 했다. 이윽고 그가 몸을 일으켰다. 그는 아무도 모르게 발목에 감추어 두었던 작은 단검을 꺼냈다. 그리고 멀찌감치 쌔근쌔근 숨소리를 내는 현암을 한번 돌아보고는 방을 나섰다. 박 신부의 코 고는 소리가 들리는 방을 찾기는 그리 어렵지 않았다. 대사제는 고통을 참으면서 발소리를 죽여 방으로 들어갔다.

박 신부는 깊은 잠에 빠져 있었다. 평온한 얼굴로 드릉드릉 코를 골고 있었다. 대사제는 단검을 꺼내 박 신부의 가슴을 겨냥했다. 그때 대사제의 눈에 박 신부가 벗어 놓은 안경이 눈에 들어왔다. 까만 뿔테 안경, 그 안경이 대사제에게 무척 우스꽝스럽게 보였다.

아버지…… 벌써 얼마나 오래된 일인가. 그의 아버지도 시력이 나빴다. 그래서 항상 잠을 깰 때면 주변을 더듬거리면서 안경부터 찾곤 했고, 그는 그런 광경을 볼 때마다 미련한 아버지를 마음속으로 비웃었다. 대사제는 다시 한번 박 신부의 평온한, 조금은 미련스럽게 코를 골고 있는 얼굴을 보았다.

박 신부가 아까 자신에게 한마디 말이라도 했었다면, 잘난 체하는 설교를 하려 했었다면, 그는 주저하지 않았을 것이다. 그러나…… 그는 자신이 가졌던 신념, 그 악착같고 확고부동하던 집념들이 조금씩 흔들리는 것을 느꼈다. 그는 손을 내렸다. 그리고 뒤로 돌아섰다.

그의 등 뒤에는 어느새 현암이 서 있었다. 대사제는 놀라 꿈틀했다. 현암은 조용히 손가락을 입에 대고는 박 신부를 돌아보았다. 그러고는 대사제와 함께 그들이 누워 있던 방으로 돌아왔다.

"내가 그 방으로 가는 것을 알았나?"

한동안의 침묵을 깨고 대사제가 입을 열었다. 현암은 고개를 끄덕였다.

"내가 그 칼을 내리쳤다면, 아니 그러지 못하리라는 걸 알고 있었나?"

현암은 다시 고개를 끄덕였다. 그러면서 입을 열었다.

"자네는 어쨌든 환자네. 지금은 그 이상도 그 이하도 아니야."

"나는 위대한 브리트라의 대사제일세."

"아니, 지금은 고통받고 있는 한 사람에 불과해."

대사제는 말하려다가 입을 다물었다. 생각하는 눈치였다. 그러더니 다시 입을 열었다.

"나를 고문하면 뭐가 나올 것 같나?"

현암은 웃었다.

"우린 사람과는 싸우지 않네. 스스로를 지키기 위해서가 아니라면…… 하물며 사람을 괴롭히지도 않아. 자네는 포로가 아냐. 가고 싶으면 언제라도 가게."

"거짓말!"

대사제가 악을 썼다.

"위선자들! 그렇다면 왜 우리와 대적하고 싸웠지?"

"고통을 줄이기 위해서지. 세상의 고통을……."

"나를 풀어 주면 또 잔인한 의식을 할 거야. 더 많은 사람을 죽일 거고…… 그런데도 날 풀어 준다고? 거짓말! 무슨 꿍꿍이지?!"

현암은 고개를 돌리고는 자리에 누웠다.

"자네는 그러지 못해."

"뭐?"

"남에게만 끼쳐 오던 고통을 자네도 겪었으니까. 자네 역시 해부당할 뻔했으니까. 그리고 자네는 이미 마음으로 졌으니까. 신부님을 왜 찌르지 못했지?"

현암은 말을 마치고는 돌아누우며 마지막으로 한 마디를 덧붙였다.

"잠이나 자 둬, 낫고 싶거든……. 주술력으로 버티고 있지만, 그것도 한계가 있어."

대사제는 망연히 앉아 밤을 지새웠다.

비밀

어느덧 긴 밤이 지나 창밖이 부옇게 밝아 오고 있었다. 승희는 일찍 잠에서 깨어났다. 어제는 너무도 고단한 하루였다. 기지개를 켜면서 옆을 보니 준후가 꼭 걸레를 빨아 놓은 모양으로 구석에 처박혀 아직도 세상모르고 자고 있었다. 승희는 피식 웃었다.

'참 힘든 싸움이었어. 바루라는 엔키두, 그리고 대사제⋯⋯.'

그러고 보니 어제 중상을 입은 그자를 데려와 한 지붕 아래서 밤을 보냈다는 것에 생각이 미쳤다.

'그놈이 혹시 무슨 짓을 했으면⋯⋯.'

승희는 불안한 생각이 들었다. 얼른 일어나 현암과 대사제를 같이 눕혀 놓았던 방으로 가 보니 현암은 이미 일어나 있었다. 그리고 그 앞에는 대사제가 누워 있었다. 그런데 그 모습은⋯⋯.

"욱! 현암 씨! 이게 어떻게 된 거야?"

대사제의 모습은 하룻밤 사이에 믿어지지 않을 만큼 변해 있었다. 손목은 잘려 바닥에 따로따로 뒹굴고 있었고, 얼굴은 알아보지 못할 만큼 검게 타 있었으며, 붕대를 감아 응급조치를 했던 몸도 선혈이 번져 있었다. 몸 전체가 미라처럼 바싹 마른 채로 죽어 있었다.

현암은 묵묵히 그 시체를 내려다보며 입을 열었다.

"어제 이 사람은 자신의 생명을 유지하던 흑마술의 주술력을 스스로 풀어 버렸어. 그러면 곧 죽는다는 걸 알면서⋯⋯."

"주술력? 어제만 해도 멀쩡해 보이던데⋯⋯."

"아니, 전에 우리들과 싸울 때 입은 상처는 그대로였어. 그걸 강한 주술로 막고 있었던 거지. 악인이긴 했지만 그래도⋯⋯."

승희가 눈치채고 물었다.

"어젯밤에 무슨 일 있었어? 무슨 얘기라도 나눴어?"

현암은 고개를 돌려 승희의 시선을 피했다.

"역시 인간의 마음이란…… 아니, 몰라도 돼."

현암이 옆에 떨어져 있는 종잇조각을 집어 잠시 보고는 승희에게 주었다.

"이 친구 유서야."

승희는 마구 갈겨써서 알아보기 힘든 글자가 가득한 종잇조각을 받아 들었다.

당신들이 이 글을 읽을 때쯤 나는 아마 이 세상 사람이 아닐 것이다. 나는 밤새 고민했다. 내가 옳은 판단을 하고 있는가? 나는 옳은 판단을 한 적이 없었던 것 같다. 지금도 마찬가지고. 그러나 이 방법밖에는 다른 수가 없다. 나는 내 몸을 유지해 주는 흑마술의 주문을 거두려 한다. 당신들이 옳았다. 인간은 인간으로 살아야 한다. 영생이 무슨 소용이 있을까? 나는 내가 죄를 짓고 있다는 것을 어제 처음 깨달았다. 이제는 벗어날 수가 없다. 나 자신이 나를 용서할 수 없게 되었기 때문이다. 빌어먹을 브리트라여! 내가 위대한 신이요, 진리의 열쇠를 쥐고 있다고 믿어 왔던 그 그림자에 대한 회의가 들고 있다. 물론 그렇다고 빌어먹을 신부의 종교에 귀의한다는 것 따위는 아니다. 하지만 내가 인간이었다는 사실을 알게 되자, 인간을 해치는 것이 아니라면 어떤 신이든, 아니면 그 이상의 무엇이든 좋은 존재가 아니라는 것을 알게 되었다. 내가 왜 이렇게 달라졌을까? 나 자신이 놀랍다. 잊고 있었던 옛날 생각이 들어서였나? 빌어먹을, 차라리 그대들을 저주한다. 나를 다시 나약한 인간으로 돌아가게 하다니! 미안하다……. 쓸데없는 소리는 그만두고, 그대들에게 좋은 것을 알려 주겠다. 그대들이 나의 나약함을 불러일으켜 나를 이 지경으로 만든 것처럼, 나도 그대들에게 금단의 비밀을 알려 주어 죽음의 위험에 처하게 하고 싶기 때문이다.

읽다가 승희가 중얼거렸다. 어느새 박 신부와 준후도 와서 승희의 읽는 소리에 귀를 기울이고 있었다. 현암이 중얼거렸다.
"제법 유머 감각도 있는 친구였군."
승희는 계속 읽기 시작했다.

그대들이 추리한 건 반 정도는 맞다. 우리가 섬기는 브리트라는 고대부터 내려온 위대한 신의 한 면모로서, 브리트라의 형상이 뱀의 모습을 띠고 있는 이유는 뱀이야말로 모든 동물 중에서 가장 근원적인 생명력에 가깝기 때문이다.

준후가 신음을 냈다.
"맞아요. 묘길상님께 점으로 물었을 때도 '뱀은 허물을 벗고 계속 태어난다'는 대답을 했었어요!"

우리들, 즉 소미와 나는 『성경』에 나와 있는 에덴동산의 이야기에 주목했다. 그러다가 에덴동산에 열린 두 가지 나무, 선악과

와 생명나무에 대해서 강한 흥미를 갖게 되었다. 성서에는 뱀이 인간을 꾀어 선악과의 과실을 먹게 했다고 되어 있다. 그러나 많은 연구 결과 우리는 그 내용이, 실은 다른 뜻을 가지고 있다는 결론을 내렸다.

박 신부가 중얼거렸다.
"신학자 프레이어의 이론이로군."

즉 원래 신은 스스로의 모습을 본떠 만든 인간에게 영생을 주기 위해 생명의 나무 과실을 먹게 할 의도였으나, 전령 역할을 맡은 뱀이 그것을 바꿔치기해 자기가 생명나무의 과실을 취하고 인간에게는 선악과를 먹게 한 것이다. 이 내용은 물론 액면 그대로 받아들일 수는 없지만, 거기에 은유로 표시되어 오랫동안 내려온 비밀이 있을 거라고 우리는 단정 지었다. 그래서 소미와 나는 일단 독일을 거쳐 고대 바빌로니아의 유적이 있는 근동으로 향했다.

승희가 조심스럽게 말을 꺼냈다.
"그 대사제라는 남자, 임소미라는 여자와 원래 잘 알았나 봐요."
"음……."

원래 유대교의 경전인 성서가 바빌론의 주술적 관점과 세계

창조에 대한 관점에서 지대한 영향을 받았다는 것은 부정할 수 없는 사실이었다. 또 이후 기독교에서는 바빌론의 지식을 이단이나 사악한 것으로 몰아붙이면서 말살시켰지만, 한편으로는 그들을 두려워한 것도 사실이었다. 그러기에 우리는 바빌론에 뭔가 있을 거라고 확신했다. 천신만고 끝에 우리는 바빌론의 옛 유적들을 거의 도굴하다시피 뒤질 수 있었고, 드디어 귀중한 『카발라』의 단서를 잡아내는 데 성공했다. 바빌론에서 만난 바루인 엔키두의 도움이 있었기에 가능했다. 엔키두는 나이가 사백 살이 넘었다고 했다.

"사백 살?"

『카발라』의 내용은 해석하기에 극도로 힘들었다. 그건 생명의 나무를 그려 놓은 도안 한 장일 뿐이었다. 생명의 나무란 현암, 네가 짐작했듯이 열 개의 계율을 지닌 유대교 『카발라』의 율법의 나무를 역으로 구성한 것처럼 보였다. 우리는 거기에 라틴어로 '십자가에 못 박힌 생명나무'라는 이름을 붙이고 그를 해석하기 위해 온 힘을 다했다.

박 신부가 눈을 감고 중얼거렸다.
"아보르 비타에 크루치피크사에—십자가에 못 박힌 생명나무—."

현암도 잠시 한숨을 쉬더니 액자를 가리켰다.

"저도 그걸 봤습니다. 저기 적어서 감춰 두었지요. 지금은 쓸모 없게 되었지만⋯⋯."

준후가 독촉했다.

"계속 읽어 봐요!"

소미와 엔키두는 해석을 위해 소아시아, 히타이트, 페니키아 등등의 여러 지역을 미친 듯 찾아 헤매었고 나는 유럽의 흑마술계와 마술학파 내에서 단서를 찾기 위해 필사적으로 연구해 나갔다. 나는 단서가 유럽으로 넘어갔을 것으로 추정했고, 그들은 근동을 고집했다. 나는 영생이라는 생각에 생 제르맹 백작[31]의 이야기에 주목했다. 그러다가 우리는 구체적인 단서를 찾지 못한 채 지쳐서 다시 모였다. 그때 우리들의 신비주의에 대한 실력은 이미 대단한 경지에 달해 있었고, 또 갖가지 술수를 익힌 후였다. 그러나 가장 중요한 영생에 대한 비밀은 풀 수 없었다. 그런데 우연히도 갑자기 문제가 해결될 기미가 보였다. 그 도안을 뒤집어 불에 비추었을 때, 우리는 역으로 뒤집힌 것이 아닌, 좌

---

31 프랑스의 백작으로 지금도 유럽에서 불로불사의 인간으로 간주된다. 여러 신비한 일화를 많이 남긴 인물로 출생과 죽음에 이르기까지 많은 부분이 베일에 싸여 있다. 아직도 그가 살아 있다고 믿는 사람이 있을 정도. 일설에는 스페인 국왕 카를로스 2세 미망인의 아들, 트란실바니아의 지배자였던 라코치 페렌츠 2세의 아들, 포르투갈 유대인의 아들이라는 등등의 설이 분분하다.

우가 바뀐 율법의 나무를 보게 된 것이다. 거기에서 애너그램(anagram)[32]을 이용해 우리는 생명나무의 도안이 실은 매우 복잡한 것으로, 각기 다른 세 개의 유파의 비전을 결합한 것을 알게 되었다. 그 흐름은 꾸불거리는 뱀의 모양이었고, 우리는 거기에 나오는 신의 이름을 『베다』에 나오는 악한—그러나 세상에 과연 절대적인 선과 악이 있는가?— 지혜의 신, 브리트라의 이름을 붙였다. 이 신이야말로 『성경』에 언급된, 생명나무의 과실을 취할 지혜를 가진 신이었으니까. 첫째 유파는 역시 바빌로니아의 마르두크 신앙에 의한 것으로 생명나무의 창시에 따른 것이었다. '창시'는 갓 태어났고 모든 것의 기원이 된다는 것을 의미한다. 우리는 이를 검토해 보고 여기에 해당하는 세 개의 율법의 희생으로 바빌로니아와 전혀 상관없는 이방인의 신생아 세 명을 제물로 바쳐야 한다고 해석했다.

승희가 신음했다.

"윽! 신생아라니!"

박 신부가 낮은 목소리로 말했다.

"그건 페니키아의 신앙이었지. 악신 몰록(Moloch)[33]을 섬기는

---

32 영문의 철자를 분해하고 재배치해 해독을 어렵게 만드는 것 또는 그렇게 바꾼 단어를 뜻한다. 한문의 파자와 비슷하다.

33 고대 페니키아에 섬긴 주신이다. 숭배자들은 첫 아기를 희생 제물로 바쳐야 했고, 몰록은 인간 제물의 피를 즐겼다고 한다. 어린이의 희생 제의를 뜻하는 MOLK라는

최고의 제물은 신생아…… 그것을 다시 바빌론의 점술과 결합해 간을 이용한 것이로군."

승희가 다시 읽기 시작했다.

> 두 번째 유파는 아시리아의 전사 신 아슈르의 힘으로 이어졌다. 전사 신의 능력은 힘이었다. 우리는 이것을 검토하고 이를 위해서는 힘, 즉 젊은 사람이 필요하다는 것을 알게 되었다. 역시 아시리아와 전혀 상관없는 젊은이 세 명의 샘플이 필요했다.

"바빌로니아는 근동이었고, 아시리아는 서쪽의 아리안 쪽에 가까운 족속이지 않나?"

박 신부가 중얼거리자 준후가 물었다.

"그런데 왜 이방인을 바쳐야 한다고 한 걸까요?"

"아마 희귀한 것, 또 정복을 상징하는 의미겠지."

> 세 번째 유파는 기이하게도 기독교의 이단들인 성당 기사단[34]과 관련이 있었다. 이 부분은 십자가를 고문 도구[35]로 여기는 행

단어의 유래도 몰록의 이름에 기인한다.

34 십자군 원정 이후 주둔군으로 동방에 남은 기사단들은 마니교 및 카타르교의 영향을 받아 철저히 비기독교적인 이단이 되었다. 이들은 악마적인 의례와 주술을 사용해 사람들에게 공포의 대상이 되었으나 정치적인 필요성으로 인해 오랜 기간 존속했다. 그러나 진정한 정체성은 아직도 미스터리다.

위에 대한 말이 많이 나왔다. 십자가는 죽음의 상징이다. 우리는 여기서 또한 성당 기사단과 관계가 없는 이방인 중 노인 세 명을 제물로 바쳐야 한다는 결론에 도달했다.

"신생아, 젊은이, 노인…… 준후야, 대사제의 지하실에서 보았던 시체들 기억하지? 그게 모두 목적이 있었던 거였어."

준후가 박 신부의 말을 듣고 기억을 되살리자 비위가 뒤집히려고 했다. 승희의 얼굴도 하얗게 질려 금방 토할 기색이었다.

마지막, 중앙에 한 자리가 비었다. 이걸 만든 자들은 필경 중세의 악마파나 마술학파의 일원들로, 이렇게 아홉 자리를 채우고 중앙을 완성하지 못한 것이 분명했다. 우리는 마지막 남은 자리, 율법의 나무에서는 티페레트(Teferet)의 자리[36]를 채울 희생물이 과연 어떤 것인가를 놓고 고민하기 시작했다. 결국, 티페레트가 뜻하는 광휘에 힌트를 얻어 강력한 인간, 즉 보통 사람 이상의 힘을 지닌 주술사의 간이 필요하다는 결론을 얻었다. 테트라그람마톤[37]이나 『카빌라』의 해석으로도 그런 결과가 나왔다.

---

35 페르시아에서 시작된 배화교인 마니교는, 자라투스트라로부터 시작되어 중국으로 퍼져 명교, 마니교라는 이름으로 바뀌었다. 그러나 일각에서는 십자가 등을 하나님의 고문 수단으로 업신여겼으며 결혼과 출산의 무의미성을 선전하기도 했다.
36 창의력과 상상력을 상징하는 광휘를 뜻한다.
37 신의 이름으로서 강한 힘을 가지고 있다고 믿어지는 테트라그라메이션을 의미한

박 신부가 어둡게 말했다.

"정말 무시무시하군."

이제 하나 남은 문제는 신성한 제의를 위한 이방인을 구할 장소를 찾는 것뿐이었다. 바빌로니아, 아시리아, 성당 기사단과 전혀 관련이 없는 곳…… 그곳은 극동뿐이었다. 그곳은 피도 섞이지 않았을 것이고 이들 신앙과도 전혀 관계가 없었다. 무수히 많은 종교가 횡행할 수 있고, 그런 것들이 포용될 수 있는 신들의 땅이었고, 우리들의 고향이기도 했다. 그래서 우리는 이곳에 왔고, 그 이후의 일들은 그대들이 더 잘 알리라 믿는다.

승희가 목소리가 떨리는지 말을 더듬거렸다. 나머지 셋은 아무 말도 하지 않았다.

우리는 우리들의 아기를 첫 번째의 제물로 바쳤다. 소미와 엔키두의 제의였고 나는 미처 그걸 막지 못했다. 그 일만 아니었다면, 그 일이 나를 계속 괴롭히지만 않았더라면, 내가 죽더라도 이 비밀들을 그대들에게 남기지는 않았을 것이다.

다. 현대의 성서에서 예호바, 여호와로 알려진 신의 이름은 히브리어의 네 글자로 구성되어 있으며 그 네 문자는 yud, he, yaum, he로 영어에서 YHVH로 옮겨진다. 이 말의 일반적인 뜻은 '그는 존재한다'였다. 그들은 이 네 글자를 바탕으로 세상의 모든 것을 해석하고 풀어 나갈 수 있다고 믿었다.

"이, 이런!"

"자기 자식까지!"

　나는 괴로웠지만, 말을 할 수가 없었다. 첫 단추를 잘못 끼우면 결국 하나가 모자라게 되는 법. 나는 그 사실을 잊기 위해 수없이 잔인한 짓을 벌였다. 마치 그것을 보상하기라도 할 것처럼…… 그러나 이제 정신이 든 듯하다. 소미를 구해 다오……. 그대들에 대한 마지막 부탁이다. 어제 여기 쳐들어올 때만 해도, 나는 오로지 소미가 영생을 얻을 수 있을 것이라는 생각밖에 없었다. 그러나 그건 아니었다. 나는 방금 이 글을 쓰면서 혼자 카발라를 되씹어 보았다. 전혀 다르게, 인간의 관점에서…… 그 패는 분명 영생을 가리키고 있었으나, 그것은 인간의 영생이 아니었다.

"음?"

"아니, 더 읽어 봐, 승희! 어서!"

　우리는 그걸 몰랐다. 스스로 영생을 얻겠다는 욕심에만 사로잡혀서 근본적 해석이 잘못되었다는 걸 몰랐다. 아, 이젠 힘이 없다. 손을 움직이기가 힘들다. 현암에게 직접 말하고 싶지만 그를 깨우기도 벅차다. 그 의 식 은…….

"뭐라고 썼어, 응?"

"글자가 희미해서 읽기가 힘들어요! 손에 힘이 빠졌었나 봐요. 여기부터는……."

"이리 줘!"

현암이 종이를 승희에게서 받아 기력을 눈에 집중해서 색깔조차 전혀 없는, 펜이 긁은 자국을 살펴보기 시작했다. 아마 주술이 풀리면서 극도의 고통, 그보다는 주술로 붙였던 손이 막 떨어지는 순간에 쓴 모양이었다.

"의 식 은…… 브 리 트 라…… 뱀 의 환 생……."

박 신부가 의자의 팔걸이를 으스러지게 움켜쥐며 신음하듯 외쳤다. 준후도 얼굴이 하얗게 질렸다.

"뱀의 환생이라고?"

"구 했 는 지 몰 라 도…… 주 술 사 의 간……."

"주술사의 간을 구했는지 모르겠지만, 이라고 하는 뜻이군! 그 다음은?"

"의 식 은…… 바 로 내, 내일!"

넷은 망연히 서로의 얼굴을 쳐다보고 있었다. 대사제가 죽기 직전 행한 괘가 맞다면, 대악신 브리트라, 아니 거대한 뱀의 화신인지 악마인지 모르는 악신이 이 땅에서 부활하려고 있는 것이었다. 의식은 바로 내일이었다.

"야단이군! 더 써진 것은 없나?"

"뭔가 더 쓰려 한 것 같지만 없어요."

준후가 멍하니 말했다.

"그런데, 그 장소가 어딜까요?"

넷은 하얗게 질린 서로의 얼굴을 멍하니 쳐다볼 수밖에 없었다.

—2권에서 계속

퇴마록 국내편 1

초판 1쇄 발행 2025년 4월 2일
초판 5쇄 발행 2025년 4월 11일

지은이 이우혁

책임편집 양수인
편집진행 북케어
디자인 studio forb **본문 조판** 정유정
책임마케팅 최혜령, 박지수, 도우리
마케팅 콘텐츠 IP 사업본부
해외사업팀 한승빈
경영지원 백선희, 권영환, 이기경, 최민선
제작 제이오

펴낸이 서현동
펴낸곳 ㈜오팬하우스
출판등록 2024년 5월 16일 제2024-000141호
주소 서울특별시 강남구 테헤란로 419, 11층 (삼성동, 강남파이낸스플라자)
이메일 info@ofh.co.kr

ⓒ 이우혁

ISBN 979-11-94654-46-9 03810